KB168773

춘원 이광수 전집 6

마의태자

서은혜 | 서울대학교 및 동 대학원을 졸업했고, 현재 홍익대학교 교양과 초빙대우교수로 재직 중이다. 주요 논문으로「이광수 소설에 나타난 재난(catastrophe) 모티프와 공동체의 이상」,「노동의 향유, 양심률의 회복―『흙』에 나타난 이상주의적 사유의 맥락과 배경」,「속물·경계인·낙오자와 '비정상성'의 범주―최명익 소설의 그로테스크(grotesque)」,「김승옥 소설의 대화적 담론성과 정치적 (무)의식」 등이 있다.

춘원 이광수 전집 6

마의태자

초판 1쇄 발행 2019년 9월 28일

지은이 | 이광수
감　수 | 서은혜

펴낸이 | 지현구 　　　　　　　펴낸곳 | 태학사
등　록 | 제406-2006-00008호 　주　소 | 경기도 파주시 광인사길 223
전　화 | (031)955-7580 　　　전　송 | (031)955-0910
전자우편 | thaehaksa@naver.com 　홈페이지 | www.thaehaksa.com
편　집 | 조윤형·오은미·김성천 　디자인 | 이보아·이유경·김선은

저작권자 (C) 이광수, 2019, *Printed in Korea*.
이 책은 저작권법에 의해 보호를 받는 저작물이므로 저자와 출판사의 허락 없이
내용의 일부를 인용하거나 발췌하는 것을 금합니다.

값은 뒤표지에 있습니다.

ISBN 979-11-6395-037-0　04810
　　　 979-11-6395-031-8　(세트)

이 도서의 국립중앙도서관 출판예정도서목록(CIP)은 서지정보유통지원시스템
홈페이지(http://seoji.nl.go.kr)와 국가자료종합목록시스템(http://www.nl.go.kr/kolisnet)에서
이용하실 수 있습니다.(CIP제어번호 : CIP2019034146)

이 전집은 춘원 이광수 선생 유족들의 협의를 거쳐 막내딸인 이정화 여사의 주관으로 발간되었습니다.

마의태자

—

장편
소설

서은혜 감수

태학사

이광수(李光洙, 1892~1950)

일러두기

1. 이 책은 『동아일보』 연재본(1926. 5. 10~1927. 1. 9)을 저본으로 삼고, 박문서관 간행 단행본(1940)을 참고하였다.
2. 이 책은 2017년 3월 28일 문화체육관광부 고시 '한글 맞춤법'에 따라 현대어로 옮긴 것이다. 각각의 작품은 저본에 충실하되, 현대적인 작품으로 일신하고자 하였다. 단, 작가의 의도를 드러낼 필요가 있거나 사투리, 옛말, 구어체 중에서도 오늘날 의미나 어감이 통하는 표현은 가급적 살리고자 하였다.
3. 한글만 쓰기를 원칙으로 하되, 낱말의 뜻을 파악하기 어려운 한자어나 외국어의 경우 한글을 먼저 쓰고 한자 또는 해당 원어를 병기하였고, 경전·사서·한시·화제 등의 한문 문장이 인용된 경우 독음 없이 원문을 인용하되, 필요한 경우 번역문을 덧붙였다.
4. 대화는 " "로, 등장인물의 생각이나 강조의 뜻은 ' '로, 말줄임표는 '……'로 표기하였다. 읽는 이들의 편의와 문맥을 감안하여 원문의 의미를 훼손하지 않는 선에서 적절하게 문장부호를 추가, 삭제하거나 단락 구분을 하였다.
5. 저술, 영화, 희곡, 소설, 신문 등의 제목은 각각의 분량을 기준으로 「 」와 『 』로 표기하였다.
6. 숫자는 가급적 한글로 표기하되, 연도 등 문맥을 고려하여 필요하다고 판단되는 경우에는 아라비아 숫자로 표기하였다.
7. 현행 외래어 표기법을 따르되, 그 쓰임이 굳어진 것은 관례적인 표현을 따랐다.
8. 명백한 오탈자라든가 낱말의 순서 바뀜 등의 오류는 바로잡았다. 선정한 저본만으로 해결할 수 없는 경우, 다른 판본을 참조하여 수정하였다.
9. 이상의 편집 원칙에 따르되, 감수자가 개별 작품의 특성을 고려하여 유연하게, 탄력적으로 이 원칙들을 적용하였다.

춘원연구학회가 춘원(春園) 이광수(李光洙) 연구를 중심축으로 하여 순수 학술단체를 지향하면서 발족을 본 것은 2006년 6월의 일이다. 이제 춘원연구학회가 창립된 지도 13년이 되었다. 그동안 우리 학회는 2007년 창립기념 학술발표대회 이후 학술발표대회를 18회까지, 연구논문집『춘원연구학보(春園研究學報)』를 15집까지, 소식지『춘원연구학회 뉴스레터』를 13호까지 발간하였다.

한국 현대문학사에 끼친 춘원의 크고 뚜렷한 발자취에 비추어보면 그동안 우리 학회의 활동은 미약하였다. 그러나 여러 가지 어려운 여건 속에서도 학회를 창립하고 3기까지 회장을 맡아준 김용직 선생님과 4~5기 회장을 맡아준 윤홍로 선생님, 그리고 학계의 원로들과 동호인들의 각고의 노력으로 우리 학회의 내일이 한 시대의 문학과 문화사에 깊고 크게 양각될 것으로 기대된다.

일제강점기에 춘원은 조선인들에게 민족의식을 일깨워주고 문학적 쾌락을 제공하였다. 춘원이 발표한 글 중에는 일제의 검열로 연재가 중단되거나 발간이 금지된 것도 있다. 춘원이 일제의 탄압에도 끊임없이 소설을 쓴 이유는 「여(余)의 작가적 태도」에 잘 나타나 있다. 이 글은 검열을 의식하면서 쓴 글임에도 비교적 자세히 춘원의 입장을 밝히고 있다. 춘원은 "읽을 것을 가지지 못한" 조선인, 그중에도 "나와 같이 젊은 조선의 아들 딸을 염두에" 두고 "조선인에게 읽혀지어 이익을 주려" 하는 것이라 하면서, 자신이 소설을 쓰는 근본 동기가 "민족의식, 민족애의 고조, 민족운동의 기록, 검열관이 허(許)하는 한도의 민족운동의 찬미"라고 밝히고 있다. 춘원의 소설은 많은 젊은이에게 청운의 꿈을 키워주기도 하고 민족적 울분을 삭여주기도 했다.

뿐만 아니라 춘원은 『신한자유종(新韓自由鐘)』의 발간, 2·8독립선언서 작성, 대한민국 임시정부 수립, 임시정부의 『독립신문』 사장, 수양동맹회(修養同盟會)와 수양동우회(修養同友會), 그리고 동우회(同友會) 활동 등 독립운동과 민족운동에 참여한 바 있다.

일제는 1937년 7월, 중일전쟁 직전인 1937년 6월부터 1938년 3월까지 수양동우회와 관련이 있는 지식인 180명을 구속하고 전향을 강요하였으며, 1938년 도산(島山) 안창호(安昌浩)의 사후 춘원은 전향하고 '가야마 미쓰로(香山光郎)'로 창씨개명을 하게 된다.

당시의 정황은 우리가 생각하는 것처럼 단순하지 않다. 조선의 히틀러라 불리는 미나미 지로(南次郎) 총독이 전시체제를 가동하여 지식인들의 살생부를 만들고 그들의 생명을 위협하던 시기였다. 나라를 잃고 민족만 남아 있는 일제강점기에 우리 선조들은 온갖 고난을 감수해야만 했다. 일제에 저항하여 독립운동을 하고 옥사한 사람들도 있지만, 생존을 위해 일제에 협력하고 창씨개명을 한 이들도 적지 않았다.

해방 후 춘원은 자신의 과오를 반성하지 않고, 자신은 민족을 위해 친

일을 했고, 민족을 위해 자기희생을 했노라고 했다. 이러한 주장은 많은 사람들로부터 질타를 받았다. 그럼에도 춘원을 배제하고 한국 현대문학과 현대문화를 논할 수 없으며, 그가 남긴 문학적 유산들을 친일이라는 이름으로 폄하하는 것은 온당해 보이지 않는다. 문학 연구에 정치적인 논리나 진영 논리가 개입하면 객관적인 연구가 진척될 수 없다. 공과 과를 분명히 가리고 논의 자체를 논리적이고 이지적으로 전개해야 재론의 여지가 생기지 않는다.

삼중당본 『이광수전집』(1962)과 우신사본 『이광수전집』(1979)은 편집자의 의도에 따라 많은 작품이 누락되어 춘원의 공과 과를 가리기에 어려움이 있다. 또한 현대어와 거리가 먼 언어를 세로쓰기로 조판한 기존의 전집은 현대인들이 읽기에 어려움이 있다.

따라서 춘원이 남긴 모든 저작물들을 포함시킨 새로운 전집을 발간할 필요성이 제기되었다. 춘원연구학회에서는 춘원의 공과 과를 객관적으로 평가하는 장을 마련하기 위해 춘원학회가 아닌 춘원연구학회라 칭하고 창립대회부터 지금까지 공론의 장을 마련해왔으며, 새로운 '춘원 이광수 전집' 발간을 준비해왔다.

전집 발간 준비가 막바지에 달한 2015년 9월 서울 YMCA 다방에 김용직, 윤홍로, 김원모, 신용철, 최종고, 이정화, 배화승, 신문순, 송현호 등이 모여, 모 출판사 사장과 전집을 원문으로 낼 것인가 현대어로 낼 것인가, 그리고 출판 경비는 어느 정도로 할 것인가를 가지고 논의했으나 합의점을 찾지 못했다. 2016년 9월 춘원연구학회 6기 회장단이 출범하면서 전집발간위원회와 전집발간실무위원회를 구성하였다. 전집발간위원회는 송현호(위원장), 김원모, 신용철, 김영민, 이동하, 방민호, 배화승, 김병선, 하타노 등으로, 전집발간실무위원회는 방민호(위원장), 이경재, 김형규, 최주한, 박진숙, 정주아, 김주현, 김종욱, 공임순 등으로 구성하였다.

전집발간위원들과 전집발간실무위원들은 연석회의를 열어 구체적인 방안들을 논의하고, 또 전집발간실무위원들은 각 작품의 감수자들과 연석회의를 하여 세부적인 사항들을 논의한 끝에, 2017년 6월 인사동 '선천'에서 춘원연구학회장 겸 전집발간위원장 송현호, 태학사 사장 지현구, 유족 대표 배화승, 신문순 등이 만나 '춘원 이광수 전집' 발간 계약을 체결하였다. 춘원이 남긴 작품이 방대한 관계로 장편소설과 중·단편소설을 먼저 발간하고 그 밖의 장르를 순차적으로 발간하기로 하였다. 또한 일본어로 발표된 소설도 포함시키되 이 경우에는 번역문을 함께 수록하기로 하였다.

전집발간위원회에서 젊은 학자들로 감수자를 선정하여 실명으로 해당 작품을 감수하게 하며, 감수자가 원전(신문 연재본, 초간본, 삼중당본, 우신사본 등)을 확정하여 통보해주면 출판사에서 입력하여 감수자에게 전송해주고, 감수자는 판본 대조, 현대어 전환을 하고 작품 해설까지 책임지기로 하였다.

'춘원 이광수 전집' 발간은 현대어 입력 작업이나 경비 조달 측면에서 간단한 일이 아니어서 오랜 시일이 소요되었다. 전집 발간에 힘을 보태주신 김용직 명예회장은 영면하셨고, 윤홍로 명예회장은 요양 중이시다. 두 분 명예회장님을 비롯하여 전집발간위원회 위원, 전집발간실무위원회 위원, 감수자, 유족 대표, 그리고 태학사 지현구 사장님께 감사드린다. 아울러 실무를 맡아 협조해준 전집발간실무위원회 김민수 간사와 춘

원연구학회의 신문순 간사, 그리고 태학사 관계자에게도 고마운 마음을
전한다.

2019년 9월

춘원이광수전집발간위원회 위원장 송현호

차례

상(上) — 궁예 편

국상(國喪)

"허, 오늘도 비가 아니 올 모양인걸."

신라 서울 황룡사 절 담 모퉁이 홰나무 그늘에는 노인 사오 인이 모여 앉았다. 그중에 한 노인이 까만 안개 속으로 보이는 빨간 해를 보며 이렇게 한탄한 것이다.

"비가 무슨 비야."

하고 다른 노인 하나가 무릎에서 기어 내리려는 발가숭이 어린아이를 끌어 올리면서,

"칠월 칠석도 그대로 넘겼는데 비가 무슨 비야."

"글쎄 말이야."

하고 커단 새털 부채를 든 노인은 긴 수염을 내리쓸고 휘 한숨을 쉬며,

"초저녁에는 빗방울이 똑똑 떨어지더니 그만 소식이 없고 말았어."

"이대로 사흘만 더 가면 문내〔汶川〕 물도 마르겠다던걸."

"문내 물이야 설마 마르겠냐마는 대궐 안 일정교, 월정교 밑에는 벌써

물이 말랐다던걸."

"안압지에도 물이 말라서 잔, 거북이가 다 달아나서 요새는 우물물을 길어댄다는데, 우물물도 거진 다 말랐대어."

"대궐 큰 움물에서 용이 올라가버렸다니까 물도 마를 테지⋯⋯. 아모러나 큰 재변이여."

그중에 머리카락이 눈같이 희고 너무 늙어서 허리와 등이 꼬부랑한 노인 하나가 기다란 눈썹 밑으로 까만 눈을 반작반작하면서,

"내가 근 백 년을 살았지마는 근년처럼 이렇게 재변이 많은 것은 처음 보았어. 아아, 어서 죽어서 좋지 아니한 모양은 안 보아야 할 터인데."
하고 "나무아미타불, 관세음보살." 하고 황룡사 법당 있는 편을 향하여 합장 배례를 한다.

"참, 영감 말씀이 옳으시오. 내가 알기에도 금상(今上) 때처럼 재변 많은 것은 처음 보았어. 글쎄 이렇게 가문 적이 있었나⋯⋯. 허, 숭한 일이여."
하는 것은 새털 부채를 들고 파리를 날리는 점잖은 노인이다.

"아이들 말이 북문 밖 대숲에서는 지금도 밤에 바람만 불면 '귀기리죽으리, 귀기리죽으리' 하고 '응응' 하는 소리가 난다던걸?"
하고 이번에는 어린애 안은 노인이 무서운 듯이 눈을 둥그렇게 뜨고 하는 말이다.

"쉬!"
하고 맨 처음에 말하던 자주 옷 입은 노인이 손을 내어두르며 말소리를 낮추어,

"그것은 작년 오월 근종(近宗)의 난이 있은 후, 말하자면 종로에서 근종과 그 삼족을 오차를 해 죽인 때부터 나는 소리여. 근종이가 죽으면서

이를 아드득 아드득 갈고 하는 말이, '저 당나귀가 나라를 망친다. 내가 죽어 혼이 되어서라도 저 당나귀를 찢어 죽이고야 말리라!' 이러지 않았나."

하고 자주 옷 입은 노인은 누가 엿듣지나 아니하나 하는 듯이 사방을 둘러보더니, 안심한 듯이 어성을 좀 높이어,

"허기야 근종의 말이 옳지 아니한가. 금상이 즉위하신 뒤로 나라가 하루나 편안할 날이 있었나. 십오 년 동안에 역적 난리가 세 번이나 나고, 해마다 흉년이 들어, 병이 돌아, 살별이 떠……. 본디야 여간하시었나. 국선(國仙)으로 계실 적에야 풍채 좋고 글 잘하고, 여간했으면 헌안대왕께서 임해전에서 한번 보시고 당장에 부마를 삼으시고, 그러고는 곧 태자를 봉하시었겠나. 하지마는 사람은 알 수 없는 일이여. 그렇게 총명하고 인망 있던 이가 어찌하면 즉위해서 삼 년이 못 되어서 그만 그렇게 되고 말까. 허기야 김 이찬(伊湌) 때문이지마는 다 국운이 불길해 그리하여."

"다 국운이지."

하고 새털 부채 든 노인은 부채를 재우 흔들며,

"그게 다 둘째마마 탓이여. 그 어른이 들어가시사 뒷대궐 아기를 죽여, 또 금상께 독약을 드리고 예방을 하여서 이상한 병환이 나게 하여서 저렇게 귀가 길게 되시고 총명이 흐리시지 않았나. 내가 다 아는 일인걸."

하고 자랑삼아 말을 한다.

이때에 어디서 급히 달려오는 말발굽 소리가 나더니 붉은 옷 입은 이, 푸른 옷 입은 이가 말을 달려 황룡사로 들어간다. 두 사람의 그림자가 없어진 때를 기다려 새털 부채 든 노인은,

"대궐에서 나오는데 아마 상감마마께서 위중하신가 보군. 국사(國師)를 부르시는 모양인데."

하고, 이 말에 꼬부라진 노인은 또 합장을 하고 "나무아미타불."을 부른다. 여러 노인의 눈앞에는 풍채는 좋으나 두 귀가 흉업게 길게 솟은 금상의 거둥하시는 모양이 눈에 뜬다.

이윽고 금빛이 번적번적하는 찬란한 가사를 등에 건 국사가 까만 칠 하고 장식에 금으로 아로새긴 가마를 타고 대궐에서 나온 두 벼슬아치의 옹위를 받아 황룡사 문을 나와 대궐로 들어간다. 노인들과 길가에 있던 백성들은 모두 합장하고 허리를 굽히고 국사의 가마가 다 지나갈 때까지 눈을 치어들지 못한다.

대궐 안에는 상대등(上大等), 시중(侍中), 이찬(伊飡) 이하 만조백관이 반열 찾아 모이어 말없이 대내에서 나오는 소식을 기다리고, 금상마마 침전에는 큰마마, 버금마마 두 분과 왕자 세 분, 공주 한 분, 황룡사 중 둘, 시의(侍醫) 둘이 상감마마의 앓아누우신 자리 가로 둘러서서 용안에 점점 깊어가는 검은 기운을 보고 혹은 눈물을 씻고, 혹은 고개를 돌린다.

아직도 스물아홉밖에 아니 되시었건마는 오랜 병과 근심으로 용안은 뼈만 남게 수척하시었고, 이상한 병으로 한 뼘이나 넘게 쑥 솟은 두 귀가 베개 위에 힘없이 놓여 있다.

상감마마는 어젯밤에 근종이 피 묻은 칼을 들고 들어와서 두 귀를 베는 꿈을 꾸시고 놀라신 때부터 병세가 갑자기 위중하게 되었다. 새벽에는 대궐 뒷마당에서 고구려 군사와 백제 군사의 지저귀는 소리가 들렸다 하여 더욱 성상(聖上)의 환후를 근심하게 되었다. 무열왕(武烈王), 문무왕(文武王) 때부터 대궐 뒷마당에서 백제 군사, 고구려 군사의 지저귀는 소리가 들리면 반드시 국상(國喪)이 난다고 하기 때문이다. 헌안대왕(憲安大王)께서 승하하실 때에도 백제 충신 계백(階伯)이 칼을 들고 침전에 들어오는 꿈을 꾸시었다고 한다. 이렇게 백제와 고구려의 원통한 혼들은 백 년, 이백 년이 되도록 스러질 줄을 모르고 기회만 있으면 신라를 괴롭게 한다.

이윽고 황룡사의 늙은 국사가 들어왔다. 두 분 마마는 국사 앞에 합장을 하고 열네 살, 열세 살, 열 살의 세 왕자와 일곱 살 된 만공주(曼公主)도 두 분 마마 모양으로 국사를 향하여 합장하였다. 눈물 머금은 여러 눈은 모두 국사에게로 몰렸다. 국사는 떠나가려는 상감마마의 목숨을 불러들이려면 들일 수 있는 힘을 가진 것같이 사람들은 믿었다.

국사는 들어오는 길로 연해 합장하며, "나무아미타불."을 불렀다. 열 번이나 나무아미타불을 부르고 나서는 방 안에 있는 사특한 귀신들을 다 몰아내는 모양으로 장삼 소매를 두르며 방 안에서 일곱 바퀴를 돌고 나서 옥체 가까이 앉았다. 상감마마는 무엇에 놀라시는 듯이 잠깐 눈을 뜨시더니 다시 감으시고 몸을 한 번 떨었다. 두 분 마마께서는 놀라서 상감의 곁으로 오시었다.

상감마마께서는 다시 한번 눈을 뜨시어,

"버금마마."

하고 한마디를 부르셨다. 버금마마를 큰마마보다 더 사랑하시고 잊지 못하심이다. 큰마마께서는 잠깐 얼굴을 찡기시었다.

"태자."

하고 열네 살 뇌신 왕자를 가리키시었다. 태자는 뛰어와 부왕폐하 옆에 앉아 울었다.

상감께서는 국사를 돌아보시고, 두 분 마마를 돌아보시고, 세 분 왕자와 만공주를 이윽히 보시고 가만히 눈을 감으시었다. 그리하고는 다시 뜨지 못하시었다.

칠월 초여드렛날 오시나 지나서 천하상 아뢰는 소라 소리가 서울 장안에 울렸다.

"뚜뚜우, 뚜우!"

하늘에는 구름 한 점 없고 무엇이 타는 듯한 누린 냄새를 머금은 까만 안개가 천지에 자욱하여, 바로 반월성(半月城) 대궐 위에 비친 해는 피에 찍어낸 듯이 빨갛다. 바람 한 점 없고 장안 이십만 호의 지붕 기왓장에서는 금시에 파란 불길이 팔팔 일어날 것 같다.

"다 죽었네, 다 죽었어."

"물 마른 웅덩이에 오글오글하고 올챙이 떼 모양으로 다 익어 죽고 말라 죽네."

하고 백성들은 옷소매로 이마에 흐르는 땀을 씻으며 한탄들을 하였다.

황룡사 담 모퉁이의 홰나무 그늘에는 노인들이 더 많이 모여서 수군수군한다. 할아버지 무릎에서 기어 내리던 어린아이는 잠이 들고, 꼬부라진 영감은 무슨 불길한 소리를 들을 때마다 합장하고 나무아미타불을 부른다.

흰 새털 부채를 든 노인은 여전히 옛날 일, 지금 일을 끌어대어 나라가 망할 날이 가까운 것을 예언한다. 이 노인들뿐 아니라 요새에는 백성들이 모여만 앉으면, 입만 벙끗하면 모두 불길한 소리뿐이었다.

"나라이 망한다."

"세상이 뒤집힌다."

"끝날이 온다."

"인제 사람이 파리 죽듯 죽는다."

모두 이런 불길한 소리뿐이다. 손자를 무릎 위에 안은 할아버지도,

"웬걸, 이것들이 자라나서 낙을 보겠노. 세상이 몇 날 안 남은 것을."

하였고, 장가드는 신랑이나 시집가는 신부가 지나가는 것을 보고도 노인들은 휘유, 한숨을 지었다.

봄에 커다란 살별이 스무 날이나 두고 대궐 위에 비친 것이나, 지동(地動)이 세 번이나 난 것이나, 금상께서 새로 지어 재작년에 낙성한 황룡사 구층탑 가추 끝에 서 발이나 되는 구렁이가 매달려 죽었다는 것이나, 대궐 안에 밤이면 근종의 원혼이 울고 돌아다닌다는 것이나, 북문 밖 대숲에서 '귀기리죽으리, 귀기리죽으리' 하고 흉한 소리를 한다는 것이나, 대궐 우물에서 용이 올라가버리고 일정교, 월정교 밑에 물이 마르고 문내 물빛이 핏빛이 되었다는 것이나, 어느 것 하나도 불길치 아니한 것이 없었다.

"세상이 몇 날 없어."

백성들은 이렇게 가엾은 한탄을 할 수밖에 없었다.

"뚜뚜우, 뚜우."

하고 천하상 소리가 길게, 느리게, 슬프게 장안에 울어날 때에는 더구나 금시에 세상 끝이 온 것 같았다.

이 소리가 들리자 사람들은 하던 일도 그치고 하던 말도 그치고 숨쉬기조차 그치고, 길 가던 사람들은 우뚝 서고 방 안에 있던 사람들은 바깥으로 뛰어나왔다.

"뚜뚜우, 뚜우."

더욱 길게, 더욱 가늘게 끌다가 소리가 사라질 때에 백성들은 대궐 위에 덮인 까만 안개 긴 하늘을 바라보았다. 마치 슬픔에 찬 나라와 백성들을 뒤에 두고 하늘로 올라가는 젊은 임금의 혼령을 바라보기나 하려는 듯이. 그러나 누린내 나는 까만 안개뿐이요, 푸른 하늘도 흰 구름도 보이지를 아니하였다.

이윽고 장안 팔백여든 절이라는 수많은 절에서 슬픈 쇠북 소리가 웅웅 울어나온다. 길게 느리게, 길게 느리게 웅웅 울어난다. 천 년 장안의 백만 백성의 가슴속에서는 형언할 수 없는 설움이 부그르 끓어올랐다. 노인들은 눈물을 씻고 나무아미타불을 수없이 불렀다.

깊고 깊은 대궐 속에서도 울음소리가 우러난다. 공중에 나는 까막까치들도 소리를 그치고 슬퍼하는 듯하였다.

젊은 임금님이 오래 앓으시다가 돌아가셨다는 것만 해도 슬픈 일이다. 백성들은 국상 났다는 소문을 듣고는 소복을 입고 대궐 문 앞으로 몰려들어 눈물을 흘리고 소리를 높여서 망곡(望哭)하는 이가 그치지 아니하였다.

"그 어른이 잘못인가. 모두 간신 놈들일래."

하는 이도 있고,

"버금마마 때문에."

하는 이도 있고, 나랏일을 그르친 것은 대행마마의 허물이 아니라고, 대행마마는 어디까지든지 총명하시고 인자하신 이라고, 이렇게 백성들 간에는 말이 돌았다. 평소에 다소간 원망하던 일까지도 그런 말은 입적도 아니 하고, 오직 승하하신 상감님을 위하여 슬퍼하는 것이 옳은 줄로만 여기었다.

어른들은 깃것과 베옷을 입고 아이들도 쌍상투에 흰 댕기를 늘였다.

한 고을, 또 한 고을, 국상 난 기별이 퍼지는 대로 소복과 흰 댕기와 울음이 퍼지었다. 천년 동안 임금을 높이고 사모하던 정은 아직도 가시지를 아니하였다.

이때 서울서 동쪽으로 백 리나 가다가 개목이라는 포구에서 한 삼 리나 북으로 치우친 활터라는 동네 앞 모래판에서는 열너덧 살로부터 팔구 세 된 장난꾼이 아이들 수십 명이 모여 놀고 있다. 아이들은 허리에 나무 막대기 군도(軍刀)를 차고 어깨에는 장난감 활과 전통(箭筒)을 메고, 그중 어떤 아이는 수수깡 말을 타고 병대 조련을 하는 중이다. 구령을 부르고 칼을 두르는 대로 앞으로 나아가고 뒤로 물러오고, 가끔 고함도 지르고 달려가기도 하고, 매우 위의가 엄숙하다.

누구나 그중에서 깨어진 철바가지 투구를 쓰고 긴 환도(環刀)를 둘러 전군을 호령하는 애꾸눈이 아이를 보았을 것이다. 비록 애꾸눈일망정 두 귀 위에 달린 윤 흐르는 검은 머리의 쌍상투라든지, 장대한 골격이며 위풍 있는 용모와 풍채라든지, 그 어리지마는 웅장한 음성이라든지, 나이는 십삼 세밖에 안 되어 보여도 어딘지 모르게 점잖은 태도가 있는 것이라든지, 누가 보아도 범상한 아이가 아닌 것은 짐작할 것이다.

아이들이 돌을 모아 성을 쌓고 과녁을 세우고, 활을 쏘고 칼을 두르며 내닫고 한창 어우러져 놀 때에 동네 앞에 어떤 부인 하나가 나서며,

"미륵아, 미륵아!"

하고 부른다.

이 소리에 애꾸눈이 대장은 원망스러운 듯이 헌 바가지 투구와 활과 칼을 내어던지고 부르는 부인 곁으로 달려간다. 대장을 잃어버린 다른 아이들도 흥이 깨어지어 하나씩 둘씩 이리로 저리로 나무 환도를 내어두르

고 소리를 지르면서 달아난다. 그중에서 두 아이만이 차마 미륵을 떠날수 없다는 듯이 뒤로 슬슬 따라간다.

"글쎄, 또 장난이야? 그렇게 일러도 또 장난만 한단 말이냐."

하고 부인은 미륵의 손을 끌고 조그마한 집으로 들어간다. 그러나 아이를 때리지도 아니하고 크게 꾸중도 아니 한다.

그날 밤에 부인은 미륵을 앞에 불러놓고,

"내가 오늘은 네게 할 말이 있다."

하고 미륵을 바라보며 엄숙하게 입을 열었다. 미륵은 어머니한테 장난말고 글을 배우거나 일을 하라는 꾸중을 거의 날마다 들어왔지마는, 오늘처럼 이렇게 한밤중에 엄숙하게 꾸중을 들어본 적은 없었다. 그래서미륵도 웬셈을 모르고 눈이 둥글하여 어머니의 입만 바라보았다. 어머니도 비록 누추한 옷은 입었을망정 그 얼굴과 태도에는 어딘지 모르게 예사마을 여자가 아닌 빛이 있다. 중늙은이의 주름과 고생의 초췌함이 있다하여도 어느 구석에 귀골스러운 것이 있다.

어머니는 미륵을 앉히어놓고 일어나서 장 속에서 무슨 보퉁이 하나를꺼내어 미륵의 앞에 놓고,

"자, 이것을 끌러보아라."

하고 미륵에게 명령을 하였다.

아버지

미륵은 먼지 묻은 낡은 보퉁이를 앞에 놓고 한참 주저하면서 그 어머니

의 얼굴을 쳐다본다. 어린 생각에 그 속에는 자기의 장난 값으로 나오는 무슨 무서운 것이 있는 것 같았다.

미륵은 마침내 꺼내어, 맷어놓은 끄나풀을 끄르고 한 껍데기를 벗기었다. 그 속에는 미륵이 평생에 보지 못한 비단 보자기가 나왔다.

미륵은 그 부드러운 비단을 한 번 만져보고는 또 그것을 끌렀다. 그 속에서는 비단 저고리 하나가 나왔다. 미륵은 그것을 쳐들어 떨어보았으나 아무것도 다른 것은 나오지 아니하였다.

미륵은 실망한 듯이 어머니를 바라보며,

"이게 무엇이오?"

하고 저고리를 내어던지었다.

어머니는 깜짝 놀라서 두 손으로 미륵이 내어던지는 저고리를 받아 들면서,

"이 옷이 승하하옵신 상감님 입으시던 옷이다. 이 등과 가슴에 해 무늬와 달 무늬가 있는 것을 보아라. 이것은 나라님밖에는 못 입으시는 것이다."

나라님 입으시던 저고리라는 말에 미륵은 이상한 듯이 눈을 크게 떠서 그 저고리를 한 번 더 보았다. 과연 앞뒤와 팔에 둥그런 무늬가 있다.

"나라님 저고리가 왜 우리 집에 있어요?"

하고 미륵은 어머니의 눈물 그렁그렁한 얼굴을 보았다.

어머니는 그 저고리를 무릎 위에 놓고 이윽히 눈물을 흘리고 앉았더니 두 손으로 눈물을 거두고 미륵을 바라보며,

"너는 내 아들이 아니다. 내가 너를 기르기는 하였지마는 너를 낳으신 어머님은 벌써 돌아가신 지가 오래시다……."

이 말은 미륵에게는 청천에 벽력이다. 무슨 말인지 그 뜻을 알 수 없었다. 그러나 아이들이 자기를 보고 아비 없는 자식이라고 빈정거린 것이며, 어머니에게 아버지는 어디 갔느냐고 물을 때마다 분명히 죽었다고도 아니 하고 또 어디 있다고도 아니 한 것을 생각하였다. 그러나 장난에 취한 어린 미륵에게는 아버지가 있고 없는 것이 그리 큰일은 아니었다.

그러나 내 아버지와 나라님의 저고리와 무슨 상관이 있을까 하고 미륵은 호기심 많은 눈을 어머니에게로 향하면서,

"그럼 나는 뉘 아들이야요?"

하고 물었다.

"너는 이번에 돌아가신 임금님의 아드님이다. 이번에 돌아가신 나라님께서 네 아버님이시다. 어머님은 돌아가시고……."

"무어요? 나라님이 우리 아버지요?"

하고 미륵은 놀랐다.

"그렇단다. 이 저고리가 네 아버님의 저고리다. 그때에 네 어머님 되시는 뒷대궐마마께서 너를 이 저고리에 싸서……."

하고는 차마 말을 다 하지 못하고 그만 목이 메어서 운다. 그 이야기는 이러하였다.

경문대왕(景文大王)께서 아직 헌안대왕의 부마가 되시기 전에 응렴(膺廉)이란 이름으로 풍채 좋은 국선(國仙)으로 공부하러 다닐 때에, 설형이라는 친구의 집에서 그의 누이와 서로 알게 되었다. 그 누이는 얼굴이 아름답고 재주가 있어 도리어 그 오라비보다도 글도 잘하였다. 그래서 장차는 혼인까지도 하려고 하였다. 마침 그때에 임해전 잔치에서 헌

안대왕의 눈에 들어 곧 대왕의 맏따님이신 영화공주의 부마가 되시고 이내 헌안대왕이 승하하신 뒤를 따라 임금이 되시었다.

즉위하신 지 삼 년, 즉 열여덟 살 되시던 해에 왕은 영화공주의 동생 되는 정화공주를 버금왕후로 맞아들이고, 또 다음 해에 옛정을 잊지 못하여 아직도 시집을 아니 가고 있던 설 부인을 맞아들여 뒷대궐에 계시게 하였다. 처음에는 둘째 왕후 정화공주에게 왕의 사랑이 갔으나, 설 부인이 들어오신 뒤로는 왕의 사랑은 설 부인에게로 쏠렸다. 왕께서는 밤마다 뒷대궐로만 가시고 두 분 왕후에 대하여서는 점점 서어하시었다.

왕의 총애가 설 부인에게만 모임을 보고 영화, 정화 두 분 왕후께서는 무서운 질투가 생기시었다. 정화공주가 버금마마로 들어오신 때에는 영화왕후께서는 형제의 정도 잊어버리고 정화마마를 시기하였으나, 설 부인이 들어오신 후에는 두 분은 하나가 되어 설 부인을 미워하게 되었다. 더구나 뒷대궐마마가 잉태하신 뒤로는 두 분 왕후의 질투는 더욱 심하여졌다. 그래서 일변으로는 궁녀를 뒷대궐로 보내어 왕과 설 부인의 하시는 말도 엿듣게 하고, 일변 무당과 술객을 시켜 설 부인이 죽기를 빌었다. 그러나 술객과 무당들의 예방과 기도도 아무 효험이 없이 왕의 총애는 더욱 깊어질 뿐이요, 뒷대궐마마의 얼굴은 더욱 아리따워지는 듯하였다.

그러할 즈음에 뒷대궐마마가 순산을 하시어 왕자를 낳으시었다. 왕께서는 왕자의 용모와 울음소리가 웅장하고 등에 '임금 왕(王)' 자 뼈가 뚜렷하다 하여 그 왕자를 심히 사랑하시어 용덕왕자(龍德王子)라고 이름을 지으시었다.

이때에 큰마마께서는 벌써 두 살 된 왕자가 있었고, 버금마마께서는 잉태 중에 계시었다. 뒷대궐마마가 왕자를 낳고, 또 왕께서 그 왕자를 사랑하시는 눈치를 보고는, 영화, 정화 두 분 마마께서는 심히 마음이 편안치 아니하여 여러 가지로 꾀를 생각하였다.

하루는 뒷대궐에 염탐으로 보냈던 궁녀가 영화마마께 와서 이런 놀라운 말씀을 아뢰었다.

"어젯밤에 가만히 엿들으니 뒷대궐마마께서 상감마마께 매어달려 우시며 '아들이 나면 무엇합니까. 태자 되실 이는 따로 계신걸.' 하시오니 상감마마께오서는 '염려 마라. 이 애로 태자를 삼으리라. 그러나 아직 발설치 마라.' 하시었습니다."

하는 것이다.

이 말을 들을 때에 영화마마께서는 얼굴이 흙빛이 되어서,

"응, 고것을 내가 살려둘 줄 알고."

하고 이를 갈으시었다.

영화왕후는 그날 종일 정화공주와 또 궁녀 중에 늙고 꾀 많은 이를 모아 여러 가지로 의논한 결과로 왕께서 가장 믿으시는 일관(日官) 대나마(大奈麻) 간성이란 사람을 비밀히 내전으로 별입시를 시켰다. 간성 일관은 천문과 지리를 무불능통하고 사람의 길흉화복을 미리 판단하여 나라의 믿음이 두터운 사람이다.

왕후는 간성 대나마를 보고 뒷대궐마마와 용덕왕자의 말을 한 후에, 조금도 왕자를 미워하는 빛을 보이지 아니하고 도리어 왕자의 전정(前程)을 근심하는 듯이 용덕왕자의 전정이 어떠한 것을 물었다. 일관은 이렇게 아뢰었다.

"용덕왕자께서 탄강하옵시던 날에 왕자께서 탄생하시던 집(외가다)에는 흰 서광이 비치고 또 천정성(天庭星)이 사흘을 두고 그 집 위에 비치

었을뿐더러, 왕자께서 탄생하신 날이 오월 오일이온즉, 오와 오는 다 양(陽)이라, 용덕왕자는 천정성 정기를 타서 탄강하시옵고 우리 신라에 크신 임금이 되시어 나라를 빛내실 성군이 되실 줄로 아뢰옵니다."

일관의 말에 왕후는 더욱 놀라고 슬펐다. 그날은 일관을 돌려보내고 다른 날 다시 사람을 보내어 폐백을 후히 한 후에 용덕왕자를 없이할 꾀를 물었다. 일관은 처음에는 주저하였으나 어느 명이라 거역할 수도 없을뿐더러, 또 후히 상 준다는 말에 혹하여 왕후의 명대로 하기를 승낙하였다.

그런 뒤에 왕후는 왕께 뵈옵고 용덕왕자 탄강하신 기쁨을 아뢰었다. 왕은 왕후께서 용덕왕자 나신 것을 기뻐하심을 보고 마음에 흡족하여 왕후의 등을 어루만지시었다. 그때에 왕후는 왕께,

"용덕왕자의 상(相)을 보시었습니까?"

하고 여쭈었다.

"아직 안 보였소."

"왜 간성 일관께 일생 행운을 안 보이십니까?"

하고 왕후는 일관에게 용덕왕자의 상(相)을 보이기를 권하였다.

"참 좋은 말이오."

하고 왕은 곧 일관을 부르시었다.

왕께서는 친히 용덕왕자를 무릎 위에 놓으시고 일관더러 왕자의 상과 일생의 행운을 보라고 명하였다.

일관은 용상에서 서너 걸음 앞에 꿇어 엎디어 이윽히 용덕왕자를 바라보더니,

"아뢰옵기 황공하오나 좌우를 물리시오면 바로 아뢰오리다."

왕은 얼굴에 근심하는 빛을 띠더니 마침내 일관의 말대로 좌우를 물리고 또 왕자도 뒷대궐로 들여보내고 일관을 보시며,

　"무슨 불길함이 있느냐?"

하였다.

　일관은 여러 번 이마를 조아리며,

　"아뢰옵기 황공하옵니다."

하고 용이히 말을 아니 한다.

　왕은 더욱 조급하시어,

　"어서 아뢰라, 아모러한 불길한 것이라도 꺼림 없이 아뢰어라."

하신다.

　그제야 일관이 사양타 못 하여,

　"왕자 탄강하신 날이 오월 오일이옵고 또 그날에 왕자 탄생하시던 집 위에 흰빛이 비치었사오니 흰빛은 사특한 빛이라, 반드시 이 왕자는 나라에 큰 해가 되겠사옵고, 또 왕자의 상을 뵈오니 눈과 이마에 살기가 어리어 임금이나 아버지를 시역(弑逆)할 기상을 띠었사오니 반드시 후일에 큰 화단을 일으킬 상인 줄로 아뢰옵니다."

하고 이마를 땅에 붙이고 감히 고개를 들지 못한다.

　왕께서는 일관의 말을 들으시고 심히 슬퍼하시었으나, 일관을 깊이 믿으시는 바이라 그의 말을 의심하려 하지 아니하였다. 그러나 측은한 애정을 생각할 때에는 차마 그 귀여운 왕자를 어찌할 수도 없었다.

　"설마 그러랴."

하고 왕은 일관을 꾸짖으시었다.

　"폐하께옵서 신의 말을 안 믿으실진대, 신의 늙은 목을 버히시되 눈만

빼어 황룡사 구층탑 가추 끝에 달아주옵소서. 반드시 얼마 아니 하여 신의 말이 명백함을 보오리이다."

하고 일관은 수없이 머리를 조아리되 말소리는 극히 엄숙하였다.

왕께서는 슬픔과 근심을 이기지 못하여 일관더러 물러가라 명하시고 옥좌에서 일어나시려 할 때에 일관은 다시 왕의 앞에 꿇어 엎드려,

"아뢰옵기 황공하오나 신은 국록지신이라 감히 성명(聖明)을 그일 수가 없사오니, 죽을죄로 한 말씀을 더 아뢰올 바가 있습니다."

하고 더욱 머리를 조아린다.

왕께서는 걸음을 멈추시고,

"또 무슨 불길한 말이 남았느냐?"

하고 일관을 노려보신다.

"다름이 아니옵고, 뒷대궐에 가끔 요기스러운 기운이 침범하오니 필시 상서롭지 못한 일이 있는 것이 분명하옵고, 또 용덕왕자의 용모를 뵈옵건대 이찬 윤흥(允興)과 흡사하오니 폐하께서는 밝히 살피시옵소서."

하고 수없이 고개를 조아린다.

왕께서는 발을 구르시며,

"물러나라!"

하고 어성을 높이시었다.

왕은 이찬 윤흥이 설씨 집과 친근한 줄을 알뿐더러, 윤흥이 힘이 있고 풍채가 좋으며 여색을 좋아하는 줄도 아신다. 또 궁중에 밤이면 어떤 사람이 내왕하는 기색이 있단 말도 돌았고, 또 그 수상한 사람이 뒷대궐로 배회한다는 것이며, 왕이 뒷대궐에서 주무시지 아니하는 날에는 뒷대궐 마마의 방에서 남자의 소리가 들린다는 말도 여러 번 들었다. 그러나 설

부인을 총애하시는 왕께서는 그것이 다 영화, 정화 두 마마의 질투에서 지어내는 말로만 여기고 믿지를 아니하였다. 지금 일관의 말을 들으시매, 왕의 가슴에는 의심과 질투의 무서운 불길이 일어났다.

'과연 용덕왕자는 윤홍과 흡사하다!'

왕도 마침내 이러한 생각을 하시게 되었다. 겨우 열아홉 살밖에 안 되신 왕은 오래 두고 생각할 새도 없이 곧 용덕왕자를 죽이고 설 부인을 국문하기로 결심하였다.

사흘이나 왕께서 안 오시는 것을 보고 뒷대궐마마는 심히 맘이 괴로우시었다. 하루에는 두 번씩은 꼭 왕자를 보시던 왕께서 사흘 동안이나 한 번도 아니 오시는 것은 무슨 곡절이 있으리라고 생각하고 근심이 되었다. 마마는 밤이 늦도록 잠을 이루지 못하고 왕자의 유모와 함께 왕자의 시름 없이 자는 양을 보며 여러 가지 이야기를 하고 있을 즈음에, 평소에 뒷대궐마마를 따르던 궁녀 하나가 황급히 뛰어들어와,

"마마, 마마. 지금 용덕 아기를 죽이러 옵니다. 벌써 내전 문에 들어왔습니다."

하고 어찌할 줄을 모른다.

마마는 정신없이 아기를 껴안았다. 이때에 벌써 쿵쿵하고 사람들이 뛰어오는 소리가 들린다. 마마는 왕께서 벗어놓으시었던 저고리를 내어 용덕왕자를 쌌다. 왕자는 잠을 깨어 울었다. 마마의 생각에는 이 아기를 유모에게 맡기어가지고 도망을 시키려 함이다. 누구에게 말을 들은 것도 아니건마는, 마마는 여자의 직각으로 이것이 어찌 된 일인지를 짐작한 것이다.

그러나 유모가 왕자를 받아 들기 전에 왕의 사자들은 벌써 방문 밖에

왔다. 그중에 한 사람이 벼락같이 문을 열고 들어서며,

"상감마마의 명으로 용덕왕자를 모시러 왔습니다."

하고 뒷대궐마마 앞에 허리를 굽혔다. 마마는 용덕왕자를 꼭 껴안으며,

"이 깊은 밤에 어디로 모시어 간단 말이오?"

하고 반항을 하였다.

이때에 문밖에 섰던 다른 사람 하나가 손에 번쩍번쩍하는 칼을 들고 뛰어 들어오며,

"왕명이 지엄하시니 시각을 지체할 수가 없습니다. 이 칼로 왕자를 죽이고 피 묻은 칼을 도로 바치랍시는 분부시니 시각을 지체할 수가 없습니다."

하고 마마의 곁으로 바싹 대든다.

마마는 왕자를 안은 대로 그 사람을 피하여 돌아서며,

"상감마마 분부시라면 거역할 수도 없거니와, 죽이더라도 내 손으로 죽일 터이니 이 아기의 몸에 손을 대지 마오."

하였다.

죽이러 온 사람들은 아기를 안고 애쓰는 어머니의 정경에 감동이 되어 마마의 말대로 하기를 승낙하고 손에 들었던 칼을 마마에게 드렸다. 마마는 칼을 받아 입에 물고 왕자를 안고 마루로 나와 화청지라는 연못가에 있는 청련각에 올랐다. 거기서 마마는 어스름한 달빛에 품에 안긴 왕자를 다시금 보다가 크게 통곡하고 나서 아버지의 저고리에 싼 왕자를 늠실늠실하는 연못을 향하고 집어던지었다. 그러고는 차마 아기 떨어진 곳을 바라보지 못하고 두 손으로 눈을 가리고 그 자리에 엎더지어 울다가 죽이러 온 사람들을 향하여,

"상감마마께서 피 묻은 칼을 올리라 하시거든 이 칼을 올리오."

하고 칼끝을 입에 물고 마루 위에 엎더지시었다.

그때에 유모는 미리 마마의 뜻을 알아차리고 청련각 밑에 서 있다가 떨어져 내려오는 왕자를 물에 떨어지기 전에 두 팔로 받았다. 그때에 유모의 손가락이 왕자의 바른편 눈을 찔러 왕자는 한 눈을 잃어버렸다.

이야기를 여기까지 하고 나서 어머니는 미륵의 앞에 놓인 저고리를 뒤집어 옷깃에 묻은 검은 것을 가리키며,

"미륵아, 이것이 그때 네 눈에서 나온 피다. 내가 너를 받다가 내 손가락이 네 눈을 찔러 너는 한 눈이 멀고, 여기는 이렇게 피가 묻었구나."

하고 눈물을 씻는다.

어머니(그렇다. 길러준 어머니다)의 이야기를 듣고 난 미륵의 눈에는 이상한 빛이 번쩍한다. 미륵은 어머니 손에 있는 피 묻은 저고리를 보고 손을 들어 보지 못하는 바른편 눈을 만지었다. 그러할 때에 전신에 피가 끓어올라 미륵은 마치 숨이 막힐 듯하였다. 비록 열세 살이라 하여도 숙성한 미륵은 지금 들은 이야기를 가지고 당시의 광경을 그려볼 수가 있었다.

미륵은 연못에 집어던지는 자기를 받다가 지금까지 친자식같이 길러준 어머니의 얼굴을 볼 때에는 분한 맘과 슬픈 맘이 부글부글 끓어서 고마운 맘으로 변하는 듯하였다. 그러나 자기의 친어머니를 모함한 두 왕후와 그 꾀임을 듣고 어머니를 죽이게 한 일관과, 또 그 말을 곧이듣고 자기와 어머니를 죽이려 한 아버지를 생각할 때에 미륵은 두 주먹을 불끈 쥐고 이를 부드득 갈았다. 어머니는 미륵이 주먹을 불끈 쥐고 이를 가는 양을 보고 놀랐다. 장난꾼이 어린 미륵의 속에 이런 무서운 분노가 들어

있으리라고는 생각지 못하였던 까닭이다. 또 이 말은, 미륵으로 하여금 자기가 범인이 아닌 것을 깨달아 장난을 그치게 하자는 것과, 이미 왕이 돌아가시었으니 돌아가신 양반이 아버지인 것이나 알리어주자는 뜻에 지나지 못하였다. 그리하였던 것이, 미륵이 이처럼 무서운 분노의 상을 보이는 것을 볼 때에 어머니는 아니 놀랄 수 없고, 그런 이야기를 한 것을 후회하지 아니할 수 없었다.

그래서 어머니는 부드러운 음성으로,

"넌들 얼마나 슬프고 분하겠느냐. 그러나 참아야 한다. 만일 네가 용덕왕자라는 말이 나기만 하면 나와 너와 두 목숨은 금시에 없어지고 말 것이다. 내가 너를 안고 도망한 뒤에도 연못에 시체가 없다 하여 필경 내가 너를 안고 도망한 것이라고 사방으로 수탐을 하였던 것이다. 나도 몇 번을 잡힐 듯 잡힐 듯하다가 천행으로 벗어나서 너도 이만큼 자랐으니, 인제야 너만 잠자코 있으면 누가 알랴. 어서 아모런 생각 말고 공부나 잘해서 후일에 귀히 되어라. 그러면 돌아가신 뒷대궐마마께서도 혼이라도 넋이라도 기뻐하지 아니하겠느냐?"

하고 애걸하듯이 타일렀다.

미륵은 이윽히 고개를 숙이고 앉았더니 벌떡 일어나 피 묻은 저고리를 발로 밟고 두 손으로 잡아당겨 드윽 찢었다. 어머니가 일어나 막으려 하였으나 그럴 새가 없었다. 미륵은 찢어진 저고리 조각을 입에 물고 미친 사람 모양으로 수없이 물어뜯었다.

"어머니, 나는 이 원수를 갚고야 말아요! 이 원수를 갚고야 말아요!"

하고 부르르 떨었다.

미륵은 갑자기 어른이 된 듯하였다. 장난꾼이 모양이 다 스러지고 말

왔다. 이삼 일 동안 미륵은 밖에 나가 놀지도 아니하고 이야기도 아니 하고 가만히 집에만 있었다. 어머니는 여러 가지로 위로하려 하였으나 쓸데없었다. 어머니의 맘은 심히 슬펐으나 벌써 미륵은 자기 품속에 들어올 장난꾼이 아들이 아닌 것을 깨달았다. 그럴 때에 퍽 슬펐다.

하루는 미륵은 어머니 앞에 절을 하였다.

"나는 가요!"

하는 미륵의 눈에는 눈물이 있었다.

깜짝 놀란 어머니는 미륵의 팔을 붙들며,

"그게 무슨 소리냐……. 나를 두고 가기를 어디로 간단 말이냐?"

하고 마치 버리고 가는 남편에게 매어달리는 아내 모양으로 미륵에게 매어달려 울었다. 미륵도 울었다. 그러나,

"나는 가요! 어머니의 은혜는 일생에 잊지 아니하리다……. 그러나 나는 가요!"

하고 미륵은 울어 쓰러진 늙은 어머니를 내어버리고 문밖으로 나가버렸다.

어머니는 울며불며 따라 나가 온 동네를 두루 찾았으나 미륵을 보지 못하고 허둥지둥 뒷고개에 뛰어 올라가서 저 멀리 끝없는 길로 가물가물 가는 미륵의 그림자를 보았다. 어머니는 그 자리에 엎더지어 끝없이 울었다.

미륵은 십삼 년 동안 길러낸 유모의 집을 떠나 서울로 향하였다. 친어머니로 알고 여태껏 길러낸 정에, 미륵은 가다가는 멈칫멈칫 서서 그리워하는 눈물을 흘렸다. 고개를 넘을 때마다 뒤를 돌아보고, 개천을 건널 때마다 뒤를 돌아보고, 동네에서 늙은 부인네가 나와도 어머나 아닌가 하였다. 그러고는 눈물이 흘러서 두 주먹으로 씻어버리고는 코를 풀었다.

그러나 자기를 낳은 어머니가 칼을 물고 엎더진 것이 눈에 번뜻 보일

때에는 전신의 피가 모두 얼굴로 거꾸로 흘러오르고 숨결이 씨근거렸다.

'원수를 갚고야 말 테다! 이 원수를 갚고야 말 테다!'

하고 두 주먹을 불끈불끈 쥐었다.

절을 만날 때마다 미륵은 부처님께 빌고, 고개턱에서 길 서낭을 만날 때마다 길 서낭께 빌었다.

"이 원수를 갚게 해줍소사! 어머니 원수를 갚게 해줍소사!"

하고 빌고 빌고 또 빌었다.

며칠을 걸어 미륵은 수리재〔鵄述嶺〕에 다다랐다. 수리재에는 인산(因山) 구경 가는 사람들이 여기저기 나무 그늘을 찾아 쉬었다. 모두 깃것과 베것으로 소복(素服)을 하고, 혹은 늙은이를 모시고, 혹은 어린아이를 데리고 간다. 어떤 사람은 수레를 타고, 어떤 사람은 가마를 타고, 어떤 사람은 말과 나귀를 타고, 그렇지 못한 이는 지팡이를 들었다. 미륵도 사람들 틈에 끼어 앉아서 찌는 볕에 흘러내리는 땀을 씻었다. 벌써 가을이 건마는 여름과 같이 덥다. 여름내 가뭄에 길가의 풀 잎사귀들은 기껏 자라보지도 못하고 말라붙고, 키 작은 흰 국화꽃이 겨우 피어서 기운 없이 졸고 있을 뿐이다.

인산 구경 오는 사람에게 파느라고 떡과 술과 엿과 옥수수 삶은 것과 감과 이런 것을 길가에 벌이고 앉은 사람들도 많다. 먹을 것을 보니 미륵은 더욱 배가 고팠으나 사 먹을 돈이 없었다. 그중에도 감과 인절미가 몹시 먹고 싶었다. 다른 아이들은 같이 가는 부모에게 돈을 얻어서 맘대로 사 먹는다. 어떤 아이는 한 손에는 옥수수를 들고 한 손에는 인절미를 들고, 이것 한 입 먹고 저것 한 입 먹고, 두 볼따구니가 불룩하도록 입에 넣고 좋아한다.

미륵은 참다못하여 떡장수 앞에 가서,

"여보, 내가 시장하니 떡 한 개만 주오."

하였다.

떡 팔던 노파는 미륵을 물끄러미 보더니 주름 잡힌 손을 내밀며,

"돈 내라."

한다. 미륵은,

"돈은 없소마는 재주는 있으니, 재주를 보고 떡 한 개만 주오."

하였다. 노파는 내밀었던 손을 끌어들이며,

"병신 맘 고운 데 없다고, 애꾸눈이 녀석이 뻔질뻔질도 하다. 재수 없다."

하고 소리를 빽 지른다.

미륵은 옥수수장수, 엿장수한테 차례차례로 청을 하였으나 하나도 들어주지를 아니하였다. 하릴없이 고개를 숙이고 생각할 즈음에 웬 사람이 뒤에서 미륵의 어깨를 툭 치면서,

"네가 재주가 있다니 무슨 재주가 있느냐?"

하고 묻는다.

미륵은 고개를 돌렸다. 그 사람은 키가 크고 얼굴이 검고 눈이 움푹 들어간 무서운 사람이다.

"달음질, 팔매질, 또 활이 있으면 활 쏘는 재주도 있지요."

하고 미륵은 고개를 번쩍 들어 그 사람을 바라보았다.

"그럼 어디 팔매부터 한번 쳐어보아라."

"먼 팔매요?"

"팔매란 멀리만 가서는 쓸데없는 것이니까, 가까운 것이라도 바로 맞

혀야 쓰는 것이다."

"그러지요."

하고 미륵은 손에 맞는 돌 한 개를 골라 들고 여남은 걸음 뒤로 물러섰다.

곁에 있던 사람들은 구경났다고 미륵의 곁으로 모여들었다. 떡 팔던 노파는 영문을 모르고 눈이 둥그렇다. 미륵은 오른손에 돌을 들고 두어 번 팔을 둘러보더니,

"자, 보시오. 이제 저 떡 파는 마누라의 귀고리를 맞힙니다."

하고 미륵은 빙긋 웃었다. 떡 한 개 아니 준 원수를 갚으려 함이다.

"바로 맞히기만 하면 내 베 한 필 줄란다."

하고 구경꾼 중에서 한 사람이 나선다.

"정말 사람은 다치지 말고 꼭 귀고리를 맞히면 나는 송아지 하나를 줄란다."

하고 또 한 사람이 나선다.

"네 말대로 바로 맞히기만 하면 나는 네게 좋은 환도 하나를 주마."

하고 키 크고 얼굴 검고 눈 움푹한 사람이 자기가 찼던 환도를 떼어 든다. 그 환도는 썩 좋은 것이다. 번적번적하는 칠한 집에 호피로 끈을 달고 자루를 금은으로 아로새겼다. 환도를 준단 말에 미륵은 가슴이 두근거리도록 좋았다.

그중에 혼난 것은 떡장수 노파다.

"저 애꾸눈이 녀석이 누구의 코피를 내려고 저래!"

하고 손으로 낯을 가리고 날아오는 돌을 피하는 듯이 좌우로 왔다 갔다 한다.

"나간다!"

소리가 나자 돌은 '앵!' 하고 소리를 내며 미륵의 손을 떠났다. 사람들은 모두 눈이 휘둥그레져 떡장수 노파를 바라보았다. 떡장수 노파는 '앵!' 하고 돌 지나가는 소리를 겁결에 흉내를 내면서 손으로 귀를 만지었다. 동그랗던 귀고리는 길쭉하게 찌그러지어버렸다.

"저런!"

"아이!"

"참말!"

하고 사람들은 입을 벌리고 빙그레 웃고 서 있는 미륵을 보았다. 미륵의 얼굴은 공명과 기쁨으로 불그레했다. 사람들은 이 팔매 잘 치는 미륵을 가까이, 자세히 보려고 한 걸음 두 걸음 바싹바싹 들어섰다. 조그마한 미륵은 의기양양하여 둘러선 사람들을 돌아보았다. 누군지 모르는 사람들이 떡과 엿과 옥수수를 사다가 미륵의 손에 쥐어주었다. 미륵은 그것을 다 손에 들지 못하여 받는 대로 땅에 놓았다.

미륵은 무명 한 필, 송아지 한 필 준다던 사람들을 돌아본다. 그들은 기가 막혀 저 뒷줄에 물러섰다. 환도를 준다던 사람도 눈이 휘둥그레서 먼발치서 바라보고 섰다.

미륵은 그 사람의 앞으로 가서 손을 내밀어,

"이 환도는 내 것이오!"

하고 그 사람의 손에 든 환도를 가리켰다. 그 사람은 아까워서 차마 내놓지 못하는 듯이 환도를 한 번 보더니 그것을 뒤로 감추며,

"아니다. 네가 팔매는 잘 친다마는 활이야 웬걸 쏘겠느냐? 네가 만일 활로 저 망부석 위에 앉은 독수리를 쏘아 맞히면 내 이 환도와 활까지도 너를 주마."

한다.

　사람들은 망부석을 바라보았다. 미륵도 바라보았다. 과연 커다란 독수리 한 마리가 앉았다. 미륵의 마음은 솔깃하였다.

　"그걸 못 맞혀요? 활만 있으면."

하고 사람들을 돌아보았다.

　그 얼굴 시커먼 사람은 미륵의 대담한 말에 한 번 더 놀래었으나, 여럿이 보는 데 한 말을 도로 거둘 수가 없어서 자기의 활과 살을 빌려주었다. 미륵은 제 키만이나 한 활에다가 휘청휘청 살을 골라 한 대는 등에 꽂고 한 대는 줄에 매어 들고 그 시커먼 사람을 향하여,

　"저 독수리를 맞히기만 하면 이 활과 그 환도는 내 것이지요?"

하고 한 번 다지었다.

　그 사람은 하릴없이 고개를 끄덕끄덕하였다. 사람들은 아까보다도 더 많이 모여들었다.

　미륵은 사람들을 한번 돌아본 뒤에 가만히 활을 들어 삐긋이 당기면서,

　"첫 살은 독수리를 날리는 살이오."

하고 오른손을 툭 튀겼다. 살은 휙 소리를 내고 바로 독수리의 등을 스칠 듯이 날아갔다. 독수리는 깜짝 놀라 한정 없이 하늘로 날아올랐다.

　미륵은 둘째 살을 매어 들고 하늘을 향하였다.

수리재

미륵은 하늘을 향하여 둘째 화살을 튀겼다. 살은 놀라서 나는 독수리

를 향하고 꼿꼿이 날아 올라간다. 독수리는 살을 피하려고 날던 방향을 돌리려 하는 듯하였다. 그러나 미륵의 쏜 살은 독수리를 따라 올라가 바로 그 희끄무레한 가슴패기를 뚫었다. 살에 맞은 독수리는 두어 길이나 더 솟더니 살에 달려 펄렁펄렁, 너울너울 땅으로 떨어져 내려왔다.

보던 사람들은 "우와!" 하고 소리를 지르고 발을 굴렀다.

"장사다!"

"참 잘 쏜다!"

하고 사람들은 미륵을 보고 혀를 찼다.

미륵은 활을 어깨에 메고 땅에 놓인 전통을 등에 지었다. 그러고는 시커먼 사람을 향하여,

"내 환도."

하고 손을 내밀었다.

시커먼 사람이 머뭇머뭇하는 것을 보고 다른 사람들은 속으로 밉게 생각하였으나, 감히 이 무시무시한 활량에게 대드는 사람이 없었다. 그러나 사람들 속에서 얼굴 희고 키가 작달막한 젊은 사람 하나가 뛰어 나서면서 시커먼 사람더러,

"약조대로 그 환도를 이 아이에게 주시오."

하고 소리를 질렀다. 이 소리에 다른 사람들도 기운을 얻어 "환도 주어라!" 하고 일제히 소리를 질렀다. 이 바람에 그 시커먼 사람은 하릴없이 환도를 미륵에게 주었다.

미륵은 환도를 받는 길로 칼날을 쭉 뽑았다. 그것은 서리 모양으로 햇빛에 번쩍하며 푸른 무지개가 뻗치었다. 미륵은 막대기 칼 둘러보던 법대로 그 크고 무거운 칼을 한번 둘러보았다. 사람들은 "에크, 에크." 하

고 물러섰다. 미륵은 아주 맘에 흡족하여 칼을 집에 도로 꽂아 한번 만져 보고 허리에 둘러찼다.

시커먼 사람더러 환도를 주라고 호령하던 얼굴 희고 키 작은 젊은 사람은 미륵의 등을 만지며 무수히 칭찬한 후에,

"네 성명은 무엇이요, 집은 어디냐?"

하고 물었다. 다른 사람들도 미륵의 성명과 사는 곳을 알고 싶어서 귀를 기울였다.

미륵은 성명이 없었다. 자기가 경문왕의 아들이라 하면 자기의 성은 김가다. 그러나 자기는 김가 성을 말할 수가 없는 줄을 안다. 또 그때에는 성 있는 사람도 있고 없는 사람도 있기 때문에 구태 성을 말할 필요도 없었다. 그래서 미륵은,

"나는 성명도 없고 집도 없어요."

하고 대답을 하였다. 사람들은 이 대답에 놀랐다.

"신인(神人)이다."

하고 의심하고 탄식하는 이도 있었다.

그 얼굴 흰 젊은 사람이 이윽히 미륵의 얼굴을 보더니,

"귀가 대단히 크다."

하고 고개를 기웃기웃하고 나서,

"네가 활을 잘 쏘니 활이라고 이름을 짓자."

한다.

다른 사람들도 미륵의 귀가 큰 것을 보고 또 활이라는 이름이 좋은 줄로 생각하였다. 미륵도 속으로 '활 궁' 자를 생각하였다. 이리하여 미륵은 후일에 궁예(弓裔)라는 이름을 가지게 된 것이다.

조그마한 미륵이 활을 메고 전통을 지고 환도를 찬 모양은 기특하기도 하고 우습기도 하였다. 그러나 사람들은 웃을 생각은 아니 하고 칭찬하기를 마지아니하였다.

서울에는 각처에서 인산 구경 올라온 사람들이 가득 차서, 이십만 호, 백만 인구가 산다는 서울은 이때는 온 나라 사람이 다 모여든 것같이 북적북적하였다. 한 입 건너 두 입 건너 미륵의 말이 온 장안에 퍼지었다. 애꾸눈이 아이만 보면 "활이, 활이." 하고 사람들이 모여들었다. 이 때문에 미륵은 서울에 들어오는 길로 서산말〔西山村〕 백면(白面) 국선의 집에 숨어 있었다.

백면 국선은 곧 수리재에서 시커먼 사람더러 미륵에게 환도를 주라고 호령을 하던 사람이다. 그는 어떠한 사람인지 알 수 없으나 동네 사람들이 백면 국선이라고 부르고, 서산 김유신(金庾信) 대각간(大角干) 무덤 밑 조그마한 집에 살았다.

원수

미륵은 밤이 깊도록 수리재에서 얼굴이 검고 키가 큰 사람에게 얻은 활과 칼을 보고 만지고 혼자 좋아하다가 잠이 들었다. 칼과 활 얻은 기쁨에 원수 갚을 생각도 잊어버리고 있었다. 더구나 수리재에서 수많은 사람들에게 칭찬받던 것을 생각하니 억제할 수 없이 맘이 기뻤다. 미륵은 자면서도 벙긋벙긋 웃었다.

서울이라 하여도 한편 구석인 서산말은 밤이 깊으매 극히 고요하여,

벽 틈에서 씰씰 하는 귀뚜라미 소리나 뒷산에서 이따금 울려오는 쑥덕새 소리도 미륵의 곤한 잠을 깨우지는 못하였다.

문밖에서 자작자작 사람 걸어오는 소리가 나더니,

"미륵아."

하고 문을 방싯 연다. 미륵은 어슴푸레 들었던 잠을 깨어 일어나 바라보았다. 문을 열고 들어오는 이는 입에 칼을 문 젊은 여인이다. 칼날이 반이나 입속으로 들어가고 칼자루에서 시뻘건 피가 뚝뚝 흐른다. 미륵은 무서워서 몸을 피하며,

"그 칼 빼놓아요!"

하고 그 여인을 향하여 소리를 질렀다.

그 여인은 눈물을 흘리고 고개를 흔들며,

"이 칼은 너밖에 뽑을 사람이 없다. 내 아들아!"

하고 손을 내밀어 미륵의 머리를 만지려 한다. 미륵은 그 손을 피하였다. 미륵은 맘에 어머니인 줄을 알았으나 무서웠던 것이다. 미륵은 눈으로는 칼 문 여인을 보면서도 몸은 한편 구석으로 피하면서,

"그 칼을 뽑아요! 뽑아요!"

하고 소리를 질렀다. 그러다가 제 소리에 놀라서 꿈을 깨었다.

꿈이 깨는 대로 벌떡 일어나서 훤한 문을 바라보았다. 문밖에는 짤짤 신 끄는 소리가 들리는 듯하였다. 전신에 소름이 끼치고 찬땀이 흘렀다. 미륵은 한참 동안 정신없이 꿈 생각을 하고 앉았다가,

"어머니!"

하고 불렀다. 피 흐르는 칼을 입에 문 어머니의 모양이 눈앞에 보이는 듯하였다. 미륵은 그 모양을 붙잡으려는 듯이 두 손으로 허공에 내어두르

며 어머니를 불렀다. 그러고는,

"어머니, 내 원수를 갚을게요! 이 칼로, 이 활로 어머니 원수를 갚을게요."

하고 벽에 걸었던 환도와 활을 만져보았다. 어머니의 눈물 흘리는 아름다운 얼굴이 미륵의 눈에서 떠나지를 아니하였다.

닭이 운다. 귀뚜라미도 운다. 미륵은 날이 새기만 기다렸다.

아침을 먹고 나서 미륵은 활을 메고 환도를 차고 백면 국선의 집에서 나왔다.

"너 어디로 가니?"

하고 백면 국선이 물을 때 미륵은,

"어머니 원수 갚으러 가요."

하고 대답을 하였다.

국선은 미륵의 말에 놀라는 양을 보였으나 더 묻지도 아니하고,

"또 오련?"

하고 물었다.

"못 오지요."

하고 미륵은 국선에게 절을 하였다.

"살아나면 다시 만날 때도 있지요."

하고 미륵은 국선을 바라보았다. 국선은 다만 고개를 끄덕끄덕할 뿐이었다.

미륵은 국선의 집에서 나오는 길로 문내 물을 건너 향방 없이 서울 바닥으로 들어왔다.

오늘이 인산 날이라고, 아직 이른 아침이건마는 종로 네거리에 소복한 사람들이 담을 쌓았다. 미륵이 지나가는 것을 보고 "활이, 활이." 하고

부르는 소리도 들렸다. 말 탄 군사들이 바쁘게 떼를 지어 달려가고 달려온다.

미륵은 사람 사이를 뚫고 임해전 앞 큰길을 지나 흥륜사(興輪寺) 골목으로 빠져 반월성 대궐을 향하고 갔다. 가면 어찌할 것은 몰라도 대궐 가까이만 가면 원수를 갚을 기회가 있을 것같이 생각한 까닭이다.

미륵은 마침내 대궐 문 앞에 다다랐다. 하늘에 닿은 듯한 높은 문에는 대화문(大化門)이라는 큰 현판이 붙고, 삼문 중에 가운뎃문은 아직도 열지 아니하였다. 열린 두 문에는 큰 환도 빼어 들고 활 멘 군사와 뻘건 상모 단 창 든 군사들이 지키어 서고, 가끔 소매 넓은 옷 입은 사람들이 혹은 수레를 타고, 혹은 가마를 타고 문턱까지 와서는 탔던 것을 내려 옷을 떨고 고개를 수그리고 슬픈 모양으로 들어간다. 타는 것에도 모두 베를 둘렀다. 문 앞길에는 빨간 황토를 깔아, 그 황토 위에 사람의 발자취와 수레바퀴 자국이 난다.

미륵은 사람들의 사이를 뚫고 가까스로 맨 앞줄에 나섰다. 문을 바라볼 때 그 문은 자기가 맘대로 들고 나고 할 수 있는 것같이 생각했다.

'그 문 안에는 내 아버지의 해골이 있지 아니한가. 내가 왜 저 문을 들어가지 못할 것인가.'

하고 혼자 묻고 혼자 대답하였다.

사람들은 모두 고개를 늘여 가운뎃문이 열리기를 기다렸다.

"진시(辰時)라는데 아직 안 되었다."

사람들은 이런 소리들을 하였다.

"뒷대궐마마께서 불쌍하시지."

하는 소리가 미륵의 귀에 들렸다. 미륵은 깜짝 놀라서 뒤를 돌아보았다.

거기는 웬 노파 이삼 인이 지팡이에 턱을 받치고 모여 서서 사람들 때문에 앞은 바라보지도 못하고 이야기들만 하고 있다.

"애매하시지, 애매하시고말고. 그게야 큰마마께서 간성 일관을 꾀어서 그렇게 시키신 게지."

하고 한 노파가 지팡이로 땅바닥을 두드리면 다른 한 노파는,

"그래서 상감마마께서도 나중에는 그런 줄을 아시었드래. 그래서 가끔 청련각 연못가를 거니시며 마마, 마마 하시고 한숨지시는 것을 궁녀들이 여러 번 보았다던데."

하고, 그러면 또 한 노파는,

"용덕 아기는 살았다지?"

하면 둘째 노파가,

"그럼은. 왜, 저 용덕 아기 젖 드리던 모량 아씨가 안고 도망하지 않았어? 그 후에 사람을 놓아서 찾아도 못 찾았지. 에그, 그 아기도 사셨으면 벌써 열세 살이시지. 그 아기 나실 때 집에 서광이 비치고, 나시면서 이가 났더라오. 그이가 살아 계시면 가만히는 안 계실걸. 얼마나 가슴이 아프시겠어."

하고 곁의 사람에게는 들릴락 말락 나무아미타불을 몇 번 부른다.

"그 아기가 살았으면 이번에는 나설 테지. 아바마마 승하하신데 가만히 있을라고."

하고 한 노파가 곁에서 듣고 서 있는 미륵을 힐끗 본다. 다른 노파들도 그 노파의 눈을 따라 미륵을 힐끗 본다. 그러나 미륵의 우스운 꼴을 잠깐 볼 뿐이요, 다시 이야기를 계속한다. 조그마한 아이가 남루한 의복에 제 키만 한 활을 메고 전통을 지고 긴 환도를 찬 모양은 참 우스웠다.

"용덕 아기가 살아 계시더라도 영결(永訣)에 참례를 못 하면 무엇 하오? 자식이라도 영결에 참례를 못 하면 제사에도 참례를 못 한다던데."

하고 한 노파가 또 미륵을 본다.

미륵은 영결이 무엇인지를 몰랐다. 그러나 그 말뜻을 곧 알아야 할 것 같이 생각하였다.

"영결이 무어요?"

하고 마침내 미륵이 물었다.

"이 애가 영결도 모르나. 네 어디서 왔니?"

하고 한 노파가 묻는다.

"나 시골서 왔소. 영결이 무에요?"

"어느 시골서? 호호호호, 아주 활량인데."

하고 세 노파는 미륵을 보고 웃는다. 그중에 한 노파가,

"영결이란 무엇인고 하니, 사람이 죽어서 장례 날이 되어서 관이 집에서 떠날 때 마지막으로 보는 것이다."

하고 다른 노파들을 돌아보며,

"아마 대궐에서는 지금 영결을 하시겠지?"

한다.

"영결에 얼굴도 보오?"

하고 미륵이 다시 묻는 말에 그 노파는 고개를 끄떡끄떡한다.

미륵은 영결 말을 듣고, 아바마마의 얼굴을 한 번만 보고 싶은 맘이 간절하였다. 더구나 왕께서 뒷대궐마마를 생각하시었다는 아까 그 노파의 말에 미륵은 아바마마를 원망하던 생각이 없어지고, 도리어 이 세상에서 다시는 보지 못할 아버지의 낯을 한 번만이라도 보고 싶었다.

미륵은 사람 사이를 뚫고 대화문을 향하고 뛰어 들어갔다. 처음에는 어떤 장난꾼이 아인고 하고 모두 심상히 여기었으나, 대궐 문에 다다랐을 때는 문 지키던 군사가 붉은 상모 단 창으로 미륵의 가슴을 겨누고,

"이놈, 어디를!"

하고 소리를 질렀다.

미륵은 굴하지 아니하고 고개를 뒤로 젖히고 눈을 부릅뜨고,

"무엄한 버릇을 마라!"

하고 소리를 질렀다.

다른 군사들도 우 달려와서,

"이놈, 어떤 놈이냐?"

"이놈, 애꾸눈이 놈이."

하고 미륵을 에워쌌다.

미륵은 허리에 찼던 환도를 쭉 빼어 들고,

"나는 용덕왕자, 아바마마 영결에 참례하러 바삐 가는 길인데 내 길을 막는 놈은 이 칼로 버히리라, 비켜라!"

하고 칼을 내어둘렀다.

문 지키는 군사들은 '왕자'라는 말에, 또 미륵의 위엄과 내두르는 칼에 기운이 줄어서 모두 뒤로 물러섰다. 그 틈을 타서 미륵은 대화문으로 뛰어들었다. 그러나 문안에서 지키는 군사는 칼과 창으로 미륵의 앞을 막았다. 미륵은 또 칼을 두르며,

"나는 용덕왕자, 아바마마 영결에 가는 길 막는 놈은 이 칼로."

하고 호령을 하였다.

이 말에 늙은 군사 하나가 나서며,

"용덕왕자시면 표를."

하고 손을 내밀었다. 미륵은 그 저고리를 안 가져온 것을 후회하고 잠시 주저하였으나 얼른 손으로 자기의 귀를 가리키었다. 군사들은 미륵이 가리키는 귀를 보았다. 과연 승하하신 상감마마의 귀와 같이 크다. 그래서 젊은 군사들은 길을 막았던 창과 칼을 거두었으나 늙은 군사는 여전히 길을 막고,

"표를 보이시기까지 한 걸음도 못 들어가시리다."

하고 두 팔을 벌리고 일변 사람을 내전으로 보내어 용덕왕자라고 자칭하는 애꾸눈이가 칼을 두르며 영결 참례를 들어온다는 말을 전하였다.

이때 내전에서는 종친과 대신들이 모이어 영결과 인산의 절차를 서로 다투고 있었다. 상대등 위진(魏珍)은 모든 것을 옛날 우리나라 법대로 하는 것이 좋다고 주장하고, 시중 인흥(藺興)은 모든 것을 당나라 법대로 하자고 주장하여 서로 지지 아니하였다. 이것은 이날에 시작된 것이 아니요, 대행마마 승하하신 때 초혼(招魂) 절차에서부터 다툼이 생기어 석 달이나 끌어온 것이다. 상대등 위진이 주장하는 바는, 비록 상감마마께서 당나라의 벼슬을 가지셨다 하더라도 그것은 한 형식적 예절에 지나지 못하는 것이니, 우리는 우리 주상의 장례를 옛날부터 우리나라에서 하던 전례대로, 즉 임금의 예로 할 것이라 함이요, 시중 인흥의 주장은, 그것이 옳지 않다, 상감마마께서는 당나라 벼슬로 대도독계림주제군사(大都督鷄林州諸軍事)요, 상주국신라왕(上柱國新羅王)이란 것은 봉작(封爵)한 직함에 불과한 것이니, 옛날 모양으로 무식한 오랑캐의 일로 황제와 같이 모든 예절을 할 수가 없다는 것이다. 새로 당나라에서 과거하고 돌아온 최치원(崔致遠)도 물론 인흥의 편이었다. 위진은 비록 일국의 제일

높은 상대등의 자리에 있으나, 새로 당나라에 다녀와 당인(唐人) 모양으로 외자 성과 두 자 이름을 갖는 무리의 세력을 당할 길이 없었다. 그러나 위진은 굴하지 아니하고 당나라 법을 주장하는 젊은 벼슬아치를 보면,

"너희는 당나라에 가서 살아라!"

하고 소리를 지르는 일이 있었다.

위진파와 인홍파의 싸움이 가장 격렬하기는 대행대왕의 명정(銘旌)을 모실 때다. 그때 위진은 '경문대왕(景文大王)'이라고 쓰는 것이 옳다고 하고, 인홍과 최치원은 당나라 벼슬로 '개국의동삼사검교태위지절대도독계림주제군사상주국신라왕김응렴(開國儀同三司檢校太尉持節大都督鷄林州諸軍事上柱國新羅王金膺廉)'이라고 쓰자고 주장하였다. 이날에는 아침부터 저녁때까지 만조제신(滿朝諸臣)이 두 패로 갈려 큰 싸움을 하였다. 더구나 새로 당나라에서 돌아온 최치원의 말은 뉘라 감히 꺾는 이가 없었다. 그때에 상대등 위진은,

"너희들은 오늘로 배를 타고 당나라로 가 살아라! 우리 신라에는 당나라 사람은 없는 것이 좋다."

하고 얼굴이 주홍빛이 되어 소리를 질렀다. 그때에 태자께서도,

"아바마마는 신라 임금이시다."

하고 인홍과 최치원을 책망하시었다. 이 때문에 인홍 일파도 하릴없이 지고, 상대등 위진의 주장대로 명정을 쓰게 되었다.

그러나 인홍 일파는 기회 있는 때마다 위진과 다투었다.

이날도 모두 상복을 입고 위의를 갖추고 영결과 인산 절차에 마지막 싸움을 하느라고 진시가 지나도록 다투던 판에 용덕왕자라는 이가 영결에 참례하러 들어온다는 고목(告目)이 들어왔다.

"용덕왕자!"

하고 일동은 놀랐다. 그리고 여태까지 떠들던 사람들이 모두 잠잠하게 입을 닫았다. 그리고 상대등만 바라보았다. 책임 있는 말을 먼저 내는 것보다 상대등이 말을 내거든 반대하는 것이 가장 쉬운 일인 까닭이다.

위진은 곧 빈전으로 들어갔다. 거기 금상마마와 두 분 마마께서 계신 까닭이다. 위진이 들어오는 것을 보고 어린 금상마마는 낯을 찡기며,

"아직도 다투나? 진시가 안 되었나?"

하시었다.

위진은 황송하여 이마를 마루에 대고 엎드렸다.

"그 사람들 당나라로 보내지 못할까?"

하고 왕은 더욱 불쾌한 빛을 보였다.

위진은 여러 번 이마를 조아린 뒤에,

"큰일이 생겼습니다."

하고 입을 열었다. 왕은 위진의 말이 끝나기도 전에,

"또 당나라 사람들이 무슨 일을 저질렀나?"

하시었다. 당나라 사람이란 물론 인홍, 최치원 등을 가리킨 것이다. 왕은 아직 열네 살밖에 안 되셨으나 심히 총명이 있으시었다.

위진은 용덕왕자라고 자칭하는 이가 대궐 문에서 대행마마 영결에 참례한다고 야료한다는 말을 아뢰었다.

왕은 용덕왕자라는 말을 듣고 곁에 있는 어마마마이신 영화마마를 돌아보시었다. 영화마마는 용덕 아기란 말에 까맣게 질렸다. 지금까지도 어디 가서 살아 있으리라고 생각은 하였으나, 이렇게 대담스럽게 찾아오리라고는 믿지 못하였던 까닭이다. 영화마마는 겨우 정신을 수습하여,

"시각이 늦는데."

하고 아무 말이 없었다.

정화마마가 나서며,

"용덕 아기일시 분명할진대, 곧 들어오시게 하는 것이 마땅하겠소."

하고 상감과 위진을 보고 짐짓 영화마마는 보지 아니한다. 영화마마의 아드님이 왕이 되시고 당신은 남편마저 잃어버리니 설 곳이 없어 자연 전보다도 영화마마가 미워지는 까닭이다.

정화마마의 말에 영화마마는 왕의 앞에 한 걸음 가까이 들어가 어성을 높이어,

"못 하오. 용덕왕자는 대행마마께서 이찬 윤홍의 씨라 하여 죽이라고 명하신 죄인이거늘, 이제 다시 용덕왕자라 하여 궐내에 들임이 부당하오. 만일 윤홍의 씨를 용덕왕자라고 들인다 하면 내가 물러나가겠소."

하였다.

왕도 용덕왕자 말을 몇 번 들었다. 그러나 별로 생각해본 일은 없었고, 다만 용덕 아기가 살았으면 자기보다 나이가 한 살 아래라는 말을 기억하였을 뿐이다. 그러다가 불의에 용덕왕자가 왔단 말을 듣고 왕은 보고 싶은 생각이 있었다. 맘 같아서는 곧 불러들여서 대면이라도 하고 싶건마는, 태후마마가 그처럼 야단을 하니 어린 맘에 어찌할 줄을 몰랐다. 그래서 어찌하면 좋으냐고 묻는 듯이 상대등을 바라보았다.

위진은 뒷대궐마마의 아버지의 친구로 그 집 일을 본래부터 잘 알았고, 뒷대궐마마도 어렸을 때부터 위진이 귀여워하던 바다. 그러하기 때문에 위진은 뒷대궐마마가 애매한 죄로 원통하게 죽은 줄을 알고, 더구나 이찬 윤홍과 관계가 있다는 말은 정화마마가 윤홍을 미워하는 데서 나

온 모함인 줄을 잘 안다. 윤흥이 무슨 일로 내전에 들어왔을 때에, 평소에 윤흥의 인물을 못 잊어하던 정화부인이 윤흥을 끌었으나 듣지 아니한 원혐(怨嫌)으로 그 형님 되는 영화마마에게 애매한 소리를 일러바친 것이다. 영화마마는 뒷대궐마마를 해치기 위하여 윤흥까지 끌어넣은 것이다. 그래서 뒷대궐마마가 칼을 물고 돌아가신 뒤에 곧 왕은 윤흥을 죽이려 하였고, 또 이에 대하여 윤흥은 숙흥(叔興), 계흥(季興) 두 아우와 더불어 이 영화마마를 폐하여야 한다고 하여 반란을 일으켰다가 패하여 삼형제가 다 종로에서 오차를 당하여 죽었다.

그 후에 위진이 뒷대궐마마와 윤흥이 애매한 것을 왕께 말하여 여러 원혼의 원망을 풀려 하였으나 후환이 무서워 아직까지도 발설을 못 하고 왔었다. 그러다가 이제 용덕왕자가 왔으니, 이때를 타서 여러 사람의 원통한 일을 귀정(歸正)할 필요가 있다고 생각하였다. 그래서 위진은 왕께 여쭈었다.

"여쭈옵기 황송하오나 용덕왕자 일은 만민이 다 원통히 여기는 바오니, 이때 성덕을 베푸시어 폐하께서 형제로 대면하오시고 뒷대궐마마와 윤흥의 원통한 혼을 위로하시는 것이 지당하온 줄로 아뢰오."
하였다.

이 말에 태후는 발을 동동 구르고 위진을 향하여,

"물러나라! 늙은것이 무슨 망령된 소리를 하노!"
하고 소리소리 질렀다.

그러나 위진은 왕의 하교가 내리기만 기다리고 몸을 움직이지 아니하였다.

태후는 왕을 보고 울며,

"위진 상대등은 나를 사람을 모함한 요망한 사람으로 아는가? 때때로 우리 형제를 해치는 말을 하노."

하였다.

왕은 아직도 말이 없다. 위진은 한 번 고개를 들어 왕을 보고 다시 엎드려,

"임금은 하늘의 해오니 만민이 다 바라보는 바오니, 용덕왕자의 원통한 뜻을 푸시옵이 백성을 화하는 일이옵니다."

하고 또 한 번 정성으로 간하였다.

왕이 무슨 말씀을 하시려 할 때에 태후는 다시 발을 구르며,

"상감마마는 간신 위진을 내리어 내 앞에서 목을 버히지 못하오?"

하고 소리를 질렀다.

정화마마 다시 입을 열려 할 때에 영화마마는,

"너는 물러가 있으라!"

하고 악을 쓴다.

왕은 이윽히 생각하더니 위진을 보고,

"물러나라! 즉각으로 영결 지내고 인산 모시라."

하고 하교를 내렸다.

"용덕왕자는 어찌하오리까?"

하는 위진의 말에 왕은,

"다시 분부 있기까지 물러 있으라 하되, 야료하거든 잡아 가두라."

하고 자리에서 일어나서 나뭇잎 떨어지는 바깥을 바라보신다.

미륵이 군사들과 한바탕 승강하고 있을 즈음에 금성태수 중아찬(重阿飡) 왕륭(王隆)이 입내(入內)하는 길에 이 광경을 보았다. 왕륭은 수상히 여겨,

"웬일이냐?"

하고 군사더러 물었다.

미륵의 앞을 막던 늙은 군사가 이마에 땀을 흘리며 손으로 미륵을 가리키며,

"이 아기가 용덕왕자로라 하옵고 영결에 참례한다 하와 야료를 하오."

하고 아뢴다.

이 말을 듣고 미륵을 물끄러미 보더니 왕륭이 미륵 앞에 꿇어 엎드리며,

"용덕 아기시오닛가?"

하고 물었다.

미륵은 씨근씨근하며,

"그러하오."

하고 대답한다. 왕륭의 금으로 아로새긴 오동 환도가 미륵의 눈에 띄었다.

왕륭은 한 번 더 절하며,

"금성태수 중아찬 왕륭이 현신(現身)이오."

한다.

금성태수 왕륭은 한주도독(漢州都督) 망에 오른 사람이요, 상대등 위진이 극히 사랑하는 바다. 풍채 좋고 말 잘 타기로 이름 높으며, 더욱이 칼을 잘 쓴다 하여 왕칼이라는 별명을 가진 사람이다. 왕륭도 위진과 같이 나라가 날로 어지러워지는 것을 개탄하고, 어찌하면 두 분 마마와 인홍의 무리를 물리치고 나라의 운명을 한번 새롭게 해볼까 하는 야심을 가진 사람이다. 왕륭은 금성태수로 간 지 삼 년에 정병 일만을 기르고 군량과 마초(馬草)도 삼 년 쓸 것은 장만하였다고 전하며, 그 때문에 조정에

서는 왕륭이 역심을 품었다는 말까지 수군수군하게 된 사람이다. 이러한 왕륭이 미륵의 앞에 엎드려 절을 하니, 지금까지 길을 막던 군사들도 하나씩 둘씩 왕륭 모양으로 땅에 엎드렸다.

왕륭은 일어나 미륵의 오른편 팔을 두 손으로 붙들어 부액을 하고 내전을 향하여 들어갔다. 묵묵히 지키던 군사도 감히 말하는 이가 없었다.

그러나 이때에 빈전에서는 큰일이 생겼다. 태후는 왕께 매어달려 즉각으로 위진의 상대등을 면하고 인홍으로 상대등을 삼지 아니하면 목숨을 끊는다고 몸부림을 하였다. 왕이 여러 가지로 말하나 듣지 아니하고, 위진의 목을 베기 전에는 살지 아니한다고 악을 썼다.

정화마마는 자기를 빈(嬪)으로 대접하려던 인홍이 상대등이 되면 자기도 죽어버린다고 야단을 하였다. 황(晃) 아기며 만공주는 곁에서 울었고, 근시하는 신하들은 먼발치에서 어찌할 줄을 몰랐다.

왕도 하릴없이 상대등 위진과 시중 인홍을 파직하고, 태후의 뜻을 받아 즉각으로 이찬 위홍(魏弘)을 상대등으로 하이시고, 대아찬(大阿飡) 예겸(乂謙)으로 시중을 하이시었다. 대내에 모였던 만조백관은 인산 날 갑자기 정변에 눈이 휘둥그레지었다.

파직되는 길로 전 상대등 위진은 태후께 불경하였다는 죄로 옥에 내리우고, 전 시중 인홍은 집에 안치하라신 전교가 내렸다. 인홍은 왕께서 마땅치 않게 생각하신 까닭이다.

새로 상대등이 된 위홍은 본래 태후와 좋지 못한 말이 있던 사람이다. 태후의 내명(內命)을 받아 위홍은 용덕왕자를 잡되, 만일 그를 두호하거나 도망케 하는 자는 용덕왕자와 같이 벌하리라는 엄명을 내리었다. 위홍은 나라의 정권이 태후의 손에 있음을 알기 때문에 더욱 태후의 맘에 들기 위하여 이리한 것이다. 예겸은 어진 사람이었으나 위홍의 매부였었다.

미륵이 왕륭의 부액을 받아 거의 내전 문에 다다랐을 때에 한 떼 군사가 문 뒤에서 달려나와,

"이놈, 섰거라!"

소리를 치며 미륵과 왕륭을 에워쌌다. 왕륭은 군사들을 향하여,

"누구신 줄 아느냐! 용덕 아기시다."

하고 호령을 하였다.

그러나 군사들은 벌써 위진이 파직을 당하고 위홍이 상대등이 된 줄을 알기 때문에 왕륭을 두려워하지 아니하고 무례하게 왕륭에게 육박하였다. 왕륭은 형세가 그른 줄 깨닫고 칼을 빼어 달려드는 군사 몇을 베고, 미륵을 앞세우고 일변 따르는 군사를 막으며 대궐 북문인 현무문을 향하고 달아났다. 그러나 현무문에는 벌써 복병이 지키고 있다가 미륵과 왕륭을 엄습하였다. 왕륭은 현무문에서 복병이 내달음을 보고 미륵을 돌아보며,

"금성태수 저 군사들과 싸우는 동안에 아기는 도망하시오."

하고 칼을 들고 복병을 향하여 나가며,

"너희 금성태수 왕륭을 아느냐?"

하고 시살(廝殺)하였다.

미륵은 늙은 은행나무 뒤에 몸을 숨기고 전통의 살을 빼어 복병을 향하여 쏘았다. 한 살이 한 군사를 거꾸러뜨리나, 전통에 살은 몇 대가 안 남고 군사는 수없이 많았다. 미륵은 있는 대로 다 쏘아 십여 명을 거꾸러뜨리고는 남은 살 하나를 매어 내전을 향하여 들이쏘았다. 그 살은 푸르르 날아 바로 혜화전 뒷기둥에 박히어 몸을 부르르 떨었다.

그러고는 미륵은 왕륭이 군사들을 유인하여 빙고(氷庫) 쪽으로 치우치어 간 틈을 타서 현무문을 빠져나와 샛길로 돌아 달아나버렸다.

이 일 때문에 오시나 지나서야 겨우 인산이 대궐 문을 떠났다.

용덕왕자가 나왔다, 대궐 안에서 싸움이 났다, 금성태수가 반(叛)하였다, 하는 소문이 장안에 퍼지자, 모였던 백성들은 무슨 큰일이 난 줄 알고 수군수군, 들먹들먹하였다. 혹은 불원에 큰 난리가 벌어지리라 하여 달아나는 이도 있고, 혹은 용덕왕자가 병법이 신통하여 단신으로 능히 대궐 안에 있는 군사를 당하고 임금이 되리라는 둥, 되었다는 둥, 별별 소문이 다 돌다가, 마침내 영여(靈輿) 뒤에 나오시어야 할 왕이 아니 나오시는 것을 보고는 더구나 백성들 사이에 의심이 많았다.

혜화전 뒷기둥에 살이 박힌 것이며, 용덕왕자와 왕륭이 문 지키던 군사를 다 죽이고 도망하였다는 말에 대궐 안은 물 끓듯 하였다. 태후는 상대등 위홍을 명하여 곧 세 영문 군사를 풀어 용덕왕자와 왕륭을 잡으라고 하였으나 마침내 잡지 못하고, 북문으로 들어오는 백성의 입으로 어떤 장군 하나가 혼자 말을 타고 북으로 달아났단 말을 듣고야 비로소 왕륭이 벌써 장안에 있지 아니한 줄을 깨달았다. 왕륭이 장안에 없는 것은 다행이거니와, 용덕왕자의 간 곳을 몰라 태후는 발을 구르고 사람들은 겁을 내었다.

'그저께 수리재에서 활 잘 쏘던 애꾸눈이가 용덕왕자이다.'
하고 다 알게 되매, 더욱이 대궐 안에서는 근심이 되어 왕께서는 옥체 미령(靡寧)하시다는 핑계로 행행(行幸)이 없으시기로 결정을 하고, 이러느라고 오시가 지나서야 인산을 모시게 된 것이다.

인산 행렬이 장안 대도로 나아갈 때에도 뒤에 따르는 대관들은 잠시도 맘을 놓지 못하였다. 참새 한 마리가 휙 날아 지나가도 이것이 용덕왕자의 살이나 아닌가 하여 고개를 흠칫하고, 공작터 능에 다다른 뒤에도 어디서 용덕왕자의 살이 날아오지나 아니하는가 하여 사람들은 힐끗힐끗 하늘만 바라보았다. 그러나 마침내 용덕왕자의 살은 날아오지 아니하고 말았다. 인산에 참례했던 사람들은 저녁때 집에 돌아와서야 비로소 휘유 하고 맘을 놓았다. 그러나 잠깐 맘을 놓은 뒤에는 다시 새 무서움이 생겼다. 왕륭이 금성 정병을 거느리고 서울로 치러 들어오면 어찌하나, 용덕왕자가 수없는 살을 가지고 와서 장안으로 쏘아 들여보내면 어찌하나, 그중에도 대궐 안에서는 더욱 무서움이 많았다. 용덕왕자의 무서운 살, 대궐 기둥에 박혀 부르르 떨던 살이 눈에 보이어 궁녀들은 밖에 나가기도 무서워하였다.

태백산

미륵은 천신만고로 서울을 빠지어나왔다. 그러나 애꾸눈이를 잡으라는 영이 내려 애꾸눈이면 늙은이나 젊은이나 모두 붙들어 가는 판에 미륵은 며칠 동안을 낮이면 산에 숨고, 밤이면 정처 없이 북으로 달아났다. 그러나 이러다가는 마침내 붙들릴 근심이 있으므로, 미륵은 한 꾀를 생각하였다. 미륵은 활과 환도를 거적에 싸서 짊어지고 지팡이 하나를 짚고 아주 장님 행세를 하기로 하였다. 사람 없는 곳에서는 한 눈을 뜨고 가다가 사람이 오는 기척이 있으면 곧 한 눈을 마저 감아버리고 지팡이로 길을 찾았다. 이 모양으로 동네마다 밥을 빌어먹으며 며칠을 가서 태백산(太白山) 동구에 다다랐다.

미륵은 다리도 아프고 배도 고파 늙은 소나무 뿌리를 베개 삼아 한잠을 자다가, 솔솔 부는 깊은 가을바람에 나뭇잎이 떨어지어 굴러다니는 소리에 잠이 깨니 벌써 석양이다. 몸뚱이에 검은 점 박힌 다람쥐가 도토리를 입에 물고 뛰어오다가 미륵을 보고는 우뚝 서서 기단 꼬리를 흔들었다.

미륵은 다람쥐 모양으로 마른 보습나무 잎을 헤치고 쓰디쓴 도토리를 한바탕 주워 먹었다. 얼마를 주워 먹고 나서는 돌돌돌 물소리 나는 데를 찾아 넙적 엎데어 주린 배를 찬물로 채웠다. 물을 먹고 나서는 또 이리 기웃, 저리 기웃 도토리를 주워 먹으며 돌아다닐 때 어디서,

"이놈아, 웬 놈이냐."

하는 소리가 들린다.

미륵은 깜짝 놀라 둘러보니 웬 중늙은이 중 하나가 여남은 살 된 상좌를 데리고 오다가 지팡이로 턱을 받치고 서서 쉰다. 미륵은 얼른 소경 모양으로 지팡이를 내어두르며,

"길 가던 애요."

하였다.

"길 가던 놈이 길은 안 가고 거기서 무엇을 해?"

"배가 고파서 도토리를 주워 먹어요."

"이놈아, 도토리를 주워 먹으면 다람쥐는 무엇을 먹고 겨울을 나?"

"다람쥐 먹을 것은 내놓고 먹어요."

미륵의 말에 중은 껄껄 웃었다.

미륵은 여전히 소경 모양으로 두리번두리번하며 지팡이를 내어둘렀다. 그것을 보고 어린 상좌가 깔깔 웃으며,

"하하, 쟤가 장님이야요."

한다.

미륵은 옳다, 되었다 하고 속으로 기뻤다.

그러나 미륵이 거의 다 길에 나왔을 때에 중이 지팡이를 들어 미륵의 머리를 딱 붙이며,

"허, 이놈! 어른을 속이고."

미륵은 한 손으로 얻어맞은 데를 만지며,

"아니요, 정말 소경이오."

하였다.

"소경이 도토리를 주워! 이놈, 네가 애꾸눈인 줄을 내가 다 아는데."

미륵은 자기를 붙들려는 사람이나 아닌가 하여 머리가 쭈뼛하였다. 그러나 중은 말을 이어,

"요새 용덕왕자 잡느라고 애꾸눈이 잡는다니까 너도 용덕왕자로 알까 봐서? 허, 그놈! 네까짓 놈을 누가 용덕왕자로 알어?"

하고 중은 지팡이 끝으로 미륵의 눈깔을 찌르려 한다. 미륵은 안심하고 성한 눈을 번쩍 떴다. 그 눈은 석양빛을 받아 반작하였다.

"참말 애꾸눈일세."

하고 어린 상좌가 좋아라고 웃는다.

눈 뜬 미륵을 보고 중은 뚱뚱한 배를 흔들고 가늑한 눈을 감고 한참이나 유쾌한 듯이 웃더니, 어찌할 줄을 몰라서 멀뚱멀뚱하고 섰는 미륵을 보고,

"너, 어디 사는 아이냐?"

하고 귀여운 듯이 묻는다.

"나 저, 저 수리재 살아요."

"이름은 무엇이고?"

"애꾸눈이오."

"하하, 이름 좋다."

하고 중과 상좌는 또 한바탕 웃는다. 이때 어디서 꽝꽝 하고 쇠북 소리가 울려온다.

중은 울려오는 쇠북 소리를 듣고 얼른 웃음을 그치고 합장하고, 쇠북 소리 오는 편을 향하여 여러 번 절하고 입으로 무엇을 중얼거리고, 어린 상좌도 늙은 스님이 하는 대로 조그마한 두 손뼉을 마주 대고 고깔 쓴 머리를 굽혔다 들었다 한다. 미륵은 우두커니 그것을 보고 있었다. 늙은 중의 반들반들한 머리에 떡갈나무 잎 하나가 떨어지어 미끄러지어 먹물 들인 칡베 장삼 등으로 굴러 내린다. 수없는 금 화살 같은 저녁볕이 잎 떨어진 나무 사이를 뚫고 서에서 동으로 가로 달아난다. 쇠북 소리는 그치었다. 웅, 웅 하는 남은 울음이 고요한 수풀 속에 갈 길을 잃고 헤맨다. 미륵은 문득 자기의 신세를 생각하고 설움이 생겼다. 며칠 동안 도망해 다니기에 정신을 못 차려 미처 생각할 새 없던 기억이 한꺼번에 솟아올랐다. 미륵은 다른 곳을 보는 듯 고개를 돌리어 흘러나오는 눈물을 얼른 주먹으로 씻어버렸다.

'오, 이 원수는 갚고야 만다!'

하고 미륵은 이를 악물고 몸을 부르르 떨었다.

중은 예불을 마치고 한 번 크게 기침하여 가래를 뱉어버리고 다시 능글능글 웃으며,

"그래, 부모 계시냐?"

하고 미륵에게 묻는다.

"다 돌아갔어요."

하고 미륵은 코를 풀었다. 미륵은 아바마마를 생각하고, 입에 칼을 물고 꿈에 오셨던 어마마마를 생각하고 떨리는 몸을 억지로 눌렀다.

"그러면 어디로 가?"

하고 중이 또 묻는다.

"밥 얻어먹으러 가요."

"어디로?"

"아모 데나."

중은 물끄러미 미륵의 괴로워하는 얼굴을 보면서도 여전히 능글능글하게,

"너, 우리 집에 가련? 우리 집에 가서 불 때주면 밥은 먹여주마."

하고 웃는다.

미륵은 서슴지 않고,

"가요."

하고 대답하였다.

중은 또 웃으며,

"너 이놈, 눈깔이 하나밖에 없으니까 밤낮 한 아궁이에만 불을 땔라. 우리 부엌에 아궁이 둘이다."

미륵도 웃으며,

"두 아궁이 아니라 스무 아궁이라도 때요. 나무만 대면 때기는 내가 때요."

하고 손에 들었던 지팡이를 부지깽이 삼아 길에 깔린 많은 나뭇잎을 한편

으로 밀었다. 중이 그것을 보더니,

"어 그놈, 불은 곧잘 때겠다. 그렇지마는 너무 쳐때면 밥은 눋고 장판은 타는 법이다."

하고 또 껄껄 웃는다.

"눋는 냄새가 나면 얼른 불을 물리지요."

하고 미륵은 부지깽이로 마른 나뭇잎을 제 앞으로 끌어당기었다.

"하하하하, 눋는 냄새가 날 때에 불을 물리면 안 눋겠다. 하하하하, 어리석은 놈 같으니."

"그러면 아주 태워버리지요."

"하하하, 그놈 우스운 놈일세, 어서 가자."

하고 중은 걷기를 시작한다. 상좌와 미륵도 뒤를 따른다. 중은 길을 가면서 뒤는 돌아보지 아니하고 혼자 웃어가며,

"이놈, 장판을 눌렀다 봐라. 네 껍질을 벗겨서 땔 테다. 하하하."

하고 뚱뚱한 몸을 이찔이찔한다.

"내 껍질이 눋으면 그담에는 스님 껍질을 벗겨서 바르지요."

하고 미륵이 상좌를 보고 눈을 꿈쩍하였다.

이 말에 중은 우뚝 서서 뒤를 돌아보더니, 미륵의 웃는 애꾸눈을 보고 또 하하하 웃으며,

"허, 그놈 엉큼헌걸. 아모러나 내 껍질이 눋거든 얼른 냉수나 떠다 치어라! 하하하하, 엉큼한 놈 다 보겠거든."

이런 이야기를 하며 낙엽이 부걱부걱하는 길로 고개를 넘고, 시내를 건너고, 산모퉁이를 돌고, 침침한 수풀 속을 들락날락하여 마침내 병목같이 된 좁은 모퉁이를 돌아서니 큰 절의 지붕들이 질펀히 보인다. 이것

이 태백산 세달사라는 절이다.

미륵은 중과 상좌를 따라 절 법당 앞을 지나 만나는 중들에게 애꾸눈이라는 말을 들으면서 시왕전(十王殿) 모퉁이에 있는 초막으로 들어갔다. 초막 일각문에는 '보광암(普光庵)'이라는 흰 바탕에 파란 칠 한 현판이 걸렸다.

미륵은 그 중의 초막에서 불을 때어주고 있게 되었다.

그 중의 이름은 허담(虛潭)이라고 하고, 젊은 중들은 그를 '익은 스님'이라고 불렀다. 허담의 얼굴이 붉고 눈썹도 없고 머리도 홀떡 벗어진 것이 마치 삶아낸 중 같다고 해서 그렇게 별명을 지은 것이다. "익은 스님." 하고 장난꾼이 젊은 중들이 부르면 곧잘 "왜야?" 하고 대답을 하면서도, 어떤 때는 "이놈들!" 하고 성도 내었다.

그러나 익은 스님은 좀처럼 성낸 빛을 보이지 아니하고, 평생 그 가늣한 눈을 벙글벙글 웃고 젊은 중들을 보고는 농담하고 웃기를 좋아하였다. 가끔 중으로 입에 담지 못할 추한 소리도 하였으나, 그는 일생에 계집을 접해본 일이 없다고 누구나 허락한다. 이 스님은 날마다 별로 경을 읽는 모양도 아니 보이고, 그렇다고 참선을 하는 모양도 안 보이고, 그저 웃고 농담하고 산으로 돌아다니고, 무엇보다도 낮잠 자기를 좋아하였다. 아침 먹고 나서 한바탕 떠들다가 목침 하나 베고 누우면 낮이 되거나 저녁때가 되거나 코를 드렁드렁 골았다.

세달사는 큰 절이라 중이 오륙십 명은 되었고, 날마다 들고 나는 객승도 일이십 명은 되었다. 그러나 익은 스님은 누가 오거나 말거나 도무지 아랑곳 아니 하고 젊은 중들과 장난하기로 세월을 보내는 듯하였다. 그래서 그렇게 공경이나 대접은 못 받아도 그를 미워하는 이는 없었다.

다른 중들 같으면 이만한 나이면 권속도 여러 사람 되련마는, 지렁이라는 별명 듣는 어린 상좌와 미륵과 둘밖에 없었다. 그동안에 상좌도 여러 사람 정하였으나, 어린것을 길러서 낫살이나 먹게 되면 대개는 달아나버리고, 어떤 놈은 돈푼 가는 세간을 훔쳐가지고 달아나버리고, 좀 똑똑하고 글자나 말마디나 하는 놈은 다른 중에게 빼앗겨버렸다고 한다. 달아나거나 빼앗긴대야 별로 슬퍼하거나 괴로워하는 빛도 없고, 만일 누가 동정하는 말을 하면,

"나무아미타불, 다 인연이여."

하고 웃어버린다.

이번에도 밥 지어주던 놈이 달아나서 며칠 동안 익은 스님이 손수 밥을 짓고 불을 때던 판에 마침 미륵을 보고 붙들어 온 것이다.

미륵은 지렁이와 함께 물을 긷고 불을 때고 방과 마당을 쓸고, 밤이면 막대기 스님이라는 팔십이나 넘은 귀머거리 노스님께 경도 좀 배우고, 또 이따금 범패(梵唄)도 배웠으나, 대개는 둘이서 장난으로 세월을 보냈다. 익은 스님이 낮잠 들기를 기다려 미륵은 활을 들고 지렁이는 환도를 들리고 산으로 올라가 새도 잡고 토끼도 잡았다. 지렁이는 나이 어리나 심히 날래고 기운이 있어서 칼을 빼어 들고는 토끼나 너구리를 따라가서는 기어이 잡고 말았다. 더구나 겨울이 되어 눈이 오면 두 아이는 익은 스님 잠들기를 기다려 부리나케 산으로 올라갔다. 그래서 미륵이 활을 쏘아 잡은 것, 지렁이가 칼로 쳐서 잡은 것은 마른 나뭇가지를 주워다가 불을 피워놓고 구워서 배껏 처먹었다. 물론 절로 가지고 오면 살생이라고 야단이 날 것이다. 가끔,

"이놈들, 어디 갔었어?"

하고 스님께 꾸중을 들을 때도 있었으나 별일은 없었고, 한번은 스님이,

"이놈들아, 웬 누린내가 이리 나나?"

하고 코를 킁킁하였으나 그것도 그만하고 말았다.

허담 집에 간 지 한 달 만에 미륵도 머리를 깎고 중이 되었다. 막대기 노스님이 웃으며 미륵더러,

"네 스님은 익은 중이니 너는 선 중이라고 하려무나."

하는 것이 재미있어서 미륵은 자칭 선종(善宗)이라고 하였다. 지렁이라던 상좌도 소허(少虛)라고 이름을 지었건마는, 그 이름을 지어준 허담 스님조차 그 이름을 잊어버리고 "지렁아." 하고 불렀다. 미륵도 처음에는 사람들이 "애꾸야." 하고만 부르고 선종이라고 점잖은 이름을 부르지 아니하였으나, 선종이란 것은 '선 중'이라는 뜻인 줄 알게 된 뒤에는 모두 재미있다고 해서 "선종아." 하고 불렀다. 그러나 익은 스님은 자기가 지어준 '태허(太虛)'라는 이름으로 불렀다.

한 해, 이태 지나갈수록 선종의 장난은 더욱 심하게 되었다. 비록 나이 많은 중이라도 자기 맘에 틀리면 곧 들이세고, 그러고도 맘에 차지 아니하면 두들기기도 하였다. 한번은 노전(爐殿) 중이 자기더러 재 올리러 온 시줏집 처녀를 따라다녔다고 빈정대는 소리를 듣고 분을 참지 못하여 그 노전 중을 당그랗게 들어다가 눈구덩이에다가 거꾸로 박고 절구질을 하여서 사중(寺中)이 크게 소동한 일도 있었다. 그러나 선종은 그렇게 발끈발끈 성을 잘 내는 사람은 아니었다. 그는 평소에는 장난을 하여도 남에게 해롭지 아니한 장난을 하고, 사람에게 친절하였다. 다만 선종이 참을 수 없는 것은 빈정대는 것과 교만한 것과 속이는 것이다. 이런 일을 당할 때에는 선종은 얼굴이 주홍빛이 되고 숨이 씨근거리고 팔을 부르걷고,

"이놈, 내가 너를 죽일란다."

하고 대들었다. 이런 때는 잘못한 편이 얼른 비는 것이 상책이었다.

"엑, 곰 같은 놈!"

"소 같은 놈!"

하고 한 번씩 혼난 중들은 슬슬 피해 가면서 선종이 못 들으리만큼 원망스럽게 중얼거렸다.

그러나 선종은 약한 사람에게 대하여서는 동정이 깊었다. 세달사 수많은 중들 가운데 좀 젠체하는 큰 중들은 대개 선종에게 한두 번씩 혼이 났어도, 좀 못난 듯한 중이나 약한 중, 어린 중들은 선종의 도움을 받는 일이 많았다. 그래서 그런 약한 중들은 무슨 어려운 일이나 억울한 일이 있으면 혹은 "선종 스님." 혹은 "애꾸 스님." 하고 선종에게 하소연을 하였다. 선종이 그 하소연을 들어보아서 이치가 그럴듯하기만 하면 마치 제 일이나 되는 듯이 분낼 데는 분을 내고 슬플 데는 눈물을 흘리면서,

"응, 해내주마!"

하고 남의 싸움이라도 가로맡았다.

이 모양으로 선종은 거의 하루도 편안할 날이 없었다. 그는 상좌도 없고 돈도 없는 중이 병이 나면 밤을 새워가며 병구완을 하느라고, 약한 중이 강한 중에게 억울한 일을 당하면 대신 원수를 갚아주느라고 늘 바빴다.

이러하기 때문에 세달사 중들이 선종을 미워하기도 하면서도, 일변으로는 무서워하고 또 존경도 하였다. 그래서 누가 감히 선종을 건드리지 못하고, 선종을 보면 힐끗힐끗 곁눈질만 하고는 슬슬 피하였다.

선종에게 혼이 난 중들은 억울한 김에 선종의 스님 되는 허담 스님께 하소연을 하였다. 그러면 허담 스님은 껄껄 웃으면서,

"선종은 미륵불이라네. 모든 백성의 원통한 것을 풀어주려고 오신 미륵불이여. 하하하하."

하고 웃어버렸다.

스님이 자기를 미륵불이라고 하는 말을 들을 때마다 선종은 맘이 솔깃하였다. 자기의 아명이 미륵인 것도 무슨 깊은 인연이 있는 것 같고, 또 유모의 말에 뒷대궐마마가 미륵불을 꿈에 보고 자기를 낳았다고 하던 말도 무슨 깊은 인연이 있는 듯하였다.

'오냐. 내 어머니의 억울한 것을 풀기 위하여서는 천하 사람의 억울을 풀자.'

선종은 이렇게 생각하였다.

'모든 궤휼(詭譎)한 놈, 모든 남을 해치는 놈, 모든 불의한 놈, 모든 젠체하고 남을 못 견디게 구는 놈을 모조리 대가리를 바숴버리자. 그리고 맨 나중으로…… 맨 나종으로 신라 왕…… 신라 왕……의 대가리를 바숴버리자.'

선종의 맘속에는 이러한 생각이 들어가게 되었다.

선종이 이십 세가 넘어서부터 가끔 혼자 우두커니 앉아서 무슨 깊은 생각을 하는 양을 사람들이 보았다. 그는 세달사에 들어온 지 오륙 년에 어머니의 원수도 잊어버리고 장난에 미쳐 어름어름 세월을 보낸 것을 후회하게 되었다. 또 남아가 이십이 넘도록 아무것도 하는 일이 없이 이 사람 저 사람 싸움이나 하고 지내는 것이 스스로 부끄럽기도 하였다. 더구나 자기보다도 세 살이나 나이 어린 소허가 힘써 글공부를 하고 밤이면 몰래 어디로 나갔다가 새벽에야 이슬에 푹 젖어서 들어오는 모양을 볼 때에 더욱 부끄러웠다. 대체 지렁이는 밤마다 어디를 가는고. 선종은 이것이 알고 싶었다.

백의 국선

하룻밤은 선종이 잠을 이루지 아니하고 소허의 거동을 지키었다. 익은 스님이 잠이 들어 코를 골기 시작할 때, 소허는 가만히 일어나서 밖으로 나갔다. 선종도 가만히 일어나서 소허의 뒤를 따랐다.

소허는 사방을 휘휘 둘러보더니 사람이 없는 것을 본 후에 상봉(上峰)으로 가는 길로 올라간다. 이슬이 많이 내리고 어두운 밤이건마는 소허는 평지 길로 가듯이 벼랑길로 올라갔다. 별들이 깜빡깜빡하고, 부엉이가 울고, 이따금 혹은 왼편에서, 혹은 오른편에서 산짐승들이 놀라서 뛰는 소리가 들리고, 어떤 때는 호랑이 눈인 듯한 불이 번적번적하는 양도 보인다.

이 모양으로 얼마를 올라가서 한 모퉁이를 돌아서니, 쾅쾅쾅 내리찧는 폭포 소리가 들린다. 이것은 대왕폭포라고 일컫는 폭포다. 선종은 살살 소허의 뒤에 따라오다가 우뚝 서서 가만히 솔포기 뒤에 몸을 감추었다. 소허는 폭포 앞에서 옷을 활활 벗고 폭포 물에 몸을 씻는다. 그러고 나서는 또 옷을 주섬주섬 주워 입고 다시 담벼락같이 깎아 세운 벼랑길을 올라간다. 선종도 따라 올라갔다.

나무 속 산꼭대기를 다 올라가서 소허는 잠시 바위 위에 앉아 쉰다. 선종은 한 여남은 걸음 되리만큼 가까이 기어가서 또 한 바윗돌 뒤에 숨었다.

소허는 이윽고 일어나서 주머니에서 부시와 부싯돌을 내어서 치기를 시작한다. 딱딱 소리가 날 때마다 빨간 불똥이 이리로 저리로 휘임하게 흩어지어 떨어진다. 얼마 만에 부싯깃에 불이 빨갛게 당기고, 거기서는 연기가 몰씬몰씬 올라간다. 소허는 바위 밑에 쌓았던 마른 측백향 가지와 마른 풀을 내어 부싯깃에 붙은 빨간 불을 대고 후후 불었다. 무엇에나 약고 규모 있는 소허의 행동을 선종은 무척 부러워하였다.

이윽고 불이 향나무 가지에 붙어서 첫 불길이 펄떡하고 구부러진 붉은 혀끝을 내어둘렀다. 알맞추 부는 첫 가을바람에 불이 일어 순식간에 불길이 활활 피어오른다. 어두움 속에 붉은 불기둥이 하늘에 오르려고 애쓰는 듯하였다. 선종은 일찍이 지렁이라는 별명을 듣던 소허가 그처럼 엄숙하고 위품 있고 웅장한 양을 본 적이 없었다. 더구나 그가 얼굴과 가슴에 불빛을 담뿍 받아가지고 북녘을 향하여 합장 배례할 때에 소허는 마치 거룩한 중도 같고 도사도 같았다.

선종은 너무도 놀라워서 숨이 막힐 듯하였다. 평소에는 자기에게 눌려 이래라 하면 이리하고 저래라 하면 저리하여 못나디못나던 지렁이가 저렇게 위풍이 늠름한 대장부인 줄을 선종은 몰랐다. 소허가 매양 공부에 힘을 쓰고 말이 적고 꾀가 많고 한 것은 보았다. 그저 한 못난이로 알아왔던 것이다. 선종만 그런 것이 아니라, 세달사 중들은 다 소허를 '지렁이, 지렁이' 하고 못난이로만 여겨왔던 것이다. 과연 그 얼굴이 까무잡잡한 것이라든지, 나이를 먹어갈수록 더욱 몸이 가늘고 키가 늘씬한 것이라든지, 말이 분명치 못한 것이라든지, 남이 아무리 못 견디게 굴어도 모르는 체, 못 들은 체하는 것이라든지, 누가 보아도 못난이라고 아니 할 수는 없었다. 선종이 어디서 온 어떠한 사람인지를 아무도 아는 사람이 없는 모양으로 지렁이의 일도 아는 이가 없었고, 또 누가 그리 알아보려고도 하지 아니하였다.

'그런데 지렁이는 범상한 사람이 아니다.'

하고 선종은 바위 뒤에 숨어서 더욱 유심하게 소허를 바라보았다.

소허가 북녘을 향하여 수없이 합장 배례할 때에 난데없는 흰 도포 입고 오각건(烏角巾)을 쓴 노인이 붉은 얼굴에 흰 수염을 날리고 나타난다. 그 노인이 나타나자 소허는 두 손으로 땅을 짚고 넓적 꿇어 엎덴다. 그 노인이,

"일어나거라."

할 때에야 비로소 일어난다. 노인은 불붙는 왼편 바위 위에 걸터앉고, 소허는 그 앞에 두어 걸음 떨어지어서 꿇어앉는다.

노인은 이윽히 소허를 내려다보더니,

"네가 과연 뜻을 세웠느냐?"

하고 엄숙하게 묻는다. 불길이 한 번 춤을 춘다.

소허는 공손히 고개를 들어 노인을 우러러보며 그 조그마한 눈을 깜박깜박하며,

"네, 뜻을 세웠습니다."

하고 대답한다.

노인은 다시,

"네 세운 뜻이 무엇이냐?"

"창생을 도탄 중에서 건지는 것입니다."

"네 몸의 안락과 부귀영화를 누리려는 사욕이 없느냐?"

"없습니다."

"언제부터 없느냐? 다시 그러한 사욕을 아니 가지기로 어떠한 맹세를 하겠느냐?"

이 말에 소허는 좀 주저한다. 노인은 소허가 주저하는 양을 이윽히 보더니,

"창생을 건지려 할 때에 하늘이 너를 도와 네 칼이 불의를 버히려니와,

사욕을 채우려 할 때 하늘이 너를 버려 네 칼이 네 살을 버히리라. 이제 나라가 어지러워지어 창생이 건지어줄 이를 찾되 하나도 나서는 이가 없고나. 하늘을 바라보매 살기와 요기가 하늘에 찼으니 반드시 오래지 아니하여 천하가 물 끓듯 하고 사람이 삶일 듯하려니와, 이때에 창생을 도탄에서 건질 이가 누구냐? 이제 네 얼굴을 보니 비록 지혜와 용맹이 있으나 의와 어짊이 부족하고나. 의 없으면 네 지혜와 용맹이 불의를 크게 할 것이요, 어짊이 없으면 백성이 네게 오래 붙지 아니하리라. 내 이 창생을 도탄에서 건질 사람을 찾아 삼국(三國)을 두루 돌았거니와 만나지 못하고, 이제 너를 만났으되 네 또한 의와 어짊이 넉넉지 못하니 슬프다. 이 나라를 어이하며 이 창생을 어이하랴. 아아, 하늘이 무심함이냐, 이 백성이 죄 많고 복이 엷음이냐."

하고 하늘을 우러러 길게 한숨을 쉰다.

소허가 한 번 더 일어나 절하며,

"스승이시여, 소자를 버리지 마시고 소자에게 창생을 건질 도략과 재조를 주옵소서."

하고 무수히 이마를 조아렸다.

"도략과 재조!"

하고 노인은 불쾌한 듯이 낯을 찡그리더니,

"네 구하는 것이 도략과 재조냐? 창생을 건질 길이 도략과 재조에 있는 줄 아느냐? 빨리 나는 재조는 새만 한 이 없고, 빨리 뛰는 재조는 이리와 범만 한 이 없고, 변화난측하기는 구름만 한 이 없고, 눈에 아니 보이고 자취 있기는 바람만 한 이 없고, 천 길 물속으로 만 리의 바다를 가기는 고기만 한 이 없거늘, 사람이 무슨 재조를 배우려는고. 재조로 창생이 건지어지고 도략으로 나라이 편안할진대 무슨 근심이 있으랴. 나라와 창생을 건지는 것은 도략도 재조도 아니요, 네 맘이니라. 의와 어짊이니라. 나라이 어이하여 어지럽고 백성이 어이하여 도탄에 드는고? 의 없고 재조 있는 이 많으므로 됨이니라."

하고 일어나 도포 소매를 한 번 후려치니 문득 붉은 구름이 산을 싸고, 또 한 번 후려치니 일진광풍이 불어와 그 구름을 다 걷어버린다. 그동안이 실로 순식간이건마는 천변만화가 일어난 듯하다. 소허는 "스승님."을 부르고 땅에 엎더지고, 선종은 눈이 휘둥그레졌다.

"네 지혜를 버리고 의를 배워라."

하는 한마디를 남기고 노인은 문득 어두움 속으로 스러지고 말았다.

선종은 곧 뛰어나가 그 노인을 붙들려 하였으나 미처 그리하지 못하였다. 그러고는 살그머니 일어나 소허보다 먼저 집으로 내려와 아무 일도 모르는 체하고 자리에 누웠다. 익은 스님은 그런 줄도 모르고 코를 골고 자다가 잠깐 코 골기를 그치고 돌아눕는다. 이윽고 소허가 가만히 문을 열고 들어와 선종의 곁에 눕는다.

선종은 밤새도록 잠을 이루지 못하였다. 그 노인의 말에 깊은 뜻이 있는 것 같고, 그 말은 다 자기를 위하여 하여준 말과 같이 생각하였다.

'나라는 어지럽고 백성은 도탄 중에 들어 건지어줄 이를 기다린다. 의로써 백성의 맘을 끌고 어짊으로써 백성의 맘을 잡아맨다. 그것은 과연 옳은 말이다. 그것은 내가 꼭 해야만 할 일이다.'

하고 속으로 으쓱하였다.

이튿날 선종은 아무것도 하는 체 아니 하고 소허의 하는 모양만 주목하였다. 소허는 그날 종일 매우 괴로운 모양이었다. 밤에 익은 스님이 잠이 들고 소허가 가만히 일어나 나가는 것을 보고 선종도 따라 일어나 나갔다. 선종은 소허의 눈에 안 띄리만큼 뒤를 따라서 어젯밤에 가던 길로 가다가 폭포로 넘어가는 등성이에서,

"소허야!"

하고 불렀다.

소허는 깜짝 놀라 우뚝 선다. 선종은 얼른 뛰어가 소허의 손을 잡았다. 예전 같으면 "이 녀석, 어딜 가?" 하고 뺨이나 한 개 붙일 것인데 그리 아니 하고,

"소허야, 너 어디 가니?"

하고 정답게 물었다.

소허도 선종의 행동이 전과 다름을 보고 적이 안심도 되었으나, 자기의 비밀을 말할 수 없으므로 잠깐 머뭇머뭇하다가,

"언니, 내가 여기 오는 줄 어떻게 알았소?"

하고 되물었다.

선종은 소허의 어깨에 팔을 얹으며,

"네가 밤마다 어디로 가는 것을 내가 다 안다. 알기는 알지마는, 네 입으로 하는 말을 듣고 싶다. 너와 나와 사형사제(師兄師弟)로 십여 년이나 같이 자랐으니 사생이라도 같이해야 할 터인데 서로 속여 쓰겠느냐? 어디를 밤마다 가서 무엇을 하느냐? 바로 말을 해라!"

하고 어두움 속으로 선종의 애꾸눈이 반짝거리는 것이 보인다.

소허는 처음에는 선종을 속이려 하였으나, 선종이 말하는 눈치가 자기를 몇 번 따라와서 모든 일을 다 아는 듯하므로 속일 수가 없었다. 이 좋은 스승을 자기 혼자 가지고 혼자만 배우고 싶었고 다른 사람에게 알리기

싫을뿐더러, 장차 천하를 얻으려 하여도 거추장거리는 다른 인물이 있기를 원치 아니하는 까닭이다. 더구나 선종과 같이 뛰어난 힘과 재주가 있는 사람을 이러한 스승에게 끌고 가는 것은 참으로 괴로운 일이었다.

하릴없이 소허는 선종에게 대강 말을 하였다. 그러나 아무쪼록 그 스승이라는 이가 그리 신통하지 않다는 것을 중언부언하여, 아무쪼록 선종의 맘을 끌지 아니하려고 애를 썼다. 선종은 물론 소허의 약은 속을 다 아나 별로 허물치도 아니하고, 둘이 같이 목욕한 뒤에 둘이 같이 산으로 올라갔다. 이로부터 선종과 소허는 백의 국선에게 대하여서도 사형사제가 되었다.

백의 국선은 항상 소허더러는 사욕을 버리기를 말하고, 선종더러는 계집과 허욕을 삼가기를 말하였다. 그리고 더욱 힘 있게,

"너희 둘은 다투지 말고 합심하여 창생을 건져라. 높은 자리를 바라지 말고 창생을 건지기를 바라라. 너희 둘은 다투지 말고 하나가 돼라. 다투어 갈리면 둘이 다 다른 하나에게 망하리라."

하고 선종과 소허가 합심하여 하나가 되기를 훈계하였다.

이로부터 삼 년 동안 선종과 소허는 날마다 백의 도인에게 병법과 기타 여러 가지를 배웠다. 그동안에 선종이나 소허나 백의 도인의 정성된 훈계에 감동되어 서로 속이고 서로 시기하기를 그치고, 사랑하는 형제 모양으로 의좋게 지내었다. 봄철 날 따뜻한 때나 가을바람 살랑살랑할 때, 또는 마을에 재 올리러 가서 밤새우는 동안에 선종과 소허는 단둘만 있을 기회만 있으면 어찌하면 나라를 바로잡을까, 어찌하면 창생을 건지어 태평세계를 만들까, 이러한 의론을 하고, 또 무슨 일이 있든지 서로 돕고 어려운 일이나 죽을 일에는 둘이 같이하기를 굳게굳게 맹세하였다.

헌강대왕(憲康大王)이 승하하시고 만공주께서 즉위하였다는 소문이 돌자 천하는 다시 부글부글 끓기 시작하였다. 어느 이찬이 모반을 하다가 발각이 났다는 둥, 만공주가 날마다 얼굴 잘난 젊은 사람을 밤이면 둘씩 궐내로 불러들인다는 둥, 이번에야말로 용덕왕자가 나서리라는 둥 여러 가지 뜬소리가 돌고, 또 이러한 산중인 세달사에도 수상한 사람들이 둘씩 셋씩 왔다 갔다 하게 되었다.

징조

미륵이 대궐에서 야료를 하던 때에 즉위하신 헌강대왕도 스물다섯 살 한창 사실 나이에 돌아가시고, 그 아우 되시는 정강대왕(定康大王)도 즉위하신 이듬해에 역시 스물다섯 살에 돌아가셨다. 해마다 국상을 당하매, 민심은 가라앉을 바를 모르고 물 끓듯 하였다.

헌강대왕은 즉위하신 지 십일 년 동안을 그 어머니 되시는 문의태후(영화왕후)와 상대등 위홍의 손에 쥐여 만승(萬乘)의 임금으로도 무슨 일 한 가지를 맘대로 해보지 못하였다. 왕은 본래 총명한 천품을 타고나고 또 학문을 숭상하여, 혹은 황룡사에 백고좌(百高座)를 베풀고 친히 불도의 설법도 듣고, 혹은 국학(國學)에 가시어 여러 박사들의 강론도 들으시고, 또 당나라나 일본서 오는 사신이 있으면 여러 날을 두고 궐내에 불러들여 친히 그 나라의 여러 가지 문물과 사정을 들으시었으며, 또 가끔 국내로 순행하여 혹은 민가에서 숙식하고, 혹은 광야에 장막을 치고 숙식하면서 자세히 민정을 살피시었다. 그래서 당나라나 일본 사신의 말에 좋은 것이 있으면 그것을 이 나라에 행하려 하였고, 또 민가에 옳지 못한 일이 있으면 곧 그것을 고치라고 상대등과 시중에게 명하기도 하였다. 그래서 왕은 옛날 어진 임금과 같이 어진 임금이 되어 기울어져가는 나라를 바로잡아보려고 무척 애를 쓰시었다.

그러나 왕의 힘쓰심도 아무 효력이 없었다. 어머니 문의태후와 상대등 위홍이 하나가 되어 벼슬에 사람 쓰기를 사정으로써 하고 매사에 왕을 속이고 눌렀다.

왕의 뜻을 알아주고 왕과 같이 나라를 근심하는 사람은 오직 시중 예겸과 이찬 민공(敏恭)이었다. 그러나 예겸도 태후에게 등을 댄 상대등 위홍을 대항할 힘이 없고, 민공은 더구나 벼슬자리에 있지 아니하니 힘이 없었다.

예겸은 여러 번 왕께 간하여 상대등 위홍을 내치고 문의태후가 국정에 간섭 못 하시도록 하라고 하였다. 그러나 문의태후는 왕이 십칠 세가 되기를 기다려 국정을 왕에게 맡긴다고 하였고, 왕이 십칠 세가 지난 뒤에는 이십 세 되기를 기다린다고 하였고, 이십이 넘은 뒤에는 어찌 모르는 체하랴 하여 여전히 모든 일을 맘대로 하였다.

문의왕후가 위홍과 불의의 관계가 있기는 경문왕이 앓아누운 때부터다. 그러다가 경문왕이 승하하시고 상대등 위진을 내어쫓은 뒤로는, 아무도 꺼리는 바 없이 위홍은 주야를 불철하고 태후의 침전에 모시었다.

왕도 나이를 먹을수록 이 눈치를 알고 조정에서도 입 밖에 내어서는 말하는 이가 없어도 아는 이끼리는 서로 눈을 끔쩍끔쩍하고 점점 여항에까지 이러한 소문이 나게 되었다.

한번은 예겸이 참다못하여 위홍을 보고,

"경문대왕을 생각하오!"

하고 소리를 질렀다.

그러나 위홍은 얼른,

"시중이야말로 전왕을 생각하오!"

하고 도리어 호령을 하였다. 이것은 위홍이 자기가 문의태후와 불의의 관계가 있는 것을 감추기 위하여 예겸과 정화마마 사이에 관계가 있는 것처럼 만들려는 꾀였다. 예겸은 얼른 그 꾀를 알아차렸다. 그러나 위홍이 한번 만들어내려고 생각한 일은 아니 하는 법이 없는 줄을 알기 때문에 이때부터 예겸은 어느 날 어느 시에 자기의 머리에 벼락불이 내려오려는가 하였다.

그러나 예겸은 위홍의 음흉한 보복의 불이 떨어지기 전에 먼저 손을 쓰기로 결심하였다. 이왕 위홍의 흉계와 세도에 몸이 위태할 것이면 한번 왕께 말하여 나라를 바로잡는 일을 하자고 결심을 하였다.

때는 마침 삼월, 서울 장안 양달에는 앵두꽃, 복숭아꽃이 방싯 터지려 할 때다. 예겸은 왕께 여쭈어서 경치 좋은 동해 바닷가 여러 고을을 순행하시기를 청하였다. 왕을 모시고 서울을 떠나서 순행하는 동안에 여러 가지 일을 꾀하자는 뜻이다.

젊은 왕은 예겸의 말을 기뻐하였다. 더구나 대궐 안에 있으면 뒤숭숭한 일만 많고, 만에 하나도 맘대로 되는 일은 없고, 태후는 밤낮으로 위홍과 불의의 쾌락에 취하는 꼴을 볼 수 없고, 이러한 속에서 젊은 가슴을 아프게 하던 왕은 잠시라도 그런 대궐을 떠나가 동해 바닷가의 시원한 봄바람을 쐬고 싶은 마음이 간절하였다. 그래서 곧 순행을 떠나시기로 전교를 내리시었다.

위홍은 여러 번 왕께 간하여 멀리 서울을 떠나시는 것이 마땅치 아니함을 아뢰었다. 그는 예겸이 왕을 모시고 순행하는 동안에 어떠한 꾀를 지을는지 모르기 때문이었다. 그러나 왕은 굳이 듣지 아니하고, 또 태후는 항상 거추장거리고 눈을 꺼리던 왕이 멀리로 떠나는 것을 좋게 여기기 때문에, 마침내 왕은 뜻대로 예겸 이하 수십 명 가까운 신하와 간략한 시위하는 군사를 거느리고 순행의 길을 떠나시었다.

왕이 순행을 떠난 뒤에는 위홍이 왕이나 다름없었다. 이로부터 위홍은 밤낮 내전에 묻히어 대궐 밖에 나오지를 아니하고, 태후와 의논하여 내직, 외직의 많은 벼슬을 갈아, 자기에게 싫은 자를 물리치고 자기의 뜻에 맞는 자를 썼다.

그뿐 아니라 항상 말썽이 되는 정화마마를 황왕자와 함께 뒷대궐로 쫓아보내고 말았다. 상궁들 중에도 태후와 위홍의 눈에 안 드는 것은 다 내보내고, 혹 위홍이 두 번 거들떠보거나 말 한마디라도 붙이는 궁녀가 있으면 곧 태후의 명으로 혹은 위홍의 눈을 끌던 뺨을 도리고, 혹은 위홍의 말대답을 한 입을 도리고, 혹은 젖을 도리고, 하문(下門)을 도리는 일도 있었다. 그래서 위홍만 내전에 들어오면 궁녀들은 모두 고개를 돌리고 피신하였다.

위홍은 나이 오십이 넘었건마는 아직도 서른댓밖에 안 되어 보이고, 얼굴이 잘나고 풍채가 좋아 젊어서부터 수없이 남의 딸과 아내를 버려준 사람이다. 사람들은 위홍이 계집의 맘을 빼는 데 무서운 조화를 가졌다고 하며, 그가 오래 도를 닦아서 늙지 않는 조화와 계집의 혼을 빼는 조화를 가졌다고까지 말한다. 길에서라도 위홍의 눈에 한번 띄면 그 여자의 혼은 벌써 위홍에게 빼앗겨 위홍의 수레 뒤로 정신없이 따라간다고 한다.

위홍은 이 조화로 문의태후가 아직 경문왕의 왕후로 있을 때부터 그 혼을 뽑았다. 맘으로 나이 더 젊고 자색이 더 아름다운 버금마마를 취하였으나, 세력을 위하여 문의태후에게 혹한 양을 보인 것이다. 그러나 위홍은 정화마마도 필요만 있으면 자기 손에 넣을 것을 믿고, 더구나 지금 열네 살 되는 만공주도 장차는 제 손에 넣을 것으로 생각하고 있다. 벌써부터도 태후는 만공주의 어리고 어여쁜 자태에 대하여 일종의 질투를 가지어서, 위홍이 들어온 때면 공주를 가까이 못 하도록 힘을 썼다.

대궐 안에서 태후와 위홍이 맘 놓고 행락을 하고, 맘 놓고 벼슬을 들이고 내고 하는 동안에, 왕은 예겸과 함께 동햇가 모든 고을의 아름다운 봄 경치를 보고 돌았다. 순박한 백성들은 아직도 천 년 왕가의 옛정을 못 잊어 왕이 오신다는 말을 듣고 남녀노유가 길가에 나와 엎드려 왕을 맞고, 혹은 싱싱한 생선과 닭과 맛난 음식을 받들어 왕께 드렸다. 그러고는 젊은, 잘나고 인자한 왕의 얼굴을 보고 말을 듣고는 눈물을 흘리며 기뻐하였다.

하루는 어느 마을 앞을 지날 제 길가에서 나물을 캐다가 호미와 바구니를 곁에 놓고 허리를 굽히고 왕이 타신 연(輦)이 지나가기를 기다리는 처녀를 보았다. 비록 의복이 수수할망정 그 얼굴과 태도는 마치 돌 틈에 떨어진 야광주(夜光珠) 모양으로 빛이 났다.

왕은 타신 수레를 세우라고 명하고 그 처녀를 가까이 불렀다. 왕을 따라가던 신하들도 모두 머물러 고개를 돌려 왕과 그 처녀를 바라보았다. 스무 살밖에 아니 되는 젊은 왕의 얼굴에는 전에 못 보던 기쁨과 웃음이 떠돌았다.

왕은 손을 내어밀어 처녀의 손에 든 바구니를 달라고 하였다. 처녀는 황송하여 어찌할 줄 모르다가 바구니에 호미를 넣어 두 손으로 왕께 받들어 드렸다. 왕은 바구니를 받아 그 속에 담긴 향기 있는 나물을 뒤적뒤적 만지다가 그중에서 난초 잎사귀와 같이 생긴 풀 하나를 집어들고 처녀더러,

"이것이 무엇이냐?"

하고 물었다.

처녀는 잠깐 눈을 들어 왕을 우러러보며,

"제비꼬리요."

하였다.

"제비꼬리?"

하고 왕은 처녀를 바라보았다. 처녀는 얼굴이 빨개지며 고개를 숙였다.

왕은 이름이 무엇이며, 나이 몇 살이며, 부모가 있고 없는 것을 자세히 물었다. 처녀는 들릴락 말락 한 가는 목소리로 아비는 사냥꾼이요, 나이는 열여섯 살, 이름은 큰아기라고 대답하였다.

왕은 모시는 신하를 돌아보고 그 처녀를 뒷수레에 태우고 가기를 명하였다. 처녀는 어미가 기다리오니 보내달라고 울며 애걸하였으나, 왕은 듣지 아니하였다.

그날 밤에 왕은 우레벌이라는 고을에 행재(行在)를 정하였다. 우레벌 백성들은 임금이 오셨다 하며 행궁(行宮) 앞에 마른 행나무로 크게 횃불을 지피고 소리 잘하고 춤 잘 추는 남자 여자며, 이야기와 타령 잘하는 늙은이들을 불러 밤이 늦도록 두드리고 부르고 춤을 추었다.

왕은 백성들의 뜻을 가상히 여겨 남자들에게는 술, 여자들에게는 피륙을 주라고 명하셨다. 밤이 깊어갈수록 술이 취한 백성들이 흥이 더욱 깊

어져서 백성들의 노랫소리는 더욱 크고, 횃불은 더욱 밝아졌다.

맨 나중에 동녀(童女) 열 사람이 소매 넓은 자주 옷을 입고 머리에 꽃을 꽂고 왕께서 앉으신 방 앞마당에 나섰다. 그들의 얼굴은 횃불 빛에 비치어 갓 핀 모란꽃같이 빛났다. 그중에 한 처녀가 손에 든 조그마한 북을 땅땅 울리며,

"뉘 은혜로 우리 사나."

하고 선소리를 주면 다른 처녀들도 각기 손에 든 방울을 흔들며,

"우리 임금 은혜로다."

하고 회답하고, 또 북 든 처녀가,

"동해 바다 마르도록."

하고 선소리를 주면 방울 든 처녀들은,

"우리 임금 살아지라."

하고 춤추고 돌아간다. 그 소리를 따라 둘러섰던 백성들도,

"동해 바다 마르도록 우리 임금 살아지라."

를 외친다.

이 모양으로 열 차례, 스무 차례 주고받고 춤추고 돌아가는 동안에 사람들은 모두 태평의 기쁨에 취한 듯하고, 임금도 취한 눈을 들어 시중 예겸을 돌아보시며,

"백성이 기뻐하니 나의 기쁨이 크다."

하시었다.

횃불을 네 번이나 새로 피운 뒤에 백성들은 흩어졌다. 그러나 우레벌의 태수는 노래하던 처녀 열 명을 왕의 앞에 불러 세우고, 그날 밤 왕을 모실 처녀를 왕이 스스로 택하시라는 뜻을 보였다. 그러나 왕은 아까 나

물 캐던 처녀의 모양만 눈에 있으므로 앞에 서서 왕의 택하는 눈이 오기를 기다리는 열 처녀는 한 번 슬쩍 볼 뿐이요 아무 말이 없으므로, 태수는 무료하여 열 처녀를 데리고 물러나갔다.

왕은 오늘같이 행복된 날을 처음 본 듯하여 심히 기뻐하였다. 그러나 한 가지 거리끼는 것은 예겸이다. 시중 예겸은 반드시 왕이 나물 캐던 처녀를 사랑하는 것을 옳지 않게 여기는 줄을 알고, 또 예겸이 밤이 깊도록 사처로 물러가지 아니하고 왕의 곁에 있는 것이 그 때문인 줄을 아는 까닭이다.

좌우를 물린 뒤에 왕은 안석에 의지하여 가만히 눈을 감고 조는 모양을 보였다. 이것은 왕이 예겸의 뜻을 미리 짐작하고 그 말을 막으려는 꾀다. 예겸은 두 손으로 방바닥을 짚고 가끔 고개를 들어 바라보아 왕이 눈을 뜨기를 기다려도 끝이 없다. 좌우에 켜놓은 촛불은 거의 닳아서 구부러진 불길이 꿈틀꿈틀할 때마다 벽에 비추인 왕과 시중의 그림자가 컸다 작았다 한다.

그러나 예겸은 나라를 근심하는 마음과 왕께 바라는 생각이 클수록, 예겸의 결심은 굳었다. 마침내 예겸은 왕이야 듣거나 말거나 할 말은 하리라 하고 고개를 숙여 이마를 방바닥에 대고,

"상감께 아뢰오. 지금 백성은 도탄에 있고 구백 년 종사가 누란과 같이 위급한 때에, 상감께서 옛날 은나라의 탕(湯) 임금의 본을 받아 몸으로 희생을 삼아 회천(回天)의 웅도(雄圖)를 가지심이 옳으신 줄로 아뢰오. 이제 백성들의 마음이 상감께로 돌아와 부모와 같이 믿고 하늘과 같이 바라는 것이 크오니, 조그마한 일로 왕의 덕을 손(損)하게 마시기를 바라오."

하였다.

왕은 그제야 번히 눈을 뜨며,

"시중의 말은 명심하고 듣소."

하고 옳이 여기는 뜻으로 두어 번 고개를 끄덕끄덕하였다.

왕의 대답에 예겸은 기쁨을 이기지 못하여 일어나 세 번 절하고,

"그러면 뒷수레에 실어 오신 처녀는 지금으로 돌려보내오리까?"

하였다.

이 말에 왕은 적이 부끄러운 듯이 고개를 돌려 춤추는 촛불을 바라보며,

"이제 밤이 깊었으니 내일 아침에 일찍이 보냄이 어떠하오?"

하고 왕은 예겸이 아무리 말하더라도 돌려보내지 아니하리라고 굳게 결심하였다.

예겸은 더욱 곡진한 말로 어진 임금이나 큰 영웅이 정사를 어지럽게 하고 인망을 잃는 것이 열에 아홉은 여자에 관한 일인 것을 중언부언으로 간한 끝에,

"상감께 그 여자를 지금으로 돌려보내라시는 분부 계시기 전에는, 신은 이 자리에서 물러나지 아니하오리다."

하였다.

왕의 얼굴에는 괴로운 빛과 부끄러운 빛과 성난 빛이 오락가락하였다. 그러나 예겸의 말이 옳은 줄을 잘 알고, 또 지금 자기가 하려는 일이 반드시 후일에 무슨 불길한 결말이 있을 것같이 생각하였다. 그러나 미미한 양심의 소리는 청춘과 술에 취하여 고삐를 끊고 날뛰는 왕의 마음을 비끄러맬 힘은 없었다. 그래서 왕은 자리에서 벌떡 일어나며,

"사람이 살면 얼마를 사오. 인생의 봄날이 길면 얼마나 기오. 나도 시

중과 같이 나이 많아진 뒤에 나랏일만 생각하겠소."

하고 예겸을 돌아보지도 아니하고 장지를 열고 곁방인 침실로 들어가버리고 말았다.

예겸은 왕이 들어간 뒤를 물끄러미 바라보다가 일어나 길게 한숨을 쉬고 왕의 침실을 향하여 한 번 절하고 안 돌아서는 발을 억지로 돌려 밖으로 나왔다.

그렇게 사람들이 많이 모였던 마당에는 사람의 자취 하나가 없고, 타다 남은 횃불만이 어둠 속에서 번적번적한다. 예겸은 별이 총총한 하늘을 우러러보고,

"돌아가는 운수를 마침내 돌릴 길이 없나 보다."

하고 자기 숙소로 돌아왔다.

예겸은 지금까지 마음에 바라던 것을 다 잃어버린 듯하며 슬펐다. 돌아가신 경문왕도 왕 되기 전에는 그렇게 총명하고 뜻이 크던 사람이건마는, 한번 환락의 길을 밟은 뒤로는 언덕의 굴러 내려가는 수레와 같이 걷잡을 수가 없이, 마침내 백성들에게 원한과 비웃음거리가 되는 임금이 되고 말았다. 새 왕도 마침내 이렇게 되지 않는가 할 때에 예겸의 늙은 눈에는 충성의 눈물이 흘렀다.

이튿날 왕은 늦도록 자리에서 일어나지 아니하였다. 예겸은 마음이 초조하여 몇 번인지 모르게 왕의 숙소까지 갔다가는 돌아왔다. 왕을 따라갔던 모든 신하들과 백성들도, 그렇게 규모 있고 부지런하기로 칭찬받던 왕이 늦도록 일어나지 아니하는 것을 한끝 이상하게도 생각하고, 한끝 우습게도 생각하여 돌아서는 곳마다 수군수군 이야기가 되었다.

예겸은 이번에 왕을 모시고 순행하던 목적이 다 틀어진 줄을 깨닫고,

곧 왕께 여쭈어 명주(溟州)까지 가시려던 것을 중도에 그치고 곧 서울로 돌아가시기를 청하였다. 마침 왕이 서울을 떠나신 뒤로 우금 반삭에 상대등 위홍이 여러 가지 그릇된 정치를 한다는 소문과, 영화, 정화 두 마마 사이에 큰 싸움이 생기어 정화마마는 왕자 황과 함께 뒷대궐에 유폐되었다는 소문과, 기타 여러 가지 상서롭지 못한 소문을 가지고 일길찬(一吉湌) 신홍(信弘)이 온 것도 왕을 곧 돌아가시게 하는 한 힘 있는 이유가 되었다.

술이 깨고 한바탕 환락의 꿈이 깨며, 왕은 예겸을 대하기가 부끄러워 예겸이 말하는 대로 대가(大駕)를 돌리기를 명하였다. 마음에는 그 여자를 데리고 가고 싶건마는 예겸을 꺼려 그리하지 못하고, 수삽하여 하는 처녀의 손을 잡고 머리를 만지며 차마 떠나기 어려운 은근한 정을 표하였다. 그리고 신표(信標)로 왕이 몸에 지니었던 쌍룡을 아로새긴 둥근 거울을 준 뒤에 그곳을 떠났다.

왕이 나물 캐던 처녀를 들이셨다 하는 소문이 바람결과 같이 전국에 흩어졌다. 서울로 돌아오시는 길에 백성들이 왕을 사모하는 정이 전번 가실 때보다 훨씬 냉랭하였다. 예겸이 그것을 보고 슬퍼함은 물론이요, 총명한 왕도 백성들이 자기에 대한 사모하는 뜻이 변한 것을 볼 때 마음이 괴로웠다. 그래서 왕은 전과 같이 아무쪼록 한곳에 오래 머물려 하지 아니하고, 아무쪼록 자기 얼굴을 백성들에게 보이지 아니하려 하고, 수레를 급히 몰아 불이야 살이야 서울로 돌아왔다.

서울 백성들은 갈 때나 올 때나 다름이 없이 반갑게 왕을 맞는 듯하였다. 그래서 왕이 다시는 아무 데도 가지 아니하고 대궐 속에만 있으리라고 마음으로 작정을 하였다. 이렇게 작정을 할 때에 왕의 마음은 어둡고 슬펐다.

왕이 떠난 지 이십 일이 못 되어 대궐 안은 말이 못 되게 변천되었다. 정화마마와 황애기가 뒷대궐로 간 것이며, 많은 궁녀들이 혹은 악형을 받아 죽임을 받고 혹은 쫓겨난 것이며, 내직, 외직의 많은 벼슬이 함부로 변동된 것이며, 모든 것이 왕을 괴롭게 하는 일뿐이었다.

왕은 돌아오신 이튿날 상대등 위홍을 불러 왕이 없는 동안에 여러 가지 큰 변동을 시킨 죄를 책망하였다. 왕은 낯을 붉히고 어성을 높이고 용상에서 발을 구르며 울분한 말씀을 하였다. 그러나 위홍은 다만,

"태후의 명이옵니다."

하는 한마디로 방패막이를 하고 자기는 어디까지든지 발을 빼려 하였다.

왕은 항상 위홍의 벼슬을 갈고 싶었으나, 태후를 무서워하는 왕은 그럴 용기가 없었다. 그래서 위홍은 여전히 일국의 정권을 한 손에 쥐고 백관의 출척(黜陟)과 궁중부중(宮中府中)의 크고 작은 일을 아무도 거리낌 없이 제 마음대로 하였다.

이때에 젊은 왕족들 중에는 위홍을 내몰지 아니하면 나라가 망할 것을 말하는 이가 점점 늘고, 그중에도 말 잘하고 글 잘하고 사람 잘나기로 이름난 일길찬 신홍은 가만히 여러 동지를 모아 일변으로 위홍을 내어쫓을 꾀를 생각하고, 일변으로 자주 예겸을 찾아 이 일에 수령이 되기를 간청하였다. 그러나 예겸은 왕께 대하여 한 번 실망한 뒤로는 점점 세상일에 뜻이 없어 모든 것을 버리고 물러가 쉴 생각만 하였다. 이리하여 서울 안에는 불온한 기운이 안개 모양으로 떠돌기 시작하고, 백성들은 불원간에 큰 난리가 나리라고 수군거리게 되었다.

사돌[沙梁部]에 일길찬 집이라 하면 일대 호걸 신홍의 집으로 아무도

모를 이가 없었다. 신홍은 문벌 좋고 사람 잘나고 문무를 갖추면서도 벼슬에 뜻이 없고, 주사청루(酒肆靑樓)에 출입하며 천하 호걸과 사귀어 놀기를 좋아하였다. 누가 나랏일을 근심하거나 세상을 걱정하는 말을 할 때에는 손을 홰홰 내두르며,

"부어라, 부어라, 취하야 이 세상을 살자."

하고 한량없이 술을 마시었다.

그러나 뜻이 같은 벗을 만나 밤이 깊고 술이 취한 때에는 칼을 빼어 춤을 추며 슬픈 노래와 장한시를 읊었다. 그러므로 보통 사람들은 신홍을 한 호화로운 사람으로만 여기거니와, 적이 사람 보는 눈을 가진 사람은 신홍의 마음속에 큰 뜻을 품은 것을 알아보았다. 더구나 근년에 위홍이 정권을 잡아 궁중부중을 어지럽게 하고 총명한 왕이 뜻을 펴지 못함을 볼 때에, 신홍은 울분함을 이기지 못하여 임금의 곁에 있는 간사한 도적을 베어버릴 결심을 굳게 한 것이다. 그래서 일변 사랑문을 넓히며 천하의 호걸을 모아들이고, 일변 조정에 있는 대관들 중에 예겸, 민공 같은 이를 찾아 뜻있는 바를 말하였다. 그러나 대관들은 일길찬의 뜻을 반대하지 아니하면서도 힘을 같이하자고 허락할 용기가 없어서 요리조리 말을 피하였다. 그러할 때마다 신홍은 분김에,

"너희도 다 같이 죽일 놈이다. 국록을 먹고 나라의 기울어지는 줄을 못 보는 체하는 놈들아."

하고 책상을 치고 일어나 나온 일이 한두 번이 아니었다.

그래서 신홍은 이미 조정의 무리들은 더불어 의론할 자격이 없다 하고, 세상에 이름도 드러나지 아니한 충의 있는, 열혈 있는 남아를 모아 썩어진 나라를 새롭게 하리라는 결심을 하였다.

그러나 신홍은 충성과 용기가 있느니만큼, 주밀한 꾀를 생각하는 힘이 부족한 사람이었다. 또 신홍의 밑에 모인 사람들도 대개는 비분강개하여 가슴을 풀어헤치고 칼 앞으로는 들어갈 사람들이라도, 꾀로 꾀를 막을 꾀를 가지지 못한 사람들이었다.

더구나 신홍의 집에 근래에 이상한 인물들이 자주 출입한다는 소문이 나고, 또 민간에도 불원간에 무슨 큰일이 생긴다 하며, "사돌에, 사돌에 큰사람이 나와서" 하는 동요까지 돌아다니게 되매, 위홍은 벌써 의심이 나서 많은 염탐꾼을 거미줄 늘이듯 늘어놓아 신홍의 행동을 엿보게 하였다.

위홍과 신홍은 삼종간이다. 위홍은 신홍보다 십여 년이나 나이 많으나, 젊어서 서로 희롱할 때에도 항상 신홍은 위홍을 누르고 위홍은 신홍을 골리려 들었다. 그래서 이 두 사람은 자란 뒤에도 서로 상종이 드물었다.

그러나 위홍도 신홍은 결코 아무것도 하지 아니하고 말아버릴 녹록한 남아가 아님을, 도리어 그 의기가 자기보다 승한 것을 알므로 그에게 대하여 항상 일종의 시기와 의심을 가지고 왔다. 그러므로 위홍의 마음속에는 이번 일을 기회로 하여 신홍을 아주 없애버리리라 하는 생각이 들고, 신홍만 없어지면 감히 자기와 겨룰 사람이 신라 천지에는 없으리라고 믿은 것이다. 그래서 위홍은 일변 염탐꾼을 늘어놓는 동시에, 일변 신홍의 집에 다니는 문객에게 뇌물을 주어 신홍의 일을 염탐하는 동시에, 일변 신홍의 마음을 충동하기를 힘썼다.

그러나 사방으로 염탐하여본 결과, 신홍의 세력이 생각하던 바보다 큰 것을 알고 위홍은 놀랐다. 만일 이대로 내버려두면 장차는 자기의 몸이 위태해질 것을 깨닫고, 일이 벌어지기 전에 얼른 신홍을 처치해버릴 생각을 가지게 되었다.

신홍 편에서도 위홍이 자기의 뜻을 벌써 알고 사방으로 염탐하는 줄을 알 일이 생겼다.

유월 유두가 앞으로 사흘을 남겼을 때다. 사돌 신홍의 집 후원 연당에 연꽃이 방싯방싯 피기 시작하여 식전과 황혼이면 맑은 향기를 놓았다. 신홍은 날마다 이 연당 가로 거닐며 큰일을 생각하고, 혹은 술을 마시며 노래도 읊었다. 신홍을 가까이 모시는 사람들은 수상지인(殊常之人)이 집 가까이로 왕래를 한다 하여 신홍이 혼자 후원에 소요하는 것을 걱정하였으나, 신홍은 그런 일은 염두에도 두지 않는 듯하였다.

그러다가 일전에 과연 심홍의 집 후원 나무숲에서 신홍을 엿보던 자객 하나를 잡았다. 그는 몸에 비수를 품고 있었다. 사람들이 그 자객을 붙들어 신홍의 앞에 끌어왔을 때에 신홍은 웃으며,

"이놈, 나를 죽이러 왔던?"

하고 어린애에게 묻듯이 물었다.

"네, 그저 죽을죄로."

하고 그 자객은 벌벌 떨었다.

"나를 죽이고 가면 무엇을 준다던?"

하고 신홍은 또 물었다.

"금 백 냥."

하고 자객은 땅에 엎드렸다.

신홍은 사람을 불러,

"네 금 백 냥을 이놈에게 내어주고 상대등 대감께 자객이 너무 약해서 못 쓰겠다고 편지하라."

하고 크게 웃어버렸다. 자객은 금 백 냥과 위홍에게 가는 편지를 받아가

지고 신홍 집 앞대문으로 나왔다.

신홍은 연당으로 돌며 반쯤 핀 연꽃과 그 밑에서 팔딱팔딱 뛰는 고기와 개구리들을 바라보고 있다가 같이 있던 원종(元宗), 애노(哀奴) 두 사람을 보고,

"오늘 밤 달도 좋고 연꽃도 볼만하니 한잔 마시지 아니할까?"
하였다.

원종과 애노는 신홍이 가장 심복으로 믿는 사람이다. 원종은 의기가 있고 애노는 모략이 있었다. 그래서 이 두 사람은 신홍의 두 팔과 같이 신홍의 곁을 떠나지 아니한다. 원종과 애노는 본래 첫뼈〔第一骨〕도 아니건마는 신홍은 문벌 같은 사람이나 다름없이 두 사람을 사귀고, 또 두 사람은 어떤 연유로 죽을 지경에 빠진 것을 신홍의 의기로 살아났기 때문에 신홍에 대하여서는 목숨의 은인으로 충성을 다하는 터이다.

원종과 애노는 신홍의 뜻을 안다. 사흘을 지나 유월 유둣날이면 왕이 만조백관을 데리고 포석정 물맞이 놀이를 한다. 이 기회를 타서 위홍 이하 모든 무리를 한 그물에 싸잡기로 계책을 정한 것이다. 지금 신홍이 달 좋고 꽃 좋은 것을 기회로 한잔 술을 마시자 하는 것은, 성패와 성사를 앞에 둔 큰일을 하기 전에 마지막으로 하룻밤의 연락(宴樂)을 하자는 뜻인 줄을 두 사람은 안다.

길던 여름날도 다 가고, 왔다 갔다 하던 구름장조차 낙일(落日)을 따라 스러져버리고, 하늘에는 맑은 별과 거의 만월이 된 밝은 달이 걸리고, 땅에는 연잎에 맺힌 이슬이 고기에게 놀라 굴러떨어지어 거울 같은 물 위에 실물결을 일으킨다. 못가에 포기포기 칼 같은 잎사귀를 뽑은 창포잎이 이따금 간들간들 흔들리는 것은 붕어와 잉어의 꼬리에 스친 까닭이다.

안압지 본을 받아 못가에는 봉우리 셋 가진 조산(造山)이 있고, 봉우리 끝마다 노송이 있고, 노송 밑에 조그마한 정자가 있고, 정자 앞 물가에는 혹은 버드나무가 긴 머리를 풀어 늘이고, 혹은 조팝꽃나무가 빨간 꽃을 날리고 있다. 연당 한가운데는 밑동을 괴석으로 쌓은 조그마한 섬이 있고, 그 섬에는 우뚝 선 선바위에 기대어 조그마한 팔각 정자가 있는데, 거기는 '봉래도(蓬萊島)'라, '심진각(尋眞閣)'이라, 이렇게 한 현판이 돌라붙고 기둥마다 글귀를 새겨 붙이었다.

나무숲에서 밤새가 울고 풀 속에서 벌레 소리 나기 시작할 때에 잔치도 시작되었다. 부드러운 거문고 소리와 처량하고 비장한 옥퉁소 소리에 맞추어 아름다운 화랑(花郎)과 기생의 맑은 노랫소리가 떠올랐다. 신홍은 난간에 기대어 얼굴 한편을 달빛에 비추이고 소매를 어깨까지 걷어올리고, 술잔이 지나가는 틈에는 뚜렷한 깁부채를 한가로이 흔들었다. 사십이 넘을락 말락 한 신홍은 아직도 청춘의 호화로운 피가 넘치었다. 신홍의 곁에 모여 앉은 객들도 모두 술이 반이나 취하여 노랫가락을 맞추어 무릎장단을 쳤다.

사람이 살면 얼마나 사나.
천년을 사나 만년이나 사나.
영랑(永郎), 술랑(述郎)도 소식이 없네.
살아생전에 놀아볼까나.

하고 한 화랑이 노래를 끝내자 넓은 깁소매를 이마에 대고 덩실덩실 춤을 추던 다른 사람들은,

"좋다!"
하고 무릎을 친다.

그러면 이번에는 한 기생이 작은 북을 들고 나서서 얼씬얼씬 한 바퀴 돌아가다가 '땅땅' 하고 조그마한 손으로 북을 두어 번 울린 뒤에,

인생이 꿈이라네,
덧없는 꿈이라네.
인생이 꿈이라면은
청춘은 꿈에 꿈을,
꿈의 꿈, 닭 울기 전에
놀고 놀까 하노라.

하고 깁소매를 한 번 둘러 향기로운 바람을 내며 풍정이 가득한 눈으로 모인 사람을 한번 둘러본다.

칼과 활로 일생의 벗을 삼는 장사들도 무르녹은 여름밤, 연꽃 향기 몰려오는 바람결에 철석 같은 마음이 녹는 듯하여 모두 난간에 몸을 기대고 반쯤 눈을 내리감았다. 달빛을 담은 술잔이 오락가락할수록 취흥은 밤과 밤으로 더불어 더욱 깊어갔다.

신홍은 도도한 흥을 이기지 못하는 듯, 종을 불러 난희를 나오라고 명하였다. 난희는 삼 년 전 장안에 이름이 높던 명기(名妓)로, 여러 귀공자의 사랑을 받다가 마침내 신홍의 총희(寵姬)가 되어 일시도 신홍의 곁을 떠나지 아니한 미인이다. 상대등 위홍을 모르는 사람은 있어도, 절대가인 난희를 모르는 이는 없었다. 난희는 춤을 잘 추기로 이름이 있었다.

신흥은 취흥이 깊어갈수록 마음 한편 구석에 일종 비감이 생겨 난희의 춤을 한번 보아야 그 비감이 풀릴 것같이 생각한 것이니, 일좌에 모인 사람들도 이러한 자리에 난희를 불러내는 것을 의외로 생각하였다.

두어 번 사양한 뒤에 마침내 시녀 두 사람에게 옹위되어 난희가 수삽한 태도로 자리에 올라왔다. 몸에는 소매 넓은 붉은 깁옷을 입고, 머리에 향기 높은 난초 한 송이를 꽂았다. 달빛에 비추인 난희의 얼굴에는 말할 수 없는 수심의 푸른빛이 도는 듯하였다.

난희가 올라오매, 다른 사람들은 잠깐 일어나 자리를 피하고 신흥이 난희의 손을 끌어 자기 곁에 앉히었다.

난희가 가장 추기를 좋아하는 춤은 '가야선무(伽倻仙舞)'라는 춤이다. 가야선무는 가야산에 살던 신선이 추던 춤이라 하여 가얏고 가락에 아울러 추는 춤인데, 춤 중에 가장 어려운 춤으로 이 춤을 아는 이가 몇 사람이 되지 못한다 하며, 가야선무를 잘 추면 구름 밖에서 신선의 옥통소 소리가 울려온다는 이야기까지 있다. 신흥의 권에 이기지 못하여 난희는 마침내 춤추기를 시작하였다. 난희는 손에 든 흰 깁부채를 동으로 드는 듯 서를 가리키고 뒤로 던지는 듯 앞으로 던져 옷 소리도 없고 발자취 소리도 없이 가볍게 부드럽게 춤을 출 때에, 그것은 마치 연못 위에 떠노는 달그림자와 같이 볼 수는 있어도 잡을 수는 없는 듯하였다. 그러나 어인 연고인지 난희의 춤추는 소매에서는 알 수 없는 슬픈 바람이 일어 보는 사람의 마음속으로 스며들어가는 듯하였다.

일좌가 천연하게 비감에 잠겼을 때에 늙은 청지기가 급히 들어와,

"대감께 아뢰오. 대내(大內)에서 칙사가 와 계시오. 직각으로 입시하시랍시오."

"칙사, 칙사!"

하고 신홍도 놀라고 자리에 있던 사람들도 다 놀랐다.

신홍은 오랫동안 궐내에 들어간 일도 없고 불린 일도 없었다. 위홍이 권세를 잡은 이후로 신홍은 일절 궐내에 발을 끊고 설, 가위 같은 명절이나 특별한 날이 아니면 궐내에 가는 일이 없었다. 그런데 이렇게 아닌 밤 중에 직각 입시하라는 칙교가 내리기는 심히 수상한 일이다.

사람들의 마음에는 위홍의 간계라는 생각이 번적하였다. 난희도 어찌 하려는고 하고 손에 들었던 부채를 던지고 신홍의 얼굴을 바라보았다.

신홍은 잠깐 생각하는 모양이더니 벌떡 일어나며,

"왕명이니 지체할 수 없다."

하고 원종을 향하여,

"뒷일을 잘 알아 하라."

하고, 다시 난희를 보고 곁에 있는 화랑을 불러 이윽히 두 사람을 번갈아 보더니,

"너희 둘이 일생을 같이 살라."

하고 자리에서 일어난다.

난희는 신홍의 소매에 매어달려 울고, 원종과 애노도 신홍의 앞을 가 로막고 가볍게 원수의 꾀에 빠지지 말기를 권하였다. 그러나 신홍은 듣 지 아니하고 단신으로 몸에 환도 하나를 차고 칙사를 따라 성화같이 대궐 로 들어갔다.

신홍이 대궐로 간 뒤에 신홍의 집은 울음판이 되었다. 아무도 무슨 일 로 신홍이 입시하는 줄을 아는 이가 없지마는, 아무도 신홍이 살아서 돌 아오리라고는 생각하지 아니한 까닭이다.

원종과 애노는 곧 사방으로 사람을 보내어 장안 군데군데 숨어 있는 장사들을 즉각으로 황룡사 마당으로 모이라고 분부를 하고, 애노로 하여금 집에 있어 모든 일을 지휘하게 하고, 원종 자신은 신홍의 집에 있던 오십 명의 장사를 거느리고 신홍의 뒤를 따라 대궐로 달려갔다.

지금까지 잔치가 벌어졌던 신홍의 집 후원 봉래도 심진각에는 울고 쓰러진 난희의 연연한 몸이 푸른 달빛에 싸여 있을 뿐이었다.

신홍이 불려간 곳은 반월성 대궐이 아니요, 임해궁이었다. 신홍은 이제나저제나 하고 무슨 일이 생기기를 기다렸으나, 아무 일도 없이 임해전에 들어갔다. 임해전 안압지로 향한 영월루에는 왕이 예겸과 기타 두어 가까운 신하를 데리고 술상을 대하여 계셨다.

신홍은 곧 왕의 앞에 꿇어 엎드려 명이 내리시기를 기다리고 있었다. 왕은 좌우를 물리고 예겸과 신홍만 앞에 불러 앉히고, 국사가 날로 그릇되어가는 것과 이것을 바로잡으려면 힘 있는 사람이 나서야 할 것을 한탄하여 은근히 신홍의 뜻을 물었다.

왕의 말씀은 심히 간절하였고, 또 그 음성에는 굳은 결심의 빛이 보였다. 비록 달 아래에 한잔을 마신다는 것을 핑계로 앞에 술을 벌였으나, 왕은 조금도 술 취한 기운이 없었다.

동해안을 순행하고 돌아오신 뒤로 왕은 국사가 날로 그릇되어가는 것을 새삼스럽게 깨달았고, 또 예겸도 나물 캐는 처녀 일을 말하여 일천 년 사직의 흥망융체(興亡隆替)가 오직 왕에게 달린 것을 피눈물로 누누이 간하였다. 그러한 결과로 왕은 마침내 예겸의 말을 믿어 단연히 상대등 위홍과 그의 무리를 몰아내고 널리 어진 사람을 구하여 정사를 일신하기로 뜻을 정하였다.

그러나 궁중부중에는 모두 위홍의 무리요, 심지어 근시하는 궁녀들까지도 태후와 위홍의 뇌물을 먹는 염탐꾼이며, 십이 영문 군사의 두목이 모두 위홍의 무리인 것을 볼 때에 왕은 자기가 만승인 지위에 있으면서도 수족을 잘라버린 사람인 것을 깨달았다.

차라리 깊은 뜻이 없을 때에는 근심도 없을 터니, 큰일을 생각하고 보매 왕은 힘없는 슬픔을 깨달았고, 또 돌아가신 부왕의 슬프던 일생을 생각할 수가 있었다.

여러 가지로 돌려 생각한 끝에 마침내 왕은 예겸의 말대로 만사를 일길 찬 신홍에게 맡기어 건곤일척의 대사업을 하기로 결심하였다. 왕의 맘을 여기까지 끌어오는 데 예겸의 힘이 얼마나 컸던 것은 말할 필요가 없었다.

그러나 왕이 신홍을 불러 보실 일이 여간 어려운 일이 아니다. 만일 신홍을 불러 보시는 일이 태후나 위홍의 귀에 들어만 가면, 만사는 와해가 될 줄을 아는 까닭이다. 그래서 임해전 달 구경을 핑계로 별안간에 미행(微行)을 하시어 칙사를 신홍에게로 보냈던 것이다.

신홍은 왕의 간곡한 말씀에 감격의 눈물을 흘렸다. 왕께 이러한 뜻이 있으면 만사는 뜻같이 되리라고 속으로 기쁘고, 하늘이 나라를 도우시는 것을 고맙게 생각하였다. 그래서 신홍은 일어나 세 번 왕께 절하고,

"신홍이 비록 우준(愚蠢)하오나 간뇌도지(肝腦塗地)하와도 천은의 만일을 봉답하겠나이다."

하고 아뢰었다.

왕은 신홍의 손을 잡고 손수 신홍에게 술을 권하시었다.

날이 샌 뒤에 여차여차히 할 일을 예겸과 의론한 뒤에 사람의 눈에 띄기를 꺼려 신홍은 오래 머물지 아니하고 곧 임해전에서 물러나왔다.

신홍이 관해문(觀海門)에 나와 마침 수레에 오르려 할 때에 좌우에서 일대 복병이 신홍을 에워싼다. 위홍은 벌써 왕이 신홍을 부르신 줄을 염탐하고 군사를 임해궁 사문에 숨겨두었던 것이다.

신홍은 칼을 빼어 싸웠으나, 한 몸이 여러 사람을 당하지 못하여 마침내 위홍의 군사에게 사로잡혔다.

신홍이 반월성 대궐로 입시한 줄만 알고 그리로 갔던 원종이 거느린 군사가 임해궁으로 달려왔을 때에는 벌써 신홍은 어디로 간 곳을 알 수 없었다. 다만 관해문 앞에 피에 젖은 시체가 가로세로 쓰러진 것을 보아 무슨 일이 있었던 것을 짐작할 뿐이다. 원종이 임해문을 지키는 군사에게 신홍이 간 곳을 물으나 알지 못하고, 하릴없이 일변 사람을 황룡사로 보내어 거기 모인 군사로 반월성을 들이치라 하고, 자기는 수병(手兵)을 몰아 문 지키는 군사를 베고 임해궁을 들이쳤다. 원종이 거느린 장사들은 임해궁 내에서 가장 잘 싸웠다. 그러나 하나씩 둘씩 죽어 없어지는 것이 임해궁을 거의 다 둘러 찾은 때는 원종 아울러 사오 인밖에 아니 남고, 원종도 오른팔에 칼을 맞아 왼팔로 칼을 쓰지 아니하면 아니 되게 되었다. 그래도 신홍이 간 곳은 찾을 길이 없었다.

원종은 간신히 몸을 빼어 피 흐르는 팔을 안고 반월성으로 달려갔다. 대화문 앞에서는 신홍의 군사와 위홍의 군사 사이에 큰 접전이 일어났다. 위홍의 군사는 몇 번이나 반월성 안으로 쫓겨 들어갔다가는 도로 나오고, 쫓겨 들어갔다가는 도로 나왔다. 그 많은 군사가 삼백 명도 못 되는 신홍의 군사를 무서워하여 손발을 놀리지 못하였다. 만일 원종이 반월성을 짓쳐 들어가려고만 했으면 곧 하였을 것이다. 그러나 신홍을 원수의 손에 넣고 그렇게 범궐(犯闕)을 하면 신홍의 몸과 명예에 해로울 것을 생각하고 대화문 밖에서 엄포만 한 것이다.

이 소동에 깊이 잠이 들었던 장안은 모두 깨어 일어나 무슨 큰 변이 나는가 하고 벌벌 떨었다. 사람은커녕 강아지 하나도 문밖에 나오지 못하고, 장안 대도상(大道上)에는 파수하는 군사들의 동으로 서로 달리는 말발굽 소리뿐이었다. 열이틀 달이 서악재에 걸리고, 새벽을 재촉하는 쇠북 소리들은 예와 다름없이 웅웅 온 장안을 울렸다. 이러하는 동안에도 대화문 앞에서는 군사와 군사의 칼이 마주쳐 불꽃이 일고, 활줄이 푸르르 울 때마다 붉은 피가 흘러 땅을 적시었다.

이때에 신흥은 항쇄족쇄로 금군영(禁軍營) 철창 속에 혼자 갇히어 있었다. 이튿날 평명에 신흥은 금부 나졸 네 명에게 끌리어 어떤 방으로 갔다. 거기는 위홍이 친히 나와 좌기(坐起)를 열었다. 신흥은 높이 앉은 위홍을 바라볼 때에 전신에 피가 끓어오르는 듯하였다.

위홍은 나졸을 명하여 신흥을 자기 앞으로 가까이 끌어오라 하였다. 나졸들은 묶어놓은 돼지 모양으로 신흥을 번쩍 들어다가 위홍의 앞에 굴렸다.

위홍은 수족을 묶이어 땅바닥에 엎어진 신흥을 물끄러미 들여다보고 픽 웃으며,

"이놈, 내가 네 삼종형은 되거든 인륜을 몰라보고……. 그래, 이놈. 네가 나를 어쩔 테냐?"

하고 소리를 쳤다.

신흥은 엎더진 대로 고개를 돌려 위홍을 노려보며,

"즘생의 입에서 인륜이라는 말이 당치 않다. 군부(君父)를 몰라보고 나라를 도둑질하는 너 같은 대역부도(大逆不道) 놈의 썩어진 간을 내어

선왕의 영 앞에 제사를 못 지낸 것만 분하다. 국운이 불길하고 네 죄악이 아직 관영치를 못하여 내가 네 손에 잡혔거니와, 나 죽은 혼이 있고만 보면 삼생구사(三生九死)를 하더라도 불충불의한 대역 위홍의 간을 씹어 피를 뿜고야 말리라."

하고 입술을 부쩍 깨물어 위홍의 얼굴을 향하고 뿌렸다. 붉은 피는 방울방울이 위홍의 얼굴과 옷에 묻었다.

위홍은 얼굴에 묻은 피를 씻으려고도 아니 하고 도리어 껄껄 웃으며,

"허, 충신의 피는 푸르다더니, 네 피가 붉은 것을 보니 아직 멀었고나."

이 말에 신홍이 머리를 들어 깨어져라 하고 땅바닥을 구르며,

"내 어찌 충신이라 하랴. 너 같은 놈을 오늘까지 살려두었으니 내 어찌 충신이라 하랴."

하고 소리를 내어 울 때에 위홍의 얼굴과 옷에 묻은 신홍의 피가 유황불같이 푸른빛을 발하고, 신홍의 눈에서는 붉은 불꽃이 튀었다. 이것을 보고 좌우에 섰던 사람들은 무서워 떨고, 위홍의 눈도 한참은 죽은 사람의 눈과 같이 빛을 잃었다.

이에 위홍은 정신없이 찼던 칼을 빼어 신홍의 목을 겨누고 부르르 떨었다. 신홍은 붉은 불꽃이 튀는 눈으로 위홍을 노려보며,

"오냐, 내 목을 버혀라. 그러나 이후 몇 날이 못 하여 네 목에도 칼이 들어갈 날이 있으리라."

하고 껄껄 웃었다.

위홍은 칼을 둘러메어 힘껏 신홍의 목을 쳤다. 붉은 핏기둥이 방 안에 뻗고 신홍의 목이 떨어지어 방바닥에 굴렀다. 눈에서는 여전히 불꽃이

일고, 입에서는 푸른 피가 흘렀다.

위홍은 곧 금군대장에 명하여 신홍의 머리를 종로에 높이 달고, 신홍이 사당(私黨)을 거느리고 승야(乘夜) 범궐한 죄상을 기록하여 방방곡곡에 방을 붙이라 하였다.

이윽고 종로에는 높은 기둥이 박히고, 거기는 피 흐르는 신홍의 목이 달리고, 그 곁에는 '대역신홍(大逆信弘)'이라고 대자(大字)를 써 붙이었다.

하나씩 둘씩 모이는 백성들은 문득 인산인해를 이루었다. 모인 백성들은 차차 울기를 시작하여 점점 울음소리가 커져서 마침내 종로 네거리는 울음바다가 되었다. 백성들은 오늘 이곳에서 위홍의 머리가 달린 것을 보기를 기다렸던 것이다. 백성들은 자기네를 살려낼 마지막 사람이 죽은 것을 볼 때 천지가 아득하여진 듯하였다. 처음에는 금군영 군사들이 우는 백성을 해치려고 하였으나, 백성들의 울음이 더욱 커지는 것을 보고는 군사들 중에 더러는 손에 들었던 창을 땅에 집어던지고 백성들과 어우러지어 울고, 더러는 슬며시 뒷골목으로 빠지어 달아났다.

"위홍의 머리를 내어라!"

하는 소리가 백성들 중에서 일어나자, 울던 백성들은 고함을 지르고 이리 몰리고 저리 몰렸다.

이때에 어떤 사람이 '대역신홍'이라는 패를 떼어 분질러 내버리고, '충신신홍'이라는 새 패를 세웠다. 이것을 본 백성들은 "충신신홍"이라고 소리를 지르고, 다시 소리를 높여 울며 신홍의 머리를 단 곳을 향하고 합장하였다. 신홍의 부릅뜬 눈에서는 피눈물이 흘러내렸다.

"역적 위홍아!"

하고 또 백성들은 소리를 질렀다. 백성들의 얼굴은 상기와 더위로 핏빛이 되고, 눈에는 피와 눈물이 넘치는 듯하였다.

이때에 또 어떤 사람이 높은 장대 끝에 위홍의 화상을 그리고, 그 곁에 '대역무도간신위홍(大逆無道奸臣魏弘)'이라고 대서특서하여 신홍의 머리를 단 기둥 곁에 세웠다. 이것을 본 백성들은 "와!" 하고 소리를 치고 달려들어 위홍의 화상을 끌어내려 찢고 밟고 입으로 물어뜯었다.

이때에 한 사람이 피 흐르는 신홍의 머리를 내려 두 손으로 받들고,

"위홍을 잡아라!"

하고 반월성 대궐 가는 길로 나섰다. 백성들은 "우와, 우와!" 하고 혹은 몽둥이를 들고, 혹은 돌멩이를 들고 그 뒤를 따랐다. 그러나 힘없는 백성의 무리는 마침내 구름같이 몰려오는 위홍의 군사의 칼과 창에 반은 죽고 상하고, 나머지는 흩어지어버리고 말았다.

이리하여 신홍의 계획은 틀어져버리고, 위홍은 여전히 태후와 불의의 쾌락을 누리면서 일국의 정권을 농락하였다. 신홍마저 없어지니 위홍은 꺼릴 것도 없는 듯하였다.

이 일이 있은 후로 예겸은 마침내 쫓겨나고 왕은 더욱 외롭게 되어 국가의 정사에는 조금도 참예할 수가 없었다. 그리되매 왕은 만사에 뜻을 잃고 오직 주색에만 침윤하여 밤낮을 잊었다. 이리하여 그렇게도 총명하던 왕은 반이나 폐인같이 되었다. 점점 몸과 정신이 쇠하여 즉위하신 지 십이 년, 스물다섯이라는 한창 살 청춘에 그만 승하하시고 말았다.

헌강대왕이 승하하시매, 궁중에는 또 더러운 난리가 났다. 태후는 그 따님이신 만공주를 세우려 하고, 정화마마는 당신의 소생인 황왕자를 세우려 한 것이다. 그러나 만사는 위홍의 손에 달린 것이 물론이다.

위홍은 태후가 싫어졌다. 벌써부터 태후보다 나이도 젊고 자색도 아름

다운 정화마마에게 뜻이 있었건마는, 권세를 위하여 아직까지 태후의 맘을 맞추어왔던 것이다. 그러다가 헌강대왕이 승하하시니 이때야말로 평소의 뜻을 달할 때라 하여 태후의 간청을 물리치고 황왕자를 왕으로 세웠다.

정화마마는 오랫동안 형님 되는 태후에게 학대를 받아오던 분풀이를 할 때를 당하였다. 그는 태후에게서 나라와 사내, 둘을 한꺼번에 빼앗아 가지고 의기양양하였다. 태후에게서 받은 것을 그대로 갚느라고 태후와 만공주를 뒷대궐로 내어쫓아 가두고, 반월성 대궐을 혼자 맡아 위홍과 함께 불의의 쾌락을 누렸다.

그러나 태후는 이 분을 참고 가만히 있을 사람이 아니다. 아무리 하여서라도 동생 되는 정화마마의 원수를 갚고 국권과 위홍을 빼앗아 오지 아니하면 안 될 것이다. 그리하자면, 사람을 잡으려면 그가 탄 말을 쏘는 격으로, 새 왕을 없애는 것이 첩경이다. 이리하여 영화태후는 새 왕을 죽일 무서운 꾀를 품게 된 것이다.

새 왕은 즉위할 때에 벌써 신병이 있으시었다. 왕은 본래 잔약한 몸으로 맘이 극히 어질고 약하여 날마다 국중(國中)에 일어나는 여러 가지 상서롭지 못한 일에 항상 맘을 아프게 하고 병은 더욱 골수에 사무치게 되었다. 그러다가 즉위하신 후로는 어머니 되시는 정화마마의 추한 행동을 차마 못 보아 식음을 전폐하신 일이 자주 있었다. 이리하여 병은 점점 침중하여 마침내 자리에 누워 약 잡수시기로 일삼는 몸이 되시었다.

왕이 어서 돌아가시게 하기 위하여 영화마마는 할 수 있는 모든 일을 다 하였다. 술객과 무당이 밤이면 뒷대궐로 도적고양이 모양으로 소리도 없이 들고 났다. 술객과 무당이 왕의 병이 더하게 하는 일 외에 또 한 일이 있었다. 그것은 밤이면 꿈에 나타나 영화마마를 괴롭게 하는 뒷대궐마마의 혼령이었다. 영화마마가 뒷대궐에 옮겨 온 첫날 밤에 자리에 누워 잠이 들려 할 때에, 문득 몸이 오싹하며 입에 칼을 문 뒷대궐마마의 혼령이 보인 뒤로는 며칠을 몸이 몹시 아팠다. 그런 뒤에 병은 나았으나, 가끔 뒷대궐마마가 눈에 띄고 어떤 때에는 낮에도 눈앞에 어른어른하였다.

"늙어서 이런가."

하고 영화마마는 자탄을 하였다. 대개 지금까지 서슬이 푸를 때에는 그러한 일이 없었던 것이다. 어떤 늙은 무당은 정직하게 이렇게 말하였다.

"귀신들도 운수 좋은 사람에게는 못 덤빕니다. 사람이 운수가 기울어지게 되면 귀신들도 업수이 여겨서 맘대로 덤빕니다."

영화마마는 이 무당의 말을 마땅하게 들었다. 아무리 귀신이기로 감히 자기를 거역하고 자기를 건드릴 생각을 못 내리라 하던 기운도 줄어지고, 근일에는 모든 귀신이 모두 자기를 비웃고 자기를 건드리려고 손을 내미는 것같이 생각하였다. 첫대에 뒷대궐마마, 둘째에 남편이시던 경문대왕, 그담에 위홍과 좋아한다 하여 젖을 도리고 팔목을 도리고 눈을 도리고 입을 도리고 하문을 도려서 죽인 수없는 궁녀들이 모두 피 흐르는 몸을 가지고 사방에서 달려들며,

"오, 이년! 이제도? 이제도?"

하고 자기를 건드리려는 듯하였다. 혼자 자리에 누워 있으면 이런 흉물스러운 귀신들이 이 구석에서 저 구석에서, 창틈으로 병풍 틈으로 사면팔방으로 모여드는 듯하여 전신에 소름이 끼치고 찬땀이 흘렀다.

'위홍과 한자리에 있으면 이런 일이 없는데.'

하고 영화마마는 위홍을 생각하였다. 그러나 새 왕이 즉위하신 후로는 반년이나 넘도록 위홍의 얼굴을 대해본 적이 없었다. '위홍은 동생 되는

정화마마의 자리 속에 누워 있다!' 하고 생각할 때 영화마마는 질투의 불에 전신이 타는 듯하였다. 위홍의 그 늠름한 풍채, 그 건장한 몸, 그 힘, 이런 것이 모두 언제까지나 자기의 것으로만 알았더니 이제는 남의 것이다 할 때에, 영화마마는 참다못하여 울고, 울다가는 이를 갈고,

'이놈! 내가 너를 가만둘 줄 알고.'

하고 치를 떨었다. 독한 눈살로 한자리 속에서 즐기는 정화마마와 위홍을 노려보고, 빨간 독을 바른 칼로 둘의 허리를 싹 잘라버리기를 여러 번 하였다.

그러다가는 또 한 번 더 위홍을 자기 것을 만들 생각을 한다. 경문왕이 여러 해 병으로 누워 영화마마가 홀로 있을 때에 국사를 의론한다는 핑계로 위홍과 자주 만나다가, 마침내 하루는 자기가 앞에 엎드린 위홍의 몸에 매어달리고 위홍도 자기 몸이 으스러지어라 하고 껴안아주던 생각이 난다. 그것이 벌써 십오 년 전이다. 십오 년 동안 뻗치었던 악운이 인제는 다한 듯하여 모든 귀신이 꿈과 생시를 물론하고 영화마마를 건드렸다.

그러나 영화마마는 아직도 힘과 운수가 자기의 손에 있는 줄 생각하였다. 그래서 아무리 하여서라도 금상을 없애고 권세와 위홍을 도로 제 손에 넣으려고 애를 썼다. 눈을 뜨면 왕과 정화마마를 없앨 독약과 예방이요, 눈을 감으면 사방에서 피 흐르는 손을 내미는 원통한 귀신들이 있다. 영화마마의 얼굴빛, 눈찌까지도 점점 무섭게 변하였다. 잠이 들면 무서운 잠꼬대를 하고, 깨어 있을 때에도 가끔 미친 사람과 같이 소리를 질렀다. 그래서 근시하는 궁녀들은 마마의 곁에 있기를 무서워하였고, 가끔 깜짝깜짝 진저리를 치었다.

하루는 서악에 있는 태종무열왕(太宗武烈王)의 능이 터지고 비가 큰

110

소리를 내고 넘어가고, 그날 밤에는 대궐 뒤뜰에서 백제 군사와 신라 군사의 우짖는 소리가 들렸다. 보았다는 사람의 말을 듣건대, 어떤 젊은 장수가 백달마를 달려와서 말채찍으로 태종대왕의 능과 비를 치었더니, 능은 터지고 비는 우렛소리를 내고 넘어갔다 하며, 또 어떤 사람의 말에는 고구려 옷 입은 여자 하나가 와서 머리채로 비를 감아 넘어뜨렸다고도 한다. 아무려나 이것은 백제의 원혼과 고구려의 원혼이 나와 다니기 시작한 것이요, 그것은 나라에 큰 쇠운이 올 징조라고 노인들은 눈을 끔쩍거리며 수군거렸다.

대궐 뒤뜰에서 백제 군사와 고구려 군사의 우짖는 소리가 들리매, 영화마마는 때가 왔다고 기뻐하였다.

모든 것은 마마의 뜻대로만 되는 듯하였다. 정강대왕은 칠월 사일에 미음 한 그릇을 잡수시고 환후가 더치어 승하하시고, 왕위는 대왕의 유칙(遺勅)으로 왕매 되시는 만공주께서 이으시게 되었다. 영화마마는 이렇게 모든 일이 뜻대로 되는 것을 기뻐하여 며칠 동안은 무서운 귀신들이 피 묻은 얼굴과 손을 내밀고 모여드는 꿈도 꾸지 아니하고, 다시 태후로 나라의 권세를 잡을 것과 한참 동안 빼앗겼던 위홍을 다시 내 것을 만들 것만 생각하고 웃고 있었다.

그러나 이것은 마침내 헛웃음이 되었다.

새 왕이 즉위하시고 아직 대행왕의 인산도 지나기 전 어느 날 밤에 영화마마를 모시는 늙은 궁녀 하나가 무서운 소식을 마마에게 전하였다. 그것은 상대등이 쌍사초롱에 불을 들리고 상감마마의 침전으로 들어가더라는 소식이다.

이 말을 듣고 마마의 얼굴은 흙빛이 되어 한참 동안은 어안이 벙벙하였

다. 얼마 있다가 마마는 겨우 말문이 열려,

　"들어가서 오래 있더냐?"

하고 물었다.

　궁녀는 두려운 듯이 마마의 낯빛을 엿보며,

　"대감이 들어가신 뒤에 상감마마께서는 술을 많이 올리라 하시옵고, 방 안에서는 웃음소리가 나더이다."

하였다.

　마마는 어찌할 줄을 모르고 발을 동동 굴렀다. 동생에게 빼앗겼던 위홍을 인제는 딸에게 빼앗긴 것이다.

　마마도 그날 밤을 뜬눈으로 새우고 이튿날 평명에 왕의 침전으로 가시었다. 문밖에 지키던 궁녀들은 왕께서 아직도 일어나시지 아니한 뜻을 고하였다. 마마는 분기를 이기지 못하여 왕께서 주무시는 방으로 들어가려 하였으나, 궁녀들은 마마의 앞을 막았다. 마마는 보석 위에 가지런히 놓인 남자의 신 한 켤레를 원망스럽게 노려보았다. 그러나 딸은 왕이다. 대궐 안에 있는 모든 사람들은 왕의 신하다. 자기도 왕의 신하다.

　왕이 위홍과 함께 수라를 잡숫고 난 뒤에야 마마가 들어가는 허락을 얻었다. 마마는 들어가는 길로 피곤한 듯한 왕을 보고,

　"어젯밤에 이 방에 누가 있었소?"

하고 물었다.

　왕은 빙그레 웃으며,

　"나허고 위홍허고."

하고 대답하였다.

　마마는 눈이 뒤집히고 입에 거품을 물며,

"그것이 옳지 않소!"

하고 소리를 질렀다.

왕은 픽 웃으며,

"남편을 살려놓고 남편의 신하와 한자리에 자는 이도 있거든, 어머니의 곁서방을 좀 빼앗기로 그리 옳지 못할 것이 있소? 좋은 서방은 늙으신 어머니가 가지는 것보다 젊은 내가 가지는 것이 더 옳지 않겠소?"

하고 시들한 듯이 고개를 돌렸다.

이리하여 영화마마는 권세와 위홍을 영영 그 따님에게 빼앗기고 말았다. 그리하고는 다시 밤이나 낮이나 산 귀신과 죽은 귀신에게 부대끼는 불쌍한 신세가 되어버렸다.

새로 왕이 되신 만공주는 스물네 살이었다. 얼굴이 그리 아름답지는 못하나, 골격이 장대하고 힘이 세고 호협한 기운이 있어 마치 대장부와 같았다. 그래서 꾀가 많고 몸이 건강하고 수십 년 권세에 많은 경험을 가진 위홍도 왕의 앞에서는 기운을 펴지 못하고 쥐어 지내었다. 왕은 위홍을 희롱할 때에 마치 어른이 어린아이를 희롱하듯 하였다. 육십을 바라보는 위홍이 어린 여왕의 장난감이 되는 양을 궁녀들도 가끔 보고 웃었다.

"위홍아!"

"네."

"몇 살이니?"

"쉰다섯 살이오."

"아따, 쉰은 떼내어버려라."

"그러면 다섯 살이오."

이리하면 왕은 웃고 두 손을 내밀어,

"손 다오."

하면 위홍은 어린아이 모양으로 왕의 앞으로 가서 주름 잡힌 두 손을 왕의 포동포동한 손에 올려놓았다. 그러면 왕은 위홍의 두 손을 잡아끌어서 어머니 모양으로 위홍을 번쩍 안아 쳐들어 무릎 위에 놓고 빰과 등을 어루만지며, "둥개 둥개 둥개야."를 부르고 웃었다. 그럴 때에는 위홍은 짐짐한 듯이 입맛을 다셨다.

왕은 가끔 불쾌해지면 위홍을 못 견디게 굴었다.

"대가리가 허연 것이 이게 무슨 짓이야."

하고 위홍의 등을 밀어 문밖에 내치기도 하였다. 그러나 그러고 나서는 곧 다시 끌어들여서 사랑하는 뜻을 표하였다.

"왜 늙었어? 왜 늙었어?"

하고 왕은 위홍의 허연 머리카락과 수염을 잡아 뽑았다. 아무리 늙을 줄을 모르는 위홍도 오십이 넘어 육십이 가까우면서 백발이 생겼다. 왕은 그것을 불만히 여겼다. 그래서 젊은 남자도 여러 번 불러들여보았으나, 모두 위홍만 못하여 하루나 이틀을 데리고는 조그마한 고을 원이나 한 자리씩 주어서 내어쫓았다. 그러고는 다시 늙은 위홍을 불러들였다. 그러고는 또 늙은 위홍이 불만하여 젊은 사람을 불러들였으나, 역시 위홍이 그리워 그 젊은 사람들을 도로 내어쫓았다.

"이 늙은것에 내가 무엇을 보고 혹했어."

하고 왕은 가끔 위홍의 높은 코를 잡아 흔들었다. 그렇게도 여자의 맘을 끌던 좋은 코에는 이제는 주름이 잡히고 기름기가 빠졌다. 왕은 젊은 위홍을 맘껏 가지고 놀던 어머니에 대하여 무서운 질투를 가끔 가졌다. 그래서 가끔 위홍을 문밖으로 밀어내며,

"늙은것 같으니. 노파한테로나 가!"

하고 소리를 질렀다. 그러면 위홍은 문밖에 우두커니 서서 왕이 다시 불러들이기를 기다렸다.

이리하여 밤마다 왕의 방에는 위홍이 있고, 위홍이 없으면 때때로 불러들이는 젊은 미남자가 있었다.

이 소문은 왕이 즉위한 지 얼마 되지 아니하여 전국에 퍼지었다. 그래서 전국의 얼굴 잘나고 호협한 젊은 남자들은 한번 왕을 보려고 서울로 모여들어, 서울에는 과거 날이 가까운 때 모양으로 깨끗한 젊은 사람들이 우글지글하였다.

그러면서도 왕은 정사를 폐하지는 아니하였다. 왕은 즉위하는 벽두에 전국의 죄인을 놓고, 가난한 백성에게 일 년 동안 세납을 탕감하였다. 그뿐 아니라, 혹은 황룡사에 백고좌를 설시하고 친히 행행하여 설법을 들으며, 혹은 국학에 행행하여 여러 박사에게 오경(五經)의 강설을 들었다. 백성들은 '이 왕이 장차 어떠한 왕이 될는고.' 하고 모두 의심하였다. 어찌 보면 성군인 듯도 하고, 또 어찌 보면 음란한 여인인 것 같기도 한 까닭이다. 아무려나 왕은 범상한 사람이 아니라고 다들 생각하였다.

대각간(大角干) 위홍의 집은 모돌[牟梁部]에 있었다. 사백 칸 집이라고 이름난 큰 집이다. 하늘에 닿은 듯한 높은 대문에는 창 든 군사가 파수를 보고, 대문 안에도 담과 후원으로 돌아가며 목목이 군사가 파수를 보았다. 위홍이 권세를 잡은 지 이십여 년에 위홍의 집에 자객이 들어온 지가 몇십 번인지 모른다. 그러나 들어오는 족족 파수하는 군사에게 잡히고, 위홍은 일찍이 한 번도 자객의 칼끝에 손톱눈 하나 상한 일이 없었다. 그래서 자객이 한번 들어온 때마다 위홍은 자기의 운수가 어떻게 좋은 것을 생각하고 빙그레 웃었다.

그러나 위홍도 맘으로는 편안할 날이 없어 그 큰 집에 자기의 침실을 수십 곳이나 정해놓고, 혹 대궐에서 안 자고 집에서 잘 때면 밤이 깊기를 기다려서 집 사람들도 모르게 살그머니 그중에 어떤 한 방에 들어가서 잤다. 방방이 다 불을 켜놓고, 방방이 문밖에는 다 신을 놓았기 때문에 어느 방에 위홍이 있는지 모조리 찾기 전에는 알 수 없는 것이다. 오직 위홍이 자는 곳을 아는 이는 그날 밤에 뽑히어 위홍과 자리를 같이하는 첩뿐이다. 방도 여럿이요 첩도 여럿이어서, 초저녁에는 이 첩과 이 방에서 자다가 이따가는 저 첩과 저 방에서 자기 때문에 첩들도 위홍이 지금 어디 있는지를 알 수 없는 것이다. 더구나 지난 이월에 사돌 신홍의 집 앞에 있던 바위가 개천가로 댓 걸음이나 비실비실 걸어나갔다는 말과, 그것을 신홍의 원혼이 자기가 아직도 서울에 머물러 있어서 원수를 갚을 날을 기다리는 징조라는 말을 들은 위홍은 근래에 더욱 겁이 많았고, 또 나이 많아짐을 따라 젊을 때 무서움 없던 기운이 줄어짐에 따라 위홍은 모든 것에 무서움을 가지고 의심을 품게 되었다. 그래서 침실에 첩을 불러들일 때에도 반드시 몸 수험(搜驗)을 하여 혹 칼이나 품지 아니하였는가를 알아보고야 안심하였다.

따뜻한 봄철 어떤 밤이다. 위홍은 마침 집에서 잘 기회를 얻어 저녁을 먹고 나서 후원 첩들의 방 앞을 거닐었다. 첩들은 이날에 대감이 집에서 자는 줄을 알고 모두 있는 힘을 다하여 단장을 하고, 대감의 발이 행여나 자기의 방에 머물기를 고대하였다. 뚜벅뚜벅하는 발자취 소리가 박석 위로 울려올 때에 아름다운 첩들은 가슴을 두근거리고 자기 방 문고리에 대감의 손가락이 걸리기를 기다렸다.

위홍은 촛불이 비추인 창과 그 창에 비추인 그림자를 보고 어렴풋이 그 그림자의 주인을 생각하면서 오르락내리락하였다. 창에 비추인 그림자들은 위홍의 발자취 소리가 바로 그 앞에 왔을 만한 때는 한 번 움직였다. 그것은 마치 위홍의 맘을 끌자는 표인 듯하였다.

위홍은 맘 나는 대로 몇 방문을 열었다. 위홍의 얼굴이 방으로 들어오면 미인들은 수삽한 듯이 일어나 맞았다. 위홍은 혹은 한번 슬쩍 바라보고 말기도 하고 혹은,

"몸 성한가?"

하고 말을 한마디 붙여보기도 하고, 혹은 맘이 나면 손과 뺨도 한번 만져보고, 혹은 한번 빙그레 웃기도 하고, 그러고는 딴 방으로 또 간다.

위홍이 그냥 지나간 방에서는 문에 비추인 그림자가 스러지는 것이 보이고, 혹은 긴 한숨과 혹은 울음소리가 들리기도 한다.

"하나도 맘에 드는 게 없군!"

하고 위홍은 화를 내어 몇 걸음 빨리 걸어간다. 그때는 두 분 마마와 왕의 생각이 난다. 제일 맘에 들기는 정화마마거니와, 그와는 오래 즐길 기회가 없었다.

"제기, 맘대로 안 되는 세상!"

하고 위홍은 혼자 한탄하고 한숨을 쉰다.

위홍은 문득 어떤 울음소리를 듣고 우뚝 섰다. 위홍은 울음소리 나오는 창을 바라보았다. 그 창에는 사람의 그림자는 없이 울음소리뿐이었다. 위홍은 그것이 난희인 줄을 안다.

위홍의 눈앞에는 난희의 아름다운 자태가 보였다. 그때에 위홍의 눈에는 웃음이 있었다. 그러나 난희의 자태가 보인 뒤에는 반드시 푸른 피를

뿜던 신홍의 얼굴이 보였다. 위홍은 손으로 얼굴을 한번 만지었다. 얼굴에는 지금도 그때 신홍의 피의 뜨거움을 감각하는 듯하였다.

신홍을 죽인 뒤에 맨 먼저 위홍의 맘에 드는 것은 물론 난희를 빼앗아 오는 것이었다. 그래서 곧 난희를 붙들어 왔다. 붙들려 올 때에 난희는 하 그리 몹시 저항을 하지 아니하였다. 그러나 붙들려 와서는 좀처럼 위홍에게 몸을 허하지 아니하였다. 첨에는 발악을 하였고, 다음에는 먼저 남편의 거상(居喪)을 입는 것을 핑계로 하였고, 그 후에도 혹은 발악을 하고 혹은 병 핑계를 하고 혹은 밥을 굶고 혹은 죽는다고 위협을 하여, 위홍에게 몸을 허하기를 막아왔다. 위홍도 신홍의 기억이 새롭고 또 난희의 굳은 맘이 무서워서 난희가 하는 대로 내버려두고, 물 같은 여자의 맘이 반드시 변할 날이 있을 것과 한번 자기에게 혹하기만 하면 다시는 떨어지지 아니할 것을 믿고 오늘까지 참고 기다렸다. 오늘까지라는 것이 벌써 팔 년이나 되었다.

그러다가 지금 난희가 슬피 우는 것을 볼 때에 아직도 때가 이르지 아니하였나 하였다. 섣불리 건드리다가 또 발악을 하여도 창피하다고 위홍은 슬며시 그 방 앞을 지나가며 난희의 생각은 아니 하리라 하였다.

그러나 생각을 아니 하려 할수록 난희의 슬픈 울음소리는 위홍의 귀를 따라오는 듯하였다. 그것이 이상하게 위홍의 맘을 괴롭게 하였다. 위홍은 어린 잎이 나불나불하는 은행나무 아래 서서 뒷짐을 지고 수없는 늙은 가지 틈으로 반짝반짝하는 별을 바라보았다. 꽃향기를 품은 바람이 위홍의 얼굴을 스치어 지나갈 때에, 위홍의 늙은 맘속에도 청춘의 하염없는 유혹의 바람이 불었다.

위홍은 결심한 듯이 발을 돌려 다시 난희의 방 앞으로 왔다. 방에서는 아직 연연하게 느껴 우는 소리가 들린다. 위홍은 기침을 하고 마루에 올라서서 난희의 방문을 열었다. 난희의 눈물에 젖은 별 같은 눈이 반짝하고 위홍을 비추었다. 위홍은 웃는 눈으로 그것에 대답하였다. 방에 켠 옥등잔 불이 문바람에 금실금실 춤을 추어 흰 벽에 비추인 두 사람의 그림자를 춤을 추인다.

위홍이 들어오는 것을 보고 난희는 일어나 아랫목 자리를 위홍에게 사양하였다. 위홍은 내어주는 자리에 앉으며,

"오늘은 웬일이냐? 네가 전에 없이 단장을 하고 또 내게 자리를 권하니, 알 수 없는 일이로구나."

하고 고개를 수그리고 앉은 난희의 울어서 볼그레한 뺨을 탐내는 듯이 보았다. 과연 난희는 단장을 하였다. 머리는 기름을 발라 빗고 평생에 안 입던 분홍 비단 바지에 짙은 자주 깃을 단 유록색 저고리를 입고 얼굴에는 뽀얗게 분을 바르고 연지까지도 찍었다. 얼굴에 발린 분이 반이나 눈물에 씻기어 혈색 좋은 연한 살이 군데군데 나온 것이 더욱 풍정이 있다.

난희는 길게 한숨을 쉬며,

"늦어가는 봄을 마지막 보려고요."

한다.

"늦어가는 봄을 마지막 본다."

하고 위홍은 난희의 말을 그대로 한번 불러보더니 그 뜻을 알아들은 듯이 고개를 끄덕끄덕하며,

"그래도 네게는 아직 봄이 남았다."

하고 자기의 반백이 넘어 된 수염을 만진다.

난희는 힘없이 벽에 몸을 기대며,

"나의 봄은 시든 봄, 꽃 없는 봄."

하고 또 한 번 하염없는 한숨을 길게 쉬었다. 나비 하나가 어디에서 들어와 등잔불을 싸고 돈다.

위홍은 손을 내밀어 분홍 바지 무릎 위에 놓인 난희의 하얗고 보드라운 손을 덥석 잡아끌었다. 위홍이 난희의 손을 잡아끌 때에 난희는 몸서리치는 듯이 손을 뿌리치려 하였다. 그러나 어느덧 난희의 가는 허리는 위홍의 팔에 껴안기었다.

"늦어가는 봄을 헛되이 보낼 줄이 있으랴. 아직 꽃은 필 것을."

하고 위홍은 난희를 끌어 무릎 위에 앉혔다. 난희는 더 반항하려고도 아니 하고 붙들린 참새 모양으로 숨소리만 쌔근쌔근하였다.

예기하였던 반항과 발악이 없는 것을 다행히 여기어, 위홍은 어머니가 젖 먹이는 아기를 안듯이 난희의 몸을 꼭 껴안았다. 난희의 몸은 비단같이 부드럽고 불같이 뜨거운 듯하였다. 위홍은 육십이 가까운 몸이 갑자기 젊어지는 듯하여 미친 듯이 몸을 떨고 난희의 칠같이 검은 머리의 향기를 들이마시었다. 난희의 몸은 전신이 향기에 젖은 듯하였다.

"난희야, 오늘 하루를 보려고 내가 육십 평생을 살았다. 상대등, 서불한(舒弗邯)이 다 무엇이랴."

하였다. 위홍이 본래부터 난희의 아름다움을 모르는 것이 아니나, 이렇게 품에 안고 보니 새삼스럽게 더욱 아름다운 듯하였다. 위홍은 취한 듯이 숨이 차고 몸이 떨렸다.

또 어디서 들어온 나비가 등잔불을 싸고돈다. 가끔 날개로 불을 치고는 놀라 물러나다가 다시 날아든다.

난희는 가만히 두 팔을 뻗어 위홍의 가슴을 안았다. 그 뚱뚱한 가슴이 난희의 아름에 겨워 두 손 끝이 위홍의 등 뒤에서 닿을락 말락 하였다. 난희는 손으로 위홍의 등을 위아래로 쓸어 만지었다. 그렇게 할수록 위홍의 숨결은 더욱 커지고 눈가는 더욱 술 취한 듯하였다.

난희는 위홍의 가슴에 한편 귀를 대었다. 엷은 겹옷을 통하여 염통 뛰는 소리가 쿵쿵 들린다. 난희의 등에는 위홍의 크고 힘 있는 손이 떨면서 오르락내리락한다. 그러할 때마다 난희의 비단 저고리가 위홍의 손바닥에 스치어 바삭바삭하는 소리를 낸다.

위홍은 참다못하여,

"난희야, 오늘 저녁은 내가 네 방에서 잘란다."

하였다. 위홍은 지금까지 첩을 자기 방으로 불러들일지언정 일찍이 첩의 방에서 잔 일은 없었다. 그것은 무슨 일이 있을까 봐 무서운 까닭이다. 그러나 오늘은 차마 난희의 방을 떠날 수가 없었다. 비록 잠시라도, 한 걸음이라도 난희 방에서 발을 내놓을 수가 없었다.

난희는 여전히 귀로는 위홍의 염통 뛰는 소리를 듣고 손으로는 위홍의 등과 허리를 만지면서 고개도 돌리지 아니하고,

"주무시게 해드리지요."

하였다.

이 말에 위홍은 더욱 기뻐서 난희를 한 번 더 껴안았다. 그러고는 곧 자리를 펴라 하고 난희를 안았던 팔을 풀었다.

난희는 일어나 반침을 열고 자리를 내어 깔았다. 다홍깃 단 초록 이불의 하얀 머리가 베개에 반쯤 걸렸다. 자리를 펴고 나서 난희는 등잔을 들고 방 한편 구석에 섰다. 위홍은 칼을 끌러 걸고 옷을 끄르면서 등잔 뒤에 선 난희의 수삽한 얼굴을 보고 그 날씬한 몸을 볼 때 더욱 정욕이 불 일듯

하였다.

위홍이 윗옷을 벗고 자리에 들어가려 할 때에, 난희는 나는 듯이 달려들어 뒤에서 위홍을 꺼안았다. 위홍은 가슴에 무엇이 선뜻하는 것을 깨달았다. 그러고는 앞으로 쓰러졌다. 위홍의 왼편 젖가슴 밑에는 날카로운 난희의 비수가 박힌 것이다.

난희는 힘을 써서 손에 쥔 비수 자루를 이리저리 비틀었다.

"이놈! 내 남편의 원수야!"

하고 소리를 지르고 일어나서 벽에 걸린 위홍의 칼을 쭉 빼어들었다.

위홍은 "응!" 하고 몸을 비틀어 돌아누웠다. 한 손으로 피에 젖은 칼자루를 잡기만 하고 뺄 힘은 없이 눈을 떠서 난희를 본다.

"내 남편의 목을 찍은 칼로 네 목을 찍을 테다."

하고 난희는 번쩍번쩍하는 칼을 위홍의 목 위에 둘러메었다.

위홍은 정신이 아득아득하고 소리도 칠 수 없는 줄을 알면서 난희의 내리치는 칼을 막으려는 듯이 힘없이 한 손을 들고 애걸하는 듯이,

"난희야, 난희야!"

하며 가슴을 들먹거린다.

난희의 눈에서는 새파란 불꽃이 날았다.

위홍은 겨우 기운을 모아,

"난희야, 너 같은 열녀도 있는데 나 같은 불충한 놈도 있구나. 난, 난, 난희야, 내가 열녀의 칼에 죽는 것만 다행이다."

하고는 무슨 말을 더 중얼거리는 모양이나 어눌하여 알아들을 수가 없었다.

난희는 둘러메었던 칼을 늘이고 가만히 위홍의 얼굴을 들여다보았다. 그 피부는 좋으나 주름 잡힌 얼굴은 금시에 해쓱해지고, 가슴 들먹거리

던 것도 점점 작아지다가 마침내 숨이 끊어지고 말았다.

위홍의 숨이 끊어진 것을 보고 난희는 손에 들었던 칼을 힘없이 방바닥에 떨어뜨렸다. 난희는 숨이 끊어지어 넘어진 위홍을 볼 때에, 그의 목을 자르고 그의 가슴을 째고 간을 꺼낼 생각이 없었다. 위홍의 목과 간을 들고 신홍의 무덤 앞으로 뛰어가서 신홍에게 제사를 드릴 생각도 없어지었다. 멍하니 뜨고 있는 빛 없는 위홍의 눈을 볼 때에는 난희는 가엾은 생각이 났다. 그래서 위홍의 곁에 앉아 손으로 위홍의 눈을 감기고, 이불을 들어 위홍의 시체를 덮어버렸다.

난희는 이윽히 멍하니 옥등잔 불을 날개로 치고 돌아가는 나비를 보았다. 그중에 하나는 불에 몸이 데어 노란 기름에 빠지고, 한 나비만 여전히 날개로 불을 치고 돌아간다. 밖에서 개 짖는 소리가 들린다. 난희는 일어나 서안 앞으로 가서 벼룻집을 열고 먹을 갈았다. 먹을 갈다 말고 가끔 얼빠진 듯이 우두커니 앉았다가는, 또 빨리빨리 먹을 갈았다. 그러하는 동안에 난희의 눈앞에는 신홍이 죽은 지 팔 년 동안 지내던 눈물 솟는 생애가 보인다. 몇 번이나 자기의 목숨을 끊어 신홍의 뒤를 따르려 하였던고. 몇 번이나 위홍을 죽일 기회를 엿보았던고. 몇 번이나 위홍에게 욕을 당할 뻔하였던고. 몇 번이나 차라리 위홍에게 몸을 허하여 위홍의 환심을 산 후에 죽일 기회를 얻을까 하는 생각이 났던고. 그러나 남편의 원수를 갚는 것도 중한 일이거니와, 내 몸의 정절을 깨끗이 하는 것도 중한 일이었다. 백옥같이 깨끗한 몸을 짐승 같은 위홍에게 던질 수는 없었다.

그러나 이러하는 동안에 한 봄이 가고, 한 가을이 또 가고, 일곱째 봄이 또 늦어가려 하였다. 원통히 죽은 남편의 몸은 벌써 썩어서 재가 되어 버리고, 어리던 자기의 눈초리에도 한 줄 두 줄 가는 주름이 잡히기 시작하였다.

그러다가 그날 위홍이 집에서 잔다는 말을 들었다. 근래에 위홍은 매일 대궐에서 자고, 집에서 자는 일은 한 달에도 며칠이 되지 못하였다. 이날을 놓치면 또 언제 기회가 올는지 몰랐다.

난희는 자기가 위홍을 잡을 무기는 자기의 아름다움밖에 없는 줄을 안다. 난희는 팔 년에 처음 단장을 하고 채색빛 옷을 입었다. 머리에 기름을 바를 때나 채색옷의 고름을 맬 때나 난희의 가슴은 아프고 눈물이 흘렀다. 더구나 단장을 다 하고 나서 품에 비수를 품고 거울을 대하여 앉을 때에 난희의 창자는 천 조각, 만 조각으로 끊어지는 듯하였다.

단장을 하고 채색옷을 입고 거울을 대하니 옛날과 다름이 없다. 사돌집에서 신홍의 사랑을 받을 때와 다름이 없다.

'나는 아직도 젊다. 아직도 아름답다. 아직도 한창 재미있게 살 나이다. 그러나 나는 살 수 없는 사람이다.'

할 때 난희는 얼마나 슬펐다.

난희는 거울을 대하여 예 부르던 노래도 불러보고, 혼자 일어나서 옛날 추던 가야선무도 추어보았다. 노랫소리도 옛날과 같고, 춤도, 추는 소매도 예와 같았다. 다만 같지 아니한 것은 난희의 신세였다.

난희는 품에 품었던 비수를 빼어보았다. 날은 파랗고 안개가 돈다. 팔년 동안 품었던 비수다. 밤마다 내어보고,

"남편의 원수를 갚아다오."

하고 사람에게 말하듯이 말하던 비수다. 이것은 자기가 위홍에게 붙들려 온 뒤에 신홍이 자기더러 일생을 같이하라고 하던 화랑이 담을 넘어서 갖다주고 간 비수다. 비수의 날은 파랗고 끝이 뾰족하였다. 이것을 가지고

난희는 수없이 허공을 찔렀다. 찌를 때에 위홍이 피를 쏟고 거꾸러지는 것을 보고는,

"이놈, 내 남편의 원수야!"

하고 가만히 소리를 지른 뒤에 위홍의 목을 찍고 배를 째고 간을 내어 입으로 씹고, 이렇게 한 번씩 되풀이하고는 다시 싸두었다. 그러하던 비수다.

'오늘은, 오늘은.'

하고 난희는 비수로 한 번 허공을 찔러보았다. 그리고는 또 한 번,

'이놈, 내 남편의 원수야!'

하고 한 번 더 속으로 소리를 질러보았다.

그러고는 또 거울을 보았다.

'나는 아직도 젊은데, 아름다운데, 살 나이인데.'

하고 입술을 물고 눈물을 뿌렸다.

난희가 먹을 갈다 말고 이런 생각을 하고 있을 때, 등잔 가로 돌아가던 나비가 마저 불을 치고 등잔 밑에 떨어져 바르르 떨었다. 또 개가 짖는다.

난희는 생각하기를 그치고 급히 먹을 갈았다. 갈던 먹을 벼룻집에 던지고 붓을 들어 벽에 이렇게 썼다.

主失遺 孤隱身伊 八年風霜難臥良 八年風霜何以經隱古 主惡鑵報白良遺 主惡鑵報叱時尼 爲白事伊 無奴阿羅 主怨鑵報叱時尼 主追良徃白理良.

이것을 번역하면 이러하다.

임 잃고 외로운 몸이 팔 년 풍상 어려워라. 팔 년 풍상 어이 겪은고. 임의 원수 갚사오려고. 임의 원수 갚았으니 하올 일이 없노매라. 임의 원수 갚았으니 임 따라 가노매라.

다 쓰고서 난희는 위홍의 칼을 들고 후원으로 나갔다. 밤은 고요하고 별은 반작인다.

난희는 은행나무 밑을 지나 연당 가를 돌아, 풀에 맺힌 이슬에 옷을 적시면서 후원 북편 끝 노송 밑에 다다랐다. 여기는 땅이 높고 가장 정결한 곳이다.

난희는 칼을 곁에 놓고 땅에 꿇어 엎드려 황천(黃泉)과 후토(后土)와 일월성신(日月星辰)과 부처님과 부모와 남편의 혼령에게 원수 갚은 일을 고하고,

"나는 깨끗한 몸으로 임을 따라가오. 임의 목을 버힌 같은 칼로 내 목을 버히고 따라가오."

하고, 위홍의 긴 칼을 빼어 한삼 소매로 한 번 칼날을 씻은 뒤에 칼끝을 입에 물고 앞으로 거꾸러지었다.

점점 가늘어가는 울음소리가 들리다가 그것도 얼마 아니 하여 끊어지고, 향기로운 난희의 몸은 마치 기도하는 사람 모양으로 꿇어 엎드려 다시 움직이지 아니하였다.

이튿날은 왕이 임해전에 전춘연(餞春宴)을 배설하고 만조백관과 황룡사, 홍륜사의 높은 중들과 국학의 박사와 이름난 국선과 화랑을 부르시는 날이다. 왕은 일찍 일어나 목욕하고 머리를 감고, 사오 인의 궁녀를 재촉하여 가장 아름다운 의복과 가장 아름다운 단장을 하고, 이날의 즐

거운 연락을 시각이 바쁘게 기다렸다.

　왕은 신상의 모든 향락이 자기를 위하여 있는 듯하고, 자기는 영원히 젊어서 이 향락을 누릴 것같이 생각하였다. 이날에 하늘에는 구름이 없고, 환한 해는 토함산 위로 거침없이 솟아올라왔다.

　"서불한, 서불한!"

하고 왕은 단장이 끝나기도 전부터 위홍이 들어오기를 기다리고, 들어오나 보라고 쉴 새 없이 궁녀를 마중 내어보내었다. 왕은 자기의 새로 한 단장이 빛이 날기 전에 위홍이 보아주기를 바란 것이다.

　위홍이 아니 들어오는 것을 왕이 애타할 때, 시중 준홍(俊興)이 들어왔다. 준홍도 왕이 사랑하는 아름다운 남자다. '얼굴 잘난 시중'이라는 동요까지 생겼다.

　왕은 준홍을 가까이 불러,

　"내가 어떻게 보이오?"

하고 자기의 단장한 몸을 본다.

　준홍은 눈을 들어 왕을 한번 우러러보고 다시 고개를 숙이고,

　"하늘이 낳으신 성주(聖主)시옵고 미인이시옵니다."

하였다. 이 말에 왕은 수삽한 듯이 웃었다. 그리고 '어서 위홍이 들어와서 그 입으로도 그와 같은 말을 듣고 싶다.' 하였다.

　준홍이 차마 위홍이 죽었다는 말이 나오지 아니하여 머뭇머뭇할 때에 왕은 매우 초조한 빛을 보이면서,

　"서불한은 웬일인가. 벌써 진시는 되었거든."

한다. 그제야 준홍은,

　"상대등은 죽었습니다."

하고 여쭈었다.

　왕은 어안이 벙벙하여지며,

　"무엇?"

하고 소리를 높였다.

　"상대등은 어젯밤에 죽었습니다."

　왕은 낯빛을 변하며,

　"그게 참말일까?"

하고 책망하는 듯이 시중을 본다.

　준흥은 더욱 고개를 숙이며,

　"위홍은 죽었습니다."

하였다.

　왕은 이윽히 말이 막히더니 겨우 정신을 수습하여,

　"무슨 병으로?"

하고 묻는다.

　"칼에 가슴을 찔려 죽었습니다."

　"칼에?"

　"네, 날카로운 비수에 왼편 젖가슴을 찔려 죽었습니다."

　왕은 그 젖가슴을 잘 알매, 그것이 눈앞에 번쩍 보인다. 피부 좋은 위
홍의 가슴은 젊은 여자의 가슴과 같이 살이 많고 부드러웠다.

　"어떤 자객이 찔렀나? 왜 금군을 더 내어서 집 파수를 더 엄중히 안 보
았나."

하고 왕은 두 손길을 마주 비튼다. 준흥은 속으로 우스웠다. 그러나 가장
슬픈 빛을 보이며,

"밖에서 들어온 자객이 아니라, 집안사람의 손에 찔린 듯하옵니다."
하고 왕의 낯빛을 엿보았다.

집안사람이라는 말에 왕은 더욱 놀라며,

"대궐에 들어오려고 나서다가 찔렸나?"
하고 왕은 더욱 슬퍼하였다.

준홍은 더욱 속으로 우스웠다.

"대궐에 들어오다가 찔린 것이 아니라, 첩의 방에서 자다가 첩의 손에 찔렸습니다."
하고 준홍은 비로소 위홍이 죽은 모양과 난희의 필적과 또 난희가 죽은 모양을 아뢰었다.

준홍의 말에 왕의 입은 분노로 떨었다. 태후와 좋아할 때에 벌써 아내를 내어쫓은 것은 물론이거니와, 왕과 좋아하기 시작한 때부터는 있던 첩까지도 다 내어쫓는다고 하였고, 집안에 젊은 계집종도 두지 않는다고 위홍이 왕께 맹세를 하였다. 그리하였거늘, 어젯밤 젊은 첩의 방에서 자다가 첩의 손에 칼을 맞아 죽었다는 말을 들을 때에 왕은 질투의 분함과 속아서 분함이 한데 엉키어 어찌할 줄을 몰랐다. 그래서 왕은 오늘 연락을 폐하지 말고, 위홍이야 죽었거나 말았거나 그대로 연락을 열되 더욱 질탕하게 하라고 준홍에게 명을 내리었다.

왕은 이날 술을 많이 마시고, 여러 젊은 신하들과 희롱을 하였다. 그러나 맘속에 있는 분함과 슬픔을 잊을 수는 없었고, 만조백관들도 위홍이 죽은 줄을 알므로 일이 어찌 되는지 몰라 마시고 노는 중에도 맘이 놓이지를 아니하였다.

그러나 왕은 끝까지 위홍을 미워하지 못하였다. 사오 년 첫정 들인 사람을 끝까지 미워하지 못하였다. 왕은 아직 왕이 되기 전부터 위홍과 관계가 있었던 것이다.

그래서 왕은 위홍에게 혜성대왕(惠成大王)이라는 시호를 주고, 몸소 거상을 입고 위홍의 장례를 왕의 예로 하기를 명하였다. 최치원을 머리로 하여 여러 학자들이 그 옳지 못함을 상소로 여러 번 간하였으나, 왕은 듣지 아니하고 혜성대왕의 장례를 아주 왕례(王禮)로 하기 위하여 위홍의 시체를 내전으로 들여다 놓고, 전국에 조서(詔書)를 내려 국상을 입으라 하고, 모든 공문에 '양암(諒闇)'이라고 쓰게 하였다. 이리하여 전국은,

"이것은 우리나라에도 없는 법이요, 당나라에도 없는 법이라."
고 인심이 물 끓듯 하나, 왕은 모른 체하였다.

그러나 백성들은 왕의 조서를 좇지 아니하였다. 하나도 국상을 입는 이도 없고, 위홍을 혜성대왕이라고 부르는 이도 없었다. 궐내에 들고 나는 벼슬아치들만 왕명대로 할 뿐이요, 그중에도 국상을 입기 싫은 이는 병이라 일컫고 집에 숨어 나오지 아니하였다.

왕은 자기의 명령이 행해지지 않는 것을 분히 여겨 국상을 아니 입는 이는 모조리 잡아 엄벌하라는 조서를 내려 많은 백성이 붙들려도 가고 매도 맞았으나, 그것도 시원치 아니하였다.

이때 민간에는 여러 가지 동요가 돌아다녔다. 그것은 대개 왕을 풍자한 것인데, 누가 지었는지 모르거니와 한 입 건너 두 입 건너 저마다 부르게 되었다. 그중에는 이런 것도 있다.

우리나 난희는
님 따라 갔건마는,

우리나 마누라
어느 님 따라가리.
한 몸을 둘에 내
두 님 다 따를까.

우리나 마누라
두 님 다 따라가도,
우리나 아기씨
어느 님 따라가리.
머리칼 올올이
그 님 다 따르려나.

이 동요에 마누라라 함은 물론 영화, 정화 두 분 마마요, 아기씨라 함
은 물론 왕이다. 두 분 마마는 따를 임이 둘뿐이지마는, 왕은 머리칼 올
올이 따라도 모두 따를 만큼 임이 많단 말이다.

또 이런 것도 있다.

십만 명 군사도
믿을 수 없어라.
서불한 가슴도
칼은 박힌다네.

이 모양으로 왕과 위홍을 풍자하는 동요가 돌아다니고, 혹은 성문과

대궐 문에 이상한 글들이 나붙기 시작하였다. 왕은 금군을 풀어 글발이 붙는 대로 떼고, 동요를 부르는 자가 있으면 잡아서 엄령(嚴令)을 하였다.

그래도 왕은 자기의 위령(威令)을 세우려고 강제로 흰 감투를 씌우려 하니, 백성들은 맨머리 바람으로 다니기를 시작하였다. 이 모양으로 백성들은 왕께 복종하지 아니하니 왕만 혼자 가슴이 끓었다.

그럴수록 왕은 위홍의 장례를 찬란히 하려고 장안에 있는 베와 비단을 사들이고, 왕릉을 꾸미기 위하여 남산의 옥과 가야의 청석을 캐어 오라 하였다. 그러나 준비가 다 끝나기도 전에 시중은 국고에 돈이 떨어진 것을 아뢰었고, 아무리 성화같이 독촉하여도 농시방장(農時方張)에 백성에게 세납을 거둘 길이 없음을 아뢰었다.

왕은 하릴없이 벼슬을 팔기로 하였으나, 벼슬을 사는 사람도 많지 못하였다. 장안에 살던 부자들은 경보(輕寶)를 싸가지고 밤마다 슬며시 서울을 떠나 사방으로 피난을 떠났다. 세상은 오늘내일로 뒤집힐 듯하고, 늦더라도 위홍의 장례 날에는 무슨 변괴가 나리라는 소문이 떠돌았다.

위홍의 빈전에는 왕과 두 분 마마가 소복을 입고 빈틈없이 들어가 있었다. 혹시 두 분이 서로 만날 때도 있고, 세 분이 동시에 만날 때도 있었다. 그러한 때에는 서로 외면을 하였고, 어떤 때에는 그중에 한 분이 휙 나와버렸다.

태후는 말이 못 되게 쇠하였다. 눈은 항상 충혈이 되고 살도 많이 내리고 주름도 많이 늘었다. 질투와 원정(怨精)의 괴로움도 괴로움이거니와, 가끔 양심의 가책이 괴롭다 남은 태후의 맘을 때렸다. 더구나 근래에는 경문대왕이 가끔 꿈에 보여서 괴로웠다. 대왕은 혹은 위의를 갖추고 혹은 병석에 누운 모양으로 태후에게 보였다. 왕은 대개 태후를 물끄러미 볼 뿐이요 아무 말도 하지 아니하건마는, 그래도 싫고 무섭고 꿈이 깨면 전신에 땀이 흐르고 다시는 잠이 들지를 아니하였다. 태후는 위홍의 빈전에 들어올 때마다 맘으로 위홍을 생각하고 이런 모든 불길한 꿈이 다시 꾸어지지 않게 해달라고 빈다.

버금마마는 아드님이신 정강대왕이 돌아가신 후로 염려를 하기 시작하여, 어떤 때에는 주무시는 방에서 밤이 깊도록 염불하는 소리가 들리고, 때때로 늙은 여승들을 청하여 염불을 배웠다. 여승들은,

"아모리 죄가 많아도 나무아미타불만 부르면 왕생극락하옵니다."

하고 슬퍼하는 정화마마를 위로하였다. 마마는 위홍의 빈전에 들어올 때마다 나무아미타불을 불러 위홍이나 자기나 현세에 모든 죄를 벗고 왕생극락하기를 빌었다. 영화마마보다 맘이 약한 정화마마는 가끔 눈앞에 유황불이 이글이글 타는 지옥의 광경이 보이고, 그 불구덩이에는 자기 형제가 위홍의 한 팔씩을 붙들고 매달려 영겁에 끝나지 아니할 괴로움을 보는 양이 보였다. 그러할 때마다 정화마마는 몸에 소름이 끼치어 떨리는 목소리로 나무아미타불을 불렀다.

날은 가물고 더워 위홍의 시체에서는 무서운 구린내가 나기를 시작하였다. 겹겹이 칠을 한 관 속에 넣었건마는, 어디 틈이 벙긋하였는지 쥐구멍이 뚫렸는지 코를 쳐들 수 없게 냄새가 났다. 그래서 아무도 빈전에 들어가기를 싫어하고, 송경(誦經)하는 중들도 문으로 코를 향하고, 왕과 두 분 마마도 들어왔다가는 코를 쥐고 나와버렸다.

왕은 차비원(差備員)에게 엄명하여 냄새가 나지 않도록 하라고 하였다. 차비원들은 다시 관 하나를 더 만들어 넣었다. 그래도 칠을 뚫고 냄새 나는 시즙(屍汁)이 흐르고, 이상하게 생긴 구더기와 벌레가 관에서 기

어나와 빈전 마루로 기어다니었다.

왕은 많은 차비관을 형벌하고 갈아대었다. 그러나 아무리 하여도 그 냄새와 구더기를 막을 수가 없었다. 이 냄새를 맡고 빈전 지붕에는 까마귀가 모여들어 까욱거리고, 빈전 마당에는 가끔 여우가 번뜻번뜻 보였다.

그중에 지혜 있는 차비관 하나가 지혜를 내어 빈전에 큰 향나무 토막을 태웠다. 향나무가 타서 올라 연기가 빈전에 차고 빈전은 불붙는 집 모양으로 사방으로 연기가 나왔다. 그래도 효험이 없어 구린내는 여전하였다. 그래서 송경하는 중들도 문밖에서 코를 밖으로 향하고, 아무도 빈전 안에 발을 들여놓은 이가 없었으며, 그런 며칠 후에는 구더기가 문밖에까지 기어나와 사람들은 발밑에 그것이 보일 때마다 냉수를 끼얹는 듯이 깜짝깜짝 놀랐다.

이 때문에 빈전만 그러한 것이 아니라, 온 대궐 안이 모두 흉가와 같이 되었다. 누구는 어느 구석에서 목 잘린 귀신을 보고, 누구는 어느 문안에서 팔다리 잘린 귀신을 보았다 하여 밤이면 아무도 밖에 나가기를 싫어하였고, 빈전 안에서는 가끔 "이놈, 위홍아!" 하는 소리와 위홍이 "응응." 하고 우는 소리가 들려 송경하는 중들이 경문을 내버리고 달아나기도 하였다.

왕은 심히 맘이 괴로워 사방으로 사람을 보내어 궁중에 잡귀를 물리고 시체에서 냄새와 구더기를 막을 명승(名僧)을 청하였다.

사방에서 많은 중들이 모여들었다. 혹은 고깔 장삼을 입고, 혹은 송낙 쓰고 바랑을 지고, 혹은 맨머리 바랑에 누더기를 입고 발을 벗고, 혹은 늙은이, 혹은 젊은이, 가지각색 중들이 모여들어, 혹은 송경을 하여 경의 힘으로 위홍의 몸의 냄새와 구더기를 막으려 하고, 혹은 불가사의한 영험이 있는 부적으로, 혹은 신통력이 있는 진언으로, 혹은 다라니로, 혹은 염불로, 혹은 염력으로, 저마다 이 냄새 나고 구더기 끓는 죄 많은 혼을 제도하려 하였으나 아무 효력이 없고, 날이 갈수록 더욱 냄새는 심하고 구더기와 까마귀는 끓고 빈전에 우는 소리와 대궐 안에 잡귀의 설법은 더 하여갔다. 그래서 중들은 모두 지팡이를 둘러 짚고 코를 싸고 물러나갔다.

그러는 동안에 동요는 더욱 늘고 왕을 풍자하는 글과 말은 더욱 유행하였다. 처음에는 별로 뜻이 깊지 아니하던 동요와 글뿐이었으나, 근래에는 썩 잘 지은 글과 노래가 돌아다니었다. 더러는 한문으로 지은 것이요, 더러는 이두로 지은 향가였다. 이러한 글과 노래를 짓는 이는 반드시 이름 있는 문장일시 분명하다 하여 왕은 글 잘 짓는 이를 수탐(搜探)하여 모두 잡아들이라 하였다. 이 통에 대야주(大耶州)에 사는 거인(巨仁)이 잡혀 왔다. 거인은 나이 칠십이 가깝고 문장과 덕행이 일세에 높으나, 세상이 어지러우매 가만히 산중에 숨어 이름을 듣고 찾아오는 젊은 선비들에게 글을 가르치고 비분강개한 말로 나라를 어지럽게 하는 간악한 무리를 책망하였다. 거인의 문하에 배운 선비들은 다 거인의 뜻을 본받아 우국개세(憂國慨世)의 사(士)가 되어, 전국에 흩어지어 선비들에게 그 뜻을 전하고 또 동지를 구하였다. 이리하여 거인 선생은 위홍 생전에 가장 미워하고 두려워하는 사람 중에 하나였다.

거인은 잡혀 들어와 국문을 당할 때에, 항간에 돌아다니는 노래와 글이 자기가 쓴 것은 아니나 다 뜻이 옳고 또 민성(民聲)은 천성(天聲)이니 이 백성의 소리를 하늘의 소리로 들어 정사를 고치지 아니하면 나라가 망하리라고, 두 발가락이 뽑히고 다리 하나가 분질러지면서도 제자들에게 가르칠 때 모양으로 조금도 굽히거나 두려워하는 빛 없이 태연히 말을 하였다. 그 엄연한 위풍에 국문하던 사람들도 무서워서 말이 막히었다.

그러나 왕은 왕을 비방하고 혜성대왕을 비방한다는 죄로 거인을 종로에서 거열(車裂)하라고 명하였다.

거인 선생이 옥에 갇히매, 그의 문인들은 수없이 서울로 모여들어 여러 번 상소를 하였다. 그러나 왕은 상소하는 선비들까지도 혹은 가두고 혹은 때리고, 그 말에는 귀를 기울이지 아니하였다. 거인을 죽이어 자기와 위홍을 비방하는 백성들에게 위엄을 보이고, 이 기회를 타서 전국 백성이 일제히 위홍의 국상을 입도록 정령(政令)을 세우려 하였다.

내일이면 거인 선생을 종로에 끌어내어 사지를 찢어 죽인다고 하여 장안이 물 끓듯 하는 날에 거인은 옥벽에 시 한 수를 썼다.

于公慟哭三年旱
鄒衍含悲五月霜
令我幽愁還似古
皇天無語但蒼蒼
〔우공(于公)이 통곡하자 삼 년이나 가물었고,
추연(鄒衍)이 비통함을 머금으니 오월에 서리가 내렸도다.
지금 나의 깊은 시름 돌아보매 옛일과 같은데,
하늘은 말없이 맑게 개어 푸르기만 할 뿐인가. ─감수자 역〕

그날 저녁에 문뜩 난데없는 구름이 일어나고 우레와 번개가 진동하고 악수가 쏟아지고 주먹 같은 우박이 떨어지다가, 대궐 마당에 벼락이 떨어지어 아름드리 불덩어리가 푸른빛을 내고 빙글빙글 돌았다. 왕은 크게

두려워 하늘을 향하여 합장하고,

"거인을 방면하겠습니다."

하고 빌었다.

왕이 빌기를 끝나매 벼락불이 북으로 굴러나가고 우레와 번개가 그치었다. 왕은 곧 사람을 보내어 거인을 옥에서 내어놓았다. 이튿날 거인이 찢기는 것을 보려고 종로에 모였던 백성들은 어젯밤 우레 소리에 거인이 놓였단 말을 듣고 크게 소리를 지르고, 모인 중에 국상을 입은 자를 붙들어 "개 아들"이라고 부르며 때렸다. 소복을 하였던 사람들은 모두 감투와 옷을 벗어버리고 도망을 하였다.

왕은 거인 선생이 오래 서울에 머무르는 것을 두려워하여 수레를 태워 대야주로 돌려보내기를 명하였다.

왕이 보낸 수레가 문밖에 기다릴 때에, 거인은 좌우의 문인을 불러놓고 국운이 날로 기울어짐을 한탄한다. 그러나 몸이 이미 늙고 또 국문에 뼈가 꺾이고 피가 많이 흘렀으니 살아서 나라를 돕지 못할 것을 말하고, 문인더러 각기 집을 잊고 몸을 잊고 정성을 다하고 힘을 다하여 기울어진 나라를 바로잡으라, 만일 운이 불길하고 힘이 부족하여 뜻을 이루지 못하거든 나라와 함께 죽으라는 뜻을 말하고, 인하여 지필을 들이라고 명하여 한 노래를 썼다.

나라이 기울어짐이여

하늘이 기울어짐 같도다.

하늘이 무너짐이여

창생을 어이하리오.

내 몸이 늙고 병듦이여

오래 머물지 못하리로다.

나라를 두고 가는 혼이

황천에 어이 눈을 감으리오.

나라를 두고 감이여

피눈물이 흐르도다.

남산의 높고 오램이여

국운이 그와 같기를 빌었더니,

동해의 깊고 푸름이여

오직 충신의 한만 끝이 없도다.

죽는 이 만일 혼이 있을진대

아홉 번 죽고 열 번 다시 나

천 년 종사를 지키고저 하건마는,

혼이 흩고 넋이 슬진대

아아, 창천 내 어이하리오 .

쓰기를 마치고 붓을 던질 때에 거인의 눈에서는 눈물이 흐르고, 좌우에 있던 문인들은 스승의 옷자락을 부여잡고 목을 놓아 울었다.

문밖에 수레를 머물고 기다리던 관인들은 거인이 속히 수레에 오르기를 재촉하였다. 거인은 왕명이니 어기지 못한다 하여 문인들에게 붙들려 일어나 수레를 향하고 나오다가 문에 다 미치지 못하여,

"하늘아, 하늘아, 하늘아."

하고 하늘을 세 번 부르고 운명하였다.

거인 선생의 해골이 서울을 떠나 대야주로 반장(返葬)되는 날에 장안 백성들은 모두 길에 나와 목을 놓아 울고 보내었다. 앙장(仰帳)이 바람에 펄렁거리고 방울이 걸음을 맞추어 딸랑거리며 거인의 해골을 실은 수레가 남으로 남으로 향하여 나갈 때에 울음소리는 갈수록 갈수록 더욱 높아지었다. 백성들은 거인의 수레가 아니 보일 때까지 두 손으로 눈물을 씻고 씻고, 바라보고 돌아서며 또 울었다.

거인 선생의 다리를 분지르고 거인 선생 죽은 일이 백성의 맘을 더욱 울분하게 하였다. 날이 갈수록 민심은 더욱 흉흉하여지고 위홍의 빈전에서는 더욱 냄새가 나고 구더기가 끓으니, 왕도 심히 맘이 초조하여 대구(大矩) 화상(和尙)의 말대로 인산은 급히 하기로 하였다. 대구 화상은 노래를 잘 짓고 음률을 잘 아는 중으로, 왕의 노래 스승이 되어『삼대목(三代目)』이라는 향가집을 만든 중이다.

그는 왕께 이렇게 고하였다.

가는 이를 어이 막으리
보낼 이는 보내소서.
묵은 잎 속에서
새 움이 돋나니,
묵은 잎 썩으면
새 움인 줄 아소서.

하여 그윽이 위홍의 송장일랑 어서 치워버리고 새 사람을 맞아들일 것을 말하였다. 왕은 이 말대로 하루바삐 인산을 준비하기를 명하였다.

그런데 또 걱정이 생겼다. 첫째는 서울 육부 백성들 중에서 여사군(興士軍)이 아니 나는 것이요, 둘째는 능침 준비, 그중에도 석물 준비가 안 된 것이다. 위홍의 무덤 일을 하는 석수들은 백성들의 욕과 돌팔매를 견디지 못하여 모두 삯도 아니 받아가지고 달아나버리고 말아서 역사를 시킬 길이 없었다.

혜성대왕의 인산 날이 되었다. 이날은 무섭게 더운 날이었다. 금년도 가물어서 흉년이 든다고 민정이 오오하였다. 백성 중에서 여사군이 나기를 원치 아니하므로 군사를 풀어 여사군을 잡아들였다. 그러고도 부족한 것은 군사들이 메었다.

인산 행렬은 정강대왕보다도 장하였다. 왕이 국고의 재물을 마지막으로 다 떨어서 준비하니만큼 화려하고 굉장하였다. 그러나 인산이 지나가는 길가에는 어린아이들밖에 나서서 보는 사람이 없고, 어린아이들도 "가자, 가자." 하고 서로 팔을 잡아끌고 길을 피하였다. 백성들 새에는 위홍의 장례를 보면 코가 막혀 냄새를 맡지 못하게 된다는 말이 돌았다. 그래서 인산 구경을 하고 싶은 아낙네들과 젊은 사람들도 코 막힐 것이 무서워서 대여(大興)가 번뜻 보이기만 하면 침을 튀 뱉고 고개를 돌렸다.

대여가 첨성대 앞을 지날 때에는 어디서 난데없는 화살이 날아와서 위홍의 관에 박히고, 또 좀 더 가서 계림 숲을 지날 때에는 갑자기 수없는 돌팔매가 날아와서 뚱땅뚱땅 하고 위홍의 관을 때렸다. 그러할 때마다 대여에서는 더욱 시즙이 흐르고 냄새가 나서 여사군들도 한 손으로 코를 쥐고 낯살을 찌푸렸다. 까마귀 한 떼가 냄새를 따라 대여 위로 떠돌며 따라왔다.

포석정도 지나고 거의 장지에 다다랐을 때에 갑자기 날이 흐리고 뇌성

벽력을 하며 굵은 빗방울이 뚝뚝 떨어지더니 무서운 소나기가 지나갔다. 대여, 소여마다 따라오는 문무백관들은 눈물을 흘렸다.

위홍의 관은 땅속에 들어갔다. 수풀 속에서는 까마귀가 울었다. 문무백관은 어디서 화살이나 돌팔매가 날아오지나 아니하는가 하여 연해 사방을 돌아보고, 참새 하나만 날아 지나가도 일제히 목을 움츠렸다. 그러다가 모든 예식이 끝나듯 마듯 저마다 앞을 다투어 달아나고 말았다.

위홍의 무덤 앞에는 혜성대왕릉이라는 큰 비석이 섰건마는 백성들은 아무도 그것을 능이라고 부르지 아니하고 위홍이 무덤이라고 하였고, 그 후에 백성들이 밤이면 개 죽은 것을 갖다 버려서 위홍의 무덤에 개 주검이 쌓여 썩게 되매, 누가 먼저 부르기 시작한 지 모르게 '개무덤'이라고 부르게 되었다. 이 개무덤이란 이름은 그 후 대대로 전하여 오늘에 이르렀다.

위홍의 장례 날에는 다행히 아무 일도 없었다. 그러나 인심이 흉흉하기는 점점 더하여갔다. 나라에 돈이 말라 백성에게는 때 아닌 세납을 독촉하고, 하늘은 가물어 논은 틈이 벌고 밭은 노랗게 탔다. 백성들은 당장 먹을 것이 없고 또 추수할 가망도 없어서, 집을 버리고 어린것들을 안고 업고 옷 보퉁이를 지고 이고 북으로 북으로 몰려갔다. 한강만 건너가면 편안히 살 곳이 있는 줄로 믿은 까닭이다. 그리고 서울에도 거지 떼가 날로 늘어 끼니 때면 대문을 꼭꼭 닫아걸고야 밥을 먹었다. 그렇지 아니하면 배고픈 거지들은 우는 아이를 안고 들어와서 숟가락을 들고 밥상에 마주 앉고, 혹은 부엌에 들어가서 지어놓은 밥을 맘대로 퍼먹었다. 만일 그것을 못 하게 하거나 듣기 싫은 소리를 하면, 혹은 안았던 어린아이를 마당에 던져 죽이고는 자기가 목을 매어 늘어지었다. 이 때문에 사람들은 거지들이 하는 대로 가만히 보고만 있었다. 못 먹어서 얼굴이 희멀끔해지고 허리가 굽은 거지 떼들이 지팡이를 끌고 먹고 싶은 눈을 번득거리며 종로 네거리로, 대궐 앞으로 꾸역꾸역 다니는 꼴은 참으로 참혹하였다.

"인제야말로 세상 끝날이 왔다."

고 백성들은 시집, 장가 가는 것과 아기 낳는 것까지도 시들하게 알고 슬퍼하였다. 죽은 사람이 있으면,

"잘 죽었지. 살면 몇 날 더 사나."

하고 죽은 이를 부러워하게 되었다. 그러나 왕은 여전히 밤낮 젊은 남자를 들여 음란한 쾌락에 취하기를 그치지 아니하였다.

풍운

소허가 달아난 것은 사중(寺中)에 큰 이야깃거리가 되었다. 마을에 재(齋) 올리러 갔던 길로 이내 돌아오지 않고 말았다. 허담 화상은 성을 내어,

"이놈, 간단 말도 아니 하고."

하고 소허를 원망하였다. 허담 화상도 인제는 늙어서 옛날의 호화롭던 기운도 줄고 맘이 약하여져서 선종과 소허 둘에게만 의지하게 되었다. 그래서 둘 중에 하나는 곁을 떠나지 못하게 하였다. 그중에도 화상은 소허를 더 믿었다. 대개 선종은 우락부락하고 활쏘기를 좋아하고, 중의 계행도 잘 지키지 아니하고 가끔 마을에 가서 술과 고기를 먹고 돌아다니므로, 허담 화상뿐 아니라 사중 모든 중들이 선종은 중으로 일생을 보낼 사람이 아니요, 반드시 무슨 일을 저지를 사람으로 여겼다.

그러나 소허는 그렇지 아니하였다. 그는 어려서는 선종을 따라 토끼 사냥도 다니고 장난도 하였으나, 점점 나이 자라고 또 백의 선인(仙人)의 제자가 된 뒤로부터는 더욱 말이 적어지고 중의 계행을 잘 지키고 또 불공을 잘한다 하여 사중에서 많은 신용을 얻었고, 허담 화상도 여생을 소허에게 의탁할 줄만 믿고 있었다. 그랬던 소허가 재 올리러 갔던 길에 이내 어디로 달아나버리고 만 것이다.

허담은 홧김에 선종을 졸랐다.

"너는 알겠고나, 그놈이 어디를 갔느냐?"

하고 하루에도 몇 번씩 같은 소리를 물었다.

"내가 알아요?"

"네가 모르면 누가 알어?"

"고것이 누구더러 속말 해요?"

하고 선종도 화를 내었다. 진실로 선종과 소허와는 십여 년래로 사형사제의 관계로 방도 같이 치우고 밥도 같이 짓고 물도 같이 긷고 한자리에서 자고 하였건마는, 아무리 하여도 뜻이 합하고 정이 통하지 아니하였다. 소허는 낫살이 먹어갈수록 더욱 꽁하였다. 남이 열 마디나 물어야 한마디를 대답하고, 그것도 자기 비위에 맞지 않는 일이면 가느단 눈만 깜짝깜짝하고 기다란 몸을 늘여 기지개만 켰다. 성급한 선종은 가끔 기가 막혀 주먹을 부르쥐고,

"요것이!"

하고 소허를 때리려고 덤빈 일도 여러 번 있었다.

또 소허 편에서는 선종을 겉으로는 무서워하면서도 속으로는 '소 같은 것' 하고 픽픽 웃었다. 그래서 선종과 소허와는 항상 티격태격으로 지냈

다. 더구나 그 꾀만 남고 야시세운 것이 점점 스님과 사중 사람들의 신용을 얻고 자기는 도리어 가끔 웃음거리가 되는 것이 아니꼽고 분하였다. 그러나 선종은 소허가 결코 범물(凡物)이 아닌 것을 안다.

'고놈이 일 저지를 놈인걸.'

하고 선종은 여러 번 혼자 한탄하였다.

선종과 소허가 의좋지 못한 것을 한탄하여 백의 국선은 여러 번 둘을 앞에 불러놓고,

"만일 큰일을 하려거든 너희 둘이 의리로 합하여라."

하고 일러주었고, 한번은 지금 국운이 날로 쇠하여가니 바야흐로 천하가 사람을 구할 때라, 이때에 너희들은 모든 사욕과 사혐을 버리고 창생을 건지려는 어진 맘으로 힘을 합하여 큰일을 이루라고 말한 끝에 주필을 들어 이렇게 열 자를 써서 둘에게 한 장씩을 주었다.

"합즉제창생(合則濟蒼生) 분즉살일신(分則殺一身)."

그러나 선종과 소허는 조금도 고치는 빛이 없이 서로 낮추보고 서로 미워하였다. 이 때문에 백의 국선은 항상 맘에 슬퍼하였다. 선종, 소허 두 사람의 재주와 기운을 사랑하여 크게 바라는 바가 있었으나 마침내 고침이 없는 것을 보고,

爾輩足以亡國嗚呼 蒼天安得其人.

(너희들은 나라가 망한 것을 슬퍼하는 것으로 족하다. 하늘은 어디에서 나라 구할 사람을 얻으랴.—감수자 역)

이라는 글을 써놓고는 다시 두 사람의 눈에 보이지 아니하였다. 백의 국

144

선은 천하를 두루 돌아 나라를 건질 사람을 찾다가 마침내 실망하고 만 것이다. 삼 년이나 모시던 선생을 잃고 선종과 소허는 울었다. 그러나 그들의 마음은 고쳐지지 아니하였다.

소허가 없어진 뒤에 선종의 맘에는 큰 괴로움이 생겼다.

'고놈이 마침내 녹록한 놈이 아니로고나.'

하고 선종은 소허가 도리어 자기보다 뜻이 큰 듯함을 깨달았다.

나는 이대로 산중에서 늙어버릴 것인가. 어머니의 원수를 갚자던 맹세는 다 어찌하였나. 자기의 원수라 할 헌강왕과 정강왕도 죽었다. 그리고 원수로는 오직 하나만 남은 만공주가 왕이 되었다. 만일 어머니의 원수를 갚는다 하면 이때밖에 없지 아니한가.

"내 나이 벌써 삼십이다!"

하고 선종은 두 주먹을 불끈 쥐었다.

그러나 선종은 어찌할 바를 알지 못하였다. 적수공권(赤手空拳)으로 세상에 뛰어나가면 무엇을 하나. 첫째, 먹고 입을 것인들 어디서 얻나. 오랫동안 산중에서 편안한 생활을 하던 선종에게는 어린 때에 집을 떠나던 기운이 없어지었다. 산중을 떠나 세상에 나가는 것이 마치 조그마한 배를 타고 가없는 큰 바다에나 뜨는 것 같았다. 그러한 생각을 할 때에 선종은 어린애와 같이 겁이 났다.

소허가 떠난 뒤에 날이 지날수록 허담 화상은 더욱 몸도 쇠약하여지고 맘도 약하여지어서, 잠시도 선종을 곁에서 떠나지 못하도록 붙들었다. 잠이 들었다가도,

"선종아."

하고 여윈 팔을 내어둘러서 선종이 곁에 누워 있는 것을 보고야 다시 잠

이 들었다. 선종도 소허가 없어진 뒤로는 늙은 스님을 사모하고 불쌍히 여기는 맘이 더욱 자랐다. 워낙 소방한 성질이라 특별히 귀애하는 빛도 보이지 아니하나, 십오 년 생활을 돌아보면 허담 화상의 은혜와 정이 선종의 뼈에 사무침을 깨달았다. 이것을 뿌리치고 달아난 소허는 아주 인정 없고 매몰한 사람이거나, 그렇지 아니하면 크게 용기 있는 사람이라고 생각하였다. 선종은 산중을 떠나자고 생각하였다가도 자기에게 매어달리는 스님의 기운 없는 모양을 볼 때에는 맥이 풀렸다. '가자', '못 간다', 선종의 속에서는 두 소리가 다투었다. 어머니의 원수는 지난 일이요, 스님의 정은 지금 일이다. 만일 천하를 다 준다 하여도 차마 늙은 스님을 뿌리칠 수는 없었다.

선종은 소허가 떠난 뒤에는 소허와 같이 말이 적어지고, 소허와 같이 순한 사람이 되어버렸다. 그래서 효도하는 자식 모양으로 병든 스님을 받들고, 계행 지키는 중으로 모든 불사(佛事)를 근실히 하였다. 사중 사람들은 선종의 행동이 돌변한 데 놀랐다.

그러나 선종의 맘속에서는 누를 수 없는 무슨 뭉텅이가 불끈불끈 솟아올라왔다. 더구나 새로 즉위한 여왕이 음탕하여 민심이 이반하고 각처에 영웅호걸들이 불끈불끈 일어나서 천하를 엿보는 것을 듣고 볼 때에, '나도' 하는 생각이 아니 나지 못하였다. 그러나 선종에게는 첫째로 어린애 같은 겁이 있고, 둘째로는 스님의 정을 뿌리칠 수가 없었다.

'나는 왕자다.'

하고 자기가 범상한 사람이 아닌 것을 생각하여본다. 그러나 십오 년 동안이나 소식이 없다가 자기가 왕자라고 나서기로 누가 믿어줄까. 세상에서는 도리어 미친놈이라고 웃을 것이다. 설불리 그런 소리를 하다가는 공연히 봉변만 할 것이다.

그러면 내가 무엇으로 큰일을 하나. 백의 국선은 말하였다. 백성의 맘은 의(義) 있는 사람에게로 돌아가고, 백성의 맘을 얻는 사람은 곧 천하를 얻는 사람이라고 하였다. 그럴 듯도 하지마는 과연 그렇게 될 것인가. 자기가 인제 무슨 의를 백성에게 보여 백성의 맘이 자기에게로 돌아오게 할까.

백의 국선은 또 말하였다. 백성의 괴로움을 자기의 괴로움으로 하고, 백성을 위하여 백성이 어려운 일을 네 몸으로 맡아라. 그것이 의니라. 그 괴로움이 너무 커서 네 한 몸이 당할 수 없이 큰 것이라 하더라도 뛰어나가 맡으라. 그것이 의인지라, 하늘과 백성이 네 편이 되어 반드시 그 큰 괴로움을 이기게 하리라. 다행히 이긴 때에 백성의 맘이 네게 돌아올 것이요, 불행하여 네 몸이 죽은 때에 너는 만세 백성이 사모하는 의인이 되리라.

생각하면 백의 국선의 말은 옳다. 자기가 사중의 여러 약하고 어린 중들에게 사모함을 받는 것은 그들의 괴로움을 맡아주는 까닭이다. 만일 백성의 괴로움을 맡아 그것을 없이해준다 하면 백성의 맘은 돌아올 것이다. 그러나 정말 그렇게 될까. 나이 삼십이 되도록 우락부락한 한 중놈에 지나지 못하던 내가 세상에 나가서 무슨 일을 할까.

이렇게 생각하면 선종은 스스로 자기가 못난 것이 부끄러웠다.

선종이 생각하기에 각처에 일어나는 영웅호걸들은 다 자기보다 몇 갑절, 몇십 갑절 힘 있고 재주 있는 이만 있는 듯하였다. 그러할 때에는 선종은 자기가 어렸을 때 활터에서 철바가지 투구를 쓰고 아이들의 대장이 되었던 일과, 수리재에서 돌팔매로 떡장수 노파의 귀고리를 맞히고 활로 독수리를 쏘아 맞히어 그 시커멓고 눈 움푹 들어간 사람의 활과 칼을 빼앗던 생각과, 또 단신으로 대궐에 들어가 야료를 하던 생각이 난다. 그런 생각을 하면 자연 빙그레 웃음이 나오고 어깨가 으쓱하여지기도 한다. 그러나 이때에 자기의 눈앞에 보이는 미륵은 지금의 자기와는 딴 사람인 듯하였다. 지금의 자기에게는 그러한 용기가 있을 것 같지도 아니하였다. 그렇게 생각하면 슬펐다.

선종은 그 칼을 내어본다.

"중에게 칼이 당하냐."

하고 스님께 여러 번 꾸지람을 들어 꼭꼭 싸서 감추었던 칼이다. 칼날에는 녹도 아니 나고, 여전히 파란 날에 뿌얀 안개가 돈다. 선종은 그 얼음 같이 찬 칼날이 번쩍번쩍 보일 때에 알 수 없는 힘이 가슴에서 북받치어 올라옴을 깨달았다. 그래서 한번 칼을 들어 내어둘러보았다. 칼은 번쩍번쩍하여 마치 불길과도 같고 수없는 무지개가 한데 엉킨 것도 같다.

선종은 칼을 곁에 놓고 가만히 눈을 감았다. 선종의 앞에는 넓은 벌판이 보이고, 거기는 구름같이 밀려오는 군사가 보이고, 번뜻거리는 기치와 창검이 보이고, 안개같이 일어나는 말발굽에 일어나는 먼지가 보이고, 그중에 자기가 황금 투구에 해, 달 그린 갑옷을 입고 한 어깨에 활을 메고 한 손에 칼을 두르며 만군(萬軍) 중으로 짓쳐 들어갈 때에, 군사들은 자기의 칼끝에 삼대 쓰러지듯 하고, 또 광풍 앞에 풀이 눕듯이 자기의 위풍에 눌려 넋을 잃고 달아나는 것이 보이고, 마침내 그날의 큰 싸움이 끝이 난 뒤에 왕과 같은 위풍으로 비단 장막이 펄렁거리는 본진 중으로 돌아오는 양이 보이고, 본진 중에는 달 같고 꽃 같은 미인이 있다가 자기를 보고 반겨 내달아 일변 투구와 갑옷을 벗기고 일변 자기의 칼에 묻은 피를 씻고…… 이러하는 양이 보인다.

선종은 번쩍 눈을 떴다. 곁방에서,

"선종아."

하고 스님이 부르는 소리가 들린 것이다. 선종은 칼을 집에 꽂아 벽장에 집어넣고 스님 방으로 들어갔다.

스님은 노곤하여 잠이 들었다가 깬 모양이다. 이빨이 다 빠지어서 옴 쏙 들어간 입을 오물거리면서,

"나, 냉수."

하고 뼈만 남은 소나무 가지 같은 팔을 내어두른다.

선종은 얼른 바가지를 들고 법당 뒤로 뛰어가 오탁수(烏琢水)의 찬 냉수를 떠다 드렸다. 스님은 욕심나는 듯이 두어 모금을 마시더니, 그만 기운이 부치어 베개 위에 쓰러지며 끙끙 앓는 소리를 한다. 선종은 꿇어앉아 스님의 베개를 바로잡아드리고, 걸레를 갖다가 엎질러진 물을 씻었다. 스님의 허연 수염 끝에는 물방울이 맺히어 번적번적하였다.

"선종아."

하고 스님은 눈도 아니 뜨고 부른다.

"네."

스님은 입만 우물거리고 대답이 없다.

선종은 스님의 수염 끝에 물방울을 씻고 말이 나오기를 기다렸다.

세상은 점점 떠들어 세달사 젊은 중들도 경 공부와 염불에 뜻이 없고, 모여 앉으면 어디는 누가 몇백 명 군사를 가지고 웅거해 있고, 어디는 누구와 누구와 싸워서 누가 이기어 한 고을을 다 차지하고, 어디 누구는 본디 중으로서 몇천 명 군사의 두령이 되어 술과 고기와 젊은 계집 속에 묻

히어 있고, 또 서울서는 대궐 안에 호랑이가 들어와 관등(官等)을 하고, 대가리 셋 가진 아이가 나고, 또 군사를 모집하는데 사뭇 녹(祿)이 많고⋯⋯. 이러한 소리들을 하게 되고, 가끔 그중에 한두 명씩 사중(寺中)에 있는 재물을 훔치어가지고 달아나는 중도 있고, 부처님의 이마빼기에 박힌 구슬을 빼다가 벌을 받아서 소경이 되었다는 중도 있었다. 늙은 중들은 여러 가지 엄한 훈계와 무서운 말로 젊은 중들을 위협하였으나, 젊은 중들은 들은 체도 아니 하고 팔매치기, 담 뛰어넘기, 몽둥이 두르기, 달음질하기로 일을 삼고, 맘들이 이렇게 됨을 따라 어디서 들어오는지 모르나 술과 고기도 가끔 절에 들어와 얼굴이 벌겋고 비틀걸음치는 중이 가끔 보이게 되었다. '댓골[竹州] 기훤(箕萱)의 군사가 세달사를 치러 온다.' 하는 소문도 한두 번이 아니어서, 중들은 바람에 나뭇잎만 부스럭거려도 깊은 꿈을 깨어 징, 북을 울리며 '나무아미타불'을 불렀다.

기훤이라면 이 근방에서는 어린애들도 모르는 이가 없었다. 어디서는 물 길러 가는 젊은 아낙네가 기훤의 푸른 수건 동인 군사에게 붙들려 가고, 어디서는 신랑을 맞은 처녀가 기훤에게 붙들려 가고, 어느 골 태수(太守)가 기훤과 싸워 죽고⋯⋯ 이러한 소리며, 기훤은 힘이 장사요, 세 길 담을 넘어 뛰고, 활을 잘 쏘고, 칼을 두르면 몸이 공중에 솟아올라 사람의 눈에 보이지 아니하고, 잘 때도 한 눈을 감으면 한 눈을 뜨고, 그 눈을 감으면 다른 눈을 뜨고, 몸에는 비늘이 돋고, 집에는 열두 첩을 두고 날마다 새 처녀를 갈아대고⋯⋯ 이러한 여러 가지 말이 들렸다. 젊은 중들은 이런 이야기를 할 때 재미 절반, 무서움 절반, 부러움 절반으로 한 손으로 턱을 괴고 침을 꿀떡꿀떡 삼켰다. 마을에 재 올리러 갔다 올 때마다 새 이야기가 하나씩 둘씩 늘었다.

"선종 스님, 안 가보오?"

하고 선종을 빈정대는 중도 있었다.

그렇지 아니하여도 선종의 맘은 누를 수 없이 움직였다. 선종은 하루에도 몇 번씩 칼을 빼어보고 활줄을 켕기어보았다. 활줄을 한번 튀겨 퉁하고 울 때에 선종의 피는 끓는 듯하였다.

그러나 선종은 괴로웠다. 어려서 자기를 길러준 '어머니'를 버리고, 또 십육 년 동안 길러준 은인인 늙고 병든 허담 스님을 버리고 떠나기는 참으로 어려운 일이다.

'아아, 나는 전생에 죄 많은 놈이다.'

하고 선종은 손길을 비틀고 한탄하였다.

"그러나 큰일을 하는 자는 작은 일에 얽매일 수가 없다. 이때야말로 어머니의 원통한 원수를 갚고 도탄에 든 창생을 건지어 한번 대장부의 뜻을 펼 때가 아니냐. 가거라, 선종아! 목탁을 집어던지고 칼을 들고 나가거라."

하고, 밤중에 일어나 선종은 혼잣말하고 활과 칼을 내어 메고 차고, 병으로 곤하게 자는 스님의 방 앞에 꿇어 엎드려 합장하고, '스님! 스님!' 하고 속으로 두어 번 부를 때 눈물이 떨어졌다. 선종은 주먹으로 눈물을 씻고 가만히 귀를 기울여 스님의 고르지 못한 숨소리를 이윽히 듣다가,

'스님, 나는 가오. 부디 왕생극락하시오. 나무아미타불.'

하고 한 번 더 합장하고 다시금 뒤를 돌아보며 암자 문을 나섰다.

크나큰 세달사 즐비한 가람은 어스름한 달빛 속에 조는데, 법당에 장명등만 반작반작 영구한 세상의 어두움을 비추인다. 선종은 법당을 향하여 한 번 절하고 합장하고 스님의 복을 빌고 절 문을 나섰다. 바람에 몰리

는 구름이 달을 향하고 끊임없이 달아난다.

선종은 잠을 이루지 못하고 홀로 나와 물가에 나와 거닐었다. 자갯돌 위로 흘러가는 물은 늦은 가을 달빛을 받아 금빛으로 번적거리며 여흘여흘 소리를 낸다. 달은 바로 대재(竹嶺)에 걸려 강 건너편에는 산 그림자가 먹빛과 같은데, 대재 중턱에는 양길(梁吉)의 군사가 밤 파수로 피우는 불이 반딧불 모양으로 여기저기 반작거린다.

이따금 돌아가는 기러기 소리와 함께 찬바람이 휘 지나가며 강 언덕에 허옇게 마른 멧갈 포기를 흔들어 우수수 소리를 낸다. 선종의 거니는 발이 지나갈 때마다 벌레 소리가 뚝 그치고, 저편 기훤의 군막에서 늦도록 질탕하게 노니는 풍악 소리가 들린다. 강가로 길게 늘어선 군사들의 장막에서는 아무 빛도 아무 소리도 아니 나고, 이따금 잠 못 이루어 나와 거니는 군사의 그림자가 어른어른 보일 뿐이다.

'벌써 여기 온 지 일 년이 되었다.'

하고 선종은 기러기 소리에 끌려 하늘을 우러러보았다. 하늘에는 잘 자리를 찾지 못한 기러기 한 떼가 '들 입(入)' 자로 진을 지어 남으로 남으로 피곤한 날개를 친다. 달은 더욱더욱 하늘에 닿은 듯한 대재 마루터기에 허덕거리고 올라간다.

이때에 뒤에서,

"궁예(弓裔)인가?"

하는 소리가 들린다. 선종은 선종이라는 중의 이름을 버리고 기훤의 휘하에 온 때부터 궁예라는 이름으로 행세를 하였다.

"아, 자네들인가. 웬일로 아직도 자지 않고 나와 다니나."

하고 궁예는 두 사람을 보고 손을 들었다. 그 두 사람은 원회(元會)와 신 훤(申煊)이다. 원회와 신훤은 지난 봄 상주벌 싸움에 궁예가 큰 공을 세 운 때부터 궁예를 사모하였다. 더구나 궁예가 조금도 교만한 빛이 없고, 아랫사람을 사랑하고, 자기의 공을 남에게로 돌리는 것을 볼 때에 더욱 더욱 사람들의 사랑을 받게 되었다. 그래서 군사들 중에는 궁예를 따르 려 하는 이가 많고, 기훤의 인망이 떨어질수록 더욱 그러하였다.

"아모리 하여도 큰일은 다 틀렸으니 무슨 끝장을 내어야 아니 하겠 나."

하고 원회가 궁예의 소매를 끌어 사람을 꺼리는 듯이 늙은 버드나무 그늘 로 간다.

"끝장을 어떻게 내나?"

하고 궁예는 원회와 신훤의 번적거리는 눈을 바라보았다. 원회는 지혜가 많고 신훤은 용맹이 있었다. 두 사람은 산중에서 공부도 같이하였고, 이 태 전 기훤의 휘하에 올 때에도 같이 왔고, 죽고 살기를 같이하기로 피를 마시고 서로 맹약한 사람이다.

원회는 한번 사방을 돌아보아 인적이 없음을 살핀 뒤에,

"자, 이 사람이 아모리 해도 큰일은 못 할 사람이 아닌가. 지금도 우 리들이 한참이나 이 사람과 다투었지마는 그만 주색에 빠지어서 헤어날 줄을 모르네그려. 내일은 양길과 대접전을 할 터인데 밤새도록 저 모양 이요, 군사들에게는 소 한 마리, 술 한 동이 이렇단 말이 없으니 군사들 이 싸울 생각이 없는 것은 분명한 일이 아닌가. 지금 군사들 중에는 수군 거리는 자도 있는 모양이니, 만일 이때에 일을 바로잡지 아니하면 우리 들까지도 이 사람 한가지로 군사들에게 배반을 당하고 말 것이 아닌가.

그러니까 일을 하려면 이 기회에 무슨 끝장을 내어야 한단 말일세. 그런데……"

하고 원회가 더 말하려는 것을 신훤이 참지 못하는 듯이 가로막고,

"여러 말 할 것 있나. 그 녀석을 해내고 자네가 우리 두목이 되란 말일세. 그 녀석 해내는 것은 내 담당함세. 또 삼천 명 군사도 자네라면 다 따를 것이요, 또 우리들의 말이라면 안 들을 리가 없네. 첫대, 그 녀석을 두고야 백성의 원망에 견딜 수가 있나. 오늘도 남의 정혼해놓은 처녀를 빼앗아다가 지금 저 지랄이니, 자, 어쩔 텐가? 단마디로 끝장을 내소!"

하고 궁예의 곁에 바싹 대든다.

원회, 신훤 두 사람이 궁예를 보고 이런 말을 한 것은 한두 번이 아니었다. 그럴 때마다 궁예는 고개를 흔들고,

"그것은 불의일세. 우리가 우리 윗사람에게 불의를 하면 우리 아랫사람이 우리에게 또 불의를 할 것일세. 하니까 우리 힘껏 간하여서 하회를 보세."

하고 눌러왔었다. 그리고 원회와 신훤 두 사람은 틈 있을 때마다 기훤을 간하였다. 그러나 기훤의 하는 일은 점점 더 악하여질 뿐이요, 조금도 고칠 줄을 몰랐다.

"이 천하에 나를 당할 놈이 있느냐. 있거든 나오너라. 내가 하려면 사흘 안에 서울을 내 손안에 넣을 것이다. 하하."

이 모양으로 뽐내기만 하였다. 그러는 동안 한참 오천 명이라고 일컫던 군사 중에서 이천 명이나 더러는 싸워 죽고, 더러는 달아나고, 인제는 군사라고 삼천 명밖에 아니 남았다. 양길이 데리고 온 군사 중에는 기훤의 군사이었던 군사가 반이나 되고, 그 군사들은 대개 기훤을 원망하는,

무슨 원통한 것을 품은 사람들이다.

지난 일 년 동안에 사오 차나 큰 싸움이 있었다. 그때마다 궁예는 목숨을 내놓고 싸워서 큰 공을 세웠다.

"궁예가 아니더면 이번 싸움에는 함몰을 당할 뻔하였다."

하고 모든 군사들도 다 말하였다. 그러나 기훤은 싸움에 이긴 것이 다 자기의 모략과 용기라고만 말하고, 궁예와 다른 장졸들에게는 위로하는 말한마디도 하는 일이 없었다. 본래는 그렇지 아니하더니 점점 교만하게 되었다고 한다. 특별히 궁예에게 대하여서는 일종의 미움을 가지었다. 그것은 처음에는 몰랐다가 차차 궁예가 활을 잘 쏘고 칼을 잘 쓰는 것을 볼 때에, 그것이 십육 년 전 수리재 위에서 자기의 활과 칼을 빼앗던 애꾸 놈인 것을 알게 된 때문이다.

그는 하루는 조용히 궁예를 불러,

"자네 나를 모르나?"

하고 물었다. 궁예도 그제야 기훤의 얼굴을 자세히 보고 그 모습이 낯익음을 깨달았다. 그래서 이윽히 있다가,

"어렴풋이 생각납니다. 저 수리재서……."

하고 말을 끊었다.

그때부터 기훤은 궁예를 미워하기 시작한 것이다. 그리고 싸움이 나면 궁예를 항상 선봉으로 내어보냈다. 첫대는 궁예가 어서 죽기를 바란 것이요, 둘째는 궁예가 싸움에 이기기를 바란 것이다.

그러나 궁예는 충성으로 기훤을 섬겼다. 궁예는 백의 국선에게 들은 말을 그대로 실행하는 것이다.

"윗사람에게는 순종하라. 아랫사람을 아끼라. 이것이 병가(兵家)의

첫째가는 요결이니라."

하고 백의 국선은 여러 번 선종과 소허를 가르치었다.

"한번 누구에게 몸을 허하였거든 죽기까지 그에게 충성되라. 오직 만민이 도탄에 든 때에만 대의의 칼을 들지니, 이것은 탕(湯), 무(武)의 일이거니와 저마다 할 배 아니니라."

이러한 말도 여러 번 백의 국선에게 들었다. 궁예는 이 말도 그대로 실행하려 하였다. 진실로 궁예는 이름만 고친 것이 아니요 맘도 고치어지어, 선종으로 있을 때와는 전혀 딴사람이 되었다. 선종은 큰 뜻을 품게 된 것이요, 큰 뜻을 이루는 데는 백의 국선의 가르침대로 하여야 할 것을 깨달은 것이다. 선종이 기훤 아래 온 지 일 년 동안에 사오 차나 큰 싸움을 치르고 나서는 자기의 힘이 결코 남에게 뒤지지 아니함을 깨달았고, 또 삼천 군사와 댓골 인민의 맘이 자기에게 돌아온 것도 깨달았다. 그러나 이 산속 조그마한 고을은 궁예에게는 너무 작은 것이었다. 다만 여기서 좀 더 힘을 기르고 자기의 이름을 높여 더 큰일을 도모하려 하였던 것이다. 이러할 때 원회와 신훤은 기훤을 없애고 자기더러 두령이 되라고 조른 것이다.

세 사람은 여전히 늙은 버드나무 그늘에 걸터앉았다. 달이 점점 산머리로 기어 내려올수록 파란빛이 세 사람의 검은 갑옷 가슴을 비추고 볕에 그을린 얼굴을 비춘다. 발 앞에 흐르는 강물은 더욱 빛을 내고 더욱 소리를 높이는 듯하였다.

원회와 신훤이 아무리 권하여도 궁예는 오직 안 된다는 뜻으로 머리를 설레설레 흔들 뿐이었다. 그러나 달빛을 받아 번적번적하는 궁예의 눈에는 이상하게 강한 광채가 난다.

이때에 푸르륵 하는 소리가 나며 난데없는 화살 한 대가 달빛에 번뜩이며 강을 건너와, 세 사람이 앉은 곁 자갯돌 섞인 모래에 와 꽂힌다. 세 사람은 놀라서 고개를 들어 화살이 온 곳을 바라보았다. 산그늘에 어두운 강 건너편에서는 마치 '내가 쏘았다' 하는 것을 알리려는 듯이 빨간 등불이 서너 번 흔들리고는 꺼진다.

원회는 일어나 모래에 꽂힌 화살을 뽑았다. 그것은 칠한 대에 장끼 깃으로 꼬리를 삼고, 은같이 반작거리는 날카로운 살촉을 일부러 끝을 종이로 싸서 박은 것인데, 꼬리에는 편지 한 장이 달렸다. 원회는 그것을 가지고 사람이 보기를 꺼려 두 사람이 서 있는 버드나무 그늘로 들어왔다.

세 사람은 고개를 모으고 달빛에 그 편지를 떼어보았다. 피봉에는,

"궁예장군막하(弓裔將軍幕下)"

라고 쓰고 속에는,

"궁예원회신훤삼위장군감(弓裔元會申煊三位將軍鑑)"

이라는 허두로,

"高白隱聲華隱聞白矣……."

하는 이두체로,

높으신 성화(聲華)는 익히 들었사오되 뵈온 일 없사옴을 한하오며, 비인(鄙人)이 감히 군사를 일으킴은 기울어진 나라를 안태(安泰)케 하옵고 도탄에 든 창생을 건지오려 하옵기밖에 다른 뜻이 없사온지라, 이제 기훤이 이름을 보국안민(輔國安民)에 빌어 민생을 학(虐)함이 그칠 바를 알지 못하오니, 이는 하늘과 사람이 같이 노하는 배라, 이에 비인이 천의와 민심을 받아 응징의 군사를 거느려 이곳에 이르렀사옵거니와, 그윽

이 생각하옵건대 세 분 장군은 의리 하늘에 닿고 용맹이 천하를 덮으신지라, 한가지로 큰일을 같이하기를 바랄지언정 서로 시석지간(矢石之間)에 뵈옵기를 원치 아니하오니, 원컨대 세 분 장군은 비인의 미충(微衷)을 헤아리옵소서. 회음(回音)을 기대하오며 밝는 날에 세 분 장군의 존가(尊駕)를 진문(陣門)에서 봉요(奉邀)하올까 하나이다.

　북원대장군(北原大將軍) 양길(梁吉) 국궁(鞠躬)

이라 하였다.

　다 보고 나서 원회와 신훤은 궁예의 얼굴만 바라보았다. 바람이 불어와서 원회의 손에 들린 양길의 편지가 펄렁거렸다.

　건너편 어두움 속에서는 또 등불이 서너 번 번적거렸다. 그것이 마치 회답 보내는 활을 그리로 향하고 쏘라는 듯하였다.

　원회는 궁예의 팔을 끌며,

　"자, 어찌할 터인가?"

하고 대답을 졸랐다.

　"자, 어찌할 터인가? 이 편지를 도로 쏘아 보낼 터인가, 백지 답장을 보낼 터인가?"

하고 신훤도 곁에서 졸랐다.

　아직도 기훤의 진막에서는 이따금 북소리가 둥둥 울려온다. 강가에 늘어선 장막들은 비낀 달빛에 비치어 내일 싸움을 꿈꾸고 있다. 그러나 군사들은 양길과 싸워 이기지 못할 줄을 알므로, 싸움 형편을 보아 얼른 항복하여버리든지 달아날 생각들을 하고 있다. 예전 동료 중에 양길의 군사가 된 군사들은 가끔 행인 편에 기별을 보내어 기훤을 버리고 양 장군

158

앞으로 오라고 권하였다. 내일 싸움은 싸움 같지 아니할 것을 군사들도 잘 알므로 도리어 걱정 없이 잠들을 잤다. 궁예도 그것을 안다. 그러나 일 년 동안 섬기던 기훤을 버리고 양길의 앞으로 달려가는 것이 맘에 심히 괴로웠다.

"어찌할까."

원회와 신훤은 당장에 기훤을 죽이고 삼천 군사를 거느려 양길의 앞으로 가기를 권하였다. 양길은 기훤보다 다섯 갑절이나 되는 땅과 군사를 가지고 아랫사람을 사랑하며 인재를 존중하기로 이름이 높았다. 궁예도 그것을 안다. 그러나 궁예는 여전히 안 된다는 뜻으로 고개를 흔들었다.

"그러면 어찌할 터인가?"

하고 원회는 성난 듯이 벌떡 일어난다. 신훤도 일어난다. 두 사람의 투구에 은장식이 번적하고 빛을 발한다.

궁예는 원회의 손에 들었던 양길의 편지를 빼앗아 돌돌 말았다. 원회와 신훤은 이 사람이 어찌하려는고, 하고 가만히 보고 있다. 궁예는,

"나도 내일 싸움에는 이길 기약이 없는 줄을 아네. 또 기훤이 오래 같이 일 못 할 사람인 줄도 아네. 그렇지마는 적장의 이간하는 글발을 보고 제 임금을 버리고 몰래 적장을 따르는 것은 나는 못 할 일일세."

하고, 화살 한 대를 쭉 빼어 그 끝에 양길의 꼬깃꼬깃한 편지를 달아 잔뜩 활을 밟아 강 건너 등불 어른거리는 곳을 향하여 탕하고 쏘아버렸다. 살은 푸르륵 소리도 내는 듯 마는 듯 달빛에 잠깐 번적하고는 어둠 속에 스러지고 말았다. 궁예가 살 간 곳을 물끄러미 바라볼 때에, 과연 또 등불이 두어 번 번적하고는 다시 아무 기척이 없었다.

원회와 신훤은 일변 무안하고 일변 분하여 궁예를 버리고 버들 그늘에

서 나섰다. 궁예는 두 사람이 고개를 숙이고 걸어가는 등을 바라보며,

"만일 자네가 이 강을 건너 양길에게 간다 하면, 나는 이 활로 자네들의 등을 쏠 것일세. 자네네가 만일 내 친구거든 밝는 아침에 같이 싸워 죽어 의로운 귀신이 되세."

하고 껄껄 웃었다.

두 사람은 멈칫 서서 고개를 한번 돌리고는 가버리고 말았다.

이튿날 평명에 기훤의 진중에서는 싸움을 재촉하는 뚱나발 소리와 징, 북 소리가 울렸다. 아직 먼 데 사람이 자세히 보이지 아니하고 하늘에는 숨다 남은 별이 여기저기 반짝반짝할 때에 군사들은 일어나 밥을 먹고 창을 들고 활을 메고 열을 지어 나섰다.

기훤은 찬란한 도독(都督)의 복색에 황금으로 집에 쌍룡을 아로새긴 긴 칼을 차고, 은 굴레 백달마에 높이 앉아 반열 지어 늘어선 삼천 군사를 한번 돌아보고,

"오늘 싸움에 이기면 북원(北原)은 우리 것이요, 북원의 금은보배는 다 너희 것이다."

하고 군사들을 장려하였다. 기훤이 말 위에 앉은 풍채는 과연 당당하여 영웅호걸의 풍채가 있어서 기훤의 말이 앞으로 지나갈 때에는 군사들의 고개가 자연 숙었다.

그러나 오늘 싸움에 좌익장(左翼將)이 될 원회와 우익장(右翼將)이 될 신훤은 보이지 아니하였다. 두루 찾아도 나오지 아니하매 기훤은 크게 노하여,

"누구나 원회, 신훤 두 놈을 잡는 자면 양길을 잡는 자와 같이 크게 상을 주리라."

하고 영을 내렸다.

군사들은 원회와 신훤이 없어진 것을 보고 기운이 떨어지었다. 그러나 궁예의 말 탄 모양이 보일 때에 풀렸던 다리에 힘이 오르는 듯하였다.

궁예의 맘은 괴로웠다. 일생에 먹었던 큰 뜻이 오늘 하루 싸움에 물거품같이 스러지는 듯하여 슬펐다. 그러나 나가 싸우자, 싸워서 양길을 잡거나 못 하거든 죽자, 하고 궁예의 뜻은 굳게 정하였다.

원회와 신훤을 잡으라는 영을 내린 기훤은 자못 낙담이 되었다. 삼천 군사가 다 자기를 배반하더라도 원회, 신훤은 자기와 사생을 같이하기로 믿었던 것이다. 그랬더니 도리어 자기가 믿지 않고 미워하던 궁예는 끝까지 남아 있고 믿었던 두 사람이 달아나는 것을 볼 때에 기훤은 감개무량하였다. 기훤은 앞이 아뜩아뜩함을 깨달았다.

"궁예, 자네만 믿네."

하는 기훤의 목소리는 떨리지 아니치 못하였다.

궁예는 눈을 들어 기훤을 보았다. 그 얼굴에는 어제까지 보이던 교만 무례한 빛도 다 없어지고, 그 패기 있던 눈에는 궁예에게 대하여 애걸하는 빛이 보였다. 그것이 궁예의 맘을 깊이 감동시켰다.

이때에 강 건너편에는 북소리가 요란하게 울려오고, 아침 안개가 바람결에 잠깐 걷힐 때마다 잎 떨어진 나무숲 사이로 거뭇거뭇 사람들이 뛰어내려오는 모양이 보인다. 이편에서도 북을 울리고 군사를 몰아 물을 건너게 하였다. 살이 한 대, 두 대 이편에 와 떨어지어 말이 놀래어 앞발을 들고, 이편 살도 푸룩푸룩 저편을 향하고 날아갔다. 싸움은 열린 것이다.

군사들은 기운차게 허리까지나 올라오는 물을 절벅절벅 건너고, 말들도 고개를 번적 들고 물바래를 치었다. 군사들이 물을 건너는 동안에도 저편 화살이 푸륵푸륵 소리를 내며 머리 위로도 지나가고 물에도 떨어지었다. 찬물에 아랫도리가 젖고 화살 소리가 푸륵거리는 것이 들리매, 군사들의 맘에는 싸우고 싶은 기운이 발하였다.

양길은 천 명쯤 되는 군사를 데리고 본진에 머물러 있어서 높게 지어놓은 망대 위에서 바라본다. 저편에서는 망대를 향하고 활을 쏘는 모양이나 아직 살은 거기까지 미치지 아니하였다. 커다란 북을 가죽이 터지어라 하고 두드리니 새벽 안개 끼인 산천이 덜덜 떨려 운다.

기훤의 군사가 물을 거의 다 건넌 때에 매부리라 하는 봉우리에는 아침 해의 붉은빛이 피를 묻힌 듯이 비추이고, 골짜기에 낀 안개가 뭉글뭉글 용솟음을 치기 시작하였다. 양길의 군사 있는 편에는 안개가 더욱 깊어 보이고, 그 안개가 매부리에 비추인 햇빛을 받아 철색이다가, 연빛이다가, 은빛이다가, 자줏빛이다가, 금빛으로 변하고 뭉게뭉게 피어오르는 안개 봉우리가 어떤 것은 불길이 타오르는 듯이 환하였다. 기훤의 군사들은 그것을 바라보고 "와!" 하고 함성을 내며 앞으로 나아갔다.

맨 앞에서 말을 달리는 궁예의 투구와 갑옷 뒷장식에 햇빛이 번득거려 불 같은 빛을 발할 때에 군사들은 또 "와!" 하고 함성을 지르고 궁예의 뒤를 따랐다. 밤이슬에 젖은 땅에서는 먼지 하나 일지 아니하고, 다만 마른 풀과 늦게 핀 흰 국화 송이들이 말발굽에 놀라 고개를 흔들었다.

궁예는 샛강(아까 건너온 데보다는 좀 작은 강이다) 언덕에 말을 세웠다. 거기는 굼틀굼틀 물결같이 된, 사람의 키 하나만 한 긴 언덕이 있었다. 궁예를 따르는 군사들은 이 언덕에 몸을 감추고 매복하였다.

양길 편의 북소리가 더욱 가까워지고, 화살 푸륵거리는 소리가 더욱 많아진다. 불 붙는 안개 속에서는 점점 화살이 수없이 이편을 향하고 날아온다. 궁예가 몸을 기울여 피한 살 하나가 바로 궁예 뒤에 섰던 군사의 가슴을 뚫고 꼬리를 떨었다. 그 군사의 가슴에서 붉은 피가 내어뿜을 때에 군사들은 일제히 소리를 지르고 활을 당기었다. 이편에서 쏘는 살은 깃 단 꼬리를 떨며 저편 안개 속으로 들어가 스러지었다. '퉁' 하고 활줄 튀기는 소리, 푸르륵 하고 살 나가는 소리, 살에 놀라 말 우는 소리가 여흘여흘 흘러가는 강물 소리와 어우러지어 처량한 광경을 이룬다.

붉은 해가 산머리에서 갑자기 뛰어올랐다. 천지는 갑자기 환하여지고 대재 골목골목에 뭉글거리던 안개들도 점점 스러지기를 시작하여, 숨었던 작은 봉우리들도 고개를 내어놓고 잎 떨린 나무들도 우뚝 나서게 되었다. 이따금 안개가 휘 지나가면 불그레한 땅에 까만 군사들이 이리로 향하고 움직이는 양이 보였다. 그러할 때에는 일제히 그리로 향하고 화살을 몰아넣었다. 그러나 그담에 안개가 터진 때에는, 그곳에는 사람의 그림자도 없었다. 군사들은 활에 살을 매어 든 채로 눈도 깜작하지 아니하고 건너편에 안개가 터지어 사람들의 모양이 번적 보이기를 기다린다. 그러다가 번뜻 보일 때에는 '퉁', '씨르륵' 하고 이천 활이 일제히 운다.

해는 낮이 가까워서, 말발굽이 땅바닥을 찰 때마다 살이 땅에 와서 박혀서 꼬리를 떨 때마다 먼지가 풀씬풀씬 일었다. 그렇게 이는 먼지도 먼데서 보면 노란 안개와 같았다.

해는 높이 올라와서 군사들의 이마에는 구슬땀이 맺히었다. 공중으로는 서늘한 바람이 불어 지나가건마는, 땅 위에는 아직도 더운 김이 남은 듯하였다.

양길과 궁예는 여러 가지로 진형(陳形)을 바꾸었다. 그러할 때마다 군사들은 물결과 같이 혹은 오른편으로, 혹은 왼편으로 우르르 밀렸다. 그러고 나서는 또 한바탕 화살 소나기가 쏟아지고, 많은 군사들은 혹은 가슴에서, 혹은 이마에서 핏줄기를 뿜고 넘어지었다. 넘어진 지 오랜 군사의 송장에는 벌써 개미가 까맣게 붙었다.

그러나 살아 있는 군사들은 그것을 돌아볼 새가 없고, 오직 저편에 번득거리는 적군의 가슴을 겨누기에만 바빴다.

궁예는 이 모양만으로 싸움이 끝나기 어려운 줄을 깨달았다. 애초에 궁예의 생각에는 양길의 군사가 밀어 들어오도록 유인하여 샛강과 큰강 새 벌판에 몰아넣고 싸우려는 계책이었으나, 양길은 군사들은 나무 사이에 숨겨놓고 용이하게 움직이지 아니하여 도리어 성급한 궁예를 산 밑으로 끌어들인 뒤에 좌우 복병으로 일시에 엄살하려는 계책이었었다. 더구나 궁예의 군략을 잘 아는 원회와 신훤은 결코 군사를 벌판으로 내몰지 말기를 양길에게 말하였다.

"군사가 벌판에만 나가면 궁예 혼잣손에 다 죽어버리오."

원회는 이렇게 양길에게 말하였다. 그래서 양길은 군사를 몇십 걸음 앞으로 내몰았다가는 다시 징을 치어 뒤로 물리고, 이리하여 궁예의 분통을 간질였다.

궁예는 마침내 더 참을 수가 없었다. 손에 빼었던 칼이 피에 목마른 듯하고, 탄 말은 앞발을 들고 길게 울었다. 궁예는 자기의 칼이 족히 양길의 군사를 대적하여 솔개가 병아리 떼를 쫓듯이 대번에 대재로 넘겨 쫓고, 그 바람으로 뒷벌[北原]까지 무인지경까지 들이칠 것 같았다. 궁예의 눈앞에는 자기의 칼바람에 쫓기는, 병아리 떼 같은 양길의 군사들이 발이 땅에 붙지 못하고 달아나는 양이 보인다.

다른 군사들도 양길의 군사가 고양이 무서워하는 쥐 모양으로 들락날락하기만 하고 기운차게 대들지 못하는 것을 볼 때에, 애초에 집어먹었던 겁도 다 없어지고 도리어 자기 하나가 저편 열을 당할 듯싶었다.

"뒷벌에 있는 금은보화는 다 너희들의 것이다!"

하던 기훤 장군의 말을 생각하고 그들도 궁예와 같은 맘을 가진다.

이때에 양길의 진중에서는 소와 돼지를 잡는 소리가 들려오고, 또 낮밥을 짓는 연기가 나무 사이로 한가롭게 올라간다. 군사들의 눈앞에는 김 나는 밥과, 냄새 좋은 고깃국과, 동이 동이 넘치는 술이 번뜻 보이고 입에 침이 돈다. 저편의 밥 짓는 연기는 더욱 많이 뭉게뭉게 올라간다.

양길의 군사는 기다란 줄을 지어 이편을 향하고 고함을 치며 달려들어온다. 이편에서는 일제히 그 군사들을 향하고 활을 쏘았다. 저편을 향하고 날아가는 화살의 떼는 마치 수없는 귀뚜라미 떼와 같이 햇빛을 가리었다. 그때에 저편에서는 다시 큰 고함 소리가 나고는 뽀얀 안개를 일으키고 군사들은 도로 몰려 들어갔다.

궁예는 칼을 머리 위에 높이 들었다. 칼날에는 햇빛이 비치어 서너 줄기 무지개가 날 때에, 나아가라는 영기(令旗)가 여기저기서 펄렁거리고, 백여 개 큰 북이 일시에 쾅쾅 울었다. 궁예의 말이 물바래를 치고 샛강을 건너갈 때에 군사들도 절벅절벅하고 물에 들어섰다.

궁예의 군사들은 물이 줄줄 흐르는 다리를 이끌고 밥 짓고 국 끓이는, 연기 나는 양길의 진중을 향하여 달려간다. 세 걸음에 한 번씩, 네 걸음에 한 번씩 활을 쏘며 물결같이 몰려 들어간다. 창검은 햇빛에 번적거리고 군사가 지나간 뒤에는 먼지 구름이 높이 피어올라 마치 회오리바람 지나가는 자취와 같다.

양길 편의 화살은 소낙비 모양으로 쏟아지었다. 군사들은 붉은 피를 뽑고 번뜻번뜻 나자빠지나 그것을 돌아볼 새도 없어서, 군사들이 저 앞에 까맣게 나아간 뒤에 빈 벌판에 쓰러진 군사들이 팔다리를 들었다 놓았다 하며 마지막 괴로움으로 꿈틀거리는 것이 보인다. 두둥둥 북소리가 나고는, "와, 으아!" 하는 무서운 소리가 난다. 군사들의 눈에는 산도 없고 들도 없는 듯하였고, 오직 김이 무럭무럭 나는 국과 밥과, 동이 동이 철철 넘는 술과 이기는 기쁨이 보일 뿐이었다.

궁예의 군사가 양길의 진에 가까이 오매, 양길의 군사도 활을 버리고 칼과 창만 가지고 달려 나왔다. 이 나무숲에서 한 떼, 저 나무숲에서 한 떼, 왼편으로 한 떼, 오른편으로 한 떼, 미처 눈코를 뜰 새가 없이 벌떼같이 달려 나왔다. 양진의 북은 일제히 울고 깃발을 일제히 흔들었다. 두 편 군사는 서로 찌르고 찔리고 겯고틀고 무서운 단병접전(短兵接戰)을 하였다. 경각간에 죽은 자, 상한 자가 너저분히 마른 풀 위에 깔렸다.

양길의 군사는 궁예를 피하여 궁예 없는 데로만 도망해 다니며 싸웠다. 그러나 동으로 궁예를 피하면 동에 궁예가 있고, 서로 궁예를 피하면 서에 궁예가 있었다. 흰 무지개, 푸른 무지개 번뜻거리는 곳에는 모두 궁예가 있다. 칼을 들어 궁예를 치려고 하면 벌써 궁예는 없어지고, 흰 무지개, 푸른 무지개와 같은 궁예가 두르는 칼빛뿐이었다. 두르는 칼빛이 궁예의 몸을 싸서 살촉 하나 들어가 박힐 곳이 없는 듯하였다.

양길은 숲속에서 가만히 양편 군사가 싸우는 양과 궁예의 재주를 엿보고 있다. 곁에 섰는 사람들을 보고,

"과연 명장이다!"

하고 수없이 칭찬하였다.

궁예가 이리로 치고 저리로 달리고 하는 바람에 양길의 군사는 솔개에

게 쫓긴 병아리 떼 모양으로 이리로 몰리고 저리로 몰리어 조그마한 몸뚱이 하나 감출 곳을 못 찾는 듯하였다.

마침내 양길의 군사는 쫓기기를 시작하였다. 창을 던지고 칼을 던지고 나무뿌리, 돌부리에 걸어채어 엎더지며 자빠지며 도망을 하고, 궁예의 군사는 더욱 기를 내어 소리를 지르고 따라간다. 쫓겨 가던 양길의 군사가 나무 틈에 숨어서 쏘는 살이 가끔 궁예의 군중에 떨어지었으나, 얼마 아니 하여 그것도 없어지고 양길의 군사는 숲속과 골짜기 속으로 들어가 없어지고 말았다.

궁예는 더 따라가는 것이 옳지 못한 줄을 깨닫고 말머리를 돌려 군사를 거두려 하였다. 그러나 군사들은 벌써 양길의 진 치었던 자리에 지어놓은 국과 밥을 먹기에 겨를이 없고, 동이와 독에 담긴 술을 냉수 마시듯 꿀꺽꿀꺽 마시고 있었다.

숲속에서 가끔 양길의 군사의 쏘는 살이 날아오건마는 먹고 마시기에 바쁜 군사들은 몸을 비끗비끗하고 살을 피할 뿐이요, 활을 들어 마주 쏠 생각도 아니 하였다. 어떤 군사는 입에 밥과 고기를 한입 잔뜩 물고 씹으면서 살에 맞아 죽고, 어떤 군사는 사발에 듬뿍 담은 술을 반쯤 마시다가 거꾸러지었다.

궁예는 하릴없이 병아리 떼를 지키는 큰 닭 모양으로 먼발치에 말을 세우고 양길의 군사가 도로 짓치어 내려올 것을 근심하였다. 그러나 양길의 군사가 도로 몰아오는 형적은 없고, 잠깐 싸움이 끝난 틈을 타서 놀라서 피난하였던 새들이 하나씩 둘씩 나뭇가지로 돌아오고, 풀숲에서도 잠자코 숨어 있던 벌레들이 조심조심히 울기를 시작한다.

어떤 군사는 한 손에 밥 바가지를 들고, 한 손에 술 뚝배기를 들고, 비

틀걸음으로 창 맞아 칼 맞아 넘어진 군사들 틈으로 돌아다니며 아직 목숨이 붙어 있는 친구를 찾아,

"자, 먹어라, 먹어!"

하고 밥과 술을 권한다. 한두 모금을 마시는 이도 있고, 먹고 싶은 듯이 고개만 들먹들먹하다가 도로 쓰러지는 이도 있다. 죽느라고 끙끙 하는 소리도 승전과 주식의 기쁨에 떠드는 소리에 들릴락 말락 하다.

그러나 군사들의 기쁨은 잠깐이었다. 숲속에서는 "와!" 하는 소리가 나고 수없는 북을 한꺼번에 울리는 소리가 들렸다. 나뭇가지에 앉았던 새들은 다시 놀라서 갈 곳을 몰라 헤매고, 버러지들도 소리를 그치었다.

궁예는 군사를 시켜 기를 두르고 북을 울렸다. 취해 놀던 군사들도 칼과 활을 들고 일어났으나 비틀비틀 몸을 거두지 못하였다.

순식간에 무서운 단병접전이 일어났다. 지금까지 즐겁게 밥을 먹고 술을 마시던 자리는 벌겋게 피로 젖었다. 밥 가마, 국 솥, 술동이를 들어 적군을 향하고 내어던지면 그것이 혹은 칼끝에, 혹은 창끝에 맞아 요란한 소리를 내고 땅에 떨어지어 깨어지고, 그중에 어떤 군사는 끓는 국을 뒤집어쓰고 거꾸러지었다.

창보다도 칼보다도 궁예의 군사를 이롭게 한 것은 돌팔매이다. 여기저기 붉은 점 박힌 도끼날 같은 차돌은 날아오는 대로 군사의 골을 바수고 양미간을 뚫고 코를 떼었다.

찌르고 찍고, 엎더지고 자빠지고, 무서운 소리를 지르고, 서로 붙들고 겯고틀고, 사오천 군사는 행렬을 잃어버리고 어지럽게 싸운다. 그러나 술 취한 궁예의 군사는 건드리기만 해도 쓰러지고, 두르는 칼과 창이 모두 헛손질되기가 쉬웠다.

마침내 궁예 편 군사는 뛰기를 시작하였다. 열병 앓는 사람 모양으로 경둥경둥 몇십 걸음을 뛰다가는, 따라가는 양길의 군사에게 붙들려 소리도 없이 픽픽 쓰러지었다. 넓은 벌판에는 창을 끌고 칼을 뒤로 두르며 달아나는 궁예의 군사로 뒤덮인 듯하였다. 구름 같은 먼지 속에 가끔 불길 모양으로 번적번적하는 것은 양길의 군사의 두르는 칼과, 그 칼에 맞아 내뿜는 기훤의 군사의 피다.

오직 궁예만이 한 걸음도 뒤로 물러서지 아니하고 피 흐르는 칼 하나로 사방으로 에워싸는 수백 명 군사를 대적하였다. 궁예의 칼이 번뜩이는 곳에 양길의 군사는 나뭇잎 떨어지는 듯하였다. 그러나 궁예는 사방에 보이는 것이 오직 양길의 군사뿐이요, 자기의 군사는 그림자도 없는 것을 깨달았다.

'항복할까, 도망할까, 죽을까?'
하고 궁예는 잠깐 주저하였다.

'응, 싸워서 죽자.'
하고 궁예는 다시 칼을 들어 소나기같이 쏟아지는 살을 막으며 양길의 군사 속으로 짓치어 들어갔다.

그러나 먼 곳에서 바라보고 있던 양길의 화살에 궁예의 말은 가슴을 맞아 한 번 높이 뛰고 땅에 거꾸러지었다. 궁예는 곧 땅에서 뛰어 일어나 칼을 바로 잡았으나, 왼편 다리가 삐어 몸을 맘대로 움직일 수가 없었다. 그래도 있는 힘을 다하여 얼마를 싸우다가 궁예는 그만 땅에 거꾸러지어 일어나지 못하고 오직 눈만 부릅떠 양길의 군사들을 노려보았다. 양길의 군사들은 땅에 엎더진 궁예가 무서워 감히 가까이 들어오지를 못하였다. 곁에 거꾸러진 궁예의 말은 괴로운 듯이 입으로 땅을 파고 기운 없이 발을 버둥거리더니, 그 고개를 번쩍 들어 불같은 눈으로 궁예를 한 번 바라보고는 머리로 한 번 땅을 치고는 죽어버린다.

궁예는 죽는 말을 보고, 손에 든 피가 뚝뚝 흐르는 칼을 보고, 그러고는 하늘을 우러러보았다. 궁예의 가슴속에는 패전의 부끄러움과 일생의 큰 뜻이 물거품이 된 슬픔과 분함이 불길같이 타올랐다. 궁예는 자기 손에 든 칼로 자기의 목을 베려고 몸을 움직거렸다.

그러나 조금이라도 몸을 움직이면 왼편 다리가 분질러지는 듯하고 정신이 아뜩하여 칼 든 팔을 바로 끌어올릴 수가 없었다. 이때에야 비로소 양길의 군사 중에 기운차게 생긴 놈 하나가 달려들어 손에 들었던 쇠방망이로 궁예의 머리를 때렸다. 딱 하는 소리와 아울러 궁예는 정신을 잃어버렸다.

이때에 기훤은 망대에 올라서 자기 군사가 양길 편 군사를 따라 들어가는 양을 보고 기쁨을 이기지 못하여 술을 부으라 하여 마시고, 이번에는 궁예가 승전을 하면 궁예로 장군을 삼는다고 말하고 원회와 신훤의 목을 잘라 오거든 높이 달아 모든 군사를 징계한다 하여 큰 말뚝 두 개를 높은 언덕 위에 세우게 하였다.

그러고는 한 손을 들어 볕을 가리고 서쪽만 바라보며 이제나저제나 승전하였다는 기별을 가진 군사가 쌍쌍이 말을 달려오기만 기다렸다. 그러나 기별 가진 군사는 오지 아니하고, 흉물스러운 까마귀 떼만 망대 곁에 있는 느릅나무 가지에서 까옥까옥하였다.

"에그머니, 까마귀가 왜 울어."

하고 기훤이 가장 사랑하는 첩 돌냇집이 양미간을 찡기었다.

기훤도 그 까마귀 소리가 심히 듣기 싫었다. 마치 그 소리가 가슴속에

까지 울려 들어가는 듯하였다. 그러나 기훤은 돌냇집을 보고 웃으며,

"응, 원회 놈의 모가지를 뜯어먹으랴고 그러는 게지."

하였다.

돌냇집은 기훤이 웃는 빛을 보고 자기도 빙그레 웃었다. 그러나 돌냇집의 얼굴에는 검은 그림자가 있었다.

까마귀는 더욱 까옥거린다. 서편에는 무서운 단병접전이 일어나는 듯하여 먼지구름이 떠오르고 재우치는 북소리가 멀리 둥둥 울려온다.

군사들은 모두 높은 데 올라 고개를 늘여서 바라보았다.

"다시 싸움이 일었는데."

"저 먼지가 이리로 가까워지지 않나?"

하고 군사들은 손길을 이마에 대어 볕을 가리고 숨소리도 없이 노랗게 일어나는 먼지구름을 바라보았다. 가끔 번적번적하는 것이 보일 때에 그것은 칼빛, 창빛인 듯하였다.

백성들은 몰래 부녀들과 아이들을 성 밖으로 피난시키고 가끔 와서 동정만 살폈다. 만일 이편이 쫓겨 오는 눈치만 보이면 들고뛰자는 것이다. 기훤은 군사를 시켜 골목골목 파수를 보게 하고, 피난가거나 도망가는 백성은 죽인다고 위협을 하였다. 어머니들은 젖먹이를 안고 젖을 먹이면서 밖에서 바삭 소리만 나도 깜짝깜짝 놀랐다. 그럴 때마다 젖먹이가 놀래어 울면 어머니는 손이나 젖으로 우는 아이의 입을 막았다. 성내는 조용하다.

"아이, 저놈의 까마귀가."

하고 돌냇집은 한 번 더 까마귀들이 모여 앉은 느릅나무 가지를 치어다보았다. 가만히 한곳에 앉았지를 못하고 공연히 이리 왔다 저리 갔다 하면

서 흉한 소리를 내며 까마귀들이 운다.

기횐은 마침내 활을 당기어 퉁 하고 까마귀 앉은 자리를 향하고 쏘았다. 그 화살에 까마귀 하나가 맞아 너풀너풀하고 땅에 떨어지어 죽었다. 그것을 볼 때에 기횐은 얼굴을 찌푸리고 돌냇집은 진저리를 치었다. 다른 까마귀들은 놀라 다 달아나버렸다.

"암만해도 저 먼지가 가까워지는걸."

하고 바라보던 군사들이 중얼거리는 소리가 들린다. 기횐도 점점 몸을 이리저리로 움직이고 여러 번 손으로 눈을 비비었다. 역시 먼지구름은 점점 이쪽으로 가까이 오는 것만 같았다. 북소리조차 점점 가까이 들리는 듯하였다. 기횐의 낯빛이 자주 변하는 것을 보고 돌냇집은 해쓱한 얼굴을 두 손으로 가리었다.

기횐은 마침내 발로 망대 마루를 한 번 구르고, 기를 들어 남아 있던 군사들에게 싸움 준비를 명하였다. 북소리와 뚱나발 소리가 울리며 백성들은 서로 마주 보고 말이 없었다. 군사들은 활과 창검을 들고 나섰다. 서쪽에 보이던 먼지구름은 점점 가까워지어서 저기 수없는 무지갯발이 보이는 것은 분명 군사들이 샛강을 건너는 표다.

기횐은 칼끈을 한 번 졸라매고 말을 대령하라 하였다. 돌냇집은 망대에서 내려가려는 기횐의 손에 매어달려서 울었다.

"왜 울어!"

하고 기횐은 돌냇집을 뿌리치었다. 돌냇집은 마룻바닥에 쓰러지었다가 다시 무르팍걸음으로 기횐의 갑옷 자락에 매어달려,

"나는 어찌하오? 나가지 마오!"

하고 끌었다.

기훤은 잠깐 돌아보고 멈칫하더니 허리에 찼던 칼을 빼어 울고 매어달린 돌냇집의 하얗고 가느단 목을 찍어버렸다. 돌냇집의 목에서 내뿜는 피는 기훤의 온몸을 적시고, 기훤의 갑옷 자락을 잡았던 돌냇집의 손은 기운 없이 스르르 풀리었다.

기훤은 피 흐르는 칼을 들고 다시 한번 서쪽을 바라보았다. 군사의 떼는 벌써 샛강을 건너고, 달리며 쏘는 화살이 드문드문 기훤의 진중에 떨어지었다.

기훤은 군사더러 강을 건너 마주 나가 싸우라는 영을 내리고 자기의 군막에 들어갔다. 그 속에 십여 명 젊고 아름다운 처첩과 젖먹이 어린애 사오 인이 입술이 파랗게 되어 떨고 있다가 피 묻은 기훤이 뛰어 들어오는 양을 보고 모두 정신을 잃고 일어섰다.

기훤은 여러 처첩들과 어린것들을 이윽히 바라보더니,

"너희들은 다 가고 싶은 데로 가서 잘 살아라."

하고 피 묻은 칼을 던지고 덥적덥적 기는 어린아이를 한 팔에 하나씩 안고 이윽히 물끄러미 들여다본 뒤에 아이들을 다시 내려놓고 땅바닥에 버렸던 칼을 집어 들고 뛰어나왔다.

군사들은 강가에 늘어섰다. 그러나 아무도 물을 건너려는 생각은 없었다. 기훤은 평생에 사랑하는 백달마에 높이 앉아,

"나를 따르라."

하고 칼을 비껴들고 말을 몰아 물을 건넜다. 기훤의 뒤를 따라 몇백 명 군사도 물에 들어갔으나, 다른 군사들이 따라오지 않는 것을 보고 물속에서 머뭇머뭇하였다.

기훤은 몇 걸음 말을 달려 나가다가 뒤에 아무도 따름이 없는 것을 보

고 말머리를 돌려 다시 강 언덕으로 달려왔다. 군사들은 기훤이 달려오는 것을 보고 모두 뒤로 물러가버린다. 기훤은 강 언덕에 말을 세우고 몇 마디 외치는 모양이었으나, 사람과 말이 물속에서 절벅거리는 소리에 잘 들리지도 아니하였다. 그러하는 동안에 "아!" 하고 고함 소리와 함께 화살이 소낙비같이 기훤을 싸고 떨어지고, 더러는 도망해 달아나는 기훤의 군사의 등에 꽂히었다.

기훤은 다시 말머리를 돌려 구름같이 밀려오는 양길의 군사 속으로 달려갔다. 기훤의 백달마는 네 굽을 높이 솟아 소리를 치고 달려갈 때에 네 구름 기둥을 일으키고 공중으로 솟아오르는 듯하였다. 이 서슬에 몰려오던 기훤의 군사들은 다시 돌아서서 양길의 군사 편을 향하고 싸웠다. 그러나 반나마 죽고, 반나마 상하고, 반나마 술 취한 패군지졸은 저마다 제 몸 하나도 잘 거누지 못하고 얼빠진 사람들 모양으로 비틀거리고 껑뚱거릴 뿐이었다.

기훤은 패하여 쫓겨 오는 자기의 군사의 꼴을 볼 때에 가슴이 찢어지는 듯하였다. 그래도 옛정을 못 잊어 자기를 보고는 발꿈치를 돌려 다시 싸워주는 것만이 눈물이 나도록 가상하였다.

"궁예, 궁예, 궁예!"

하고 기훤은 불렀다.

"죽었소."

하고 어떤 군사가 대답하였다.

'궁예가 죽었다.'

하고 기훤은 앞이 깜깜하여지는 듯하였다.

기훤은 양길의 군사 앞에 말을 세우고,

"나는 죽주장군(竹州將軍) 기훤이다. 너희 두목 양길과 자웅을 결단할 터이니 양길이 나오너라!"

하고 소리를 질렀다.

기훤의 위풍에 양길의 군사들도 멈칫하였다. 저 뒤에 따라오던 양길은 좌우가 만류하는 것도 아니 듣고,

"아모리 대적(大賊)이기로 장군을 대하는 예의가 그렇지 아니하다. 내 몸소 나아가 기훤과 자웅을 결단할 터이니, 너희는 보고만 있으되 내가 싸워 죽기 전에는 아모도 나를 돕지 말라."

고 분부하고 쇠를 쳐서 군사들을 수십 보 뒤로 물린 뒤에 양길은 검은 말 위에 높이 앉아 단기(單騎)기로 기훤을 향하고 나와,

"내가 북원장군(北原將軍) 양길이다. 나라가 어지러우매 너 같은 좀도 적이 험한 것을 믿고 이곳에 웅거하여 백성을 도탄에 들게 하니 네 죄를 네가 알 것이라. 내 싸우기를 즐겨 아니 하고 또 너 같은 좀도적과 겨루기를 부끄러워하거니와, 창생을 위하여 너를 잡으러 온 것이니 네 만일 네 죄를 뉘우치고 곧 말에서 내려 항복하면 네 목숨을 보전하려니와, 그렇지 아니하거든 곧 나와 내 칼을 받으라. 나의 칼이 불의에는 용서함이 없느니라."

하였더라.

양길의 말에 기훤은 분함을 이기지 못하여 말을 재우쳐 양길을 향하고 달려들며,

"요놈, 좀도적놈이 어른을 몰라보고…… 간계를 써서 원회와 신훤을 꾀어 가고……. 요놈, 좀도적놈아! 내 이미 네 모가지를 높이 달아 후세를 징계할 양으로 높은 말뚝까지 박아놓았다. 어서 목을 늘여 내 칼을 받

아라.”

하고 칼을 들어 양길을 엄습하였다.

이리하여 기훤과 양길은 어우러지어 싸웠다. 양길의 군사도 가만히 서서 보고 기훤의 군사도 겨우 숨을 태우고 정신을 수습하여 두 장수가 싸우는 양을 보았다.

기운으로 말하면 기훤이 승한 듯하여 기훤은 항상 양길을 엄습하고, 양길은 항상 기훤을 피하였다. 가끔 맹호같이 달려드는 기훤의 칼날이 양길의 몸에 닿는 듯 닿는 듯하였으나, 양길은 날래게 그것을 피하였다. 마치 양길은,

‘어디 네 칼이 내 몸에 닿나 보자. 그래야 너만 곯을걸.’

하는 듯하였다.

이 모양으로 양길이 기훤의 칼 밑으로 쏙쏙 빠지어 달아날 때마다 기훤은 더욱 화를 내어 빠르게 양길을 엄습하였다. 그러나 기훤이 아무리 빠르게 엄습을 하여도 양길은 그만치 빠르게 몸을 피하였다. 두 말은 두 장수를 등에 싣고 가로세로, 쫓으락 쫓기락 네 굽을 모아 뛰었다. 보고 있는 양편 군사들은 두 주먹에 찬 땀을 한 줌씩 쥐고 숨소리도 없이 서 있다.

어젯밤을 뜬눈으로 새우고 오늘 슬픈 일을 많이 당한 기훤은 점점 피곤함을 깨달았다. 기훤이 쓰는 칼이 점점 방향을 그르치게 될 때에 기훤은 스스로 놀라서 정신을 차리려 하였다. 이 눈치를 본 양길은 더욱 말을 멀리로 달려 기훤을 괴롭게만 하였다.

“요놈, 이번에도!”

하고 기훤은 양길의 뒷덜미를 향하고 힘껏 칼을 내리치었다. 기훤의 칼이 양길의 목에 내리닿는 서슬에 양길의 목덜미에서는 두 줄 번개가 번적

하며 딱 소리와 함께 눈이 부시는 불꽃이 날았다. 모든 군사들은 "악" 하고 소리를 질렀다. 그러나 양길은 어느 틈에 빠지어나와 기훤의 등 뒤로 돌았다. 양길의 칼이 목덜미에 내려오는 기훤의 칼을 마주치어 물리친 것이다. 기훤은 양길의 재주와 힘에 놀라 맘에 겁이 생길 때에 눈앞이 아뜩하였다.

양길은 말을 달려 수십 보를 물러나가서,

"항복하라!"

하고 태연히 기훤을 향하고 웃었다.

'항복하라' 하는 말도 분하거니와, 양길의 태연하게 웃는 태도가 더욱 기훤의 분통에 불을 질렀다.

기훤도 잠시 말을 세우고,

"요놈! 좀도적놈! 겁이 나거든 항복하라. 이번에는 바로 네 살멱을 끊으리라."

하고 소리 높이 껄껄 웃었다. 웃을 때에 기훤의 너슬너슬한 수염이 움직이고, 움쑥 들어간 눈에서는 불빛이 났다. 한바탕 웃고 나니 기훤은 새 기운이 남을 깨닫고 이번에야말로 대번에 조마구만 한 양길을 칼끝에 반짝 꿰어 들 듯하였다.

"내 너를 어여삐 여겨 살 길을 주었는데 고마운 줄을 모르고 대드니 진실로 어리석은 놈이로다. 그럴진대 네 내 칼의 드는 맛을 보라."

하고 이번에는 양길이 먼저 기훤을 엄습하였다.

이번에는 양길은 기훤의 칼을 피하려 하지 아니하고 도리어 기훤을 엄습하였다. 양길은 마치 몸에 날개가 있어 나는 듯이 기훤을 싸고돌아 보이는 것이 오직 양길뿐이요, 기훤은 간 곳이 없는 듯하였다. 기훤은 자기가 양길의 칼빛에 싸인 것을 볼 때에 무서움과 분함으로 온몸에 터럭이 모두 일어났다. 그래서 있는 힘을 다하여 눈앞에 양길의 그림자가 번뜻할 틈을 타서 칼을 치었으나, 그 칼날은 오직 바람을 벨 뿐이었다. '이번에야' 하고 이러하기를 몇 번 하였건마는, 양길의 몸은 마치 바람으로 된 듯하여 기훤의 칼날을 받지 아니하였다.

기훤은 더욱 맘이 초조하여 함부로 칼을 두르고 좌충우돌하였다. 가끔 칼과 칼이 마주치어서 번적 불꽃을 날리고는 딱 하고 벼락 치는 소리가 난다. 그러할 때마다 두 편 군사는 손에 땀을 부쩍부쩍 쥔다.

마침내 기훤은 자기의 팔과 칼이 자기의 말을 듣지 아니함을 깨닫고 도망할 틈을 찾았다. 그러나 사방이 모두 양길의 칼빛이요, 몸 하나 빠지어 달아날 틈이 없었다. 기훤은 마지막으로 힘과 정신을 모아 눈을 딱 부릅뜨고 양길의 모양이 앞에 번뜻하기를 기다렸다. 첫 번은 그대로 놓치고, 둘째 번도 그대로 놓치고, 셋째 번에 기훤은 머리 위에 높이 들었던 칼로 눈앞에 번쩍 지나가는 양길을 치었다. 그러나 칼은 이번에도 바람을 찍고, 양길의 껄껄 웃는 소리와 함께 기훤의 옆구리에 선뜻하는 감각이 일더니 기훤은 정신이 아뜩하여 말에서 떨어지고 빈 말만 제멋대로 몇 바퀴를 뛰어 돌다가 슬슬 저편으로 꼬리를 치고 걸어간다.

기훤이 말에서 떨어지는 것을 보고 기훤의 군사는 활과 창과 칼을 집어 던지고 달아나버리고, 양길의 군사는 그것을 따르지도 아니하였다.

기훤이 땅에 떨어지어 일어나지 못하는 것을 보고 양길도 말에서 내려 기훤의 곁으로 가까이 걸어갔다. 기훤은 가까스로 몸을 일으켜 앉더니 앞에 서 있는 양길을 보고,

"양길아, 네 재주가 용하다. 내가 오늘 싸워 네게 졌다."

하고 고개를 숙이고는 입으로 피를 뿜으며 칼을 내어던지고 다시 쓰러진다.

양길도 칼을 칼집에 도로 꽂고,

"모두 다 한바탕 꿈일세. 자네가 진 것도 꿈이요, 내가 이긴 것도 꿈일세. 이제부터 백 년 후면 자네나 내나 모두 한 줌 흙이 아닌가. 허허허."

하고 웃는다.

기훤의 맘속에는 돌냇집과 어린것들과 또 자기를 배반하고 달아난 원회, 신훤의 모양이 보이어 슬픔과 분함이 북받치어 올랐으나, 양길이 웃는 것을 보고 자기도 덩달아 껄껄 웃었다. 한바탕 웃고 나서,

"양길이, 내 목숨을 자네에게 주고 가니 오래 살다 오소. 저승에서 또 만나세."

하고 눈을 감아버렸다.

양길은 기훤의 손을 잡아끌며,

"여보게, 이 사람."

하고 불렀으나 대답이 없었다.

사랑과 원수

궁예는 번적 눈을 떠서 돌아보았다. 어딘지 모르는 방이다. 사 칸 넓이나 되는 크고 넓은 방인데 사벽에는 그림과 수와 글씨를 붙이었다.

'이게 어디란 말인가?'

하고 궁예는 눈을 껌벅껌벅하고 생각하여보았다. 왼편 다리가 쑤신다. 궁예는 양길과의 싸움에 자기가 말에서 떨어지던 생각은 나나 그밖에는

아무 생각도 아니 난다.

궁예는 번적 고개를 들어 자기의 베개맡에 웬 젊은 처녀가 앉은 것을 보았으나, 머리가 아찔하고 핑핑 내어둘러서 베개 위에 머리를 놓았다. 궁예의 눈에는 그 젊은 여자의 얼굴이 보인다.

'어찌 된 셈인가. 내가 죽었나.'

하고 생각하여보았다. 다리가 쑤신다. 다시 고개를 들어 머리맡에 앉은 여자를 보려 하였으나 고개가 들어지지를 아니하였다.

머리맡에서 여자의 옷이 부스럭거리는 소리가 나더니,

"물 잡수세요?"

하고 묻는 소리가 들린다. 그것이 먼 데서 오는 소리와 같았다.

물이란 말에 궁예는 갑자기 목이 마른 듯하기도 하고, 또 그 어여쁜 말에 대답을 아니 하면 아니 될 것도 같아서,

"응."

하고 앓는 소리로 대답을 하였다. 그러나 눈은 떠지지 아니하였다.

"자요."

하고 숟가락이 입에 닿았다. 궁예는 입을 벌렸다. 그 처녀는 숟가락을 기울여 물을 흘려 넣었다. 물맛이 달고 속이 트이는 듯하였다. 처녀는 궁예가 입을 벌리는 대로 물을 떠먹였다. 여남은 숟가락이나 받아먹은 뒤에 궁예는 입을 다물고 고개를 흔들었다. 처녀는 숟가락에 떴던 물을 도로 그릇에 붓고, 숟가락을 그릇 위에 놓는 소리가 들렸다. 그러고는 자기의 얼굴을 궁예의 얼굴 가까이 갖다 대고,

"미음 드려요?"

하고 묻는다.

궁예는 깊이 생각도 아니 해보고 고개를 도리도리 흔들었다.

처녀는 이윽히 궁예의 얼굴을 들여다보더니 궁예의 이마에 더부룩이 내려와 덮인 머리카락을 손으로 끌어올리며,

"정신이 드셔요?"

하고 묻는다.

궁예는,

'대체 여기는 어디며, 이렇게 내 곁에 앉아 구원해주는 처녀는 누구인고?'

하고 의심하면서 정신이 들었다는 표로 고개를 끄덕끄덕하였다.

"아이고, 사흘 만에. 아이고, 사흘 만에."

하고 처녀는 기쁜 듯이 소리를 질렀다.

'사흘 만에'라는 말에 궁예는 또 의심이 났다. 그러면 자기가 말에서 떨어지어서 정신을 잃었다가 사흘 만에 피어난 셈인가. 그렇게 생각하는 동안에 그날 자기가 말에서 떨어지어서 아픈 다리를 끌고 혼자 싸우던 생각과 그러다가 다시 거꾸러진 생각과 무엇이 머리를 딱 때리던 생각이 난다. 그러면 어찌하여 양길이 자기의 목을 자르지 아니하였을까. 대관절 이 처녀는 어떤 처녀일까. 궁예는 양길의 딸에 절세미인이 있단 말을 들은 것을 생각하였다. 그러면 이것이 양길의 딸인가. 그럴 수가 있을까.

냉수를 먹은 것이 효험이 나서 궁예는 점점 정신이 쇄락하여짐을 깨달았다. 마침내 궁예는 다시 눈을 떠서 처녀가 자기의 얼굴을 들여다봄을 볼 때에 자기의 눈이 하나밖에 없는 것이 부끄러워서 다시 감아버렸다. 자기의 애꾸눈으로 그 달 같고 꽃 같은 처녀의 얼굴을 보는 것이 마땅치 못한 것 같았다. 그러할 때에 어머니의 일과 어머니를 모해하여 죽게 한

원수가 다시 생각되어 "응" 하고 얼굴을 찡그렸다.

'이 원수를!' 하고 궁예는 전신에 힘을 주고, "응" 소리를 내며 이를 갈았다.

처녀는 궁예가 얼굴을 찡기고 이를 가는 것을 보고 무서워서 뒤로 물러 앉았다. 정신 못 차리고 누웠을 때에는 그렇게도 정답던 얼굴이 한번 찡길 때에는 지옥의 사자 모양으로 무서운 모양이 되는 것을 보고 처녀는 떨었다. 또 궁예가 애꾸란 말은 들은 지도 오래지마는, 당장에 한 눈만 번적 뜨는 것을 볼 때에는 정이 떨어지었다. 처녀는 궁예의 머리맡에서 이만큼 물러앉아서 한숨을 지었다.

그 한숨 소리를 궁예가 들었다. 그 한숨 소리가 들릴 때에 궁예는 전신이 녹아버린 듯이 하염없음을 깨달았다. 자기의 몸은 보이지 않는 줄로 꽁꽁 결박을 지어 그 끝을 저 처녀가 들고 앉아서 맘대로 당기었다 늦추었다 하는 듯하였다. 다리가 쑤시고 머리가 가끔 핑핑 내어두르나, 곁에 그 처녀가 있는 것을 생각하면 그것이 다 잊어버려지고 몸이 편안히 공중에 둥둥 뜨는 것 같다. 궁예는 일생에 처음 맛보는 기쁨을 깨닫고 무심코 빙그레 웃었다. 그리고 눈은 감은 채로 팔을 내밀어 그 처녀더러 가까이 오라는 뜻을 보였다.

처녀는 궁예의 볕에 그을고 힘줄 덕근 팔과 한번 쥐면 바윗돌이라도 으스러질 듯한 손을 보았다. 그리고 그 힘 있는 궁예의 손과 팔은 자기를 가벼운 새털 모양으로 고이고이 들고 헌거롭게 극락세계 상상층 도솔천까지 데리고 갈 듯하였다. 처녀는 자기의 조그마하고 하얀 손을 궁예의 손바닥에 가볍게 올려놓았다. 궁예의 손가락은 벌벌 떨리며 줄어들어 그 하얗고 조그마한 손을 꼭 쥐고 잡아끌었다. 처녀는 두 뺨에서 불길이 나도록 얼굴을 붉히고 무르팍걸음으로 궁예의 곁으로 끌렸다. 궁예의 손은 불덩어리와 같이 더워 조그마한 처녀의 손은 금시에 녹아버릴 듯싶고, 손이 녹는 것을 따라 가냘픈 몸도 힘 있는 뜨거운 궁예의 팔뚝 속으로 스르르 녹아들어갈 것 같았다.

궁예는 다시 눈을 떠서 눈이 부신 듯이 그 처녀를 보며,

"아가씨는 누구요?"

하고 물었다.

"내 이름은 난영(蘭英) 아기. 아버지는 북원장군 양길 대감."

하고 처녀는 고개를 숙였다. 난영은 이상하게 머리카락 끝까지 맥이 펄떡펄떡 뜀을 깨달았다.

양길의 딸이란 말에 궁예는 난영의 손목을 놓았다. 양길이란 말을 들으면 패전의 수치와 분노가 한꺼번에 북받치어 오르는 까닭이다. 그러나 난영의 손을 놓으면 자기는 공중에서 매달렸던 줄을 놓치고 허공으로 둥실둥실 떨어지는 듯하였다.

난영은 궁예의 얼굴에 괴로운 빛이 떠도는 것을 보고 자기도 맘이 괴로웠다.

"아버지는 원수기로 나까지 원수는 아닐 것을……."

하고 난영은 혼잣말로 중얼거렸다.

"아버지의 원수면 자식에게도 원수."

하고 궁예도 중얼거렸다.

"원수는 원수 풀면 그만이거니와, 사랑은 사랑. 풀어도 안 풀리는 사랑."

하고 난영이 한숨을 쉰다.

아버지 양길이 죽주(댓골)로 군사를 거느리고 간 뒤에 난영은 아버지를 근심하여 밤에도 잠을 이루지 못하였다. 며칠 동안 잠을 못 자고 애를 쓰던 끝에 하룻밤에는 옷도 입은 채로 잠깐 누워 잠이 들었더니, 난영이 평소에 믿고 귀의하던 미륵님이 꿈에 나타나 이러한 분부를 하였다.

"내일은 눈 하나를 다친 미리(龍)가 이리로 올 터이니 이는 너의 일생의 배필이라. 반드시 네 몸이 귀히 될 것이니 정성으로 섬겨라."

나이 열여덟이 되어 아침 이슬 떨치는 꽃송이 같은 난영은 생각지 아니하려 하여도 남편을 생각하던 차에 이 꿈을 얻고 가슴을 두근거리며 날이 맞도록 이 꿈이 맞기를 기다렸다.

그날 밤이 깊고 달이 기울어진 때에 북소리 요란하게 들리며 승전하였다는 기별을 가진 군사들이 의기양양하게 북원으로 몰려들어왔다. 장군 영문에는 수없는 촛불과 횃불이 켜지고, 승전한 소식을 들은 군사들은 터지어라 하고 북을 치고 쇠북을 울리고, 주라와 소라와 피리를 불고 뛰놀았다.

이때에 난영은 그 어머니와 함께 발을 드리우고 바라보고 있을 때, 얼마 아니 하여 군사들이 어떤 사람 하나를 맞들어 메어 담아 지고 들어와 횃불 곁에 놓고,

기훤을 죽이고
궁예를 잡았네.
비호 같은 궁예도
내 철퇴에 잡혔네.

하고 창 자루로 땅바닥을 두드리며 춤을 춘다.

'애꾸 장군 궁예'란 말을 들은 지 오랜 난영은 얼른 어젯밤 꿈을 생각하고,

"글쎄, 내 꿈이 안 맞을 리가 있나."

하고 어머니가 붙드는 것도 듣지 아니하고 발을 들고 군사들이 모여 뛰는 마당으로 뛰어 내려갔다.

군사들은 장군의 딸아기가 나오는 것을 보고, "쉬! 쉬!" 하고 물러서서 길을 열었다. 양길의 군사 중에 어느 누가 난영을 사모하지 아니할까. 이름 없는 군졸들은 달 속에 계수 가지라 감히 꺾을 생각은 못 한다 하더라도 닷새에 한 번, 열흘에 한 번 난영의 아름다운 모양을 바라보는 것만으로도 배가 불렀고, 하늘에서 떨어진 저 꽃송이가 장차 누구의 품에 들어갈꼬 하고 젊은 장수들은 저마다 고운 꿈을 꾸고 있었다.

난영은 가벼운 깁소매를 날리며 사뿐사뿐 군사들의 앞을 걸어 지나 궁예의 곁으로 와서 고개를 숙여 궁예의 얼굴을 보았다. 그물그물하는 횃불 빛에 얼굴이 분명히 보이지 아니하므로,

"불, 촛불!"

하고 난영은 누구를 부르는지 모르게 손을 넌짓 들었다. 군사들은 저마다 촛불을 얻어가지고 '나도, 나도' 하고 난영의 곁으로 와서 촛불을 내어밀었다. 난영은 그중에서 하나를 받아가지고 궁예의 얼굴을 비춰 보았다. 비록 볕에 그을어 검붉은빛이 날지언정 웅장한 골격과 기상이 난영의 맘을 어지럽게 하였다. 난영은 손을 궁예의 코앞에 대어 숨결이 있는 것을 본 뒤에,

"물! 물!"

하고 또 한 손을 넌짓 들었다. 군사들은 촛불을 내어던지고 달아나 물그 릇을 들고 왔다. 난영은 곁에 섰는 군사들에게 들었던 촛불을 주고, 그중 에서 물그릇 하나를 받아 옥 같은 손가락으로 궁예의 입술을 벌리고 물을 흘려 넣었다. 궁예는 눈도 못 뜨고 정신도 못 차리거니와 목마른 듯이 물 을 삼켰다. 난영은 부드러운 한삼 소매로 궁예의 입과 뺨을 씻고 일어나며,

"수족의 결박을 끄르고 별당으로 모시오."

하였다.

난영의 말에 곁에 섰던 군사들이 궁예의 결박을 끄르려 할 때에 한 군 사가 내달으며,

"어이 아가씨, 큰일납니다. 만일 수족을 끌렀다가 이놈이 정신만 드는 날이면 우리 북원이 쑥밭이 될 것이오. 그러하옵기로 장군마마께옵서도 꼭꼭 묶어서 가두어두되 쥐 샐 틈 없이 엄중히 파수하라 하시었사옵니다." 하고 두 팔을 벌려 궁예의 곁으로 모여드는 군사를 물리친다.

난영은 일변 놀라며 일변 맘에 흡족하여 빙그레 웃으며,

"못난 소리 마오. 아모리 궁예가 날래기로 혼자서 무슨 일을 하리." 한즉 그 군사는 눈을 크게 뜨고 손을 내어두르며,

"혼자도 유만부동이옵지요. 어제 싸움에도 궁예 혼자서 우리 군사를 오백 명은 죽였사옵고, 알맞추 장군 대감께서 활로 이놈의 말을 맞히었 기에 망정이지 그러지 아니하였더면 소인네도 하나 목숨 부지 못 하고 이 놈의 손에 모가지가 날아가고 말았을 것입니다. 안 그런가?" 하고 동무들을 바라본다.

"그러하옵니다. 이놈은 나는 놈이니 꽁꽁 동여서 저 옥 속에 쇠사슬로 잡아매어 두는 것이 지당하오이다."

하고 다른 군사들도 첫 군사의 말을 돕는다.

"겁도 많으이. 후사는 내가 담당할 터이니 어서 내 말대로 하오."

이리하여 궁예의 결박을 끄르고 별당으로 옮긴 후에 난영이 몸소 밤을 새워 병구원을 한 것이다.

어머니의 걱정도 들었으나 그래도 굽히지 아니하고 난영은 자기의 몸종 월향과 함께 번갈아 자며 깨며 이틀 밤 이틀 낮을 구원을 하던 끝에 지금 궁예가 눈을 뜨고 정신을 차린 것이다. 궁예가 비록 자기가 양길의 딸이란 말을 듣고 잡았던 손을 놓아버렸으나, 난영은 반드시 궁예를 제 것을 만들리라고 결심하였다.

궁예는 이윽히 말없이 누웠더니,

"내가 어찌하여 여기 왔소?"

하고 다시 말을 시작한다.

난영은 전후시말을 대강 말하였다. 그러나 아버지가 궁예를 옥에 가두라던 말은 아니 하고, 잘 병을 구원하여 속히 낫게 하라고 분부하였다는 뜻으로 말하였다. 그러한 끝에,

"나는 기어코 장군을 살려내리라고 맹세를 하였소. 내가 이렇게 정성으로 비는 말을 미륵님이 안 들으실 리가 없다고 믿었소."

한다.

미륵이란 말에 궁예는 놀랐다. 그러나 궁예는 아무 말도 하지 아니하였다.

한 달이나 지나서 궁예는 병석에서 일어나게 되었다.

"좀 일어나볼까?"

하고 궁예가 몸을 움지럭거리는 것을 보고 난영은 월향을 불러들여서 궁

예를 붙들어 일으켰다. 이리하기를 며칠 하는 동안에 궁예는 혼자 일어나 방 안에서 거닐게 되고, 또 며칠 후에는 마당에서도 거닐게 되고, 첫눈이 펄펄 날릴 때쯤 하여서는 강가를 혼자 거닐게도 되었다. 그러나 상한 다리가 아픈 것은 좀처럼 가시지 아니하여 조금씩 살룩살룩 저는 사람이 되어버렸다. 궁예는 다리 하나가 병신이 된 것이 분하여 혼자 여러 번 탄식을 하였다.

양길은 가끔 궁예의 병석에 찾아와서 궁예를 위로하고 궁예를 공경하는 뜻을 보이며, 지금 천하가 어지러워 창생이 도탄에 들었으니 힘을 합하여 각처에 날뛰는 도적을 진정하고 나라와 백성을 태평하게 하자는 뜻을 말하였다. 궁예도 양길의 정성에 움직이지 아니할 수 없었다. 더구나 양길이 기훤을 후히 장사하고 기훤의 처첩과 자녀를 데려다가 후히 대접하여 양육하는 것을 볼 때에 양길의 덕을 사모하지 아니할 수 없었다. 다만 궁예가 보기에 양길은 너무 지혜가 많아서 겉으로 꾸미는 것이 많고 속으로 믿음성이 적은 것이 흠인 듯하였다.

궁예는 말을 달리게 되고 활과 칼을 쓰게 되리만큼 몸이 추서게 되매 혼자 여러 가지로 싸웠다. 잠시 양길의 밑에 있어서 때를 기다릴까, 또는 양길을 버리고 떠나서 새로 한판을 차릴까. 그러나 아직 그렇게 이름도 높지 못한 자기로, 겸하여 패군지장으로 이제 별안간에 무슨 큰일을 할 것 같지도 아니할뿐더러, 양길의 은혜도 저버리기가 어렵고 또 난영의 정도 물리치기가 어려웠다. 그래서 궁예는 괴로운 중에 하루 이틀 세월을 보내고 있었다.

궁예가 병이 완쾌한 후에는 맘대로 난영을 만날 수도 없고, 또 기별을 들을 수도 없었다. 궁예는 겉으로는 난영의 정을 물리치는 듯이 보이면서도 속맘은 온통 난영의 아름다운 자태로 쏠렸다. 삼십 년 동안 숨겨두었던 정의 불길이 한번 난영으로 하여 타기 시작한 뒤로는 궁예의 힘으로도 누를 수가 없었다. 달이 넘도록 난영을 볼 수도 없고 소식도 들을 수 없으매 궁예의 맘은 심히 초조하였다. 말을 달릴 생각도 없고 활을 쏠 생각도 없고, 오직 혼자 가만히 앉아서 난영이 자기 병구원하던 생각을 할 뿐이었다.

이리하여 군사를 조련할 때나 활쏘기, 말달리기를 할 때나 사냥을 갈 때에도, 궁예는 언제나 어깨를 축 처뜨리고 기운을 발하지 아니하였다. 그래서 군사들은 궁예가 철퇴로 머리를 맞은 뒤에는 옛날 기운이 다 없어졌다고 수군거리고 비웃는 이조차 있었고, 양길도 궁예에 대하여 점점 실망하는 빛을 보이게 되었다.

양길도 처음에는 궁예를 크게 믿어, 궁예만 내 사람이 되면 큰 힘을 얻을 듯이 생각하여 장차는 딸 난영을 궁예에게 주려고까지 생각하였으나, 병이 나은 지 오래도록 아무것도 하는 일이 없는 것을 볼 때에 맘에 심히 불만하여 누구든지 이번 싸움에 공을 이루는 자에게 난영을 줄 뜻을 보이게 되었다.

하루는 궁예가 홀로 방에 앉아 밤이 깊도록 잠을 이루지 못하고 난영의 모양만 생각하고 있을 때에 난영의 시비(侍婢) 월향이 무슨 보퉁이 하나를 들어다가 궁예의 앞에 던지고 간다. 궁예는 곧 문을 열고 월향을 불렀으나, 월향은 벌써 간 곳이 없었다.

하릴없이 궁예는 방에 들어와 그 보퉁이를 끌렀다. 그 속에는 솜옷 한 벌이 있다. 궁예가 반가워 그 옷을 입으려 할 때에 옷 갈피에서 편지 하나가 떨어진다. 궁예는 옷을 입다 말고 그 편지를 떼어 보았다.

이 옷을 입고 가시기를 바라나이다. 듣사온즉 족하(足下)는 본디 중이라 하오니 다시 절로 돌아가 목탁이나 두드리심이 합당하겠사오며, 첩이 족하를 한 영웅으로 잘못 안 것을 부끄러워하나이다.

하고 편지 끝에는 이름조차 쓰지를 아니하였다. 이것은 분명히 난영이 자기를 욕보이는 표다.

궁예는 그 편지를 손에 꾸겨 쥐고 몸을 떨었다. 지금까지 몸속에서 졸고 있던 분기와 힘이 한꺼번에 깨어나는 듯하여 궁예는 벌떡 일어나 갑옷을 입고 투구를 쓰고, 벽에 걸린 활과 칼을 떼어가지고 문을 박차고 밖으로 나갔다. 산과 들에는 흰 눈이 쌓이고 반쪽 찬 달이 서쪽 하늘에 걸렸다.

'응! 내 행색이 무엇인고? 어머니의 원수도 잊고 창생을 건지자는 큰 뜻도 잊고 일개 아녀자에 연연하여. 응! 내 행색이 무엇인고?'
하고 궁예는 자는 말을 끌어내어 손수 안장을 지었다. 말은 상쾌한 듯이 안개 같은 김을 코로 토하고 전신을 푸르륵 떨었다.

궁예는 손을 들어 말의 목을 만지며,
"가자! 천하를 진정하는 길을 떠나자."
한즉 말도 주인의 뜻을 아는 듯이 고개를 번적 들고 앞발로 땅을 두어 번 굴렀다.

궁예는 몸을 날려 번적 말에 올라 한 번 고삐를 당기니, 말은 눈 덮인 길을 밟아 북원 동문을 향하고 닫기를 시작하였다.

그러나 잊히지 못하는 것은 난영이다. 잊으려 하면 할수록 난영의 모양은 말머리 앞에 번뜻거렸다. 궁예는 잠깐 말을 세우고 뒤를 돌아보았다. 장군마을(將軍府)은 다른 백성들의 집보다 뛰어나게 높은데, 빨간 등불이 반작반작하는 양이 보였다. 궁예는 그 속에 난영이 잠을 못 이루고 앉아 있는 양이 보이는 듯하여 애끊는 듯하였으나, 궁예는 머리를 흔들어 그런 연약한 생각을 떼어버리고 다시 말을 몰았다.

궁예는 동문 지키는 군사를 달래어 문을 열게 하고, 동문을 나서서 달을 등에 지고 필마단기(匹馬單騎)로 동으로 동으로 말을 달렸다.

이때에 치악산 석남사(石南寺)에는 수백 명 중이 모여 낮에는 경을 읽는다 칭하고 밤이면 군사 조련을 하고 있었다. 궁예의 말이 마침 치악산 앞을 지날 때에 어떤 노승 하나가 궁예의 말 앞에 합장하며,

"궁예 장군이 아니시니이까?"

하고 절하고 궁예를 인도하여 석남사로 들어가게 하였다. 석남사에 모여 있던 중들은 궁예라는 말을 듣고 모두 내려와 절하며 그날부터 궁예의 군사가 되기를 청하였다.

이튿날 아침에야 양길은 궁예가 달아난 줄을 알았다. 양길은 견훤(甄萱)이란 자가 무진주(武珍州)에서 도독을 죽이고 왕이 되었다는 말을 듣고 웅심(雄心)이 발발하여 자기도 곧 군사를 몰아 서울의 동쪽과 한수(漢水) 이북을 손에 넣어 큰 뜻을 펼 생각을 하고, 이날에 궁예를 불러 대사를 의론하려 하였던 것이다. 그러나 궁예를 부르러 갔던 사자가 궁예는 없고 솜옷 한 벌과 여자의 편지 한 장만 있더라 하여 가져온 것을 보고 양길은 놀랐다. 역시 궁예는 범상한 사람이 아니라 그윽이 큰 뜻을 품은 사람인 줄을 깨달을 때에, 자기가 근일에 궁예를 냉대한 것을 후회하였다.

양길은 일변 사람을 놓아 궁예가 간 곳을 수탐하라 하고, 곧 안으로 들어가 난영을 불러 궁예의 방에 있던 의복과 편지를 주었다. 양길은 그것이 난영의 소위인 줄은 안 까닭이다.

난영은 꼬깃꼬깃한 편지와 의복을 보고 놀라는 눈으로 아버지를 우러러보며,

"궁예가 어찌 되었어요?"

하고 물었다.

"어디로 달아나버렸다."

난영은 그러한 편지는 쓰면서도 궁예가 달아나버렸단 말에 손에 들었던 편지를 떨어뜨렸다. 난영은 다만 궁예가 새 기운을 내어 공을 이루기를 바란 것이요, 이렇게 달아나버리기를 바란 것은 아니었다. 난영은 아버지의 앞에 있는 것도 잊어버리고,

"어쩌면 나를 두고 간담."

하고 눈물을 씻었다.

이때에 한 군사가 들어와 양길에게, 궁예가 어젯밤 깊은 뒤에 필마단기로 동문으로 나가더란 말을 아뢰었다.

양길은 우는 딸을 버리고 곧 마을로 나와 말 잘 타는 군사를 뽑아 동문 밖으로 궁예의 자취를 따르라고 영을 내리고, 일변 수십 명 장수를 불러 행군할 차비를 하기를 명하였다.

오천 명 군사가 행군 차비를 하느라고 북원 성내는 물 끓듯 하고, 어디서 무슨 큰 변이 났는가 하여 백성들은 눈이 둥글하였다. 수없는 수레는 무거운 짐을 싣고 삐걱삐걱 소리를 내며 눈 덮인 가상(街上)으로 분주히 왕래하고, 수천 군마는 마구에서 끌려나와 북두를 조르며 기운차게 소리를 지른다.

"이번 길에는 서울을 들이친다."

하고 군졸들은 구석구석이 모여 정들었던 사람들과 함께 술을 마시며 장

담을 하고, 울고 매어달리는 아내와 아들딸을 곧 승전하고 돌아온다는 말로 위로하며 머뭇거리는 이도 있었다.

궁예가 다른 사람의 손에 들어가는 날이면 큰일이다. 아무리 하여서라도 궁예를 붙들어 오지 아니하면 안 될 것이요, 만일 붙들어 오지를 못하면 죽여라도 버려야 할 것이다. 궁예를 따르는 군사는 쌍쌍이 말을 달려 동문 밖을 내달았다.

궁예가 석남사에 있단 말을 듣고 양길이 몸소 마병 일천과 보병 일천을 거느리고 석남사로 나가 궁예를 위로한 후에, 궁예로 동령도총관(東嶺道 總管)을 삼아 동해 여러 고을을 엄습하게 하고, 자기는 남은 군사를 거느리고 영서(嶺西) 여러 고을을 엄습하여 서울에서 같이 만나기로 하였다.

궁예는 처음에 양길이 주는 벼슬과 군사를 굳이 사양하였으나 마침내 그 호의에 감격하여 허락하고, 크게 잔치를 베풀어 모든 군사를 먹이고, 일변 이백여 명 중으로 하여금 종과 북을 울려 이르는 곳마다 승전하기를 비는 재를 올리게 하였다. 이날에 치악산은 종소리와 북소리와 군사들의 떠드는 소리로 떠나갈 듯하였고, 날이 저물매 양길은 궁예와 작별하고 크게 공을 이루기를 빌며 북원으로 돌아왔다.

양길이 돌아간 뒤에 궁예는 모든 군사를 불러 삼백 명을 한 대씩 일곱 대에 나누어 대마다 사상(舍上)을 두고 사상 밑에 또 여러 벼슬을 두어 규율을 엄숙하게 하기를 명하고, 사처에 돌아와 앞날에 싸울 계책을 생각하였다.

밤이 깊으니 이천 병마도 잠이 들어 법당 추녀에 달린 풍경 소리만 뎅경뎅경하는데, 궁예는 손아래 있는 이천 병마와 장쾌한 앞날의 싸움을 생각할 때에 혼자 득의의 웃음을 아니 웃을 수 없었다. 여기서 서울이 사백 리, 주천(酒泉), 내성(奈城), 울오(蔚烏), 어진(御珍)을 폭풍같이 내리밀어 정기 당당하게 서울로 대군을 들이몰아 일변 평생 원수를 풀고, 일변 대장부의 공명을 세울 것을 생각하면 잠이 들지를 아니하였다. 궁예는 반쯤 눈을 감고 혼자 고개를 끄덕끄덕하여 취한 듯이 환하게 툭 터진 자기의 앞날을 바라보았다.

이때에 문밖에서,

"총관께 아뢰오, 총관께 아뢰오."

하는 소리가 들린다.

궁예는 꿈에서 깬 사람 모양으로 영창을 열고 내다보며,

"누구냐?"

하였다. 거기는 창 든 군사 하나가 섰다.

"젓사오되 문에서 파수를 보옵는데, 어떤 젊은 선비 두 사람이 북원서 왔다 하옵고, 총관께 시급히 아뢸 말씀이 있다고 하옵니다."

"젊은 호반(虎班) 두 사람?"

하고 궁예는 고개를 기울이며,

"그래, 무슨 일이라더냐?"

"무슨 일은 말하지 아니하옵고 총관께 뵈오면 자연 아신다 하옵니다."

궁예는,

"이리로 들어오라 하라."

하고 군사를 물리고 시원한 찬바람에 머리를 식히며 고루(鼓樓)를 바라보았다.

이윽고 네 그림자가 고루 밑으로서 나와 점점 가까이 궁예의 계하에 와

194

서 고개를 숙여 예를 하고 선다. 가운데는 두 선비가 서고 창 든 군사들이 좌우에 옹위하였다.

"어떤 선비건대, 이 아닌 밤중에 무슨 일로 왔소?"

하고 궁예는 불빛에 비추인 두 선비의 얼굴을 유심히 보았으나, 수건이 이마와 두 볼을 가리었으니 오직 반작반작하는 네 눈이 보일 뿐이다.

"좌우를 물리시오면 사뢰올 말씀이 있습니다."

하고 한 선비가 엄연한 음성으로 말한다.

궁예는 두 군사에게 물러가라 하고 명하였다. 두 군사의 그림자가 고루 밑으로 스러질 때에 두 선비는 손을 들어 이마와 뺨을 가린 수건을 벗었다. 그들은 난영과 월향이었다. 궁예는 눈을 의심하고 다시금 보았으나 그들은 분명한 난영과 월향이다.

궁예는 일변 반갑기도 하고 일변 놀랍기도 하여 마루에 뛰어나와 난영의 손을 끌어올렸다. 남복(男服)을 하니 말쑥한 젊은 선비다.

궁예도 앉고 두 사람도 앉은 뒤에 궁예는 아직도 놀라는 빛을 가지고,

"웬일이오? 어찌하여 왔소?"

하고 물었다.

"어디를 가시든지 따라가려고 왔소."

하고 난영은 얼굴을 붉혔다.

궁예는 더욱 놀라며,

"여자의 몸으로 전장에를 어떻게 따라가오?"

"이렇게 남복하고 따르지요! 이런 난세에 한번 떠나면 어디서 만날 것을 기약하오? 아버지도 내일은 군사를 거느리고 전장으로 나간다 하시니 집에는 누구를 믿고 있소?"

한다.

이튿날 평명에 궁예의 군사는 주천을 향하고 떠났다. 석남사의 쇠북은 은은히 울려서 그칠 줄을 모르고, 아침 햇빛은 이천 명 군사의 기치와 창검을 비추어 오색빛을 발하였다.

동구 밖 북원 가는 길이 갈리는 곳에서 점점 멀어가는 궁예를 바라보고 말 위에서 울고 있는 두 사람이 있다. 그것은 난영과 월향이다.

난영은 마침내 북원에 떨어져 있기로 하였다. 소매에 매어달려 우는 난영을 뿌리치기는 궁예에게도 어려운 일이었으나, 궁예는 큰일을 위하여 애끊는 정을 아니 누를 수가 없었다.

"사졸과 감고(甘苦)를 같이할 몸으로 그리할 수 없소. 장차 만날 날이 있을 것이니 그때를 기다리오."

하는 궁예의 말에 난영은 더 할 말이 없고 오직 소매로 눈물을 씻으며,

"부디 맘을 변치 마오. 가시는 곳마다 승전하시고 너무 위태한 곳에 들어가지 마오."

할 뿐이었다.

궁예의 군사는 기다란 구렁이 모양으로 하얀 눈길을 굼틀굼틀 감돌아간다. 앞머리가 벌써 고개를 넘더니 점점 고개 너머로 스러지어 마침내 마지막 사람이 스러져버렸다.

"한 번 뒤도 안 돌아보네."

하고 난영이 눈물을 씻을 때에 월향은,

"뒤를 돌아보아서 써요?"

하고 난영을 보고 웃으며,

"영웅의 부인 되실 이가 그렇게 눈물을 흘려서 쓰겠소?"

하고 먼저 말머리를 북원으로 향하고 돌린다.

"이별은 섧고나. 영웅의 아내도 귀찮으니 이별 없는 아내가 되고 싶다."

하고 난영은 한 번 더 눈을 비비어 궁예의 말이 넘어간 고개를 바라보고 월향과 같이 말머리를 돌린다.

"이별이 섧다고들 그럽디다마는 나는 이별할 사람도 없소."

하고 월향은 심화가 나는 듯이 채찍을 들어 말을 갈기니 말은 뛰기를 시작한다.

"애야, 같이 가자."

하고 난영은 말을 빨리 몰 기운도 없었다.

난영과 월향이 이별이 설운 이야기와 인제 큰 싸움이 났으니 장차 어찌 될 것인가를 이야기하면서 말머리를 가지런히 하여 북원 장군마을에 다다랐을 때에는, 벌써 양길은 대군을 거느리고 한물[漢水]을 건너 서쪽으로 떠나버린 때였다.

난영은 이날부터 한편으로는 아버지를 그리고, 한편으로 궁예를 그리는 몸이 되어 억지로 잠이 들어도 꿈길에 방황하는 신세가 되었다. 처음 며칠 동안은 날마다 기별 가진 군사가 달려왔으나, 날이 갈수록, 두 군사가 점점 멀어갈수록 이틀에 한 번 기별이 오게 되고, 눈이나 많이 온 날은 사흘에 한 번, 나흘에 한 번도 기별이 오게 되었다. 기별이 온대야 양길에게서나 궁예에게서나 싸운다는 기별, 이기었다는 기별, 적군을 몇십 명 사로잡았다는 기별뿐이요, 난영에게 보내는 기별은 없었다.

양길이 북원을 떠난 뒤에 흘골(紇骨)이라는 장수가 북원을 지키고 또 양길의 가족을 보호하기로 되었다.

흘골은 본래 헌강왕 때에 서울서 병부사지(兵部舍知)로 있다가 무슨 죄를 짓고 옥에 갇히었다가 옥을 깨뜨리고 도망하여 돌아다니던 사람으로, 양길의 군중(軍中)에서는 가장 벼슬이 높은 사람이다. 자칭 대아찬 태골(太骨)의 아들이라 하나 자세히 그 내력을 아는 이는 없으되, 병법을 잘 알고 또 서울 일을 잘 알므로 양길의 신임을 받아 군사(軍師)라는 벼슬을 가지고 있는 사람이다. 천문도 보고 지리도 안다 하며 앞날의 길흉화복도 알아본다 하여 제갈량같이 양길에게 존중함을 받았다. 그러나 평소에 말이 많지 아니하고 또 나와 다니기를 싫어하여, 군사들 중에도 그의 이름을 모르는 이는 없으되 그의 얼굴을 본 이는 많지 아니하였다. 이번 행군에도 양길은 흘골의 말을 깊이 믿어 그 말대로 하기로 하였고, 궁예에게도 흘골이 시키는 말을 전하였다. 그러나 궁예는 흘골을 즐겨하지 아니하여 항상 그를 흘겨보았고, 흘골도 궁예가 자기를 즐겨 아니 하는 줄을 알므로 아무쪼록 속히 궁예를 먼 곳으로 떠나보내려 하였던 것이다.

궁예의 군사는 숫눈길을 헤치고 산을 넘고 들을 건너 동으로 동으로 나아갔다. 주천 싸움에 한나절이 못 되어 이겨 태수를 사로잡고 관병을 쫓고 옥문을 열어 애매한 죄인들을 놓고, 관고(官庫)를 열어 학정으로 토색한 재물을 흩어 유리개걸(流離丐乞)하는 백성을 안도케 한 뒤로, 백성들은 궁예를 신장군(神將軍)이라고 일컬어 혹은 술을 빚어 오고, 혹은 닭과 돼지를 삶아 오고, 혹은 솜 많이 둔 옷을 지어다 바치고, 궁예가 말을 타고 길거리로 나올 때면 길가에 남녀노소가 합장하고 허리를 굽혔다.

이 모양으로 궁예는 군사를 끌고 가는 곳마다 탐관오리와 관력(官力)에 등을 대고 세민(細民)을 토색하는 토호들을 혹은 쫓고, 혹은 가두고, 혹은 죽이고, 그 자리에는 백성들에게 추존을 받는 사람들을 골라 정사를 하게 하였다.

이 소문을 듣고 동방에 있는 각 고을 태수들은 모두 겁이 나서 불이야 살이야 세간을 싸가지고 서울로 도망을 하려 하였다. 그러나 신장군이 온다는 말에 백성들은 기운을 얻어 일제히 일어나 서울로 길 떠나는 태수들의 앞길을 막고,

"여보, 어디를 가오? 가려거든 토색한 물건일랑 다 내어놓고 가오. 흥, 호락호락 놓아보낼 줄 아오?"

하고 빈정거리고 대들었다. 어떤 태수는 세간짐도 내어버리고, 또 어떤 이는 처자까지도 내어버리고 목숨 하나만 살려고 개구멍으로 빠지어 달아나기도 하고, 어떤 태수는 백성들의 앞에 땅바닥에 꿇어 엎데어 손이 발이 되도록,

"먹은 것은 다 토해놓을 것이니 목숨만 살려주오, 백성님네들."

하고 빌기도 하고, 또 어떤 태수는 추운 겨울날에 빨갛게 옷을 벗기어 눈구덩이에 묻히기도 하고, 또 어떤 이는 백성들이 강으로 끌고 나가 얼음구멍을 끄고 두 발을 거꾸로 잡아 그 구멍으로 넣었다 빼었다 하는 일도 당하다가 겨우 어떤 늙은이의 구원을 받아,

"어허허허, 우후후후."

하고 덜덜 떨면서 누더기 속에 싸여 끌려가기도 하고, 그중에 백성들에게 원망도 가장 많이 받고 또 딱딱거리던 패는 대칼과 대침으로 전신을 찔리어 몸에 있는 피를 다 쏟아놓고 삶은 닭 모양으로 살이 하얗게 되고 팔다리가 비비 꼬여 나둥그러지기도 하였다.

"오, 이놈! 평생이 네 세상인 줄만 알았더냐? 인제는 견디어보아라!"

하고 백성들은 굵다란 새끼 오라기로 북두를 조르고 손에 몽둥이를 들고,

"이놈! 도적놈아, 나오너라!"

하고 고함을 치며 태수 아문(衙門)으로 모여들었다. 백성들이 한번 이렇게 일어나면 태수의 손 밑에 있던 군사들도 백성들에게 향하였던 창과 칼을 거꾸로 들고,

"옳다, 이놈. 아니꼽던 놈들을 다 없애버려라!"

하고 태수와 사상 같은 높은 벼슬 하던 사람들을 향하고 대들었다.

'오늘은 어디 민란이 일었다.'

'어저께는 어디 민요가 일었다.'

하고 궁예의 군사가 앞으로 나오는 대로 이러한 소문이 방방곡곡에 전하였다. 그런 소문을 들을 때마다 백성들은 밥 먹던 숟가락도 다 내어던지고 문밖으로 뛰어나와 팔을 뽐내며,

"옳다, 되었다. 이놈들을 모조리."

하고 마을에서 고을로 달려 들어갔다.

그러다가 어느 고을에 신장군 궁예 총관의 군사가 가까이 오면 그 고을 두민(頭民)들은 십 리, 이십 리 밖에 마주 나와 허리를 굽히고 궁예에게 예물을 드리고,

"민등(民等)이 태수 놈을 쫓았습니다."

하고 보고를 하였다.

이 모양으로 궁예는 북원을 떠난 지 일 개월이 못 하여 주천, 내성, 울오 등 십여 고을을 항복받고 이월 초승에는 어진주(御珍州)를 향하게 되었다. 신장군 궁예의 이름은 아동주졸이라도 모르는 이가 없고, 궁예의 군사가 지나갈 때에는 밤마을의 개도 짖지 아니하였다.

이때에 서울 인심이 얼마나 흉흉하였던 것은 말할 필요도 없었다. 궁

예의 군사가 어진주에만 들어오면 서울의 형세의 위급함도 경각에 달린 것이다. 어진주에서 개머리를 돌아 서울로 온다 하더라도 행군길로 불과 사오 일 길이라, 이월 보름 안으로는 궁예의 군사가 장안을 들이치리라고 물론(物論)이 낭자하였다.

애초에 주천태수 아찬 용길(勇吉)이 요행으로 궁예의 손에서 목숨 하나만 받아가지고 도망하여 서울로 들어온 것은 지금부터 약 한 달 전 섣달그믐날 밤이었다. 용길은 서울에 들어오는 대로 곧 왕께 궁예의 난을 아뢰려 하였으나, 그날 밤 왕은 대야주에서 온 어떤 미남자를 불러들여 처음으로 동방화촉(洞房華燭)의 즐거움을 맞는 날이므로 상대등이나 시중조차 궐내에 들어오기를 허치 아니하기 때문에 못 하고, 오래간만에 집에 들어가 놀라는 가족들을 만나보고 이튿날 세배 조회에야 비로소 입내함을 얻었다.

오늘은 설 명절이라 왕은 곤룡황포에 황금 면류관을 쓰시고, 피곤한 듯이 용상에 비스듬히 기대어 가느단 두 눈에 졸리는 듯한 웃음을 띠고 상대등, 시중 이하 만조백관의 조회를 받으시었다. 벼슬 낮은 벼슬아치들은 계하에서 꿇어 절하고 물러나거니와, 벼슬 높은 이들은 용상 바로 앞에 부복하여 여러 가지로 하례하는 말과 성덕을 칭송하는 말씀을 사뢰었다.

"국태평민안락하옵고 사해창생이 상감마마의 성덕을 찬송하나이다."

이러한 하례를 받을 때마다 왕은 만족한 듯이 약간 고개를 끄덕거렸다.

주천태수 용길은 궁예에게 봉변당하던 일을 생각할 때에 맘이 조마조마하여 어서 자기의 차례가 돌아오기를 기다리나, 늙은 신하들과 벼슬 높은 신하들의 한가한 덕담이 언제 끝날지 끝이 없는 듯하였다.

풍악은 쉴 새 없이 둥둥 울려오고, 하늘에 높이 뜬 햇빛은 문무백관 의 관과 띠의 장식에 번적 어리며, 이따금 불어오는 찬바람은 풍경과 패옥을 울려 딸랑딸랑 소리를 내니 진실로 태평성대인 듯하였다.

용길은 맘이 조급하여 연해 언 발로 옥계(玉階)의 박석을 울리고 부스럭거렸다. 이러한 판에 궁예가 번적 보이면 다들 어찌할 것인고. 자기 모양으로 그만 그 무서운 호령에 흘게가 풀려 섰던 자리에 펄썩 주저앉으면서,

"그저 살려줍소사. 장군마마 분부대로 물불에라도 들어갈 것이니 살려만 줍소사."

할 것이 아닌가. 용길은 그때 생각을 하면 지금도 이빨과 두 무릎이 떡떡 마주치고 잔등이에 찬땀이 쭉 흘러내리는 듯하였다.

"허, 못생긴 놈! 네 목숨과 다릿마댕이는 줄 것이니 이 길로 서울로 올라가 왕께 여쭈어라. 요망한 계집이 음란을 그치고 회개하라고. 삼월 삼짇날 제비 들어올 때에는 나도 들어갈 터이니, 죽지 말고 기다리고 있으라고 여쭈어라!"

하고 궁예가 땅에 엎더진 자기의 턱을 발길로 툭 차서 일으켜놓고, 그 무서운 애꾸로 내려다보던 생각을 하면 지금도 눈앞에 궁예가 섰는 것만 같아서 눈을 들어 잠깐 앞을 바라보았다. 그러나 거기 궁예는 없고, 자기 모양으로 두 손으로 홀(笏)을 받들고 허리를 구부리고 선 사람들뿐이었다. 용길은 궁예의 발길로 치어들리던 턱주가리를 민틋한 홀 끝으로 한 번 쓸어보았다. 분명히 턱은 남아 있는 것을 보고 한 번 한숨을 쉬고 곁눈으로 당상을 바라보매, 아직도 한가한 덕담이 너더분하였다. 용길은 마주치는 무릎을 진정하느라고 두 다리를 좀 벌려 디디었다.

마침내 용길의 차례가 돌아왔다. 용길은 두 손을 읍하고 당에 올라 꿇

어앉아 슬행(膝行)으로 용상 앞에 가까이 들어가 이마를 마루에 세 번 조아리며,

"북원태수 아찬 용길이오."

하고 직함과 성명을 아뢰었다.

왕은 오래 조회를 받기도 지루한 듯이 잠깐 양미간을 찌푸리고 몸을 한 번 움직였다. 맘에는 어젯밤 대야주 젊은 호반과 즐기던 생각이 나서 자리에 오래 앉았기가 싫어 손을 들어 일어날 뜻을 보였다. 이 눈치를 보고 용상 좌우에 갈라섰던 두 시녀가 나와 왕을 부액하여 일으킨다. 시녀라하지마는 기실은 얼굴 아름다운 남자다. 왕은 아름다운 남자를 골라 여복을 입혀 시녀를 만들어 항상 가까이 모시게 하였다.

왕이 용상에서 내려서려는 것을 보고 용길은 이마를 한 번 더 조아리며,

"상감마마께 아뢰오. 지금 북원 도적 양길이 강성하와 궁예라는 도적을 보내어 영동(嶺東) 여러 고을을 음습하옵는바, 신은 죽을힘을 다하여 싸웠사오나 마침내 이기지 못하옵고 겨우 목숨을 부지하여 주야겸행으로 어젯밤 서울에 득달하였사오며, 궁예의 형세 자못 맹렬하와 가는 곳마다 반드시 이기오니, 예사 좀도적이 아니오니 급히 막을 도리를 하옵심을 바로 아뢰옵니다."

하였다.

왕은 잠깐 발을 멈추고 용길을 보며,

"양길이란 말은 들었거니와 궁예는 첨 듣는 이름이로구나."

하고 잠깐 근심하는 빛을 보인다. 좌우에 늘어선 백관들도 놀라는 듯이 귀를 기울인다.

용길은 또 한 번 이마를 조아리며,

"그러하올새 궁예는 양길보다도 무서운 놈이옵고, 활을 쏘매 백발백중이오며, 눈이 애꾸이옵기로 어리석은 백성들이 별명을 애꾸 장군이라 하옵고, 싸움에 귀신 같다 하와 신장군이라고도 하오며, 삼월 보름 안으로는 서울을 들이친다고 큰소리를 하옵니다."

"애꾸야?"

하고 왕은 웃고,

"그래, 두 눈을 가지고 애꾸한테 항복을 하여?"

하고 용길을 노려본다.

용길은 등에 냉수를 끼얹히는 듯하였으나 겨우 정신을 모아,

"항복은 아니 하였사옵고 싸울 대로 싸웠습니다. 그러하오나 군사와 백성이 모두 도적의 편이 되오니 신 혼자서 어찌하오리까마는, 성을 버린 죄는 죽어 마땅하오이다."

하고 용길은 아주 이마를 땅에 대고 엎드려 고개를 들지 못하였다.

용길도 본래 허랑한 자로 아무것도 하는 것이 없다가 얼굴이 잘난 덕에 왕의 눈에 들어 얼마 동안 꾐을 받다가, 다시 왕의 눈 밖에 나서 주천태수로 보냄이 되었던 사람이다. 그러므로 용길은 왕이 옛정을 생각하고 자기에게 대하여 관대한 처치를 할 줄만 믿었더니 천만의외에 왕은 어성을 높여,

"인신(人臣)의 도리에 도적이 오거든 싸워 물리칠 것이요, 만일에 이기지 못하거든 성을 베개 삼아 죽는 것이 마땅하거든, 이제 지키던 고을을 도적에게 내어주고 뻔뻔하게 살아 돌아왔으니 너 같은 것은 목을 버히어 백관을 징계하리라. 삼 일이 지나거든 종로에 효수를 하도록 주천태수를 금부에 내려 가둬라."

하고는 시녀에게 부액을 받아 뒤도 돌아보지 아니하고 나가버렸다. 미처 조하(朝賀)를 마치지 못하였던 벼슬아치들은 왕의 뒤를 향하여 허리를 굽혔다.

벼락 맞은 듯이 엎더지어 일어날 줄을 모르던 용길은 금부로 끌려나가고, 용길의 말을 들은 백관들은 서로 돌아보며,

"서에는 견훤이요, 동에는 궁예라."

하고 한숨을 쉬며 흩어졌다.

용길은 옥에 갇히어 죽을 날을 기다리며,

"내 어이 살았던고. 옛정을 믿었던고. 이럴 줄 알았던들 궁예에게나 붙을 것을. 아끼고 아끼던 목숨을 못내 아껴하노라."

하며 울었다.

주천태수 용길의 뒤를 이어 거의 날마다 혹은 궁예에게 쫓기고, 혹은 민요(民擾)에 쫓긴 원들이 서울로 기어들었다. 더러는 팔을 싸매고, 더러는 다리를 싸매고, 또 더러는 머리를 싸매고, 그중에 어떤 원은 한편 귀를 깎이고, 어떤 원은 코가 찌그러지고 이가 부러지고, 이 모양으로 거의 몸이 성한 사람이 없었고, 그중에 몸 성한 사람이 있다고 하면 그는 미리 기미를 알고 일이 나기 전에 살짝 빠지어 온 사람뿐이었다. 그러나 그렇게도 다 도망을 못 하여 궁예의 군사와 백성들의 손에 죽은 사람도 많다고 하며, 여러 고을 성문에는 혹은 원의 귀를 꿰어 매달고, 혹은 머리를 매달고 백성들이 술을 마시고 소리를 지르며 즐겼다.

도망하여 오는 이마다 궁예를 당할 수 없는 뜻과, 삼월 보름 안으로 서울에 올 터이니 기다리라던 말을 전하였으나, "음란한 여왕아, 회개하라." 하는 말은 감히 입 밖에 내는 이가 없어서, 장안 백성들이 전지문지

다 들은 뒤에도 왕의 귀에는 이 말이 들어가지 아니하였다.

서편에서는 견훤의 군사가 어제는 어느 고을, 오늘은 어느 고을을 항복받았다 하고, 동편에서 또 궁예의 군사가 물밀듯 바람 밀듯 들어온다는 기별이 밤낮을 가리지 아니하고 서울로 들어오니 장안 인심은,

"세상이 인제야 뒤집히네."

하고 물 끓듯 하여 피난을 가려 하나 어디로 갈 바를 알지 못하고, 다만 궁예와 견훤과 어느 편에서 먼저 서울을 들이칠 것인가 이것만 이야기하였다.

서울에는 견훤의 군사를 보고 온 사람도 생기고, 궁예의 군사를 구경한 사람도 들어와, 혹은 견훤이 강하다 하고 혹은 궁예가 더 강하다 하여 각기 저 보고 온 군사를 강하다고 하였다. 그러나 서울 인망은 궁예 편으로 실렸다. 그것은 견훤은 신라 사람이라면 보는 대로 막 죽이고 백성의 딸 중에 아름다운 이가 있으면 곧 빼앗아 들이되, 궁예는 사람을 죽이지 아니하고 또 딸을 바치는 자가 있어도 물리친다 하는 소문이 났기 때문이다.

궁예의 군사가 울오를 깨뜨리고 어진으로 몰아온다는 장계가 오르매, 왕은 마침 저녁 수라를 받으시었다가 손에 들었던 숟가락을 내어던지고 성화같이 문무백관을 부르라는 칙교를 내렸다.

그날 밤 등촉이 휘황한 큰 대궐에는 문무백관이 구름같이 모이고, 황겁한 백성들도 사해문 앞에 꾸역꾸역 모여들었다.

왕은 수심이 가득한 얼굴로 미남자 상궁의 부액을 받아 옥좌에 올라 백관의 국궁삼배의 예를 받았다. 바람에 나부끼는 촛불과 그 빛에 비추이는 근심 띤 얼굴과, 대궐 안은 수심이 차고 궁녀들도 구석구석에 모여 피난할 공론을 하게 되었다.

왕은 수색이 만면하여 좌우를 돌아보며,

"지금 견훤과 궁예가 강성하여 동서로 침노하되, 고을을 지키던 도독과 태수들은 허수아비같이 할 바를 알지 못하고 쥐구멍만 찾으니 이 일을 어찌하랴. 하물며 궁예가 벌써 어진주를 범한다 하니 사세가 위급한지라. 경등은 두 도적을 막을 꾀를 말하라. 밤이 깊고 날이 새더라도 막을 꾀를 얻기 전에는 물러가지 못하리라."

하는 왕의 말씀에는 수참(愁慘)한 빛이 있었다.

왕의 말씀이 끝날 때에 이경을 아뢰는 종소리가 땡땡 대궐 안으로 울려 들어왔다. 모두 잠잠하고 서로 바라보며 누가 먼저 말을 내기만 기다렸다.

그러나 아무도 먼저 말을 내는 이는 없고 촛불만 속절없이 끔벅끔벅하였다. 사람들은 인제는 서로 바라보기도 그치고 모두 눈을 내리깔아 제 발부리만 보았다. 그중에도 벼슬 높은 이는 왕이 자기의 이름을 부르면 어찌하나 하고 그것만 근심이 되었다.

특별히 일국 병마를 한 손에 맡은 병부령 맹공(孟功)과 평소에 용맹을 자랑하던 병부 대감들은 자기네에게 무슨 영이 내리지나 아니할까 하여, 죄지은 어린애 모양으로 맘이 조마조마하였다.

마침내 왕은 참다못하여 어성을 높여,

"경등은 국록지신이 되어 나라가 위태한 때에 아모 계책도 말하지 못하고 등신 모양으로 앉았는가. 평소에 그 많던 지혜와 용맹은 다 집에 두고 들어왔는가. 평소에 그렇게 말 잘하던 혓바닥까지도 빼어서 고양이를 먹이고 왔는가. 지금 몸에 가진 것이 얼빠진 두 눈밖에 없는가. 금시에 견훤, 궁예가 장안으로 들어오더라도 다들 고만하고 앉았을 터인가. 그래도 주천태수 모양으로 도망할 두 다리는 아직도 성하게 가지었는가.

흥, 그 몸집들이 아깝고 입은 옷들이 아까워라!"

하고 엎드린 백관을 꾸짖었다.

백관들은 등에는 찬땀이 흐르고 두 관자놀이가 후끈후끈하거니와, 그
래도 없는 지혜와 없는 용맹에 섣불리 말을 먼저 내는 것보다 꾹 참고 다
른 사람이 입을 열기만 서로 기다렸다. 먹을 때는 앞서는 것이 좋지마는,
힘드는 일에는 항상 뒤로 배도는 것이 이(利)하다고 다들 아는 까닭이다.
등에 찬땀이 흐르기로 나 혼자만 흐르는 것이 아니니 관복 등에 소금이
돋더라도 빨아 입으면 그만이거니와, 섣불리 덤비다가 궁예나 견훤의 칼
에 목에서 피가 흐르게 되면 떨어진 목을 다시 주워 붙일 수는 없는 것이
다. 그저 꾹 참고 실낱만 한 목숨 줄만 손가락 사이로 빠지지 않도록 꼭
붙들어라. 아찬, 대아찬이야 어디를 가면 못 하랴. 견훤도 용상에만 앉으
면 상감마마요, 궁예도 그러하다. 섣불리 방정맞은 소리를 하였다가 그
말이 궁예나 견훤의 귀에 들어가면 봉변이니, 왕의 말씀과 같이 도망할
두 다리만 단단히 차고 혓바닥일랑 고양이 먹인 셈만 대자, 하고 사람들
은 더욱 입을 꼭 다물었다.

병부령 맹공은,

'왜 내가 어저께 진작 이 벼슬을 내놓지 아니하였던고. 국고가 말랐으
니 왕께서 녹을 타기는커녕 내 집 곡간에서 양식을 갖다가 왕을 대접해야
할 판이요, 군사라고 활 매어 내세우면 꼬빡꼬빡 조는 늙은 졸병이 아니
면 손가락 다칠까 봐 칼집에 손대기도 무서워하는 장수들뿐이다. 상감님
이 임해궁이나 혜성대왕 능행에 차례로 벌어 세우기에는 부족함이 없지
마는, 이것들을 군사라고 끌고 산전수전에 호랑이 다 된 궁예나 견훤과
싸운다는 것은 마치 길에다가 발을 드리워서 짓치어 들어오는 적군을 막

으려 함과 같다. 게다가 힘깨나 쓰고 뜀날이나 하고 칼이나 활이나 한 재주 있는 군사들은 한 놈씩 두 놈씩 찼던 칼과 활만 훔쳐가지고 달아나버리고, 남아 있는 군사라고는 궁예라는 궁 자만 들어도 창을 거꾸로 끌고 달아날 것이다. 이런 것들을 데리고 무엇을 하랴. 그저 입 꼭 다물고 죽여줍시오 하고 가만히 있자.'

이렇게 생각하고 있다.

윗사람이 그러하니 아랫사람들도 그러하다. 나는 아랫사람이니 윗사람 하는 굿만 보다가 먹을 떡이 있으면 먹고, 맞을 매가 있으면 달아나면 그만이다.

그중에 제일 찬땀을 많이 흘린 것은 물론 서불한이라는, 가장 높은 지위에 있는 이찬 준흥(俊興)이다.

사람이 잘나서 서불한이더냐,
못나신 덕택에 서불한이러라.

이러한 민요의 웃음거리가 되고 또,

어화야 싱겁기 준네집 홍도령,
남의 집 잔치에 동동걸음이라.

하는 조롱거리가 되도록 못난 사람이건마는, 이래도 좋고 저래도 좋고, 뼈도 없고 가시도 없는 두루뭉수리로 왕의 말이라면 까마귀가 희다고 해도 '예, 그러하오', 까마귀가 붉다 해도 '예, 그러하오' 하여 왕의 사랑을 받는 처지다. 그러나 두 귀밑이 허연 것이, 서불한이라는 높은 자리에 앉아 아무 말도 못 하고 있는 것이 쥐구멍으로 들어가고 싶도록 부끄러워서 이마에 땀을 홀 끝으로 씻으며,

'진작 물러날 것을……'

하고 사직 못 한 것을 후회하였다.

그러나 준홍은 체면에 언제까지나 가만히 있을 수만 없어,

"서불한 준홍이 아뢰오."

하고 옥좌 앞으로 나가 엎드렸다. 모든 이찬(伊湌), 소판(蘇判), 파진찬(波珍湌), 대아찬(大阿湌), 일길찬(一吉湌), 사찬(沙湌), 급벌찬(級伐湌), 대나마(大奈麻), 나마(奈麻)들 이하로 대사(大舍), 사지(舍知), 길사(吉士), 대오지(大烏知), 소오지(小烏知), 조위(造位)에 이르는 십칠 관등의 대소 관헌과, 기타 각부 대감(大監), 경(卿)들도 준홍이 나서는 것을 보고 모두 무거운 짐을 벗어놓은 듯이 안심하는 한숨을 쉬었다. 자기가 맞을 매를 준홍이 대신 맞아주는 셈이다.

서불한 준홍은 왕의 앞에 세 번 이마를 조아리고,

"흉적 견훤, 궁예 두 놈이 성주(聖主)의 은혜를 몰라보옵고 무리한 도적을 소취(嘯聚)하여 동서로 작폐하와 신금(宸襟)을 불안하시게 하오니, 신등은 황송하와 아뢰올 말씀이 없사오나, 예로부터 아모러한 성주의 어우(御宇)에도 한두 놈 좀도적은 있는 법이라 요마(幺麽) 견훤, 궁예를 두려워할 것은 없사옵고, 또 충성된 문무 제신이 있사오니 반드시 목숨을 버려 사직을 안보할 것이온즉 만사는 병부령 맹공에게 맡기시옵고, 이미 밤도 늦삽고 밤바람도 차오니 상감마마께옵서는 침전으로 입어(入御)하시옵소사고 아뢰오."

하고 말이 끝난 뒤에 다시 세 번 머리를 조아린다.

준홍은 왕이 오늘 밤에도 대야주 미장부(美丈夫)를 침전에 기다리게 한 줄을 알기 때문에 이렇게 말한 것이다. 준홍의 말에 왕도 침실에서 기다리는 미장부를 생각하고 맘에 흡족하였다.

다른 신하들도 어서 왕더러 들어가 주무시라는 준홍의 말에 만족하였다. 왕만 들어가시면 자기네도 각각 이 밤중에 찬 마루에서 등에 찬땀을 아니 흘리고 곧 따뜻한 어린 첩의 방으로 돌아갈 수 있을 것을 생각한 까닭이라. 여기서 이렇게 오래 찬땀을 흘린대야 감기가 들 것밖에 아무 소득이 없을 것을 잘 알고, 또 견훤이나 궁예가 장안을 들이치기로 설마 오늘 내일이랴. 하루 이틀 지나가노라면 무슨 묘리(妙理)도 생기려니, 그 묘리가 안 생긴다 하더라도 설마 내야 어떠랴……. 다들 이렇게 생각하고 있다.

그러나 준홍의 말을 듣고 가만히 있을 수 없는 이는 병부령 맹공이다. 만일 왕이 자기를 불러,

"네 궁예를 막으라."

하고 칙교를 내리시는 날이면 그야말로 봉명(奉命)이다. 그래서 준홍이 어전에서 물러나오기도 전에 맹공은 그 통통한 몸을 굴려 옥좌 앞으로 나아가,

"병부령 이찬 맹공이 아뢰오."

하고 엎드렸다.

사람들은 이 땅딸보가 무슨 말씀을 아뢰는고 하고 곁눈으로 맹공의 엎딘 양을 바라보았다. 맹공은 십 년 병부령에 견훤의 난이 일어나기까지는 천하 병권을 손에 쥐고 서슬이 푸르렀던 사람으로, 재물이 누거만(累

巨萬)이요, 세력으로는 서불한 준홍도 어찌하지를 못하였다. 군사의 녹은 거의 다 혼자 먹기 때문에,

> 땅딸보 땅딸보
> 배통만 커서,
> 삼만 명 녹미를
> 다 삼킨다네.
> 땅딸보 배통이
> 왜 저리 큰가,
> 삼만 명 군사가
> 들어 있다네.

이러한 동요거리가 되는 터이다.

맹공은 세 번 머리를 조아리며,

"아뢰옵기 황송하오나"

하고 아뢰기를 시작한다.

"삼만 명 군사는 명색뿐이옵고 전국에 흩어져 있는 군사를 모두 모으더라도 만 명이 될락 말락 하옵고, 장안에 있던 군사 오천 명 중에서 좀 나이도 젊고 똑똑한 놈들은 거지반 도망하고, 그리고 남은 것들 중에 걸음이나 걸을 만한 놈으로 천 명을 골라 일길찬 현승(玄昇)이 견훤 친다 하여 데리고 가옵고, 지금 남아 있는 군사라고는 눈이 어두워서 제 옷의 이도 변변히 못 잡는 것들뿐이옵고, 게다가 오랫동안 죽으로만 연명을 하오니 인제는 상감마마 능행 길에 기를 메고 모시고 따라갈 기운도 있는

것 같지 아니하오니, 그 군사를 데리고 궁예를 막을 길은 황송하오나 망연하온즉, 신은 이 자리에서 병부령의 벼슬을 궐하에 도로 바치오니 다른 사람을 시키시와 궁예를 막게 하시옵소서 하고 아뢰오."

하고 물러나가는 것을, 왕이 노기를 띤 어성으로,

"게 있으라!"

하여 맹공을 불러놓고,

"십 년 병부령에 한 일이 무엇인고? 해마다 막대한 전곡(錢穀)을 들여 군사를 기른 뜻은 국가에 유사한 때에 쓰려 함이거든, 제 옷의 이도 못 잡고 깃대 하나 들고 나설 기운도 없는 것들을 죽을 먹여 길러온 것은 무슨 뜻인고? 짐이 들으니 병부령은 그 배통 속에 삼만 명 군사를 길렀다더니 그 말이 옳은 말이로고. 태평할 때에 국록을 배불리 먹다가 이제 일이 있으니 물러간다 하니 가증한 일이라."

하고 왕은 용안이 주홍을 부은 듯하고 발을 구르며,

"서불한!"

하고 부른다.

모든 신하들은 갑자기 무슨 벼락이 내리는고 하고 벌벌 떨었다.

"예."

하는 준홍의 대답이 나자마자 왕은,

"병부령 맹공을 당장에 내어 버히되 그 배를 갈라 삼만 명 군사를 꺼내라! 누구든지 적신(賊臣) 맹공을 두호하는 자는 맹공과 같이 내어 버힐 것이요, 또 맹공과 같이 나라가 위태한 때에 편안히 물러가려 하는 자도 내 버히어 태평한 때에 국록을 먹던 창자를 꺼내어 까마귀를 먹이게 하리라!"

하고 추상같은 어명을 내렸다.

금영장군(禁營將軍) 양문(良文)이 어명을 받자와 병부령 맹공의 사모와 관복을 벗기고 계하로 끌어내리니, 맹공이 무슨 말을 하려 하나 입이 어눌하여 말이 나오지를 아니하고 다만 입에 게거품을 물 따름이다. 계하에 끌어내린 뒤에는 대령하였던 군사들이 달려들어 붉은 오라로 맹공을 결박한다.

왕은 아직도 분이 풀리지 아니하여,

"곧 병부령 맹공의 머리를 소반에 담아 올리라!"

하고 성화같이 재촉한다.

서불한 이하로 문무백관은 왕이 이처럼 엄한 명을 내릴 줄은 몰랐다. 그래서 언제 자기의 목을 베라는 영이 내릴까 하고 가슴을 두근거렸다.

이윽고 금영장군 양문은 손수 피 흐르는 맹공의 머리를 담은 소반을 왕의 앞에 받들어 드렸다. 맹공의 감지 못한 눈이 촛불 빛에 번적번적할 때에 사람들의 몸에서 소름이 끼치고 입에 신물이 돌았다.

왕은 한 손으로 피가 뚝뚝 떨어지는 맹공의 머리를 치어들어 좌우에 벌여 선 신하들에게 보이며,

"너희는 천 년 동안 대대로 국록을 먹고 살아왔다. 이제 국가가 위태한 때를 당하여 목숨을 아껴서 한 걸음이라도 뒤로 물러설진대, 다 이와 같이 목을 도려 후세를 징계하리라. 이로부터 군국대사(軍國大事)를 내 몸소 행할 터이니 각 유사(有司)는 내일 안으로 궁예를 치는 대군을 발하도록 성화같이 차비하라. 짐이 몸소 출정할 터이니 모두 칼을 들고 나를 따르라."

하고 왕은 맹공의 머리를 높이 들어,

214

"다들 이 역적의 머리를 보라."

하고 신하들 앞으로 굴렸다.

맹공의 머리는 이 사람이 굴려 다음 사람에게로 보내고, 그 사람이 또 굴려 또 그다음 사람에게로 보내고, 이 모양으로 떼굴떼굴 굴리어 마지막 사람에게 간 때에는 피도 거의 다 빠지고 허여멀끔하게 되어버렸다. 그리고 피 빠진 맹공의 머리는 그 이튿날 종로에 높이 달리고, 왕이 하신 말씀을 그 곁에 대자(大字)로 써서 붙였다.

왕은 모든 신하들이 목숨을 버려서라도 궁예를 물리친다는 맹세를 듣고 오경이 친 뒤에야 침전으로 돌아왔다. 침전에는 대야주의 미장부가 아직도 잠을 이루지 못하고 왕이 돌아오기를 기다리고 있었다. 전 같으면 들어서는 길로 자기를 안고 갖은 희롱을 다할 것이건마는, 이때에 왕의 얼굴은 무섭게 엄숙하였다.

왕은 방 한구석에 웬셈인지 모르고 눈이 멀뚱멀뚱하여 서 있는 대야주 미장부를 보고,

"칼 쓸 줄도 아나?"

하고 물었다.

미장부는 한 걸음 왕의 곁으로 가까이 오며,

"칼 쓸 줄도 모르고 어찌 대장부라 하리까."

하고 의기양양하였다.

왕은 다시,

"활쏘기도 배웠나?"

한즉 미장부는 더욱 의기양양하여,

"멀리 당나라에는 모르거니와, 우리 신라에서는 활을 쏘아 나를 겨룰

자는 없사옵니다."

하고 한편 어깨를 치어든다. 그는 아마 무슨 높은 벼슬이나 얻어 할까 하고 맘이 솔깃하였다.

왕은 못 미더운 듯이 이윽히 미장부를 바라보더니 벽에 걸린 칼을 벗겨 미장부에게 주며,

"이 칼을 가지고 이 길로 가서 궁예의 머리를 가지고 오라. 그렇지 못하거든 이 칼로 네 머리를 버히어 칼과 함께 돌려보내라. 궁예의 머리를 보기 전에 나는 다시 남자와 자지 아니하리라."

하였다.

미장부는 뜻밖의 말에 얼굴이 흙빛이 되었다. 그리고 정신없이 떨리는 두 손으로 왕이 주는 칼을 받아 들었다. 칼을 받아 드니 귀가 윙윙 울고 눈이 팽팽 내두르는 듯하였다. '궁예를? 궁예를?' 하고 미장부는 떨리는 다리를 겨우 진정하여 허리를 굽혀 왕께 절하고 병풍에 벗어 걸었던 옷을 벗겨 입고 왕이 주신 칼을 허리에 차고 허둥지둥 밖으로 나왔다.

미장부를 내어보낸 뒤에 왕은 시녀도 다 물리고 혼자서 안에 기대어 울었다. 견훤이 작폐를 하기로, 궁예가 작폐를 하기로 삼만의 군사가 있으니 설마 어떠랴고 여태껏 든든히 믿고만 있었다. 그러다가 오늘 밤 병부령의 말을 들으니 오늘 밤으로 궁예가 장안을 엄습한다 하더라도 막을 도리가 없을 것이요, 또 겉으로는 번드르르한 문무백관이란 것들도 큰일이 생기면 말 한마디 내지 못하는 양을 볼 때에 왕은 문득 무서운 짐승들이 득시글거리는 심심산중에 혼자 있는 듯한 적막과 무서움을 깨달았다. 그 문무백관들 중에 대부분은 왕이 특별히 생각하여 높은 벼슬을 준 사람들이다. 그것들이 아무 말도 못 하고 앉았던 양을 생각하면 금시에 왕을 건

216

드리는 자가 있어도 한 놈 목숨을 내놓고 대들 자는 없을 것 같다.

왕은 여자에게 특유한 반짝하는 직각(直覺)으로 나라와 자기의 처지가 어떻게 위태한 것을 깨닫고, 또 이것이 다 자기의 지난날의 잘못인 것을 깨달았다. 자기가 왕 된 지 근 십 년에 실로 한 일은 음탕한 일뿐이었다. 음탕한 일을 하기에 국고는 경갈(罄竭)하고 민심은 이상하였고, 하늘같이 믿던 군사와 신하들도 다 믿을 수 없는 허깨비인 것을 생각할 때에 왕은 가슴을 치고 울었다.

이렇게 생각하면 그 어머니가 미웠다. 왕은 어려서부터 어머니에게 모든 음탕한 버릇을 배웠다. 옛날 책을 보면 미상불 음란한 자는 나라를 망한다는 말도 있었거니와, 설마 내야 그러랴 하고 왕은 스스로 속여왔다. 그러나 결국 자기도 그 사람이다.

이튿날,

'궁예는 어진주를 무찌르고 아슬라(阿瑟羅)를 향하여 진군한다. 어진주 도독은 싸워 죽고 군사는 다 궁예에게 항복하였으며 삼월 삼질 안으로 서울을 엄습한다고 장담하니 곧 구원병을 보내라.'

하는 아슬라 장군의 장계가 들어왔다.

왕은 이날 조회에 눈물을 흘리며 군신을 향하여 이렇게 윤음을 내리시었다.

"짐이 여자의 몸으로 보위에 오른 지 우금 팔재에, 덕이 엷고 운이 험하여 한 가지 다스림이 없고 백 가지 어지러움이 있는지라. 이제 서에 견훤 있고 동에 궁예 있어 백성이 도탄에 괴로워하고 사직이 누란과 같이 위태하였으니, 다 짐의 죄라 생각하매 두려움을 견디기 어렵도다. 이제 짐이 돌아봄이 있고 또 대아찬 치원(致遠)의 충성된 간함을 들어, 앞으로 전에 하던 잘못을 버리고 새로운 옳음을 밟아 국궁진췌(鞠躬盡悴)하여 모든 정사를 새롭게 하려 하노니, 너희 백관유사는 짐의 뜻을 법받아 힘쓰고 힘쓸지어다."

왕은 이 말씀을 할 때에 목소리가 떨리며 눈물이 흘렀다. 서불한 준흥도 눈물을 흘리고, 다른 사람들도 몸에 소름이 끼침을 깨달았다. 왕은 이내 금영장군 양문으로 병부령을 삼아 일국 병마를 총관케 하고, 최치원으로 대아찬을 삼아 군국대사에 참예하게 하였다. 그리고 병부령 양문을 명하여 즉일로 궁예를 치는 군사를 발하게 하였다.

양문은 어명을 받아 장안에 있는 군사를 모조리 수습하여보았다. 그러나 활과 칼을 들고 전장에 나갈 만한 군사는 천 명도 넘지 못하고, 그중에도 싸움에 나간다는 말을 듣고 슬몃슬몃이 달아나는 자가 많았으며, 군기고(軍器庫)에 있던 활은 줄이 썩어지고 칼과 창은 녹이 슬고 군복은 썩고 좀이 먹었으며, 말은 먹지를 못하여 뼈만 남고 털에서는 먼지가 일었다.

양문은 장안 방방곡곡에 군사를 모집하는 방을 붙이게 하였으나, 그것을 보고 모이는 자는 모두 합하여 백여 명에 불과하고, 그것도 대개는 일하기를 싫어하는 무뢰배나 그렇지 아니하면 때 묻은 몸에 누더기를 감은 거지들이었다.

이러하는 동안에 아슬라에서는 궁예의 엄습함이 질풍과 같아서 지금 형편으로는 사오 일을 견디기 어려움을 전하고, 도망하여 오는 원들은 꼬리를 물고 서울로 들어왔다. 장안 백성들은 어찌할 줄을 모르고 늙은 이와 어린것들을 붙들고 갈 곳을 몰라 헤매고 방향 없이 동서로 유리(流離)의 길을 떠났다. 장사하던 백성들은 가게를 들이고 시재(時在)한 돈과 보물을 땅에 묻으며, 높은 벼슬을 하는 사람들도 뒷문으로 슬슬 식구들과 재물을 뽑아 돌렸다.

양문은 겨우 천 명 군사를 만들어 좀먹은 군복을 입히고 녹슨 칼을 들려 일길찬 현승으로 장군을 삼아 아슬라로 보내었다.

오랫동안 조련을 받지 못하여 발도 잘 안 맞는 군사들은 그래도 의기양양하여 북을 치고 소리를 지르며 서울을 떠났으며, 아무도 이것들이 궁예를 이기고 돌아오리라고 믿지는 못하였다.

궁예가 장안을 향하고 몰아 들어온다는 말을 듣고 견훤 군사도 맹렬히 싸움을 시작하였다. 이리하여 서울서는 궁예가 먼저 들어오나 견훤이 먼저 들어오나, 하고 근심스러운 고개를 동으로 서로 돌렸다. 검은 구름장이 서쪽에 떴어도 견훤의 군사가 들어옴이 아닌가, 음산한 바람이 동으로서 불어와도 궁예의 군사가 몰아옴이 아닌가 하여, 장안 백성들은 자다가 바스락 소리만 나도 고개를 들고 귀를 기울였다. 종로에는 날마다 '백성들은 안심하라.' 하고 싸움에 이긴 듯한 말을 써서 붙이나, 아무도 그것을 믿는 이는 없었다.

일길찬 현승이 거느린 천 명 군사가 아슬라에 다다른 날은 마침 궁예가 전군을 들어 아슬라성을 치는 날이었다. 아슬라 장군 충신(忠臣)은 죽기로써 궁예를 막았다. 처음에는 편지로써 궁예를 달래었으나 궁예가 웃고 듣지 아니하매, 한번 싸워 자웅을 결단하기로 한 것이다. 그러나 성중에 있는 군사가 천 명에 차지 못하니 이것을 가지고 궁예의 삼천 대군을 이길 가망이 없어 밤낮으로 서울서 구원병이 오기만 고대하고 갖은 꾀를 다 써서 궁예와 싸울 날을 하루 이틀 미루어오다가, 마침내 더 쓸 꾀가 없어 이날에 궁예와 대접전이 된 것이다.

충신은 성문을 굳이 닫고 물밀듯 사방으로 들어오는 궁예의 군사를 막았으나, 성중에 저축하였던 군량, 마초도 다하고 또 하나둘씩 거꾸러지는 군사가 저녁때에 반 넘어 죽어버리고 화살조차 남은 것이 얼마 되지 아니하니, 아무리 하여도 해 지기 전에 성중은 전멸이 되고 말 것이다.

충신은 마침내 장졸에게 명하여 만일 궁예의 군사가 성문을 깨뜨리고 들어오고 우리 군사가 막을 힘이 없다고 보거든 곧 성중에 불을 놓으라 하였다. 장졸들도 싸움에 이기지 못할 줄을 알았으나, 충신의 의기에 감격하여 죽거나 살거나 충신과 같이하기를 맹세하고 마지막 화살이 다하도록 싸웠다.

궁예는 북원을 떠난 뒤로 이십여 차를 싸웠으되, 아슬라성과 같이 무섭게 싸우는 대적을 보지 못하였다.

"신라에도 아직 사람이 있고나. 그것은 충신이로고나."

하고 궁예는 홀로 한탄하였다. 그리고 궁예는 여러 번 항복을 권하는 글을 보내었으나 그럴 때마다 받는 회답은 한결같이,

'차라리 이 몸이 죽어 살을 개에게 먹일지언정, 목숨이 살아 나라를 거스르는 도적의 신하가 되지 아니하리라. 금수도 이 나라의 우로(雨露)를 받은 은혜를 알거든, 너는 사람이 되어 감히 불측한 맘을 품느냐? 곧 목을 늘여 항복하라. 혹 네 목숨을 살리리라.'

하는 것이었다.

석양이 되어 궁예는 한 번 더 항복을 권하는 글을 보내었다. 그러나 그때에는 간단히,

'개여, 내 죽은 몸의 살을 먹을지어다. 하늘이 반드시 너를 벌하시리라.'

하여 죽기까지 싸울 뜻을 보였다.

궁예는 전군을 몰아 아슬라성을 엄살할 제 양진에서 쏘는 활과 던지는

돌이 하늘을 가리었다. 그러나 얼마 아니 하여 충신의 진중에서 나오는 살은 점점 줄었다. 더욱더욱 주는 틈을 타서 궁예의 군사는 섬에 모래를 넣어 올려 쌓고 사다리를 놓고 성으로 기어올랐다. 성안에서는 끓인 물과 고춧가루를 던지어 저항하였으나, 마침내 어찌하지 못하고 궁예의 군사는 마치 방죽 터진 데로 들이미는 물 모양으로 성중으로 밀어들었다.

마침내 먼저 들어간 궁예의 손으로 성문이 열리고 궁예의 군사는 소리를 지르며 성안으로 들어갔다. 궁예가 말을 몰아 성문으로 들어갈 때에 성중에서 불이 일어나 순식간에 수없는 불기둥이 하늘을 태웠다.

이때에 죽다가 남은 충신의 장졸들은 성중에 불을 놓고 나서 장군 영문에 모이었다. 거의 한 사람도 성한 사람이 없고, 대개는 한두 군데 살을 맞아 피가 흘렀다.

충신은 남쪽으로 서울을 향하여 세 번 절하고 칼을 빼어 그 부인에게 주었다. 부인은 칼을 받아 곁에 앉은 두 아이를 죽이고, 그 칼로 자기의 목을 찌르고 엎더지었다.

충신은 아내와 아들의 피 묻은 칼을 들고 일어나 좌우에 있는 장졸을 보고,

"그대들은 잘 싸웠다. 나는 죽어도 황천에서 선인을 만날 면목이 있다. 그러나 이제 승부는 결정되었으니, 그대들은 각기 좋은 길을 잡으라. 나는 마지막으로 궁예와 싸워 성을 베개 삼아 죽으리라."

하고 말에 올랐다. 다른 장졸들도 크게 통곡하고 칼을 들고 충신의 뒤를 따랐다.

현승은 아슬라성을 삼 리나 두고 충신의 사자를 만났다. 그는 충신이 마지막으로 왕께 올리는 장계를 가지고 혼자 말을 달려 서울로 가는 길이

다. 애초에 둘이 떠났다가 하나는 서문 밖에서 궁예의 군사의 흐르는 살에 맞아 죽고, 자기 혼자만 가까스로 목숨을 부지하여 오는 길이라 하였다.

"인제는 거의 다 죽었겠소. 내가 빠지어나올 때에 살아남은 군사가 백명도 못 되었으니 인제는 다 죽었겠소. 서문까지 궁예의 군사에게 빼앗기기 전에 가라 하시어 우리 둘이 빠지어나왔으나, 서문 밖으로 내달으니 벌써 궁예의 군사가 성 밑으로 돌아 서문으로 오는 것을 보았소. 인제는 다 죽었겠소. 만일 성중에서 불길이 일어나거든 다 죽은 줄 아시오!" 하고 말이 마치지 아니하여 석양에 비낀 아슬라성 한 굽이를 한번 돌아보고 말을 채치어 남으로 남으로 달린다.

그 사자가 얼마를 가지 아니하여 멀리 아슬라성에서는 검은 연기가 올랐다. 현승은 주먹으로 가슴을 치고 전군을 몰아 아슬라성을 향하고 달려간다.

해넘이고개라는 조그마한 고개에 올라서니 바로 아슬라성이 눈앞에 보이는데, 성 밑에 개미같이 오물오물하는 것은 분명히 궁예의 군사다. 풀신풀신 오르는 연기는 하나씩 둘씩 점점 늘어 수없는 연기 기둥이 하늘에 올라, 이른 봄 동풍에 뭉게뭉게 서로 밀려 현승의 군사를 향하고 왔다. 점점 가까이 가면 갈수록 연기는 더욱 많아지고 집 타는 누릿한 냄새까지 코에 들어오며, 종이나 헝겊 탄 검은 재가 펄펄 날려 현승의 군중에 떨어지었다.

충신의 장계를 받은 조정은 물 끓듯 하였다. 아슬라성은 이미 궁예의 손에 들어간 것이다. 아슬라성이 궁예의 손에 들어가면, 서울의 명맥은 조석에 달린 것이다. 아슬라와 서울 사이에 두 고을이 있으나 거기는 군사도 없고 성도 없다. 궁예의 군사는 무인지경같이 짓치어 들어올 것이다.

조정에서는 여러 가지 의론이 생겼다. 혹은 궁예에게 사신을 보내어 화친을 청하자 하며, 혹은 견훤과 화친을 청하고 견훤의 힘을 빌어 궁예를 막게 하자 하였다. 대아찬 효종(孝宗)은 견훤의 힘을 빌자는 패의 두목이 되고, 대아찬 치원은 궁예의 원하는 바를 물어 후히 주고 일시 화친을 청하여 먼 곳으로 물러가게 한 후에 서서히 힘을 모아 나라를 평정할 도리를 하자 함이다. 이 두 가지 의론으로 싸우는 동안에 현승의 장계가 올라왔다.

아슬라를 회복하려고 한번 싸웠으나 중과부적하와 군사를 반이나 잃고 물러와 소을라(小乙羅)를 지키나이다.

하는 것이었다.

왕은 황망하여 치원의 말을 들어 궁예와 화친을 청하기를 명하였다. 벼슬이나 땅이나 궁예의 소청대로 주고 궁예를 내성(奈城) 이북으로 물러가게만 하라고 하였다.

이제 문제 되는 것은 궁예에게 사자로 갈 사람이다. 견훤에게 사자로 갔던 사람들이 모두 견훤에게 잡혀 죽음을 보고, 아무도 궁예에게 사자로 가기를 즐겨하지 아니하였다. 사람들은 저마다 '날더러 가라면 어찌하나.' 하고 가슴을 두근거렸다.

이때에 서불한 준흥이,

"듣사온즉, 궁예는 본시 사문(沙門)이라 하오니 대구 화상을 보내심이 마땅할까 하옵니다. 화상은 덕이 높고 언변이 좋으니 반드시 궁예를 열복(悅服)케 할까 하옵니다."

하였다. 대구 화상은 왕이 즉위하신 처음부터 왕의 노래 동무가 되어 세도하던 중이다.

왕은 준홍의 말을 옳게 여겨 화상을 돌아보아 그 뜻을 물었다. 화상은 잠깐 낯빛이 변하였으나 얼른 중의 평심서기(平心舒氣)를 꾸미고,

"듣사온즉 궁예는 태백산 세달사 중이라 하오니, 사람을 세달사에 보내시와, 궁예의 스님 되는 이를 부르시와 보내심이 가장 마땅한가 하옵니다."

하고 자기의 몸을 뺀다.

왕은 일변 현승에게 명하여 궁예와 싸우지 말고 오직 재주껏 궁예를 달래어 오륙 일만 궁예를 아슬라에 머물게 하라 하고, 일변 잘 달리는 말을 골라 세달사에 사람을 보내어 궁예의 스님 되는 중을 불러오게 하였다.

이때에 허담 화상은 소허와 선종을 다 잃어버리고 병든 늙은 몸이 의지할 곳이 없어 사중 여러 젊은 중들에게 돌려가며 시중을 받고 어서 죽을 날을 기다리고 있었다. 물론 허담 화상뿐 아니라 사중에 있는 중들도 소허가 견훤이 되고 선종이 궁예가 되었으리라고는 꿈도 못 꾸고 있던 터이라 서울서 온 왕의 사자가,

"이 절에 궁예라는 중이 있었느냐?"

하고 물을 때에는, 모두 눈이 둥글해서 대답할 바를 알지 못하였다. 궁예가 애꾸 장군이라는 말은 들었으나 천하에 애꾸가 한 사람뿐이 아니려든 애꾸 선종이 궁예 신장군이라고는 믿을 수도 없었던 것이다.

"사중에 연전에 선종이라 부르는 애꾸 중이 있기는 하였사오나 궁예는 본산(本山)에 있은 일이 없사옵니다."

하고 노승은 사신에게 아뢰었다.

사신은,

"시각이 급한 때라 일각도 지체할 수 없으니, 그 선종인가 하는 중의 스님에게로 인도하라."

하였다.

허담 화상은 왕의 사신이 임하였다는 말을 듣고 놀라 젊은 중들의 부축을 받아 자리에 일어나 사신을 맞았다.

사신은 공손한 말로,

"대사가 선종의 스님이오?"

하고 물었다.

허담 화상은 황송하여 여러 번 합장하며,

"예, 소승이 상좌 두 놈을 두어 한 놈은 선종이라 하옵고 한 놈은 소허라 하옵더니, 두 놈이 다 늙고 병든 소승을 버리고 연전에 달아났사옵고, 그런 후로는 어디로 가서 어찌 되었사온지 이내 소식이 없사옵니다. 그 놈들이 무슨 일을 저질렀사온지 알 수 없사오나, 한 놈은 아주 흉물스럽고 간사한 놈이옵고, 한 놈은 정직하오나 우락부락하옵기로 무슨 큰일이야 하오리까? 아마 사람을 죽였는지 알 수 없사옵니다."

하고 두 놈을 생각하매 심히 괘씸한 듯이 화상은 낯을 찌푸리고 입맛을 다신다.

사신은 더 길게 말하지 아니하고 곧 사중에 명하여 탈것을 장만하게 하고, 왕이 화상에게 보내는 대승정(大僧正)의 의복 일습을 영문을 모르는 허담 화상에게 입혀 성화같이 서울로 데리고 올라왔다.

사중에서도 영문을 모르고, 허담 화상도 영문을 몰랐다. 그러나 왕이 허담 화상에게 대승정의 법의(法衣) 일습을 내리신 것을 보니 불길한 일은 아니라고 안심하고, 사중이 모두 따라 나와 동구 밖까지 허담 화상을 전송하였다.

허담은 서울에 오는 길로 왕께 뵈옵고,

"들으니 궁예는 본시 대사의 상좌라 하오니, 이제 궁예가 군사를 몰아 서울을 핍박하니 대사가 한번 가서 궁예와 화친을 하도록 힘을 써주오."

하는 어명을 받을 때에 화상은 한 번 더 놀래어,

"그놈이 궁예야!"

하고 왕의 앞인 줄도 모르고 소리를 질렀다. 화상의 눈에는, 그 어느 해 늦은 가을 세달사 동구에서 도토리 주워 먹던 흉물스러운 애꾸 아이놈이 보이고,

"이놈, 용덕왕자로고나?"

하고 자기가 물을 때에,

"아니오, 애꾸가 나 하나뿐인가요?"

하던 것이 생각이 났다.

왕은 허담 화상으로 대승정국사(大僧正國師)를 봉하여 정사(正使)를 삼고, 대아찬 치원으로 부사를 삼아, 즉일로 아슬라를 향하고 떠나게 하였다. 허담 국사는 누운 대로 가마에 담겨, "이놈, 선종이 놈이." 하고 연해 중얼거리며 찬란한 은사(恩賜)의 법의를 연해 만지고 빙그레 웃었다.

아슬라성에 들어온 궁예는 심히 맘에 흡족하였다. 비록 어제 불에 많은 집이 타버렸으나 성내에는 고루거각(高樓巨閣)이 즐비하고, 거상대고(巨商大庫)가 동문에서 남문과 서문에 닿았으며, 장군마을은 세달사 대법당보다도 웅장한 듯하였다. 지금까지 여러 고을을 지나왔으나 이처

럼 웅장한 고을은 처음 보았다. '오늘부터 이 모든 것의 주인은 나다.' 할 때에 궁예는 스스로 웃지 아니할 수 없었다.

성에 든 지 이튿날, 궁예는 옥문을 열어 모든 죄수를 내어놓고, 일변 장군 충신과 기타 어제 싸움에 죽은 장졸들을 후히 장례하였다. 그날 싸움에 양군의 죽은 자가 천여 명이요, 상한 자가 천여 명이요, 불탄 집이 이천 호나 되었다. 만일 해 지고 우연히 큰비가 오지 아니하였던들 아슬라성은 온통 재가 될 뻔하였다.

장졸의 장례가 끝난 뒤에 궁예는 크게 잔치를 베풀어 일변 몸소 중이 되어 싸워 죽은 장졸을 위하여 재를 올리고, 일변 모든 군사들을 한바탕 먹이고, 또 성중 두민(頭民)들을 술을 먹였다. 성중 백성들은 죽은 충신을 사모하지 아니함이 아니나, 또한 새 주인을 기쁘게 하지 아니할 수 없었다. 그래서 모여오는 백성들은 모두 왕께나 뵈옵는 사람들 모양으로 가장 좋은 옷을 입고 각각 손에 예물을 들고, 삼문에서부터 허리를 굽히고 장군마을에 들어왔다. 그중에 나이 많고 지위 있는 몇 사람은 계상에 올라 궁예에게 승전한 치하를 아뢰었다. 그러할 때마다 궁예는 가장 흡족한 듯이 고개를 끄덕끄덕하였다.

백성들이 자기를 무엇이라고 부를 줄을 모르고 민망하여 하는 것을 보고, 궁예는 대장군(大將軍)이라고 자칭하고, 대장군의 기(旗)와 부월(斧鉞)과 인(印)을 만들게 하고, 또 충신이 입던 옷을 좀 더 찬란하게 고치어 대장군의 군복을 삼았다. 그리고 부하 장졸 중에서 사람을 골라 군중과 성중을 다스리는 여러 벼슬을 내리고 각각 직분을 맡아 정사를 하게 하며, 성 뒷산에 있는 솔밭을 백성에게 주어 성화같이 불탄 집을 다시 축조하도록 영을 내렸다.

백성들은 점점 궁예의 덕을 찬송하게 되어 혹은 길거리에 선정비를 세우고, 혹은 성문에 찬양하는 시와 노래를 써 붙이며, 혹은 글을 지어 궁예에게 바치었다. 그중에 어떤 선비는 궁예의 덕을 찬송하여 '왕덕(王德)'이 있다고까지 하였다. 또 아슬라성 원근에 있는 모든 절에서는 일제히 궁예를 위하여 재를 베풀고 그 복을 빌었다.

　　이 모든 것이 다 궁예를 흡족하게 하였다. 말을 타고 성내를 순시할 때에 골목골목 선정비(善政碑)와 송덕표(頌德表)를 보는 것이나, 자기가 지나갈 때에 백성들이 다투어 나와서 합장하고 자기를 우러러보는 것이나, 어느 것이 기쁘지 아니한 것이 없었다. 그중에도 자기를 '왕'의 덕이 있다고 한 것이 아무리 하여도 잊히지 아니하였다.

　　이 모양으로 일변 오랫동안 싸운 군사를 쉬게 하고 일변 백성을 다스리는 일을 하며, 서울을 들이칠 일과 어머니의 원수를 결박하여 발아래에 꿇리고 자기의 손으로 그 목을 베고 간을 내어 어머니의 무덤 앞에 제사 드릴 것을 생각하고, 혹은 흡족하여 웃고 혹은 이를 갈고 있을 때에 문 지키던 군사가 왕의 사신이 이르렀음을 아뢰었다.

　　"왕의 사신?"

하고 궁예도 놀랐다. 그러면 왕도 벌써 자기의 위엄에 눌려 화친하는 사신을 보낸 것인가 할 때에 궁예는 더욱 자기의 힘이 위대한 것을 깨달았다.

　　"몇 사람이나…… 왔더냐?"

　　"한 사십 명 되옵고, 그중에는 자주 옷을 입은 이와 붉은 옷을 입은 이가 열은 넘사오며, 화친을 청하러 온 사신이라고 말하옵니다."

하고 문 지키던 군사가 말한다.

　　궁예는 이윽히 생각하다가,

"흥, 화친! 늙은 여우와 젊은 여우가 목을 늘여 내 칼을 받는 것이 화친이다."

하고 궁예는 분함을 이기지 못할 듯이 혼잣말로 중얼거리더니,

"들라고 일러라. 무슨 소리를 하나 들어나 보자."

하고 또 한 번 픽 웃었다.

사신 일행은 궁예의 군사가 인도하는 객관(客館)에 들었다. 그날은 날이 이미 저물었으므로 밝은 날에 궁예와 만나기로 하였다. 일행은 밤에도 잠을 이루지 못하고 궁예에게 대하여 할 일을 의론하였다.

"대왕의 칙사가 오는데도 성문 밖에 나와 맞지도 아니하니 그런 괘씸한 일 있소?"

하고 분개하는 이도 있었으나, 부사 최치원은 이런 위급한 경우에 그런 것을 탄할 처지가 아니란 말로 쉬쉬하고 눌러버렸다.

치원도 설마 궁예가 그날 밤에 몸소는 못 오더라도 사람이라도 보내어 문안을 하리라 하였고, 적어도 이튿날 아침에는 궁예가 몸소 객관에 나와 맞으리라고 생각하였다. 그러나 이튿날 아침밥이 끝나고 해가 한나절이 되어도 궁예가 오기는커녕 궁예에게서는 아무 소식도 없고, 객관을 지키는 군사들이 창과 칼을 든 채로 객관에 들어와 무엄하게 기웃거렸다.

사신 일행은 모두 울분함을 마지아니하였다. 견훤 모양으로 당장에 죽여버리지는 아니한다 하더라도, 불도 잘 때지 아니한 휑뎅그렁한 방에 일행을 가두어놓고는 금침조차 때 묻은 것을 주고 조석도 보행객주(步行客主)의 밥상과 다름이 없을뿐더러, 술 한잔도 대접함이 없고, 잘 왔느냐는 문안 한마디도 없는 것은 견훤의 행세보다도 더 무례하다고 말이 일어났다. 그러나 그것도 귓속말뿐이요, 한참 얼굴에 핏대를 돋치고 말을 하

다가도 밖에서 파수하는 군사나 순(巡) 도는 군사의 발자취만 들리면 다들 쉬쉬하고 입을 다물었다.

"그런 법이 있나?"

"응, 오랑캐 놈 같으니."

"모가지를 자를 놈 같으니."

하고 사신 일행은 이를 갈고 궁예를 꾸짖었다. 그러나 어찌할 수 없이 궁예의 처분만 내리기를 기다리다가 해가 벌써 낮이 기울었다.

사람들은 다만 허담 화상만 바라보았다. 그러나 화상도 금빛이 찬란한 법의를 입은 채로 세월없이 드러누워 눈을 감고 염주를 세어가며 잠꼬대 모양으로 나무아미타불을 찾을 뿐이요, 무슨 도리를 생각하는 모양도 없었다.

"국사 스님, 해가 낮이 기울었습니다."

하고 사신 중에 누가 말하면, 허담 화상은 번히 눈을 뜨고,

"응, 아직 선종이 놈이 안 나왔나? 고얀 놈 같으니, 평소에도 밥솥에 불을 때다가도 제 맘만 나면 토끼 사냥을 가는 놈이더니."

하고 다른 사람들에게는 무슨 소린지 알지도 못할 소리를 중얼거리고는 다시 눈을 감고 염주를 세며 나무아미타불을 부른다.

낮이 기울어도 궁예에게서는 소식이 없고, 지키는 군사에게 재촉하는 말을 하여도 시원한 대답을 듣지 못하고 점심조차 아니 주니, 일행은 추운 중에도 시장함을 금치 못하여 옷을 있는 대로 껴입고, 더러는 때 묻은 이불로 몸을 싸고, 시장한 침을 꿀꺽꿀꺽 삼키며 떠들지도 못하고 어찌 되는 셈을 몰라 몸만 좌우로 흔들고 앉았었다.

"국사 스님, 배고픈데 점심도 아니 주니 이런 법이 있습니까?"

하고 누가 불평을 하면 허담 화상도 그제야 시장한 것을 깨달은 듯이 침을 삼키며,

"허, 선종이 놈이 토끼 사냥을 가서는 가끔 밥을 굶기더니."

하고는 또 여전히 태연무사로 염불만 한다.

팔팔 뛰고 화를 내던 사신 일행도 허담 화상이 태연한 것을 보고는 적이 맘이 가라앉아 화상의 흉내를 내어 염주 대신 손가락으로 꼽아가며 입 속으로 "나무, 나무, 나무, 나무." 하고 염불을 외운다. 이렇게 되면 점점 무시무시한 맘이 생겨, 사람들은 목숨 줄이 금시에 끊어진 연줄 모양으로 손에서 빠져 날아올라갈 것만 같았다.

"글쎄, 이게 웬일이야?"

"이런 법도 있나?"

하고 사람들은 점점 마당 한복판으로 내려가는 해그림자를 보며 중얼거렸다. 객사 참새들이 마당으로 오르락내리락 지저귀되, 장군마을에서는 오는 사람의 그림자도 없다.

궁예는 장군마을에 앉아서 왕의 사신들이 괴로워할 것을 생각하고 혼자 웃었다. 그러고는 한 번 이를 갈았다.

'오냐, 내 원수를 갚을 날이 왔다. 신라 왕! 신라 왕! 너는 내 손에 든 토끼다!'

하고 껄껄 웃었다. 그 웃는 얼굴은 소름이 끼치도록 무서웠다.

'오늘 정사도 다 끝나고 심심하니, 어디 그 토끼 새끼들이나 불러들여 볼까?'

하고 사신 일행을 불러들이라고 영을 내리고, 그 사신들에게 욕을 보일 것을 생각하고 혹은 픽 웃고, 혹은 이를 갈았다.

장군마을에서 사람이 나와 사신을 부른다는 말을 들을 때에 허담 국사는,

"저놈이 안 나와 보고 나를 불러?"

하고 소리를 지르며,

"선종이 놈을 이리로 불러라."

하고 야료를 하였다.

치원이 가까스로 허담을 달래어 수레에 태워 앞세우고 장군마을로 들어갔다.

왕의 사신이 들어온다고 백성들은 길가에 나와 구경하였다. 사신들은 각각 벼슬 계제(階梯)를 따라, 혹은 자주 옷을 입고 혹은 분홍 옷을 입고 혹은 푸른 옷을 입고, 금과 옥이 찬란한 품대에 난과 학이 날아오는 듯한 흉배를 붙이고 수레 위에 엄연히 앉았다.

그중에도 허담 국사는 금실 섞어서 짠 자주 비단 장삼에 불타오르는 듯한 가사를 메고, 한 팔목에는 수정 염주를 넌짓 걸고 한 손에는 육환석장 (六環錫杖)을 들고, 비스듬히 몸을 수레 난간에 기대어 눈을 감고 입을 우물거리는 것이 눈에 띄었다. 수척하였을망정 붉은 얼굴에 은빛 같은 털이 희끗희끗 보이는 것이 심히 위풍이 있고, 바로 그 뒤에는 달마존자와 같이 뚱뚱한 대구 화상이 가느단 눈을 뜰락 감을락 하고, 그 뒤에는 치원이 반백이나 된 긴 수염을 드리우고 어엿이 앉은 것이 신선과 같았다.

사신의 일행은 천천히 수레를 몰아 고루를 지나 원문(轅門)을 지나 박석 길에 수레바퀴 소리와 당(瑞) 소리와 패옥 소리를 댕그랑댕그랑 울리며 삼문 밖에 다다라 수레를 멈추었다.

삼문에도 궁예가 마중 나오지 아니한 것을 보고 치원은 심히 맘이 괴로

웠다. 그렇다고 체면에 그대로 들어갈 수도 없어 한참이나 거기서 머물러 어찌할까 하고 서로 얼굴을 바라보았다.

이때에 대구 화상이 한번 낯을 찌푸리더니, 수레에서 내려 창검이 별 걸듯한 사이를 대답보(大踏步)로 걸어 삼문을 들어가 계상에 올라 궁예의 앞에 나아가,

"태백산 세달사 허담 스님 행차시오."

하고 마을이 떠나가라 하고 큰 소리로 외치고 물러나왔다. 범패로 닦은 대구 화상의 목소리는 큰 종소리와 같이 뜨르르 울렸다. 그 소리에 모든 사람들은 놀라는 듯이 고개를 들었다.

궁예도 놀랐다. '그러면 허담 국사는 자기의 스님인 허담 화상인가. 그 병든 허담 화상이 국사는 어인 국사인가.' 하고 곧 일어나 삼문으로 나와 본즉, 수레 난간에 기대어 앉은 이는 과연 삼 년 전에 떠난 허담 스님이었다.

궁예는 허담의 수레 앞에 무릎을 꿇고 합장하고,

"소자 선종이 아뢰오."

하였다.

허담 화상은 눈을 번적 떠서 수레 앞에 무릎을 꿇은 선종을 이윽히 보더니,

"이놈, 토끼 사냥을 간 줄만 알았더니 여기 와서 이런 짓을 하고 있었어? 고얀 놈 같으니. 소허 놈은 어디 갔단 말이냐? 두 놈이 다 똑같은 놈이거니."

궁예는 고개를 들어 허담을 보며,

"소허는 견훤이라 일컫고, 후백제 왕이 되었습니다."

"후백제 왕?"

하고 허담 화상은 웃으며,

"그래, 너도 왕이 될 생각이냐? 부처님 되어볼 맘은 생심도 못 하고 겨우 왕이야? 허허, 좀된 놈 같으니. 어서 민간에 나와 작폐 말고 날 따라 절로 들어가자!"

하고 석장을 들어 찬란한 장군의 복장을 입은 궁예의 등을 후려갈긴다.

궁예는 허담 화상이 이렇게 무서운 힘을 가진 사람이라고 생각한 일이 없었다. 그저 맘 좋고 못난 중이라고만 생각하였고, 스님의 정의를 생각하고 삼문 밖에 나와 맞을 때에도 자기의 위풍만 보면 스님도 두려워하는 맘을 가지리라고 속으로 믿었었다. 그러나 허담 화상이 자기를 세달사에 있을 때와 같은 어린 상좌로 여기는 것을 당할 때에 궁예는 어찌할 바를 몰랐다. 분김에 칼을 빼어 화상을 베어버릴 생각도 났으나, 궁예는 꾹 참고 손수 허담 스님을 이끌어 안으로 인도하였다. 허담은 비씰비씰 궁예에게 부액을 받아 안으로 들어가면서도,

"이놈, 날 따라가련? 왜 중놈이 세상에 내려와서 작폐를 하여? 고얀 놈 같으니, 네가 없으면 내 죽을 누가 쑨단 말이냐? 고얀 놈 같으니. 소허 놈이 왕이 되었어? 좀된 놈 같으니."

하고 중얼거리기를 마지아니한다. 궁예는 허담 화상을 모셔다가 내아(內衙)에 자리를 깔고 눕혔다. 화상은 따뜻한 아랫목, 부드러운 금침에 몸이 편안하여 순식간에 드렁드렁 코를 골기를 시작하였다.

궁예는 그제야 마을에 나와 좌정하고 치원 이하 여러 사신을 대하였다. 치원은 길이 두 자나 넘는 붉은 비단보로 싼 큰 봉투와 왕이 궁예에게 하사하는, 역시 비단보로 싼 상자 둘과 오동 칼집에 자금(紫金)으로 용을 아로새긴 칼 하나와, 맨 나중에 남산 백옥으로 새긴 인(印) 하나와 기

(旗) 둘과 도끼 하나와 병부(兵符) 하나를 내어놓았다. 궁예는 두 손으로 받들지도 아니하고 외손으로 이것저것 뒤적거려보았다. 마침내 궁예는 그 큰 봉투를 떼었다. 그것은 궁예로써 동북도대도독무위장군(東北道大都督武威將軍)을 봉한다는 첩지였다.

궁예는 보기를 다 하고 그 첩지와 인과 병부를 손으로 밀어 치원에게 주며,

"원로에 이 무거운 것을 가지고 오느라고 수고하였소. 그러나 이곳에는 신라 왕에게 봉작을 받을 사람은 없더라고 당신네 여왕께 아뢰오. 궁예가 원하는 것은 두 늙은 여우의 머리라고 전하고, 자세한 말은 삼월 삼짇날 서울서 만날 때에 청련각(靑蓮閣) 위에서 하자고 말 전하오."

하였다.

치원이나 다른 사신들이나 궁예의 말에 아니 놀랄 수가 없었다. '두 늙은 여우의 머리'란 무엇이며, '청련각에서'라는 것은 무슨 뜻인가? 이것을 아는 사람은 없었다.

치원은 일이 다 틀린 줄을 알았으나, 봉명사신으로서 이만하고 말 수는 없어서 이윽히 생각하던 끝에 위엄을 갖추어, 지금 각처에 도적이 봉기하여 창생이 도탄 중에 괴로워하니, 이때는 정히 충신열사가 나라를 위하여 큰 뜻을 펼 때라. 왕이 어지러운 천하를 진정할 인재를 얻으려고 소의한식(宵衣旰食)으로 신념을 마지아니하여 궁예가 재주와 덕망이 높음을 알고 이제 특히 사자를 보내어 높은 벼슬로 부르시는 것인즉, 궁예는 응당 충의지사일 것이니 옛날의 제갈무후의 본을 받아 왕사(王事)를 위하여 국궁진췌함이 마땅하다는 것과, 나중에 지금 영동과 관북 지방에 인심이 이반하여 북으로 오랑캐와 통한다는 소문까지 있으되 이것을 진

정할 이는 오직 궁예뿐이니, 시각을 지체 말고 군사를 돌려 북을 향하기를 바란다는 뜻을 도도 수천 언(言)으로 말하였다. 멀리 당나라 장안에서 닦여난 치원의 구변은 참으로 현하(懸河)와 같았다. 더구나 치원의 일언일구에는 근심과 정성과 힘이 한데 엉키어 마디마디 사람의 폐간을 찌르고 장군마을의 기둥과 주춧돌까지도 피땀을 흘릴 듯하였다. 마침내 치원은 눈에서 뜨거운 눈물을 흘리며,

"나도 십수 년 세상일에 맘을 끊고 운수종정(雲水從政)으로 산수 간에 방랑하였으나, 이때를 당하여 안연히 있을 수가 없어 대왕마마의 부르심으로 일어났으니 장군도 돌이켜 생각하시기를 바라오."

하고 말을 끊었다.

그 후에도 치원은 두어 번 궁예를 만났다. 만날 때마다 궁예더러 함께 기울어지는 나라를 붙들기를 권하였다. 치원은 궁예가 의리 있는 사람인 것을 알았기 때문에 의리로 궁예를 움직이려 하였다.

궁예도 치원의 정성과 충의에 감동하지 아니함이 아니었다. 더욱이 치원의 덕에 감복되어 치원을 자기 사람을 만들기를 원하였다. 그러하나 치원의 충의를 볼 때에 궁예는 감히 치원더러 왕을 배반하고 자기의 사람이 되라고 말할 용기가 나지 아니하였다.

치원은 처음 당나라에서 돌아와서는 모든 것을 당나라와 같이 하려고 힘을 쓰고, 본디 우리나라 것은 다 이적(夷狄)의 것으로 더럽게만 보았다. 그러나 점점 내 나라 것을 알아보고, 낮살을 먹을수록 내 나라는 내 나라요 당나라가 아닌 것을 깨닫게 되고, 더구나 산중에 들어 방랑한 지 십 년 동안에 여러 국선을 만나 도(道)로 토론할 때에 우리나라에 예로부터 전하는 도가 우리나라 사람의 골수에 깊이 박혔을뿐더러 결코 남에

게 지지 아니함을 깨달았다. 이리하여 치원은 오랫동안 뒤집어쓰고 있던 당나라 사람의 껍데기를 벗어버리고, 참된 신라 사람이 되어 기울어지는 신라 나라를 바로잡기에 목숨을 바치기로 결심하고 시무십여조(時務十餘條)라는 상소를 품고 표연히 서울에 나타났다.

때에 마침 견훤이 무진주(武珍州)에 일어나 서남 여러 고을을 엄습하고 북에 양길과 기훤이 있으며 각지에 도적은 봉기하고 국고는 경갈한 때라, 왕도 그윽이 앞일을 근심할 때이었으므로 치원의 상소를 들어 그 말대로 정사를 개혁하기로 하였다. 그러할 때에 궁예가 마른 벌판에 붙는 불의 형세로 몰아들어온 것이다. 치원이 비록 벼슬이 아찬에 지나지 못하나 내외 대소의 정사는 치원의 말대로 되는 때이었다. 치원은 견훤을 손에 넣어보려고 여러 번 사람을 보내었으나, 사람이 간교하고 의리가 없으며 어찌할 수 없고, 궁예는 이르는 곳마다 백성을 안위하고 비록 적이라도 죽은 후에는 그 신체를 후히 장사하고 그 유족을 후히 보호한단 말을 들을 때에, 그는 뛰어난 큰 뜻을 품은 사람인 줄을 짐작하고 왕께 누누이 여쭈어 궁예에게 높은 벼슬을 주어 국가 대사를 맡기기를 아뢴 것이다. 그러나 왕은 치원의 뜻을 바로 알아듣지 못하고, 또 좌우에 있는 신하들이 큰 판국을 살피지 못하기 때문에 궁예를 멀리 변방으로 내어쫓아 일시 편안함을 얻을 양으로 관북대도독이라는 벼슬을 새로 마련하여 궁예를 속여 쫓는 수단을 삼은 것이다.

치원은 궁예를 대하매, 위인이 왕자의 풍이 있고 위의와 언사의 비범을 깨달았다. 그래서 아무리 하여서라도 궁예와 의를 맺어 손을 맞잡고, 자기는 문정(文政)을 맡고 궁예는 병마(兵馬)를 맡아 나라를 바로잡는 큰일을 하기를 원하였다. 그래서 진정을 털어놓고 천언만어로 궁예를 달

래었다. 그럴 때마다 궁예는,

"썩은 기둥이 다시 서오? 새 기둥을 세우는 것이 옳지 않겠소?"

하고 은근히 새로 나라를 세울 뜻을 보였다.

궁예의 이 말을 듣고는 치원은 한숨을 쉴 뿐이었다.

치원은 궁예더러 같이 나라를 바로잡자고 달래고, 허담 화상은 궁예를 대할 때마다,

"선종아, 절로 들어가자."

하고 다시 중이 되라고만 졸랐다.

마침내 치원의 원하는 뜻은 이루지 못하고, 다만 치원에게서 다시 무슨 기별이 있기까지 궁예가 서울을 엄습하지 않기를 약속하고 치원은 아슬라성을 떠났다. 그날에 궁예는 큰 잔치를 베풀어 허담과 치원과 기타 사신 일행을 대접하고 남문 밖까지 궁예 몸소 사신들을 전송하였다. 마지막으로 작별할 때에도 궁예와 치원은 서로 작별을 아끼고, 허담은 어서 민간 작폐를 그치고 산으로 돌아오라고 궁예에게 호령을 하였다.

사신 일행이 아슬라성에서 무사히 돌아옴을 보고 장안에서는 적이 안심되었다. 그러나,

"두 늙은 여우의 머리를 보내라. 그렇지 아니하면 청련각에서 만나자."

하는 궁예의 말을 들을 때에 왕은 무슨 뜻인지를 알지 못하여 좌우에게 물었으나 역시 뜻을 아는 이가 없었다. 왕은 생각다 못하여 오래 잊어버리고 만나지 못하던 어머니를 찾았다. 육십이 넘은 두 분 태후는 뒷대궐에 함께 살며 어렸을 때 형제로 의좋게 자라던 모양으로 중년의 모든 미움과 시기도 다 잊어버리고 슬프나마 의좋게 함께 늙었다.

인제는 두 분 태후에게는 아무 세력도 없으니 찾아올 사람도 없고, 또 이 세상에 아무 욕심도 없으니 누구를 특별히 찾아 만날 필요도 없었다. 오직 예로부터 모시던 늙은 궁녀들과 벗을 삼아 이따금 늙은 여승이나 청하여다가 진언이나 외고 염불이나 하며 대자대비한 관세음보살과 아미타불에게 매어달려 왕생극락하는 길이나 닦을 뿐이었다. 왕의 따님으로, 왕의 아내로, 왕의 어머니로 일국에 가장 높은 지위에 있던 두 분 태후도 앞으로 죽을 날을 바라볼 때에는 오직 아무것도 가진 것 없는, 아주 하잘것없는 죄인이었다. 일생에 지난 일을 생각하매 현세에서도 깨어서 생각으로나 잠들어서 꿈으로나 수없이 지은 죄가 무섭지 아니하고 이롭지 아니한 것이 없으려든, 하물며 염라왕의 앞에서 저울에 죄를 달 때에 아귀도나 축생도나 지옥도를 벗어날 길이 없을 듯하였다.

"대자대비하신 관세음보살님께만 매달리시고 아미타부처님만 부르시면 모든 죄를 용서함을 받습니다. 왕생극락하십니다."

하는 여승의 말에 위로를 받아, 자나 깨나 '나무아미타불, 관세음보살'만 불렀다. 혹 경문왕이 승하하신 날이나 기타 두 분의 맘에 찔리는 기억이 있는 날에는 특별히 두 분을 원망할 듯한 여러 사람의 위패를 써놓고 승을 불러다가 정성으로 재를 올려 그 사람들의 원혼이 원망을 풀고 왕생극락하기를 빌고, 밤을 새워 갖은 진언을 외우며 염불을 하였다. 두 분을 본받아서 뒷대궐에 모시는 궁녀들도 수없이 합장을 하고 수없이 염불을 하였다. 마당에는 풀이 무성하고 기왓골에도 쑥대가 길로 자란 속에서 십여 명 늙은 부인들은 세상과는 모든 인연을 끊고 염주를 세며 '나무아미타불, 관세음보살'만 불렀다.

오랫동안 이러한 생활을 하기 때문에 두 분 태후와 늙은 궁녀들은 얼굴과 태도조차 변하여 이 세상 사람인 기색이 없고, 눈이 멍하여 마치 등신 같으며, 한번 앉으면 무슨 일이 있기 전에는 일어날 생각도 아니 하고, 피차에 이야기도 아니 하고 마주 바라보지도 아니하고 저마다 제 생각과 제 염불에만 정신이 있었다.

그러나 이 딴 세상인 뒷대궐에도 봄이 오면 마당의 썩은 풀뿌리에서 움도 나오고, 몇십 년 전 누가 심었는지 모르는 뿌리에서 꽃도 피고 제비 소리도 나고, 가을이면 처량한 달빛에 지나가는 기러기의 소리도 울려왔다. 그러할 때에는 이 늙은이들은 또 봄이 왔나, 가을이 되었나 하고 말 없이 한숨을 짓고 옷을 갈아입었다.

이러한 뒷대궐에 왕은 한 번도 와본 일이 없었다. 왕이 어머니의 얼굴을 대한 지가 오륙 년이나 지났다. 그래서 뒷대궐에 있는 이들은 일생에 왕의 낯을 다시 대할 생각도 아니 하고, 다만 습관적으로 아침마다 왕의 복을 빌고 왕을 위하여 염불을 하였다.

그러하던 차에 천만 뜻밖에 하루는 왕의 행차가 듭신다는 기별이 와서 두 분 태후마마 이하로 여러 늙은 궁녀들은 갑자기 오래 들었던 잠을 놀라 깨어나는 듯하여 눈들이 둥그레지어 서로 바라보았다. 서로 바라보니 서로 평생에 만나보지 못한 사람 같아서,

'다들 늙었고나. 변하였고나!'
하고 속으로 한탄하였다.

뒷대궐에서는 왕의 거둥을 맞을 준비를 하느라고 바빴다. 궁녀들이 손수 마당에 황토를 퍼고 문 위에 납거미줄을 쓸고 마루에 먼지를 쓸고, 여러 해 동안 입어보지 못하고 장 속에 박아두었던 물 다 빠진 옷들도 내어 입었다. 그리고 왕이 들어와 앉으실 대청 정면에는 낡은 비단 보료와 방

석을 깔았다. 모든 준비가 다 된 뒤에야,

'상감마마께서 어찌하여 오시는고?'

하는 생각을 하게 되었으나, 아무도 입 밖에 내어 말은 하지 아니하였다.

왕은 극히 간단히 궁녀 두 사람의 부액을 받아 들어오시었다. 쓸쓸하게도 된 집과 이 세상 사람 같지 아니한 궁녀들을 보고 왕도 감개무량한 모양으로 얼굴에 검은 구름이 끼었다.

두 분 태후도 마루 끝까지 나와 맞았다. 왕은 맨 처음 자기를 낳아준 친어머니의 손을 잡고, 다음에는 이모요 또 어머니 되는 정화마마의 손을 잡았다.

"어마마마!"

하는 왕의 눈에는 눈물이 맺히고, 두 태후마마의 주름 잡힌 뺨에도 눈물이 번적거렸다.

"상감마마!"

하고 영화마마는 목이 메어 다시 말이 나오지 아니하였다. 자식에게 대한 어머니의 정, 지난날의 더러운 질투와 미움에 대한 후회의 정이 함께 북받치어 올라와 떨리는 몸을 억제할 수가 없었다. 지내놓고 보면 한바탕 부끄럽고 신물 되는 꿈인 것을 내 어찌 그리하였던고 할 때에, 두 분 마마나 상감마마나 모두 비창(悲愴)함을 금하지 못하였다.

'한 번만 더 사람으로 태어나면 그런 짓을 말았을 것을.'

하고 두 분 마마는 잘 돌아가지 않는 목소리로,

"나무아미타불, 관세음보살."

하고 불렀다.

왕도 자리에 앉고 늙은 궁녀들도 왕의 명으로 둘러앉았다. 늙은 궁녀들 중에는 참다못하여 문밖으로 나가 느껴 우는 이도 있었고, 누구나 눈에 손을 대지 아니한 이는 없었다. 한참 동안은 흑흑 느끼는 소리밖에 아무 소리도 들리지 아니하고, 그 큰 집 안은 죽은 듯이 고요하였다. 서로 울음을 그치려고 코를 들이마시나, 눈을 떠서 피차에 얼굴을 바라보면 새삼스러운 설움이 북받쳐 새로 눈물이 흘러내렸다.

왕도 오래간만에 어머니를 대할 생각을 할 때에는 다소 감격할 것을 기대하였으나, 이처럼 피차에 비창할 줄은 뜻하지 못하였다. 일생의 모든 죄와 모든 슬픔이 다 한데 모여 나오는 듯하고, 이 자리에 앉은 모든 사람의 불행이 다 자기로 말미암아 생긴 듯할 때에 왕은 가슴이 저리도록 슬펐다.

그러나 왕은 이러고만 있을 수가 없었다. 나라에 큰일이 있으니 한가하게 슬퍼할 처지가 아니다. 왕은 입을 열어,

"어마마마, 지금 나라에 큰일이 생겨 아모리 생각하여도 좋은 도리가 없고 만조제신도 꾀를 내는 자가 없어서 어마마마께 아뢰어보려고 왔습니다. 늙은이는 젊은이에게 없는 지혜가 있다고 하옵니다."

하였다.

"나라의 큰일이라니, 무슨 큰일이오?"

두 분 마마는 놀래는 듯이 근심스럽게 묻는다.

왕은 견훤의 이야기와 궁예의 이야기를 대강 말한 뒤에,

"궁예의 말이, 늙은 두 여우의 머리를 보내면 화친도 하려니와, 그렇지 아니하면 삼월 삼짇날 청련각에서 만나자 하니, 이것이 무슨 뜻인지 아는 사람이 없습니다."

하였다.

"청련각?"

하고 영화마마는 파랗게 질리며,

"그러면 그 궁예라는 것이 용덕 아기가 아닌가?"

한다.

"용덕 아기?"

하고 정화마마도 펄쩍 뛴다. 늙은 궁녀들도 모두 놀라고, 왕도 그제야 어려서 듣던 이야기가 생각난다.

용덕 아기란 말에 왕도 놀라며,

"어떻게 궁예가 용덕왕자인 줄을 아시오?"

하고 영화마마께 물었다. 왕은 용덕 아기라는 왕자가 있었다는 말과, 아버지 경문대왕께서 죽이라 하시어서 유모가 안고 도망하였다는 말과, 경문대왕 승하하신 때에 어떤 애꾸 아이놈이 용덕왕자라고 자칭하고 대궐 안에 들어와 설렜다는 말과, 싸우다가 쫓겨 달아나는 길에 용덕왕자의 쏜 살이 대궐 기둥에 박히어 꼬리를 흔들고 아무리 하여도 빠지지를 아니하였고 가까스로 뺄 때에는 그 자리에서 피가 흘렀다 하여 그 자국까지 본 것과, 이만큼은 알았으나 그 이상 자세한 말은 듣지도 못하고 또 알아보려고도 아니 하였다. 대개 대궐 안에서는 뒷대궐마마나 용덕왕자 이야기를 하지 아니한 까닭이다.

영화태후는 길게 한숨을 쉬며,

"청련각에서 만나자는 말은 분명 용덕왕자요."

하고 말하기 괴로운 듯이 용덕 아기의 어머니 되는 뒷대궐마마가 청련각에서 칼을 물고 죽은 말과, 죽기 전에 용덕 아기를 청련각 난간에서 연못을 향하고 내어던진 것을 유모가 받아가지고 갔단 말을 하고, 맘이 괴로

워 차마 더 말을 못 하는 듯이 말을 끊고 염주를 만지며 곁에서 들릴락 말락 하게 염불을 한 후에,

"그 뒷대궐마마가 바로 여기 있었소. 여기 있기 때문에 뒷대궐마마라고 불렀소."

하고 방 안에 무엇을 보는 듯이 눈을 들어 사방을 돌아본다. 다른 사람들도 모두 방을 둘러보고 몸에 소름이 끼치었다. 왕도 여자의 본능으로 무서움이 생겨 몸을 한 번 소스라치며,

"그래, 뒷대궐마마는 왜 죽었소?"

하고 물었다.

이 말에 사람들은 서로 바라보기만 하고 대답이 없었다. 여기 있는 늙은 궁녀들은 다 그때부터 두 분 마마를 모시어 모든 일을 다 아는 까닭이다. 두 분 태후는 입술이 벌벌 떨린 뿐이요, 혀가 돌아가지 아니하였다. 삼십 년 잊어버렸던 죄악이 이처럼 다시 드러나서 나라에 큰 화단이 될 줄을 어찌 알았으랴.

'아아, 끊어질 줄 모르는 인과의 줄이여!'

하고 영화마마는 안 보이는 칼로 가슴을 에는 듯이 괴로웠다.

이 눈치를 보고 있던 궁녀 하나가 왕의 앞에 나앉으며,

"뒷대궐마마가 이찬 윤홍과 간통한 줄을 아옵시고 또 용덕 아기께서 얼굴이 이찬 윤홍과 같다 하오시어, 경문대왕 마마께서 모자를 다 죽이라 하시었습니다."

하고 아뢰었다.

"그러면 용덕 아기는 우리와 동기가 아니요, 윤홍의 씨든가."

하고 왕이 고개를 끄덕끄덕할 때에 지금까지 가만히 있던 영화마마는 가

위 눌린 듯이 갑자기 소리를 지르고 몸을 떨며,

"아니오, 아니오. 뒷대궐마마는 아모 죄도 없소. 이찬 윤흥도 아모 죄도 없소. 모든 것이 다 내 죄요. 다 내가 뒷대궐마마를 시기해서 지어낸 소리요. 어찌하면 상감마마의 총애를 받는 저것을 없이할까, 어찌하면 항상 내 말을 아니 듣는 윤흥네 삼형제를 없애버릴까 하여, 내가 그런 소리를 지어낸 것이오. 요망하고 음탕한 계집의 말 한마디로 세 충신과 한 열녀를 죽게 하고 이처럼 나라에 큰 화단을 불렀으니 모두 내 죄요! 죄 없이 흐른 열녀의 피와 충신의 피가 삼십 년을 지나도록 스러지지 아니하고 있다가 지금 원수 갚기를 원할 것이오……. 내가 아모리 관세음보살을 부르고 아미타불을 부르기로, 이 무수한 원혼들이 나를 지옥으로 끌어넣고야 말 것이오."

하고 왕을 향하여,

"모두 내 죄요, 모두 내 죄요. 오늘날이 있기를 기다리고 죄 많은 내 목숨이 살아온 것이오. 상감마마는 아모 염려 마오. 내 머리를 드릴 것이니 용덕 아기에게 보내어주오. 마땅히 올 일이 오늘에야 왔소."

영화마마의 말이 그치자 정화마마도,

"나도 같이 갑시다. 두 늙은 여우의 머리라 하였으니 내 머리도 같이 줍시다. 백제, 고구려의 이백 년 묵은 원혼도 여태껏 돌아갈 줄을 모르고 피 묻은 원한이 뭉치고 뭉치어 원수의 피를 마시고야 쉬거든, 칼 물고 죽은 원혼이 삼십 년에 스러질 리가 있겠소? 밤마다 꿈에 보이는 것도 원수의 피를 먹으려는 뜻이오. 원한이란 갈수록 커지고 들수록 깊어지는 것이오. 한 여자의 원한이 삼십 년을 자라고 자라서 나라에 큰 화단이 되었으니, 이제는 우리의 피를 주어 돌아가지 못하는 원혼을 돌려보냅시다."

하고 일어나 곁방으로 들어가려 하였다. 영화마마도 뒤를 따른다. 곧 칼을 들어 자결하려 한 것이다.

늙은 궁녀들은 울며 일어나는 두 분 마마를 붙들었다.

"붙들지 마라! 붙들지 마라! 이 원한을 두고 삼생을 두루 돌며 뉘우침의 괴로움을 당하게 마라. 칼만 한번 번적하면 이 몸을 가지고 금생에 지은 모든 죄를 소멸치는 못하여도 죄의 뿌리는 끊을 수도 있을 것을. 나를 붙들지 마라. 내가 죽거든 머리는 용덕 아기에게 보내고 몸은 들에 버려 까막까치의 밥이 되게 하라."

하고 두 분 마마는 미친 듯이 여러 늙은 궁녀들의 붙드는 손을 뿌리치려 하나, 여러 손에 끌려 펄썩 앉으며,

"아아, 어찌하잔 말인고? 죽어서 만일 혼백이 있다 하면 삼도천(三途川)을 건널 때에 내 손으로 죽인 수없는 원혼들을 어떻게 헤아리며, 황천에 들어가서 먼저 가신 대왕마마를 무슨 면목으로 보이리? 이 몸의 목숨을 끊을 칼은 있건마는, 혼의 목숨을 끊을 칼은 없던가. 만일 몸은 죽어도 혼은 살아 있다 하면, 저 원혼의 원망을 내 어찌 받으리. 십 년, 이십 년도 어렵거든, 영겁의 괴로움을 내 어이 받으리. 아아, 혼까지 태워버리는 불은 없을까."

영화마마가 목을 놓아 울면 정화마마도 따라서,

"일생에 찼던 영화가 지나고 보니 회한뿐이로구나! 한 찰나 쾌락과 미움이 영겁의 지옥이 될 줄을 몰랐구나!"

하고 운다.

두 분 마마가 울고 하소연하는 것을 볼 때에, 왕도 지나간 일생의 모든 불의의 쾌락이 일시에 시커먼 불길이 되어 자기를 살려놓고 태우는 듯하

였다. 천 년 종사를 이 꼴을 만들어놓고 하늘에도 땅에도 설 곳이 없는 몸이 된 것이 분명히 눈앞에 보일 때에 왕은 견딜 수 없이 슬펐다. 그러나 몸이 일국의 왕이 되었으니 죽기도 맘대로 할 수가 없다. 왕은 북받치어 오르는 뉘우침과 괴로움을 꾹 참고 태연한 태도로 두 분 마마를 위로하였다.

"과도히 슬퍼 마시오. 궁예가 진실로 용덕 아기라 하면 두 분 어마마마께서는 원수라 하더라도 나와는 동기 형제니 설마 무슨 도리가 없으리까. 들으니 궁예는 견훤과 달라 인정이 있고 덕이 있다 하니, 피를 나눈 누이의 말을 설마 아니 들으리까. 자연 도리 있을 것이니 부디 과도히 슬퍼 마시오."

하고 차마 그 자리에 더 있지 못하여 두 분 마마께 하직하고 왕은 침전으로 돌아오시었다.

침전에 돌아와 왕은 좌우를 물리고 혼자 목을 놓아 울었다. 지금까지 체면에 참았던 슬픔이 한꺼번에 북받치어 올라온 것이다. 더구나 저렇게도 애통하는 어머니를 볼 때에 자식의 슬픈 정이 나고, 자기의 친어머니와 그동안에 말할 수 없이 더러운 관계로 지낸 것을 생각할 때에 억제할 수 없이 뉘우침의 칼날이 가슴속에 돌았다.

왕은 그날 종일을 눈물로 보내고 온밤을 옷도 아니 끄르고 근심으로 새웠다. 오랫동안 졸다가 깜짝 놀라 일어난 왕의 양심은 새로 갈아놓은 칼날 모양으로 사정없이 왕의 몸과 맘을 찌르고 우비었다.

이튿날 평명에 뒷대궐 궁녀는 왕에게 무서운 소식을 전하였다. 그 소식은 이러하였다.

그날 종일 궁녀들은 잠시도 두 분 마마의 곁을 떠나지 아니하고 꼭 따랐다. 여러 궁녀의 권으로 저녁 진지도 물에 말아서 조금 뜨시고 불을 켜

놓은 뒤에는 별로 괴로워하는 빛도 없이 궁녀들과 이야기도 하고, 분황사의 늙은 승 청조(淸照)를 불러들여 법화(法話)를 들었다. 그러다가 청조도 나가고 두 분 마마는 평시에 모시고 자던 궁녀더러는,

"오늘 밤에는 우리 형제 같이 잘 터이니 들지 마라."

하고 두 분이 관세음보살의 금상(金像)을 모신 영화마마의 침방으로 들어갔다. 전에도 가끔 두 분이 관세음보살님 방에서 주무신 일이 있으므로, 궁녀들도 하릴없이 뒤에 떨어지어 곁방에 모여 소곤소곤 이야기도 하고 가끔 벽에 귀를 대고 엿듣기도 하였다. 밤이 깊어 삼경 북이 울릴 때까지도 두 분이 염불하는 소리가 들리고, 가끔 느껴 우는 소리도 들렸으나 다시 염불하는 소리가 들려서 안심하였다. 그러는 동안에 늙은 궁녀들은 하나씩 둘씩 잠이 들어버리고, 사경 북이 울 때에는 영화마마를 모시던 궁녀 하나만이 깨어 있었다. 여전히 염불 소리가 울려왔다. 밤이 깊어 고요한 넓은 대궐 속에 구슬픈 염불 소리가 끊일락 이을락 하였다.

그렇게 잠이 들지 아니하고 엿듣다가 늙은 궁녀는 잠깐 잠이 들었다. 그랬다가 오경 북을 치는 소리에 놀라 깨어 엿들으니, 그때에는 염불 소리가 없었다. 맘에 웬일인가 하는 생각도 났으나 무엄하게 문을 열어볼 수도 없어 '아마 잠이 드셨나보다.' 하면서 날이 새기를 기다렸다.

잠이 들었던 궁녀들은 모두 일어나서 서로 바라보았다. 여럿이 의논한 끝에 아무리 하여도 수상하다 하여 두 분 마마께서 주무시는 문밖에 가서,

"태후마마, 태후마마."

하고 불렀으나 대답이 없었다. 그때에 문밖에 있던 궁녀들은 몸에 냉수를 끼얹는 듯하였다.

마침내 영화마마를 모시던 늙은 궁녀가 황황하게 문을 열었다. 문고리

는 걸리지 아니하였었다. 문밖에 섰던 여러 궁녀들은 일제 뒤로 물러서며 소리를 질렀다.

관세음보살 불단 앞에는 거의 다 타버린 촛불 둘이 밖에서 들어오는 바람에 펄렁거리고, 불단을 향하여 두 분 마마는 꿇어 엎디어 예불하는 사람 모양으로 가만히 있다. 정화마마는 몸이 한편으로 좀 쓰러지었으나, 영화마마는 금시에 일어날 듯이 두 팔꿈치를 땅에 대고 엎드렸다. 두 분의 입은 하얀 옷자락은 방바닥에 깔려 피에 젖었고, 방 안에서는 피비린내가 코를 받치며 아직 채 굳지 아니한 피가 촛불에 번적번적한다.

궁녀들은 겨우 정신을 수습하여 방에 들어가 두 분 마마에게 매어달렸다. 그러나 벌써 두 분의 몸은 식고 굳었다. 늙은 궁녀는 향로에 새로 향을 피워놓고 곧 왕께로 이 말을 전하러 간 것이다.

왕은 궁녀의 눈물 섞어 아뢰는 말을 다 듣더니,

"칼로 돌아가시었더냐?"

하고 물었다.

"예, 두 분 마마께옵서 다 칼을 입에 무시옵고, 그림에 그린 듯이 곱게 돌아가시었습니다."

왕은 다시 여러 가지로 자세한 말을 물은 뒤에,

"마마께서는 왕생극락을 하시었을까?"

하고 물었다.

늙은 궁녀는 새로 솟는 설움을 못 이기어 한참 동안 목이 메어 말을 못하다가 겨우 고개를 들어 눈물에 젖은 늙은 얼굴로 왕을 바라보며,

"분명 두 분 마마께서옵서는 왕생극락하시었습니다. 십 년을 하루같이 금생 모든 죄를 뉘우치시고 염불 공덕을 세우시었사오니 왕생극락은

의심 없습니다."

하고 더욱 느껴 운다.

　북원에서는 양길이, 궁예의 이름이 갑자기 높아가는 것을 심히 맘에
불평하였다. 그래서 두 번이나 사람을 보내어 궁예더러 급히 돌아오기를
명하였으나 듣지 아니할뿐더러, 아슬라성에 들어간 후에는 대장군이라
고 자칭하였다는 말을 들을 때에 양길은 이를 갈았다.

　"이놈이, 이놈이 은혜를 모르고."

하고 팔팔 뛰었다.

　그러하던 차에 왕의 사신이 아슬라성에 와서 궁예를 찾아보았고, 궁예
는 왕에게서 높은 벼슬을 받아 왕의 사신이 돌아갈 때에는 큰 잔치를 베
풀고 성문 밖에 나와 전송하였다는 말을 듣고는, 속이 끓어오를 듯이 미
운 생각과 시기지심이 났다.

　그러나 생각하면 이제는 궁예는 자기의 대적이 아니다. 북원 성내에서
도 아동주졸까지도 애꾸눈 신장군이라 하여 자기보다도 궁예를 더 높게
보고 더 두려워하였다.

　"그놈을 왜 그때에 아니 죽여버렸던가. 왜 잡혔던 호랑이를 들여놓아
후환을 끼쳤는가."

하고 양길은 배꼽을 물어뜯었다.

　이때까지는 서울서 혹 상을 준다는 말도 오고 벼슬을 준다는 말도 왔
다. 그러할 때마다 양길은 큰소리를 하고 뻗대었다. 그러나 궁예가 나선
뒤에는 서울서나 세상에서나 양길의 이름을 잊어버리게 되었다.

　궁예의 이름이 높아질수록 애타는 것은 양길뿐이 아니었다. 견훤도 무

인지경을 횡행하듯이 서남 여러 고을을 휩쓸고 이대로만 가면 불원에 서울까지도 엄습하려는 뜻을 두었던 차에, 궁예가 질풍같이 동북 여러 고을을 짓치어 내려오는 소문을 듣고 심히 맘에 괴로웠다. 처음에는 궁예가 누구인지 알지 못하였으나, 차차 들으매 그가 선종인 것을 알고 더욱 놀랐다. 궁예가 선종일진대, 그는 반드시 자기에게 대하여 좋지 아니한 생각을 가졌으리라고 견훤은 생각하였다. 자기가 허담 스님 밑에 있을 때에도 선종과는 자연히 사이가 좋지 못하였거니와, 백의 국선에게 재주를 배울 때에도 선종을 속였고, 떠날 때에도 아무 말도 아니 하였던 것이다. 선종의 원험을 샀으리라고 믿었다.

그런데 궁예의 세력이 저다지 훌륭하니 밉기 그지없었다. 자기는 궁예의 밑으로 들어갈 수 없고, 궁예도 자기의 밑에 들어올 리는 만무하였다. 그러할진대, 세불양립(勢不兩立)이니 둘 중에 하나는 없어질밖에 수가 없다고 군사를 들어 대번에 궁예를 무찔러버릴까 싶지 아니하고, 그렇다고 그대로 내버려두면 궁예의 세력은 점점 커질 것이다, 이렇게 생각할 때에 견훤의 맘은 괴로웠다.

그러한 즈음에 왕의 사신이 아슬라성에 궁예를 찾았단 말과, 궁예가 큰 잔치를 베풀고 성문 밖에까지 사신을 전송하였다는 말과, 또 일설에는 궁예에게 병마의 대권을 맡겨 견훤을 치게 한다기도 하였다. 이에 견훤은 사자를 양길에게 보내어 양길로 비장(裨將)을 삼고, 궁예가 양길에게 대하여 반심을 품었단 말로 이간을 붙이었다.

견훤의 꾀는 맞았다. 양길은 마침내 궁예를 죽이기로 결심하였다. 이것이야말로 견훤이 원하는 바다. 일찍 같은 스님 밑에서 사형으로 섬기던 궁예를 자기의 손으로 죽였다 하면 후세에도 말썽이 될 것이요, 또 당장 민심에도 좋지 못한 영향이 있을 것이다. 그래서 양길의 간을 긁어 궁예에게 대한 미움을 돋우면 반드시 양길이 스스로 궁예를 죽일 꾀를 낼 것을 믿던 것이 그 꾀가 꼭 들어맞은 것이다.

"나와 그대와 두 사람이 합함이 아니면 천하를 어찌 진정하랴. 아모쪼록 속히 우리 둘이 만나 피를 마시고 맹세하여 옛날 유관장(劉關張)의 본을 받기를 바라노라."

견훤이 친필로 양길에게 보낸 편지 중에는 이러한 구절도 있었고, 또 양길의 공과 덕을 찬양하며 궁예가 양길의 은혜를 저버린 것이 통분하다는 뜻도 있었다.

"궁예 놈은 과연 배은망덕하는 놈이다!"
하고 양길은 이를 갈았다.

양길은 궁예 죽일 일을 생각하느라고 며칠 동안 잠을 이루지 못하였다. 이 일은 극히 비밀히 하여야 할 것이다. 만일 일이 먼저 탄로되면 도리어 무슨 변을 당하는지 알 수 없을 것이다. 그러나 이렇게 비밀한 일을 하려고 본즉, 그 많은 사람에게도 믿을 만한 사람이 보이지 아니하였다. 의심스러운 눈으로 보면 도리어 모든 사람들이 다 궁예와 통하고 자기를 속이는 것같이 보였다.

생각하고 생각한 끝에 양길은 원회를 생각하였다. 원회는 자기의 부하가 된 뒤로 극히 충성되었다. 그뿐더러 원회는 이미 한 번 자기의 주인 되는 기훤을 배반한 일이 있는 사람이니, 이로써 꼬이면 반드시 그 친구 되는 궁예를 배반할 수도 있으리라고 믿었다. 또 원회만 가면 우직한 궁예도 반드시 그를 믿을 것이요, 믿어야만 목적을 달할 것이라고 생각하였다. 신훤도 좋으나 신훤은 너무 우직하여 이러한 일을 맡길 수 없고, 또 궁예를 믿는 뜻을 숨기지 아니하고 언사에 나타내었다. 그러므로 신훤은 믿을 수 없는 사람이요, 이 일을 할 자는 꼭 원회라 하였다.

마침 좋은 것은 원회가 양길의 딸이요 궁예를 사모하는 난영에 맘을 두는 눈치가 있는 것이다. 양길은 두서너 번이나 난영이 원회와 마주 서서 길게 무슨 이야기하는 양을 보았다. 그리고 원회가 양길을 대할 때마다 일종 수치의 정을 가지는 것을 보았다. 이런 것을 생각하고 양길은 혼자 웃었다. 딸로 원회를 낚는 미끼를 삼는 것이 우스웠던 것이다.

마침내 밤이 이슥한 때에 원회를 불러들였다. 난영에게 맘을 다 빼앗긴 원회는 바스락 소리만 나도 난영의 일로만 알게 될 때라, 아닌 밤중에 자기를 부르는 것이 역시 난영에게 관한 일로만 여겼다. 풍운에 뜻을 두고 십여 년간 시석지간에 달리던 원회가 북원에 와서 한참 동안 평안하고 영화로운 생각을 하게 되니 번개같이 지나가는 청춘의 행락이 아까운 생각이 나는 동시에, 익을 대로 익은 난영의 아름다움을 볼 때에는 천하를 얻느니보다 난영을 얻는 것이 나을 듯하였다.

그러나 난영은 궁예를 사랑한다. 궁예가 전장으로 떠날 때에 단신으로 남복을 하고 석남사까지 따라가지 아니하였더냐. 지금도 자기를 만나면 하는 말이 모두 궁예의 말뿐이 아니냐.

"이번 싸움에는 어찌 되었소?"

하고 난영이 그 아름다운 얼굴에 수삽한 빛을 띠고 궁예의 일을 물을 때에 자기가,

"이기었소! 궁예 가는 곳에 대적이 어디 있겠소?"

하고 대답할 때에 난영이 어떻게 기쁜 빛을 감추지 못하고 자기가 앞에 있는 것도 잊어버린 듯이 합장하고 서편 하늘을 우러러보며,

"아아, 고마우신 미륵존불!"

하고 눈물을 흘렸던가. 이것은 궁예가 어진주를 항복받은 때 일이다. 그때에 원회는 어떻게 궁예에게 대하여 질투를 가졌던가. 궁예가 싸움에 이긴 것을 기뻐하는 난영의 모양을 볼 때에는 마치 눈에 아니 보이는 궁예의 발이 자기의 가슴과 얼굴을 함부로 밟는 듯하였다.

궁예가 처음 전장으로 떠날 때에도 원회의 맘의 한편 구석에서는,

'오, 네가 가면 내게도 기회가 있다.'

하는 기쁨이 있기는 하였다. 그러나 원회의 궁예에 대한 친구의 의리는 그가 싸움에 이길 때에 기뻐하고 며칠 동안 기별이 없을 때에 궁금한 정도는 되었었다. 그러나 궁예의 이름이 너무 높아지고 난영의 맘이 궁예에게 너무 쏠린 것을 볼 때에는 그까짓 친구의 의리는 간 곳을 모르게 되었다. 궁예가 울오를 향한다는 기별을 들을 때에 원회는 처음으로,

'이번에야 그 애꾸 놈이 죽을 테지.'

하고 스스로 자기의 맘에 놀랐다.

그러다가 궁예가 어진주를 친다는 기별을 들을 때에,

'이번에는 꼭 죽어라!'

하고 원회는 이를 갈고 동남을 바라보며 저주하였고, 적어도 싸움에 패하여서 지금까지에 얻은 이름을 여지없이 잃어버리기를 맘으로 빌었다. 그러나 궁예는 원회의 저주도 듣지 아니하고 어진주를 손에 넣고 다시 질풍과 같이 아슬라성을 들이친다는 기별이 왔을 때에 원회는 맘을 진정할 수가 없이 괴로워서 밤이 깊도록 잠을 이루지 못하고 영문 마당에서 거닐었다.

"이 사람, 우리 궁예가 과연 신장군이로세."

하고 자기의 어깨를 치며 기뻐하는 신훤까지도 미웠다. 그러나 그때에는 신훤과 같이 웃으며,

"아모렴, 나도 지금 궁예가 아슬라 싸움에 어찌되었는가 그것이 궁금하여 잠도 못 이루고 나와서 말발굽 소리를 기다리는 것일세."

하고 거짓말을 하지 아니치 못하였다. 그러나 신훤은 수상한 듯이 어둠 속에서 자기의 얼굴을 들여다보는 듯하여 고개를 돌렸다.

원회는 양길의 밑에 온 후에 난영의 맘을 끌 만한 일은 아무것도 한 것이 없었다. 활쏘기나 칼 쓰기도 시험해볼 기회가 없었고, 게다가 한번 말달리기를 할 때에 원회는 개천을 건너뛰다가 말에서 떨어져 망신을 한 뒤로는 더욱 난영의 눈에 낮추보였으리라고 생각하고 심히 부끄러웠다. 모략으로는 남에게 지지 않는 줄 믿으나, 궁예의 이른바 늙은 쥐라는 군사(軍師)가 양길의 신임을 받고 있으니 자기의 모략을 시험할 기회도 없었다.

그러하던 터에 양길에게서 밤에 부른다는 말을 듣고, 이번에야 무슨 좋은 일이 생기는가 하고 가슴을 두근거리며 투구, 갑옷을 갖추고 장군 마을 양길의 침방으로 들어갔다.

양길은 마침 서안에 기대앉아 무심히 고서(古書)를 읽다가 원회가 들어오는 것을 보고 책을 접어놓고 원회에게 자리를 권하였다. 원회는 장군에게 대한 예로 팔을 들어 인사한 후에 양길이 권하는 자리에 앉았다. 원회는 이렇게 양길과 단둘이 밀실에 마주 앉아본 일은 없었으므로 맘에 매우 흡족하였다.

"마침 좋은 술이 있기로 한잔 나누고 이야기나 하려고 청하였소. 갑옷, 투구는 다 벗어놓고 편히 앉으시오. 오늘 밤에 한 친구로 술을 나누고 놉시다."

하고 양길은 설렁줄을 쳐서 시비를 불러 원회의 투구와 갑옷을 받아 걸게 하고 준비한 주안을 내오라고 명하였다. 꽃 같은 시비는 사뿐사뿐 발을 옮겨놓을 때마다 패옥 소리에 아울러 가슴에 찬 울금향의 향기를 피웠다.

주안상이 나와 두어 순배가 돌도록 양길은 술 이야기며 여러 가지 잡담으로 원회가 맘이 탁 풀리도록 꾀하였다. 먹은 술이 기름이 되어 피차에 말이 미끄러져 나오게 된 때에 양길은 시비를 물리고 원회와 단둘이만 마주 앉았다. 양길은 사람을 대할 때에 사람으로 하여금 정다운 생각이 나게 하는 용모를 가지었고, 그의 언어와 태도가 마주 대한 사람을 턱 믿게 하는 힘을 가지었다. 양길이 민간에 명성이 높은 것이 이 때문이다.

오늘은, 양길은 더욱 원회에게 대하여 믿고 친한 빛을 보였다. 그러면서도 항상 무슨 중대한 일을 염두에 놓지 아니하는 자의 위엄을 갖추었다. 다만 그의 유순한 듯하면서도 빛나는 눈이 웃고 이야기하는 동안에도 사람의 폐간을 꿰뚫어보려고 잠시도 쉬지 않는 듯하였다. 원회는 그 눈을 안다. 그러나 원회는 양길의 눈을 당할 수가 없었다.

양길은 농담 삼아,

"아슬라에 안 가보시려오?"

하고 웃었다.

원회는 어인 셈을 몰라 대답할 바를 알지 못하였다. 그 말에는 무슨 무서운 것이 품겨 있는 듯한 까닭이다.

그러나 원회도 그만한 말에 들을 듯한 사람은 아니다. 원회는 가장 엄숙한 태도로,

"장군께서 가라고만 하시면 이 밤에라도 가옵지 무슨 말씀이 있겠습니까?"

하였다.

양길은 그 온순한 듯하고도 사람의 폐간을 꿰뚫는 눈으로 원회를 이윽히 보더니,

"아니, 그런 게 아니라 대사(大師)는 본래부터 궁예 장군과는 친한 사이니, 궁예 장군이 전장에 나간 후로 연전연승하여 아슬라성까지 항복받고 왕의 사신을 맞아 큰 벼슬까지 받았다 하니 대단히 기쁘지 아니하겠소? 나는 인제는 이름과 세력이 다 궁예 장군의 뒤에 떨어지니 궁한 나를 따르는 것보다 궁예 장군을 따라가는 것이 이롭지 아니하겠소? 그러니까 아슬라성으로 갈 뜻이 없느냐 말이오."

하고 일부러 원회의 눈을 피하여 다른 데를 본다.

원회는 양길이 궁예를 어떻게 의심하고 시기하는 줄을 안다. 그래서 첨에는 궁예의 위인이 결코 의리를 저버릴 사람이 아닌 것을 변명도 하였으나, 근래에는 도리어 궁예가 양길에게 의심받는 것이 자기에게 이로울 것을 생각하고 변명할 만한 일에도 변명을 아니 하고, 도리어 더욱 의심이 깊어질 만한 말을 한 마디, 두 마디 무심코 하는 듯이 말하여왔다.

원회는 편안히 앉았던 무릎을 모아 엄연히 꿇어앉으며,

"치악산이 평지가 되고 한물이 오대산으로 거슬러 흐르더라도 원회가 장군께 바친 뜻은 변하지 아니할 것입니다. 궁예와 원회가 비록 친구오나 친구의 정리로써 군신지의를 변할 수 없사오며, 또 만일 궁예가 아모리 원회의 친구라 하더라도 불의를 할 때면 원회의 칼은 궁예의 목을 버힐 것이옵니다. 원회의 충성을 굽어살펴주옵소서."

하고 원회는 두 손을 짚고 이마를 땅에 대었다. 그 말에는 충성이 사무친 듯하였다. 원회는 이러한 기회에 자기의 충성을 양길에게 보이는 것이

편리한 줄을 잘 안다.

　양길도 원회의 말이 맘에 흡족하였다. 더구나 자기를 임금으로 보아 '군신지의'라고 하는 말이 더욱 맘에 흡족하였다. 그러나 양길은 짐짓 낯을 찌푸리며,

　"대사도 한 번 의리를 배반한 일이 있지 아니하오?"

하고 한번 원회를 찔렀다.

　원회도 이 말에는 등과 이마에서 비지땀이 흘렀다. 십 년 감고를 같이 한 기훤을 배반한 것이 가끔가끔 맘에 찔렸던 것이다. 원회는 손등으로 이마의 땀을 씻으며,

　"책망하시는 말씀은 황공하오나, 그것은 의리를 배반한 것이 아니옵고 불의를 배반하고 의리를 좇은 것이라 하옵니다."

하고 한숨을 내쉬었다. 양길은 웃으며,

　"그러면 나도 불의를 하는 날이면 배반하시겠소?"

하고 원회를 바라보았다.

　"그렇기도 하오나, 소관은 이미 이 몸을 장군께 바치었사오니 죽으나 사나 장군을 따르겠습니다. 물에 들라 하시면 물에 드옵고, 불에 들라 하시면 불에 들겠습니다."

하고 다시 양길의 앞에 엎드려 이마를 조아렸다.

　양길은 손수 술을 따라 원회에게 주며,

　"자, 술이나 한 잔 자시오. 내가 대사의 뜻을 믿으니 술이나 한 잔 자시오."

하고 권하였다.

　원회는 두 손으로 술잔을 받아 단숨에 들이켜고, 이번에 원회가 손수

술을 따라 양길에게 드렸다. 양길도 사양 아니 하고 받아먹었다. 원회는 하늘에 오른 듯이 기뻤다. 원회가 술이 얼근하여 즐거움을 이기지 못함을 보고 양길은 돌연히 손을 내밀어 원회의 손을 꼭 쥐고,

"내가 청하는 일을 들을 테요?"

하였다.

불의에 양길이 자기의 손을 잡고 내 청을 들겠느냐 할 때에 원회는 놀랐다. 그러나 이것은 주저할 처지가 아니라 하여,

"예, 장군의 명이시면 물불을 가리겠습니까?"

하였다. 그러나 무슨 일을 부탁하려나 하고 맘에는 의심이 있었다. 대개 원회는 인제는 공명을 위하여 위험한 싸움을 하는 것은 지루하게 되었다. 이렇게 언제 끝날지 모르는 피 흘리는 일을 버리고 난영과 같이 안온한 생활을 하고 싶었다.

양길은 잡았던 원회의 손을 놓으며,

"곧 가서 궁예의 목을 가지고 오오! 궁예가 나의 은혜와 내게 대한 의리를 잊고 신라 왕과 통하여 도리어 나를 대적하려 하니 살려둘 수 없는 놈이오. 내일로 떠나서 궁예의 머리를 가지고 오오!"

하고 명령하는 태도로 말하였다. 그러고는 불길이 나는 듯한 성난 눈으로 놀라는 원회를 바라보았다.

원회는 이 말에 앞이 깜깜해짐을 깨달았다. 궁예의 목을 자기 손으로 벤다는 것도 차마 못할 일이거니와, 또 눈을 꼭 감고 그리한다 하더라도 자기의 힘이 족히 궁예를 당할 수가 없을 것이다. 만일 궁예의 목을 베다가 못 베면 자기의 목이 달아날 것이 아닌가. 높은 벼슬과 아름다운 계집도 목숨이 산 뒤에 쓸 데 있는 것이다. 그러나 원회는 이 자리에서 못 한

다고 할 계제는 못 된다. 물불을 아니 가린다고 장담하던 혀끝이 마르기
도 전에 무슨 혀끝을 가지고 못 한다고 하랴. 이왕 할 말이면 기운 있게
하는 편이 나을 것이다 하고 원회는 고개를 번쩍 들며,

"명대로 하리이다. 재조 부족하와 궁예를 못 버히면 소관의 목숨을 장
군께 바치는 것이오니, 또한 소관이 평소에 원하는 바이옵니다."
하였다.

양길은 일어나 벽에 걸린 오동집 한 비수를 내어 원회에게 주며,

"이것은 날에 독을 바른 비수니, 칼끝만 조금 살에 들어가더라도 그 사
람은 성명(性命)이 없을 것이오. 지금까지의 우정으로 올가미를 삼아 궁
예를 끌고 우직한 궁예 놈이 그 우정의 올가미에 걸리거든 이 독한 칼날
로 궁예 놈의 목숨 뿌리를 뚝 끊으오……. 내일 평명에 아모도 모르게
떠나되, 만일 중로에서 묻는 이가 있거든 양길을 배반하고 달아나노라
하고, 어디로 가느냐고 묻거든 옛 친구 궁예를 찾아간다 하오. 그리고 그
말이 먼저 굴러 궁예의 귀에 들어가도록 하루 이틀 중로에 지체하는 것이
좋겠소. 그리고 궁예를 죽이거든 궁예의 죄상을 들어 군중에 포고하고,
대사는 그날부터 동남도대장군(東南道大將軍)이라고 일컬으오!"
하였다.

원회는 비수를 받아 품에 품고 양길이 손수 따라 주는 술을 한 잔 더 받
아 마신 뒤에,

"장군의 명대로 소관은 가거니와, 소관이 평생에 소원이 있사오니 소
관의 충성의 값으로 들어주시리까?"
하였다.

"무슨 소원인지 모르거니와, 이번 일에 성공을 할진대 내 힘에 할 수

있는 일은 무엇이나 대사의 뜻대로 될 줄로 믿으오. 대관절 소원이란 무엇이오?"

하고 양길은 원회의 뜻을 대강 짐작하면서도 짐짓 모르는 체하고 물었다.

원회는 말하기 어려웠으나 이러한 때에 말을 아니 하면 언제나 하랴 하고,

"아뢰옵기 황송하오나 난영 아기씨를 소관의 아내로 허하여 주시겠습니까?"

하였다.

"내 딸이 동남도대장군의 부인이라면 부끄러울 것이 없지요. 철없는 것이 궁예를 생각하는 모양이나, 궁예가 죽은 것을 보면 제 뜻인들 죽지 아니하겠소? 글랑 염려 마오!"

하고 양길은 웃어버린다.

원회는 양길에게 하직하고 물러나왔다. 밝은 날에는 무서운 길을 떠나야 한다. 그러나 다시 살아 돌아올지도 모르는 길이니 떠나기 전 난영을 한 번만 만나고 싶었다.

원회는 난영이 새벽마다 시비 운영을 데리고 장군마을 뒤 미륵당에 가는 줄을 안다. 원회는 그전에도 가끔 길가 늙은 소나무 뒤에 숨어서 난영이 하얀 고깔을 쓰고 하얀 장삼을 입고 미륵당으로 가는 것을 엿보았다. 그러나 난영은 자기를 본체만체하고 고개를 푹 수그리고 사뿐사뿐 자기의 앞을 걸어 지나갔다. 그러나 난영이 기도를 다 마치고 나오는 길에는 혹시 원회를 알아보는 체하고 전장 소식을 묻는 일이 있었다.

"무엇을 그렇게 새벽마다 비옵니까?"

하고 혹시 원회가 물으면 난영은 말없이 한 번 생긋 웃거나 어떤 때에는,

"아버님 운수 창성하소사 비오."

하기도 하고 어떤 때에는,

"의인은 창성하고 악인은 멸망하소서 비오."

하기도 하였다.

난영의 이러한 간단한 대답이 가끔 원회의 가슴을 찌르도록 힘이 있었다.

원회는 양길의 명을 받아가지고 자기 방으로 돌아와서 이 생각, 저 근심에 잠을 이루지 못하고 있었다. 그러하는 동안에 고루에 북이 울고 미륵당에 쇠북이 울고 또 닭이 울었다.

원회는 남들이 아직 곤한 잠을 잘 때부터 일어나 길 떠날 차비를 하였다. 투구, 갑옷에 환도 하나, 활 하나, 등에 전통을 지고, 양길에게서 받은 독을 바른 비수를 깊이 품에 품고 손수 말에 안장을 지었다.

주인을 알아보고 코로 푸룩푸룩 소리를 내는 말에 안장을 짓고 북두를 바싹 조를 때에 누군지 원회의 어깨를 치는 이가 있었다. 그것은 신훤이었다.

"자네, 어딜 가려나? 왜 날이 새기도 전에 갑옷을 입고 말안장을 짓나?"

하고 신훤은 정답게 물었다.

원회는 깜짝 놀랐다. 속으로 '이 원수 놈이' 하는 생각이 나도록 신훤이 미웠다. 그러나 원회는 한 손으로 말갈기를 쓸어주며,

"심심하길래 새벽 사냥을 가는 길일세."

하고 아무 일 없는 듯이 대답하였다.

"새벽 사냥? 사냥을 갈 양이면 이렇게 죄 짓고 도망하는 사람 모양으로 소리도 없이 갈 것이 있단 말인가? 말게. 지금 양길이가 궁예로 하여 우리들을 잔뜩 의심하는 모양이니 이런 짓을 하다가는 더욱 의심만 살 것

일세……. 대관절 어젯밤 자네가 양길한테 불려 가던 모양인데 무슨 말을 하던가?"

하고 신훤은 원회의 말안장에 북두 접힌 것을 바로잡아준다.

원회는 맘에 초조하는 것을 억제하면서,

"응, 어제 저녁 불려 갔었네마는 무슨 별말 있겠나. 그저 그 말이지."

하고 원회는 양길에게 받은 비수가 옳게 제자리에 있는가 하고 살짝 가슴을 만져보았다. 가슴에는 딴딴하고 기름한 것이 만져보인다.

"그 말이라니? 궁예가 반심을 품는단 말이지? 그래 무에라고 했나? 양길이 따위가 궁예의 충성을 알 리가 있는가. 꼭 바꾸어 되어서 양길이가 궁예의 밑에서 모사 노릇이나 하였으면 알맞을 것. 궁예는 양길에게는 너무 커. 안 그런가……. 그래, 자네는 무에라고 했나?"

"대답할 말이 한마디밖에 있나? 치악산이 평지가 되고 한물이 오대산으로 거슬러 흐르더라도 궁예의 의리는 안 변한다고 그랬지."

하는 원회의 맘은 꽤 거북하였다.

신훤은 원회의 어깨를 또 한 번 치며,

"잘했네. 대단히 잘했네. 하지마는 좀된 것이 그 말을 알아듣겠나. 처음에는 인물이 어지간한 줄만 알았더니 아주 요것이란 말이야."

하고 신훤은 새끼손가락을 들어 원회의 코앞에 갖다 대고 흔들며,

"겉으로는 덕 있는 체, 겸손한 체하지마는 좀되고 간사하고 의심 많고, 차라리 기훤이가 요것보다는 대장부다운걸. 그래서 아모려나 자네도 조심하소. 까딱하면 큰일 나리. 그리고 풍세 보아서 궁예한테로 가세. 여기 있어야 신통한 일은 생전 없을 모양이야……. 이왕 떠났으니 사냥이나 잘하고 오소."

하고 신훤은 원회를 작별하고 들어가버린다.

신훤의 모양이 어두움 속에 스러지고 먼 발자취 소리만 들리게 된 때에 원회는 등에 찬땀이 흘렀음을 깨달았다. 나기는 비록 딴 날에 났어도 죽기는 한날에 죽자고 일생을 맹세한 벗을 속인 것이 맷돌과 같이 원회의 맘을 눌렀다.

'신훤은 맘이 변할 사람이 아니다. 내가 아모리 불의의 짓을 하였다 하더라도 신훤은 나를 버리지 아니할 것이다.'

하고 순직(純直)한 신훤의 우정과 의리를 생각하면 생각할수록 맘을 꽉 누른 맷돌은 더욱더욱 무거워지는 듯하였다.

원회가 고개를 숙이고 서서 이러한 생각을 하고 있을 때에 원회의 말이 원회의 갑옷 자락을 입으로 물어 끌었다. 원회는 성을 내어 손바닥으로 말의 뺨을 갈겼다. 말은 갑옷 자락을 놓고 아무 소리 없이 고개를 돌려버렸다. 이런 것이 다 원회를 괴롭게 하였다.

그러나 이러고 있을 때가 아니다 하고 원회는 안 나오려는 말을 끌어내어 섬쩍 올라 장군마을 긴 담을 돌아 북문 안 미륵당 곁 늙은 소나무 아래, 미처 말에서 내리지도 아니한 채로 이리저리 거닐면서 난영이 나오기를 기다렸다. 솔밭 속에 정결하게 지은 미륵당에는 촛불이 켜 있고, 당을 지키는 늙은 마누라가 요령을 흔들며 아침 예불을 하는 소리가 들린다. 이 마누라는 승도 아니요 무당도 아니건마는, 몸에 미륵불이 실렸다' 하여 고깔 장삼을 입고 요령을 흔들고 이 미륵당을 지키는 보살이다.

이윽고 가볍게 디디는 발자취가 고요한 새벽 공기를 울려오고, 그 소리에 놀람인지 솔가지에서 자던 새 한 마리가 포드득 날아 수풀 속으로 들어가버린다. 원회는 말혁을 바투 잡아 길에서 잘 보이지 아니하도록

큰 소나무 뒤에 몸을 감추고 울려오는 발자취 소리를 엿들었다. 짜작짜
작 짜작짜작, 느리고도 힘 있게 걷는 걸음은 분명 난영의 걸음이다.

짜작짜작 하고, 가물가물하는 새벽 어스름 속에 하얀 두 모양이 점점
분명히 나타난다. 난영은 새로 빨아 다린 하얀 장삼에 세모가 칼로 똑 찍
은 듯한 고깔로 머리와 낯을 가리고, 왼편 어깨서 오른편 옆구리로 붉은
띠를 비스듬히 늘이고, 장삼보다도 고깔보다도 더 하얀 두 손을 합장하
여 젖가슴 바로에 치어들었다. 그러고는 짜작짜작 하고 미륵당을 향하여
가볍고도 힘 있게 걸음을 옮겨놓는다.

원회도 말고삐를 끊어져라 하고 꽉 쥐고 숨도 못 쉬고 난영의 몸이 앞
으로 지나가는 것을 보았다. 난영이 층층대를 올라 석등롱 앞을 지나 미
륵당 계전에 다다랐을 때에 미륵당 마누라가 황황히 뛰어 내려와 난영에
게 합장하고 여러 번 허리를 굽힌다. 난영은 합장한 손을 잠깐 들었다 놓
아서 답례하는 뜻을 표하고는 곧 층계를 올라 당으로 들어가버린다. 난
영이 들어간 뒤에 다시 쇳소리가 나고, 요령 소리가 나고, 염불 소리가
나고, 앉았다 일어났다 하는 난영의 붉은 띠가 눈에 뜨인다.

동편에는 점점 훤한 기운이 뻗고 그럴수록 풀 속은 더욱 침침하여진
다. 그때에 다시 짜작짜작 하고 흰 장삼 흰 고깔에 붉은 띠 맨 난영은 시
비 운영을 데리고 나온다. 이번에는 합장하였던 두 손을 늘였다.

원회는 얼른 말에서 내려 말고삐를 내어던지고 기침을 한 번 하면서 난
영의 곁으로 와서,

"난영 아기! 대사 원회요."

하고 허리를 굽혔다.

난영은 깜짝 놀라는 듯이 걸음을 멈추고 고개를 들며,

"대사 원회가 누구요?"

하고 원회를 노려본다. 하얀 고깔 밑에는 복숭아꽃 같은 얼굴이 잠깐 보이고 별 같은 두 눈이 찬 빛을 토하며 반짝거린다.

원회는 난영의 날카로운 눈찌를 감히 마주 보지 못하고 한 걸음 더 가까이 가며,

"나를 몰라보십니까? 대사지(大舍知) 원회, 장군의 충성된 신하 원회옵니다."

하고 소리를 높여서 이름을 아뢰었다. 난영은 원회를 돌아보지도 아니하고 다시 걷기 시작하여,

"충신 원회일진대 길을 잘못 들었소. 여기는 장군마을로 가는 길이 아니오."

하고 싸늘하게 말끝을 맺었다. 워낙 쌀쌀한 난영이기로 이처럼 쌀쌀한 적도 없었다. 그래도 한 번 생긋 웃어는 보였다. 그러나 오늘 새벽에는 그 눈찌와 입술에서 얼음 가루가 팔팔 날렸다. 원회는 쇠방망이로 뒤통수를 얻어맞은 듯이 두 귀가 윙윙하고 잠 못 잔 눈앞에 불똥이 오글쏘글하는 듯하였다.

그러나 원회는 빠른 걸음으로 난영을 따라가 길 앞을 막아서며,

"난영 아기! 원회는 장군의 명으로 먼 길을 떠납니다. 살아 돌아올는지 죽어 돌아올는지 알 수도 없는 길을 떠납니다. 쥐도 새도 모르게 은밀히 떠나는 길이오매, 여기서 잠깐 하직을 하려고 아직 자던 닭이 울기도 전부터 여기서 아기씨 행차를 기다리고 있었습니다."

하고 허리를 굽혔다.

난영은 길을 가로막혀 한 걸음 뒤로 물러서며,

"충신의 목숨은 못 믿을 목숨. 살아 돌아오는 것보다 죽어 못 돌아오는 것이 공이 높다 하오. 쥐도 새도 모르게 은밀히 떠나는 길을 나 같은 아녀자에게 말하는 것도 속절없는 일이오. 내 길을 막아서느니보다 충성된 주인을 버리고 달아나는 말의 앞길이나 막으오."

하고 난영은 픽 웃는다. 운영도 웃는다. 원회도 놀라 난영이 바라보는 데를 바라보니, 자기가 타고 왔던 말이 무엇에 놀랐는지 아직도 컴컴한 숲속으로 네 굽을 모아 뛰어 들어간다.

원회는 황망히 허리를 굽히며,

"그러면 다녀오리다. 비록 얼음같이 차고 칼같이 날카로운 말씀을 주시더라도 떠나기 전 한 번 뵈온 것만 기쁘게 알고 다녀오리다. 충성된 원회를 잊어주시지 마옵소서."

하고 돌아설 때에 난영은 아까보다 맑고 유쾌한 목소리로,

"무슨 일로 가시는지 모르거니와, 부디부디 잘 다녀오시오. 충신이 되어지라고 부처님께 비오리다."

한다.

원회는 의외에 난영에게서 기쁜 말을 듣고 말 따라 가던 걸음을 멈추고 뒤를 돌아보았다. 그러나 그때에는 벌써 난영은 자기는 돌아보지도 아니하고 짜작짜작 걸어갔다. 그 흰 장삼에 붉은 띠만이 분명히 원회에게 보이고, 몇 걸음 안 가서 난영의 깔깔 웃는 소리가 들렸다. 그러고는 원회는 등에 진 전통을 털럭거리며,

"이놈아, 이놈아."

하고 말을 따라갔다. 등 뒤에서는 또 은방울 소리같이 웃는 소리가 들렸다.

난영은 원회가 전통을 들먹거리며 뛰어가는 양을 돌아보고,

"운영아, 저것 봐라! 전통의 살들이 점통의 살같이 흔들리듯 하는고나. 무슨 괘가 나오려노."

하고 웃고 나서,

"애, 그 말이 어찌해 그렇게 뛰느냐?"

하고 운영을 본다.

운영은 손으로 입을 막고 웃으면서,

"내가 아주 끝이 뾰족한 돌멩이로 그놈의 말의 이마빼기 센점을 때렸지요. 했더니 말도 주인같이 의리를 잊고 저렇게 달아납니다그려, 호호."

난영은 장삼 소매를 펄렁거려 손뼉을 치고 웃으며,

"그건 왜?"

하고 묻는다.

"아가씨 길을 막아서서 귀찮게 굴길래 한번 식힐 양으로 그랬지요. 그 작자가 아기씨에게만 정신이 가서 내가 돌팔매를 치는 것도 모르겠지요."

하고 두 사람은 또 웃었다.

난영이 운영과 더불어 실컷 웃고 집으로 돌아오니, 아버지를 모시는 시비 작은솔이 난영의 방 앞에 섰다가 난영이 웃고 돌아오는 것을 보고 황황히 마주 나오며 귓속말로,

"아기씨, 큰일 났습니다. 큰일 났습니다."

한다.

난영은 아까 웃던 것이 아직 가시지 아니하여 여전히 웃으며,

"너도 큰일 난 줄을 아느냐? 정말 큰일이 났단다. 전통이 덜거덕 덜거

268

덕거려서, 전통이 덜거덕거려서……. 그놈의 말이…… 호호……. 이
애, 운영아, 그놈의 말이 아마 십 리는 갔을레라……. 내 처음 보아."

"십 리만 가요? 이십 리는 갔을걸. 종일 따라다니면 전통은 다 부서지
고 말걸."

하고 운영도 새로 웃는다.

작은솔은 영문도 모르고,

"아기씨, 전통도 전통이요 말도 말이거니와, 그보다도 더 큰일이 났습
니다."

하는 동안에 세 사람은 난영의 방으로 들어왔다.

난영은 고깔과 장삼을 벗어 운영을 주며,

"그래, 무슨 큰일이 났단 말이냐?"

하고 팔목에 걸었던 수정 염주를 벗겨 서안 위에 놓고 앉는다.

작은솔은 난영의 앞에 꿇어앉으며,

"아기씨, 장군마마께서 궁예 장군의 머리를 가져오라고 사람을 보내
었습니다."

하고 작은솔은 하려는 말이 미처 나오지 아니하여 눈만 뒤룩뒤룩한다.

난영은 놀라며,

"궁예 장군의 머리를 가져오라고? 왜, 궁예 장군의 머리가 언제 몸에
서 떨어지었더냐?"

하고 몸을 바로 앉힌다.

"장군마마께서 독 바른 비수를 주시며, 그것으로 궁예 장군의 머리를
버히어 오라고 그러시겠지요. 내가 수상하길래 가만히 장지 밖에서 모두
엿들었소. 삼경은 친 담에 저, 저, 원회 대사를 불러들이시더니, 주안을

가지어오라 하시고 날더러는 나가라고 하시더니, 장군마마께서 원회 대
사를 사뭇 치켜세우시더니 그런 말씀을 하시겠지요. 그래서……."
하고 작은솔의 말이 끝나기도 전에 난영은 두 눈썹을 쩡긋 거슬러 올리며,

"그래, 원회가 그 비수를 받든?"
하고 작은솔의 얼굴을 들여다본다.

"그럼요. 받고는 장군의 명이시면 물에 들라면 물에 들고 불에 들라면
불에 들겠노라고, 재주가 없지마는 궁에 장군의 목을 버히어가지고 오겠
노라고. 그러고는……."
하고 작은솔은 갑자기 우스운 듯이 손으로 입을 막고 웃으며,

"그리고 말이 우습겠지요. 궁에 장군의 머리를 버히어 올 것이니 아기
씨를 주시겠느냐고요. 글쎄 원회가 그러는구면."
하고는 웃은 것이 죄송한 듯이 살짝 난영을 본다. 운영도 장삼을 개키다
가 말고 난영의 등 뒤에 꿇어앉아서 가만히 듣고 있다.

난영은 태연히,

"그래, 나를 달란 말이지?"

"그럼요."

"그래 장군마마는 뭐라시던?"

"무어 동남도장군이라나, 원회가 공만 이루면 동남도장군을 봉하신다
고……. 동남도장군의 부인이라면 내 딸에게 부끄럽지 않지, 그러시고
웃으시어요……. 오, 또 장군마마께서 이러시겠지요. 그것이 궁에 놈
을 생각하는 모양이지마는 궁에 놈이 죽으면 그것의 생각도 죽을 것이라
고……. 어찌시면 그러시어요?"
하고 작은솔은 웃던 얼굴을 얼른 근심하는 얼굴로 변하며,

"그래, 사경이나 치도록 엿듣다가 원회 대사가 나가신 뒤에야 들어와 보니 아기씨는 주무시고, 그래서 아까아까 일찌감치 왔더니 미륵당에 가시고……."

하고 지금에야 그 말을 전하는 변명을 한다.

난영은 웃던 빛도 다 없어져 멍하니 앉았다. 운영과 작은솔은 상전의 눈치만 엿보고 앉았다. 창은 환하게 밝았다.

난영은 이윽히 멍멍히 앉았더니,

"내 그저 그런 줄 알았어."

하고 눈물을 뚝뚝 흘린다.

"에그, 어찌하시나."

하고 운영도 낯을 찌푸린다.

"설마 어떨라고요. 궁에 장군마마가 이기시지 고까짓 바람개비가 이길라고요."

하고 작은솔도 위로한다.

난영은 눈물을 씻으며,

"힘이나 재조로 싸우면 원회가 열 스물 덤빈들 어떠랴마는, 믿는 체, 친한 체하고 가까이하면 그것이 근심이지. 원수의 용천검(龍泉劍)보다 맘 변한 친구의 빈대칼이 무섭다고 옛말에도 일렀으니, 이 일을 어찌하나. 그런 줄만 알았던들 아까 내 앞에 고개를 수그리고 뱅충맞은 소리를 할 때 그놈의 산멱이라도 물어뜯어주었을 것을……. 벌써 그놈은 말을 잡아타고 아슬라성을 향하고 달리겠고나. 내 몸이 남자로만 태어났으면 당장에 말을 달려 따라가서 그놈을 대가리에서부터 말 아울러 두 쪽을 내어줄 것을……. 그놈이 맘 놓고 말을 타고 까딱거릴 것을 생각하면 이가 갈리는고나."

하고 뿌드득 이를 간다.

"글쎄 말씀이오. 그놈이 그런 줄만 알았더면 그 돌멩이로 말 이마를
때리지 말고 고 빤질빤질하게 거짓으로 발라놓은 골을 갈라주었을 것
을……. 글쎄 요것아, 왜 지금이야 그 말을 해!"

하고 운영은 작은솔을 노려본다.

"그럼 주무시니깐 어떡허오?"

하고 작은솔도 애타는 듯이 뺨을 만지며,

"그러나 염려 없소. 지금이라도 따라가서 없애버리면 고만이지."

하고 두 주먹을 불끈 쥐어 내어 흔든다.

"그놈은 벌써 몇 리를 갔겠으니 인제 따라간들 어떻게 따라잡느냐. 길
에서 고것을 없애버리지는 못하여도 원회가 아슬라성에 득달하기 전에
내가 한 걸음 먼저 갈 수 있었으면 좋으련마는……. 나같이 약한 것이
어떻게 대장부를 따라 말을 달리랴. 닷새 길은 된다던데."

하고 난영은 참다못하여 두 손으로 두 뺨을 움키고 방바닥에 쓰러진다.

운영은 난영의 허리를 껴안고 안아 일으키려고도 아니 하고,

"아기씨, 아기씨."

하고 느낄 뿐이다. 나는 새에게나 편지를 달아 보내기 전에는 원회보다
앞서서 아슬라성에 들어갈 길은 만무하다.

작은솔은 가만히 생각하는 모양이더니 무릎을 탁 치며,

"아기씨, 아기씨, 염려 없습니다."

하고 난영의 어깨를 손가락으로 치어든다.

"응, 무슨 수가 있니?"

하고 운영이 고개를 들고, 난영도 행여 무슨 꾀가 있을까 하여 절망한 듯한 얼굴을 들어 눈물이 글썽글썽한 눈으로 작은솔을 본다. 작은솔은 또 무릎을 치며,

"수가 있습니다. 그러면 그렇지. 내가 어젯밤에 들노라니깐, 장군마마께서 이런 말씀을 하시어요. 길에서 누가 어디로 가느냐고 묻거든 나를 배반을 하고 궁예를 따라간다 그러라고. 그리고 그 말이 먼저 굴러 궁예의 귀에 들어가게 하는 것이 좋으니 중로에서 하루 이틀 지체해도 좋다고 그러시는 것을 들었어요. 그러니까 원회도 죽을지 살지 모르는 길에 웬걸 빨리 가겠어요? 쉬엄쉬엄 소문만 내고 갈걸. 내가 분명히 들었어요."

하는 말에 난영은 살아난 듯이,

"분명 그러시더냐?"

하고 작은솔의 팔을 잡는다.

"그럼요. 분명 그러시고말고."

"그래, 원회는 무어라든? 그런다고 그러든?"

작은솔은 고개를 기울이고 생각해보더니,

"원회는 무어라고 하던가. 암말도 아니 한 것 같아요. 아마 예, 예, 그러기만 했나 봐."

하고 손가락을 이마에 대고 더욱 생각을 한다.

작은솔의 말이 끝나기도 전에 난영은 손바닥을 딱 치고 합장하고,

"나무미륵존불!"

하고 벌떡 일어나며,

"작은솔아, 고맙다. 네 신세는 꼭 갚으마. 옳지, 내가 가면 이런 것은 다 무엇 하니."

하고 장문을 활활 열어젖히고 알뜰한 의복 몇 가지와 패물 몇 가지를 싸서 작은솔의 앞에 던지며,

"아따, 너를 안 주고 누구를 주랴. 날 본 듯이 가지어라."

하고는 다시 자기의 머리에 꽂았던 푸른 옥비녀를 빼어 운영에게 꽂아주며,

"아따, 이걸랑 네가 꽂아라. 그리고 내 방에 있는 것 다 네가 가져라. 섭섭하다마는 다시 만날 때도 있겠지."

하는 것을 운영이 고개를 흔들며,

"나는 아기씨 따라가오. 이 비녀도 작은솔이나 주오."

하고, 머리에 꽂힌 비녀를 빼어 작은솔의 머리에 꽂아준다.

"그러면, 너도 나를 따라가련?"

하고 난영은 감격한 듯이 운영의 목을 껴안고 울었다.

"나도 원회 같은 줄 아시오?"

한다.

"오, 인제부터는 너와 나와 단둘이 먼 길을 떠난다. 죽든지 살든지 너와 나와 단둘이 가야만 된다."

하고 난영은 어린 동생을 귀애하는 모양으로 운영의 등을 만지고 수없이 목을 껴안아준다. 운영도 두 손으로 상전의 손을 잡는다. 그날 저녁에 난영과 운영 두 처녀는 여전히 고깔 장삼에 붉은 띠를 띠고 미륵당으로 올라갔다. 미륵당에서는 여전히 쇳소리가 나고 염불 소리가 들리고, 두 붉은 띠가 수없이 절하는 양이 보였다. 그러는 동안 북원의 기나긴 이른 봄날도 저물어 희멀끔한 달이 동편 하늘에서 조금씩 조금씩 푸른빛을 던지게 되었다.

그러나 아무도 난영과 운영이 미륵당에서 나오는 것을 본 이는 없었

다. 이틀이 지난 뒤에야 어떤 두 소년이 말을 달려 동문으로 나갔다는 소문이 들렸다. 그 두 소년이 난영과 운영인 것은 말할 것도 없는 일이다.

두 사람은 말을 달려 가는 곳마다 원회의 자취를 물었다. 그의 모습을 말하고 그의 탄 말의 모습을 말하면 주막에서는,

"예, 그런 양반이 그저께 여기서 자고 지났지요."

하고 어디로 가더냐고 물으면,

"아슬라성으로 애꾸 신장군을 찾아가노라고 그럽디다."

하였다.

그러나 주막마다 들어서 물어볼 수도 없으므로, 될 수 있는 대로 말을 빨리 몰아 원회보다 먼저 아슬라성에 들어갈 생각만 하였다. 그래서 새벽 일찍 일어나고 저녁 늦게 주막에 들었다. 그러나 혹은 봄철 물이 넘치는 개천을 만나 길이 더디고, 혹은 비를 만나 촌가에 들어가 비를 긋노라고 지체하였다.

주막에서는 가끔 같이 든 사람들이 두 사람의 행색을 수상히 여겨 수군거리기도 하고 뻔뻔한 사내들은 말도 붙이어 보았으나, 두 사람이 심히 당돌히 대답하기 때문에 별로 어려운 일은 없었다.

사흘 길을 가도록 원회는 만나지 못하고, 행인에게 물으면 혹은 어저께 그런 사람을 보았다 하고, 혹은 아침 나절에 어느 고개에서 쉬고 있는 것을 보았다고 한다. 생각건대 원회도 어서 공을 이루고 북원으로 돌아와 난영을 손에 넣을 양으로 하루도 지체하지 아니하고 아슬라로 가는 모양이다. 그러할진대 이는 큰일이다. 만일 원회가 중로에서 지체를 아니하면 두 사람은 도저히 아슬라성에 앞서서 들어갈 도리가 없고, 그렇다하면 궁예의 목숨은 위태한 것이다. 그런데 난영, 운영도 몸이 피곤하고,

말도 잘 탈 줄 모르는 주인들을 실어 등이 닳고 다리를 절었다. 두 사람의 맘은 부쩍부쩍 조였다.

해는 저물었다. 난영과 운영 두 사람은 피곤한 몸을 말에 싣고 원회의 자취를 따라 십 리, 또 십 리 가다가 어떤 고개턱 술막 거리에 다다랐다. 흐르는 듯 마는 듯한 검은 냇물 위에는 새로 놓인 흙다리가 있고, 냇가에는 아직 드문드문 아주 봄빛도 없는 버드나무가 서 있고, 수십 집이나 되는 술막 거리는 초어스름의 가물가물한 안개 속에 잠겼다. 버드나무 밑 안개 속에서는 말들이 우는 소리가 들린다.

두 사람이 말을 몰아 다리를 건너려 할 때에 다릿목에 지키고 있던 군사가 붉은 상모 단 창을 들어 길을 가로막고,

"거, 누구? 어디로 가는 사람이야?"

하고 묻는다.

운영이 얼른 말에서 내려 군사를 향하여 한 번 읍하고,

"우리는 북원서 오는 사람이오. 일찍 태백산 세달사에서 공부할 때 궁예 장군을 모신 일이 있기로 불원천리하고 찾아오는 길이오."

하였다.

군사는 말하고 서 있는 운영과 말 타고 앉아 있는 난영을 번갈아 보더니,

"북원서 온다? 북원서 오면 원회라는 사람을 아오?"

하고 묻는다.

"아오. 원회가 우리보다 하루 앞서 북원을 떠났기로 우리도 그를 따라잡으려 하였으나 못 미쳤거니와, 원회 대사가 언제 이곳을 지났소?"

하고 운영은 가장 태연하게 물었다. 말 위에서 듣고 있는 난영의 맘은 더 조였다.

"원회 대사는 바로 저녁때 전에 이곳을 지났으니, 빨리 갔으면 인제는 삼십 리, 아슬라성에 거의 다 들어갔겠소."

하고 그 군사가 댓 걸음 뒤에 서 있는 어떤 늙은 군사의 곁으로 가서 무슨 말을 소곤거리더니, 그 곁에 있던 여러 군사가 함께 내달아 난영의 말고삐를 빼앗아 쥐고,

"내려라. 좀 물어볼 말이 있다."

하고 난영을 끌어내린다. 그런 후에 한 군사는 난영과 운영이 타고 오던 말을 끌고, 두 군사는 난영과 운영을 뒷짐을 지워서 버드나무 그늘 말 소리 많이 나는 곳으로 끌고 간다.

난영과 운영은 기가 막혀,

"무슨 일로 죄 없는 행인을 뒷짐을 지워 끌어가오?"

하고 물으나, 군사들은 다만 혁편으로 후려갈기며,

"웬 잔소리냐? 네 죄를 네가 몰라?"

할 뿐이다.

난영과 운영 두 사람은 어떤 군막으로 끌려 들어갔다. 군막 안에는 사오 인 높은 군사가 걸터앉았다. 두 사람이 끌려 들어오는 것을 보고 모두 일어난다. 그중에 높은 자리에 앉았던 사상(舍上)인 듯한 군사 앞으로 두 사람을 끌어다가 무릎을 꿇리고 난영을 붙들어 온 군사가,

"아까 원회 대사가 말한 자객이 아마 이놈들인가 보오. 북원서 온다 하옵고 세달사에서 대장군마마를 모신 일이 있다는 것이 모두 수상하기로 다릿목에서 붙들어 왔소."

하고 아뢴다.

수염 난 사상은 두 사람을 이윽히 보더니,

"너희들은 여기서 오늘 밤을 지내라. 내일 대장군마을에 보(報)하여 회보를 기다려서 떠나게 하겠다."

하고 부드럽게 이른 뒤에 곁에 선 군사를 불러,

"이 두 사람을 결박일랑 끄르고 내려 가두되 밤새도록 잘 파수하여 도망하지 못하게 하고, 원로(遠路)에 시장할 터이니 분부한다."

난영은 사상 앞에 공손히 허리를 굽히며,

"우리 길이 심히 급한 길이오니 우리를 곧 아슬라성으로 보내어주시되, 만일 우리를 믿지 못하거든 군사 안동(眼同)하여서라도 곧 아슬라성으로 가게 하여주오."

하였다.

그러나 난영의 말은 듣지 아니하고 수염 난 사상은 다른 방으로 들어가 버렸다. 여러 군사를 보고 무수히 애걸하여도 쓸데없이 두 사람은 창 든 군사에게 끌려 옥으로 왔다. 옥이래야 민가의 곡간을 임시로 쓰는 것이라 문안에 들어가니 얼었다 녹은 흙냄새만 코를 받치고 달빛 하나 바람한 점 들어오지 아니한다. 그러나 그 속에 들어가보니, 여기저기 거칫거칫하는 것이 아마 먼저 붙들려 온 죄인들인 모양이다.

갖다주는 밥도 목에 넘어가지 아니하나 억지로 억지로 몇 숟가락을 먹고 상을 물리니, 군사가 섬거적 하나와 때 묻은 이불 하나를 갖다가 집어던지며,

"이것은 너희 둘만 덮어! 다른 놈은 건드리지 마라!"

하고 소리를 지르고 판장문을 닫쳐버린다. 그러고는 문밖으로 뚜벅뚜벅하고 파수꾼이 걸어다니는 소리가 들린다.

어두워서 방 안에 있는 사람들의 얼굴은 보이지 아니하고, 숨소리로

보든지 이따금 기침하는 소리로 보든지 모두 육칠 인은 되는 모양이다. 모두 섬거적을 깔고 앉았기 때문에 조금만 몸이 움직여도 부석부석 소리가 나고, 소리가 나면 문밖에서 판장문을 쾅쾅 두드리며,

"가만히 있어! 꿈지럭거리지 말어!"

하고 파수 보는 군사가 소리를 지르고, 그래도 부스럭거리면 판장문 틈으로 창을 들여보내어 홀근홀근 하면서,

"더 꿈지럭거릴 테야? 모조리 창으로 쥐 잡듯 할 테다!"

하고 소리를 지른다. 어찌하면 좋은가 하고 난영과 운영 두 사람은 말도 못 하고 서로 손만 마주 쥐고 틀었다. 밤은 깊어간다.

원회가 만일 아슬라성에 들어갔다 하면 벌써 궁예를 만났을 것이다. 궁예를 만났으면, 혹은 마주 앉아 이야기를 하다가, 혹은 술을 같이 먹다가 원회의 독한 칼날에 궁예의 목숨은 벌써 끊어졌을지도 모를 것이다. 비록 아직은 끊어지지 아니하였다 하더라도 궁예의 목숨은 경각에 달렸을 것이다.

난영은 차라리 사상에게 모든 일을 실토하는 것이 좋을 줄로 생각하였다. 만일 사상이 궁예에게 충성이 있다 하면 반드시 자기를 놓아 보낼 것이다. 난영은 이 뜻을 운영에게 통하였다. 운영도 그 뜻에 찬성하였다.

그래서 두 사람은 일제히 판장문을 두드렸다. 그 소리에 파수하던 군사들이 깜짝 놀라,

"이놈, 누구냐? 웬일이냐?"

하고 소리를 질렀다.

"아까 붙들려 온 두 사람들이오. 사상께 급히 할 말이 있으니 나를 좀 내놓아주시오."

하고 악을 썼다. 그래도 군사들은 듣지 아니하였다.

마침내 두 사람은 판장문을 발길로 차고 여자의 목소리로 목을 놓아 울었다. 옥중에 있던 사람들도 놀라고 파수하는 군사들도 놀라 사상에게 그 연유를 아뢰었다. 사상도 이상히 여겨 두 사람을 불러오라 하였다. 난영과 운영은 다시 사상의 앞에 끌려갔다.

난영은 사상이 묻기도 전에,

"나는 남자가 아니오. 여자요. 나는 북원 양길 장군의 딸 난영이오. 아까 이 앞을 지나간 원회는 아버지 양길 장군의 명으로 독을 바른 칼을 품고 궁예 장군을 죽이려고 온 것이오. 나는 궁예의 목숨을 구하려고 규중 처자의 몸으로 남복을 하고 불원천리하고 원회를 따라오던 길이오. 원회가 이미 아슬라성에 들어갔으면 궁예 장군의 목숨은 경각에 달렸으니, 사상께서도 궁예 장군께 충성이 있거든 곧 나를 놓아 아슬라성으로 가게 하시오!"

하고 발을 동동 굴렀다.

사상도 난영의 말을 듣고는 놀랐다. 원회가 칼을 품고 갔다 하면 그것도 놀라운 일이거니와, 자객이 뒤를 따르니 북에서 오는 사람이거든 모조리 붙들어 하룻밤을 지낸 뒤에 분부를 기다리라 한 것도 지금 생각하면 이상한 일이거니와, 양길의 딸이 궁예를 살리려고 온다는 것도 이상한 일이었다.

난영, 운영의 행색이 수상하기도 하거니와, 이런 놀라운 소리를 듣고 모른 체할 수는 없었다. 더구나 난영과 운영의 단아하고도 충성된 태도를 볼 때에는 그 말을 믿고도 싶었다.

"북원서 자객이 온다는 소문이 있더니, 그러면 원회가 그 자객인가.

제가 자객이니까 뒤따르는 사람은 꺼린 것인가."

하고 사상은 곧 건장한 군사들을 불러 잘 달리는 말 네 필에 안장을 지으라 하고,

"진실로 그러할진대, 군사들을 안동해 보내는 터이니 이 길로 떠나오. 원회가 둥구내원에서 저녁을 먹었으면 거기서 약간 지체가 되었을 것이오. 또 원회는 큰길로만 갔을 것이니, 지름길로 가면 십 리는 넘어 지를 것이라, 군사에게 병부(兵符)를 주어 보내니 이것을 가지면 아모러한 밤중에라도 장군마을에 들어갈 수가 있으니 빨리 가오."

하였다.

난영과 운영은 고맙다는 치사도 할 새 없이 두 군사와 함께 말을 달렸다. 이월 보름 봄 안개 낀 달빛 길로 네 말은 축축한 흙을 차면서 질풍같이 아슬라성을 향하고 달렸다. 순식간에 망우리고개를 넘어 둥구내원에 다다르니, 말 탄 사람 하나가 거기 들어 저녁을 시켜 먹고 해 지게 아슬라를 향하여 떠났다고 한다.

난영과 운영은 피곤한 것도 잊어버리고 군사를 따라 둥구내원에서부터는 오불꼬불한 지름길로 고개 넘어 벌을 건너 개 짖는 촌락 앞을 지나나는 듯이 달려갔다. 이십 리, 시오 리, 십 리 하고 아슬라성은 점점 가까워지고 말들은 몸에서 피땀을 흘렸다. 아슬라성에 가까이 갈수록 길가에 통나무로 불을 피워놓고 창 든 군사와 말 탄 군사가,

"거, 누구?"

하고 묻는 데가 점점 많아졌다. 그러나 앞선 군사가 조그마한 기를 내어 두르며,

"병부야!"

하고 호기 있게 소리를 치면 군사들은 아무 말도 아니하고 마주 기를 두를 뿐이었다. 이것을 보고 난영은 조금 안심하였다. 원회는 병부가 없으므로 이 파수막을 지날 때마다 조금씩 지체하였을 것이다.

마침내 네 사람은 뒷고개라는 아슬라성 마지막 고개에 올라섰다. 성굽이 낮은 데로 불이 초롱한 아슬라성이 들여다보인다. 네 말은 굳게 닫힌 성문 밖에 섰다. 시커먼 성은 꿈틀꿈틀 끝이 없는 듯하였다. 성문 밖에는 역시 말 탄 군사와 창 든 군사가 지키고 있다가,

"거, 누구?"

하고 외친다.

"병부야! 문 열어라!"

하고 앞선 군사가 기를 두르며 호기 있게 외쳤다.

"어디 병부?"

하고 지키던 군사가 또 한 번 외쳤다.

"흙다리 병부!"

하고 앞선 군사가 대답한다.

삐걱삐걱 요란한 소리가 나며 쇠두껍을 한 무서운 큰 성문이 열린다. 네 말은 다시 굽을 들어 돌 깔아놓은 길로 투드럭투드럭 소리를 내며 달려 들어갔다. 이윽고 다 잠든 거리를 지나 아슬라 대장군마을에 다다랐다.

"병부야, 병부야!"

소리를 치며 말 탄 채로 네 사람은 삼문 안에 이르러 말을 내렸다. 삼문 안에서는 한가로이 거문고 소리와 노랫소리가 울려나온다. 아직 아무 일도 없나 하고 난영은 피곤한 몸을 삼문 기둥에 기대고 합장하며,

"나무미륵존불."

하고 감사한 기도를 올렸다.

운영은 몸을 거두지 못하고 난영이 기댄 기둥에 기대었다. 닷새 동안을 거의 밤낮으로 원로의 풍우에 시달린 두 처녀는 거의 정신을 차릴 수 없도록 피곤한 것이다. 그러나 이제부터 눈 깜짝할 동안이 무서운 동안이다. 난영이 온 줄만 알면 원회는 곧 그 독약 바른 비수를 쓸 것이다. 그것을 생각할 때에 난영은 삼문을 여는 동안이 십 년과 같이 길게 애를 태웠다.

이때에 궁예는 오래간만에 옛 벗 원회를 만나 술을 마시고 있었다.

원회는 북원을 떠날 때에 미륵당 앞에서 난영을 보고 은밀한 먼 길을 떠난다는 말을 한 것이 반드시 난영이 눈치를 채었을 것을 생각하고, 만일 그렇다 하면 반드시 난영이 누구를 따라 보낼 것을 생각하였고, 따라 보낸다 하면 그것은 신훤이리라고 믿었다. 그래서 중로에서 지체하지도 못하고 연해 신훤이 따르지나 아니하는가 하여 뒤를 돌아보며 주야로 달려오다가 그래도 미심하여 흙다리 사상에게 자기 뒤에 오는 수상한 사람이 있거든 붙들어두라는 부탁까지 한 것이다. 그러고는 아슬라성에 들어오는 길로 곧 궁예를 찾았다.

궁예는 원회라는 말을 듣고 삼문까지 나와 원회의 두 손을 붙들어 들였다. 원회의 말 못 되게 피곤한 기색을 보고 궁예는,

"웬일인가?"

하고 원회가 이처럼 급작스럽게 온 뜻을 물었다. 원회는 맘에 간지러움을 참고 이렇게 대답하였다.

"친구를 위하는 의리가 아니고는 이 길은 오지 못할 길일세. 내가 목숨을 보전하여 여기까지 온 것만 다행일세."

하고 양길이 궁예를 미워하여 죽일 뜻을 품은 것과, 자기가 떠나던 다음 날에 궁예를 죽일 자객을 보내기로 작정한 것을 자기가 어찌어찌하여 알았다는 말과, 자기도 궁예 때문에 양길의 의심을 받아 생명이 위태하였다는 말과, 그래서 궁예의 위험을 미리 알리려고 자기가 밤으로 도망하였다는 말과, 많은 군사와 자객이 자기의 뒤를 따라나섰다는 말을 한 뒤에 원회는 가장 감개무량한 듯이,

"사람을 어찌 믿나? 친군들 어찌 믿나? 내가 이만큼 알려주었으니 내 일부터는 조심하되 친구를 조심하소."

하고 유심하게 말끝을 맺는다.

궁예도 양길이 자기를 시기한다는 말과 또 하필 견훤에게서 비장이라는 벼슬을 받았다는 말을 들었고, 또 양길이 힘이 궁예를 당하지 못할 줄 알므로 자객을 보내리라는 소문도 전지문지 들었던 터이라 옛 친구 원회의 말을 그대로 믿을 수밖에 없었다. 그러나 원회의 말에 '친구를 조심하소.' 하는 것이 이상하여,

"친구를 조심하라니, 무슨 말인가?"

하고 물었다.

원회는 말하기를 원치 아니하는 듯이 눈을 감고 고개를 기웃거리더니,

"그만하면 알아듣겠네그려."

하고 괴로운 빛을 보인다.

"북원에 남아 있는 내 친구라야 자네가 떠나면 신훤밖에, 설마 신훤이야 나를 해하려 들겠나? 그런데 어째 오려면 신훤도 함께 오지를 아니하였나?"

하고 궁예는 의심나는 듯이 묻는다.

원회는 속으로 웃으나 겉으로 찡그리며,

"그 사람더러는 내가 떠난단 말도 못 하였는걸……. 어찌하나 사람을 믿지 마소. 그만큼 말하면 알아듣소."

하고 입을 다문다.

궁예는 얼굴에 근심 빛을 띠며,

"그러면 신훤이가 나를 죽이려 온단 말이야? 나도 못 믿겠네. 만일 자네나 신훤이가 칼을 들고 나를 해하려 한다 하면 나는 가슴을 벌리고 주는 칼을 받으려네."

하고 원회를 바라보았다. 원회는 낯이 간지럽고 눈이 부시어 얼굴 들 곳을 찾지 못하고 손으로 허리춤에 찌른 비수를 만지어보았다. 그러고는 빙그레 웃으며,

"계집 일에야 친구는 다 무엇이요, 나라는 다 무엇인가. 친구인 대장부의 맘도 못 믿으려든 하물며 어여쁜 젊고 정 많은 계집의 맘을 어찌 믿나?"

하고 은연히 신훤과 난영을 꼭 씹었다. 궁예는 더욱 맘이 괴로웠다.

궁예가 괴로워하는 양을 보고 원회는 다시 허리춤에 꽂은 비수 자루를 만지며,

"그러나 자객이 온다기로 하늘이 아는 자네를 감히 어찌하겠나? 또 북쪽으로 오는 사람은 모조리 붙들어놓으라고 했으니까 아모 염려 없을 것일세."

하고 자기 앞에 놓은 술을 들어 마시며,

"자, 술이나 먹소. 나는 비록 초초한 이 꼴이 되었네마는, 자네는 명성이 천하에 융륭하니 낸들 아니 기쁘겠나? 자, 마시게."

하고 원회는 손수 궁예의 잔에 술을 따른다. 궁예도 마지못하여 술을 드니 모시고 앉은 사내 영인(伶人)과 계집 영인이 새로운 곡조를 아뢴다.

주객이 바뀌어 원회가 도리어 궁예에게 술을 권하여 궁예가 술 취하기를 재촉하니, 궁예도 한 잔 두 잔 마시는 술에 적이 맘이 풀려 영인이 곡조를 아뢰는 대로 혹은 칭찬하고 혹은 무릎을 친다.

이때에 통인이 들어와,

"대장군마마께 아뢰오. 시방 흙다리 사상에게서 병부 들어왔소."

하고 아뢴다. 아뢰던 곡조는 뚝 끊었다. 궁예는 손에 들었던 잔을 내려놓으며,

"들라 하여라."

하고 분부를 내린다. 원회는 무슨 일이 생겨서 마침 좋은 기회를 놓치지나 아니하는가 하고 맘에 근심되었으나, 그런 빛은 낯색에 내지도 아니하고 태연히 취한 모양을 하고 앉았다.

얼마 아니 하여 통인이 문을 열매, 군사 두 사람이 문밖에서 허리를 굽히고 가죽에 싼 병부를 받들어 들인다.

궁예는 통인의 손에서 그 병부를 받아 안상에 놓고,

"무슨 사고 있느냐? 아뢰라."

하고 분부하였다.

두 군사는 다시 허리를 굽히며,

"여기 젊은 선비 두 사람이 왔사온데 무슨 연유인지 알 수 없사옵고, 대장군마마께 현신으로 아뢴다 하옵니다."

하고 두 군사가 좌우로 갈라서서 길을 여니 청포에 오각건을 쓴 난영과 운영이 들어와 궁예 앞에 합장하고 허리를 굽힌다.

궁예는 고개를 끄떡여 두 사람의 인사를 받은 후에 두 사람을 바라보며,

"보아하니 젊으신 두 분 선비신데 무슨 일로 이 깊은 밤에 나를 보시려오?"

하고 공손히 물었다.

난영은 아직 아무 일이 없는 것을 볼 때에 기쁨으로 가슴이 두근거렸다. 그러나 곁에 원회가 가장 술이 대취한 듯이 눈을 감고 앉았는 것을 볼 때에 억제할 수 없는 미움을 깨달을뿐더러, 아직도 원회가 마지막 기운으로 궁예를 해하지나 아니할까 하여 염려가 놓이지 아니하였다. 궁예는 원회의 품에 독이 묻은 칼이 품어 있는 줄도 모르고 손에는 옛 친구를 대하는 반가운 정밖에 가진 것이 없이 맘을 턱 놓고 앉았다. 그러나 옛 벗에게 대한 두터운 정이 배반하는 벗의 독한 칼날을 막을 수는 없는 것이다. 난영은 궁예의 앞으로 한 걸음 가까이 나가며 넌짓 팔을 들어 노랫가락으로,

석남사 깊은 밤에
눈 헤쳐 찾던 사람,
아슬라 머나먼 길
어이하여 오다던고.
독한 칼 품은 옛 벗을
삼가소서 함이라.

하고 머리에 쓴 오각건을 벗어버렸다. 그것은 난영이었다.

궁예는 깜짝 놀라 벽에 걸린 칼을 벗기기가 바쁘게 칼집을 빼어 던지었다. 삼 척이나 되는 칼날은 촛불에 번적하였다. 지금까지 취한 체하고 있

던 원회는 금시에 술이 다 깬 듯이 벌떡 일어나며 허리에 꽂았던 한 뼘 넘는 비수를 빼어 들었다. 비수에서는 독한 자줏빛이 났다.

원회는 궁예를 향하여,

"장군! 그 칼로 난영을 쳐라. 난영이야말로 장군을 죽이러 온 양길의 자객이다."

하였다.

궁예는 칼을 빼어 들었으나 누구를 칠지를 몰랐다. 옛 벗인 원회를 베랴, 사랑하는 아름다운 난영을 베랴.

이때에 운영이 두 팔을 벌리고 원회의 앞을 막아서며,

"원회의 칼은 독이 발린 칼, 장군마마의 목숨을 겨누는 칼."

하고 소리를 질렀다.

원회는 한 팔로 운영을 떠밀고 비수를 궁예에게 던지었다. 칼날이 궁예의 가슴을 향하고 날아가는 길에 운영의 몸이 번뜻하더니, 원회의 던진 칼은 운영의 가슴에 꽂히었다.

원회는 자기가 던진 칼이 운영을 찌르고 만 것을 보고 허리에 찼던 환도를 빼어들었다. 그러나 원회는 다리는 벌벌 떨리고 몸은 좌우로 흔들렸다.

궁예는 눈을 부릅떠 원회를 노려보며,

"이놈, 원회야! 또 무슨 면목이 있어 칼을 빼어 나를 겨누느냐? 이 사람의 껍데기를 쓴 즘생 놈아. 조금이라도 사람의 맘이 있거든 네 손에 빼어 든 칼로 개만도 못한 네 모가지를 찍어라!"

하였다.

원회는 물 먹는 고기 모양으로 입만 넙적넙적하고 아무 말이 없더니 전신의 맥이 풀리는 듯이 칼 든 팔을 툭 떨어뜨린다. 칼이 싸르릉 하는 소리를 내며 방바닥에 떨어진다. 그리고 원회는 고개를 숙이고 두 어깨를 축 떨어뜨리며,

"궁예야, 네 맘대로 해라."

하고는 털썩 주저앉는다.

궁예의 코에서는 불길이 확확 뿜고 눈에서는 한 줄기 번개가 번적거렸다. 그 가슴은 폭풍을 받은 듯한 모양으로 불룩거리고, 숨소리에 창이 떨리는 듯하고, 그의 너슬너슬한 머리터럭은 오리오리 불길이 되어 마치 부동명왕(不動明王) 같았다.

궁예는 참으려도 참을 수 없는 듯이 원회의 곁으로 달려가서 칼을 높이 원회의 머리 위에 들었다. 원회는 눈을 들어 머리 위에 들린 칼을 보고 칼을 막으려는 듯이, 또 비는 듯이 두 팔을 머리 위에 들며,

"죽여라."

하고 떨리는 소리로 부른다.

궁예는 원회를 내려다보다가 한 번 픽 웃고 들었던 칼을 내리더니 곁에 쓰러진 운영의 가슴에서 칼을 뽑아 원회의 눈앞에 바싹 대며,

"받아라. 한 번 더 이 칼로 나를 죽여보아라."

하고 칼을 원회의 앞에 던지고 태연히 돌아서서 제자리로 와 앉는다.

원회는 자기의 무릎 앞에 떨어진 피 묻은 칼을 본다. 그 자루는 자기가 궁예를 대하여 술을 마시며 만작만작하던 자루다. 그런데 그 칼이 인제는 날카로운 끝을 자기에게 향하고 방바닥에 떨어져서 아직도 피에 배부르지 못한 듯이 번적번적하고 있다.

원회가 칼을 들여다보고 앉았는 양을 보고 얼른 원회의 앞으로 달려가

그 칼을 집어 들며,

"살아서 돌아가느니보다 죽어서 못 돌아가는 것이 더욱 충신이라고 내가 미륵당 앞에서 말하였소. 당신도 소원대로 충신이 되는 것이 좋고 나도 남편과 운영의 원수를 갚는 것이 좋으니, 운영의 피는 원회 대사의 피로 씻어야만 하겠소."

하고 비수를 넌짓 들어 끝을 원회의 가슴을 향하고 내리박았다. 원회는 흠칫 몸을 피하려 하였으나 칼은 보기 좋게 원회의 젖가슴에 박혔다.

원회는 물에 빠진 사람 모양으로 두 손으로 허공을 잡아당기다가 난영을 노려보며 모로 쓰러졌다.

배반

어데메로 가노?
쇠두레로 가네.
무엇 하러 가노?
쇠두레나 싯내벌에
대궐 역사 모르나.

이러한 동요가 돌아다닌 것은 임술년부터다. 각처에서 목수, 미장이, 대장장이, 새김장이, 환쟁이는 말할 것도 없고 힘깨나 쓸 장정들은 혹은 부역으로, 혹은 돈벌이로 쇠두레[鐵圓]로 모여들었다.

궁예는 솔메[松岳]에서 왕이 되어 천하의 절반을 호령하게 되매, 솔메 서울을 너무 좁다 하여 대아찬 왕건(王建)을 들어 백만 호라도 능히 용납하고도 남을 쇠두레에 새 서울을 세우기로 하고, 스물다섯 달에 우물이 콸콸 솟는 싯내벌〔楓川原〕에 집채 같은 바위와 아름드리 재목을 실어들이고 끌어들여, 서울보다도 크고 좋고, 당나라 장안보다도 크고 좋은 새 서울을 이룩하기로 하였다.

대궐과 각 마을은 말할 것도 없거니와, '우물 정(井)' 자로 바둑판 모양으로 뚫린 팔백팔 거리라는 골목에는 모든 전방과 은장방, 대장간, 주막집, 술집, 아울러 모두 훨썩훨썩 드높게 으리으리하게 지어놓고, 사방 십 리 장안에 초가집 한 채도 보이지 않게 만들고, 한가운데 큰 절이 있어 큰 종을 달고, 팔방에 작은 절 여덟이 있어 큰 절에서 큰 종을 칠 양이면 작은 여덟 절에서 작은 여덟 종을 치되 장단 맞추어 고저 맞추어 울게 하고, 싯내〔楓川〕의 맑은 물을 서울로 끌어들여 곳곳에 못을 만들고, 못 속에는 연을 심고, 못가에는 각색 화초와 나무를 심어 여름이 되면 꽃향기와 새소리가 아미타경에 있는 서방정토와 같게 하였다.

을축년 사월 팔일 궁예왕이 문무백관을 거느리고 솔메 옛 서울을 떠나 쇠두레 새 서울에 들어올 때에는 그 위의의 엄숙함과 노부(鹵簿)의 휘황찬란함이 비길 곳이 없었다.

대재〔竹嶺〕 이북은 모두 마진(摩震) 나라 임금 궁예대왕의 땅이다. 대동강 가에 한참 설레던 홍의적(紅衣賊), 황의적(黃衣賊)도 궁예의 위엄에 눌려 항복을 하고 궁예에게 충성을 보이는 표로 홍의와 황의를 입은 채로 궁예왕이 새 서울로 오는 길을 닦았다.

궁예의 노부가 지나가는 길에 남녀노소, 뭇 백성들은 미륵불의 화신이신 새 임금을 한 번만 보아지라고 밥을 싸가지고 길가에 나와 엎드려 거둥이 지나가기를 기다렸다. 십 리에 닿은 일행의 이 끝이 저편에 번뜻 보일 때에, 백성들은 이마를 땅에 대고 염불하기를 시작하여 행렬의 저 끝이 까맣게 지나간 뒤에야 고개를 쳐들어 멀리 바라보고 다시 합장하고 다시 예찬하였다. 그래서 백성 중에 정말 왕의 위의를 본 이는 별로 없었다. 그러나 저마다 왕을 보았다 하여, 혹은 머리에 금관을 썼는데 거기서 서광이 발하여 눈이 부시더라 하고, 혹은 전신이 불길 속에 있어 둥그레한 얼굴이 화경(火鏡) 같더라 하고, 혹은 눈을 감고 보면 빛나는 왕의 모양이 보여도 눈을 뜨고 보면 눈이 부시어 안 보였다고도 하였다.

"부처님이 우리 임금이 되시었다."

하여 늙은 어른들은 수희(隨喜)의 눈물을 흘리며 수없이 왕이 지나간 길을 바라보고 '나무아미타불, 미륵존불'을 불렀다. 푸른 풀, 푸른 나뭇잎 그 속에서 노래하는 새며 파랗게 맑은 하늘에 떠도는 구름까지 어느 것이 태평 기상 아님이 없었다. 천 년 옛 나라인 신라와 옛날 백제 땅 한구석을 차지하고 있는 견훤의 후백제 따위는 어느 구석에 있는 둥 만 둥 하였다.

궁예왕이 싯내벌 새 서울에 들어가는 날, 을축년 사월 초팔일은 이 세상에서는 전에 있어본 일도 없고 다시 있을 것 같지도 아니한 큰 명절이었다. 이날에 하늘은 더욱 높고 더욱 맑았고, 쇠두레 넓은 벌에 부는 바람은 이상한 잎사귀를 나부끼어 궁예의 연(輦) 앞에 예배를 시키는 듯하였다.

싯내벌 새 서울에는 집집의 처마 끝에 솔가지와 꽃을 꽂고 길에는 황금 가루 같은 황토를 깔고, 열 걸음에 하나씩 스무 걸음에 하나씩 큰 기를 세우고, 가운데 큰 절과 팔방의 여덟 절에서 일시에 꿍, 땡 하고 고저 맞춰 장단 맞춰 쇠북을 울리고, 왕이 지나가는 길에는 묵묵히 착가사장삼

(着袈裟長衫)한 중들이 목탁과 쇠를 치며 길게 높게 범패를 부른다. 그러나 온 서울은 조용하여 강아지 새끼 하나 얼른하지 아니하였고, 백성들은 모두 새 옷을 입고 길가 황토 위에 엎드려 새로 도읍하시는 부처님이요 상감님을 맞았다.

궁예는 덩그렇게 높은 연 위에서 새로 이루어진 서울과 길 좌우에 부복한 백성의 무리를 굽어보며 맘에 흡족하여 웃었다. 그리고 목목이 중들이 기다리고 있다가 범패를 부르는 곳을 당할 때마다 잠깐 멈추고 합장하고 염불을 하고, 그러한 뒤에 다시 연을 몰았다. 모든 것이 다 왕의 뜻에 흡족하였다.

"오, 어지간하다. 그러나 아직 멀었다. 이로부터는 신라와 후백제를 합하여 삼국을 통일하고, 그런 뒤에는 당나라를 들이치어 당나라 황제로 하여금 싯내벌에 조공을 오게 하리라! 오, 그러리라."

하고 혼자 고개를 끄덕였다.

왕의 뒤에 오는 이는 궁예 왕후 강양부인(康陽夫人) 난영이다. 황포 금관에 홍띠를 띤 난영은 하늘에서 내려온 선녀 같고, 이 세상 사람 같지는 아니하게 아름답고 위엄이 있었다. 왕후는 묵묵히 홍일산(紅日傘)을 받고 기다리고 있다가 합장 예배하는 여승들을 볼 때마다 잠깐 고개를 숙인다. 그 뒤에 정광(正匡) 신훤(申煊), 원보(元輔), 원종(元宗), 대상(大相) 왕건(王建)이 모양으로 문무백관이 각각 직품 따라 혹은 홍의, 혹은 자의, 혹은 청의를 입고, 홀을 들고 칼을 차고, 혹은 초헌을 타고, 혹은 말을 타고 따라온다.

"나무미륵존불."

"나무미륵화신 마진대왕."

하고 수십 명, 수백 명 백성들이 일시에 소리를 내어 부르는 곳도 있었다.

이 모양으로 몇 굽이를 지나, 몇 다리를 건너, 몇 대문을 지나, 아홉 겹 구름 어린 만세궁(萬歲宮) 대궐로 들어갔다.

모든 것이 다 궁예왕의 뜻에 맞았다. 특별히 만세전 기둥을 쇠로 한 것이 맘에 흡족하여 왕건을 돌아보며,

"쇠기둥은 몇천 년이나 갈까?"

하고 물었다.

왕건은 허리를 굽혀 공손히,

"좀만 안 나면 만 년은 간다 하옵니다."

하고 아뢰었다.

궁예는 웃으며,

"까마귀 머리가 세고 쇠기둥에 좀이 나기까지 짐의 나라는 전지무궁 (傳之無窮)하리라."

하고 좌우를 돌아보았다.

좌우에 모시었던 문무백관들도 일제히 허리를 굽히며,

"우리 임금 만세."

하고 소리를 질러 송축하고, 그 끝에 풍악이 일어나고 범패가 울려오고, "만세, 만세라." 하는 군사들의 우렁찬 노래가 대궐 쇠기둥을 흔드는 듯 하였다.

그날 밤에 싯내벌은 온통 꽃밭이 되었다. 큰 집에는 큰 등을 달고, 작은 집에는 작은 등을 달고, 아홉 절의 큰 쇠북, 작은 쇠북은 쉴 새 없이 울렸다. 미륵불이 세상에 임하였으니 이로부터 세상은 만년 태평하리라고 백성들은 기뻐 뛰었다.

궁예왕은 강양왕후 난영과 같이 가까운 시신들을 데리고 하늘에 닿은 듯한 만세루 위에 높이 앉아 만백성이 불바다, 꽃바다 속에서 기뻐 뛰며 "우리 임금 만세야." 하고 부르짖는 소리를 듣고 빙그레 웃었다. 흥이 끝없이 오르매, 왕은 왕후를 돌아보며 한 노래를 부르기를 청하였다.

왕의 청을 물리치지 아니하고 난영은 일어나 노래를 부른다.

쇠기둥 좀먹은들
구리기둥 없소리까.
구리를 못 믿어도
금기둥이 있사오니,
금기둥 억천만세에
무량수를 하옵소서.

왕후 난영의 노래는 이 기쁜 맘을 더욱 기쁘게 하였다. 왕도 무릎을 치며 기뻐하고 모신 신하들도 고개를 숙여 왕후의 노래를 칭찬하는 뜻을 표하였다.

이때에 시신들 중에서 원종이 나서며,

"국모마마께오서 노래를 부르시오니 신도 한 노래를 부르려 하오나 상감마마 뜻에 어떠하시올는지?"

한다.

원종은 신흥이 죽은 뒤에 동서로 표류하다가 궁예에게로 왔다. 궁예는 원종이 애노로 더불어 신흥의 원수를 갚으려고 몇 번이나 반란을 일으켰다가는 패하여 몇 번이나 죽을 자리에 빠지었던 줄을 알므로, 원종이 오

는 것을 높은 벼슬로써 맞아들였다. 원종의 말을 듣고 궁예는 무릎을 치며,

"좋은 말이오. 충신의 노래는 하늘도 감동하려든."

하고 노래하기를 재촉하였다.

원종은 허연 수염을 바람에 흩날리며,

금기둥 구리기둥

모두 다 믿으리다.

좀먹는 쇠기둥은

믿기는 하런마는,

진실로 못 믿을 것이

마음인가 하노라.

하고 비장한 목소리로 부른다.

사람들은 모두 고개를 들지 못하고 조용하여지었다. 왕도 얼굴에 흐린 빛이 돌고 왕후도 한숨을 쉬었다. 이렇게 자리에 수참한 빛이 돌 때에 왕건이 일어나 허리에 찬 칼을 쭉 빼어 들고,

못 믿을 마음을랑

이 칼로 버히리라.

이 몸이 죽고 죽어

일백 번 죽사와도,

님 배반하는 맘을랑

이 칼로써 버히리라.

296

하였다. 왕건의 목소리는 큰 종소리와 같고 그 기상은 만좌를 내리누르는 듯하였다. '이 칼로써 버히리라.' 할 때에 왕건의 두 눈에서는 번개가 번적하였다.

노래가 끝나매 왕은 옥좌에서 일어나 왕건의 곁으로 가서 그 손을 잡으며,

"왕건아, 너는 나라의 금기둥이로다. 네 아비, 이십 년 전에 나를 돕더니, 네 또한 나의 기둥이 되었고나."

하고 경문대왕 국상 때에 왕륭이 자기를 위하여 싸우던 일을 다시금 생각하고 감격하여 왕건의 손을 만지고 등을 만지었다. 이로부터 궁예왕이 왕건을 믿는 맘은 더욱 깊어지어 대소사를 물론하고 어려운 일은 모두 왕건에게 맡기게 되고, 왕건은 어느 때에나 임의로 궐내에 들어오는 특전을 주었다.

원종과 신훤은 왕건이 비범한 인물인 것과, 겉으로는 궁예에게 충성을 다하는 듯하여도 속으로는 딴 생각을 품는 듯함을 알아보고 몇 번 궁예왕에게 그러한 뜻을 비치었으나, 궁예는 고개를 흔들어 두 사람의 말을 듣지 아니하였다.

그날 밤이 지나간 후로 만사는 다 궁예의 뜻대로만 되는 듯하였다. 대재 이북은 궁예의 판도에 들어오고, 당나라가 망하매 오리나리〔鴨綠江〕 이북의 국경에도 아무 일이 없었고, 해마다 우순풍조(雨順風調)하여 오곡이 풍등하고 민간에는 아무 질고(疾苦)도 없으며, 마소와 닭, 돼지까지도 알은 낳는 대로 까고 새끼는 치는 대로 길렀다. 강마다 물이 철철 흐르고 산마다 들마다 꽃에서는 향기가 나고 잎에서는 기름이 돌았다. 신라는 새재〔鳥嶺〕 앞에 쪼그리고 있어 겨우 명맥을 보전할 뿐이요, 견훤은

곰나루[錦江] 이남에 박혀 감히 궁예를 건드리지 못하였다. 천하는 다시 세 나라로 갈리어 한참 동안 사방에 일이 없었다.

궁예왕은 국호를 태봉(泰封)이라 고치고 연호를 수덕만세(水德萬歲)라고 고치어 천하를 다스리는 가장 높은 임금이 되고, 또 자칭 미륵불의 화신이라 하여 금후 오만 년 억조창생을 교화할 부처님으로 자처하였다. 비록 곁에 신라와 후백제가 있다 하더라도 그것은 있으나 없으나 다름없이 생각하였고, 처음에 아주 둘을 다 없애버리고 천하를 통일하려 하였으나 신라 왕도 한 해에 몇 번씩 사신을 보내어 화친을 청하고, 후백제 왕 견훤도 겉으로는 궁예를 사형으로 대우하여 궁예의 맘을 거스르지 않기를 힘썼다. 그러하기 때문에 궁예는 신라나 후백제가 배반하는 빛을 보이지 않는 동안 가만히 내버려두되, 수족만 움직이지 못하게 하고 자기는 천자가 되어 신라와 후백제의 위에 군림하는 것을 기쁘게 생각하였다. 만일 신라가 궁예에게 반항하는 태도를 조금이라도 보인다든가, 그렇지 아니하더라도 그러한 소문만 들리더라도 궁예는 군사를 발하여 신라의 변경에 침입하였다. 그리하면 신라는 겁이 나서 곧 사신을 보내어 화친하기를 빌었다.

실상 궁예는 신라를 밉게 생각하였다. 그는 궁예의 어머니를 죽였고, 또 아슬라성에서 맺은 언약을 깨트렸다. 궁예를 달래어 돌려보내고는 곧 견훤을 친하여 궁예를 막으려는 정책을 썼다. 진성여왕(眞聖女王)이 양위를 하고 효공왕(孝恭王)이 들어서자, 왕후의 아버지 되는 예겸이 권세를 잡아 치원이 세웠던 정책을 무너뜨리고 간교한 수단으로 혹은 견훤을 끌어 궁예를 막으려 하였다. 치원은 기울어진 나라를 회복하려던 뜻을 이루지 못할 줄을 알고 가만히 몸을 빼어 해인사로 달아나 산수와 풍월로 벗을 삼아 세상에 대한 모든 뜻을 끊어버리고 말았다. 그는 몸을 외로운 구름장에 비겨 고운(孤雲)이라고 스스로 불렀다.

치원이 물러난 뒤에는, 신라 조정에는 권세에만 아첨하고 음란한 쾌락만 좋아하는 신하들이 모였다. 나라야 흥하거나 망하거나 자서제질에게 높은 벼슬이나 시키고, 어찌하여서든지 재물이나 모아서 제 실속만 하려는 사람들뿐이다. 궁예의 세력이 큰 듯한 때에는 궁예 편으로 맘을 보내고, 그와 반대로 견훤의 편이 강성한 듯한 때에는 견훤에게로 끌려 마치 줄 타는 광대 모양으로 이리 비틀 저리 비틀, 내 몸 하나만 무사히 건너가려고 눈이 빨개 덤비었다.

그러다 보니 자연 조정에는 궁예 편과 견훤 편이 갈리어 서로 물고 씹고 죽이고 죽고, 한 달에도 몇 번씩 정변이 일어났다. 이렇게 정변이 일어날 때마다 조정에서 궁예와 견훤에게 대한 태도가 변하기 때문에 그것이 원인이 되어 궁예는 몇 번 견훤과 싸웠다. 효공왕 십사년에 견훤의 보병 사천과 궁예의 수군과의 싸움 같은 것은 그중에 큰 싸움이었다. 그러나 궁예와 견훤이 한 번씩 싸울 때마다 신라의 강장(疆場)은 날로 줄어들었다. 효공왕 팔년에는 패강도(浿江道) 십여 고을을 궁예에게 빼앗겼고, 동 구년 팔월에는 대재 동북을 빼앗겼고, 동 십일년에는 견훤에게 일선군(一善郡) 이남 십여 고을을 빼앗기고, 동 십삼년에는 궁예의 수군에게 보배섬[珍島], 고이섬[皐夷島]을 빼앗기고, 이 모양으로 조정에 한 번 정변이 있으면 반드시 혹은 궁예에게, 혹은 견훤에게 다섯 고을, 열 고을씩 빼앗겼다.

궁예는 처음에는 그 누이 되는 진성여왕과 치원에게 한 약속을 생각하고 신라를 보전하기로 힘을 썼다. 그래서 견훤도 감히 신라를 건드리지 못하였다. 그러나 조정이 여러 번 궁예를 속이매, 궁예의 신라를 미워하는 맘은 다시 살아나게 되었다.

신라 조정에서는 시중 효종(孝宗)은 견훤 패요, 일길찬 현승(玄昇)은 궁예 패요, 상대등 김성(金成)은 효공왕의 국구(國舅) 되는 예겸의 사위요, 왕과도 동서로 역시 견훤에 가까운, 요리로 가고 조리로 갔다 하는 패이었다. 궁예가 철원(쇠두리)에 굉장하게 서울을 이룩하고 자칭 천하에 가장 높은 대왕이라고 하게 되매, 신라 조정에는 궁예에게 아첨하게 되는 패도 많으나 궁예를 시기하는 패도 많았다.

궁예가 신라 대관들에게 인심을 잃게 된 것은 여러 가지 이유가 있지마는, 그중에 가장 중요한 것은 궁예가 충직하기 때문이다. 혹 궁예의 뜻을 사려고 조정에서 궁예에게 대하여 좋지 못한 꾀를 한다는 비밀을 가지고 궁예에게로 가면 궁예는 말도 다 듣지 아니하고,

"요, 반목무쌍(反目無雙)한 놈 같으니. 그래, 네 임금의 녹을 먹고 살아온 놈이 은혜를 몰라보고 도리어 배반을 하여! 신라 임금을 배반한 창자가 나를 또 배반하지 아니할까. 너 같은 놈이 있으면 일월이 무광하고 풍우가 불순한 법이야. 이놈 내 버히라."

하고 애걸복걸하는 것도 듣지 아니하고 당장에 내어 베었다.

궁예는 원회를 미워하는 모양으로 모든 제 임금 배반하는 놈을 미워하였다. 그는 살생을 금하는 영을 내려 닭의 알도 다치지 못하게 하면서도, 의리를 배반하는 사람은 사정없이 죽였다.

"거미와 의리를 배반하는 놈은 죽여 씨를 없이하는 것이 부처님의 뜻이다."

이렇게 궁예는 말하였다. 그러므로 신라 조정의 대관들은 궁예를 무서

위하거나 미워하였다. 오직 일길찬 현승은 궁예와 싸울 때에는 사정없이 싸우면서도, 조정에 돌아와서는 신라의 친구가 되고 도움이 될 사람은 궁예인 것을 힘써 주장하였다.

'의리 없는 놈의 친구 되기보다 의리 있는 놈의 원수 되는 것이 안전하다. 의리 없는 친구는 언제 배반하여 나를 해칠는지를 몰라도, 의리 있는 원수는 내가 의리를 지키는 동안 내 의리를 알아준다.'

하여 현승은 몇십 번인지 수 모르게 친궁양견(親弓攘甄, 궁예를 친하고 견훤을 물리친다는 말) 설을 주장하여 의리 있는 궁예를 믿는 것이 의리 모르는 견훤을 믿느니보다 낫다고 말하였다. 그러나 현승의 말을 듣는 이는 적고 다만,

"흥, 궁예의 심복."

하고 현승을 비웃고 시기하는 사람뿐이었다. 그리하는 동안에 어찌어찌 하다가 견훤의 맘을 사게 된 효종의 세력은 날로 높아지어 시중의 자리에 오르게 되고, 현승은 개밥에 도토리 모양으로 간 곳마다 배척을 받게 되었다. 오직 궁예를 두려워하기 때문에 감히 현승을 건드리지 못한 것이다. 그러나 실상 현승은 아슬라성에서 잠깐 한 번 대한 이후로는 궁예를 만난 일도 없고, 궁예에게 비밀히(다른 대관들 모양으로) 서신 왕복을 하여본 일도 없었다. 그는 오직 나라를 사랑하는 일념으로 궁예와 친하여야 할 것을 주장한 것이다. 현승과 같이 진실로 나라를 근심하는 자로는 오직 대신 은영(殷影)이 있을 뿐이었다.

이렇게 궁예가 강직한 것으로, 불의를 미워하는 것으로 조정에 미움을 받는 것을 이용하는 이는 두 사람이 있었다. 한 사람은 물론 견훤이요, 또 한 사람은 궁예의 앞에 대상(大相)의 높은 자리에 있는 왕건이다.

왕건은 신라 조정이 싫어하는 모든 것을 궁예에게 돌리고, 좋아하는 모든 것을 자기에게 돌리는 재주가 있었다. 신라의 여러 고을을 칠 때에도 왕건이 몸소 군사를 거느리고 갔지마는 용하게 신라 조정의 신임을 샀었다. 이리하여 점점 왕건의 명성이 신라 조정에 높아갈수록 조정에서는 왕건을 통하여 궁예의 발호를 제지하려는 계책을 세우게까지 되었다.

이러하는 동안에 효공왕은 빈 그릇만 붙들고 앉아서 계집에 혹하여 정사를 돌아보지 아니하였다. 그러던 중에도 어디서 난 곳 모르는 요망한 계집을 들여 대궐 안에 음탕한 일이 그칠 날이 없으매, 대신 은영은 여러 번 간하다 못하여 그 계집을 잡아 죽여버렸고, 그러는 동안에 효공왕도 승하하고, 그 기회를 타서 효공왕의 국구이던 예겸은 자기의 아들 경휘(景暉)로 왕위를 잇게 하고 자기가 섭정 모양으로 모든 정권을 희롱하였다.

이렇게 되매 국정은 더욱 어지러워지고 쓸 만한 사람은 다 물러가, 사월에 서리가 온다, 사흘 동안이나 참포 물이 동해 물과 서로 마주치어 물결이 이백 척이 일어서서 육지로 달려 들어와, 비가 와 전지를 씻어나간다, 땅속에 겨울에 우레를 한다, 태백성(太白星)이 달을 범한다, 가지각색 흉조가 있어 인심이 물 끓듯 하였다.

신덕왕(神德王)이 승하하시고 태자 승영(昇英)이 역시 예겸의 손으로 옹립되어 왕이 되시니, 이는 경명왕(景明王)이시다. 경명왕이 서매, 예겸은 팔십이 넘는 노인이건마는 아직도 정권을 내어놓지 아니하고, 경명왕의 아우, 즉 예겸의 둘째 손자요 아직 스무 살도 다 되지 못한 위응(魏膺)으로 상대등을 삼고, 오래 시중으로 있던 이찬 효종이 견훤과 너무 가까운 것을 시기하여 그를 내어쫓고 사위 되는 대아찬 유렴(裕廉)이라는

302

숙맥으로 시중을 삼았다. 이리하여 신라의 조정은 예겸의 조정이 되어버리고, 일국 정사는 예겸의 사랑에서 다 나오게 되었다. 예겸의 족속이면 났거나 못났거나 다 이찬이요 급찬이요, 아무리 병신이라도 대아찬 하나는 얻어 하였다. 장안 백성들은 예겸 집 개나 고양이까지도 이찬이라고 부르고 아찬이라고 불렀다.

이것을 보고 참지 못한 사람이 셋이 있다. 하나는 현승이요, 하나는 왕의 첩을 잡아 죽이고 종적을 감추어 산속으로 돌아다니는 은영이요, 또하나는 전 시중 효종의 손자 되는 충(忠)이다(충은 장차 마의태자가 될 사람이다). 충은 아직 나이 이십도 못 되건마는 나라가 어지러워지는 것을 보매 항상 맘에 비분강개함을 이기지 못하여 가끔 그 조부와 다투었다. 어려서부터 치원을 사모하여 그의 글을 즐겨 읽고 조부 효종이 견훤의 수족이 되어 나라를 파는 것을 분개하였다. 가끔 홀로 달밤에 후원에서 칼을 빼어 두르며,

조정의 간신들을
한 칼로 버히고서,
기운 나라를
반석같이 하고 지고.
눌다려 큰일 말하리
눈물겨워 하노라.

하는 슬픈 노래를 불렀다. 그러나 조부는 이미 늙었을뿐더러 썩은 맘이 바로 서기 어렵고, 아버지 부(傅)는 무가무불가(無可無不可)로 조부의

덕에 얻은 벼슬을 가지고 동풍이 불면 동으로, 서풍이 불면 서로 바람 따라 기울어지는 사람이었다.

"이놈아, 이 어지러운 세상에 왜 가장 곧은 체하고 남에게 미움을 받을 말을 하느냐. 대하장경(大廈將傾)에 일목(一木)이 난지(難枝)니라. 그저 남 살아가는 대로 살아가도록 하여라."

이 모양으로 비분강개하는 아들 충을 훈계하였다.

부는 아무것도 모르는 사람이 아니다. 그는 글공부도 상당히 하고 세상 물정을 멀겋게 알건마는,

'다 구찮아, 다 구찮아. 되는 대로 살지.'

하는 생각을 가진 사람이었다. 그래서 아버지 되는 효종도 아들 부를 옳게 여기고 손자 충을 집안 망할 놈이라고 책망하였다.

집에 자기의 뜻을 아는 사람이 없으니 충은 이리저리로 믿을 만한 사람을 골라보았다.

혹은 조부의 친구, 혹은 아버지의 친구, 혹은 친척, 혹은 이름난 사람을 기회 있는 대로 두루 찾아보았으나, 어디를 찾아가든지 배반이 낭자하고 풍악이 질탕할 뿐이요, 하나도 우국개세하는 뜻을 품은 자는 없는 듯하였다. 그러한 자리를 당할 때마다 충은,

"국가가 위태하거늘 높은 벼슬을 가지고 음탕만 일삼느냐."

고 꾸짖고,

세상이 다 흐리거늘
나 홀로 맑단 말가.
세상이 다 어린 적에

홀로 깸이 설운지고.

묻노라, 멱라수(汨羅水) 어드메냐.

충혼 따라갈까나.

하는 노래를 아니 부를 수가 없었다. 그러나 세상 사람들은 충을,

"철없는 녀석."

하고 비웃었다.

그러다가 경명왕이 들어서고 젖내 나는 위응이 상대등이 되고 숙맥불변(菽麥不辨)하는 유렴이 시중이 되어 예겸이 국정을 농락하게 되니, 충은 더욱 비분함을 마지못하여 일길찬 현승을 찾아가,

"죽을 때가 오지 아니하였소?"

하고 소리를 질렀다. 충의 의복은 남루하고 용모는 미친 사람과 같았다. 현승은 해괴한 충의 모양을 이윽히 보았다. 대개 충은 자기를 원수로 아는 효종의 손자인 까닭이다.

충은 현승을 보고 눈물을 흘리며,

"나는 전 시중 효종의 손자요. 내 조부와 대감과 원수인 줄도 아오. 그렇지마는 나는 내 조부를 미워하고 대감을 존경하오. 대감은 일 점 충의 지심을 품은 줄을 아는 까닭이오. 천 년 사직이 예겸의 손으로 기울어질 때에 대감 한 분은 충의의 피를 흘릴 생각을 가지었으리라고 믿소. 그런데 아직도 가만히 계신 것을 보니, 대감도 썩지 아니하는가 하여 죽을 날이 오지 않았느냐고 묻는 말이오."

하고 문을 닫치고 나가버리고 말았다.

현승은 마침내 일어날 결심을 하였다. 경명왕 이년 이월 초하룻날 미

명에 현승은 부하에 있는 군사 천 명을 풀어 반으로 대궐을 엄습하고 반으로 예겸의 집을 에워쌌다. 현승은 몸소 말에 올라 예겸의 집으로 달려들어 아직도 일어나지 아니한 예겸을 끌어내어 목을 베고, 남녀노소 할 것 없이 예겸의 집에 있던 식구를 모조리 도륙하여버렸다. 그리고 의기양양하게 말을 몰아 대궐로 향하여 오는 길에 현승의 탄 말이 무엇에 놀랐는지 다리에서 거꾸로 떨어지어 현승은 다리를 상한 채로 관군에게 붙들려 종로에 효수를 당하였다.

현승이 효수를 당한 날 밤에 어떤 노승 하나가 들어와 현승의 머리를 안고 달아났다. 장안 백성들은 그것이 은영이라 하여 모두 울었다.

현승마저 죽으니 신라 조정에는 사람은 하나도 없었다.

현승이 죽고 또 현승의 머리가 없어지매, 조정에서는 현승의 삼족을 멸하고 집터에 못을 파고 평소에 현승과 가까이하던 모든 사람을 모조리 잡아 죽였다. 사흘 동안 현승으로 하여 죽은 사람이 이백일흔일곱이라고 한다. 그중에는 팔십이 넘은 노인도 있고 젖먹이 어린것들도 있었다. 이것은 신흥 때보다도 더욱 악착스럽다고 백성들은 낯을 찌푸렸다. 그러나 아무도 감히 입 밖에 내어 말할 이는 없었다.

이때에 서울에는 이상한 풍설이 돌았다. 그것은 궁예왕이 현승을 시켜서 모반을 하게 한 것이란 말이다. 이 풍설은 출처는 알 수 없으나 현승을 미워하는 패와 견훤 패에게 대단히 유리한 풍설이므로 풍설은 점점 참인 듯이 되었다. 현승에게 동정하던 백성들도 이 말을 듣고는 현승을 의심하게 되었다.

그러나 이 풍설이 돌게 한 근원이 왕건인 줄을 아는 이는 없었다. 왕건은 기회 있을 때마다 궁예는 서울을 도륙하려는 흉악한 맘을 품어 여러 번 군사를 움직이려 하였으나, 자기가 옳지 못함을 말하여 중지시켰다는 말을 교묘하게 돌려 신라 조정에 자기의 인심을 사왔다. 이번 일길찬 현승이 모반을 한 것도 궁예가 시킨 것이라 함은 이런 데서 나온 풍설이 분명하다.

게다가 궁예왕은 나이 많아갈수록 정사에 뜻이 없을뿐더러 일찍이 양길의 군사에게 머리를 철퇴로 맞은 것이 때때로 아파 정신이 혼미하여지며, 그때에 말이 살에 맞아 거꾸러질 때에 상한 다리가 해마다 그때가 되면 아프던 것이 근년에 와서는 무시로 아파서 고통하는 날이 많으며, 그때문에 궁예는 세상을 비관하여 중의 옷을 입고 불경을 외우고 염불이나 하기를 일삼는다 하며, 심지어 궁예가 반은 미치었다는 풍설까지 돌아다녔다.

이렇게 궁예에게 좋지 못한 소문이 돌아갈수록 한층씩 한층씩 더욱 명성이 높아지는 이는 왕건이다.

'궁예왕은 이름뿐이지 실상은 왕건이가 왕이라는걸.'
하는 말이 장안에 돌아다니매, 왕건이야말로 장차 크게 소리칠 인물인 것처럼 사람들이 생각하게 되었다. 게다가 견훤도 점점 육십이 가까워 옛날 예기(銳氣)가 줄고 주색과 풍류로 일을 삼으니, 신라 조정이 두려워하는 것은 궁예보다도 견훤보다도 도리어 지금까지 성명도 없던 왕건이었다.

신라 서울에 돌아다니는 말은 아주 터무니없는 허전은 아니었다. 오십이 넘으면서부터 궁예는 양길의 군사에게 머리를 맞은 것이 빌미가 되어 가끔 두통이 나고 정신이 아뜩아뜩함을 깨달아 아무쪼록 높은 데 오르거나 말을 타기를 피하였고, 그때에 상한 다리도 가끔 저리고 쑤시어 심히 괴로웠다. 명의라는 명의는 다 불러 보였으나 별로 신통한 효험도 없었다. 속에는 천하를 호령할 패기가 있으나 몸이 점점 쇠약하여감을 볼 때에 궁예는 마음의 괴로움을 이기지 못하였다.

더욱이 궁예왕의 맘을 괴롭게 하는 것은 왕후 난영이다. 난영도 나이 사십이 넘었건마는 그는 나이를 먹을수록 더욱 젊어가고 더욱 아름다워 가는 듯하였다. 자세히 들여다보면 두 눈초리에 가는 주름이 있건마는, 한 걸음만 떨어져서 보면 뽀얗게 피어오르는 백련화와 같이 아름다웠다. 얼굴과 몸에 어린 태가 빠질수록 도리어 더욱 아름다운 듯하였다. 두 귀 밑에 굵다란 센 터럭이 희끗희끗하고 움쑥 들어간 두 뺨에 칼로 그은 자국 같은 주름이 한 번 잡힌 대로 아무리 펴려도 펴지지를 아니하고, 게다가 병신 된 눈은 갈수록 더욱 움쑥 들어가고 살빛조차 꺼멓게 되어가는 자기가 꽃 같은 난영을 바라볼 때에는 부끄러움과 질투와 슬픔이 섞어진, 말할 수 없는 괴로움을 느낀다. 삼십 세를 넘긴 사람이 드문 경문왕의 혈속(血屬)으로 궁예왕은 뛰어나게 오래 산 셈이건마는, 노쇠하기로는 오십칠 세에 칠십이 가까운 사람 같았다.

왕후가 자기를 보고 반기는 듯이 웃을 때에도 괴로웠고, 시무룩한 때에도 괴로웠다. 왕후를 대하는 것이 괴로웠다. 그러나 안 대하면 안 대하느니만큼 또 괴로웠다.

"내가 왜 이렇게 늙노?"

하고 궁예왕은 가까운 사람을 대할 때에 가끔 탄식하였다.

왕은 쑤시는 다리를 끌고 시녀에게 부액을 받아 휑뎅그렁한 대궐 안으로 거닐면서 아직 송진 냄새도 다 가시지 아니한 아름드리 기둥을 보고 아직도 싱싱한 쇠기둥을 본다. 기둥에는 좀도 아니 나고 썩지도 아니하였건마는, 자기의 몸은 나날이 좀이 먹어가고 썩어가는 것이 슬펐다.

봄철 꽃이 무르녹게 핀 때에 어원(御苑)으로 거닐면 꽃들의 아름다운 빛과 향기도 자기의 것은 아닌 듯하여 슬펐다. 차라리 이 모든 것을 보지 말리라 하여 왕은 안방에 가만히 숨는다. 그러나 몸을 따라 늙지 아니하는 맘은 젊은 때와 다름없이 소리를 치고 날뛴다. 그러할 때에 궁예는 두 주먹을 불끈 쥐고 소리를 지른다. 그 소리는 마치 가두어놓은 호랑이 소리와 같이 크나큰 대궐을 드르르 울린다. 이 소리 때문에 왕후와 시녀들은 얼마나 놀랐는지 모른다. 그러나 지금은 다 알므로,

"응, 또."

하고 싱긋 웃어버린다. 지금도 깊은 밤 고요한 때에 궁예왕이 소리를 지르면 궐내에서 자던 사람들은 모두 깜짝 놀라서 무서운 꿈을 꾸고 난 사람들 모양으로 찬땀을 흘린다.

궁예왕을 이렇게 갑자기 말 못 되게 노쇠하게 한 데는 한 원인이 있다. 왕이 쉰셋 되던 해에 왕의 병을 고치려고 모여든 사람들 중에 선객(仙客) 하나가 있었다. 이 선객은 조용히 왕을 보고,

"천 일 동안 매일 숫처녀를 보시면 모든 병이 물러가고 몸이 금강불괴(金剛不壞)가 되어 장생불사하옵니다."

하고 아뢰었다.

이 말을 듣고 왕은 그날부터 시작하여 매일 처녀 하나씩을 들여다가 같이 잤다. 아무리 왕의 위력이라도 날마다 숫처녀 하나씩을 들이는 것은 여간 어려운 일이 아니건마는, 왕은 몸이 건강하여질 욕심으로, 또 장생불사할 욕심으로 하루도 거르지 아니하고 처녀를 불러들였다. 이리하여 가까스로 천 일을 채우기는 채웠으나, 병이 없어지기는커녕 도리어 갑자

기 더 늙어지고 말라서 서너 달 동안은 자리에서 일어나지도 못하는 몸이
되었었다.

처녀 천 명 때문에 받은 해가 다만 왕의 몸이 약하여진 것뿐이 아니었
다. 왕은 이 때문에 민간에게 원망을 듣게 되었고, 정사는 돌아보지 아니
하여 모든 정권이 왕건의 손에만 돌아가게 되었고, 부처님이라는 위신이
떨어지게 되었고, 국고에 돈이 마르고, 또 왕 밑에 있는 대관들도 궁예왕
의 본을 받아 음란을 일삼게 되었다.

그러나 그보다도 궁예왕에게 더욱 중대한 일이 그동안에 생겼다. 삼
년 동안이나 왕이 왕후를 돌아보지 않는 동안에 왕후는 왕을 원망하고 슬
퍼하다가 마침내 왕건에게 몸을 허락하게 된 것이다.

왕이 처녀 천 명을 갈아들이는 동안에 왕후는 적막하고 애타는 회포를
오직 왕건을 향하여 말하였다. 왕건밖에 무시로 궐내에 출입함을 허한
남자는 없는 까닭이다. 왕후는 차차 밤에도 왕건을 청하여 들여 하소연
을 하게 되고, 늦도록 붙들게 되고, 마침내 한자리에 자는 몸이 되었다.

한번 깨트린 정조는 다시 주워 모으지 못한다. 사흘에 한 번이던 것이
이틀에 한 번이 되고, 마침내 날마다 만나게 되고, 마침내 초저녁에 한자
리에 누워 해가 늦게야 서로 일어나는 몸이 되었다.

난영에게는 처음에는 슬픔도 있고 두려움도 있고 부끄러움도 있었으
나, 얼마 아니 하여 그러한 생각은 모두 없어지고 재봉춘(再逢春)의 말할
수 없는 기쁨을 깨달았다. 늙은 병신 남편에게서 받던 숨은 불만을 젊고
잘난 왕건에게서 만족할 수가 있었던 것이다.

"왕후, 미안하오."

하고 궁예왕이 며칠에 한 번씩 난영에게 미안한 뜻을 표할 때에 처음에

울며 원망하는 빛을 보였지마는, 왕건에게서 전에 못 보던 쾌락을 맛보게 된 뒤에는,

"내 걱정은 마시고 어서 병만 나으세요."

하고 가장 친절하게 왕께 대답하였다. 말로만 그러할뿐더러 난영은 몸소 사람을 시켜 처녀를 구하여 하루도 거르지 않도록 힘을 썼다. 그리고 왕이 날로 쇠약하여가는 것을 볼 때에 난영은 내심으로 일종의 기쁨을 깨닫고,

"천 명을 채우노라면 죽겠지."

하는 생각까지 하였다.

그러나 왕은 예나 이제나 다름없이 왕후를 믿고 사랑하고, 그 때문에 잠시도 미안한 생각을 그친 적이 없었다.

왕후와 왕건과의 추한 관계는 세상에 소문이 아니 날 리가 없었다. 처음에는 궐내에서 궁녀들 사이에 속삭이는 이야깃거리가 되고, 얼마 아니하여서는 싯내벌 백성들의 이야깃거리가 되었다. 그러나 이 말이 궁예왕의 귀에 들어갈 리는 없었다.

만일 신훤이 이때까지 살아 있었던들 반드시 궁예왕을 간하여 천 명 처녀라는 무서운 일도 아니 하게 하였을 것이요, 왕후와 왕건과의 관계도 말하였을 것이지마는, 신훤이 죽은 뒤에는 누가 궁예왕을 위하여 무서운 말을 하랴. 의리도 은혜도 모르고 오직 세력만 따르는 인심은, 인제 와서는 궁예왕에게 충성을 보이는 것보다 왕건에게 충성을 보이는 것을 이롭게 생각하게 되지 아니하였는가.

'궁예는 이름만 왕이지 정말 왕은 왕건.'

이라는 신라 서울에 돌아다니는 소문이 결코 터무니없는 헛소문은 아

니다.

기쁨의 꽃은 아니 피고 떨어지는 일이 있지마는, 슬픔의 꽃은 어느 틈에라도 한 번은 피고야 만다. 모든 죄는 반드시 피를 보고야 말고, 죄의 열매는 반드시 죄의 씨를 뿌린 자의 손으로 거두게 한다.

궁예왕은 침실에서 혼자 누워 자다가 무슨 소리에 잠이 깨었다. 그 소리가 무슨 소린지 왕은 아무리 생각하여도 알 수가 없었다. 유월 초승의 비 오다 쉰 끝에 잠깐 나온 달이 왕의 창에 비친다. 왕의 머릿속에는 달에 관련된 여러 가지 생각이 났다. 어려서 동네 아이들과 같이 모래판에서 놀던 생각이며, 세달사에서 밤에 몰래 빠져나오던 생각이며, 북원 생각이며…….

왕은 다시 눈을 감고 잠이 들려 하였다. 그러나 눈을 감으면 여러 가지 허깨비가 보였다. 그 허깨비 중에는 아름다운 왕후의 모양이 보인다. 난영은 그 아름다운 얼굴에 웃음을 띠고 어떤 남자에게 안기어 아양을 부린다.

"응, 그럴 리가 있나?"

하고 왕은 중얼거리며 고개를 흔들었다. 난영을 의심할 수 없다. 그는 집을 버리고 부모를 버리고 아슬라에 자기를 따르지 아니하였느냐. 그 후에 궁예가 난영의 아버지 양길과 싸울 때에 난영은 울면서,

"내 맘은 몸과 함께 장군마마께 바치었소. 내 아버지를 쳐야 하겠거든 치시오. 나는 아버지가 싸워 지는 것을 슬퍼하지 아니하고 내 지아비가 이기는 것을 기뻐하겠소. 다만 나를 보아 아버지의 목숨은 끊지 말고 가고 싶은 데로 돌려보내주시오."

하지 아니하였느냐.

'생각하면 오륙 년래로 왕건과 너무 가깝기는 하였다.'

하고 생각할 때에 왕의 눈앞에 왕건의 동탕하고 씩씩한 풍채가 나 뜬다. 그리고 그 곁에 아주 초라한 모양으로 자기의 애꾸 모양이 나선다. 그리고 그 앞에는 여름 새벽 바람에 터지려 하는 연꽃 송이 같은 난영이 나선다. 난영의 웃는 눈은 애꾸요 주름 잡힌 자기의 얼굴을 지나 아직도 청춘의 기운이 넘치는 왕건에게로 쏠린다.

'응, 그럴 리가 있나.'

하고 왕은 손을 내어둘러 앞에 오는 사특한 그림자를 쫓아버린다. 그리고 또 잠이 들려 한다.

'그렇지마는 나는 늙고 병들었다. 삼 년 동안이나 난영을 돌아보지 아니하였다!'

하는 생각과 함께 난영은 궁예의 앞에 나와서 빈정대는 어조로,

'마마의 때는 지났소. 마마는 침침한 방구석에서 끙끙 앓는 소리나 하고 누웠을 때요. 나는 젊었소. 나는 젊은 사람을 따라가오.'

하고 한 팔을 들어 왕건의 어깨에 걸고 슬슬 나가버린다.

'응, 그럴 리가 있나. 난영은 왕후요, 왕건은 신하가 아니냐. 천하 여자를 다 의심하기로 왕후를 의심하랴. 천하 사람을 다 의심하기로 왕건의 충성을 의심하랴.'

하고 왕은 눈을 번적 뜬다. 창에 비친 달빛은 구름이 지나갈 때마다 그물그물하였다가 다시 환하여진다.

'어, 인생은 괴로움이로구나!'

하고 궁예는 스스로 한탄한다. 일생에 지난 일을 생각하면 낙이 무엇이던가.

'왕! 왕은 다 무엇인고?'

생각하면 왕이 된 뒤에 궁예는 낙을 본 것이 없었다. 도리어 세달사에 소 허와 함께 토끼 사냥 다닐 때가 컴컴한 일생에 가장 환한 날같이 보였다. 자기가 옥좌에 높이 앉고 문무백관이 앞에 굴복한 것을 본들 그것이 무엇이랴. 장난꾼이 아이놈들끼리 양지쪽에 모여 앉아서 흙장난하는 것만도 못하지 아니하냐. 궁예는 쓰러지어가는 초가집에 때 묻은 옷 입은 부부가 어린것들을 데리고 웃고 살아가는 양을 생각한다. 그들에게는 헛된 위엄을 뽐낸 일도 없고, 반란을 두려워할 일도 없다. 대문도 없거니와 방문까지 다 열어놓고 자더라도 길 잃은 귀뚜라미밖에, 또는 뜻 없는 달빛 밖에 누가 그들을 엿보랴. 사대문을 꽁꽁 닫고 겹겹이 창검 짚은 파수병을 세우더라도 맘이 놓이지 아니하는 왕의 처지보다 얼마나 편안할까. 세달사의 가난뱅이 중으로 이 집 저 집으로 재를 올리러 불려 다니는 것이 도리어 얼마나 맘에 편할까.

더구나 몸은 늙고 병들었으니 아름다운 처첩은 다 무엇 하며, 은금과 보석으로 아로새긴 궁전과 용상은 다 무엇 하며, 나라는 다 무엇 하리. 내 몸이 죽은 뒤면 그것은 다 누군지 모르는 남의 것이 아닌가.

'쇠기둥! 쇠기둥!'

하고 왕은 혼자 웃고 한숨을 쉬었다.

'어째 내가 죽기를 기다리랴. 아직 눈이 시퍼렇게 살아 있더라도 내가 일생 정력을 다하여 모아놓은 것, 이루어놓은 것을 벌써 남이 차지하였는지도 모를 것이다.'

이렇게 생각하면 궁예의 앞에는 다시 왕건과 왕후의 모양이 나타났다. 그러할 때에 왕은 늙기가 싫고 죽기가 싫었다. 왕의 큰 권력과 모든 집과 땅과 군사와 높은 이름과, 이것을 다 내어놓을 수는 없었다. 더구나 아름다운 난영을 두고 갈 수는 없었다.

왕은 벌떡 일어났다.

'안 죽는다! 안 늙는다! 내 속에는 아직도 넘치는 기운이 있다. 천하에 가장 높은 임금이 되는 큰일이 남았다.'

하고 왕은 벌떡 일어났다. 그러나 쇠약한 몸이라 머리는 핑핑 내어두르는 듯하고 다리는 이리저리로 헛놓였다. 왕은 비씰비씰하다가 한편 벽에 몸을 기대었다.

왕의 몸이 벽에 기대는 쿵 하는 소리에 곁방에서 자던 시녀들이 잠을 깨어 문밖에 와서,

"상감마마, 부르시어 계시오?"

하고 물었다.

"불을 켜라."

하고 왕은 벽에 기댄 대로 소리쳤다.

시녀들은 굵다란 촛불을 들고 들어오다가 왕의 험상스럽게도 여윈 얼굴과 벽에 기대어 선 꼴을 보고 한 걸음 물러섰다.

왕은 벽에서 몸을 떼더니 시녀들을 시켜 옷을 입히라 하여 시녀들이 열어놓은 문으로 비씰거리며 나간다.

시녀들은 놀라서 왕의 뒤를 따랐다. 왕은 허둥허둥 마루를 지나 복도를 건너 왕후의 침전으로 향한다. 왕은 시각이 바쁘게 난영을 보고 싶은 생각에 거의 미친 듯이 빨리 걸어갔다. 촛불 든 두 시녀는 좌우로 갈라서서 왕의 앞길을 비추었다.

내전 시녀들이 불빛을 보고 놀라 뛰어나와 왕의 앞길을 막는 것도 뿌리치고 왕은 왕후의 침실 문고리를 잡아당기며,

"마마, 마마."

하고 불렀다. 그 부르는 소리가 어떻게도 다정하고 슬펐던지 곁에 섰던 시녀들은 몸에 소름이 끼치었다. 왕이 돌아가시고 그 혼이 들어오신 것이 아닌가 하고, 시녀는 눈이 둥글하여 촛불에 비추인 광대뼈 내민 왕의 얼굴을 바라보았다. 왕의 뺨에는 분명 눈물 흔적이 있었다.

왕후의 방 안에는 아무 대답이 없다.

왕이 다시 문고리를 당기며,

"마마, 마마."

하고 불렀다. 시녀들은 어찌할 줄을 모르는 듯이 발을 들었다 놓았다 할 뿐이었다.

그래도 방 안에서는 아무 대답이 없었다.

왕의 눈에서는 번적하고 번갯불이 났다. 왕의 몸은 한 번 떨렸다. 시녀들은 숨도 못 쉬었다.

왕은 문고리를 힘껏 잡아당기었다. 그 큰 문은 비걱 소리를 내며 돌쩌귀 아울러 떨어지어나왔다. 왕이 종잇장이나 집어던지듯이 떨어진 문을 마룻바닥에 집어던질 때에 와지끈하고 벼락 치는 소리가 났다.

문이 떨어져나오자 불빛이 방 안을 비추고, 그 불빛에는 자리옷 바람으로 섰는 난영과 왕건이 있었다.

왕은 "웅!" 하고 두 주먹을 불끈 쥐었다.

왕건은 몸을 돌이켜 앞문을 차고 뛰어나가버리고, 난영은 뿌리를 찍힌 등신 모양으로 방바닥에 엎더지었다.

"아비를 배반하던 년이 마침내 지아비를 배반하는구나."

하고 왕은 허리에 찼던 칼을 빼어 들고 난영의 곁으로 뛰어갔다.

난영은 두 손을 합장하여 머리 위에 들고,

"나는 죽을죄를 지은 죄인이오니 죽여주오. 일생에 한 남편을 따라 이런 죄를 아니 지으려고 빌고 빌었건마는, 전생의 업원(業寃)으로 이리되었소."

하고 다시 땅에 엎디어 소리를 내어 운다.

궁예의 칼을 든 팔은 부르르 떨렸다. 분한 생각으로는 당장에 난영을 천만 조각으로 찍고 찢고 싶었다.

궁예의 원한 많은 칼날 밑에서 난영은 합장한 채로 그 칼날이 내려와 자기의 죄 많은 머리를 떨어뜨리기를 이젠가 인젠가 하고 기다렸다. 난영은 궁예의 씨근거리는 숨소리를 듣는다. 그 힘 있는 숨소리, 그것은 난영이 가장 사랑하던 것이다. 그 힘 있는 숨소리를 들을 때마다 난영은 힘 있는 품에 안기는 기쁨과 안심을 깨달은 숨소리다. 그러나 지금은 그 힘 있는 숨소리가 마치 자기를 한 발로 덮치어 누르고 장차 시뻘건 입을 벌려서 한입에 자기를 잡아 삼키려는 아귀의 숨소리와 같이 진저리가 났다.

궁예는 칼을 칼집에 꽂고 궁녀를 불러,

"곧 금군에 기별하여 이 야차(夜叉)를 꽁꽁 묶어 내려 가두게 하되, 도망도 못 하고 죽지도 못 하게 잘 지키라 하여라. 조금이라도 사정 보는 자는 삼족을 멸하리라 하여라. 임금을 속이고 남편을 배반한 대악인을 내일 아침 조회에 친히 국문하여 만민을 징계하리라."

하고 한 번 더 난영을 노려보고 방에서 나가버렸다.

궁예의 무거운 발자취가 복도로 사라지자 궁녀들은 난영의 앞에 엎드려 울었다.

"마마, 어찌하오리까."

하고 어떤 궁녀는 난영의 옷자락을 잡아당기었다.

난영은 비로소 정신을 차린 듯이 번쩍 눈을 떴다. 눈앞에는 엎드린 궁녀들과, 불의의 쾌락을 회억하게 하는 금침이 어지러이 깔렸다. 그리고 서벽 병풍에는 왕건이 벗어 걸은 윗옷이 있다.

난영은 정색하고,

"상감마마께서 하라신 대로 왜 하지 아니하느냐. 나를 결박하라."

하고 두 손을 합장한 대로 내어밀었다. 문밖에 대령하였던 금군들은 홍줄을 들고 머뭇머뭇하다가 마침내 난영의 팔을 묶었다. 궁녀들은 일제히 난영의 앞에 엎드려 소리를 내어 울었다.

이튿날 왕은 만세전 옥좌에 임어하시와 백관의 조회를 받았다. 그 자리에 왕건은 있지 아니하였다. 조회가 끝난 때에 왕은 왕후를 잡아들이라 하였다.

백관들은 영문을 모르고 모두 놀랐다.

이윽고 왕후가 홍줄로 결박을 지어 금군 네 명에게 끌려나왔다. 뒤에는 궁예의 두 어린 아들인 청광보살(靑光菩薩)과 신광보살(神光菩薩)이 울며 따른다. 왕후의 머리는 흐트러지고 옷은 꾸겨지고 얼굴은 종잇장같이 해쓱하였다. 푹 고개를 숙이고 무거운 발을 옮기는 난영의 모양은 반쯤 꺾이어 바람에 흔들리는 흰 들국화와 같았다. 그래도 왕후가 앞으로 지나갈 때에 신하들은 고개를 숙이고 읍하였다. 왕후는 왕의 앞에 꿇려 앉히었다.

왕은 난영을 노려보며,

"너, 임금을 속이고 지아비를 배반한 음란한 계집아, 들으라! 내 너를 어젯밤 당장에서 죽이지 아니하고 더러운 목숨이 하루 볕을 더 보게 한 뜻은 너를 불쌍히 여긴 것이 아니요, 네 죄를 천하 만민에게 밝히 알리어 징계를 삼으려 한 것이다. 이제 백관이 여기 모였으니 네 죄상을 일일이 아뢰어라. 만일 털끝만치라도 은휘하는 일이 있거든, 일흔두 가지 모든 형벌을 주리라."

하였다.

난영은 고개를 들어 왕을 바라보며,

"임금을 속이고 지아비를 배반한 대죄인이 혀끝이 백인들 무슨 말씀을 사뢰리까. 죄 많은 이 몸을 천 갈래 만 갈래로 쪼개어주시옵소서."

하고 다시 고개를 숙인다.

"네 처음 아비를 버리고 집을 버리고 아슬라성에 나를 따를 때에는 무슨 생각으로 따랐고, 이제 나의 신하와 더러운 행실을 하여 나를 배반한 것은 무슨 뜻으로 하였는가? 숨김없이 아뢰어라."

하는 왕의 말에 난영은 다만 고개를 숙이고 느껴 울 뿐이요, 대답이 없다.

두세 번 재촉을 받은 뒤에야 난영은 다시 고개를 들어,

"맘이 변한 연유를 아뢰라 하시면 아뢰오리다. 안 들으시어도 좋을 것 구태여 들으시고자 하시면 아뢰오리다. 애초에 상감마마를 따르옵기는 마마께오서 천하를 평정하오실 큰 어른으로 믿은 연유이옵고, 이제 와서 맘이 변하옵기는 상감마마께서 마침내 한 범상한 사람이신 것을 안 연유이옵니다. 싯내벌에 드옵신 뒤로 상감마마께옵서는 큰 뜻도 다 버리시옵고 요망한 술객의 말을 믿으시와 일천 처녀의 하늘에 사무치는 원망을 사시옵고, 죽으면 썩어질 한 몸을 위하시와 나라를 다스릴 도리를 잊어버

리시오니, 옛날의 큰 뜻을 어디서 다시 보오리까. 천하를 평정하자던 큰
일이 물거품이 되고 마오니, 일생에 마마를 따른 것이 한합기 그지없사
오며, 꽃다운 청춘이 장차 다 늙으려 하오니 인생의 행락을 하올 날도 오
늘내일뿐이라. 다 스러진 옛 꿈을 돌아보고 우느니보다 몇 날 안 남은 청
춘의 행락이나 하여보자 하는 생각이 나옵고, 또 뜻도 힘도 빠져나간 매
미 껍데기 같은 상감마마를 따르는 것보다 뜻도 크고 힘도 큰 젊은 영웅
의 품에나 안기리라 하는 생각이 나옵기는 죽을죄인 줄 알면서도 왕건을
따른 것이로소이다. 큰 뜻과 큰 힘이 없이는 하루도 살 수 없는 나는 이
죄를 지은 것도 전쟁의 숙연(宿緣)으로 아옵고 달게 죽음을 받겠사오니
처분대로 하시옵소서. 누군들 이런 몸 되기를 생각하였사오리까마는 굳
고 굳은 무쇠 기둥에도 좀이 나고, 검고 검은 까마귀 머리도 백설같이 세
려든 물로 된 사람의 맘이 아니 변키를 바라오리까. 아내의 맘도 변하려
든 백성의 맘인들 믿사오리까. 상감마마를 생각하거나 내 신세를 생각하
오면 눈물밖에 흐르는 것이 없사오니, 시각 바삐 이 쓰디쓴 눈물에 뜬 목
숨의 뿌리를 끊어주시옵소서. 아아."
하고 난영은 고개를 숙여버린다.

왕은 노함을 이기지 못하여 발을 구르며,

"네 이제 공교한 말로 네 죄를 꾸미고 감히 불측하고 흉악한 말을 하
니 극히 가증하다. 내, 네 더러운 살을 찢고 뼈를 바숴 머리 센 까마귀의
밥을 삼고, 네 피로 좀먹는 쇠기둥을 바르리라. 이 요망한 계집을 계하에
끌어 댓돌 위에 놓고 칼로 사지를 끊고 배를 가르고 검은 창자를 끌어내
고 썩어진 오장을 집어내고 철퇴로 살과 뼈를 이기라. 그리하고 곧 군을
놓아 대역부도 왕건을 잡아들여 같은 자리에서 같은 모양으로 죽여 몸은

320

오작의 밥을 만들고 혼은 지옥의 유황 가마에 넣어 천겁 만겁에 지글지글 끓게 하라."

하고 소리를 질렀다.

아까 난영을 끌고 들어오던 금군 네 명이 뛰어나와 왕후를 번적 들어 계하로 내리었다.

왕은 연해 대역부도 왕건을 목 따려는 돼지 모양으로 결박을 지어 즉각으로 잡아들이라고 호령을 하나 백관들은 모두 몸을 벌벌 떨 뿐이요, 아무도 "예!" 하고 나서는 이가 없었다.

이때에 만세문 지키던 수문장이 뛰어 들어와 옥좌 앞에 엎드리며,

"상감마마, 왕건이 배반하여 군사를 몰아 만세문을 엄습하오매 힘을 다하여 막사오나 중과부적하와 막을 길이 없사옵니다."

하고 아뢴다.

이 말에 왕은 용상에서 벌떡 일어나며,

"무어랐다? 왕건이 배반하였다?"

하고 수문장을 본다.

"예, 백선장군(百船將軍) 파진찬 왕건이 배반하였습니다."

하고 수문장은 고개를 들어 문밖을 바라보며,

"저기 고함 소리 들리오니 만세문이 깨어진가 하옵니다."

한다. 과연 "으아" 하는 고함 소리가 은은히 울려온다.

궁예는 으아 하는 고함 소리가 만세문에서 울려오는 것을 듣더니 옥좌에서 일어나 두 팔을 번적 들고 좌우에 늘어선 문무백관을 바라보며,

"왕건이 배반하였다. 내 자식같이 믿던 왕건이 내 아내를 빼앗고 또 이제 내 옥새를 빼앗으려고 배반하였다. 너희들도 왕건을 따르려거든 빨리

나아가 너희 새 왕을 맞고, 나를 따르려거든 여기 머물라. 내 이 자리에서 왕건을 만나 할 말이 있으리라. 수문장아, 나가서 왕건더러 빨리 들라 하라!"

하고 소리를 질렀다. 이 말을 하는 궁예의 입과 눈에서는 불길이 나오고, 궁예의 소리에 울림인지 만세전 대들보가 쩡쩡 울었다. 이 소리에 전내에 있던 사람들은 모두 몸에 소름이 끼치고 등에 찬땀이 흘렀다.

수문장은 의외인 왕의 명령에 잠시 주저하다가 왕의 뜻이 서리 같은 것을 보고 고개를 숙이고 물러나가고, 백관들도 감히 얼굴을 들어 왕을 바라보지는 못하고, 다만 마지막 하직으로 왕의 앞에 한 번 읍하고 무서운 데서 빠지어나가는 겁 많은 무리 모양으로 슬슬 수문장의 뒤를 따라 만세전 앞문으로 구름같이 꾸역꾸역 밀려 나온다.

이때에 계하에서 두 늙은 무관이 칼을 빼어 들고 뛰어 올라와 백관의 앞을 막아서며,

"이 쥐 무리들아! 너희가 삼십 년 이 임금의 녹을 먹고 이 임금을 섬겼거든 이제 역적 왕건이 불의의 군사로 외람히 범궐하는 것을 볼 때에 상감마마를 저버리고 어디로 간다? 한 걸음이라도 나가는 놈이 있으면 이 늙은이의 칼에 개 같은 목을 버히리라."

하고 앞섰던 몇 사람을 함부로 찍어 섬돌 위에는 붉은 피가 흘렀다.

이 서슬에 꾸역꾸역 몰려 나가던 무리는 멈칫 걸음을 멈추고 앞이마를 무엇에 부딪힌 사람 모양으로 두어 걸음 뒤로 물러서서 등신들 모양으로 우뚝 섰다.

이 두 늙은 장수는 누군고. 옛날 일길찬 신훤의 막하에 있다가 신훤이 패하여 죽으매 혹은 초부로 산에 숨고, 혹은 어부로 강가에 몸을 숨기고,

혹은 농부로 풀 속에 행색을 감추되, 종시 주인 신홍에게 대한 의리를 변치 아니하고 기회만 있으면 의병을 일으켜 칠전팔도(七顚八倒)하다가 마침내 궁예의 밑으로 돌아왔던 원종과 애노라.

원종은 궁예왕이 처음 싯내벌에 오던 날 밤에 '믿지 못할 것은 사람의 맘'이라는 노래를 부른 까닭으로 왕건의 미움을 받아 모든 높은 벼슬을 빼앗기고 명색 없는 장수가 되었고, 애노도 또한 그러하였다.

왕은 이 광경을 보고 보좌에서 일어나 계상으로 나와 여러 무리의 길을 막아선 원종과 애노를 바라보며 손을 들어,

"두 장수여! 충신의 깨끗한 칼에 개의 무리의 더러운 피를 바르지 말고 개의 무리는 개에게 가게 하라."

하고 여러 무리를 향하여 한 번 웃으며,

"너희들 빨리 가 새 주인의 발을 핥으라. 그런 후에는 또 새 주인의 발을 핥되 대대손손이 배반한 무리의 조상이 돼라."

하고 또 한 번 웃었다.

또 고함 소리가 울려온다.

원종과 애노는 왕의 말대로 피 묻은 칼을 비껴들고 좌우로 갈라 비켜서서 무리들이 지나갈 길을 내었다. 사모와 품대 찬란한 흉배를 붙이고 패옥을 울리는 백관들은 홀을 받든 두 손을 가슴 위에 들먹거리며 피 묻은 칼 틈으로 정신없이 지나가 엎더지며 자빠지며 저마다 앞을 다투어 만세전 동문으로 옷자락을 너풀거리며 달아나고, 전내에는 오직 궁예왕과 원종, 애노 두 장수와 계하에 엎더진 왕후와 왕후에게 매어달려 우는 두 왕자뿐이다. 왕후를 죽이라는 명을 받았던 금군도 어느 틈에 새어버리고 말았다. 오직 핏내 맡은 까마귀 한 떼가 만세전 추녀 위에 앉아 고개를 끄

떡거리며 까욱까욱할 뿐이다.

밖에서는 여전히 고함 소리가 나며 살이 서너 대 대궐 마당에 날아 들어와 박석 위에 소리를 내고 너푼너푼 떨어진다.

왕은 여름볕이 찌듯이 비추인 층층대로 내려와 칼을 빼어 난영의 결박 지운 것을 끊고,

"난영아, 너도 왕건에게로 가라!"

하고 외치었다.

그러나 난영은 여전히 땅바닥에 이마를 대고 쓰러져 있고, 어린 두 왕자만 궁예의 두 소매에 매어달려,

"아바마마."

"아바마마."

하고 목을 놓아 운다.

궁예는 이윽히 두 왕자의 우는 얼굴을 내려다보더니 두 왕자의 머리를 한 손으로 감아쥐고,

"오오, 너희들도 왕건의 자식이냐."

하고 칼을 들어 내리치려 하였다.

그때에 난영이 벌떡 일어나 궁예의 칼 든 팔을 한 손으로 잡고 몸으로 두 왕자를 가리며,

"상감마마, 잠깐만 참으시와 내 말을 들으소서. 두 왕자는 분명히 상감마마의 혈육이오니 죄 많은 나를 죽이시되 두 왕자는 건드리지 마옵소서. 내 말도 할 말이 많사오나 그것은 지금 아뢸 사이 없사오니 황천에서 뵈올 때에 아뢰기로 하옵고, 어서 상감마마의 손으로 이 목을 버히시고 상감마마는 아직 몸을 피하시와 후일을 도모하시옵소서."

하고 운다.

궁예는 난영의 말을 비웃으며,

"흥! 요망한 계집이 죽을 때에까지도 거짓말을 하여 지아비를 속이려는고나. 네가 왕건을 꾀어 배반하게 하여놓고 이제 도리어 착한 체하니, 배반하는 소위보다 속이는 소위가 더욱 밉다."

하고 난영이 무슨 말을 하려고 입술이 열리어 움직이려 할 때에 궁예의 칼은 벌써 난영의 허리를 끊고, 또 한 번 들어 칠 때에 우짖는 두 왕자의 목이 끊이어 궁예의 손에 매어달린다.

원종과 애노는 달려들어 말리려 하였으나 그러할 새가 없었다.

"상감마마! 왕후마마께서 '아니오!' 하옵시고 무슨 말씀을 하시려는 것을 보았사옵니다."

하고 원종이 난영의 얼굴을 치어드니 아직도 눈은 산 사람과 같이 궁예를 바라보며 꼭 해야 할 말이 있는 듯이 입술이 움직인다.

궁예는,

"흥, 죽은 뒤에도 속이는 입술을 움직이려는구나!"

하고 칼로 그 입을 치니 움직이던 입술이 떨어지며 끓는 듯 뜨거운 피가 궁예의 가슴에 튄다.

"상감마마! 국모마마께서는 반드시 하시려던 말씀이 있었사옵니다. 천지도 변하온들 왕후마마의 절개야 변하오리까?"

하고 왕후의 끊어진 몸을 한데 모아놓고 원종은 자기의 갑옷을 벗어 덮었다.

궁예는 원종이 하는 양을 보더니 손에 들었던 두 왕자의 머리를 애노에게 주며,

"이것도 무엇으로 덮어나 주라."

하고 고개를 숙이고 눈을 감는다.

애노는 원종이 하던 모양으로 두 왕자의 몸과 머리를 붙이어 왕후의 좌우 곁에 안기어 자는 듯이 누이고 자기의 갑옷을 벗어 세 신체를 보이지 않도록 덮었다. 그러나 한량이 없는 듯이 솟는 피는 갑옷 밑으로 박석 위로 흘러나와 박석 틈바구니 흙 속으로 깊이 흘러 들어갔다. 끝없이 깊이 깊이.

만세문이 열린 모양이다. "우아!" 하는 고함 소리가 더욱 가까워지며 살이 더욱 많이 날아들어온다.

원종은 애노를 시켜 곧 마구에 가서 말 세 필을 안장 지으라 하고, 왕의 곁으로 가서 급히 몸을 피하여 후일을 도모하기를 청하였다.

왕은 그제야 고개를 들어 원종을 보며,

"내게 무슨 후일이 있으랴. 나는 여기서 왕건을 만나기를 원하노라. 경들 두 사람의 충성은 후생에 갚을 날이 있으리라. 아직 나를 두고 가라."

하고 다시 눈을 감고 고개를 숙인다.

원종은 그래도 정성으로 궁예더러 잠시 몸을 피하기를 권하였다.

"여기서 북으로 백 리를 가오면 삼방(三防)이라는 산협이 있사오니, 일부당관(一夫當關)에 만부막개(萬夫莫開)할 요해지옵고 또 거기서 다시 사오십 리를 가면 동해 바닷가로 일망무제(一望無際)한 넓은 들이 있사온즉, 거기서 족히 힘을 길러 다시 천하를 회복하올 것이니, 왕건의 군사가 아직 뒷길을 끊기 전에 몸을 피하심이 좋사오이다. 신과 애노, 비록 늙고 재조 없사오나 충성으로 상감마마의 은혜에 젖은 백성들인들 어찌

응함이 없사오리까. 보소서, 저기 고함 소리 점점 가까이 들어오니 일이 급하온지라, 시각을 지체할 수 없나이다."

하고 원종은 왕의 액하에 손을 넣어 끌었다. 왕은 아니 끌리려고도 아니 하고 원종이 끄는 대로 끌려 만세전 뒷문으로 나왔다.

수문장은 왕건에게 왕의 말을 전하였다.

"나는 여기서 왕건을 만나서 할 말이 있다."

는 궁예왕의 말은 왕건의 가슴을 푹 찌르는 듯하였다. 아무리 야심이 많은 왕건이라도 홍술(弘述), 백옥(白玉), 삼능산(三能山), 복사귀(卜沙貴) 네 사람의 꾐이 없었던들 아마 이처럼 급전직하로 배반하는 일은 없었을 것이다. 이 네 사람은 후에 홍유(洪儒), 배현경(裵玄慶), 신숭겸(申崇謙), 복지겸(卜智謙)이라 하여 왕건의 개국공신이 된 사람들이다. 그들도 궁예의 신하가 아님이 아니었으나, 대세가 궁예 불리하고 그 뒤를 이을 이가 왕건인 것을 보매 얼른 왕건에게 붙어 큰 공을 자기의 손에 넣으려 한 것이다. 그 네 사람 중에 삼능산, 즉 신숭겸은 특별히 궁예왕의 사랑을 받던 이인 만큼 특별히 궁예에게 대하여 배반하기를 굳세게 왕건에게 권하였다.

왕건은 왕후의 방에서 왕의 눈에 발각된 날 밤에 집에 돌아와 심히 괴로워하였다. 그것을 보고 부인 유씨,

"대감, 오늘 밤은 왜 그렇게 괴로워하시오?"

하고 물었다.

왕건은 차마 왕후의 방에 들어갔다가 왕에게 들켰단 말은 못 하고,

"명일은 왕이 나를 죽이려 하신다오."

고만 하였다.

그때에 유씨 부인은 깜짝 놀라며,

"대감이 무슨 죄를 지으시었기로?"

하고 물었다. 왕건은 고개를 숙이고,

"왕은 미치사 왕후도 죽이려고 하시기로 내가 못 한다 하였더니, 왕은 내가 왕후를 사정 둔다 하여 크게 노하시었소."

한다.

유씨 부인은 왕건이 자주 궐내에서 밤 깊도록 있는 것을 수상히 알았으나 그런 빛은 보이지도 아니하고,

"그러면 어찌하시려오? 큰일을 할 때가 이때가 아니오? 아까도 홍술 장군이 다른 세 사람과 함께 와서 대감이 돌아오시기를 기다리다가 간 지 얼마 아니 되오. 각 영문 군사들도 인제는 다 대감의 손에 있으니, 이때에 거사를 아니 하고 누명을 쓰고 돌아가시면 그런 어리석은 일이 어디 있소. 대감이 이기면 누명은 왕에게로 갈 것이로되, 대감이 가만히 계시다가 돌아가시면 누명을 쓸 사람이 대감밖에 있소? 누명도 벗고 만승의 왕 될 일을 이때에 아니 하면 언제 하오?"

하고 네 사람의 말을 전할 겸 왕건을 권하였다.

그러나 왕건은 마음을 내리누르는 무거운 무엇을 제치어버릴 수가 없어 고개는 더욱 수그러지었다. 지금까지도 내심으로 그러한 야심을 아니 가진 것도 아니건마는, 그 일을 하려 할 때에는, 더구나 자기의 죄를 덮는 핑계로 그 일을 하려 할 때에는 괴로웠다.

"왕은 나의 임금이요, 나의 은인이로구려. 내가 지금 배반하면 신하로는 역적이요, 사람으로는 배은망덕이로구려. 더구나 몸을 바치어 왕을 섬기라시던 아버지의 유훈을 어찌하겠소?"

하고 주저하기를 마지아니한다.

왕건의 아버지는 한주도독 왕륭이다. 어린 궁예가 아버지 경문대왕의 영결식에 참례하여 생전 처음 겸 마지막으로 왕의 얼굴을 보려 할 때에 그 의기에 감격하여 단신으로 궁예를 도와 싸우던 왕륭이다. 왕륭은 그 때에 솔메(지금 송도)로 달아나 숨어 있으면서 항상 궁예가 큰소리 칠 날 있기를 고대하였다. 그 후 왕건이 나서 자라매, 누누이 장차 나라가 어지러울 것과, 그리되면 사방에서 사심을 좇는 자가 나타날 것과, 그러한 자들 중에 의리보다도 사욕을 채우려는 자가 많을 것을 말하고,

"너는 의리를 위하여 죽는 졸병이 될지언정 사욕을 위하여 사는 영웅이 되지 마라. 내가 죽어 지하에 있더라도 내 혼은 반드시 너를 따라 네가 하는 바를 보리라. 한 걸음이라도 네가 의리를 벗어나는 것을 보면 나는 지하에서 피눈물을 흘리는 줄 알아라."

하고 말하였다. 그러할 때마다 왕건은 아버지 앞에 읍하고 서서 눈에 눈물을 머금고,

"아버지 교훈대로 하오리다."

하고 굳게 맹세를 하였다.

궁예가 처음 쇠두레에 도읍할 때에는 왕륭은 임종의 병석에 있었다. 그는 궁예가 도읍하고 왕이 되었단 말을 듣고 머리맡에 왕건을 불러 앉히고,

"건아, 곧 떠나 쇠두레로 가서 너희 임금을 섬기라. 궁예왕이야말로 내 임금 경문대왕의 아드님이시고 어려서부터 제왕의 기상이 있었더니라. 곧 가서 왕께 뵈옵고 이십 년 전 대궐 안에서 뵈옵던 왕륭이 보내더라고 아뢰어라."

하였다.

왕건은 아직도 이십 세밖에 안 된 소년이다. 아버지가 곧 집을 떠나라시는 말에 눈물을 흘리며,

"병석에 누우신 늙은 어버이를 떠나라 하시나닛가?"

하였다.

왕륭은 지필을 들어,

"王事急 王事急(나랏일이 급하다, 나랏일이 급하다)."

하는 여섯 자를 써서 아들에게 주고,

"어서 가거라!"

하고 소리를 질렀다.

왕건이 눈물을 뿌리고 나가려 할 때에 왕륭은 손을 들어 왕건을 불러,

"한번 임금께 몸을 바치었거든 네 목숨이 죽도록 충성되어라. 왕륭으로 하여금 배반하는 아들을 두었다는 누명을 천추에 전하게 하는 불효자가 되지 말어라."

하고 어성을 높였다.

왕건은 다시 절하고 그대로 하기를 맹세하였다.

그러고 집을 떠나 궁예왕께 뵈올 때, 왕은 옛일을 생각하고 아들과 같이 왕건을 맞았다.

왕건은 이러한 일들을 생각할 때에 마음이 무거웠다.

"무슨 생각을 하시오? 탕 임금도 임금을 배반하였고, 무왕도 임금을 배반하지 아니하였소. 성즉군왕 패즉역적(成則君王 敗則逆賊)은 대장부의 일이 아니오? 무엇을 생각하시오. 어서 홍술 장군을 불러 시기를 놓치지 마시오."

하였다.

　이리하여 닭이 울 때에 홍술, 백옥, 삼능산, 복사귀 네 사람은 쥐도 새
도 모르게 왕건의 집으로 불려 왔다.

　왕건은,

　"오냐, 하자."

하고 군사를 풀어 싯내벌을 손에 넣고 대궐을 엄습한 것이다. 그러나 수
문장이,

　"나는 여기서 왕건을 만나 할 말이 있다."

는 왕의 말을 전할 때에는 가슴에 칼이 꽂히는 듯하였다. 그래서 왕건은
다만 군사를 시켜 납함(吶喊)만 시켜 궁예가 도망하거나 자진하기를 재
촉하려 하였다. 그러므로 궁예는 원종과 애노를 데리고 무사히 대궐을
빠지어나갈 수가 있었다.

　궁예가 도망한 뒤로 곧 왕건은 만세전으로 들어와 홍술과 백옥과 삼능
산과 복사귀 네 사람의 인도로 세 번 사양한 후에 바로 아까 궁예왕이 올
라앉았던 자리에 올랐다. 그리고 아까 원종과 애노에게 경을 칠 뻔하고
혼비백산하여 꾸역꾸역 밀려나갔던 문무백관들도 아까 섰던 자리에 읍
하고 둘러서서 새 임금의 은혜를 받으려 한다.

　새로 왕이 되어 옥좌에 앉은 왕건은 백관을 불러놓고 처음으로 윤언을
내리시었다.

　"짐은 경등으로 더불어 전왕 궁예를 섬기었노라. 비록 전왕 궁예 늙으
매 법도를 잃어 황음(荒淫)과 포학(暴虐)을 일삼아 이미 천명과 민심을
잃어버렸다 하더라도, 짐은 신자의 도리로 왕위에 맘을 둠이 없었고 오
직 충성을 다하여 전왕이 회과천선(悔過遷善)하기를 피눈물로 간하였노

라. 피눈물로 간하기를 혹은 삼경에 이르고, 혹은 오경에 이르되 듣지 아니하시니, 짐은 왕의 앞에 엎드려 통곡하였노라. 짐이 혈루를 뿌려 통곡함이 어찌 주군만을 위함이리오. 실로 적자(赤子)와 같은 창생이 도탄에 든 것을 위함이러니라. 그러나 짐은 신자의 의리를 굳이 지켜 감히 전왕을 배반할 뜻을 품지 아니하였노라."

하고 왕은 잠깐 말을 그치고 제신을 돌아보니, 제신도 왕의 뜻을 알아차려 일제히 읍한 두 팔을 한 번 들었다가 내린다. '과연 폐하의 충성은 그러하시어이다.' 하는 뜻이다. 왕은 그것을 보고 흡족하여 다시 말을 이어,

"경들 중에는 짐이 탕(湯)·무(武)의 일을 본받기를 누누이 말하는 이 있었으나, 짐은 탕·무의 덕이 없을뿐더러 짐이 전왕에게 대한 충성과 은정은 매양 그 말을 막았노라."

하고 또 한 번 왕이 말을 끊고 군신을 돌아보니, 군신은 더욱 감격하는 듯이 읍한 팔을 한 번 더 들었다가 놓는다.

왕은 흡족한 듯이 잠깐 고개를 끄덕이어 백관의 읍하는 뜻을 안다는 뜻을 표하고 한층 어성을 가다듬어,

"그러나 경들은 저 계하를 보라."

하니 백관의 눈은 계하로 향한다. 거기는 원종과 애노의 갑옷에 덮인 세 신체가 놓였다. 왕은 명하여 그 덮은 것을 벗기라 하였다. 벗긴 밑에서는 피에 젖은 왕후와 두 왕자의 얼굴이 나온다. 군사들은 왕후의 두 동강 난 몸과 두 왕자의 떨어진 머리를 치어들었다. 거기서는 아직도 피가 흐른다. 보는 사람들은 다 눈살을 찌푸렸다.

왕은 떨리는 음성으로,

"이곳에 무죄한 세 사람의 원통한 죽음이 있도다. 전왕은 천여 명가량

의 처녀를 음란하고 수없이 무고한 백성을 학살하다가, 그것도 부족하여 마침내 그 왕후와 왕자를 학살하였도다. 그 죄를 짐이 비록 용서한들 만민이 어찌 용서하며, 만민이 설사 안 돌아보더라도 하늘이 어찌 무심하리오. 경들은 다시 저 계하를 보라!"

할 때에 만조제신은 일제히 한 번 더 왕후와 두 왕자의 참혹한 시체를 바라보고 또 일제히 눈살을 찌푸리고, 또 일제히 읍하여,

'지당하시외다.'

하는 뜻을 표하였다.

왕은 한층 음성을 낮추어,

"경들 중에는 전왕을 죽이라 하는 이도 있었으나 짐은 군신의 정과 의에 차마 그리하지 못하고 왕에게 성명(性命)을 보전하여 도망할 틈을 주었노라."

하고 왕은 다시 소리를 높여,

"그러하나 짐은 차마 전왕의 자리에 앉지 못하여 세 번 사양하였으되, 경들이 굳이 권하니 민심은 천심이라 천명을 어찌 거역하리오. 짐이 비록 양덕(凉德)하나 민심과 천명을 좇거니와, 경들 중에 만일 전왕에게 충성을 가지고 그 의리를 지키려 하는 이 있거든 나서 왼손을 들라. 짐이 그 충성을 다하기를 허하리라."

하고 말을 끊고 제신을 둘러본다.

왕의 이 말에 군신들은 일제히 무릎을 꿇고 이마를 조아려 '신은 전왕에게 대하여는 아무 정도 아무 의도 없사옵고, 오직 금상마마께 충성된 이 몸을 바치나이다.' 하는 뜻을 표하였다.

이때에 장군 홍술이 옥좌 앞으로 가서 엎디어 아뢰되,

"성상마마께옵서 삼한을 통일하시와 도탄에 든 창생을 적자와 같이 애육(愛育)하오실 성덕을 갖추시오매, 천명과 민심이 한결같이 폐하에게로 돌아왔사오니 천명을 잃은 궁예는 이제 한 필부라, 성은이 망극하시와 그 목숨을 보전케 하시옴을 감격하올지언정 어찌 성상마마를 등지옵고 궁예를 따를 맘을 가진 이 있사오리잇가. 이 중에 한 사람도 없으리라 하노이다."

한다.

홍술의 말이 끝나매, 엎드렸던 백관들은 일제히 한 번 머리와 읍한 팔을 들었다가 다시 엎드린다.

'과연 홍술이 아뢰인 말씀이 지당하오이다. 어찌 궁예를 따를 생각을 생심이나 하오리잇가. 신은 오직 폐하의 충성된 신하로소이다.'

하는 뜻이다.

왕은 자못 흡족하여 세 번 고개를 끄떡이었다.

이때에 계하에서 어떤 늙은 궁녀가 머리를 풀어 헤치고, 채색옷을 벗고 굵은 베로 내리감고, 손을 피투성이를 하여가지고 계상으로 뛰어오르며,

"왕건아, 네 감히 은혜를 배반하고 이제 도리어 우리 상감마마에게 누명을 씌우느냐. 내 이 눈으로 네가 어려서 네 아비의 말을 가지고 오던 것을 보았고, 인자하오신 상감마마께오서 너를 혈육같이 애육하심을 보았고, 또 네가 어떻게 상감마마 환후 계오신 것을 기회로 역심을 품고 왕후마마를 위협하여 갖은 흉악무도한 일을 하는 것을 보았거든, 이제 도리어 뻔뻔하게 모든 허물을 인자하오신 상감마마께 돌리고 네 감히 높이 옥좌에 오른단 말이냐. 네 비록 사람의 눈을 속이더라도 능히 천지신명을 속일 줄 믿느냐."

하고 무서운 얼굴로 군신을 돌아보며,

"이 배은망덕하는 역적의 씨들아, 내 너희에게 보일 것이 있노라."

하고 품에서 칼을 빼어 자기의 배를 갈라 손으로 장부를 꺼내어 멀리 왕건을 향하여 뿌리고 거꾸러진다.

모였던 신하들의 얼굴은 흙빛이 되었다. 그중에도 내약한 신하는 '나도 저와 같이 배를 가를까.' 하는 생각까지 하였으나, '그것은 왜? 여간 아플라고.' 하고 눈을 감아버렸다. 왕은 조금도 사색에 변함이 없이,

"기특한 사람이로다. 충신의 예로 후히 장사하라."

하시는 인자한 명을 내리시었다.

얼굴이 흙빛이 되어 이마에 찬땀이 흐르는 백관들은 일변으로는 살 길을 얻고, 일변으로 왕의 말씀에 감격하여 또 한 번 고개와 팔을 들었다 놓고, 그중에 어떤 조관은,

"진실로 성은이 여천(戾天)하시오이다."

하고 목 멘 소리를 하였다.

이리하여 태봉이라는 나라 이름이 변하여 고려(高麗)가 되고, 궁예가 왕으로 앉았던 자리에는 왕건이 금관 황포로 뚜렷이 올라앉게 되었다. 그것을 따라 유씨 부인은 고려 나라의 국모가 되었다.

싯내벌에는 날마다 큰 잔치가 벌어지고 밤마다 불놀이가 있고, 왕건 왕의 만세를 비느라고 미륵불이 더욱 휘황하고, 그 중들은 쉴 새 없이 부리나케 빌었다. 백성들은 억지로라도 기뻐하지 아니할 수 없고, 억지로라도 새 임금의 성덕이 하늘 같고 성은이 바다 같음을 칭송하지 아니할 수 없었다. 백성들은 또 한 번,

'기다리던 태평국이 인제야 왔나.'

하고 생각하게 되었다.

이때에 궁예는 원종과 애노 두 사람을 따라 북으로 북으로 달아났다. 궁예는 행색을 감추기 위하여 사냥꾼의 복색을 하고, 원종과 애노는 사냥꾼을 따라가는 몰이꾼 모양으로 때 묻은 낡은 옷을 입었다. 세 사람은 아무쪼록 큰길을 피하여 소로로 가되, 낮에는 숲속에 들어 쉬고 새벽과 황혼에 말을 몰았다.

혹 길에서 사람을 만나 그 사람이,

"어디를 가오?"

하고 물으면,

"사슴 사냥 갑네."

하고 대답하였다. 그러면 그 사람은 세 사람의 행색을 물끄러미 보며,

"늙은이들이 뛰는 사슴 사냥이 당하오? 덩굴에 매어달린 참외 사냥이나 하오."

하고 비웃고 지나갔다.

쇠두레 지경을 벗어나 도끼낭〔斧壤〕 지경에 잠깐 머물려 하였으나, 궁예왕이 북으로 달아났다 하는 소문이 퍼지어 소 먹이는 아이들도 세 사람이 지나가면 유심히 보고 김매는 농부들도 세 사람을 보고 손가락질을 할 뿐더러, 왕건이 반드시 사람을 보내어 궁예왕을 잡거나 해하려 할 것을 두려워 밤을 도와 도끼낭 지경을 떠나 검불낭을 넘어 북으로 북으로 한없이 달아났다.

검불낭에서부터는 끝없이 북으로 달아난 나무 한 개 없는 풀밭에 길조차 끊어졌다. 이제부터 인가도 없으니 풀꽃과 벌레 소리로 벗을 삼아 시름을 놓고 나가나, 가끔 말굽 소리에 놀라 달아나는 토끼를 보고 궁예는 활

에 손을 대었으나 쏘지 아니하고 물끄러미 토끼가 달아나 숨는 곳을 바라
보았다.

석양을 등에 지고 가는 세 사람의 그림자가 길게 풀밭 위에 움직일 때
에 천지는 더욱 적막하고 들꽃은 더욱 붉었다. 이따금 하늘 한편 끝에 일
어나는 구름에서 번개가 번적거리고, 그것이 순식간에 소나기가 되어 길
가는 사람의 옷을 적시었다.

나무가 없으니 낮에는 내리쪼이는 볕과 올려 뿜는 훈증한 기운에 숨을
쉴 수 없이 덥고, 땅이 높으니 밤에는 늦은 가을같이 추웠다. 불을 피우
려 하나 따르는 군사가 불을 볼 것이 두렵고, 또 여름 풀판에 불 피울 나
무도 찾을 길이 없었다. 혹은 토끼를, 혹은 노루를 잡아 고기를 먹어 주
린 것을 채우고 피를 빨아 목마른 것을 눅이며 가도 가도 끝이 없는 무인
지경 풀밭을 헤매었다.

본시 중병을 앓고 나서 아직 회복도 되기 전에 참혹한 환난을 당하고,
오륙 일간이나 비를 맞고 바람에 씻기면서 고생한 까닭에 궁예왕은 더욱
몸이 쇠약하여 빛 없는 얼굴에 움쑥 들어간 눈 하나만 희미하게 번적거리
고, 다리는 줄곧 쑤시고 정신은 가끔 아뜩아뜩하여 말에서 두 번이나 떨
어지었고, 말에서 떨어진 것이 더욱 몸을 쇠약하게 만들어 이제는 말을
탈 수도 없고 걸어갈 수도 없이 되었다. 그래서 아직 해도 지기 전에 어떤
바위 밑을 찾아 부드러운 풀 잎사귀로 푸근푸근하게 자리를 만들고 그 위
에 궁예를 뉘어놓고 원종과 애노 두 사람은 말을 달려 사방으로 인가 있
는 곳을 찾아다녔다. 그러나 간 곳마다 풀이요, 풀이 다하는 곳은 산이
요, 인가는 만나지 못하고 이날에는 조마구만 한 토끼 하나도 얻어보지
못하였다.

해가 다 넘어가 황혼이 되고 먼 산머리에 타던 구름장까지 다 꺼멓게 되고 높다란 하늘에 별들이 반짝반짝할 때쯤 하여 두 사람과 말은 기운이 진하여 궁예왕이 누워 있는 곳으로 돌아왔다.

"상감마마, 아모리 찾아도 인가는 보이지 아니하오나, 간혹 풀이 높고 나뭇가지 꺾인 것이 보이니 하룻길만 더 가면 인가를 찾을 듯하옵니다. 오늘 밤을 굶어 지나면 밝는 새벽에야 설마 토끼나 노루를 만나지 못하오 리잇가."

하고 두 사람은 풀잎에 싼, 아직도 익지 아니한 딸기와 더덕 따위를 내어 왕의 앞에 놓고 왕을 붙들어 일으킨다.

왕은 등을 바위에 기대고 두 사람을 바라보며,

"이 은혜를 어느 때에 갚을고. 이 세상에서는 갚을 길이 없을 듯하니 내생에라도 갚으마."

하고 눈물을 흘린다.

두 사람도 눈물을 흘려 비감하여하는 왕을 위로하고 딸기와 풀뿌리로 요기를 한 후에 피곤한 몸을 풀 위에 뉘었다. 별은 말없이 빛만 내려보내고 벌레들은 숨어서 소리만 울려 보내니, 풀 위에 누운 한 임금과 두 신하의 늙고 피곤한 몸이 잠을 이룰 길이 없다. 차다고 할 만한 서늘한 바람이 우수수 소리를 내고 한번 지나간 뒤에는 바람도 오지 아니하고, 소리 없는 비와 같은 이슬만 푹푹 내려와 옷을 적신다.

유월 초승의 핏기 없는 달도 언제 넘어가는 줄 모르게 넘어가버리고 무인지경의 밤은 더욱 깊어가는데, 왕의 애끊는 듯한 앓는 소리만 땅속에서 우러나오는 소리와 같이 끊일락 잇길락 한다.

새벽이 될수록 더욱 추웠다. 궁예왕은 추위에 잠이 깨어 고개를 들어 곁에 누워 자는 원종과 애노를 보았다. 왕은 곁에 난영이 누워 자는 꿈을 꾸다가 깬 것이다.

'난영은 벌써 가버렸다.'

하고 궁예왕은 눈앞에 난영과 두 왕자를 그려보았다.

"아바마마!"

하고 마지막으로 자기의 두 팔에 매어달리던 어린 두 왕자가 보이고, 다음에는 손에 대롱대롱 매어달린 두 왕자의 눈물 흐르는 머리가 보인다.

'진실로 난영이 나를 배반하였을까. 내가 잘못 본 것이 아닐까. 잘못 본 것이 아니라 하더라도 무슨 다른 깊은 연유가 있는 것이 아닐까. 내가 무죄한 난영을 죽인 것은 아닐까. 그러나 이 세상에서는 더 물어볼 곳이 없다. 죽어서 혼이 있거든 황천에서나 서로 물어보자.'

하고 궁예는 혼자 생각하되 하 그리 슬픈 줄도 몰랐다. 왕건에게 대한 미움과 원망도 옛날 일 같고, 만승의 높은 자리를 버린 것도 시들하고 모든 것이 다 시들하고, 그저 얼마 아니 하면 자기는 죽어버리려니, 죽어버리면 만사가 끝나려니 하여, 마치 흉악한 꿈을 꾸는 사람이 어서 그 꿈에서 깨어보려고 애를 쓰는 모양으로 어서 죽어버리고 싶은 생각뿐이었다.

동편이 환하여지며 아침의 붉은빛이 솟아오른다. 궁예는 멍히 그 빛을 본다. 그 빛은 얼마나 궁예에게 힘과 기쁨을 주던 빛인가. 그러나 지금은 이 불그레한 아침 빛도 궁예에게는 시들하였다.

어느 풀숲, 어느 시냇가에 아침 빛을 받아 새로 꽃이 터지는지 가만가만 불어오는 바람에 은근한 향기가 떠 온다. 궁예는 무심코 킁킁 두어 번 맡아보았으나, 그것도 시끄러운 듯이 고개를 돌려버리고 말았다. 바지런한 개미가 주름 잡힌 껍질만 남은 궁예의 목으로 발발 기어 뺨으로 이마로 돌아다녀도 궁예왕은 그것을 떨어뜨리려고도 아니 하였다. 가만히 눈을 감고 있으면 모든 것이 안갯속에 있는 것처럼, 옛날 것처럼 희미하고 시들하였다.

원종과 애노도 훤한 빛에 놀라 깨었다. 해는 벌써 그 어글어글한 얼굴을 반이나 먼 산머리에 올려 밀었다. 풀잎에 맺힌 이슬방울들이 일제히 금빛같이 빛나고, 한참 조용하던 벌레들도 어제보다도 소리를 높여 울기를 시작하고, 기운 넘친 메뚜기들은 깁 같은 날개를 펄럭거리면서 길길이 뛰어오른다.

두 사람은 아직도 왕이 자는 줄만 알고 소리 안 나게 가만히 일어나 활을 손에 잡는다. 아침 요기할 양식을 얻으려 함이다. 무심한 말들은 풀에 배를 불리고 꼬리를 툭툭 치며 눈을 멀뚱멀뚱하고 주인들을 바라본다. 까치 두 마리가 아주 낮게 떠서 깍깍거리고 지나갈 때에 세 사람의 눈은 일제히 그것을 바라보았다.

"아침 까치는 반가운 까치라고."

하고 원종이 말하면 애노는,

"오늘은 인가를 만나려나. 상감마마께서 며칠은 편안히 쉬어야 하겠는데."

하고 가만가만히 말한다.

마디마디 자기에게 대한 충성이 사무친 말을 궁예는 차마 듣고 있을 수가 없었다. 자기를 배반한 원수들보다도 자기에게 충성을 다하는 두 사람이 더욱 괴로웠다.

"이 사람들! 짐을 버리고 가라! 나는 이곳에 누워 있는 것이 좋으니, 나를 버리고 싯내벌로 가서 왕건을 보고 내가 이곳에 누워 있더라고 이르

340

라."

하고 아무리 두 사람이 일으키려 하여도 일어나지 아니하였다.

원종과 애노는 궁예의 곁에 꿇어앉아 울었다. 천지가 개벽한 이래로 이처럼 슬픈 울음은 없는 듯하였다.

이때에 어떠한 사람 셋이 풀을 헤치고 동쪽에서 오는 것이 보였다. 그들은 활을 메었으나 칼을 차지 아니하였으니 궁예를 따르는 군사가 아닌 것은 분명하다. 그 사람들은 세 사람이 있는 곳을 향하여 오다가 세 사람을 보고 우뚝 섰다.

원종은 손에 활도 칼도 들지 아니하고 "워이, 워이." 하고 외치며 세 사람 앞으로 마주 가서, 지금 동행하던 사람이 병이 들어 촌보를 움직이지 못하니 어디 인가 있는 곳을 가르쳐달라는 뜻을 표하였다.

원종의 말을 듣고 세 사람은 원종을 따라 궁예 있는 곳으로 왔다. 그중에 한 사람은 궁예의 머리를 손으로 짚어보더니 등에 지었던 망태를 끌러 곰취 잎에 싼 밥을 꺼내어 궁예에게 주며,

"우선 먹소. 그리고 우리 집으로 갑시다. 늙은이가 오죽하겠소."

하고 곁에 선 젊은 두 사람더러,

"얘 셋째야, 너는 가서 바가지에 물을 떠 오고, 둘째 너는 가서 막대기 두 개하고 칡 한 사리만 걷어 오너라. 이 늙은이를 우리 집으로 떠메어 가야 하겠다."

하고 일일이 분별하고 두 젊은 사람이 가졌던 밥도 내어 원종과 애노에게 준다.

나무 찍어 올 직무를 맡은 둘째라는 사람이 궁예의 말을 만지며,

"그 말 좋다! 이것 좀 타고 갑시다."

하고 대답도 기다리기 전에 슬쩍 올라앉아 달아나버리고 만다. 그것을 보고 몇 걸음 가던 셋째는 원종의 말을 붙들고,

"나도 이거나 타고 가서 약물을 떠 와야."

하고 달아나버린다.

달아났던 젊은 사람들은,

"그 말 잘 가는데."

"말 좋은데."

하고 하나는 물을 떠가지고 오고, 하나는 두어 발 되는 자작나무 두 개와 잎사귀가 너불너불하는 칡을 걷어가지고 와서 말에서 뛰어내린다.

칡 걷어 온 사람은 허리에서 팔뚝 같은 칡뿌리를 빼어 칡잎으로 흙을 씻어버리고 낫으로 성둥성둥 여러 토막에 내어 한 토막을 궁예왕 앞에 쑥 내어밀며,

"아주버니, 먹어봐요. 아주 연하고 달고 물이 많다니."

한다.

궁예는 손을 내밀어 그 칡뿌리 토막을 받는다.

젊은 사람은 원종과 애노와 자기 형들에게도 한 토막씩 주고, 그중에 제일 큰놈을 자기가 가져 손으로 거기 묻은 흙을 툭툭 털어버리고 입에 덥석 물어 우쩍우쩍 씹어가며 단물을 쭉쭉 빨아 꿀꺽꿀꺽 삼킨다. 그 사람이 먹는 모양을 보고 원종과 애노도 그 모양으로 먹어보고, 궁예도 그것을 이리저리 뒤져보다가 그 모양으로 먹어본다. 씹으면 씹을수록 시원하고 달크무레한 물이 나온다. 여섯 사람은 서로 바라보며 칡뿌리를 씹는다. 셋째는 가끔 칡뿌리 먹는 법을 궁예 '아주버니'에게 가르치어준다.

궁예는 그 사람이 시키는 대로 칡뿌리를 씹는다. 정신이 드는 듯하였다.

형님, 둘째, 셋째라는 삼형제는 자작나무와 칡으로 순식간에 맞두레를 만들었다. 그 위에 푸근푸근한 풀을 깔고, 궁예를 번적 들어올려 누이고는 둘째와 셋째가 앞뒤 채를 메고 벌써 터덜거리고 달아난다.

"그 아주버니 갖다 두고 너희들은 더덕골로 들어오너라. 얼른 그 사슴이 빠져나가기 전에."

하고 궁예가 탔던 말을 집어타고 서쪽으로 달아난다. 원종은 애노더러 왕을 잘 지키라고 귓속말하고 자기는 형의 행동을 알아볼 겸 형과 같이 가려 하여,

"사냥을 가시거든 나도 같이 갑시다."

하였다.

형은 여전히 말을 달리면서,

"늙은이가 따라오겠소? 갈 만하거든 갑시다."

하고 웃는다.

원종은 형을 따라 서쪽으로 달아나고, 애노는 둘째와 셋째에게 들려가는 왕을 따라 북으로 북으로 갔다.

둘째와 셋째는 유쾌한 듯이 웃고 지껄이며 궁예를 들고 달아난다. 궁예가 탄 맞두레에 늘어진 칡 잎사귀 이슬이 햇빛에 번적거린다. 뒤를 따르는 애노의 눈에는 눈물이 있었다.

얼마를 오니 풀판은 다하고 눈앞에는 깎아 세운 듯한 낭떠러지가 있고, 그 밑에는 허연 산개천이 달려 내려가는 것이 보였다. 그 낭떠러지를 내려가면서,

"아주버니, 꽉 붙들어요!"

한다. 천길만길 되는 이 골짜구니 밑에는 햇빛도 잘 비추이지 아니하고, 오직 바위에 부딪혀 흐르는 요란한 물소리뿐이었다. 물은 소리를 지르고 바위에 깨어지어 하얀 물거품을 지으면서 원수 갚으러 가는 사람 모양으로 함부로 날뛴다.

풀이 우거진 개천가 비탈에는 칡덩굴과 다래 덩굴이 고목에 매어달려, 그 밑으로 지나갈 때에는 찬바람이 훅훅 불고 찬 이슬 방울이 뚝뚝 떨어진다. 다람쥐가 사람 죽은 혼령 모양으로 알른알른 지나가기도 하고, 나뭇가지에 앉아서 멍하니 내려다보기도 한다.

"요놈!"

하고 젊은이들이 소리를 지르면 다람쥐는 살짝 몸을 나무 뒤에 숨기고 대가리만 이리로 향하고 눈을 반짝거린다. 어떤 때에 날랜 도마뱀이 돌 위에 앉아서 볕을 쪼이다가 길을 잃고 요리조리 헤매는 것을, 셋째가 얼른 맞두레 채를 놓고 그놈을 붙들어서 궁예의 곁에 놓는다.

궁예가 놀라는 빛을 보이면,

"도마뱀은 물지 않아요!"

하고 깔깔 웃으며 그놈을 도로 잡아 소매 속에 집어넣는다. 그러면 도마뱀은 셋째의 목으로 기어오르고 머리로 기어오르다가 거기도 더 갈 곳이 없으면 다시 등으로 기어내린다.

"아이고, 간지러!"

하고, 셋째는 몸을 흔들고 웃는다.

애노는 궁예가 빙그레 웃는 양을 보았다. 애노는 웃었다. 궁예와 애노가 웃는 눈치를 보고 셋째는 더욱 익살을 부린다.

"이 녀석아, 흔들지 말어!"

하고 둘째가 뒤를 돌아보며 소리를 지른다.

몇 물굽이, 몇 비탈을 돌아 약간 골짜기가 넓어진 곳에 하늘에 닿은 젓나무 숲이 있고, 그 숲속에 나무로 지붕을 이은 통나무집이 있다.

집이 보이매, 둘째와 셋째는 더욱 빠른 걸음으로 뛰어 들어가며,

"아버지, 사냥해 왔소!"

하고 소리를 지른다.

"무어 큼직한 것 잡혔니?"

하고 안에서 노인의 소리가 나온다.

"하나만 잡아요? 셋이나 잡았다니."

하고 셋째가 킥킥 웃는다.

지팡이를 끌고 나오던 노인은,

"어디? 어디?"

하다가 맞두레에 누운 노인을 보고 놀라,

"이것 웬 사람이냐?"

하고 우뚝 선다.

방은 모두 둘밖에 없다. 한 방에는 노인과 아들 삼형제와 딸 하나가 거처하고, 한 방에는 궁예와 원종, 애노 셋이 거처하였다.

이 집에 쉰 지 사오 일 만에 궁예는 적이 기운을 회복하였다. 일어날 수도 있고 나와 걸어다닐 수도 있었다. 원종과 애노는 심히 기뻐하고 그 집 사람들도 기뻐하였다. 셋째는 궁예가 마당에 나와 다니는 것을 보고 웃으며,

"아주버니, 나와 다니는구려. 약 값 내오!"

하고 껑충껑충 뛰었다. 아직 이 집 사람들은 이 늙은이가 왕인 줄은 모른다.

궁예는 가슴속에 스러져가는 기운과 뜻이 다시 타오르는 것을 깨달았다. 권토중래의 형세로 싯내벌을 들이치어 배반한 왕건을 결박하여 발아래 꿇리고 그 목 위에 칼을 높이 들고 호령하는 자기의 모양을 보았다.

"원종, 안 가려나?"

하고 궁예왕은 늙은 젓나무에 기대어 그 밑으로 소리치고 여울지며 흘러가는 물을 보고 길 떠나기를 재촉하였다.

원종은 왕의 초췌한 얼굴을 근심스럽게 바라보며,

"이삼 일만 더 쉬심이 좋을까 하옵니다. 이 앞으로도 백여 리 무인지경이 있사오니, 만일 중도에서 환후가 더치시오면 어찌하오리까."

하고 만류하였다.

왕은 팔을 둘러보고 다리를 옮겨놓아보며,

"아니! 내 기운이 갈 만하여. 또 왕건이 놈이 반드시 추병(追兵)을 보냈을 것이니 이곳에서 오래 머무는 것이 마땅치 못한 일이여."

하고 부득부득 이곳을 떠나기를 재촉하였다.

궁예는 이삼 일래로 이 모양으로 떠나기를 재촉하였으나, 원종과 애노는 며칠만 더 쉬기를 빌어서 오늘내일하고 기다려왔다. 그러나 궁예는 몸과 맘에 새 기운이 날수록 부득부득 졸랐다. 또 왕건이 놈이 소머리[牛首州]를 거쳐 쇠재[鐵嶺]로 군사를 넘겨 앞길을 막고 보면 진퇴유곡이 될 것이니, 어서 바삐 떠나자고 궁예왕은 두 사람을 재촉하였다.

그러나 원종과 애노가 보기에 궁예왕은 아직 말을 타고 배길 것 같지도 아니하고, 또 걸어서는 십 리도 갈까 싶지 아니하기 때문에, 그러면 하루만 더 묵어 내일 조조(早朝)에 떠나기로 약속을 하였다.

삼형제는 오늘도 왕과 원종, 애노의 말을 제 말처럼 내어 타고 사냥을 나갔다. 그 집을 빌려 자고 그 집 것을 얻어먹는 신세로 말 타는 것을 막을 염치가 없었다. 또 말 얻어 타는 맛에 세 사람을 오래 머물러 두고 가라는 말도 아니 하는 것 같았다.

궁예는 일각이 삼추같이 어서 이날이 다 지나고 새날이 오기를 기다리고 방에 누워 있었다. 늙은 가슴에 젊은 불길은 일어났다. 권세의 욕심, 그것은 만민의 위에 서서 만민을 다스리고 싶은 욕심이다. 하늘 밑에는 설지언정 사람 밑에는 서지 않겠다는 욕심이다. 궁예는 어려서부터 일찍이 남의 밑에 있어본 일이 없었다. 그가 혹 기훤이나 양길의 밑에 들었던 일이 있다 하더라도, 그것은 높은 곳에 오르려는 한 계단에 지나지 못하였던 것이다. 그는 삼국을 통일하는 것만으로 만족하지 못하고 당나라 황제를 싯내벌 만세전 계하에 꿇리고도 만족치 못하여 미륵불이 되어 금후 억만년에 세계 중생을 다스리려 한 것이다.

'나는 아직 그리할 수가 있다!'

하고 궁예는 하늘이 쳐다보이는 지붕 밑을 바라보며 생각한다.

왕건에게 대한 원수! 그것은 서른두 개 이빨을 다 갈아 닳아지게 되더라도, 왕건을 잡아 살을 짓이기고 뼈를 가루로 만들어 바람에 날려버리더라도, 백천 아승지겁(阿僧祇劫)을 윤회전생(輪廻轉生)하더라도, 삼천대천세계(三千大千世界)가 모두 타서 부서지어서 없어지어버리는 마지막 찰나까지 잊어버리지 못할 원수다. 믿음을 배반한 원수, 아내를 빼앗고 나라를 빼앗은 원수. 궁예왕은 자다가도,

"이놈, 왕건아!"

하고 벽력같이 소리를 질렀다.

'왕건의 원수만 위하여서라도 나는 살아야 한다. 살고 살아서 왕건을

싯내벌에서 만나야 한다!'

하고 궁예왕은 이를 간다. 천하에 으뜸이 되어 만민을 다스리는 일을 못하더라도, 이 몸과 혼을 지옥 유황불 속에 백천만 번 던지더라도, 몸과 혼이 타고 타서 바늘 끝만 한 것만이 남더라도 이 원수는 갚고야 만다.

궁예왕은 벽상에 걸린 칼을 본다. 그 칼조차 왕의 하늘에 사무치는 원한을 알아서 갑 속에서 쩡쩡 우는 듯하였다.

궁예는 모든 원수를 용서하였다. 어머니의 원수도 용서하였고, 자기를 죽이려던 원회의 원수도 용서하였다. 그러나 천하의 모든 원수를 다 용서하여도 왕건의 원수만은 용서할 수가 없었다. 왕건이 지금 자기가 앉았던 자리에 앉아 자기가 길러낸 신하들을 거느리고 왕의 영화를 누리고 있는 것을 생각하면 금시에 몸을 날려 싯내벌로 가고 싶었다. 비록 가서 원수를 갚지는 못하여도 입에 가득 끓는 피를 왕건의 얼굴에 뿜고 소리 높이 웃어주고라도 싶었다. 그러나 큰 뜻을 품은 사람은 잠시의 분을 참는다. 궁예왕은 터지려는 분통을 끌어안고 북으로 북으로 달아나서 새 힘을 길러야만 될 줄을 안다.

"원종, 민심은 나를 떠나지 아니하였을까."

하고 왕은 돌아누우며 원종에게 묻는다.

"민심은 상감마마를 사모하옵니다. 이 땅의 초목금수도 마마의 성은에 젖었거든, 혼 있는 백성들이 어찌 성은을 잊사오리까. 민심이 천심이오니 잠시 곤액(困厄)을 과히 슬퍼 마옵소서."

하고 아뢴다.

이 말에 왕은 다시 지붕 구멍으로 흘러 들어오는 빛을 바라본다. 왕의 얼굴에는 희미한 웃음이 떠돈다. 그러다가 왕의 얼굴은 다시 흐려진다.

마치 구름장이 해를 가리는 모양으로.

왕의 맘에는 난영의 아름다운 모양이 떠 나온 것이다. 자기의 병실에서 보던 난영, 치악산 석남사의 눈 쌓인 겨울밤에 보던 난영, 아슬라성 밤에 운영과 같이 있던 난영, 아슬라로 북원으로 같이 다니던 난영, 싯내벌 만세궁에 강양왕후로 보던 난영이 차례차례로 혹은 웃음을 띠고, 혹은 수심을 띠고, 혹은 눈물을 머금고 알른알른 지나간다. 그러다가 맨 나중에 만세전 뜰에서 허리를 끊기던 난영…… . 아아, 난영은 과연 나를 배반하였을까. 그렇게 아름다운 난영이, 그렇게 진실하던 난영이 그렇게 배반할 수가 있을까. 내가 잘못 보고 잘못 생각한 것이 아니었을까 하고 궁예왕은 스스로 자기를 의심하였다. 그러할 때에 옛 사랑의 기억이 새롭고 오늘날의 비참한 처지가 더욱 슬펐다.

'그러나 모든 것을 회복할 힘이 내 속에 있다!'

하고 궁예는 이십여 년 전 영동 칠백 리를 무인지경같이 짓치어 내려가던 기운을 생각한다.

"내일은 해 뜨기 전에 떠나려 하노라. 큰일은 일각을 지체할 수 없도다."

하였다. 원종은 뜻을 더 거역하기 어려워,

"예, 해 뜨기 전에 말안장 짓사오리다."

하고 시원하게 대답은 하였으나, 어쩐 일인지 앞이 깜깜해지는 듯, 가슴이 막히는 듯하였다. 이러한 동안에 해는 석양이 되고 궁예왕이 싯내벌을 떠난 지 보름째 되는 날도 거의 다하려 하여, 앞내의 물소리만 새삼스럽게 높고 천년 묵은 젓나무들은 바람을 맞아 우수수하고 울었다.

이때에 냇물에 낚시질 나갔던 애노가 들어와서,

"마마, 오늘은 이렇게 큰 송어 두 마리를 낚았습니다."

하고 아직도 살아서 펄떡거리는 고기를 버들가지에 꿴 대로 쳐들어 보인다.

궁예왕은 그것을 보고 흡족한 듯이 웃으며,

"한 놈은 곧 삶아라. 한 놈은 아침 반찬을 하라."

하고 기뻐하였다.

애노가 손수 송어의 창자를 빼고 마당에 앉아 마른 나뭇가지로 불을 때고 있을 때에 셋째가 말을 달려 들어오는 길로 가장 황망하게 미처 숨도 돌리지 못하고,

"아주버니, 우리 집에 상감님 있소?"

하고 소리를 지른다. 이 소리에 애노도 놀라 일어나고, 방에 있던 궁예와 원종도 놀라 고개를 문밖으로 내어밀었다.

"왜? 왜?"

하고 애노는 셋째의 말 앞으로 와 선다. 셋째는 그제야 말에서 뛰어내리며,

"상감님 있거든 어서 달아나요. 상감님 모가지를 가지러 온다는 군사들이 지금 도독골로 들어갔는데, 곧 이리로 올 것이오."

하고 어느 것이 상감님인가 하고 찾는 듯이 세 사람을 돌아본다. 마당 한편 구석에 누워 낮잠을 자던 주인 노인도 눈을 비비고 일어난다.

셋째는 숨을 돌려 이야기를 시작한다.

삼형제가 사슴을 따라가다가 자취를 잃어버리고 두루 찾을 때에 서쪽에서 말 탄 군사 한 떼가 달려와서 앞서가던 두 형을 붙들고,

"너희들, 궁예왕이 이리로 지나간 것을 보았느냐?"

하고 물을 때에 두 형은,

"우리 왕 몰라요."

하였더니, 그러면 늙은이 셋이 이리로 지나간 일이 없느냐, 없을 리가 없으니 반드시 너희들이 숨긴 모양이다, 우리는 궁예왕의 머리를 가지러 온 사람이니 만일 너희가 궁예왕의 머리를 내어놓으면 이어니와 그렇지 아니하면 먼저 너희 두 놈의 목을 자르리라고 위협하였다. 그러나 두 사람은 여전히,

"우리 몰라요, 몰라요."

하고 뻗대었다. 그런즉 군사들은,

"이놈들, 모르는 것이 무엇이냐. 네가 탄 말이 궁예왕의 말이 분명하거든 어서 찾아놓아라."

하고 두 형을 잔뜩 결박을 지어 앞세우고 궁예왕 숨은 곳을 대라고 말채찍으로 갈기는 것을 보았다. 그런 광경을 보고 나무 뒤에 숨어서 엿듣던 셋째는,

'이것 큰일 났구나. 그러면 우리 집에 있는 아주버니가 상감님이던가.'

하고 말고삐를 채쳐 달려오려 할 적에 큰형의 목소리가,

"그러면 도독골로, 물골로 차례차례 찾아봅시다."

하고 크게 외치었다. 이것은 셋째더러 이 군사들이 도독골로, 물골로 다녀가는 동안에 어서 집에 가서 왕께 말하여 피신케 하라는 말인 줄 알고, 셋째는 군사들의 눈에 띄지 아니하도록 나무숲으로, 골짜기로 살살 기어 내려와 달려온 것이다.

셋째의 말이 끝나매 궁예왕은 벌떡 일어나 벽에 걸린 칼을 빼어 들고 원종을 겨누며,

"오 이놈, 너까지도 나를 배반하였고나. 나를 이곳에 머물게 하여놓고 가만히 사람을 보내어 왕건에게 통하였구나. 오 원종아, 이놈, 너도 나를 배반하였고나."

하고 칼로 원종을 친다.

원종은 한 팔로 왕의 칼을 막으며 몸을 비켜서니 왕의 칼에 원종의 왼편 팔이 떨어진다. 궁예가 다시 칼을 들어 원종을 치려 할 때에 애노가 뛰어들어와 왕의 칼 든 팔을 붙들었다.

"애노야, 너도 원종과 같은 놈. 너도 나를 배반하고 원종과 하나가 되어 왕건에게 나를 팔았단 말이냐."

하고 애노를 뿌리치려 한다.

"상감마마!"

하고 원종은 궁예를 노려보며,

"이 몸이 육십 평생에 살아온 것이 '충성 충(忠)' 자, 집 가문이 비록 미천하나 대대로 충신의 가문, 배반이라는 더러운 이름을 쓰고 무슨 면목으로 지하의 조선(祖先)을 대하리. 아모리 충신을 모르는 어두운 임금이기로 가슴속에 붉은 내 맘을 보면 모르랴. 왕도 내 맘을 보라, 천지신명도 보라!"

하고 칼을 들어 가슴을 우비니 붉은 피가 쏟아져 나온다.

원종이 칼로 가슴을 우비고 엎더진 것을 보고 애노는 원종의 가슴에 박힌 칼을 빼어 들고,

"오, 형아, 잘 죽었다. 죽을 때와 죽을 곳을 찾지 못하여 헤매던 몸이 이제는 때와 곳을 찾았고나. 나기는 한날에 못 하였어도 죽기는 한시에 하자던 너를 혼자 보내랴. 충성 충 자로 맹세하고 육십 평생을 살아오던

원종과 애노, 이루려던 나랏일은 못 이뤘어도 황천길이라도 같이 가자."
하고 원종의 피 묻은 칼을 들어 힘껏 가슴을 찔렀다. 그리고 한 손으로 원
종의 팔을 꼭 잡고 부르르 떨며 엎더지었다.

궁예왕은 물끄러미 원종과 애노 두 사람에게서 흘러 고이는 땅 위의 피
를 보고 섰더니,

"흥, 피는 붉다. 그러나 못 믿을 것은 사람의 마음."
한다.

죽은 몸에도 앎이 있는지 왕의 이 말에 원종과 애노의 몸이 뒤치어 해
쓱하게 피 빠진 얼굴을 하늘로 향한다. '하늘아, 나의 부끄러움 없는 맘
을 보라.' 하는 듯이 두 사람의 눈은 힘껏 뜨고 하늘을 바라본다.

이것을 보고 궁예는 한 걸음 뒤로 물러선다. 그때에 눈앞에는 원종의
떨어진 팔이 주먹을 불끈 쥐고 땅 위에 놓인 양이 보인다. 왕의 분노하였
던 얼굴은 절망하는 얼굴로 변한다.

이때까지 가만히 외면하고 앉아서 광경만 보던 주인 노인이 지팡이를
끌고 궁예의 곁으로 와서,

"선종아, 선종아!"
하고 두 번 부른다.

궁예왕은 자기의 중으로 있을 때 이름을 부르는 것을 듣고 깜짝 놀라
고개를 돌이키어 노인을 보았다. 노인을 보는 눈은 점점 커지었다. 그러
다가 다시 한번 눈을 감았다 떠서 노인을 바라보고는,

"스승님!"
하고 노인의 앞에 무릎을 꿇었다. 이제야 자세히 보니 이 노인은 삼십여
년 전에 태백산에서 보던 백의 국선이었다.

노인은 서서 궁예왕의 절을 받지 아니하고 왕에게 대한 예로 마주 절을
한 후에,

　　"우리 다시 만나니 반갑지 아니한가. 그대 오늘날에 누군 줄 알았건마
는, 맘을 상할까 싶어 아는 체 아니 하였노라. 내 그대에게 무어라고 하
던고? 계집을 삼가라 하지 아니하였던가? 큰 뜻에 좀이 먹었도다! 큰 뜻
에 좀이 먹었도다. 아까워라."

하고 궁예왕의 등을 만진다.

　　궁예왕은 오래 꿇어앉았다가 일어나며,

　　"난영은 진실로 제자를 배반하였으릿가?"

하고 난영의 말을 물었다.

　　노인은 팔을 내어두르며,

　　"그것은 나의 알 바 아니나, 계집을 삼가라 하지 아니하였던가."

하고 같은 말을 다시 할 때에 궁예왕은 등에 식은땀이 흘렀다.

　　왕은 다시,

　　"견훤은 어찌 되오릿가?"

하고 물은즉 노인은 아까 모양으로 팔을 두르며,

　　"그것은 나의 알 바 아니거니와, 허욕을 삼가라 아니 하였던가."

한다. 궁예왕은 다시,

　　"스승님! 저 무도하고 궁흉극악한 왕건은 어찌 되오릿가?"

하고 무서운 말을 기다리는 듯이 백의 국선의 눈과 입술을 바라보았다.

　　백의 국선은 다시 궁예의 등을 만지며,

　　"너무 분하여 마라. 인생만사가 모두 다 한바탕 꿈이 아닌가. 왕건이
삼국을 통일한다 하면 그것이 그대에게 무엇이랴? 왕건이 잘 다스리는

임금 되기나 빌라."

하고 껄껄 웃었다.

"왕건이! 궁흉극악한 왕건이 삼국을 통일하는 임금이 되어?"

하고 궁예왕은 떨며 멀리 싯내벌 있는 곳을 흘겨보았다. 석양은 벌써 산
머리에 걸렸다.

궁예왕은 활을 메고 칼을 차고 말에 뛰어올라 말머리를 북으로 돌리며,

"왕건은, 하늘이 비록 살려둔들 나는 살려두지 못하리라."

하고 한 번 채찍을 들어 말을 달린다.

그러나 왕이 몇 걸음 나가지 못하여 말발굽 소리 요란히 나며,

"궁예왕은 닫지 말고 거기 머물라."

하는 소리가 들린다.

왕이 놀라 말을 세우고 뒤를 돌아보니, 말 탄 군사 한 떼가 저마다 번적
거리는 칼을 빼어 들고 자기를 향하고 달려온다. 그것을 보고 왕은 말머
리를 돌려 마치 군사들이 오기를 기다리는 듯이 태연히 서 있다.

군사들은 왕의 앞 수십 보 되는 곳에 와서 일제히 말을 세우고 더 나아
가지 못한다. 전신에 석양 비낀 볕을 받고 마상에 뚜렷이 앉은 이는 보름
전까지 상감마마라고 부르던 궁예왕이 아니냐. 따라온 군사를 거느린 장
수는 궁예왕의 금군을 거느려 궐내에서 이십 년 동안 왕을 모시던 원홍
(元弘)이 아니냐. 그가 왕의 얼굴과 모습을 잘 안다는 까닭으로 왕건에게
뽑힘이 되어 왕을 잡는 명을 맡아가지고 온 것이 아니냐. 왕의 머리만 가
지고 오는 날이면 그는 개국 일등훈에 참예하게 될 이가 아니냐. 이 원홍
이야말로 후일에 왕씨를 배반하던 최충헌(崔忠獻) 집의 조상이 아니냐.
그러나 원홍은 감히 궁예왕에게 대어들지 못하고 그만 말에서 떨어지어

땅 위에 꿇어 엎디었다. 그것을 보고 다른 군사들도 말에서 내려 꿇어 엎디었다.

이윽고 원홍과 모든 군사들이 고개를 들어 바라볼 때에는 왕은 늙은 젓나무 밑 바위 위에 가슴에 칼을 꽂고 이쪽을 노려보고 서 있었다. 갑옷 자락으로 흘러내리는 피가 석양에 번적거리고, 주인을 잃은 말은 멀거니 다시 자기를 타보지 못할 주인을 바라보고 섰다.

군사들은 일제히 왕의 앞으로 가까이 가서 땅 위에 엎디어 울었다. 산이 울리도록, 앞내 여울 넘어가는 물소리가 안 들리도록 울었다. 물과 하늘은 모두 핏빛이 되고 까막까치들도 일제히 울었다.

원홍이 달려가서 궁예왕의 가슴에 박힌 칼을 빼려 하였으나 빠지지 아니하고, 왕의 신체는 땅에 뿌리박은 젓나무 모양으로 흔들어도 떠밀어도 까딱도 아니 하였다. 원홍은 칼을 빼어 궁예왕의 목을 찍으려 하였으나 칼을 들었던 손은 내려오지 아니하고, 자기의 몸이 왕의 앞에 거꾸러지어 정신을 잃어버렸다. 이것을 보고 군사들은 모두 무서워서,

"왕이 가라 하옵기에 원홍을 따라오기는 왔사와도 신은 아모 죄도 업나이다."

하고 군사들은 왕의 신체를 향하여 무수히 합장하였다.

원홍은 다시 살아났다. 이튿날 원홍은 군사들을 시켜 돌을 모아다가 왕의 신체가 보이지 않도록 돌려 쌓고 그 위에 흙을 덮어 묻어버렸다. 궁예왕은 가슴에 원한 많은 칼을 꽂은 채 지금까지 서 있다. 그 늙은 젓나무가 늙어 죽고, 아들 젓나무가 다시 늙어 천 년이 하루같이 왕의 무덤을 지키고 섰다. 그 젓나무는 원종의 넋일 것이요, 그 위에 저녁마다 떠도는 구름은 애노의 넋일 것이다.

궁예왕이 죽고 왕건이 왕이 되어 국호를 고려라고 부르고 모든 정사를 일신하니, 백성들은 또 한 번 인제는 태평이 오는가 하고 기다리게 되고, 잠시 동안 일이 없던 신라와 백제도 왕건이 장차 어떤 일을 하려는고 하고 두런두런하게 되었다. 이후 일이 어찌 되려는고. 그것은 다음 편을 보라.

하(下) ― 마의태자 편

의(義)는 죽다

궁예왕이 죽고 왕건이 고려 태조가 된 소문은 벌써부터 서울에 전하였으나 정식으로 고려 왕 왕건의 사신이 국서(國書)를 가지고 신라 조정에 이른 것은 왕건이 궁예를 내어쫓은 뒤 약 일 개월, 궁예가 삼방에서 죽은 뒤 약 반 개월 후이었다. 왕건도 궁예가 죽은 줄을 확실히 안 뒤에야 비로소 천하가 내 것인 것을 믿은 것이다.

고려 왕의 국서를 가진 사신이 서울에 오매 신라 조정에서는 이것을 받을까 아니 받을까 하여 여러 논란이 생겼다. 받지 말자고 주장하는 패의 말은 이러하였다.

'첫째, 왕건은 감히 원(元)을 칭하고 신라에 대하여 종주국의 예를 표하지 아니하고 외람되이 대등국의 군주로 자처하였으니 받을 수 없고, 둘째, 왕건은 그 군주를 시역하였으니 용납지 못할 불충의 죄인이라 비록 그 죄를 나톨지언정 그 국서와 사신을 받아 일국의 왕으로 인정하여 줄 수 없고, 셋째, 만일 왕건을 일국의 왕으로 인정하여 대등의 예를 준다 하면 견훤에게도 이것을 허하여야 할 것이니, 이리되면 선왕이 삼국을 통일한 본의를 잃고 다시 천하가 삼국으로 나뉘는 것이라.'

함이었다.

이 의견을 극력으로 주장하는 이는 시중 유렴이요, 상대등 위웅도 유렴의 의견을 옳이 여겼다. 위웅이 유렴의 뜻을 옳이 여긴 데는 또 다른 연유가 있다. 그것은 왕건을 왕으로 허하는 것이 견훤을 노엽게 하여 반드시 무서운 후환이 있을 것을 두려워하는 것과, 또 위웅이 평소부터 견훤의 편이었던 까닭이다.

그러나 이찬 김성(金成)과 그의 종제(從弟) 되는 아찬 김률(金律)은 유렴의 의견에 반대하여 이렇게 주장하였다.

'지금 국력이 피폐하여 영문에는 싸울 만한 군사가 없고 창고에는 쌓을 만한 재물이 없으니, 이때에 패기만만한 왕건을 공연히 충동하여 변경에 근심이 되게 하는 것도 득책이 아니요, 또 지금까지 사직을 안보하여온 것은 궁예와 견훤이 쌍방에 대립하여 서로 감히 침범치 못한 까닭이니, 이제 만일 왕건을 노엽게 하여서 왕건으로 하여금 견훤과 통하게 하면 이는 적으로 하여금 힘을 합하여 나를 치게 함과 다름이 없으니, 이것은 가장 졸렬한 계책이라. 차라리 왕건을 달래어서 견훤을 막게 하는 것이 이이제이의 묘책이 아닌가.'

함이었다.

두 편이 서로 논쟁하는 동안에 만조백관은 대개 침묵하여 어느 편 바람이 이기는가를 바라보았다. 섣불리 주둥이를 놀리다가 만일 다른 편이 이기는 날에는 자기가 설 곳이 없음을 아는 까닭이다.

그러다가 마침내 왕이 김성과 김률의 의견을 쓴다는 뜻을 표하매, 그제야 문무 제신은 과연 김성 이찬의 말이 옳다고 찬성하는 뜻을 표하였다.

이때에 조부 이찬 효종의 공으로 새로 대나마가 된 김충(金忠)이 나서서 비분격렬한 어조로 왕께 아뢰었다(김충은 후일의 마의태자다).

"대나마 신 김충이 아뢰오. 신은 나이 어리고 배운 것이 없사오나, 이제 조정에서 국가 대사를 의론하는 바를 보옵건대 차마 잠잠할 수 없사옵는지라 엎디어 한 말씀을 아뢰고자 하옵나이다."

왕이 보니 그는 표표한 한 소년이라. 얼굴이 준수하고 눈이 빛나며 목소리가 맑음이 옥을 굴리는 듯하다. 왕은 웃음을 머금고 고개를 끄덕여 말하라는 뜻을 표하였다. 조신들 중에 평소부터 김충이 과격한 언론을 즐겨하는 줄을 아는 이들은 이 철없는 것이 또 무슨 소리를 하려는고 하면서도, 속으로는 그의 칼날같이 날카롭고 살대같이 곧은 말이 두려워 고개가 움츠러듦을 깨달았다. 저마다 제 속에는 건드릴까 봐 맘이 오마조마하는 부스럼이 있고, 김충의 말은 반드시 사정없이 그 부스럼을 폭폭 찌를 것을 알기 때문이다.

김충은 왕의 윤허하심을 받아,

"지금에 국력이 피폐하와 재력과 병력이 족히 서로 견훤을 섬멸하고 북으로 왕건을 진정할 힘이 없사온 것은 과연 이찬 김성의 아뢴 바와 같사옵고, 왕건을 달래어서 견훤을 누르는 것이 이이제이의 묘책인 것도 또한 김성 이찬의 말과 같사오니, 하루 이틀의 구차한 편안을 도모할진대 이만한 상책이 없을 것이오며, 또 시중 유렴이 아뢰는 바와 같이 왕건이 외람히 대등국으로 자처하는 죄와 또 그 임금 궁예를 시역하는 죄를 나토아 사신을 버히고 국서를 물리친다 하면 왕건이 반드시 폐하를 원망하고 견훤과 상통할 염려가 있사온즉 이는 두 작은 도적을 모아 한 큰 도적을 이루는 것이라, 구차한 일시의 평안을 위하여서는 이만한 하책이 없을 것인가 하나이다. 그러하오므로 아직 일 없기를 위하여는 이찬 김성의 책을 쓰심이 마땅한가 하나이다."

김충이 도도하게 여기까지 말을 하니, 왕이나 제신이 모두 무슨 말이 더 나오려는고 하고 김충을 바라보았다. 김충의 옥같이 흰 얼굴에는 홍훈이 돌고, 눈에서는 사람의 폐간을 꿰뚫는 듯하는 광채가 발하였다. 그 넓은 대화전은 먼지 하나 구르는 소리도 들리리만큼 고요하였다.

김충은 더욱 소리를 가다듬어,

"그러하오나 신이 그윽이 생각하오니, 나라를 다스리매 모르미 천년 대계를 세우는 것이 선왕과 선성의 가르치심이라 하나이다. 예로부터 인과 의로써 치국평천하의 근본을 삼았음을 들었사옵거니와 일찍이 불인(不仁)과 불의(不義)를 용납하여 사직을 안보하였다는 말을 듣지 못하였사오니, 이제 만일 왕건을 용납할진대 또한 견훤을 용납함이요, 또한 이후에도 수없이 일어날 난신적자를 모두 용납하는 것이라, 비로소 하루 이틀의 평안을 얻는다 하더라도 이는 천 년 종사의 기초를 무너뜨림과 다름이 없사오니, 차마 한다 하오면 무슨 일은 차마 못 하오리까."
하고 김충의 목소리는 느끼는 듯 떨리는 듯, 그 말 마디마디가 사람의 폐간을 폭폭 찌르는 듯하였다. 왕도 김충의 말에 점점 고개를 숙이고 김충을 비웃던 제신들도 감히 고개를 들지 못하였다.

김충은 북받치어 오르는 가슴을 진정하여 더욱 간곡한 어조로,

"천 년 종사가 만일 불의를 용허하는 고식지계로 태산 반석같이 평안할 수 있다 하면 신은 차라리 말하지 아니하려 하나이다. 그러나 오늘에 왕건을 용납하고 내일에 견훤을 용납한다 하면, 혹은 왕건이, 혹은 견훤

이 군사를 끌고 거룩한 서울을 말발굽 밑에 밟을 날이 머지아니하여 이를 것을 신의 눈이 보나이다. 폐하께옵서 일월 같으신 의(義)와 추상과 같으신 위(威)로 견훤 적과 왕건 적에 임하시오면 비록 두 도적의 마음을 화하시지 못하더라도 천하 의인의 맘을 거두시려니와, 혹은 이 도적을 친하고 혹은 저 도적과 화하시면 오직 하늘과 백성의 뜻을 잃을뿐더러 또한 두 도적의 원망을 부르실 것이오니, 이 어찌 슬픈 일이 아니오리까. 두 도적이 비록 강하고 무섭다 하오나 천명과 민심은 그보다도 더욱 두렵고 더욱 힘 있는 것이라, 의로써 천명과 민심을 거둠이 국가 만년의 대계인가 하오니, 복원(伏願) 폐하는 역적 왕건의 사자를 버히어 의 있는 곳을 천하에 보이시고, 또 백관유사에게 명하시와 견훤과 왕건과 불의로써 서로 통하기를 금하시고 널리 천하에 의인지사를 모아 십 년 생취(生聚), 십 년 교훈의 지혜를 본받아 일월 같은 대의의 왕사(王師)로 견훤, 왕건 등 도적을 진멸하시고 천 년 종사를 태산 반석 위에 놓으심이 성명하옵신 폐하의 하오실 일인가 하노이다."

하고 옥좌 앞을 물러나와 반열에 돌아왔다. 왕도 아무 말이 없고, 제신들도 아무 말이 없다. 오직 시중 유렴이 고개를 들어 김충을 한 번 바라볼 뿐이었다. 그렇지 아니하여도 더운 칠월 날에 만조백관의 등과 이마에서는 구슬땀이 흘러 떨어지었다.

그러나 김충의 충성된 말도 서지는 못하였다. 나이 많고 경험 있는 사람들은 의보다도 권모술수가 더 힘 있는 줄을 알기 때문이다. 그리하여서 왕은 마침내 김성의 말대로 고려 왕 왕건의 국서를 받고, 받을 뿐 아니라 포학무도한 궁예를 치고 왕이 된 것을 하례하기로 하였다.

이렇게 되기 때문에 김성이 상대등이 되어 국가의 전권을 가지게 되고, 김성의 아우 김률은 아찬으로 김성을 돕게 되어 신라 조정은 전혀 왕건의 편이 되어버렸다. 따라서 지금까지 견훤의 편이던 사람들은 혹은 조정에서 물러나가고 혹은 절(節)을 변하여 김성의 편이 되어버렸다. 대나마 김충은 자기의 말이 서지 아니하고 역적 왕건을 이웃 나라의 왕으로 대우하는 것을 분개하여,

"아아, 의는 죽었도다."

하고 조정에서 물러나와버렸다.

조정이 고려와 친한다는 소문이 나매, 견훤은 얼굴이 주툿빛이 되었다.

'응, 견디어보아라.'

하고 견훤은 이를 갈았다. 서울 백성들도 반드시 견훤이 가만히 있지 아니할 줄을 알고, 오늘이나 내일이나 하고 백제 군사가 밀어 들어올 것을 기다리고 인심이 흉흉하였다. 하늘에 살별이 뜬다는 둥, 대궐 마당에서 귀신이 울었다는 둥, 밤이면 백제가 있는 서쪽 하늘에서 살기가 비추인다는 둥, 견훤을 무서워하는 말이 민간에 돌아갈 때에 일찍이 견훤과 친하던 사람들은 하나씩 둘씩 이 핑계 저 죄목으로 붙들려 가서 갇히기도 하고, 죽기도 하고, 그것이 두려워서 변복을 하고 살그머니 백제로 달아나기도 하였다. 김성의 미움을 가장 많이 받는 전 시중 유렴이 갑자기 간 곳을 알지 못하게 되매, 백성들 중에는 혹은 그가 김성의 자객의 손에 죽었다 하고, 혹은 백제로 달아났다 하고, 또 혹은 산으로 들어가 중이 되었다고도 하였다.

이러한 말이 돌아다닐 때에 서울에는 큰 흉조가 생겼다. 사천왕사(四天王寺) 대문에 세운 천왕의 손에 들린 활줄이 밤중에 퉁 하는 무서운 소리를 내고 저절로 끊어지고, 그 소리가 나자 법당 바깥벽에 그린 개가 소

리 높이 짖었다. 그 밖에도 사람들은 무수한 흉조를 전하였다.

조정에서는 더욱 백제를 배척하고 고려와 화친하는 정책을 세워, 고려 서울 송도(松都)와 신라 서울과 사이에는 빈빈히 사신이 내왕하였다.

아니나 다를까 경명왕 사년 동(冬) 시월에 마침내 후백제 왕 견훤은 친히 군사 일만을 거느리고 순식간에 대야성(大耶城)을 함몰하고 진례성(進禮城)으로 들어와 바로 서울을 짓칠 기세를 보였다.

견훤은 신라에게 여러 번 속은 것이 분하였고, 더구나 신라 조정이 모두 왕건의 편이 되어 자기를 배척할 뿐 아니라 자기에게 대하여는 일종 멸시하는 태도를 가지는 것이 분하였다. 지금까지는 궁예가 두려워 감히 신라를 건드리지 못하였거니와, 이제 궁예가 이미 죽고 젖내 나는 왕건이 궁예의 나라를 빼앗았으니, 아직 왕건의 날개와 발톱이 자라기 전에 신라를 무찌르고 삼국을 통일하리라 하는 것이 견훤의 맘이었다.

견훤의 군사가 물밀듯 들어오건마는 조정에서는 어찌할 도리를 알지 못하였다. 군사들도 구태여 공도 없을 싸움을 싸워 장차 천하의 주인이 될지도 알지 못할 견훤의 미움을 받을 까닭이 없이 몇 번 소리를 지르고 활을 쏘다가는 항기(降旗)를 들어버렸다. 견훤이나 왕건의 눈에 벗어나는 것이 두려운 일이지, 나라의 눈에 벗어나는 것은 우스꽝스러운 일로 알았다.

조정에서는 하릴없이 고려에 청병(請兵)을 보내기로 하여 가장 글 잘하고 말 잘한다는 아찬 김률을 송도로 보낼 제 많은 보물을 여러 수레에 실어 폐백으로 보내고, 날마다 김률이 고려 군사를 끌고 돌아오기만 고대하였다. 그러면서 한편으로는 견훤을 달래어 아무쪼록 싸움을 오래 끌도록 하였다.

김률은 종자(從者) 백여 인과 폐백 수십 수레를 가지고 멀리 한강과 임진강을 건너 송도를 들어갔다.

새로 쌓은 성과 성문은 하늘에 닿은 듯하고, 백모래 길은 마치 옥을 깔아놓은 듯 빛나고 밝으며, 대도상(大道上) 좌우 쪽에 새로 지어놓은 집들에서는 아직도 송진의 향기가 나온다. 마침 겨울이라 송악의 무성한 솔밭은 흰 눈을 이어 자주 안개를 보이고, 그 밑에 지어놓은 만월대(滿月臺) 대궐은 금시에 날아 하늘로 올라갈 듯 장엄하고 화려하였다.

사신의 일행이 남대문을 들어갈 때부터 만월대 대궐까지 기치와 창검이 별 겯듯 하여 눈을 들어 보기가 어렵도록 으리으리하였다. 서울의 무너지어가는 성과 수백 년 풍우에 꺼멓게 썩은 대궐에는 비길 수가 없었다. 강토로 말하여도 고려는 신라의 삼 갑절이나 되고, 군사는 몇십 갑절이나 되거니와, 새로 일어나는 고려의 기운은 옛 나라 신라의 몇천 갑절이나 되는 듯하여 마치 조그마한 나라의 초라한 사신이 대국에 조공하러 들어오는 듯한 느낌을 깨닫게 되었다. 모든 것이 새롭고 힘 있고 컸다.

고려 왕 왕건은 신라 사신을 극진히 대접하였다. 사신 일행을 궐내에 머물게 하고, 음식이나 거처를 왕이나 다름없이 성대하고 정중하게 하였다. 더욱 김률 일행이 놀란 것은 왕의 위엄이 당당한 것이었다. 높이 용상에 앉으매 왕의 몸에서 빛을 발하여 온 방 안에 있는 사람들을 누르고 비추는 듯하였다. 도저히 왕건의 위풍을 신라 왕에게 비길 수 없다고 김률을 비롯하여 모든 사신들은 생각하였다. 그러면서도 왕은 심히 공손하여 김률 일행을 모두 높은 국빈으로 대우하고 말도 존경하는 말을 썼다.

왕만 그러한 것이 아니라, 조정의 문무백관이 모두 씩씩하고도 공손하고 화기가 있는 중에도 범하기 어려운 위엄이 있는 듯하였다. 왕을 비롯하여 백관유사는 아침 일찍이 일어나 날이 늦도록 정사를 보고, 또 날마다 왕이 친히 나아가 군사를 조련하는 것을 살폈다. 해가 낮이 되어야 일어나서 정사를 보는 날도 있고 아니 보는 날도 있는 신라와는 딴판이요, 모두 시각이 바쁘게 근근자자(勤勤孜孜)하는 양이 보였다. 이 통에 신라 사신들도 늦도록 자지도 못하고 또 밤이 깊도록 술을 마시고 놀지도 못하였다. 그러기가 부끄러웠다.

김률은 오는 대로 곧 국서를 왕께 드렸으나, 왕은 사흘 동안 청병에 관한 말은 하지 아니하고 다만 사신들을 위로하고 즐겁게만 하려 하였다. 김률이 조급해하는 것도 왕은 짐짓 모르는 체하는 듯하였다.

나흘째 되던 날 김률은 왕의 앞에 나아가,

"무도한 후백제 왕 견훤이 까닭 없이 군사를 몰아 대야성을 무찌르고 이미 진례성에 들어온 것을 본 지 벌써 보름이 넘사오니, 서울의 안위가 목첩(目睫)에 달렸사온즉, 복원 대왕께서는 곧 군사를 보내시와 천 년 종사를 안보하게 하시옵소서."

하고 간절히 청하였다.

왕건은 웃으며,

"철기(鐵騎) 삼천이 벌써 한강을 건넜으니 염려 놓으라."

하였다.

김률은 놀랐다. 지금까지 삼사 일이나 두고 아무 말도 없는 것을 보고 왕건의 심사를 의심하여 맘이 자못 초조하던 김률은 이 말에 너무도 감격하여 왕건의 앞에 꿇어 엎디어 한참은 일어나지도 못하였다. 그때에 너무 감격한 서슬에 김률이 왕건에게 대하여 신라를 부를 때에 소국(小國)이라고까지 자칭한 것이 말썽이 되어 두고두고 김률의 험담거리가 되었으나, 급한 때에 청병하여 온 공로로 그 허물은 감추어지고 말았다.

그러나 아무리 청병이 중하다 하더라도 왕건의 앞에서 '소국'이라고 자칭한 것은 여간 큰 실태(失態)가 아니라 하여 두고두고 말썽이 되었다. 그러나 그 말 한마디가 왕건의 맘을 흡족케 한 것은 여간이 아니었었다. 다만 왕건은 그것을 당연히 여기는 듯이 현어사색(現語辭色)은 아니 하였다.

왕건은 아무쪼록 신라 사신 일행을 오래 머물게 하고 여러 가지로 관대도 하며 새로 일어난 고려의 힘도 보였다. 사신 일행 중에는 김률이 너무 왕건의 앞에 공손하여 신라의 위엄을 손상하는 것을 불쾌하게 여기는 이도 있건마는, 대개는 왕건의 관대를 기쁘게 받았다. 더구나 밤마다 손님의 잠자리를 모시게 하는 북방 미인이 그들의 맘에 들어 차마 송도를 떠날 생각이 없었다. 그러나 봉명사신으로 너무 오래 지체할 수도 없어 칠팔 일을 묵어 송도를 떠났다. 떠날 때에도 왕건은 사신들에게 많은 물건을 주고, 또 잠자리에 모시던 북방 미인들도 선물로 주었다. 김률 이하 모든 사신들은 감지덕지하여 자기네 임금에게 하는 예로 왕건의 앞에 하직하는 예를 하였다. 참다못하여 일행 중에 가장 꼬장꼬장하기로 유명한 사관(史官) 대나마 간직(間直)은 소리를 높여,

"오, 고려의 충신들이여!"

하고 왕건에게는 절도 아니 하고 뛰어나왔다. 그러나 왕건은 그것을 책하지도 아니하였다.

고려 군사 삼천 기가 구원병으로 온다는 말을 듣고 견훤은 군사를 거두었다. 물론 견훤이 왕건의 삼천 기를 두려워서 군사를 거둔 것은 아니다. 만일 왕건의 군사와 싸운다 하면 부질없이 왕건과 척을 지을 것이요, 왕

건과 척을 지으면 신라와 고려가 하나가 되어 자기를 적으로 할 것이니, 이것이 득책이 아닌 줄을 아는 까닭이다. 궁예는 비록 우직하여 자기와 합할 길이 없었다 하더라도, 왕건은 제 임금을 내어쫓고 나라를 빼앗을 만한 사람이니 반드시 의리에 굳어 고집불통하지 아니하고 무슨 변통이 있으리라고 견훤은 생각하였다.

견훤의 생각에도 될 수 있으면 신라와 합하여 자기가 신라의 종실을 붙드는 격으로 고려와 거루는 것이 좋은 줄을 아나, 아침에는 간에 붙고 저녁에는 염통에 붙어 요리 붙었다 조리 붙었다 하는 신라 조정을 믿을 수가 없었다. 그뿐더러 왕건이 고려 왕이 된 뒤로 신라 조정의 대세는 왕건에게로 기울어지어, 여간해서 그것을 자기에게로 끌어들일 수가 없을 듯하였다. 그리고 본즉 이제 또 왕건의 코를 찔러 복배(腹背)로 적을 받을 까닭은 없는 일이요, 차라리 왕건과 화친한 체하면서 서서히 신라 조정을 자기의 손에 집어넣을 꾀를 씀만 같지 못하다고 생각하였다.

그러하기 때문에 견훤은 고려 군사가 온다는 말을 듣고 곧 군사를 거두고 도리어 왕건에게 사신을 보내어 새 서울이 이룬 것을 하례하고, 또 지리산 대살[竹箭]과 탐라의 준마(駿馬)를 예물로 보내었다.

왕건도 신라의 맘을 사기 위하여 삼천 철기를 구원병으로 보내기는 하였을망정, 새로 나라를 세워 아직 힘이 충실하기도 전에 오래 뿌리가 박힌 견훤과 흔단(釁端)을 일으키기는 원치 아니하였다. 그래서 견훤이 보낸 예물을 받은 회답으로 솔메의 인삼과 북원의 녹용과 평양의 미인을 답례로 보내고, 또 간곡하게 글을 지어 보내되, 견훤을 나이로나 나라를 세운 연대로나 형이라 하여 형의 예로 불렀다.

고려 군사 삼천은 견훤이 물러갔다는 말을 듣고도 여전히 서울을 향하고 행군하였다. 처음에는 군사를 급히 불렀으나 곰의나루에 이르러서부터는 하루에 이십 리, 하루에 삼십 리 구경 삼아 행군하고, 큰 고을에서는 이틀 사흘 머물러 쉬기도 하였다. 각 고을에서는 고려 군사를 맞느라고 소를 잡고 닭을 잡고, 술과 떡을 몇백 석으로 하고, 불시에 민간에 추렴까지 거두어 할 수 있는 좋은 대접을 하였다. 그러하는 동안에 고려 군사들은 지나는 곳마다 지세를 살펴 산과 들과 강과 촌락을 그림 그리고 호총(戶總)과 인총(人總)까지 자세히 적간(摘干)하였다. 창자 있는 도독이나 장군들은 이것을 밉게 생각하였으나 어찌할 수가 없었다. 게다가 고려 군사들은 신라 지경에 들어와 날이 갈수록 점점 교만하여지고 방탕하여져서 연로(沿路)에 행패가 자심하였다. 그러나 청해온 군사라, 이 모든 것을 다 받을 수밖에는 없었다.

고려의 삼천 철기가 서울로 들어오는 날에 서울 백만 백성들은 모두 나와서 바라보았다. 바라보는 백성들의 맘에는 모두 무서운 생각이 났다. 개국한 지 천 년에 아직 한 번도 다른 나라 군사가 밟아보지 못한 서울에, 삼천이나 되는 북쪽 군사가 의기양양하게 들어오는 것이 아무리 하여도 상서로운 일 같지는 아니하였다. 그래서 늙은이들은,

"웅, 말세야."

하고 고개를 돌리고 가버렸다.

서울에 들어온 고려 군사들은 제 땅같이 백만 장안으로 횡행활보를 하였다. 아무도 그들을 막을 사람이 없었다. 그뿐더러 삼천 명 군사와 삼천 필 말을 먹이느라고 날마다 쌀이 백 섬에 피가 백 섬, 소가 백 마리, 술이 삼십 독으로 당해낼 재주가 없었다.

'차라리 견훤에게다 고을 하나를 떼어줄 것을.'

하는 생각을 조정에서나 백성들이나 다 같이 하게 되었다. 하루바삐 고려 군사가 물러가기를 바라나 좀체로 물러가지는 아니하고, 그렇다고 제발 빌고 청해온 군사를 어서 가라고 물리칠 염치도 없어서 끙끙 앓을 뿐이었다. 봄이나 되면 가려니, 여름이나 지나면 가려니, 추풍이나 나면 가려니 하고 아무리 기다려도 고려 군사는 갈 생각을 아니 하고, 날마다 먹고 마시고는 말을 달려 장안 대도상으로 시끄럽게 돌아다녔다.

고려 군사가 이렇게 머물러 있는 것은 물론 놀기가 좋아서 있는 것은 아니었다. 혹은 신라의 사정도 염탐하고 혹은 신라의 벼슬아치들의 맘도 사고, 이번 기회에 신라에 뽑히지 아니할 세력을 심으려는 것이 목적이었다.

신라 대관들은 혹은 대낮에 위의를 갖추어, 혹은 밤에 은밀히 고려 영문에 출입하였다. 대관들이 출입을 하면 작은 벼슬아치들도 출입을 하게 되었다. 김률은 벼슬이 아찬에 불과하건마는 고려 영문에 등을 대고 도리어 상대등 김성보다도 세력이 많았다. 또 제일 먼저 왕건과 통한 재암성(載岩城) 장군 선필(善弼) 같은 이는 임지인 재암성에는 잠깐잠깐 다녀올 뿐이요, 거의 일 년 내내 서울에 있어서 고려 장군 홍술(弘述)의 충성된 염탐꾼이요 심부름꾼이 되었다.

홍술이 '이 사람을' 하고 천거하는 사람은 대개 벼슬에 붙었고, 그와 반대로 '아무는' 하고 눈살을 찌푸리면 그 사람은 곧 벼슬에서 떨어지었다. 이리하여 신라 조정은 홍술의 손에 쥐어 지내었다.

이 모양이 되니 변방에 있는 장군들은 다투어 왕건에게 돌아가 붙었다. 강주(康州) 장군 윤웅(閏雄)이 맨 처음으로 고려에 붙은 뒤로부터, 오늘은 누구, 내일은 누구 하고 하나씩 둘씩 제가 지키던 고을을 끌고 왕건에게로 돌아 붙었다. 그러면 왕건은 그를 극히 우대하여 높은 벼슬과 많은 상과 미인을 주었다. 이것을 보고 '나도 나도' 하고 왕건에게로 갔다. 심지어 바로 서울서 이웃 되는 고울부(高蔚府) 장군 능문(能文)까지 왕건에게 항복하기를 청하고,

"대왕의 덕을 사모하와 몸으로써 견마지역(犬馬之役)을 본받으려 하오니, 넓으신 성덕을 펴시와 굽어 받아주시옵소서."

하고 만일 받아만 주면 자기가 앞길잡이가 되어 서울을 앗을 것을 말하였다.

그러나 왕건은 능문에게 위로하는 말과 후한 상을 주고,

"고울부가 신라 왕경에 핍근하니 경은 아직 있으라."

하고 능문의 청을 물리치었다. 그러한 말이 세상에 전하매, 망신한 것을 '능문이로고나' 하는 속담까지 생기게 되었다.

이 모양으로 한 고을 한 고을 떨어지어나가다가는 일 년이 못 하여 신라 강토는 모두 고려에 돌아가 붙고 말 것 같았다. 그러나 수많은 장군 중에는 충성을 가진 이도 있어,

"네가 만일 불충한 생각을 내일진대, 너를 치리라."

하여 움지럭거리는 다른 장군을 위협하는 일도 있었다.

경명왕도 청하여 온 고려 군사가 신라에 큰 화근이 되는 줄을 알았고, 또 일도 없는 군사를 오래 서울에 머물러 나라 정사를 어지럽게 하는 것을 볼 때에 왕건의 맘을 의심하지 아니할 수 없었다. 경명왕은 그것을 몰라볼 만한 어두운 임금은 아니었다. 왕은 밝은 사람이었다. 그러나 그는 약한 사람이었다. 속으로는 옳고 그른 것을 뻔히 알고도, 상대등 김성과 아찬 김률의 손에 쥐여 어찌할 줄을 몰랐다. 명주(溟州) 장군 순식(順式)과 경산부(京山府) 장군 양문(良文)이 고려로 돌아 붙은 때에는 왕은 크

게 진노하여 그 삼족을 멸하라고 엄명을 내렸으나, 김률은 미리 순식과 양문의 집에 통하여 고려 영문으로 피난케 하였다. 사람을 죽인 죄인이나 역모를 하는 죄인이라도 고려 영문에만 들어가면 감히 건드리지를 못하였다. 왕은 대나마 김충의 말을 듣지 아니한 것을 후회하여 하루는 조용히 김충을 불러들였다.

김충의 말은 전과 다름이 없었다. 고려 군사더러 물러가라고 명하고, 국내의 의기남아를 모아 새로 나라를 지킬 군사를 만들고, 조정에서 바깥 세력에 붙는 무리를 모두 물리쳐 서정(庶政)을 일신케 하여서 천명을 만회하든지, 그렇지 못하면 차라리 옥으로 부서지는 것이 가하다는 뜻을 아뢰었다. 왕은 이 말이 옳은 줄을 아나 이 말대로 실행할 것이 심히 두려웠다.

첫째, 고려 군사더러, '일없으니 물러가라!' 할 용기가 없다. 그랬다가 만일 고려 군사가 성을 내면 당장에 큰일이 날 줄을 아는 까닭이요, 둘째, 조정에 있는 왕건의 패를 물리칠 길이 어렵다. 그들을 물리치려다가는 도리어 왕이 물러나야 될는지 모를 것이다.

이리하여 왕은 김충의 말을 옳게는 여기면서도 그대로 행하지는 못하고 다른 계책을 써보려 하였다. 그것은 당나라에 의뢰하여보는 것이다.

그러나 이때에 벌써 당나라는 망하고 후당(後唐)이란 것이 생겼다. 당나라와는 오랫동안 친한 의도 있었으므로 견훤이나 왕건보다도 신라와 인연이 깊건마는, 후당이라 하면 이름은 당이라 하여도 신라와는 아무 관계가 없을뿐더러 벌써 견훤과 왕건이 먼저 사신을 보내어 통호(通好)한 뒤였다. '그래도' 하고 왕은 창부시랑(倉部侍郎) 김악(金岳)을 당으로 보내었다. 보낼 때에 왕은 은밀히 김악을 불러 견훤과 왕건의 흉악무도

함을 말하고, 옛날의 의를 생각하고 신라를 돕기를 빈다는 뜻을 전하라고 신신부탁하였다. 창부시랑 김악은 김충의 종형이었다.

김악이 당나라를 향하여 서울을 떠난 것은 경명왕 팔년 유월이었다. 왕은 김악을 당으로 보내고 그가 돌아오기만 고대하였다. 그리고 가끔 김충을 불러 말도 듣고 그 말대로 해보려고 힘도 써보았으나, 워낙 깊이 박힌 왕건의 세력을 어찌할 도리가 없었다. 그러다가 김악도 돌아오기 전에 그해 팔월에 그만 승하하고, 왕의 아우 위응(魏膺)이 즉위하여 경애왕(景哀王)이 되었다.

왕은 본래 견훤을 친하던 편이었었다. 그러나 왕의 자리를 빼앗기기를 두려워 왕건의 편이 되어버렸다. 그래서 즉위하는 길로 곧 사신을 고려에 보내어 왕건과 대등의 예로 서로 호(好)를 통하고, 왕건도 사신과 폐백을 보내어 일변 경명왕을 조상하고, 일변 경애왕이 보위에 오른 것을 하례하였다.

이것을 본 견훤은 왕과 왕건에게 대하여 절치부심하였다. 경애왕의 맘이 변한 것도 분하거니와, 왕건이 자기를 배반하는 경애왕과 한편이 되는 것이 더욱 분하였다. 그뿐 아니라 견훤도 벌써 나이 육십이 되었으니 앞날이 머지 아니할 것을 알고 일거에 고려와 신라를 멸하고 생전에 삼국을 통일할 생각을 내었다. 견훤의 아들 되는 신검(神劍), 양검(良劍), 용검(龍劍), 금강(金剛) 등도 발발한 예기(銳氣)에 아버지를 권하여 크게 싸움을 일으키려 하였다. 그중에 넷째 아들 금강이 더욱 힘써 말하였다.

견훤은 마침내 군사를 움직여 삼국 통일의 대업을 이루기로 결심하고, 우선 삼천 병마를 몰아 질풍같이 고려의 조물성(曹物城)을 들이쳤다. 왕건도 군사를 내어 막으려 하였으나 명장 금강을 당할 수가 없어, 곧 글을 보내어 견훤을 형이라고 부르고, 또 볼모로 왕건의 당제 되는 왕신(王信)을 견훤에게 바치고, 또 신라 서울에 있는 삼천 철기를 불러올 것과, 이로부터는 견훤과 미리 의논하지 아니하고는 다시 신라에 간섭하지 아니하기를 맹세하였다. 그리고 그 말대로 곧 서울에 있는 군사를 북한주(北漢州)로 물러오게 하였다.

왕건이 조물성 싸움에 패하여 견훤에게 항서를 써 바치었다는 말을 듣고 고려 군사가 서울서 급거히 물러가는 것을 보고, 신라 조정에서는 하늘이 무너지는 듯이 놀랐다. 견훤이 왕건보다도 더욱 강하다는 것을 알게 될 때에 김성, 김률 등 왕건의 세력을 믿던 패는 물론이요, 짐짓 견훤을 버리고 왕건과 화친하려는 태도를 보이던 왕도 진실로 망지소조(罔知所措)하였다. 조정뿐 아니라 백성들도,

"인제 견훤이 원수를 갚으러 들어올걸."

하고 밤에 개만 콩콩 짖어도 견훤이나 아닌가 하여 깜짝깜짝 놀라게 되었다.

왕은 연해 사신을 보내어 왕건을 움직이려 하였다.

"견훤은 반복다사(反覆多詐)하여 불가화친(不可和親)이라."

하여 속히 치는 것이 좋은 뜻으로 누누이 말하였으나, 왕건은 다만 고개를 끄덕이고 사신을 후대하여 돌려보낼 뿐이요, 신라의 말대로 가벼이 움직이지 아니하였다.

왕건은 백성들이 오랜 난세에 싸움을 싫어하는 줄을 잘 알므로 모쪼록 싸움을 피하려 하였다. 그뿐더러 신라는 족히 대적될 것도 없고, 후백제가 아직은 강하나 견훤이 이미 늙고 또 그 아들들이 서로 아비 죽은 뒤에 임금 될 것을 다투는 줄을 알므로 견훤만 죽으면 후백제는 아들들끼리 싸

위 불공자파(不攻自破)할 줄을 안다. 그러하기 때문에 왕건은 아무쪼록 자중하여 일변 어진 정사로 민심을 수습하고, 일변 군사를 길러 삼국 통일의 대준비를 하기로 한 것이다.

견훤의 편으로 보면 아직 왕건의 날개가 돋기 전에 때려잡는 것이 득책이건마는, 네 아들(다른 아들은 다 어렸다)이 사이가 좋지 못하고, 그중에 맏아들 신검이 야심이 발발하여 항상 아비의 자리를 엿보는 눈치가 있으므로 견훤도 맘 놓고 왕건과 싸울 수가 없었다. 그러므로 조물성에서 왕건이 항복하고 그 당제 왕신을 볼모로 보낸 것을 기회로 하여 자기도 사위 진호(眞虎)를 고려에 볼모로 보내어 아직 화평을 유지하면서 아들 신검부터 먼저 처치하기로 한 것이다.

견훤과 왕건이 서로 볼모를 바꾸고 화친을 맺은 뒤로부터는 신라 조정은 돌아갈 바를 몰라 부질없이 서로 다투고 서로 원망하기로 일을 삼았다.

그러는 동안에 고려에 가까운 골들은 고려로 가 붙고, 후백제에 가까운 골들은 견훤에게 가 붙고, 신라의 강역은 날로 졸아들었다. 이대로 가다가는 신라는 반은 고려로, 반은 후백제로 뜯겨버리고 서울 하나만 덩그렇게 남을 것 같았다.

이러한 위태한 때를 당하여 조정에는 아무 계책도 없고, 다만 오늘 하루만 무사히 지나면 그만으로 알고 대관들은 제 집에 들어앉아서 술을 마시고 아름다운 고려 계집을 희롱하기로 일을 삼았다. 그중에 가장 충성이 있다는 시중 유렴까지도 병이라 칭하여 조정에 나아가지 아니하고 남교(南郊) 별서에 들어앉아 시를 읊고 거문고를 희롱하여 세상을 잊으려 하였다.

김충도,

"차마 즘생들의 무리에 섞일 수 없다."

고 소리치고 벼슬을 내어던지고 전과 같이 허름한 옷을 입고 주사청루로 돌아다니며 비분강개한 소리를 하며 혹은 울고 혹은 꾸짖었다.

사랑은 섧다

사월 팔일. 이날에 만도(滿都) 사녀(士女)는 관불회(灌佛會)에 참여할 양으로 새로운 옷을 입고 절로 모여들었다. 왕도 이날에 특별히 토함산 (吐含山) 불국사에 거동을 하신다 하여, 진골의 귀족들은 왕의 거동을 따라 불국사로 모여 갔다.

삼천 칸이라는 불국사에는 장막과 깃발이 날리고, 천여 명 대중은 찬란한 가사 장삼으로 범패 소리 우렁차게 왕을 맞았다. 근래에 항상 비감이 많아진 왕은 대웅전 부처님 앞에 겸손한 죄인 모양으로 수없이 합장 배례를 하였다. 왕이 한 번 합장하고 절할 때마다 천 명 대중과 천 명 남녀 귀족들은 왕을 따라 합장 배례하였다.

금빛이 찬란한 부처님 앞에는 촛불이 춤을 추고 만수향의 음침한, 향기로운 연기가 구름 모양으로 가끔 부처님의 얼굴을 가리었다.

왕은 천 년 종사의 명운을 한 몸에 지고 사람의 맘을 믿지 못할 것을 깨달으매, 부처님의 힘이나 입어 나라를 보전할까 함이다. 등신(等身)으로 만들어놓은 부처에 무슨 영험이야 있으랴마는, 왕은 맘으로 '보국안민'을 염하고는 수없이 합장한다. 춤추는 불전의 촛불 빛에 왕의 두 뺨에는 구슬 같은 눈물이 번적거리었다. 향과 촛불을 맡은 노승밖에 왕의 눈물을 본 사람이 없건마는, 법당 앞에 모인 수천 대중의 맘에는 자연히 비감한 생각이 나서 눈물을 흘리는 사람이 많았다. 그중에는 김충도 있었다.

이날 종일 중들은 상감마마의 보조(寶祚) 무궁을 위하여 빌었다. 이날에 법당 앞 다보탑 편에는 신녀(信女)들이 서고, 석가탑 편에는 신남(信男)들이 섰다. 백만 장안에서도 아름다운 선관, 선녀들만이 뽑히어 온 듯하여, 눈빛같이 흰 비단옷을 입은 신남, 신녀들은 이 세상 티끌 묻은 사람들 같지는 아니하였다. 천 년 영화에 발에 흙을 묻히어보지 아니한 귀골들은 어디 내어놓아도 유표(有表)하게 희고 날씬하였다. 발 하나 옮기는 것, 손 하나 드는 것, 웃는 것, 말하는 것 다 법도가 있고 아름다웠다. 더욱이 여자들이 그러하였다. 몸에 입은 옷, 머리 단장, 발에 신은 신발까지도 모두 값진 것이면서도 야하지 아니하고, 나올 때에 입고 나오는 모양으로 모두 몸에 착 들어맞고, 그 빛깔, 그 모양, 구김살 하나까지도 그 주인을 높게, 귀하게 보이는 듯하였다.

절 마당에는 향기가 진동한다. 그것은 법당에서 흘러나오는 만수향의, 영혼까지도 푹 가라앉히는 향내뿐이 아니었다. 사람의 맘을 들뜨게 하는 아름다운 젊은 살에서 나오는 향기였다. 깊은 궁전 속에만 있던 귀인들이 봄철의 양기를 받아 두 뺨이 빨갛게 상기를 한 것뿐이 아니라, 꽃 피고 새 지저귀는 무르녹은 봄바람에 가슴속에 숨은 인생의 청춘이 버들 찾는 꾀꼬리 모양으로, 꽃 찾는 벌 나비 모양으로 생기가 되고, 하염없는 한숨을 쉬는 그러한 생기였다.

이런 때를 한 번씩 다 지나본, 얼굴에 주름 잡힌 늙은이들은 근심되는 눈으로 젊은 아들과 딸들의 눈찌 가는 곳을 지킨다. 그러나 꼭꼭 봉해놓은 항아리, 벽도 뚫고 숨어 나갈 듯한 젊은이들의 사랑의 눈찌를 무엇으로 막으랴. 젊은이들의 눈은 길 잃은 조그마한 새 모양으로 이리저리 헤매다가 마침내 앉을 곳을 찾는다. 앉을까 말까 그 옆으로 뱅뱅 돌다가 마침내 앉을 자리에 앉아갖고는, 누가 그 나뭇가지를 흔들기로, 누가 돌팔매를 치거나 독한 활을 겨누기로 날아갈 생각이나 하랴. 차라리 앉은 자리에서 독한 살을 맞아 끓는 피로 앉았던 나뭇가지를 물들이고 푸떡푸떡 죽어 떨어지기를 원한다.

사월 파일! 어떻게나 좋은 날인고. 어떻게 기다리는 날인가. 이날에 부처님이 마야 부인의 사랑의 품에서 나온 모양으로, 신라의 아름다운 총각과 색시들의 가슴에서도 귀여운 사랑이 움 돋는 날이다. 봄과 부처님과 만수향과 젊음과, 이날은 사랑의 날이다.

우국의 열정이 넘치는 김충의 가슴속에도 봄날의 사랑이 움 돋을 자리가 있었다. 왕이 수없이 불전에 예배하는 양을 보고 눈물 흘리던 그의 눈앞에는 역시 눈물에 젖은 어떤 처녀의 얼굴이 보였다. 마치 봄 벌판 잡초 속에 고개 숙인 꽃 한 송이 모양으로, 수없이 많은 처녀들 속에 그 처녀 하나가 가장 빛났다.

'뉘 집 딸인고?'

하고 김충은 자주 그 처녀를 바라보았다. 그 처녀의 눈도 두어 번 김충의 눈과 마주치었으나, 처녀는 심상하게 눈을 다른 데로 돌리고 말았다.

'석굴암 석불과 같고나.'

하고 김충은 그 처녀를 비평하였다. 과연 그 처녀의 풍후한 두 뺨이라든지, 우뚝 선 코라든지, 가늣한 눈이라든지, 인자하고도 꼭 맺힌 얼굴 모양이며, 천근같이 무겁게 땅을 턱 내리누르고 선 몸이라든지, 그러면서도 탁한 기운은 한 점도 없고 맑고 영채 나는 기운이라든지, 석굴암 석불을 보는 듯하였다. 그렇게 생각할 때에 김충의 가슴은 한없이 설레었다. 이윽고 재를 파하는 종이 둥둥 울고, 사람들은 마지막으로 합장을 하며 '나무아미타불'을 불렀다.

그런 뒤에는 사람들은 탑을 싸고 돌기를 시작하였다. 신남들은 석가탑을 싸고 돌고, 신녀들은 다보탑을 싸고 돌았다. 둘씩 둘씩 길게 줄을 지어 둥그렇게 원을 그리면서 합장하고 고개를 숙이고 탑을 빙빙 싸고 돌았다. 김충도 남과 같이 싸고 돌았다.

한 바퀴가 다 돌아간 때마다 김충은 신녀들의 줄에 가까이 올 기회가 있었다. 그때마다 김충은 고개를 들어 그 처녀를 찾았으나 혹은 저쪽 끝에 있고, 혹은 자기가 그 목을 돌아가기 전에 그 처녀는 먼저 돌아가버렸다. 그러나 몇 번에 한 번씩 두 사람은 공교하게 꼭 마주칠 때가 있었다. 그러할 때에는 김충과 처녀의 눈이 한 번 마주쳤으나 그것도 잠깐 동안이요, 서로 멀어지고 말았다.

열 번, 스무 번이 지나간 뒤에는 점점 사람이 줄어지었다. 사람이 줄어지면 한 바퀴 도는 동안이 빨라지어 두 사람이 동시에 마주칠 때도 차차 늘었다.

팔십 번이나 돌았는가, 김충은 손에 든 염주를 세기를 잊어버렸다. 그러나 그 처녀가 돌아갈 때까지 돌면 백 번이 차리라고 생각하고 돌았다.

처녀의 얼굴은 점점 상기하여 붉게 되었다. 김충도 상기가 되어 얼굴이 후끈거림을 깨달았다. 사월이지마는 오늘은 특별히 양기가 두텁고 더웠다. 바람은 한 점도 없고 나뭇잎 하나도 까딱하지 아니한다. 사람은 점점 줄어간다. 김충은 처녀의 이마에 땀방울이 맺히는 것을 보았다. 그것을 보고 자기의 이마를 만지니 역시 땀이 맺히었다.

걸음 걸을 때마다 삭삭거리는 소리, 짤짤 여자들이 끄는 신 소리, 가끔 들리는 벼슬 높은 이의 패옥 소리, 그 속에서도 김충은 그 처녀의 옷 소리와 발자취 소리를 분명히 들었다.

"백이오!"

하고 늙은 중이 목탁을 두드리며 소리를 높여 염불을 하고 무슨 주문을 외울 때에 돌던 사람들은 돌던 바퀴를 마저 채우고는 땀을 씻으며 물러난다. 그 처녀는 맨 나중 바퀴를 채우느라고 좀 빠르게 돌아갈 때에 김충과 마주 만났다. 김충이 무심코 빙그레 웃는 것을 보고, 그 처녀도 무심코 빙그레 하다가 웃음을 참고 돌아가버렸다.

'탑돌이'가 끝난 뒤에 점심을 먹었다.

왕은 먼저 환궁하시고 늙은이와 벼슬 높은 이들도 왕을 따라 돌아가버리고, 절에는 젊은 신남, 신녀들만 남고 나이 많은 이라고는 처녀들의 시녀뿐이었다. 혹은 나무 그늘에 앉아 손에 꽃을 들고 새 소리를 들으며 쉬기도 하고, 혹은 이리저리로 둘씩 셋씩 떼를 지어 거닐기도 하였다. 김충은 혼자 법당 뒤 늙은 소나무에 기대어 눈을 감고 무엇을 생각하고 있었다.

이날은 젊은 남녀를 위하여 있는 날이다. 귀족의 자녀는 황룡사, 사천왕사, 분황사, 흥륜사 또는 불국사 같은 큰 절로 모이고, 그 다음가는 집 자녀들은 그 다음가는 절에 모여 부처님 앞에 복과 사랑을 빈다.

"사월 파일에 심은 것은 칠월 백중에 거두어라."

이것은 개무덤의 올벼와 젊은 남녀의 사랑이다. 사월 파일에 젊은 남녀가 사랑을 심었다가 칠월 백중에 다시 절에 모일 때에 올벼 이삭 모양으로 거둔다는 뜻이다.

왕도 환어하시고 나이 많은 이들도 왕을 따라 돌아갔건마는, 젊은 사람치고는 해 지기 전에는 돌아갈 리가 없다. 만일 날이 밝으면 서악에 비낀 초승달과 함께 돌아갈 것이요, 만일 날이 흐려 첫여름의 가는 비가 내리면 수없는 등불이 반작거리며 촉촉이 옷을 적시어가지고 집으로들 돌아간다. 사월 초파일과 칠월 백중과 팔월 대가위, 시월 상달, 정월 대보름은 계집애들이 밤에 늦게 들어와도 부모의 책망을 면하는 날이다.

불국사 솔밭 사이에는 꽃 같은 사람들로 수를 놓았다. 호화로운 남자들은 수레에 숨겨가지고 왔던 술을 내어 마시고 노래를 부르고, 이 구석 저 구석 시내 굽이나 샘물 있는 곳에는 처녀들이 모여 손을 씻었다.

칡베 장삼 입은 젊은 중들은 일도 없으면서 젊은 사람들 사이로 염불을 외우며 왔다 갔다 하고, 허리 꾸부러진 늙은 중들은,

'또 무슨 일이나 아니 생기고 이날이 무사히 지났으면…….'
하고 오므라진 입술을 우물거린다. 대개 이런 날은 반드시 젊은 사람들 사이에 무슨 티격태격이 나고야 마는 까닭이다.

서울에는 여러 백 집 대가(大家)가 있다. 그중에 서로 친하게 지내는 집도 있지마는 서로 원수로 지내는 집이 더욱 많았다. 한 집이 세력을 잡아 다른 집을 누르면, 그 집이 세력을 잡을 그때에는 저 집을 누른다. 이 모양으로 원수는 해가 가고 대가 갈릴수록 더욱 깊어지어 기회 있는 대로 서로 싸운다. 어찌어찌하다가 한 집이 아주 멸망을 하여버리기 전에는 이 싸움은 끝날 날이 없다.

김성의 집과 김충의 집도 그러한 처지요, 유렴의 집과 김률의 집도 그렇게 되어버렸다. 이러한 사람들의 자손이 이러한 곳에 모였다가는 대수

롭지 아니한 일이 빌미가 되어서는 큰 싸움이 벌어진다. 늙은 중이 근심하는 것은 이러한 일이다.

김충은 아무쪼록 사람 많지 아니한 으슥한 곳을 택하여 늙은 소나무에 몸을 기대고 고개를 들어 우거진 소나무 가지 사이로 하늘을 바라보며 여기서 저기서 울려오는 남자의 소리, 여자의 소리, 웃는 소리, 서로 부르는 소리, 흥에 겨워 노래하는 소리를 들리는 대로 듣고 있다.

사람이 살면 얼마나 살리,
잘 살아 백 년도 못 사는 인생이라.

이러한 구절도 들리고,

꽃아, 어린 꽃아
오는 나비 막지 마라.
춘광이 덧없으니
고운 양자 매양 하리.

이런 구절도 들리고, 심한 것은,

오늘 밤 삼경 울거든
부디부디 잊지 말고
문고리 벗겨놓으오.

하는 것도 있고, 어떤 작자는 술 취한 목을 길게 뽑아,

처세약대몽(處世若大夢, 세상이 꿈 같거니)

호위노기생(胡爲勞其生, 애는 써서 무엇 하리).

소이종일취(所以終日醉, 그러므로 종일 취코)

퇴연와전영(頹然臥前楹, 앞 퇴에 누웠노라).

하고 당나라에서 건너온 이태백(李太白)의 시를 읊조리는 것도 들린다.

　김충은 이런 노래들을 듣고 있다가 고개를 수그리고 한숨을 쉬었다.

발 앞으로 다람쥐 하나가 뛰어 지나간다.

　"나리마님, 여기 계시우?"

하고 두껍쇠가 김충의 곁으로 뛰어온다. 두껍쇠는 김충의 집 종이다. 어려서부터 골을 내면 배가 불룩하기 때문에 두껍쇠라고 부르고, 자기도 그 이름을 좋아한다.

　두껍쇠는 김충의 서너 걸음 앞에 서서 김충의 수그린 낯을 디밀어보며,

　"또 무슨 생각을 그리 하시오? 오늘같이 좋은 날 남과 같이 어여쁜 아가씨들이나 따라다니며 노시지도 아니하고……. 두껍쇠 놈도 이렇게 흥이 나는데."

하고 두 팔을 벌리며,

　"정저꿍 어화 좋은지고, 닐리리 닐리리."

하고 얼씬얼씬 춤을 춘다.

　김충도 픽 웃었다.

　"너는 무엇이 그리 좋으냐."

"그럼 안 좋아요?"

하고 두껍쇠는 노랫가락으로,

시절은 봄이요

인생은 청춘이로고나.

봄은 몇 날이며

청춘은 몇 날이리.

고운 님 뫼시옵고

밤새도록 놀리로고나.

하고 길게 뽑고 나서,

"어떠시오? 천년만년 못 살 인생이 한세상 맘대로 놀다가 죽을 게지, 근심은 무슨 근심이고 걱정은 무슨 걱정이야요. 소인이 보니깐 아까 나리마님께서 매우 맘에 드는 어른이 있는가 싶으니, 그 양반이나 따라가서 말을 붙이어보세요."

하고 킥킥 웃는다.

김충은 두껍쇠의 떠벌리는 말에 맘이 들뜨는 듯하였다. 그래 웃으며,

"이놈, 어디서 그런 덕담은 다 얻어 배웠니? 허, 그놈."

하고 두껍쇠의 넓적한 얼굴을 본다. 얼른 보기에 어리석은 듯하지마는, 그 가느단 눈에 익살과 슬기가 다 들어 있다. 또 두껍쇠가 하는 소리는 서울 장안에 젊은 사람들이 누구나 다 하는 소리다.

"인생이 몇 날이리, 부귀영화도 다 믿을 수 없다. 고운 님 뫼옵고 밤새도록 취코 놀자."

하는 것은 백만 장안의 젊은 남녀가 말로 외우고 노래로 부르고 시로 짓는 이야기다. 이야기일 뿐 아니라, 모두 그렇게 생각도 하고 행하기도 한다. 좀 무슨 일을 해보려던 왕까지도 근래에는 '고운 님 뫼옵고 춰코 밤 새우는 일'을 자주 하게 되어 대궐 안에서는 잦은 닭이 울도록 풍악 소리가 우러나왔다.

듣고 보면 김충의 생각에도 아니 그런 것은 아니다. 큰 집이 다 기울어지는 판에 바지랑대 하나로 버티려면 될 것인가. 한번 가면 다시 못 올 '인생의 청춘'을 '근심 걱정'으로 보낼 것은 무엇인가. 김충이 청루주사로 돌아다니던 것도 그 근본을 캐어보면 이런 생각에서 나온 것일는지도 모른다. 다만 어려서 스승에게 들은 충의의 교훈이 김충의 맘에 깊이깊이 박혀 뽑으려도 뽑을 수 없고, 잊으려야 잊을 수 없는 것이 있을 뿐이다. 그러나 돌아보라, 백만 장안에 어느 누가 충의를 생각하는가. 지금 세상에 충의를 생각하는 것은 극히 어리석은 일이다. 털끝만치라도 충의를 생각하던 사람은 애매한 죄명을 쓰고 죽임을 받거나 그렇지 아니하면 조정에서 쫓겨나고, 서울에도 발 붙일 곳을 못 찾아 산으로 바닷가로 세상을 피하여 달아나지 아니하는가. 그래도 시중 유렴이 군계에 일학으로 조정에 남아 있더니, 그조차 벼슬을 내어던지고 남산 저쪽 산골짜기 별장에 숨어버리고, 김충 자기도 미관말직이나마 집어던지고 나와서 청루주사로 방황하니 이제 충의의 끈이 영영 끊어지어버렸다. 지금 불국사 송림 속에 모인 수백 명 남녀도 모두 천년 대가의 자녀들이다. 그러나 그들이 모조리 고운 님 뫼옵고 밤새도록 춰코 놀려 하거든, 김충 혼자 충의 열사로 스스로 높은 체한들 무엇 하랴. 이러한 생각이 김충의 맘에 지나간다.

김충은 이러한 생각을 하다가,

"술이나 한잔 있었으면."

하고 두껍쇠를 보았다. 한잔 먹고 취하여 실컷 노래라도 부르고 싶어진
것이다.

두껍쇠는 김충의 말을 듣고 어디로 뛰어가더니, 얼마 만에 술병 하나
를 들고 나무뿌리, 돌부리를 함부로 차며 뛰어온다.

"자, 보아요. 썩 좋은 술이오."

하고 술병을 내어 김충을 준다.

"웬 술이냐?"

"얻어 왔지요.,"

"어디서, 누구한테?"

"누구한테는 알아서 무엇 하시오? 우리 댁 나리마님이 술이 잡숫고 싶
어서 침만 꿀떡꿀떡 삼키시니 한 병 내라고 그랬지요. 했더니 시원시원
히 주던걸요. 자, 한 병 잡숫고, 잡수시다가 남거든 소인도 한 모금 주시
옵고, 그리고 기운을 내시어서 그 아가씨한테나 찾아가보시오."

하고 두껍쇠가 서둔다.

김충은 떡으로 한 병마개를 빼었다. 병 속에서는 무르녹은 송순주(松
筍酒) 향기가 나와 김충의 코를 찌른다. 김충은 그 향기를 맘껏 들이마시
고, 인하여 병을 입에 물고 쌉쌀하고 달착지근한 전국술을 꿀꺽꿀꺽 여
남은 모금 들이켰다.

두껍쇠는 먹고 싶은 듯이 침을 삼키고 섰다가 빙긋 웃으며,

"어떠오?"

하고 묻는다.

"술 좋다."

하고 김충은 병을 한 번 흔들어보고 또 댓 모금 더 마시더니, 또 한 번 병을 흔들어보고는 두껍쇠를 내어주며,

"아따, 너 먹어라."

하고 입을 씻는다.

"이걸 다 주시오?"

하고 두껍쇠는 술병을 받아 들며, 손에 들었던 생강 한 뿌리를 김충에게 주며,

"안주요."

한다.

김충이 생강 껍데기를 벗기는 동안에 두껍쇠는 돌아서서 고개를 잦히고 병의 술을 들이마신다. 마시고 나서 흔들어보고는 또 마시고, 또 귀에 대고 흔들어보고는 소리는 아니 나건마는 쭉쭉 소리를 내고 들이빤다.

"이놈, 병까지 마실라."

하고 김충이 웃으니,

"이 병이 썩 오랜 병인데, 술이 배고 배어서 어디를 빨아도 술맛인걸요."

하고 두껍쇠는 병 껍데기까지 핥고 나서,

"한 병 더 얻어 와요?"

하고 빈 병을 흔든다.

"그만 먹을란다."

하고 김충은 얼굴이 화끈하는 것을 깨닫는다. 아까 그 처녀를 볼 때에 화끈하는 것과 같다고 생각하였다.

김충은 술기운이 도는 눈으로 사방을 한번 둘러보더니,

"이놈아."

하고 두껍쇠를 부른다.

"왜 그러시우?"

"너 아까 그이가 어디 있는지 보았니?"

하고 김충은 그 처녀를 생각하고 물었다.

"그이랏게?"

하고 두껍쇠는 시치미를 뚝 뗀다.

"아까 나와 같이 마지막 바퀴를 돌던 이 말이다."

하고 김충은 두껍쇠를 노려본다.

그제야 두껍쇠가 선웃음을 치며,

"아, 그 아가씨 말씀이오?"

하고 공연히 껄껄대고 웃으며,

"그럼 몰라요? 이 두꺼비가 몇천 년 묵은 두꺼빈데 그걸 몰라요? 벌써 나리마님 눈치가 심상치 않길래 벌써 소인이 뒤를 따라가서 그 아가씨가 어느 댁 아가씨며, 이름은 무엇이요, 나이는 몇 살이요, 죄다 알아 왔단 말이야요. 그러노라면 소인에게 좋은 일도 생긴단 말이야요."

하고 벌써 입이 얼었다.

"네게도 좋은 일?"

하고 김충은 의심스러운 듯이 물었다.

"나리마님께 좋은 일을 하여드리면 소인에게도 좋은 일이 생긴단 말씀이오. 그 유렴 시중 댁 아가씨의 몸종이 하늘에서 뚝 떨어진 듯하거든. 이름은 시월이요, 나이는 열일곱, 아주 소인에게는 선녀란 말씀이오."

하는 두껍쇠의 말은 점점 어눌해진다.

김충은 유렴 시중 댁 아가씨란 말에 놀랐다. 그러면 그 처녀가 유렴 시중의 딸이던가.

"유렴 시중 댁 아가씨?"

하고 김충은 수줍은 듯이 몇 번 물었다.

"예, 남교(南郊) 유렴 시중 댁 아가씨의 몸종이란 말씀이오, 그 선녀 같은 우리 시월이가. 시월이라고 이름이 나쁘지마는 두껍쇠만이야 못할라고요, 하하하하."

하고 두껍쇠는 점점 말이 굳어지며 상전의 일은 잊어버리고 제 소리만 지절댄다.

김충은 참다못하여,

"이놈아, 네 소리만 하느냐? 유렴 시중 댁 아가씨가 누구냐 말이다."

그제야 두껍쇠가 정신을 차린 듯이 머리를 긁으며,

"상감님 발등의 불보다 서불한도 제 발등의 불을 먼저 끈다고, 소인은 소인의 말만 하였습니다. 헤헤. 아차, 무슨 말을 내가 하려다가 잊어버렸나. 옳지, 시월이가……."

하고 또 시월이 말을 꺼내려다가 다시 머리를 긁으며,

"아따, 큰일 났는걸. 시월이가 고만 속에 가득 차서 입만 벌리면 시월이가 튀어나옵니다. 어, 괘씸한 두껍쇠 놈이로군. 하하하하, 히히히히……."

하고 한바탕 웃다가,

"저, 저, 유렴 시중 댁 아가씨가 지금 나이 열여덟 살이신데 이름은 계영(桂英) 아기씨라고요. 시월이 말이 아주 재조가 도저하시고 거문고를

잘 타신다나요. 시중마마께서 남교 정자로 나가신 담에는 일절 출입을
금하시다가 오늘은 특별히 나오시게 한 것이라고요. 상감마마나 뵈옵고
곧 들어오라고 하시었다고요. 그런데 장관입니다. 저 김성 서불한마마
댁 작은 나리마마, 또 김률 아찬 댁 작은사랑마마, 선필 장군 댁 나리마
마, 아마 십여 명이나 계영 아기 앞으로 왔다 갔다 하고 어르는 판인데,
계영마마는 눈도 거들떠보시지 아니하겠지요. 어떻게 도고(道高)하시고
새침하신지 서리 가루가 팔팔 날리는 것 같아요. 계영 아가씨가 한번 눈
만 들어 보시면 곧 말을 붙일 판인데, 아무리 그 앞으로 잔기침을 하고 지
나간들 개미 한 마리 지나가는 것만치나 여기시어야지요. 어디, 나리마
님 한번 가 얼러보시오. 그리고 나리마님께오서 계영 아기하고 백년해로
하시게 되거든, 소인도 시월이하고 백년토록 두 분 마마를 뫼시게 하여
주시오. 그렇게 되면 얼씨구나 좋을시고, 지화지화 좋을시고."
하고 말끝에 춤을 추며 비틀거린다.

"사월 파일에 못 심은 씨는 칠월 백중에 거두기 망계라."
하는 옛말과 같이, 오늘 이 자리에서 계영 아기의 맘을 사지 못하면 다시
만날 길이 망연할는지 모른다.

김충은 용기를 내어 옷깃을 바르고 두껍쇠더러 길을 인도하기를 명한
뒤에,

"이놈, 오늘 술잔이나 취한 김에 또 그 공연한 트집을 잡아가지고 이
사람 저 사람과 말썽을 만들지 말렷다."
하고 신신당부하였다.

"예, 말썽 만들 리가 있습니까? 하지마는 어느 누구든지 나리마님을
건드리는 놈만 있으면 이 두껍쇠 놈의 몽둥이가 가만히 있지는 아니하옵

니다. 대가리에서 발뒤꿈치까지 잔채를 쳐놓고야 맙지요.”
하고 끝이 주먹다시같이 뭉툭한 몽둥이를 한번 들어서 곁에 선 소나무를
갈기니, 딱 하고 요란한 소리가 나며 나뭇가지가 모두 흔들리고 마른 잎
사귀가 우수수 떨어져 두 사람의 옷을 때린다. 새 잎사귀 때문에 떨어지
는 낡은 잎사귀들이다.

　눈에 뜨이는 얼굴들은 대개 술기운을 띠었다. 인생의 향락에 취하여
있으면서도 새로운 향락을 끝없이 바라는 사람들의 눈에는 말할 수 없이
음란한 빛을 띠었다. 부드러운 흰 살, 거기에 착 달라붙는 비단옷, 향기
로운 술, 마른 나뭇가지에조차 물이 돌게 하는 첫여름이라기보다는 늦은
봄바람, 이 속에 있는 젊은 남녀의 무리, 위로 임금으로부터 아래로 사삿
집 종에 이르기까지 수백 년 태평과 오륙십 년 어지러운 세상에 음탕한
세태에 물든 무리, 집에서 보는 것, 길에서 보는 것, 글로 보고 말로 듣는
것이 오직 음탕뿐인 속에 자라난 그들, 더구나 사월 파일이라는 새 사랑
움 돋는 날, 이것만 생각하더라도 이곳에 모인 사람들의 맘을 알 것이다.

　더구나 천 년 동안 흙은 만지어보지도 못한 귀골들 피에는 씻기고 씻긴
향락의 피가 흐르거든, 게다가 성당(盛唐) 이래의 당나라의 향락 기풍을
받아들였거든.

　젊은 남자들은 술이 반취하여, 그래도 허리에 가느단 칼들은 차고 갈
지자걸음으로 아가씨네 앉은 자리 앞에 와서는 전에 아는 사람에게 대하
는 모양으로 극히 공손하게, 극히 은근하게,

　“춘부대감 기체 안녕하시오?”
하고 인사를 붙인다. 이날에 이곳에 모인 사람치고는 대감 댁 사람 아닌
이가 없는 때문이다.

그러면 여자는 몸을 일으켜 의아한 눈을 들어 말하는 남자를 바라보며, 만일 그 남자가 맘에 들거든 빙그레 웃고,

"어느 댁 작은사랑 어른이신지?"

하고 도리어 묻는다. 그러면 남자는 한 걸음 여자의 앞으로 더 가까이 가며,

"나를 잊으시오?"

하고 이찬이면 이찬, 일길찬이면 일길찬, 그 아버지나 할아버지의 직품대로 아무의 아들, 또는 아무의 손자 아무라고 이름을 말하고, 혹은 아무 데 사는 아무라고 사는 지명까지 말한다.

그때에 여자가 만일 더 말하기를 원치 아니하면,

"그러시오닛가. 규중에 있는 몸이 존성대명(尊姓大命)을 듣자온 일 없습니다."

하여 끊어버리고, 만일 더 말이 하고 싶으면,

"성화는 듣자온 지 오래오며, 이처럼 물어주시오니 황감하오이다."

하고 또 한 번 웃는 모양을 보인다.

비록 처녀들이 그 오라비와 같이 왔더라도 그들은 소년들 틈에 섞이어 놀고, 다만 누이가 누구와 수작을 하는가를 먼발치에서 바라보는 법이다.

이렇게 말을 붙여보고는 별로 맘이 끌리지 아니하면 그대로 지나가서 또 다른 여자와 수작을 붙이고, 만일 어떤 처녀가 심히 맘에 들면 두 번 세 번 우연히 지나다가 생각이 난 것처럼 그 앞에 걸음을 멈추고는 한두 마디씩 이야기를 붙이고 받고 하며 혹은 시로 주고받기도 하거니와, 대개는 당나라 시 한 짝을 남자가 읊으면, 여자도 그 대답될 만한 것 한 짝을 부르는 일이 많다. 가령,

"심림인부지(深林人不知, 깊은 숲이라 사람들이 알지 못하고—감수자 역)."

하고 남자가 부르면 여자도,

"명월래상조(明月來相照, 밝은 달빛만 살며시 다가와 비추네.—감수자 역)."

하고 대구를 하는 것이다.

만일 여자가 무척 아름답다고 생각하면,

"운상의상화상용(雲想衣裳花想容, 옷을 보니 구름이요, 얼굴 보니 꽃이로세.
—감수자 역)."

하고 이백의 청평조사(淸平調詞)를 부르고, 그때에 만일 이 짝 되는 여자
가 상당히 바람기가 있으면,

"회향요대월하봉(會向瑤臺月下逢, 요대의 달빛 아래 만나리라.—감수자
역)."

으로 회답한다. 이러한 여자가 근년에는 한 파일에 하나씩은 있어서 온
장안의 이야깃거리가 된다고 한다.

혹은 남자가 글귀로 못생긴 여자를 빈정대는 수도 있고, 그와 반대로
여자가 남자를 빈정대는 수도 있다. 작년에는 어떤 남자가 얼굴빛 검은
여자를 향하여,

"옥안불급한아색(玉顔不及寒鴉色, 옥 같은 얼굴이 까마귀빛에도 못 미치는
구나.—감수자 역)."

을 불러 웃음거리가 된 일이 있다고 한다.

계영 아기에게 가장 많은 남자가 모여든 것은 물론이다. 그러나 두껍
쇠의 말과 같이 계영은 여러 남자의 문안에 대하여,

"누구시온지요?"

하는 한마디로 다 물리쳐버렸다.

"저도 계집이려든."

하고 저 잘난 것을 자신하는 젊은 남자들은 '내야 설마.' 하는 생각으로 나도 나도 하고 와서 건드려보았으나 계영은 여전히 눈도 거들떠보지도 아니하고,

"고루(孤陋)하야 성화를 들은 일이 없사옵니다."

하고 칼로 베는 듯이 똑 따버렸다.

"세차다."

"매운걸."

하는 비평이 여러 사람의 입에서 나왔다.

"아비가 고집불통이니까 딸 역시 고집인걸."

하여 제 망신은 가리려는 이도 있고,

"아마 맘에 든 누가 있나 보다."

하여 자기의 깎인 면목을 살려내려는 이도 있다. 그러나 고집쟁이 유렴의 딸이기 때문에 고집쟁이라는 말이 가장 세력이 있는 듯하였다. 어쨌든 젊은 사람(모두 한다 하는 집 자손들이다)들은 모두 한 번씩 계영에게 데어서 다시는 근접할 생각을 못 하고 다만 먼발치에서 계영 있는 곳을 바라보고 있을 뿐이다.

이때에 당대 세도요, 높기로는 임금 다음이나 세력으로 임금 윗길을 가는 서불한 김성의 맏손자 김술(金述)이 나섰다. 김술이 가는 곳에 항상 수십 명 젊은 사람들이, 이름은 친구나 실상은 신하 격으로 따라다녀, 그 말이면 아무도 거스르는 이가 없었다. 다투어 김술의 비위를 맞추려 하고 그 곁에 가까이 가서 김술의 옷자락이라도 만져보려 한다. 그래서 마치 왕벌 가는 곳에 일꾼 벌들이 악을 쓰고 따르는 모양으로 김술이 잠깐 자리를 옮기면 모든 무리는 그 뒤를 따랐다.

"대감, 한번 가보시오."

하고 한 사람이 김술을 충동인다. 김성 집 자손들은 나이 이십만 넘으면 급찬이요 파진찬이다. 서불한 김성의 집에 강아지로만 태어나도 대아찬, 중아찬은 떼어놓은 당상이다.

"내 어디 가볼까."

하고 김술은 일어났다.

"마오. 가서 망신하시면 무엇 하오?"

하고 붙드는 이도 있었으나 세상에 나온 뒤로 일찍이 하고 싶은 일을 못 하여본 일이 없는 김술은,

"내 얼러보마. 저도 사람이려든."

하고 찬란한 급찬의 자줏빛 관대에 패옥 소리도 낭랑하게 종자 두 사람만 데리고 계영의 장막을 향하였다. 뒤에 남은 패들은 병에 남은 술을 기울이고 하회가 어찌 되나 바라보기도 하고 이야기도 하였다.

김충이 계영의 장막에서 수십 보나 되는 곳에 왔을 때에, 김술은 바로 계영의 앞에 이르러 아낙네에게 하는 예로 먼저 읍하고,

"춘부대감 기체 어떠하시오?"

하고 계영에게 말을 붙이었다.

계영은 여전히 고개를 숙인 대로 잠깐 몸을 일으켜,

"가친, 기운 안녕하십니다."

하고 공손히 대답하고는 눈도 들지 아니하고 가만히 섰다.

김술은 한 걸음 계영에게로 가까이 다가서서 계영의 아름다운 몸을 훑어보며,

"나를 모르시오? 나는 급찬 김술이오."

하고 빙그레 웃는다.

"규중에 처한 몸이 고루 과문하와 성화를 받든 일이 없사옵니다."

하고 계영은 한 번 눈을 들어 서리같이 싸늘하고 엄숙한 눈찌로 김술을 정면으로 바라본다. 아버지를 항상 원수로 여기고, 온갖 흉계를 다하여 몰아내려 하던 원수 김성의 손자 김술을 계영 아기가 몰랐을 리가 없다.

김술은 계영이 자기를 모른다는 말에 화를 더럭 내며,

"나를 혹 몰라보아도 서불한 김성마마를 모를 리는 만무하니, 나 급찬 김술은 그 손자요."

하고 계영을 노려본다.

김술의 말에 계영은 살짝 얼굴을 붉히며,

"서불한 김성은 이름으로 들은 법도 하거니와, 그 댁이 본래 내 집과 알 만한 사이가 아니거든 내게 말씀하시는 것만 부질없는 일이오."

하고 자리에 앉아버린다.

이 말에 김술의 기름진 얼굴이 푸르락누르락하며 눈초리가 위로 올라간다. 자기와 말 한마디 하여보는 것을 일생의 영광으로는 알지언정, 이 하늘 아래 자기더러 부질없는 말 한다고 할 사람이 있을 것을 믿지 못하였다.

더구나 "서불한 김성은 이름으로 들은 법은 하거니와" 하던 계영의 낯빛과 어조가 말할 수 없이 자기를 멸시하는 듯하여 김술의 가슴속은 벌컥 뒤집히는 듯하였다.

김술은 계영의 앞으로 한 걸음 더 들어가며,

"이봐라, 지금 한 말은 정신 있어 한 말이냐. 내가 누군 줄을 알고 한 말이냐. 철없는 어린 계집이 실수로 한 말이냐. 다시 한번 바로 혀를 놀려보아라!"

하고 소리를 질렀다.

　김술이 계영 아기 앞으로 대드는 것을 보고 시월이 두 팔을 벌리고 김술의 앞을 막아서며 또렷또렷한 소리로,

　"비켜라! 아모리 예법을 모르는 북방 오랑캐의 종이기로, 어느 안전이라고 함부로 주둥이를 놀리느냐. 비켜라!"

하고 대든다.

　김술이 더욱 노하여 주먹을 들어 시월의 뺨을 치며,

　"요년! 요년!"

하고 벌벌 떠니 김술을 모시는 두 사람이 달려들어 시월을 끌어낸다. 시월이 아니 끌리려고 몸부림을 하며,

　"어느 놈이든지 우리 댁 아기씨 몸에 손가락 하나만 대어보라. 그놈의 간을 씹어 먹고야 말리라."

하고 자기의 팔을 붙든 사람들의 손을 물어 뗀다.

　김술이 허리에 찼던 칼을 빼어 둘러메며,

　"내 서불한 김성마마를 몰라보는 년의 모가지가 쇠로 되었는가를 시험하리라."

하고 계영을 위협한다.

　계영이 상긋 웃고 일어나며,

　"좋은 말이로다. 그 칼로 내 목을 치라. 천 년 신라의 우로를 받고도 오랑캐 왕건의 개가 되어 그 발을 핥고 제 임금을 배반하는 역적 김성의 집 칼이 무엇으로 되었나 시험하여보리라. 시중 유렴의 딸이 칼을 무서워할 줄 알았더냐. 자, 쳐보아라!"

할 때에 그 소리는 하늘에 오를 듯이 힘이 있고 눈에는 불이 번적이는 듯
하였다. 숲속에 앉았던 사람들은 모두 큰일 났구나 하고 일어나서 무서
워 감히 가까이는 오지 못하되, 먼발치에서 어찌 되는가 하고 주먹에 땀
을 쥐고 보고 있다.

김술은 계영의 얼굴과 말에 두려움이 생긴 듯이 한 걸음 뒤로 물러난
다. 이때에 시월이 자기를 붙들었던 사람들의 팔목을 물어 떼어 입에 피
를 묻혀가지고 뛰어가 계영의 앞을 막아서며,

"허, 못난 놈! 전장에를 나가면 쥐구멍만 찾아도, 힘없는 부녀 앞에서
는 호기가 당당하고나!"

하고 빈정거렸다. 이것은 작년 가을에 김술이 대장군이 되어 견훤을 막
으러 나아갔다가 대야성 밑에 군사를 버리고 밤으로 도망하여 온 것을 가
리킨 것이다. 이 말만 들으면 김술은 부끄러움과 분함을 못 이기어 죽을
지 살지를 몰라, 어떤 친구 하나의 목을 벤 것으로 유명하다.

과연 김술은 칼을 들어 시월을 치려 하였다. 그러나 김술의 칼이 미처
시월의 목에 떨어지기 전에,

"이놈아, 내 몽둥이 맛부터 보아라!"

하고 지금까지 김충과 함께 소나무 그늘에서 보고 있던 두껍쇠가 내달아
김술의 뒤통수를 방망이 대가리가 깨어져라 하고 내어갈겼다.

김술은 칼을 던지고 땅에 거꾸러졌다.

두껍쇠는 나는 기운을 억제하지 못하는 듯이 김술을 따르는 두 사람 중
에 칼을 들고 덤비는 한 사람을 갈기니, 그 사람은 거꾸러지고 나머지 한
사람은 칼을 끌고 달아난다. 두껍쇠는 댓 걸음 그 사람을 따라가다가,

"허, 이놈들 허울만 좋았지 기운은 한 땀도 없구나."

하고 껄껄 웃었다.

그러는 동안에 김술이 겨우 정신을 차려 비썰거리고 일어나나 코와 입으로는 피가 나온다. 김술이 일어나 칼을 버리고 달아나는 것을 보고 두껍쇠 몽둥이를 들고 따라가니, 김술이 두껍쇠를 보고 겁하여 땅에 자빠지며 두 손을 합장하여 차마 말을 못 하고 살려주기를 빈다.

두껍쇠는 몽둥이를 짚고 김술의 피 묻은 얼굴을 들여다보며,

"이놈, 몇 푼어치 못 되는 놈이 건방지게. 우리 댁 나리마님 분부만 아니시면 대번에 골을 까서 주린 까마귀나 한밥 먹이련마는, 따라지 목숨을 살려주는 것이니 하늘 높은 줄이나 알아라!"

하고 고개를 돌려 "퉤!" 하고 침을 뱉고 몽둥이를 끌고 돌아온다.

계영과 시월은 놀라기도 하고 분하기도 하여 잠시 기절을 하였다. 사람은 많이 계영의 장막 앞으로 모여들어 약낭에서 약을 내어주는 이도 있고, 기절한 두 사람의 팔다리를 주무르는 이도 있다. 그러나 김술의 후환이 두려워 모두 뒤를 힐끗힐끗 돌아본다.

김충은 여전히 아까 섰던 나무 밑에 서 있다. 두껍쇠는 두리번두리번 김충을 찾다가 아직도 나무 밑에 서 있는 것을 보고 몽둥이를 메고 뛰어간다. 사람들은 두껍쇠가 뛰어가는 곳으로 눈을 보내어 거기 김충이 서 있는 것을 보았다.

두껍쇠는 가만히 김충을 바라보았다. 김충은 두껍쇠가 한 일을 옳이 여긴다는 뜻으로 가만히 고개를 끄덕여 보였다.

김술은 여러 사람의 부액을 받아서 간신히 제자리에 돌아가 누웠다. 사람들은 다투어 김술의 얼굴의 피를 씻고 팔다리를 만지고 약을 먹이고, 김술의 칼날도 없는 빈 칼집을 떼어 들고 울지 웃을지 어찌할 줄을 몰

402

랐다.

김술은 숨을 돌리자마자 곁에 있는 사람들을 못 견디게 굴었다. 공연히 발길로 차고 팔로 둘러치고 짜증을 내었다. 사람들은 어찌할 줄을 모르고 빙 둘러서서 서로 눈치만 보았다.

"나를 때린 놈이 어떤 놈이냐?"

하고 김술은 소리를 벼락같이 지르고 일어났다.

"대아찬 김부 집 종 두껍쇠 놈이오."

하고 한 사람이 아뢰었다.

"김부? 효종의 아들?"

하고 김술은 경멸하는 어조로 말하였다. 김술이 김충을 모르는 바가 아니나, 김충의 이름을 부르는 것은 인손인 자기의 체면에 옳지 아니한 것 같고, 이찬이요 시중이던 효종이 겨우 자기와 동등인 듯하였던 까닭이다. 김충의 집 종놈의 손에 몽둥이로 얻어맞은 생각을 하면 전신의 피가 두 눈으로 오르는 듯하였다.

그러나 두껍쇠의 몽둥이에 얻어맞은 것이 골이 쪽쪽으로 흔들리고 눈망울이 빠지는 듯하여 기운을 쓸 수가 없어 도로 펄썩 주저앉는 것을 사람들이 사방으로 붙들었다. 그제야 김술이 좀 기운을 내어,

"그래, 너희들 중에는 그 두껍쇠 놈의 모가지를 잘라 오는 놈이 한 놈도 없단 말이냐. 저 유렴이 놈의 식구를 모조리 도륙을 하고 효종이 놈의 집안을 씨도 아니 남기도록 없애버리지를 못한단 말이냐. 아이고, 분해라."

하고 이를 북 간다.

그러나 아무도 두껍쇠의 몽둥이를 대적하려고 나서는 이는 없고,

"진정하오, 진정하오."

하고 어름어름할 뿐이었다.

　김술은 더욱 분개하여,

"진정이 무슨 진정이냐! 두껍쇠 놈이 왔을 양이면 그놈의 상전이 왔을 터이니, 우선 두 놈의 모가지를 버히어내 수레 뒤에 달기 전에는 이 자리를 떠나지 아니하리라."

하고 살기가 등등한 눈으로 좌중을 둘러보았다. 그러나 아무도 '내가 두 놈의 모가지를 버히어 오리다.' 하고 나서는 이는 없었다.

　사람들은 두껍쇠의 몽둥이와 김충의 칼이 무서운 줄을 안다. 김충은 해인사에서 어떤 신선에게 삼 년 동안 칼 쓰기를 배워 칼을 두르면 몸이 공중에 날고 전신이 칼빛이 되며, 소나기가 쏟아지더라도 몸에 비 한 방울 아니 맞는다는 소문을 듣는 사람이요, 두껍쇠의 몽둥이는 대야성 싸움에 혼자서 삼백 명 군사를 두들겨내었다는 무서운 몽둥이다. 나무를 치면 나무가 중동이 뚝뚝 부러지고 서악(西岳) 바위를 때리매 바위가 벙싯하고 틈을 내었다는 무서운 몽둥이다. 섣불리 덤비다가 한 개 얻어맞으면 눈코도 분별치 못하게 육장이 되고 말 것이니, 그런 일은 생각만 하여도 진저리가 났다. 그래서 사람들은 이곳에서 김충과 두껍쇠를 대적하는 것이 이롭지 아니하니, 차라리 돌아가 금군을 풀어 임금의 명이라 하고 김충과 유렴의 일족을 잡아들여 맘껏 원수를 갚는 것이 좋은 뜻을 말하였다. 그러나 김술은 듣지 아니하고 몸소 김충과 자웅을 결단하기를 주장하였다.

"내 칼, 내 칼. 이 겁 많은 놈들아, 내 혼자 두 놈의 모가지를 버히리라."

하고 칼을 찾을 때에 한 사람이 빈 칼집을 두 손으로 받들어 김술에게 드렸다.

"칼날은 어찌하였느냐?"

하고 김술이 눈을 부릅뜨니,

"칼날은 아까 넘어지신 곳에 버리고 오시었소."

하고 칼집을 들고 선 이가 대답을 한다. 김술은 빈 칼집을 받아 들고 칼날 꽂히었던 구멍을 물끄러미 들여다보고 섰다.

이때에 두껍쇠가 한 손에 뭉투룩한 몽둥이를 끌고 한 손에 김술의 칼날을 번적번적 내어두르며,

"칼날 여기 있소."

하고 소리를 치며 가까이 온다.

사람들은 모두 황겁하였다. 김술도 눈을 크게 떴다. 그러나 도망할 처지도 못 되어 일제히 칼자루에 손을 대고,

"이놈!"

하고 두껍쇠를 노려보았다.

두껍쇠는 잠깐 멈칫하더니 몽둥이를 어깨에 둘러메고, 김술의 칼도 어깨에 둘러메고 태연히 가까이 와서,

"엇소. 우리 댁 나리마마께서 이 칼 갖다 드리라 하오."

하고 칼을 공중에 던지어 칼끝을 손으로 받아쥐고 칼자루를 김술에게 쑥 내밀었다.

김술은 손을 내밀어 그 칼을 받아 드는 듯 마는 듯, 그 칼로 두껍쇠를 치려 하였다. 두껍쇠가 몽둥이를 들어 칼을 막으며,

"망령이시오. 모처럼 칼을 갖다주는 사람을 상급은 못 줄망정 칼로 치는 것이 당하오? 나는 혼자요, 대감은 여러 무리를 거느렸으니 나를 죽

이기는 바쁘지 아니하되, 우리 나리마마 전갈이나 다 하거든 죽일 차로
칼은 칼집에 넣으시오."

하였다.

김술은 하릴없이 두껍쇠의 몽둥이에 눌린 칼을 들어 흙을 떨어 칼집에
꽂았다.

두껍쇠는 김술과 모든 사람을 한번 둘러보더니,

"전장에 나아가 군사는 버리고 도망할지언정 위로서 내리신 칼일랑
버리고 도망하시지 맙소사고, 대장군마마 체신에 빈 칼집을 차고 달아나
는 꼴이 하도 창피하니 이 칼날은 돌려보냅니다고."

하고 몽둥이를 끌고 물러났다.

김술은 두껍쇠의 말에 두 발을 동동 구르며 다시 칼을 빼어 들고,

"이놈, 닫지 마라."

하고 두껍쇠를 따른다.

두껍쇠, 우뚝 서서 돌아보며,

"닫기는. 천병만마가 몰아오기로 달을 내가 아니오마는, 볼일을 다 보
았으니 돌아가는 것이오. 만일 싸울 뜻이 있거든 이번엘랑 칼을 아니 잃
도록 옷고름에 단단히 비끄러매고 여러 놈이 한목 대드오. 한 놈 싸우기
파리 잡는 것 같아서 시끄럽소."

두껍쇠가 껄껄 웃고 달아나는 것을 김술이 따르고 삼십여 명 김술의 사
람들도 모두 하릴없이 칼을 빼어 들고 따른다.

두껍쇠는 김충이 하라는 대로 김술을 끌고 김충의 앞으로 와서 몸을 비
켜 김충의 뒤에 섰다. 김술은 칼을 둘러멘 채로 김충의 앞에 선다. 숨만
씨근거리고 말을 못 한다.

김충은 칼도 빼려 아니 하고 팔짱을 낀 대로 소나무에 기대어 서서 웃으며,

"칼날 보낸 것은 받았소?"

하고 물었다.

"그래, 받았다. 그 칼로 네 모가지를 버히러 왔다."

하면서도 김술은 얼른 대들지를 못한다.

김충은 여전히 웃으며,

"그렇게 함부로 칼을 빼지도 말려니와, 부득이 칼을 빼더라도 던지고 달아나지는 마시오. 보기 흉업소."

하였다.

김술은 한 걸음 뒤로 물러나면서,

"오, 하룻강아지 범 무서운 줄을 모르고 함부로 주둥이를 놀려 감히 싸우기를 겨루느냐. 내가 네 모가지를 저 종놈의 모가지와 한 끈에 매어 내수레 뒤에 달지 아니하고 돌아갈 줄 알았더냐. 내 마땅히 금군을 풀어 너희 집 씨를 멸할 것이로되, 대장부 울분한 일을 보고 시각을 참을 수 없어 너와 한 칼로 싸우려 하니, 개 같은 모가지를 늘여 내 칼을 받거나 감히 싸울 생각이 있거든 대들라!"

하고 자못 호령이 추상과 같다.

김충은 또 한 번 김술을 비웃어 턱을 한번 치어들고,

"개라 하니 네야말로 대대로 왕건의 개거니와, 내 십 년에 간 칼을 너 같은 하룻강아지의 피로 더럽힐까 저어하였거니와, 만일 그처럼 네 소원이거든 내 칼의 매운 맛을 보여도 꺼리지 아니하리라."

하고 넌지시 칼자루에 손을 대어 서리 같은 칼날을 빼어 들고 나섰다.

김술은 칼을 들어 삼십 명 자기 무리를 돌아보며,

"사정없이 이 견훤의 강아지를 엄살하라."

하고 소리를 지르고, 자기는 뒤로 물러서 소나무 하나를 등지고 서서 두 손으로 칼자루를 붙들고 어름어름한다.

삼십 명 무리는 일제히 칼을 빼어 들고 김충을 엄습하나, 김충은 다만 칼을 들어 들어오는 칼을 막을 뿐이요, 나아가 사람을 찌르려 하지는 아니한다. 그리하여도 김충의 한 칼이 능히 삼십여 명의 칼을 막았다.

이 광경을 보고 두껍쇠는 몇 번이나 몽둥이를 들었다 놓았다 하면서도 상전의 말이 떨어지기 전에는 두 다리만 들먹거리고 침을 삼키고 보고 있었다.

삼십 명 무리가 김충의 한 칼에 쇠꼬리를 피하는 하루살이 떼 모양으로 이리저리로 밀리는 것을 볼 때에 김술은 겁이 났다. 김충이 하려고만 하면 삼십 명 무리를 대번에 베어버리고 그 무서운 칼날은 자기의 가슴에 겨눌 것만 같았다. 김충은 싸우는 것이 아니라 아이들을 데리고 장난하는 어른 모양으로 칼을 둘렀다. 삼십 명 무리도 차차 겁이 났다. 그래서 아무쪼록 뒤로 배돌며 소리만 질렀다.

한바탕 이렇게 한 뒤에 김충이 칼을 내리고 한 걸음 뒤로 물러섰다. 그것을 보고 두껍쇠가 몽둥이를 들고 나섰다.

"나리마님 칼이 울겠소. 저런 스라소니 무리는 소인의 몽둥이가 제격이오."

하고,

"이놈들, 내 몽둥이에 대가리 맞을라. 대가리가 아깝거든 땅바닥에 납작 엎디어 꼼짝 말어라."

하고 껑충껑충 뛰며 몽둥이를 내어둘렀다.

두껍쇠 몽둥이 바람에 칼 몇 개가 부러져 떨어지고 선필 장군의 아들이 이마빼기에서 피를 쏟고 "아이고." 하고 쓰러지었다.

피를 본 두껍쇠는 피를 본 호랑이 모양으로 더욱 기운을 얻어 날뛰었다.

삼십 명 사람들은 두껍쇠 바람에 칼을 끌고 달아나버렸다. 이것을 본 김술은 얼굴이 흙빛이 되어 나무로 깎아 세운 사람 모양으로 소나무에 등을 딱 붙이고 벌벌 떨었다.

두껍쇠는 사람들이 다 달아난 뒤에도 남은 기운을 억제할 수 없는 듯이 몽둥이를 한참이나 두르다가 껄껄 웃고 사방을 둘러보고,

"허허, 잘도 달아난다. 달아나기로는 모두 명장들이로구나."

하고 벌벌 떨고 섰는 김술을 물끄러미 바라본다. 몽둥이가 들먹들먹한다.

이때에 김충이,

"두껍쇠야."

하고 불렀다.

그제야 두껍쇠가 몽둥이를 끌고 김충의 앞으로 간다. 두껍쇠가 돌아서서 가는 것을 보고 김술은 겨우 팔다리를 수습하여 달아나고, 선필 장군의 아들도 비씰거리고 칼 하나를 주워 들고 달아난다.

그런 뒤에야 먼발치로 피하여서 보던 사람들이 다시 몰려나와 김충과 두껍쇠를 에워싸고 말은 못 하고 이 무서운 두 장수를 보기만 하였다.

"저이가 못난이 대아찬의 아들이야."

하는 이도 있고,

"응, 역시 속에 든 재조가 있으니까."

하는 이도 있었다. 못난이 대아찬이란 김충의 아버지 김부의 별명이다.

사람이 줏대가 없다 하여 못난이 대아찬이라는 별명을 들으나, 기실은 그다지 못난이도 아니었다.

김충은 두껍쇠를 시켜 계영 아기를 집으로 모시고 가게 하였다. 작별할 때에 계영 아기는 김충에게 무수히 사례하였으나, 김충은 다른 말이 없이 다만 계영을 바라보고만 있었다. 그러나 계영의 맘에 영웅다운 김충의 모양이 깊이깊이 박힌 것은 말할 것도 없었다.

장안에는 김충과 김술의 싸움 이야기로 찼다. 보고 온 사람들은 못 본 사람에게 그 이야기를 전하고, 또 그 이야기를 들은 사람은 자기가 보고 온 듯이 다른 사람에게 또 전하였다. 모두 김술이 패한 것을 고소하게 여기고 김충과 두껍쇠를 더할 수 없이 칭찬하였다.

"허지마는 김술이가 가만히 있을까."

하고 김충의 장래를 걱정하는 이도 있었다. 물론 더할 수 없는 창피를 당한 김술이 가만히 있을 리가 없다.

김술은 집에 돌아오는 길로 그 조부 김성에게 오늘 불국사에서 김충에게 수모당한 말을 하였다. 그리고 두껍쇠의 몽둥이에 얻어맞아 닭의 알만큼이나 부르터 일어난 뒤통수를 보였다.

아들도 일찍 죽어버리고 손자 하나만을 애지중지하던 김성은 깜짝 놀라는 양을 보이고, 인하여 그 무서운 눈에 분노하는 불이 번적하였다.

"그래, 그놈의 모가지를 버히어 왔느냐?"

하고 김성은 소리를 질렀다.

"못 버히어 왔어요."

하고 김술은 고개를 숙였다.

이 말에 김성은 서안을 치며,

"그래, 그렇게 수모를 당하고도 원수를 못 갚고 그 꼴을 하고 집으로 돌아온단 말이냐. 내 가문을 더럽히는 놈 같으니. 김충의 모가지를 들고 들어오기 전에는 다시 내 눈앞에 보이지 말아라."

하고 호령을 하였다.

김술은 같이 갔던 무리들이 모두 겁이 나서 달아났단 말과, 자기는 끝까지 싸웠으나 혼자서는 당할 수 없더란 말을 하고, 금군을 풀어 원수를 갚아달란 말로 조부에게 빌었으나 김성은 듣지 아니하고 머리를 흔들며,

"가문을 더럽히는 놈은 집에 들일 수 없다. 네가 가진 벼슬도 내일부터는 파직이 될 것이니, 김충 부자와 유렴 부녀의 목을 버히어 오기 전에는 집에 들지 마라."

하고 입을 다물었다. 김성은 이번 기회에 김술의 분을 돋우어 항상 말썽되고 미운 두 강적을 없애버리려 한 것이다. 아무리 김성이라 하더라도 조그마한 자기의 사사(私事) 혐의로 금군을 움직일 수는 없는 까닭이다.

김술이 고개를 숙이고 나가는 것을 보고 김성은 안석에 몸을 기대며 빙그레 웃고 혼잣말로,

"하늘이 나를 돕는구나. 유렴, 김부 두 놈을 어떻게 처치할까 하였더니 인제는 걸려들었고나. 허허."

하고 마침 꽃 같은 시녀가 받들고 들어오는 인삼 달인 것을 유쾌하게 들이킨다.

시녀가 약그릇을 가지고 물러나간 뒤에 김성은 이윽히 눈을 감고 무엇을 생각하더니 방에 모시는 동자를 불러,

"재암 장군 부르라 하여라."

하고 분부를 내리고는, 또 무엇을 생각하는 모양으로 펄렁거리는 촛불을

바라보고 있다.

이때에 마침 재암성 장군 선필은 그 아들 민홍(敏弘)이 김충의 종 두겁쇠의 방망이에 얻어맞아 이마가 붓고 터지고 겨우 사람들에게 붙들려서 집에 돌아온 것을 보고, 또 김술이 그와 같은 봉변을 하였다는 말을 듣고 김성의 집을 찾아온 것이다.

벼슬로 말하면 일개 장군에 지나지 못하지마는, 선필은 김성의 심복으로 처음부터 김성과 왕건 사이에 뜻을 통하는 샛사람이 된 것이다. 선필을 재암성 장군으로 둔 것도 재암성이 고려에 가는 통로의 중간에 있기 때문이다. 벼슬은 비록 재암성 장군이라 하더라도 재암성에 가 있는 일은 별로 없고, 대개 서울에 있어서 김성의 모사(謀士)가 된다. 선필이 서울을 떠나 임지로 가는 날은 반드시 김성이 왕건에게 무엇을 은밀히 통할 일이 있거나, 그렇지 아니하면 왕건이 김성에게 무엇을 통할 일이 있는 때문이다.

선필은 키가 작고 눈이 가늘고 노란 수염이 아래턱에만 조금 나고 목소리가 가늘고 얼른 보기에 한 궁한 선비와 같건마는, 그 조그마한 눈에서는 끝없는 꾀가 흐르고, 목소리는 가늘망정 언변이 좋아 거짓말이 다 참말 같았다. 본디 미미한 가문의 출생으로 어찌어찌하다가 왕건의 눈에 들어 마침내 김성의 심복이 된 것이다.

선필은 들어오는 길로 허리에 찼던 칼을 떼어 동자에게 주고 공손히 김성의 앞에 절을 하고 나서 김성이 가리키는 자리에 앉으며,

"작은대감께서 김충에게 봉변을 하시었다 하오니 얼마나 염려되시오 닛가."

하고 가장 공손한 어조로 인사말을 한다.

김성은 껄껄 웃으며,

"나는 술이 놈을 내어쫓았네. 가문을 더럽히는 놈을 집에 들일 수가 있나. 자네도 그리하소."

하였다.

선필은 눈을 깜박깜박하며,

"내어쫓으시면?"

하고 물었다.

"김부 부자와 유렴 부녀의 목을 버히어가지고 오면 다시 문에 들인다고 하였네."

하고 김성은 선필의 눈치를 슬쩍 본다.

선필은 잠깐 고개를 숙이고 한 번 침을 삼키며,

"과연 지당하시오."

하고 상긋 웃는다. 그것은 김성의 뜻을 알았단 말이다. 김술을 내어쫓는다 함은 아무리 하여서라도 김부 부자와 유렴을 없이하라는 뜻이요, 김성이 선필에게 이 말을 하는 것은 그리하였으니 선필도 김술을 도와 이 일을 이루도록 힘쓰라는 뜻이다. 이만큼만 말하고 한번 빙긋 웃으면 다 알아듣는 것이요, 또 선필이 한번 웃으면 김성도 선필이 알아들은 줄을 알아보는 것이다.

선필은 이윽히 눈을 감고 고개를 기웃거리더니,

"소인도 대감을 본받아 자식 놈을 내어쫓겠습니다."

하고 갑자기 얼굴에 수색을 띠며,

"그러하오나 한 가지 걱정이 있습니다. 김충은 검술이 비범하옵고 또 든사온즉 김충이 불측한 뜻을 품어 많은 도당을 모은다 하오며, 그 도당이란 것이 모두 무뢰난화지배(無賴難化之輩)라 죽기를 노라리로 아는 놈들이온즉 가벼이 볼 수 없사옵고, 또 김부를 건드리면 견훤이 가만히 있을 리 만무하옵고 유렴 시중을 건드리면 민심이 요란할 듯하오니, 장히 어려운 일인가 하옵니다."

선필의 말에 김성도 고개를 끄덕이고 얼굴에 수색이 돌았다. 조물성 싸움 이래로 왕건은 견훤을 두려워하여 신라에 대하여 모르는 체하는 태도를 취하고, 견훤은 왕이 자기에게 대하여 무신(無信)한 것을 분히 여겨 이를 갈고 있으니, 만일 김부의 집을 건드려 견훤에게 또 한 평계를 주면 견훤은 반드시 싸움을 돋울 것이요, 그리하더라도 왕건이 움직이지 아니하면 견훤의 군사는 무인지경같이 서울로 밀어 들어올 것이요, 또 시중 유렴은 백성들이 높이 우러러보는 사람이니 가볍게 그를 건드려 민원을 사는 것도 무서운 일이다. 김성도 자기가 백성들 중에 미움받는 줄을 모르는 바가 아니요, 뭇 백성들의 힘없는 입이 어떻게 무서운 것인 줄도 모르는 바가 아니다. 그러나 다시 생각하건대 아무 때라도 유렴과 김부는 없애버려야 할 것이다. 그 두 사람을 두고는 마치 두 팔에 무슨 무거운 것이 매어달린 듯하여 맘대로 일을 할 수가 없을뿐더러 못난이 대아찬이라는 김부가 결코 못난이가 아니요, 까딱하면 견훤을 등에 지고 자기를 내리누를 줄을 김성은 알아본다. 김성에게 무섭기는 시중 유렴보다도 도리어 김부다.

김성은 오래 침음하다가,

"선필의 지혜도 마침내 끝이 있었던가?"

하고 웃으며 선필을 한번 긁었다.

선필은 김성이 긁는 뜻을 벌써 알아차리고 역시 웃으며,

"모기내〔蚊川〕에 물이 마르기로 선필의 꾀가 마르리까."

하였다. 이것은 만사를 자기에게만 맡기라는 선필의 뜻이다.

두 사람은 밤이 깊도록 은밀한 이야기를 하였다. 그리고 두 사람의 심중에는 유렴과 김충을 없이하여 아주 후환을 끊어버릴 계책이 있었다.

김술이 집을 쫓겨나 서악(西岳) 밑에 집을 잡고, 칼 쓰는 장사와 자객을 많이 모아들여 마당에 볏짚으로 허수아비를 만들어 세우고 밤낮으로 칼 쓰기를 익힌다는 소문이 서울에 낭자하였다. 그것은 김충과 계영 아기에게 원수를 갚으려고 함인 것은 누구나 다 알았다. 이런 일도 선필이가 꾀를 낸 것은 물론이다.

김충은, 김술이 금군을 풀어 자기 집을 에워쌀 줄만 알았다가 그렇지 아니한 것을 의외로 생각하였을뿐더러, 그 일이 있은 지 십여 일 후 김충의 조부 효종의 팔십 되는 생신에 김성이 몸소 와서 치하하고 돌아가는 것을 보고는 더욱 의외로 생각하였다. 그때에 김성은 '어린것들 싸움에 무슨 계관하랴.' 하는 태도를 보였다. 그날 김충은 김성에게 인사도 하지 아니하고 몸을 피하여버렸다. 그것은 김성에게 절하기를 싫어하는 까닭이다.

그러나 김충의 집에서는 맘을 놓을 수는 없었다. 한편으로 김술은 원수 갚을 준비를 하면서 다른 편으로 김성은 모르는 체하는 속에 도리어 무서운 흉계가 있는 것을 의심하지 아니할 수 없었다.

김성은 다만 효종을 찾아 볼 뿐이 아니요, 남교에 유렴을 찾았다. 지금 견훤이 날로 군사를 모아 조련하고 서울을 엄습한다고 장담하니 이 일을 어찌하랴 하는 의론을 한다는 것이 김성이 유렴을 찾아 본 핑계였다.

그때에도 김성은 도리어 김술이 불국사에서 계영에게 무례한 말을 한 것을 사례하고, 이렇게 국보간난(國步艱難)한 때에 아이들의 조그마한 사험으로 피차에 정의가 소원하는 것이 옳지 않다고 말하였다. 유렴도 김성의 말에 감동하여 견훤을 대할 계책을 말하고 크게 정사를 혁신하여 나라를 바로잡기를 김성에게 권하였다.

김성은 떠날 때에,

"내가 어두웠었소. 지금 생각하면 대감의 말씀이 다 옳았소. 왕건은 분명히 이심(二心)을 품은 모양이오."

하고 왕건을 잘못 믿었던 것을 후회하는 뜻을 간곡히 말하였다.

유렴이나 김부가 그렇다고 김성을 믿게 되기는 어려울 것이로되, 이렇게 찾아가서 은근하게 정을 보이는 것을 보고는 다소간 맘이 아니 풀릴 수가 없었다. 더구나 유렴은 정직한 사람이요, 김부도 못난이라는 별명을 들으리만큼 충후한 사람이기 때문에 김성의 뜻을 아주 의심하려고도 아니 하였다.

그뿐더러 김성이 도리어 김충과 유렴의 집에 찾아가 사례하였다는 말을 듣고 세상 사람들도 이 일을 다 의외로 생각하고,

"그래도 서불한은 서불한이다."

하고 김성에게 대하여 호의도 가지게 되었다.

유렴은 불국사 사변을 듣고 날로 김술의 원수 갚을 것을 두려워하다가 김성이 왔다 간 뒤에야 비로소 적이 맘을 놓고, 하루는 사람을 보내어 김충과 두껍쇠를 청하여 딸 계영을 구원하여준 뜻을 감사하는 잔치를 베풀었다.

그날에 김충은 유렴 집에 상객(上客)이 되어 극진한 대우를 받았다. 유렴은 아들이 없고 오직 후실에 계영 하나가 있었을 뿐이므로 유렴 내외는

김충을 친아들같이 귀애하는 정을 표하였다.

계영도 한자리에 앉아 김충을 접대하고 맛있는 먹을 것을 권하였다. 계영은 이날에 약간 얼굴에 상기가 되어 그 뺨이 봉숭아꽃같이 불그레하고, 눈에는 수삽한 태도를 가진 중에도 억제할 수 없는 기쁜 웃음을 띠었다. 무슨 일이 있어 하얀 계영의 두 발이 사뿐사뿐 꽃무늬 놓인 돗자리 위를 걸어갈 때에 은은한 향기가 김충의 코에 맡히는 듯하였다. 계영은 옷속에 당나라에서 온 울금향을 찬 모양이다.

유렴 시중도 술이 반쯤 취하여 난간에 의지해 후원의 녹음을 바라보며 나랏일이 점점 글러가는 것과 이 나랏일을 바로잡을 사람이 없는 것을 말하고는, 길게 탄식하고 김성의 죄상을 말하였다. 그러나 유렴의 말은 아무리 슬픈 말이라도 과도한 슬픔을 보이지 아니하고, 비록 김성의 죄상을 말할 때에도 예를 잃는 말을 쓰지 아니하였다. 그의 그리 길지 아니한 성긋한 흰 수염과 크도 작도 아니 한 얼굴은 모두 온화하기 춘풍과 같다. 그러나 그의 부드러운 말에는 마디마디 추상과 같이 변할 수 없고 범할 수 없는 의리가 품겨 있었다. 김충은 전부터 유렴의 덕행을 모르는 것이 아니나 오늘 사사로이 접하여 더욱 그의 덕을 흠모하게 되었다. 한편으로 계영의 아름다운 모양에, 한편으로는 유렴의 온후한 덕에 김충은 일찍이 이 세상에서 맛보지 못한 기쁨을 맛보고, 유렴이 주는 대로 사양치 않고 술잔을 받아먹었다.

"옛날은 세상이 이렇지 아니하였더니. 내가 젊었을 때만 하여도 세상에는 악인보다 선인이 많았고, 경문대왕 시절에만 하여도 그래도 누구누구 하면 나랏일을 제 일보다 먼저 하는 선비가 많았더니마는, 위홍이 때부터 세상이 아주 뒤집혀버렸나니. 그때에 우리는 아직 젊었었거니와 국학 선비들은 위홍을 버히라고 도끼를 메고 상소를 하고, 하다가는 죽건마는 그래도 뒤를 이어 또 하였더니. 그러다가 거인 선생이 옥에 매일 때에 나도 저 죽는 일길찬 신홍과 같이, 동학한 선비들과 같이 섬거적을 쓰고 대화문 앞에 엎디어 상소를 하였더니. 거인 선생은 참말 우리 신라에 마지막으로 나신 어른이었나니. 글로 말하면 고운이 나을는지 모르지마는 거인 선생은 대의를 듣고 사람을 화(化)하시는 큰 힘이 있었어. 선생이 일찍 한 번이나 자기 몸이나 집을 생각해본 일이 있었을까? 없었을 것이로세. 그 어른이 주야로 생각하는 것은 대의러니, 충성이러니. 그래도 우리나라 명운이 오늘날까지 부지해오는 것도 그 어른의 힘이니. 응, 또 한 분 있었네. 백의 국선이라고 세상에는 나오지 아니하고 주유천하하면서 보국안민을 가르친 이가 있었나니. 궁예와 견훤도 백의 국선에게 배웠다 하나 도리어 나라에 환이 되었지마는. 그런데 이제는 없네. 아주 우리 신라의 의인의 통(統)이 끊어졌네."

하고 유렴은 길게 한숨을 쉰다.

유렴의 회구담(懷舊談)에 김충은 깊은 감동을 받았다. 자기가 나랏일이 뜻대로 아니 된다 하여 청루주사로 방랑하는 생활을 하는 것이 부끄러웠다. 비록 뜻 같은 사람을 찾아 하나둘 의를 맺는 일이 있다 하더라도, 자기는 거인 선생에게 비겨 여러 층 떨어지는 하잘것없는 사람같이 생각했다. 그러면서도 한편으로,

'의인의 통이 끊어질 리가 없다. 내가 의인의 통을 이을 사람이 아니냐.'

하는 자부심도 생겼다. 그래서,

"설마 의인의 통이 끊어질 리가 있습니까? 하늘이 우리 신라를 버리지 아니하실진대 반드시 의인이 나리라고 믿습니다."

하고 정색하고 옷깃을 바르며 말하였다.

이 말에 유렴은 대답이 없이 물끄러미 김충을 바라보더니,

"하늘이 우리 신라를 버리시었네."

하고 고개를 수그린다.

유렴은 김충이 충의의 맘을 가진 줄을 안다. 그러나 김충의 상을 보고 말하는 바를 들으매, 비록 재주도 있고 충의도 있으나 백이숙제(伯夷叔齊)와 같이 열사는 될는지 몰라도 회천의 웅도를 이룰 영웅 기상이 없었다. 연전 조정에서 김충이 왕건의 사자를 베라는 말을 할 때에도 유렴은 김충의 뜻을 가상하였으나, 그 용모를 보고 어성을 들을 때에 큰일을 이룰 영웅 기상이 없는 것을 속으로 한탄하였었다. 지금 보아도 역시 그러하다고 생각하였다. 태평성대에 태어났다면 간간악악(侃侃諤諤)의 사(士)는 될 것이건마는, 난세에 태어난 김충은 오직 충렬사(忠烈士)밖에 못 되리라고 유렴은 본 것이다.

김충은 유렴의 말에 심히 불안하였다. 자기의 큰 뜻과 큰 재주와 큰 충성을 몰라보는 듯하여 맘에 한껏 노여웠다. 그러나 유렴의 말은 언언구구가 다 진리인 듯하였다. 그렇게 생각하면 김충은 슬펐다.

"그러면 이 나라와 이 창생을 어찌하시려 하옵니까?"

하고 김충은 정색하고 물었다.

유렴은 이윽히 침음하더니,

"내 어찌 차마 말하리. 하늘의 뜻을 낸들 어이 알리."

하고 처마 끝에 흩날리는 꽃이 바람도 없는데 땅에 떨어지는 것을 보며,

"늙은 몸이 오직 죽을 날을 기다릴 뿐이로세."

한다.

그 말이 심히 수참하여 곁에서 듣던 부인도 눈물을 떨구고 계영도 고개를 돌린다.

칠십 평생을 충의로써 나라를 붙들려고 싸우다가 마침내 뜻을 이루지 못하고 죽을 날을 기다리는 늙은 재상의 이 말은 과연 슬펐다.

김충도 고개를 숙이고 한숨을 지었다.

"설마 그러리까. 천 년 구방(舊邦)에 그런들 영웅 열사가 없으리까."

하고 계영은 느끼는 소리로 늙은 아버지를 위로하고 새로 술 한 잔을 따라드렸다.

밖에서는 두껍쇠가 술이 취하여 노래 부르는 소리가 들려온다.

유렴은 술잔을 권하는 딸의 등을 어루만지며,

"가엾다. 너는 말세에 태어났으니 내가 죽은 뒤에 너는 어찌 되리."

하고 술을 마신 뒤에,

"계영아, 내 맘이 심히 비감하니 네 거문고나 한 가락 아뢰라."

하고 김충을 향하여,

"변변치 못한 거문고건마는 제가 늙은 아비를 위로한다고 애써 배우는 것이니 들어보라."

한다.

김충은 눈물 머금은 눈을 들어 계영을 보았다. 시녀가 가져온 거문고를 무릎 위에 놓은 계영의 자태는 이 세상 사람들과는 같지 아니하다. 불국사에서 계영을 볼 때엔 '석굴암 부처님'이라고 생각하였으나, 이제 보건대 마음에 슬픔만 가득히 찬 사람과 같았다. 그것이 더 아름다웠다.

계영은 옥으로 깎은 듯한 손가락으로 줄을 고른다. 계영이 타는 곡조 중에는 〈귀남교(歸南郊)〉라는 것이 있었다.

갈까나 갈까나
남교로 갈까나.
이 몸이 늙었거든
머물다 무삼 하리.
세상을 하직하고
남교로 돌아갈까나.
남교가 어드메냐
구름 밑에 밭이로다.
남교의 거친 밭을
소 몰아갈까나.
봄바람 불어오니
만물이 즐기거든,
수심 둔 마음이매
즐길 줄 모르는다.
왕사(王事)를 못 잊으니
봄바람도 시름인저.
언덕에 외로이 앉아
슬픈 노래 부르더라.

이것은 시중 유렴이 손수 지어 계영을 시켜 거문고에 올린 것이다. 계영은 아버지의 뜻을 아는지라, 이 노래를 읊을 때에 아버지와 같이 수심하고 같이 슬퍼하였다.

유렴은 계영의 노래를 듣고 나서,

"낙이불음(樂而不淫)하고 애이불상(哀而不傷)하는 것이 군자의 소리 건마는, 맘에 슬픔이 깊으니 자연 상(傷)하는 소리를 내게 되네."
하고 한탄하였다.

석양이 되어 바람이 일어나니 늙은 시중 집 후원에 꽃이 눈같이 날리고, 새들은 꽃 날리는 것을 슬퍼하는 듯이 이 가지에서 저 가지로 어지러이 날며 지저귀었다.

김충은 날이 이미 늦은 것을 말하고 일어나 시중과 부인께 절하고 다시금 계영에게 은근히 예하고 물러나왔다.

계영도 얼굴을 붉히고 인사를 하였다.

집에 돌아온 뒤에도 김충의 눈에는 계영의 모양이 아른거렸다. 무엇을 하여도 손에 붙지 아니하고 남교 곡을 타는 계영의 손만이 생각났다.

그러나 저녁에는 동지들이 모이는 곳에 아니 갈 수가 없었다. 모이는 곳은 모기냇가 어떤 술집, 거기는 아무렇게나 옷을 입은 무리들이 벌써 모여 앉아서 술상을 앞에 놓고 술 파는 계집을 희롱하고 있었다. 그 집은 개천 가로 뒷문이 나고, 뒷문 밖에는 조그마한 배가 늙은 수양버들에 매여 있었다. 개천 가로 향한 창에는 빨갛게 불이 비추이고, 거문고 소리, 북소리, 계집의 가느단 노랫소리며, 술 취한 사내들의 굵은 노랫소리가 흘러나오고, 개천 위에도 등불 켠 놀잇배가 서너 개 가는 물길을 일으키며 물을 따라 흘러 내려가는 것이 보였다.

김충도 행색을 감추느라고 백면서생의 검소한 옷을 입고, 두껍쇠와 함께 작은 배를 저어 늙은 수양버들을 찾아 내려온다. 잔잔한 물에는 사월 보름의 물 먹은 달 그림자가 어른거리고 노 젓는 소리가 연하게 찰찰 들린다.

이 동네는 이름조차 버들골인 청루주사만 있는 장안의 환락향이다. 집집에 미인이 손을 기다리고, 집집에 익은 술이 용수 언저리에 철철 넘는다. 장안의 부호가 자제들은 황혼이 되면 이곳으로 모여들어 먹고 마시고 노래하고 춤추고 삼경이 넘도록 놀다가 놀다가, 지치면 향기 나는 강남 비단 이불에 술 팔던 미녀와 더불어 붉은 꿈을 맺는다. 이 모양으로 오늘은 이 집, 내일은 저 집, 새로운 환락을 따라 헤매는 것이 장안 소년들이 하는 일이다.

김충은 근엄한 집에 자라 이러한 곳에 발을 들여놓기를 꺼렸다. 이삼 년래로 나랏일에도 맘이 떨어지고 세상도 시들하여 친구가 끄는 대로 이곳으로 발을 들여놓기 시작하였다. 술이 취하고 아름다운 계집의 노래를 듣고 앉았으면 모든 시름은 다 스러지는 듯하였다.

그러다가 차차 새로운 일을 깨달았다. 그것은 이곳에 와서 술을 먹고 노는 사람들 중에 범상치 아니한 인물이 있음을 깨달은 것이다. 미친 듯 무심한 듯 술을 마시고 계집을 희롱하건마는, 맘에는 큰 뜻을 품은 자가 적지 아니함을 깨달은 것이다.

김충은 이리하여 이곳에 수십 명 친구를 얻었다. 그중에는 김충과 같이 제일골(第一骨)의 귀족도 있으나 대개는 시골서 올라온 선비나 호반들이었다. 몸에 글이나 칼이나 활의 한 가지 재주를 가지고도 때를 만나지 못하여 비분강개한 마음을 술과 노래로 잊는 무리들이다. 술이 대취하여 담론이 임리(淋漓)할 때에 그들은 간혹 본색을 탄로하여 혹은 강개한 시를 읊으며, 혹은 일어나 칼춤을 추어 천하를 덮을 듯한 기운을 보였다. 그러나 성명을 물을 때에는 대개,

"주도(酒徒)!"

하고 껄껄 웃고, 성명을 말하는 이가 드물었다. 주도라 함은 물론 술꾼이란 뜻이다. 김충도 성명을 바로 말한 일은 없었다.

술 파는 계집들 중에도 일 점 의기가 있어 비록 차림차림은 허술하더라도 의기 있는 남아를 좋아하는 이도 있었다. 그러한 계집의 집에는 그러한 의기 있는 건달이 많이 모여들었다. 지금 김충이 찾아가는 난희(蘭姬)라는 가희(歌姬)도 그러한 계집 중에 하나다. 그 이름이 난희가 된 것도 일길찬 신홍의 난희를 사모한 것이라고 한다. 나이는 아직 이십이 넘지 못하였으나, 예전 난희와 친구로 지냈다는 그의 어미가 원래 글 잘하고 의기 있는 노기(老妓)이기 때문에 그의 딸 되는 난희도 결코 녹록지 아니하였다. 만일 돈푼이나 있는 젖비린내 나는 아이들이 자기를 희롱하려 들면 말이나 노래로 빈정거려 망신을 시켜 돌려보내기가 일쑤였었다. 한번 김술이 난희의 아름다움을 듣고 사람을 보내어 부를 때에 난희는 웃으며,

"김술이 불러? 난희 집 강아지도 사람을 알아본다고 일러라."
하였다고 한다.

김충이 난희를 안 것은 지난해 가을 어떤 건달 친구에게 끌려간 때다. 그 친구는 대야주 사람이요, 기골이 장대하며 글도 잘하고 칼도 잘 쓰는 의기남아다. 성명을 알 수 없으나 목소리가 크다 하여 통칭 쇠북이라 하는 사람이다. 그가 김충과 몇 번 어느 주석에서 만난 뒤에,

"나를 따라오라. 좋은 것을 보이리라."
하고 김충을 난희의 집으로 끌고 와서 김충과 난희를 마주 앉히고,

"이제 재자(才子)와 가인(佳人)이 서로 만났다."
하고 술을 내어 즐겼다.

"영웅이 때를 만나기 어렵고 가인이 재자를 만나기 어려우니 모두 다

천추의 한사(恨事)라. 내 오늘에 양인의 천추 한을 풀었노라."

하고 쇠북은 혼자 좋아하였다.

그때부터 김충은 난희를 알게 되고, 또 쇠북을 더욱 믿고 사랑하게 되었다.

그런 지 얼마 후에 쇠북은,

"때가 오면 다시 만날 날도 있으리라."

하고 어디로 가버리고 말고는 이내 종적이 묘연하였다. 김충은 난희에게 쇠북의 말을 물었으나 난희도 거의 본색을 알지 못하였다. 김충과 난희가 알기 전에 쇠북은 날마다 난희의 집에 와서 술을 마시고 난희의 노래를 듣고는 금 한 덩이를 내어주며,

"받으라. 이것으로 의기남아가 오거든 술대접이나 하라."

하는 것이 예사였다고 한다.

쇠북의 종적이 묘연하게 된 뒤에도 쇠북은 항상 이 버들골의 이야깃거리가 되었다. 김충은 그가 비범한 사람인 줄을 알거니와 그의 종적을 찾을 길이 없었다.

김충의 배는 난희 집 앞 수양버들 밑에 닿았다. 달빛에 버들은 안개를 머금은 듯하였다.

김충이 오는 것을 보고 방에 벌여 앉았던 사람들은,

"어찌 늦은고?"

하고 앉기도 전에 술잔을 권하였다. 난희도 반기는 듯이 김충을 맞았다.

모두 다 취흥이 도도한 모양이나, 김충은 전과 같이 흥이 나지 아니하였다. 오늘 시중 유렴 집을 다녀온 후로는 모든 것이 다 변한 듯하여 이 자리에 앉았을 생각도 없는 듯하였다.

여러 친구들은 김충에게 억지로 술을 권하였다. 김충도 용렬하게 권하는 술을 사양할 사람은 아니라 권하는 대로 받아먹기는 하나 흥은 나지 아니하였다.

이 눈치를 먼저 알아차린 것은 말할 것도 없이 난희다. 사랑의 눈은 살을 꿰뚫어본다.

"어디 편치 아니하시오?"

하고 참다못하여 난희가 김충을 보고 물었다. 그 눈에는 아끼는 빛과 근심하는 빛이 찼다.

"때 못 만난 대장부가 맘이 편한 날이 있으랴. 맘이 편치 못하거니 몸인들 편하랴."

하고 김충은 한숨을 쉬었다.

이 말에 떠들던 사람들도 잠잠하고 김충을 바라보았다. 과연 김충의 얼굴에는 무슨 근심하는 빛이 있었다.

이곳에 모인 사람들은 다 김충이 누구인 줄을 알 만한 극히 가까운 친구요 동지들이다. 말하자면 지나간 삼 년 동안 버들골에서 골라 사귄 인물들이다.

'김성을 없이하자.'

'한번 천하의 의사와 호걸을 모아 회천의 웅도를 세워보자.'

하는 뜻을 같이하는 사람들이다. 모두 천하의 의기남아로 자처하여 목숨을 보기를 터럭같이 안다는 무리들이다. 그중에서 김충은 두목이다.

김충의 칼 쓰는 재주나 변재(辯才)로도 두목이 될 만하거니와, 또한 그의 지위와 재산으로도 두목이 된 것이다. 이 무리들은 대개는 집을 버렸거나 애초에 집이 없거나 또는 무슨 죄를 저지르고 세상에 숨어 다니거나, 그렇지 아니하면 불사가인생업(不思家人生業)하는 무리들이다. 그러므로 그들을 먹이고 입히는 이는 김충이다. 그렇다고 그들이 누구에게 고개를 숙일 작자들도 아니요, 당장 의식(衣食)과 술을 얻어먹고 있는 김충에게라도 고개를 숙일 위인들은 아니다. 오직 그들을 휘일 수 있는 것은 의리뿐이었다. 그러므로 김충이 어떠한 귀족인 줄을 안 뒤에도 그들은 너, 나 하고 말과 대우를 고치지 아니하였다.

고울부 사람으로 장군 능문을 베러다가 하마터면 죽을 것을 옥(獄)을 깨뜨리고 도망한 정보(廷輔)라는 사람이 김충을 보며,

"웬일이야? 김술이 놈이 자네 집을 치려고 한다더니 무슨 일이 생기는 모양인가? 그걸랑 염려 마소. 내 있거니 그까짓 김술이 놈의 오합지졸을 두려워하랴. 자, 술이나 마시소. 에라, 난희야, 술 쳐라."

하고 제 무릎을 툭 친다.

김충은 넘치는 술잔을 받아 반쯤 마시고 술상 위에 놓으며,

"여보소, 이 사람들아. 내 오늘 시중 유람을 뵈었거니와 진실로 국가의 명운이 경각에 달렸은즉, 우리가 이렇게 술이나 마시고 노닐 때가 아닐세. 내일 북으로 왕건이 들어오는지도 모르고, 모레 서로 견훤이 엄살(掩殺)하는지 모르거든, 조정에는 이것을 막으려 하는 충신이 없고 오히려 도적을 끌어들이려 하는 적신이 찼으니 이 일을 장차 어찌하랴. 우리가 진실로 회천의 웅도를 둔다 할진대 이러고 있을 때가 아니로세. 내 오늘 시중 유람을 뵈오니, 시중은 국가의 명운이 다한 뜻을 말하고 천 년 종사를 버틸 인걸이 없음을 한탄하였으니 내 스스로 등에 찬땀이 흘렀네. 김술이 비록 내 집을 불사르기로 그것을 두려워할 내 아니건마는, 국가의 흥망이 경각에 달렸거든 아모 일도 하는 바 없으니 살아서 하늘을 바

라볼 낯이 없고 죽어서 선조를 어찌 대할까. 우리 무리 이미 뜻이 같고 또 사귄 지 오래거니와, 아직 술벗이라 의로써 서로 맺지 못하였으니 왕사를 위하여 사생을 같이하기로 오늘 밤에 맹세를 하지 아니하려는가? 내 이제 왕건과 견훤을 물리치기까지 다시 이 술잔을 아니 잡기로 이 잔은 깨뜨리노라."

하고 옥잔을 들어 소반 위에 던지니 잔이 부서지어 조각조각이 사방으로 튄다.

갑자기 방 안에는 살기가 등등하고 사람들의 얼굴에는 엄숙한 기운이 돈다. 김충이 술잔을 깨뜨리는 것을 보고 다른 사람들도,

"그대와 사생을 같이하리라."

"천하가 다시 태평하거든 태평연에서 다시 잡기까지 술잔을 잡지 아니하리라."

"왕건의 피를 마시기 전에 다시 술을 마시지 아니하리라."

"견훤의 피를 마시기 전에는 다시 술을 마심이 없으리라."

하고 각각 앞에 놓인 술잔을 깨뜨렸다.

그것을 보고 김충은,

"그대들은 오늘 밤으로 각각 떠나 천하에 두루 다니며 의사와 호걸을 모으라. 나라에 큰일이 임박하였으니 시각을 지체할 수가 없다. 큰일이 반드시 가을이 지나기 전엔 오리라."

하였다. 이것은 김충이 유렴 시중의 집에서 돌아오는 길에 "김성이 진호를 죽이려 자객을 고려로 보내었다." 하는 말을 들은 까닭이다.

사람들은 한참 잠잠하였다.

김충은 다시,

"그대들은 가려는가?"

하고 재촉하였다.

"가리라!"

하고 사람들은 허락하였다.

이리하여 삼십 명 호걸들은 천하의 의사와 호걸을 모으려고 사방으로 흩어지어버렸다.

김충은 사람들이 모두 나간 뒤에,

"난희야, 너는 다시 나를 보려고 생각지 말아라. 좋은 장부에게 시집가 잘 살라."

하고 견대(肩帶)에 남은 금은을 쏟아주고 일어나려 하였다.

난희는 김충의 소매를 붙들며,

"국사라 하옵시니 첩이 막지 아니하리다. 그러하오나 첩의 몸은 이미 마마께 바치었거든 다른 사람에게 갈 리는 만무하옵니다. 몸이 비록 마마를 따르지 못하더라도 첩의 일편단심은 마마를 따르는 줄 아옵소서."

하고 느껴 울었다.

김충이 이 결심을 한 것은 물론 오랜 일이다. 오늘 이곳에 동지를 모은 것은 이러한 일을 의논하려 한 것이거니와 유렴 집에 갔던 것이 이렇게 급격한 처결을 하는 동기를 주었다.

시중 유렴의 말도 말이려니와 계영의 아름다움에 마음이 끌려 거의 모든 것을 잊어버릴 만한 것을 보고, 집에 돌아와서 눈에 계영의 모양만 아른거림을 볼 때에,

"대장부의 뜻이 이로 하여 꺾이리로다."

하고 분연히 일어난 것이다. 그러나 다정한 젊은 김충은 사랑하는 난희

가 울고 매어달리는 것을 볼 때에는 창자가 끊어지는 생각이 아니 나지 못하였다. 김충은 다시 앉아 난희의 손을 잡고,

"진실로 네가 아름답다. 얼굴보다도 맘이 더욱 아름다운 줄을 내가 아노라. 그러나 나는 큰일에 몸을 바친 사람이라 인정을 돌아보지 못하리라. 난희야, 잘 있으라. 난희야, 부디 잘 있으라."

하고 나와버렸다.

김충은 이로부터 가슴속에 움 돋는 사랑을 죽여버리기로 결심하였다. 계영도 생각지 말자, 난희도 생각지 말자 하였다. 의리는 큰 것이요. 사랑은 설운 것이었다.

과연 며칠 아니 되어 진호가 갑자기 죽었다는 소문이 왔다.

"진호가 죽었다?"

하고 이 소문을 들은 사람들은 모두 큰일이 날 것을 짐작하였다. 진호는 견훤의 사위다. 진호가 죽으면 견훤은 반드시 가만히 있지 아니할 것이다.

게다가 진호가 죽은 것은 병으로 죽은 것이 아니라 신라에서 온 사람과 술을 같이 먹고는 그날 밤으로 죽었다는 소문이 돌았다. 이 소문은 참이다. 왕건은 진호를 친조카 모양으로 대우하였다. 그에게 좋은 집을 주고 많은 비복을 주고 무시로 궁중에 들어오기까지 허하였다. 왕건은 진호를 후대하는 것이 견훤을 누르는 수단인 줄을 잘 안 까닭이다. 그러나 진호가 갑자기 죽으니 견훤은 왕건을 원망하지 아니할 수 없었다. 왕건은 진호의 시체를 왕자의 예로 실어 견훤에게 보내고 깊이 슬퍼하는 뜻을 표하였으나, 견훤은 왕건을 원망하여 왕건이 보낸 볼모 왕신을 종로에서 효수하여 그 목을 젓 담아 왕건에게로 보내었다.

포석정

진호가 죽은 것을 견훤은 크게 노하여 곧 아들 금강(金剛)에게 군사 일만을 주어 곰의나루[熊津]까지 치게 하였다. 곰의나루는 본래 신라 땅이던 것이 연전에 고려로 가 붙은 것이다. 금강이 곰의나루를 들이칠 때에 거기 있던 고려 군사와 관인을 모조리 죽일새 그중에 신라 왕이 고려 왕에게 보내는 사신을 붙드니, 그는 고려로 가는 길에 곰의나루에서 묵던 사람이다. 금강은 사신을 붙들어 몸에 지닌 신라 왕의 국서와 김성의 편지를 빼앗고, 그 국서와 함께 그를 증거로 견훤에게로 압송하였다.

김성의 편지에는,

신라 조정에서 아직도 견훤의 편을 드는 이가 있으니, 그는 곧 시중 유렴과 대아찬 김부다. 더구나 김부의 아들 김충이 불측한 뜻을 품고 감히 고려 왕을 모욕하니 이제 이 세 사람을 없이하여 아주 후환을 끊은 뒤에 대사를 도모하리라.

는 말이 있고, 왕의 국서에는,

甄萱違盟擧兵 天必不祐 若大王奮一鼓之威 甄萱必自破矣.
(견훤이 맹약을 어기고 싸움을 일으키니 하늘이 반드시 돕지 아니할 것이라. 만일 대왕이 한번 북을 치사 위엄을 떨치시면 견훤이 반드시 파하리이다.)

하는 구절이 있었다.

이 국서를 받아본 견훤은 더욱 진노하였다. 그는 잡혀 온 신라 사신을 앞에 꿇리고,

"분명히 너희 왕이 이 글을 보내더냐?"

하고 물었다.

사신은 황겁하여 다만 고개만 숙였다.

견훤은 다시 진호의 죽은 데 대하여 사신에게 물었다. 처음에는 대답하지 아니하였으나, 혁편으로 등을 갈기고 둥근 몽둥이로 주리를 틀어 몸에 유혈이 낭자하게 하고 까무러뜨리기를 여러 번 하다가, 마침내 김성이 자객을 보내어 진호를 죽인 뜻을 바로 말하였다. 이 말을 들을 때에 견훤은 북받치어 오르는 분노에 전신을 부르르 떨었다.

견훤은 사신을 아직 죽이지 말고 옥에 내려 가두라 하고, 아들 신검(神劍), 용검(龍劍)과 문무 제신을 불러 신라 왕의 국서와 김성의 편지를 보이고,

"신라 왕의 죄악이 관영하여 옛날의 맹세를 저버리고 자객을 보내어 짐의 부마 진호를 죽이고, 이제 또 왕건을 달래어 짐을 범하게 하니 진실로 불공대천지수(不共戴天之讎)라. 짐이 이제 전군을 들어 먼저 신라를 치어 무신무도(無信無道)한 왕을 내 칼로 버히고, 그런 후에 오랑캐 왕건을 잡은 후 칼을 평양의 다락에 걸고 말을 패강의 물에 먹이기를 맹세하노니 경들은 짐의 뜻을 법받아 충용을 다하라."

하였다.

백관은 일제히 절하여 왕의 뜻을 좇기를 맹세하고, 곧 온 나라에 있는 군사를 몰아 신라를 엄살하되 감히 반항하는 자여든 일호 사정 두지 말고 죽이라 하고, 또 수군을 동해로 돌려 동편의 빈 틈을 타 고울부를 지나 바

432

로 서울을 엄살할 것을 명하고,

"서울에 들거든 거기 있는 금은보화와 젊은 여자는 취하는 자에게 주
리라."

하였다.

그런 뒤에 견훤은 이전 신라의 고울부 장군이던 양문을 불러 고울부에
서 서울에 들어갈 길을 묻고 거기 앞길을 인도하기를 명하였다.

양문은 왕건에게 돌아가 붙으려다가 왕건이,

"고울부는 서울에 핍근한 곳이니 아직 물러가 있으라."

고 물리침을 당하고, 일변 창피하고 일변 왕건을 원망하여 견훤에게 돌
아와 붙으려 하다가 쇠북 기타 여러 호걸에게 여러 번 죽을 변을 당하고,
마침내 김성에게 쫓기어 견훤의 밑에 와 분풀이할 기회를 기다리던 터이
라, 견훤의 말에 응성하여,

"신이 십 년을 고울부에 있었사오니 고울부에서 서울로 가는 길은 대
로, 소로를 말할 것 없이 손바닥에 꿰어 들었사오며, 신이 대왕의 하늘
같은 성은을 입사옵다가 이제 중하게 쓰심을 받사오니 비록 재조 없사오
나 충성을 다하여 견마지로를 사양치 아니하리라."

하였다.

견훤의 전략은 이러하였다. 곰의나루를 점령한 금강의 군사로 고려를
겨냥하여 신라와 고려와의 교통을 끊고, 숯고개〔炭峴〕를 중심으로 한 신
라의 서부 국경을 침략하여 신라 군사의 힘을 그리로 집중케 한 뒤에, 동
해 변이 빈 틈을 타서 해로로 고울부에 상륙하여 대번에 서울을 들이치
자는 것이다. 그래서 금강이 거느린 북부 군사와 신검이 거느린 신라 서
편 국경 군사더러는 깊이 신라의 내부에는 들어가지 말고 일진일퇴하면

서 신라 군사를 끌어내기에만 힘을 쓰고, 마침 가을이니 들에 익은 곡식을 베어 신라에 양식이 끊어지게 하기로 하고, 견훤은 몸소 일만의 정병을 끌고 영산강을 흘러내려 동해로 가마메[釜山]를 지나 고울부에 오르기로 하였다.

이때에 신라에서는 견훤의 군사가 서편 국경으로 구석구석이 뚫고 들어와 일변 들에 익은 곡식을 베어 가고 일변 젊은 부녀와 장정을 사로잡아 가고, 골과 마을에 불을 놓고 설레는 것을 보고 창황망조(蒼黃罔措)하여 전국에 남아 있는 군사에게 녹슨 무기를 주어 서편 국경을 지키기에 힘을 쓰며 거의 날마다 사신을 고려로 보내어 구원하는 군사를 속히 보내기를 왕건에게 청하였으나, 더러는 금강의 군사에게 붙들리고 더러는 동쪽으로 돌아 무사히 고려에 갔으나 왕건은,

吾非畏萱 俟惡盈而自疆耳.

(내가 견훤을 두려워함이 아니나, 견훤이 죄악관영하여 스스로 거꾸러지기를 기다리노라.)

하는 말로 신라의 청에 움직이지 아니하였다.

이에 김성은 최후의 결심으로 시중 유렴과 대아찬 김부와 그 아버지 늙은 효종과 그 아들 김충과 평소에 왕건을 좋지 않게 생각하는 무리를 잡아 가두고, 그 뜻을 왕건에게 말하여 왕건의 호의를 사기로 하였다.

이때에 김충은 이런 일이 있을 줄을 미리 짐작하고 은밀히 각처로 사람을 보내어 전국에 흩어진 동지를 모아 이 기회에 김성의 힘을 꺾어버리기를 꾀하였다.

김성도 김충을 꺼려 정면으로 충돌하기를 피하였다. 염탐하는 자의 말을 듣건대, 김충의 무리는 그 수효를 알 수 없고 서울뿐 아니라 전국 각처에 널려 있으며, 또 이번에 견훤의 군사를 끌어들인 것도 김충의 계책이라 하고, 김부는 왕위를 엿보아 김충을 시켜 그리함이라고 하였다.

이에 김성은 왕께 이러한 말을 아뢰고, 만일 이 무리를 진작 없애지 아니하면 고려의 후환을 받을 근심이 있을뿐더러 난시를 타서 무슨 불측한 일을 할는지 모른다 하였다.

왕은 효종과 유렴을 믿고, 또 비록 어린 사람이나 김충을 믿고 사랑하였다. 그러므로 그들이 역모를 하리라고는 생각지 아니하였으나, 워낙 맘이 약한 왕은 김성의 말을 아니라고 물리칠 수도 없어,

"국사를 의론할 일이 있으니 효종과 김부와 김충과 유렴을 부르라. 짐이 몸소 말하여보리라."

하였다.

김성은 왕의 이 말을 다행하게 여겨 곧 칙사를 보내어 효종과 유렴에게 소명을 전하였다.

그때는 벌써 날이 이미 늦었었다. 효종은 계하에 내려 칙사를 맞고 곧 아들과 손자를 불렀다.

"위로서 곧 들라 하오시니 차비하여라."

하고 효종은 곧 입궐할 차비를 명하였다. 김부도 왕명과 부명을 거스르지 못하여 맘에는 다소간 꺼림이 있건마는 입궐 차비를 명하였다.

오직 김충이 나서서 조부의 앞에 읍하고,

"이 부르심이 반드시 김성의 흉계인 듯하오니 깊이 생각하시옵소서."

하고 아뢰었다.

"위로서 부르시거든 무슨 생각을 하리. 차비하여라."

하고 효종은 김충의 말을 들으려 하지 않았다.

효종이 아니 듣는 것을 보고도 김충은 한 번 더 조부의 앞에 읍하고,

"이렇게 날이 이미 늦었거늘 소명을 내리심은 반드시 무슨 좋지 못한 연유가 있는 듯하오니, 아직 칭병(稱病)하시옵고 하회를 기다리심이 좋을 듯하옵니다. 만일 지금 들어가시다가 김성의 술책에 빠지시면 무슨 변이 있을까 두려워하옵니다. 지금 김성이 우리 집과 시중 유렴의 집을 없이하여 왕건의 환심을 사기에 급급하오니 깊이 생각하시옵소서."

하고 간곡히 아뢰었다.

그러나 효종은 급급히 조복을 갈아입으며,

"임금이 부르시거든 두말이 없는 법이니라. 네 이름으로 '충성 충' 자를 준 것은 충신이 되라 함이니 충신의 몸은 임금께 바친 것이라, 죽이시고 살리심이 오직 임금께 달렸나니라. 어서 차비하라!"

하고 엄명하였다.

김충은 하릴없이 자기 방에 물러나와 두껍쇠를 불러,

"내 지금 입궐하거니와 아마 집에 돌아오기 어려우리니 집일을 네게 맡기노라. 또 이 길로 유렴 시중 댁에 달려가 무슨 일이 있는가 알아보고, 만일 김술이 그 집을 범하거든 네가 알아 막고, 만일 유렴 시중도 집에 못 돌아오거든 계영 아기를 도와 무슨 일이 없도록 하라."

하고 곧 동지들에게 보내는 편지를 써,

"만일 정보나리 오시거든 이것을 드리라."

하여 분부하고, 조복을 갈아입고 안으로 들어가 어머니에게 하직하는 인사를 하였다.

"지금 입궐하오면 십상팔구는 다시 집에 돌아오지 못할 듯하오니 만사를 두껍쇠가 여쭙는 대로 하시되, 만일 어디로 몸을 피하시게 되옵거든 유렴 시중의 딸 계영 아기도 데리고 가시옵소서. 유렴 시중도 아마 오늘 입궐할 듯하옵고 입궐하오면 다시 나오지 못할 듯하오니, 그리되오면 김술은 상필 계영 아기를 엄습하올 것인즉 충신의 외로운 딸을 어머니께서 돌아보아주시옵소서."

하였다.

어머니 백화(白華) 부인은 아들의 말을 듣고 놀랐다. 그러나 우는 낯에 씩씩한 기운을 띠고,

"고래로 속아 죽은 충신이 몇몇인고. 충신은 속되 속이지 아니하느니라. 충신은 임금을 믿고 사람을 믿나니, 임금의 부르심에 의심을 가지는 것은 충신답지 아니한 일이니라. 위로 나라에 큰일이 있어 부르시니 가라. 충신은 집을 잊나니 집을 걱정하지 마라. 계영 아기는 네 부탁대로 하려니와 충신의 딸이 제 몸을 지킬 줄 모르랴. 뫼시고 다녀오라."

하고 울음을 참으려고 입을 꼭 다물고 눈을 감는다. 백화 부인의 감는 눈에서 눈물 방울이 흘러나온다.

김충도 소매로 눈물을 씻고 차마 어머니의 낯을 바라보지 못하였다. 어머니는 불쌍하신 이다. 자기를 낳은 뒤로는 몸에 병이 생겨 다시 생산을 못 하였고, 아버지 김부는 색을 좋아하여 많은 첩을 들이고 내었다. 그리하되 백화 부인은 일찍이 남편 김부를 원망하는 말이 없을뿐더러 원망하는 빛도 보이지 아니하고 다만 방에 외로이 앉아 염불로 세월을 보내었다.

"어서 가라!"

하고 백화 부인은 고개를 숙이고 차마 일어나지 못하는 아들을 향하여 높은 소리로,

"대장부, 무슨 눈물인고."

하고 책망하였다.

김충은 일어나 백화 부인께 절하고 물러나왔다.

효종과 김부와 김충이 수레 셋에 갈라 타고 입궐할 때에는 벌써 해가 서악을 넘고 싸늘한 늦은 가을바람이 불어왔다. 시중 댁 대문 밖에는 많은 비복들이 까닭은 모르나 상전 댁에 무슨 길하지 못한 일이 있는 듯하여 수레가 아니 보일 때까지 바라보고, 수레가 아니 보이게 된 뒤에도 문 밖에 서서 서로 바라보고 언짢은 빛을 보였다.

두껍쇠가 김충의 명령대로 유렴 시중 집에 갔을 때에는 벌써 밤이 들었었다. 남교 조그마한 촌락에는 등잔불이 반작거릴 뿐이요 죽은 듯이 고요한데, 두껍쇠의 말발굽 소리에 놀란 개들만 대문 구멍으로 머리를 내어밀고 콩콩 짖는다.

"별일은 없는 모양이로군."

하고 두껍쇠는 안심한 듯이 혼자 중얼거리며 말에서 내려 말을 길가 나무에 매고 곧 동네 맨 뒤 끝에 있는 시중 집으로 향하였다. 대문 밖에는 시중 집 하인 사오 인이 댓돌에 걸터앉아 무슨 이야기를 하고 있다가 두껍쇠가 오는 것을 보고 모두 일어나며,

"어허, 두껍쇠 아닌가? 나는 누구라고."

하고 반가워한다. 그들은 얼마 전 두껍쇠 덕에 한밥 잘 얻어먹은 것을 잊지 못하는 까닭이다.

두껍쇠는 그 말에는 대답도 아니 하고,

"대감마마 계신가?"

하고 물었다.

"대감마마 입궐하신 줄 모르는가? 위로서 듭시라 하시와 저녁 진지도 반만 잡수시고 들어가시었다네."

하고 한 하인이 말하면 다른 하인 하나가,

"아따, 우리 대감마마 아마 상대등이나 서불한으로 들어가시나 보데. 그리기나 하길래 이 밤에 입시하라 아니 하시겠나?"

하고 또 다른 하인 하나가,

"그야말로 우리 댁 대감마마 상대등만 되시오면 우리네도 한번 흥청거릴 게라. 그놈들 김성 서불한 집 구종(驅從) 놈들 다 목이 하늘 높은 줄을 알려야."

하고 팔을 뽐내고 좋아라고 웃는다.

두껍쇠는 이 하인들이 영문도 모르고 기뻐하는 것이 기가 막히나 그런 눈치는 보이지도 아니하고,

"아! 이 사람들아, 안에 들어가서 마님께와 아기씨께 두껍쇠가 우리 댁 나리마님 전갈 받아가지고 왔습니다 아뢰소."

하였다.

"응 전갈이야? 임자네 댁 나리마님이 우리 댁 아기씨에게 정신이 다 빠졌나 보데. 작히나 좋을까. 우리 댁 아기씨 시집만 가시면 우리네도 한 밥 먹는 판이로고나."

하고 어슬렁어슬렁 안으로 뛰어 들어간다.

"그런데 대관절 웬일이야. 들어가신 지가 벌써 보리밥 세 솥 지을 때는 되었는데, 어찌하여 아직 아모 소식이 없을까?"

하고 늙은 하인 하나가 유렴 시중을 위하여 근심하는 모양이다.

"아따, 글랑 걱정 마소. 하늘이 아시는 우리 댁 대감마마시라 설마 무슨 일 있을라고."

하고 다른 하인이 말을 막는다.

처음 말하던 늙은 하인이 길게 한숨을 쉬며,

"무사만 하였으면 작히나 좋겠나마는 통쇠 놈의 말도 있는데. 김성서 불한이 우리 댁 대감마마를 얼마나 무서워하는지 아나……."

하고 발자취를 엿듣는 듯이 앞길을 향하고 귀를 기울이다가,

"아직도 안 돌아오는걸. 마님께서 곰바위 놈더러 무사히 입궐하신 여부를 알고는 곧 오라 하시었거든."

하고 염려를 놓지 못하는 모양이다. 통쇠란 것은 서불한 집 작은사랑 하인으로 김술의 심복이다. 그놈이 어느 주석(酒席)에서 유렴 집 하인들과 말다툼을 하다가,

"어 이놈들, 며칠만 기다려보아라!"

하고 무슨 뜻이 있는 듯이 장담한 일이 있다. 통쇠는 계영 아기의 시비 시월에게 맘을 두고 유렴 집 하인들을 만나기만 하면 시월이로 하여 말다툼을 하고 이따금 때리고 차고 하기도 하던 터이다.

그래도 두껍쇠는 아무 말도 아니 하고 안에 들어갔던 하인이 돌아 나오기만 기다리고 별이 총총한 하늘만 바라보고 있었다. 하인들은 유렴 시중이 서불한이 되느니 상대등이 되느니, 그리만 되면 어느 집 어느 놈에게는 어떠한 앙갚음을 하고 통쇠 놈은 어떤 모양으로 흠씬 때려주고, 그리만 되면 버들골에를 가더라도 당할 놈이 없을 것을 떠들고 웃는다.

이윽고 두껍쇠는 안으로 불려 들어갔다. 부인과 계영 아기는 불의에

시중이 소명을 받은 것을 보고 맘이 놓이지 아니하여 회보 돌아오기만 기다리고 있던 차에, 두껍쇠가 왔단 말을 듣고 무슨 일인지는 모르나 흉한 소문이 있는 듯하여 가슴이 두근거렸다. 두껍쇠는 대청 앞에 가서 허리를 굽혀 문안을 사뢰고, 김충이 자기를 보내더란 말과, 효종 시중과 김부 대아찬과 김충 대나마도 급거히 부르심을 받아 입궐하였던 말과, 김충 대나마가 들어갈 때에 다시 돌아오기 어려움을 말하고, 이것은 필시 김성 서불한의 조작이니 유렴 시중도 입궐하였을 듯한즉, 유렴 시중 댁에 무슨 일이 있든지 두껍쇠더러 받들어드리라고 하더란 말을 전하였다.

두껍쇠의 말을 한마디 한마디 들을 때마다 시중 부인과 계영 아기는 가슴이 두근거렸다. 만일 유렴 시중이 진실로 김성의 손에 붙들렸다 하면, 아들도 없는 모녀가 어떻게 세상을 살아갈까. 더구나 김술의 야료를 어떻게 견디어낼까.

김성은 세 번이나 시중 유렴에게 계영 아기와 김술과 혼인하기를 청하였다. 첫 번과 둘째 번은 계영이 아직 나이 어린 것과 슬하에 딸 하나밖에 없으니 아직 내어놓을 수 없다는 뜻으로 사절하였으나, 셋째 번에 김술이 또 사람을 보내어, 만일 허혼(許婚)을 하면 이어니와 그렇지 아니하면 후환을 면치 못하리라는 위협을 할 때에 유렴 시중은 노발이 지관(指冠)하며,

"유렴의 눈이 감기기 전에 딸을 김성의 자식에게는 주지 않으리라고 일러라."

하고 소리를 쳐 돌려보내었다.

그러한 지 사흘 만에 오늘 일이 있는 것을 생각하매 시중 부인은 더욱 근심이 되었다.

"내가 무에라더냐. 아예 허혼을 하였더면 좋을 것을 너무도 고집하시다가 이 변을 당하는구나."

하고 계영 아기를 돌아보았다. 시중 부인은 시중을 보고 누누이 김성의 청혼을 허하기를 주장하였다. 부인의 생각에는 일국의 정권을 손에 쥐고 흔드는 김성 집과 싸우는 것이 이롭지 못함을 아는 까닭에 그 집과 인척 관계를 지어 일가의 안전을 도모하는 것이 득책이라고 생각한 것이다. 그러나 시중은 부인의 말에는 귀를 기울이지 아니하였다.

"유렴이 죽을지언정 내 혈육을 김성의 자식에게 주어 누명(縷命)을 천재(千載) 후에 끼치지 아니하리라."

하고 고집하였던 것이다.

부인은 계영을 향하여,

"아가, 김성 서불한이 만일 네 혼인 거절한 것을 원혐으로 여길진대 필시 내일이라도 다시 말이 있을 듯싶으니, 그때에는 내가 너를 허락하리라."

하였다.

계영은 이윽히 묵묵하다가,

"나는 죽을지언정 김성의 집에 몸을 허하기를 원치 아니하옵거니와, 만일 내가 김성 집에 허혼하여 아버지를 벗어나시게 한다 하면 어머님 마음대로 하시옵소서."

하고 울었다.

이때에 후원에서 까마귀 우는 소리가 서너 소리 들린다. 부인은 까마귀 소리에 귀를 기울이며,

"이 아닌 밤 까마귀고?"

하고 얼굴을 찌푸렸다. 대청 정면에 놓인 커다란 옥등잔 가에 가을 벌레들이 모여든다.

계영은 두껍쇠를 보고,

"김충 대나마께 뵈올 도리가 있을까?"

두껍쇠는 허리를 굽히며,

"만일 아가씨께서 보내실 말씀이 있사옵거든 소인이 아모리 하여서라도 전하겠습니다."

하였다.

계영은 한참 주저하다가,

"계영은 시중 유렴의 딸입니다고 여쭈어라. 그 말밖에 무슨 말을 전하랴."

하고 다시 고개를 돌려 눈물을 감춘다. 두껍쇠는 이 말 한마디에 계영의 뜻을 알았다.

"소인이 무엇을 알리까마는 무슨 어려운 일이 있사옵거든 불러주시오면 견마지역을 사양치 아니하겠나이다."

하고 다시 부인과 계영 아기에게 절하고 물러나오려 하였다.

부인은 계영의 말이 마땅치 못한 듯이,

"응, 응."

하고 방으로 들어가버린다.

그때에 계영이 나가려는 두껍쇠를 다시 불러 왼손 무명지에 꼈던 남산옥(南山玉) 가락지를 빼어 조그마한 합에 넣어주며,

"이것을 대나마께 드리라. 생전에 다시 뵈옵지 못하더라도 이것이 내 뜻이라고 사뢰라."

하였다.

두껍쇠가 물러나간 뒤에 계영은 홀로 기둥에 기대어 섰다. 하얀 달이 벌써 수풀 위로 올라오는 것이 보이고, 동산 벌레 소리는 달빛을 맞아 더욱 요란한 듯하였다.

계영은 아버지의 말을 생각하였다. 김충은 충의의 정신이 미우에 가득하고 재화도 찬란하나 영웅의 번화한 기상이 없으니 반드시 망명의 신세가 되리라고. 시중은 이 연유로 사랑하는 딸 계영을 김충에게 허락하기를 주저하였다. 그러나 계영은 이렇게 아버지께 사뢰었다.

"번화한 영웅 기상보다도 충의 정신이 여아의 원하는 바로소이다."

그때에 시중은 눈을 들어 계영을 보고 말없이 한숨을 쉬었다. 그것은 시중이 보기에 자기의 딸의 얼굴에도 번화한 기상이 적고 지나치게 맑은 기운이 있는 것을 본 까닭이다. '인연이라 하면 어찌하랴.' 하고 단념하여버린 것이다. 늙은 시중의 눈에는 딸의 장래가 여러 가지로 비추이는 것이다. 맘 같아서는 사랑하는 외딸을 번화한 영웅의 짝을 지어 일생을 즐겁게 영화롭게 살아가게 하고 싶거니와, 세상이 말세를 당하니 충의지사는 모두 불우의 처지에 있는 세상에, 들날리는 사람은 모두 김률, 김술 따위다. 내 딸을 누구에게 의탁하게 할까, 이것이 아버지로서의 늙은 시중의 나라를 근심하는 여가에 쉴 새 없는 근심이었다.

두껍쇠는 계영 아기의 전하는 말과 가락지를 받아가지고 집일이 걱정이 되어 대문을 뛰어나와 길가 나무에 매었던 말을 끌러 타고 채찍을 들어 서울로 향하고 몰았다. 주인의 일이 급한지라, 시비 시월도 잠깐 지나가는 낯을 보았을 뿐이요 말 한마디 붙여보지 못하였다.

두껍쇠가 달 아래 말을 몰아 포석정 앞에 다다랐을 때에 앞에서 일대

인마가 휘몰아오는 소리가 들렸다. '이 밤중에 어떤 인마가 이리로 갈까. 옳다, 김술이 시중이 없는 틈을 타서 계영 아기를 데리러 가는 것이다.' 하고 두껍쇠는 말머리를 돌려 포석정 수풀 속에 몸을 숨기고 가만히 엿보았다.

이윽고 말 탄 사람 이십여 명이 바람같이 앞으로 지나가고, 그 뒤에는 발 늘인 수레가 따라간다. 이것은 분명히 계영 아기를 담아 가려는 것이다.

두껍쇠는,

"웅, 이놈이."

하고 주먹을 부르쥐고 입을 다물었다. 풀 잎사귀를 뜯고 있는 말머리를 들어 인마의 뒤를 따라나섰다.

이때에 시중의 집에서는 궐내에서 아무 소식이 없는 것을 궁금히 여겨 사람을 서울로 보내기로 하였다. 시중 집 사자가 집 앞에서 얼마를 나오지 아니하여 김술이 보낸 인마를 만났다.

"그 누고?"

하고 앞선 사람이 물을 때에, 시중 집 사자는 궐내에서 나오는 사람으로만 알고,

"남교 시중 댁 청지기요."

하였다.

그 말에 앞선 사람은,

"이놈을 묶어라."

하고 호령을 하였다.

대궐로 들어가는 유렴 시중 집 사자를 잔뜩 결박을 지어 말꼬리에 달고, 김술이 보낸 장사패들은 잠들어 고요한 동네로 달려들었다. 개들은

잠을 놀래어서 짖고 백성들도 놀라서 문틈으로 바라보다가 달빛에 번적거리는 칼빛을 보고 문을 닫아걸고 이불 속에 들어박혔다.

"견훤이 온 것이 아닌가?"

하고 방 안에서는 소근거리는 소리가 들렸다.

견훤이라는 생각이 나자 부녀들은 젖먹이를 안고 떨고 부로들은 한숨을 쉬었다. 그러나 말발굽 소리가 시중 집 앞으로 들어간 뒤로는 잠잠한 것을 보고, 백성들은 입시하였던 시중이 돌아 나오신가 하고 맘을 놓았다.

이때에 시중 부인과 계영은 두껍쇠를 돌려보내고 안심이 되지 아니하여 청지기를 서울로 보내고 회보를 기다리던 차에, 대문 밖에서 웅성거리는 소리가 들리므로 분명 시중이 돌아온 줄만 알고 계하에 내려 중문까지 마주 나와 시월을 시켜 문빗장을 열게 하였으나, 기다리던 시중은 아니 들어오고 난데없는 호반 서너 사람이 성큼 뛰어 들어오며 부인께 허리를 굽혀 인사를 한다. 이 모양을 보고 계영은 얼른 몸을 피하여 대청에 올라 몸을 숨겼다.

부인 앞에 허리를 굽힌 호반은 다시 한번 허리를 굽히며,

"소인들은 대장군 김술마마 댁에서 왔사오며, 대장군마마께옵서 이 밤으로 아기씨를 모시어 오라 하옵니다."

하였다.

부인은 깜짝 놀라 한 걸음을 뒤로 물러서서 또렷또렷한 소리로,

"내 집을 어디로 알고 그런 소리를 한단 말이냐? 내 딸이 창녀가 아니거든 밤으로 데려오라 함이 무슨 말이냐? 이봐라, 네 이놈들 다 모조리 끌어내어라."

하고 치를 떨었다.

이 말에 호반들은 껄껄 웃으며,

"시중 유람마마도 높으시려니와 서불한 김성마마를 어찌 당하오리까. 소인네를 끌어내라 하시와도 하늘 아래 소인네들 당할 사람이 나지 아니하였사오니, 시중마마께오서 무사히 댁에 돌아오시기를 바라시옵거든 아기씨를 내어주시옵소서. 우선 서불한 댁으로 모시어 간 뒤에 다시 예를 갖추어 친영 절차를 하옵신다 하옵니다."

하고 부인의 대답도 듣기 전에 중문을 내다보며 깨어진 쇠북 소리 같은 목소리로,

"들으라. 일호 사정 볼 것 없이 아기씨를 내어 모시라. 거행 둔한하면 너희 놈들 목이 없으니 그리 알라."

하였다. 중문 밖에 있던 호반들은 시중 집 지키는 호반과 하인들을 모두 결박 지어놓고 기다리다가 우르르 달려든다.

부인은 대청 보석(步石) 위에 두 팔을 벌리고 서며,

"내 목숨이 붙어 있기까지 아모도 내 딸의 몸에 손을 대지 못하리라. 너희들 돌아가 서불한마마께 아뢰되, 날이 밝기를 기다려 청혼하심이 마땅합니다 하여라."

하였다.

계영은 후원 별당으로 시월을 불러,

"시월아, 나는 이제 죽으리라. 나 죽은 후에 너는 어마마마를 모시라. 내 몸을 김술에게 주어 아바마마를 면하시게 한다 하더라도 아바마마 이를 아시면 반드시 살아 계시지 아니하리라. 이 몸을 개 같은 도적에게 주어 가명(家名)을 더럽게 할진대 차라리 내 한 칼로 내 목숨을 끊어버리리라."

하였다. 계영의 손에는 비수가 들렸다.

시월은 울며 계영의 팔을 붙들었다.

"가벼이 마옵소서. 대감마마 덕이 높으시거든 설마 하늘이 돌아보시지 아니하리까? 때는 늦지 아니하오니 참으시고 가벼이 마옵소서."
하였다.

이때에 김술의 사람들은 부인을 밀어 넘어뜨리고 신 신은 발로 이 방 저 방으로 두루 찾으며 한 떼가 후원으로 뛰어 들어온다.

후원에서 우당탕거리는 소리가 들릴 때에 계영은 자기의 팔에 매어달린 시월을 보고,

"나를 붙들지 마라. 네가 내 몸이 더럽혀지기를 원치 아니하거든 내 팔을 놓아 나로 하여금 깨끗한 혼이 되게 하라."
하였다.

시월은 사람들의 발자취가 점점 가까워지는 것을 보고,

"만류하지 아니하리다. 아기씨 깨끗하신 몸에 더러운 손이 닿지 않게 하리다. 아기씨 돌아가시옵거든 소녀도 그 칼로 뒤를 따르리다."
하고 잡았던 팔을 놓았다. 그리하는 시월의 얼굴에는 차고 맑은 빛이 보이고, 옥등잔 불빛에 눈물에 젖은 두 눈이 푸른 구슬 모양으로 반작거렸다.

계영이 바야흐로 칼을 들어 자결하려 할 때에 밖으로부터,

"이놈들아, 두껍쇠의 몽둥이를 아느냐!"
하고 고함치는 소리가 들렸다. 두껍쇠란 말에 시월은,

"아기씨, 두껍쇠! 두껍쇠!"
하고 창문을 열뜨렸다. 달빛에 두껍쇠의 몽둥이가 번뜻거리는 것이 보이고, 칼을 빼어 든 사람들의 그림자가 이리 쫓기고 저리 쫓기는 양이 보였다.

계영은 그것을 바라보다가 시월의 어깨에 손을 걸고 몸이 쓰러지며,

"고마워라, 고마워라."

하고 기색(氣塞)하여버렸다.

두껍쇠는 삼십 명 김술의 사람을 반이나 때려 엎드러뜨리고 반이나 때려 내어쫓고, 마당에 기절하여 쓰러진 시중 부인을 안아 방에 들여 누이고, 나중에는 후원 별당으로 돌아갔다.

이때에는 계영 아기는 정신없이 드러눕고 시월은,

"아기씨, 아기씨."

하고 계영을 흔들어 깨우려 하였다. 그러다가 두껍쇠가 오는 것을 보고 시월은 너무 억하여 그의 팔에 매어달리며,

"고마워라, 고마워라. 조금만 늦었더면 아기씨는 돌아가셨을 것을!"

하였다.

두껍쇠의 얼굴은 붉고 눈에서는 불길이 일고 숨은 씨근거려 불을 토하는 듯하다. 두껍쇠는 팔에 매어달린 시월의 얼굴을 이윽히 보더니 손을 들어 시월의 뜨거운 뺨을 만지었다.

계영이 정신을 차려 일어나 부인에게로 뛰어갔다. 부인은 계영의 손을 잡고,

"대감이 아니 돌아오시니 우리 모녀는 어찌하면 살까? 오늘 욕은 면하였거니와 내일 일은 어찌할까?"

하고 한탄하였다.

계영은 두껍쇠의 말대로 이 밤으로 효종 시중 댁으로 옮아가기를 권하였다. 거기는 두껍쇠가 있고 또 김충 대나마의 친한 장사가 있으니 아직 화를 면할 것이요, 만일 거기서도 견디기 어렵다 하면 몸을 피하여 어느

절에 들어가 화를 면할 것을 말하였다.

부인은 시중의 고집으로 서불한 집과 혼인하기를 거절하여 이 변을 당한다고 무수히 원망하나, 그래도 이 욕을 당하고는 다시 그 집에 딸을 주어 화친을 빌 도리도 없으니, 아직 두껍쇠에게 몸을 의탁할 길밖에 없다 하여 계영의 말을 좇았다.

그날 밤으로 두껍쇠는 유렴 시중 부인과 계영 아기를 수레에 태우고 떨고 있는 유렴 집 하인들에게 무기를 들어 옹위케 하고, 자기는 말을 타고 수십 보나 앞서서 앞길을 잡았다. 포석정 모퉁이에서와 계림 앞에 두어 번이나 아까 왔던 무리의 습격을 당하였으나 다 싸워 물리치고, 기나긴 늦은 가을밤이 거의 다하여 오경 쇠북이 백만 장안에 울어날 때에 두껍쇠는 유렴 시중 부인과 계영 아기를 모시고 김충 집으로 들어왔다.

김충 집에서도 입궐한 후로 이내 돌아오지 아니하므로 밤새도록 등잔불을 끄지 아니하고 근심하다가 유렴 시중 집 가족을 만나 서로 붙들고 통곡하였다.

고울부에 유진(留陳)한 견훤의 군사가 오늘 들어온다, 내일 들어온다 할 때에 조정에서는 고려로 보낸 청병 사신이 돌아오기만 고대하였다. 김성은 시중 유렴과 효종을 잡아 가두고 그 뜻을 들어 왕건에게 보고하고, 지금 견훤의 군사가 고울부에 유진하여 서울을 엿보니 시각이 급한지라, 이때를 놓치면 후회막급할 것을 누누이 말하고, 만일 이번에 구원병을 보내어 도와주면 그 은혜를 보답하기 위하여 아무러한 일이라도 할 것을 말하였다. 그리고 국보로 내려오는 금과 옥으로 된 왕관과 진평대왕(眞平大王)이 띠시던 금과 옥으로 만든 띠를 예물로 보내었다. 이것은 대대로 나라의 보물로 소중하게 보관하던 것이다. 그것을 왕건에게 보내려고 할 때에 반대하는 사람도 있었으나,

"그러면 고울부에 온 견훤의 군사를 어찌하랴."

하여 그 말은 서지 못하였다.

"나라는 망하였다."

하고 늙은 조신들은 이 말을 듣고 울었다.

그러나 사신을 보낸 지 한 달이나 되도록 회보가 없어 김성은 밤에 잠도 이루지 못하고 거의 하루에 하나씩 새 사람을 뒤따라 보내었다. 나중에는 유렴과 효종의 머리를 보내려고도 하였으나 그것은 구원병이 서울에 들어온 때에 할 것이 도리어 왕건의 맘을 흡족하게 하리라 하였다.

그러다가 동짓달 초하룻날 김률이 돌아왔다. 천신만고로 고려의 구원병을 얻어가지고 왔다고 김성에게 회보하였다. 고려의 구원병은 사흘 안에 서울에 오리라고 말하였다. 그것은 웅진성에 견훤의 군사가 웅거하기 때문에 거기를 피하여 대재로 돌아오는 까닭이라고 한다.

고려에서 구원병이 온다는 말에 조정에서는 비로소 맘이 놓였다. 견훤의 군사가 들어온다고만 하면 피난을 달아날 양으로 경보를 묶어놓고 밤잠도 잘 못 자던 귀족들과 대관들도 적이 안심하였다.

왕도 김률의 공을 장하게 여겨 손수 김률의 손을 잡고,

"나라를 구한 것은 경이로다."

하고 칭찬하였다.

김성은 사람을 놓아 고려의 청병이 일간에 올 터이니 백성들은 염려 말라고 소문을 들리고, 김률이 데리고 온 고려 사신을 위하여 포석정에 큰 잔치를 베풀기로 하였다.

이날에 장안은 큰 잔치라고 야단이 났다. 이 잔치 구경을 한다고 남녀노유는 이른 새벽부터 동짓날 찬바람에 덜덜 떨며 포석정을 향하고 나갔다.

포석정에는 차일이 펄렁거리고 깃발이 날리고, 햇발이 퍼질 때부터 기생과 광대와 음률 잘하는 이, 춤 잘 추는 이, 그림 잘 그리는 이, 익살 잘 피우는 이, 대체 장안에 재주 있는 사람, 아름다운 사람이라고는 모두 포석정으로 모여드는 듯하였다.

그 후 얼마를 지나서 귀족들과 대관들의 수레가 모여들었다. 날은 좀 차나 청명하여 하늘에는 구름 한 점 없고, 바람도 깃발을 겨우 흔들기만 할 뿐이었다.

오정 때나 되어 거둥이 대궐을 떠났다. 연(輦) 앞에는 유량하게 음악이 울고 수없는 깃발이 날고 창검이 번적거렸다. 근년에 와서는 나라에 일이 많으므로 왕이 거둥을 하시더라도 이렇게 굉장한 일은 없었다.

왕의 바로 뒤에 서불한 김성이 따르고, 그 뒤에 고려 사자가 따랐다. 그 뒤에는 귀한 사람들이 따르고 부인들과 아기씨들도 발 드리운 수레를 타고 따랐다.

장안에는 태평이 하늘에서 떨어진 듯하였다. 백성들까지도 오랫동안 찌푸렸던 얼굴에 화색이 돌고 고려의 고마움을 칭송하는 말이 이 입 저 입에서 나왔다.

왕의 연은 첨성대 앞을 지나 계림 앞에서 첨배(瞻拜)하고 탄탄대로 포석정으로 나간다.

"상감마마!"

하는 소리가 나자, 포석정 안에 먼저 모였던 사람들은 동구 밖으로 밀려나왔다. 깃발과 창검이 유난히 멀리서부터 번적거리고 길가에 늘어섰던 백성은 두어 걸음씩 길 아래로 내려서서 엎디었다. 어린 아이들까지도 길 아래 엎디어 눈만 들어 소리 없이 지나가는 왕의 연을 우러러보았다.

왕은 앞뒤에 세 봉오리 있는 금관을 썼는데, 관에 박힌 수없는 옥이 왕의 머리가 흔들리는 대로 번적번적 오색 빛을 낸다. 왕과 왕후의 연은 열 사람씩 여섯 줄로 육십 명이 메고, 뒤에 따른 비빈(妃嬪)과 대관들은 말 매인 수레를 탔는데, 서불한의 수레는 말이 다섯이요, 고려 사신의 수레와 김술의 수레는 말이 셋이요, 그 밖에는 혹은 말이 둘이요, 혹은 말이 하나요, 관등을 따라 말이 다르며 수레의 빛과 제도도 다르고, 부인들이 탄 수레도 남편의 관등을 따라 다르고, 아기들이 탄 수레는 다 외말이요, 늘인 발 빛이 분홍이었다.

왕과 왕후의 연이 포석정 동구에 이를 때에 좌우에 벌여 섰던 사람들은 "상감마마 만세, 만만세."를 몇 번인지 모르게 목을 길게 빼어 불렀다.

왕은 용안에 약간 웃음을 띠고 연에서 내려 꽃 같은 시녀들의 부액을 받아 가만가만히 황토 깐 길로 걸음을 옮겼다. 포석정 안에서는 유량한 풍악 소리와 길게 뽑는 〈만수악(萬壽樂)〉의 노래가 일어난다.

어아이 우리 상감마마
만세나 살아지이다,
만만세나 살아지이다.
나라에 일이 없고
백성이 배불러
격양가 부르오니,
어아 우리 상감마마

만세만세나 사옵소서.

왕은 아직 사십이 넘지 못하였다. 얼굴이 옥같이 희고 아래턱에 수염
이 조금 나고, 키는 작은 편이나 날씬한 맛이 있었다. 왕후는 왕과 나이
같으나 아직 스무 살이 넘을락 말락 한듯이 젊고 아름답고, 비빈들도 모
두 하늘에서 내려온 이들과 같이 꽃답고 속된 기운이 없었다.

왕의 걸음이 포석정에 가까울수록 풍악은 더욱 높아지고, 어디서 일어
나는지 모르는 '만세 만만세!' 소리는 먼 곳에서 울려오는 소리와 같이
한가로이 울려왔다.

왕이 옥좌에 앉으신 뒤에 오늘 잔치의 모든 종친, 외척, 대관들은 다시
들어와 하나씩 국궁하며 왕께 하례함을 올렸다.

사십 칸 폭이나 되는 큰 방에는 오색이 찬란한 화문석을 깔고 정면에
옥좌가 있고 우편에 왕후가 앉고 차례로 왕의 총애를 받는 비빈이 비단
보료 위에 늘어앉고, 그 앞으로 서불한, 고려 사신, 이 모양으로 가장 높
고 귀한 신하들이 열을 지어 앉았다.

해가 하늘 중천을 지나 서쪽으로 기울어지게 된 때에는 술도 취하고 배
도 불러 흥이 높을 대로 높아, 북은 찢어지어라, 거문고 줄은 끊어지어
라, 젓대는 터지어라 하고 불고, 소매는 떨어지어라 춤을 추었다.

취안이 몽롱하게 되매 젊은 귀인들은 혹은 은밀한 후궁 방에서, 혹은
잎 떨어진 나무 그늘에서 젊고 꽃다운 아기들을 따라 희롱하였다. 아기
들도 술에 붉은 얼굴이 더욱 붉어 젊은 귀인들이 따르는 것을 피하는 듯
하면서도 맞아들이는 태도를 보였다. 이리하여 포석정 넓은 별궁 안에는
술 취하고 흥에 겨운 남녀들의 추파와 정담판이 되었다.

고려 사신도 북방 무변(武弁)으로, 천 년 묵은 신라 문화에 무르녹고 아름다운 술과 음식과 풍악과 미인에 취하여 거의 체면을 잃도록 풀어져 버리고, 왕도 귀비의 무릎을 베고 누워 희롱 말로 환락에 취하여 있었다.

날이 다하면 밤새도록 놀 양으로 초와 솔깡과 기름까지 준비하고 음식 여투는 곳에서는 수십 명 사람들이 눈코 뜰 새 없이 밤새도록 먹을 음식을 차리기에 바빴다.

옥좌 앞에서는 술도 이미 취하고 풍악도 지루하여, 다만 한 사람이 하나씩 미희를 끼고 은밀히 음란한 이야기만 소근거리고 있었다. 원림에 돌아가는 까마귀 소리도 그치고 추운 바람이 잎 떨린 나뭇가지를 흔들어 이따금 창을 흔들었다. 여기저기서는 술 취하여 어음이 분명치 아니한 노래가 한 마디 두 마디 끝을 맺지 못하고 들려왔다.

김성과 김률과 고려 사신은 왕의 협실에 모여 하나씩 미희를 끼고 비스듬히 누워 있고, 곁에 놓인 술상에는 안주는 그대로 남아 있으면서 술잔만 비는 대로 꽃 같은 시녀가 병을 안고 들어와 다시 채웠다. 이 모양으로 환락의 세월은 소리 없이 흘러 끝이 없을 듯하였다. 나랏일이야 어찌 되거나 환락만 좋은 것이었다.

김성은 그래도 아주 취해버리지 못하고 취담을 하는 중에도 여러 가지 생각을 하였다. 고려 청병이 들어오는 날에 유렴과 효종 삼조손(三祖孫)을 종로에서 베어 고려를 기쁘게 할까? 그렇지 아니하면 견훤을 물리치고 개선하는 날까지 그대로 두었다가 고려군이 돌아갈 때에 고려 왕에게 보내는 선물로 네 사람의 목을 벨까? 그래서 네 머리를 젓을 담아 왕건에게 선물로 보낼까? 어찌하였으나 모든 일이 자기의 뜻대로 된 것이 기뻤다.

밤은 점점 깊었다. 그러나 환락에 취한 무리는 돌아갈 줄을 모르고, 사람들은 술과 환락에 취하여 졸기도 하였다.

이때에 금군도독(禁軍都督)이 창황히 김성의 방 앞에 와서 뵈옵기를 청하였다.

시녀가 들어와,

"서불한마마, 긴급한 일이 있다 하와 금군도독 대령이시오."

하고 아뢰었다.

김성은 졸던 눈을 뜨며,

"내일 마을로 오라 하라. 이 깊은 밤에 일이 무슨 일이랴. 술이나 먹으라 하라."

하였다.

시녀가 나와 그 뜻을 전하니 금군도독이 발을 구르며,

"시방 견훤의 군사가 물밀듯 들어와 벌써 고함 소리 이곳에 들리니, 곧 상감마마 뫼시고 피신하소서 하여라."

한다.

시녀는 깜짝 놀라 김성이 있는 방으로 들어오며,

"견훤이, 견훤이, 견훤이."

하고 말이 나오지 아니한다.

김률이 깜짝 놀라며,

"무엇이? 무엇이?"

하고 벌떡 일어난다.

시녀는 겨우 정신을 진정하여,

"견훤의 군사가 물밀듯 들어온다 하옵고, 곧 상감마마 뫼시옵고 피난하소서 하옵니다."

하고 말도 끝나기 전에 시녀는 밖으로 뛰어나가버린다.

서불한은 눈을 번히 떠서 고려 사신을 보며,

"견훤이가 와? 술이나 한잔 먹으라지."

하고 믿지 아니하는 모양을 보인다.

이때에 먼 고함 소리 들린다.

금군도독이,

"아이, 어이하리."

하고 매어달리는 시녀들을 뿌리치고 김성 있는 데로 뛰어 들어온다.

"경각에 달렸소. 상감마마 뫼시고 피난하시오!"

하고 소리를 친다.

또 먼 고함 소리 들린다.

그제야 김성이 일어나려 하나 늙은 몸에 술이 취하여 다리가 서지를 아니한다.

김률과 고려 사신이 일어나 비씰비씰 뛰어나간다.

금군도독은 발길로 김성과 김률을 걷어차고,

"죽일 놈들! 상감마마는 두고 너희만 달아나느냐!"

하고 왕의 방문을 연다.

김성은 금군도독의 발길에 채어 문밖으로 뛰어나갔다가 밖에서 고함 소리가 점점 높아지는 것을 듣고 황겁하여 다시 발을 돌려 왕 계신 방으로 뛰어 들어왔다.

금군도독이 왕의 방문을 열 때에는 왕은 한 귀비의 무릎을 베개로 하고, 또 한 귀비의 무릎 위에 발을 얹고 다른 두 귀비의 무릎 위에 한 손씩을 올려놓고 잠이 들었고, 왕후도 그 곁에 시녀들이 돌아앉은 새에 누워서 늙은 궁녀의 옛 이야기를 들어가며 반은 졸고 반은 깨어 있었다.

이때에 금군도독이 문을 열치고 들어가,

"폐하! 견훤의 군사가 지척에 임하였나이다. 문을 지키던 군사들도 다 칼을 버리고 도망하였사오니 어서 피하시옵소서."

하였다.

"무어? 무어?"

"견훤이? 견훤이?"

하고 귀비들과 시녀들은 두 손으로 머리를 안고 일어나 떨었다.

왕후도,

"견훤이 온단 말이냐? 설마 견훤이 온단 말이냐?"

하고 뛰어 일어났다.

이때에 또 고함 소리 들리고, 남창으로 화살 하나가 날아 들어와 떨고 섰는 한 귀비의 가슴에 꽂히어 귀비는 "악!" 하고 붉은 피를 쏟고 거꾸러진다.

그때에야 왕이 눈을 깨어,

"무엇들 이리 설레느냐?"

하고 팔을 들어 한 귀비의 목을 안고 다시 잠이 들려 한다.

이때에 김성이 뛰어 들어와 쓰러지며,

"폐하! 폐하! 인제는 마지막이옵니다."

하고 방바닥에 쓰러진다.

바깥에서는,

"사람 살려라! 사람 살려라!"

하고 우짖고 뛰는 여자들의 소리가 들린다. 그들도 모두 몽롱하던 환락의 꿈에서 깨어난 것이다.

금군도독은 참다못하여 왕의 팔을 잡아 일으키어 한 팔로 들러업고 왕후의 손목을 잡아끌고 문을 박차고 뛰어나갔다.

문밖에는 캄캄한 어둠이다. 그 어두운 밤 속에 늙은이 젊은이, 남자와 여자들은 울고 떨어지고 서로 붙들고 넘어지고 밟고 이리 왔다 저리 갔다 빙글빙글 술래잡기를 하였다. 금군도독은 왕을 업고 큰문으로 나오려 하였으나 큰문 앞에 벌써 횃불이 비추이는 것을 보고 발을 돌려 수풀 사이를 지나 남별궁 넘어가는 등성이에 올라섰다.

등성이에 왕과 왕후를 쉬게 하고 포석정을 굽어보니 벌써 한 손에 횃불 들고 한 손에 칼을 든 견훤의 군사가 달려들어 사나이는 닥치는 대로 죽이고, 계집이면 닥치는 대로 겁간하며 구석구석이 왕을 찾는 모양이다. 왕과 왕후는 말도 못 하고 덜덜 떨기만 하고, 간신히 뒤를 따라온 비빈 사오 인과 시녀 사오 인은 왕과 왕후의 옷에 매어달려 소리도 못 내고 울었다.

지옥의 형벌을 받던 무리들까지 오글오글 끓는 포석정에서,

"의를 저버리는 신라 왕아, 나오라!"

하고 외치는 소리가 들린다.

이때에 김성이 관도 다 잃어버리고 손과 얼굴에 피투성이가 되어 왕이 계신 곳으로 기어 올라오는 것이 별빛에 희미하게 보인다. 그 뒤에도 하나씩 둘씩 기어 올라와서는 왕과 왕후의 앞에 쓰러져버리고 만다.

금군도독은 다시 왕의 앞에 팔을 내어밀며,

"폐하! 이곳에 오래 머무시오면 화단을 면치 못하시리니 어서 가사이다. 보시옵소서, 저 횃불이 이리로 오나이다."

하였다.

그러나 왕은 일어나려 하지 아니하고,

"가면 어디로 가랴? 경은 왕후나 피하게 하라. 나는 이곳에서 견훤을 만나리라."

하고 왕후를 돌아본다.

금군도독은 왕의 앞에 꿇어 엎드려,

"그런 생각을 마시옵소서. 폐하의 적자(赤子) 중에 아직도 충의지사 적지 아니하오니 일시 화를 피하시와 후일을 보시옵소서."

하였다.

"충의지사 누군고?"

하고 왕은 고개를 숙였다.

"대나마 김충의 무리는 모두 일당백 하는 충의지사라 반드시 폐하를 위하여 적군을 물리리라 하나이다."

하고 어서 이곳을 떠나기를 재촉하였다.

"대나마 김충이 아직 살았는가?"

하고 김성을 돌아보았다.

김성은 이마를 땅에 조아리고,

"아직 죽이지 않고 옥에 가두어두었나이다."

하였다.

왕은 길게 한숨을 쉬고 왕후의 손을 잡아 일으키며,

"무슨 면목으로 김충을 보리."

하고 금군도독이 인도하는 대로 허둥지둥 어두운 산을 내려간다.

일생에 발로 흙을 밟아본 일이 없는 귀인들이라 걸음걸음 무릎을 꿇으며 엎더지며 자빠지며, 그러면서도 숨도 크게 쉬지 못하고 겨우 언덕을

내려섰을 때에 벌써 아까 있던 산마루터기에는 횃불이 보이고,

"왕아, 나서라."

하고 무엄하게 외치는 소리가 들렸다.

"우리는 어디로 가는고?"

하고 왕은 땅에 앉으며 물었다.

이때에 계림으로 향하는 큰길에도 벌써 횃불이 보인다.

"이제는 아직 남별궁으로 피할 수밖에 없사옵니다."

하고 금군도독은 손으로 남별궁 있는 곳을 가리켰다.

왕은 다시 일어나 금군도독에게 손을 끌리어 걸음을 옮겼다.

남별궁에는 문 지키는 군사 사오 인이 화롯불 가에 서 있다가 어두운 그늘에 사람 한 떼가 오는 것을 보고,

"거, 누고?"

하고 소리를 질렀다.

그러할 때에 금군도독이 왕과 왕후를 이끌고 군사들 앞에 다다라 화롯불 빛에 나서게 되매, 군사들은 깜짝 놀라 창을 들어 왕을 맞고 문을 열었다. 왕은 창 든 군사의 낯을 대하기도 부끄러운 듯이 고개를 숙이고 문안으로 들어가버리고 만다. 그 뒤로 김성이 피투성이가 되어 기어 들어온다.

금군도독은 다시 문밖으로 나와,

"누가 와서 묻든지 상가마마께옵서는 아까 환궁하옵시었다고 하여라."

하고는 들어가버렸다.

군사들은 영문도 모르고 눈이 둥글하여,

"웬일인가? 누가 모반을 하였나?"

"어쩌면 상감마마께옵서 버선발로 저렇게 창황하신가?"

"서불한은 모두 피투성이가 되었어."

"저 횃불이 환궁하시는 횃불로만 여겼더니……."

하고 근심스러운 듯이 사방을 돌아본다.

마루턱에 있던 횃불은 무엇을 찾는 모양으로 여러 길로 갈려서 점점 가까워오고, 계림 길에 오던 횃불도 세 갈래로 갈려서 살같이 서울을 향하고 달려 들어간다.

왕은 별궁에 들어가 어두운 방에서 왕후를 붙들고 울었다. 비빈들과 궁녀들도 입을 막고 울었다.

횃불은 남별궁을 에워쌌다. 견훤의 군사에게 죽기를 면한 남녀의 무리는 옷이 찢기고 머리를 풀어 헤치고 둘씩 셋씩 남별궁 문 앞에 와서는 문 지키는 군사더러,

"상감마마 어디로 가 계시냐?"

하고 물었다.

"아까 이 앞을 지나시와 환궁하시었소."

하고 문 지키는 군사는 시킨 대로 대답하였다.

"어이하리, 어이하리."

하고 벌벌 떨고 사방을 돌아보며 어두운 속으로 다리를 끌고 숨어버렸다.

망대에 올라가 사방을 바라보던 금군도독은 사방으로 횃불이 남별궁을 에워싸고 모여드는 것을 보고 왕이 계신 방으로 뛰어내려와,

"폐하, 견훤이 당도하였사오니 이제는 더할 길이 없사옵고, 신은 문에 나가 혼자 견훤을 막으려 하오니 살아서 다시 용안을 뵈올 길이 없사올까 하나이다."

하고 왕과 왕후의 앞에 절하고 물러나간다.

금군도독이 나가는 것을 보고 왕은 김성을 돌아보며,

"서불한, 이 일을 어찌하려는고."

하고 눈물을 흘린다. 왕후도 소매로 낯을 가리고 우니, 비빈들과 궁녀들도 일제히 소매로 낯을 가리고 운다.

김성이 고개를 들어 잠깐 왕을 우러러보고 다시 고개를 숙이어,

"이제는 견훤에게 항복하여 아직 위급한 것을 면하고, 고려 구원병이 이른 뒤에 서서히 견훤 물리칠 길을 도모하심이 상책인 줄로 아뢰나이다."

하였다.

왕은 고개를 흔들더니 어성을 높여,

"불 켜라! 간신 김성이 물러나라! 내 이곳에 앉아 견훤을 맞으리라. 천 년 종사를 내 목숨이 있고는 도적의 앞에 항복하지 아니하리라. 누구나 살기를 원하는 자는 가라. 나를 홀로 이곳에 있게 하라."

하였다.

궁녀들은 네 귀에 있는 초에 불을 켰다. 방 안은 환하게 밝은데 사람들의 얼굴은 눈물에 젖었다.

김성은 방바닥에 엎디어 고개를 들지 못하였다. 왕은 궁녀를 시켜 김성을 밖으로 밀어 내치라 하였다. 궁녀들은 김성을 끌어 문밖으로 밀어 내치었다.

왕은 좌우를 돌아보며,

"너희들은 다 물러가 견훤에게 목숨을 빌라!"

하였다.

그러나 비빈, 궁녀는 하나도 몸을 움직이는 이가 없이 죽더라도 왕과 같이할 뜻을 표하였다.

이때에 견훤이 몸소 일대 병마를 거느리고 남별궁에 다다랐다. 문에는 금군도독이 십여 인의 문 지키는 군사를 데리고 길을 막으며,

"어디라고 무엄하게 말을 타느냐."

하고 견훤을 노려보았다.

견훤이 한번 칼을 들매 뒤따르던 군사들이 일제히 금군도독을 에워싸고 엄살하였다. 금군도독은 칼을 들어 십여 명 견훤의 군사를 베었으나 마침내 칼에 맞아 거꾸러지었다. 그러나 피를 흘리면서도 다시 일어나 두 팔을 벌리고 문을 막아섰다. 그 무서운 모양에 견훤도 한 걸음 뒤로 물러섰다. 그러나 마침내 금군도독은,

"네 이 문안에 한 발만 들여놓으면 내가 죽어 귀신이 되어 네게 원수를 갚으리라."

하고 그만 숨이 끊어지고 말았다.

견훤은 군사를 시켜 금군도독의 시체를 끌어내게 하고 문으로 들어갔다.

이때에 왕과 왕후는 옷깃을 바르고 촛불에 대하여 단정히 앉고, 비빈, 궁녀들도 모두 죽을 결심을 하고 눈물을 거두고 단정히 벽에 기대어 앉았다. 문밖에서 싸우는 소리가 들리되 태연하였다.

견훤은 이 방 저 방 두루 찾다가 마침내 후궁에 불이 켜 있는 것을 보고 그리로 달려 들어갔다.

그때에 보석 밑에 엎드렸던 김성이 두 팔을 합장하여 들고 꿇어앉아,

"후백제 대왕마마! 살려주소서."

하였다.

견훤은 김성을 굽어보며,

"네가 무엇이냐?"

하고 소리를 질렀다.

"신은 신라 서불한 김성이오나, 이로부터 대왕께 충성을 다하겠사오니 살려주소서."

하였다.

견훤은 김성이란 말을 듣고 곧 칼을 들어 김성을 치려 하였다. 그러나 김성은 견훤의 칼이 내려오기 전에 벌써,

"대왕마마, 살려줍소서."

하고 땅에 엎드러버렸다.

이것을 보고 견훤은 칼을 도로 쳐들며,

"어허, 못난 놈이로고나. 하마터면 내 칼을 더럽힐 뻔하였다. 네 목숨을 아직 살려주거니와 너희 왕을 불러내라."

하였다.

김성은 차마 왕을 부를 수도 없어 그저 머리만 들었다 놓았다 하였다.

이때에 왕이 영창을 열뜨리며,

"내 여기 있으니 견훤은 들라!"

하고 소리를 쳤다.

견훤이 선뜻 계상에 올라서며,

"오, 네더냐. 오늘 잘 만났도다."

하고 뒤따르는 군사를 돌아보며,

"들어가 신라 왕을 결박하라! 결박하되 아직 목숨일랑 건드리지 마라. 내 죽이기 전에 몇 가지 보일 것이 있노라."

하였다.

견훤의 군사는 왕의 방으로 달려들어 곧 왕을 범하려 하였다.

이때에 왕후가 일어나 두 팔을 벌리고 왕을 가려 서며,

"너희 무지한 오랑캐, 무엄하게 어디를 범하느냐! 물러나가 너희 괴수 견훤더러 목을 늘이고 들라 하여라."

하고 손에 들었던 왕의 칼을 뽑아 들었다.

견훤이 밖에서 왕후의 모양을 보고,

"어허, 아름다운지고. 오늘 밤에 과인과 백년가약을 맺으리라."

하고 껄껄 웃을 때에 왕후는 칼을 들어 견훤을 향하고 던지었다. 그러나 견훤은 몸을 비켜 칼을 피하고 달려들어 왕후를 껴안아 무릎 위에 놓고 왕을 보고 웃으며,

"내 올 때에는 네 목숨을 취하려 하였더니, 이제 의외의 선물을 받았도다. 네 죽으매 비빈은 쓸데없을 것이니 내 맡아 사랑하리라. 맘 놓고 눈을 감으라."

하였다.

이때에 벌써 견훤의 군사는 달려들어 왕의 두 팔을 붙들어 견훤의 앞에 꿇렸다.

견훤은 손으로 왕후의 등을 쓸어 만지며,

"네 나를 몇 번이나 속였던고. 몇 번이나 배반하였던고. 내 너를 도우려 하였거든 네 왕건에게 사자를 보내어 나를 비방하고 나를 치기를 꾀하였도다. 내 마땅히 주먹을 들어 미쁨 없는 네 골을 바술 것이로되, 네 신라의 왕인 것을 대접하여 이 칼을 주니 손수 네 목숨을 끊으라. 만일 그리 할 용맹조차 없거든 내 군사로 하여금 돕게 하리라."

466

하고 왕후가 견훤을 향하여 던지었던 칼을 주워 오라 하여 손수 왕의 앞에 내어던지었다.

왕은 말없이 손을 내어밀어 견훤이 던지는 칼을 집었다. 칼을 들고 견훤을 보고 견훤의 무릎 위에 안기어 기절한 왕후를 보고, 돌아선 비빈을 보고, 장차 칼을 들어 칼끝을 가슴에 대려 할 때에,

"폐하! 폐하!"

하고 김성이 뛰어 들어와 왕의 팔을 잡으며,

"폐하! 이것이 다 신의 죄오니 원컨대 폐하는 그 칼을 드시와 먼저 신의 죄 많은 머리를 버히소서."

하였다.

그러나 왕은,

"물러나라. 삼생에 다시 내 눈에 보이지 말지어다!"

하고 김성을 뿌리치고 날카로운 칼끝을 왼편 가슴 젖 밑에 대고 우는 비빈과 궁녀를 돌아보며,

"잘 있거라!"

한마디를 남기고는 몸을 앞으로 굽혔다. 붉은 피가 방바닥에 쏟아지고 왕의 몸은 모로 엎더지었다. 비빈과 궁녀들은 일제히 손을 들어 머리를 뜯어 풀고 왕의 옷자락에 매어달려 소리를 내어 통곡하였다.

유렴과 효종과 김부와 김충 네 사람은 추운 옥 속에서 죽을 날이 오기만 기다리고 있었다. 김충의 집에는 유렴 부인과 계영 아기가 우거하여 있고, 여러 번 김술의 무리의 습격을 당하였으나 두껍쇠의 몽둥이로 때려 물렸다.

포석정 큰 잔치가 있는 날 김술은 잔치에도 참예하지 아니하고 밤이 깊기를 기다려 다시 많은 무리를 거느리고 김충의 집을 에워싸고 사방으로 불을 놓았다. 두껍쇠는 문객을 데리고 혼자 죽을 용기를 다 내어 대적하였으나 중과부적할 줄을 알고, 가족을 끌고 뒷문으로 나아가 문을 지키던 김술의 무리를 때려죽이고 그믐밤에 어두운 것을 이용하여 좁은 골목을 돌아 멀리 백률사로 피하여버렸다.

백률사는 김충 집이 대대로 다니는 절이기 때문에 주장(主掌) 노승은 단가(檀家)의 어려움을 보고 분연히 나와 맞아 으슥한 방에 숨기고, 두껍쇠만 얼른 머리를 깎고 중의 옷을 입고 대문 밖으로 향한 방에 숨어서 따라오는 이가 있는가 하고 귀를 기울였다.

"이 잔치가 끝나면 모두 내어 목을 버히어 고려로 보낸다던데."
하고 유렴 부인은 울며 김성의 청혼을 물리친 것을 수없이 원망하였다. 그러나 김충의 어머니 되는 백화 부인은 염불을 외우며 태연하고, 계영 아기는 아버지와 김충을 생각하여 얼굴이 쏙 빠져버리고 정신없이 한 고대(高臺)만 바라보고 있었다.

백률사 중들도 밤에 잠을 이루지 못하고 공연히 헛기침을 하고는 창을 열고 밖을 바라보았다. 김충의 집에 붙던 불은 사방 민가에 번지어 화광이 충천하였다. 대체 장안이 우수수하는 것은 불 때문으로만 알고 있었다. 그리고 김술의 무리가 따라오지 않는 것만 다행으로 여겼다.

그러나 장안은 물 끓듯 하였다. 모두 처음에는 큰길에 휘황한 횃불에 문밖으로 바삐 지나가는 말발굽 소리가 포석정 잔치가 파하고 돌아오는 것으로만 알았으나, 그것이 무인지경같이 치어들어오는 견훤의 군사인 줄을 알고, 또 겨우 목숨을 주워가지고 포석정을 빠져나온 사람의 입에서 오늘 밤 포석정에 생긴 일을 듣고, 또 왕이 간 곳을 모른다는 말을 듣고, 또 견훤의 군사가 사나이면 닥치는 대로 죽이고 계집이면 닥치는 대로 겁탈한다는 말을 듣고, 백성들은 아내와 딸을 끌고 지동지서(之東之西)로 좁은 골목을 찾지 못하여 울고 헤매었다. 문을 열었다 닫치는 소리, 신을 끄는 소리, 아이 어른이 울고 부르짖는 소리, 영문도 모르고 짖어대는 개 소리, 화광에 놀라 우짖는 온갖 짐승의 소리, 신라 천 년에 이처럼 큰 난리는 겪지 못하였다.

견훤의 군사들은 죄 없는 사람을 함부로 죽이지는 아니하나, 큼직한 집이면 문을 박차고 뛰어 들어가 세간을 뒤지어 값가는 물건이면 빼앗고, 얼굴이 어여쁘고 당년(當年)한 여자면 말에 싣고 달아났다. 백만 장안에 이 액을 면한 집이 몇 집이나 될꼬. 다행히 견훤의 군사의 눈에 띄지 아니하고 서울을 빠지어난 사람들은 산으로 들로 향방도 없이 헤매었다.

견훤의 군사는 버들골에도 달려들고 향나무골도 내어놓지 아니하였다.

김충이 정 들인 난희는 견훤의 군사가 몰아와서 젊은 부녀는 모조리 잡아간다는 말을 듣고 어미더러,

"딸은 이 길로 김충 대나마 댁으로 가려 하나이다. 이 몸이 이미 대나마 댁 사람이니, 죽기 전에 그 댁 문안에 발이나 들여놓고 대부인마마께 뵈온 후에 그 곁에서 죽으려 하나이다. 어머님은 늙으시오니 여기 계신들 설마 어떠하리."

하고 김충 집에 심부름 다니던 아이놈의 옷을 입어 머슴으로 차리고, 그 아이놈을 따라 으슥한 골목을 가리어 김충 집을 향하였다. 헤매는 사람들의 틈을 뚫고 천신만고로 분황사 길에 다다랐을 때에는 벌써 온 동네는

불바다가 되고 말았었다.

"이놈아! 어디가 대나마 댁이냐?"

하고 난희는 아이놈에게 물었다.

아이놈은 아직도 다 쓰러지지 아니하고 불길에 싸인 대문을 가리키며,

"아씨, 저기 저 대문이 대나마 댁 대문이오."

하였다.

난희는 도리와 서까래가 온통 불에 싸이고 지붕 기왓장 밑에서 혀끝 같은 불길이 남실남실 내뿜는 김충 집 대문을 이윽히 바라보더니 아이놈을 보고,

"네 만일 살아남고 대나마도 살아남으시거든 내가 대나마 댁 대문 안에서 죽더라고 아뢰어라. 설마 하늘이 계시거든 대나마야 버리시랴."

하고 합장하고 세 번 "나무아미타불, 관세음보살."을 부른 뒤에 나는 듯이 김충 집 대문 불길 속으로 달려 들어갔다. 불길이 난희의 머리와 옷에 댕기어 한번 환하게 난희의 뒷모양이 보이고는 아주 불길에 싸여버리고 말았다.

후세에 이곳을 열녀문이라고 부른 것은 난희를 두고 이른 말이요, 난희가 타 죽은 자리에는 열녀 정문과 '난희낭자사(蘭姬娘子祠)'라는 것이 있는 것이 이 까닭이다. 지금도 그 자리를 파면 난희의 피 묻은 흙이 나온다. 옛 노인의 말에 충신과 열녀의 흘린 피는 지하 삼천 척을 뚫고 들어간다고 한다.

날이 새었다. 불도 꺼지었다. 서울 방방곡곡에는 대행대왕(大行大王)이 남별궁에서 돌아가신 것과 왕후는 대행대왕을 따라 자결하신 것과 대아찬 김부가 새로 왕위에 오르신 것을 백성들에게 고하는 방목(榜目)이 붙

었다.

그리고 견훤의 군사는 밤새도록 약탈한 금은보화와 삼천삼백 명이라는 신라의 젊은 여자와, 금장이, 은장이, 대장장이, 석수장이, 대목, 소목, 산학박사, 역박사, 의박사, 오경박사 같은 장색(匠色)과 학자를 오천여 명을 사로잡아가지고 삼십 리에 뻗은 긴 행렬을 지어 북을 치고 피리와 소라를 불며 깃발을 날리며 태종무열왕릉의 비석을 깨뜨리고 서악재〔西岳峴〕를 넘어 금척릉(金尺陵)을 지나 달구벌〔達久火, 지금은 대구]로 향하였다. 사흘 안에 고려 군사가 온다 하였으니 그것을 중로에서 맞아 깨뜨리려 함이다.

견훤이 서울에서 물러간 뒤에 새 왕은 남별궁에 내어버린 경애왕의 시체를 대궐로 옮겨다가 침전에 모시고 몸소 수상(受喪)하여 통곡하고 전국에 국상을 발하였다. 경애왕이 견훤의 손에 어떤 모양으로 돌아가신 것을 들은 백성들은 통곡하고 슬퍼하여 날마다 대궐 문 앞에 망곡하는 무리가 끊이지 아니하였다. 왕으로 경애왕은 백성들에게 그다지 사모함을 받지 못하였거니와, 그 왕이 견훤의 손에 참혹한 욕과 변을 당한 것을 알 때에 백성들은 이를 갈고 슬퍼하였다. 그 표로 백성들은 부모상을 당한 것과 같이 모두 소복을 입고 인산 날까지 철시하고 살생과 가무를 일절 아니 하였다.

새 왕은 대행대왕의 빈전에서 밤을 새워 애통하고 식음까지 폐한 것을 신하들이 권하여 겨우 미음과 죽을 잡수시게 하였다.

포석정 변에 각처로 유리하였던 살아남은 대관들과 백성들도 하나씩 둘씩 돌아들었다. 그러나 목숨이 살아 돌아와 본즉, 혹은 집이 불에 타고, 혹은 아내와 딸이 견훤의 군사에게 붙들려 가고, 혹은 아들이 죽고,

혹은 아비가 죽고, 가장집물(家藏什物)은 산란하고 값가는 것은 다 없어지고 말았다.

대궐 앞에 와서 이마를 땅에 조아리며 목을 놓아 통곡하는 것은 다만 대행대왕의 불행하게 돌아가심을 슬퍼하는 것만은 아니었다. 천 년 고국이 견훤 같은 오랑캐에게 욕을 당하는 것이며, 또 제각각 제 신세를 운 것이었다.

왕은 인산이 끝나기까지는 가족도 대하지 아니하였다. 경애왕이 승하하신 지 열흘 만에 왕건에게서 조상하는 사자가 왔다. 왕건의 조상하는 말은 극히 간곡하고 측달(側怛)하였다. 그래서 평소에 왕건을 좋게 여기지 아니하던 왕과 유렴 시중도 왕건의 국서를 읽고 더욱 슬피 울었다. 더구나 신라에 오던 구원병이 곰의나루에서 견훤의 군사를 만나 오천 병마가 천 명도 못 남기고 다 죽어버린 뒤인 것을 생각할 때에 왕건의 국서는 더욱 신라 조정에 감격을 준 것이다.

오호, 경순(敬順)

경애왕은 게눈이[蟹目嶺]에 묻히고, 효종은 옥에서 나오는 길로 며칠이 못 되어 죽으니 신흥대왕(神興大王)이라고 추존하고, 왕의 어머니는 왕태후라 하고, 부인 백화마마는 왕후가 되고, 아들 김충은 태자를 봉하고 시중 유렴으로 상대등을 삼았다.

김률은 포석정에서 도망하다가 견훤의 군사에게 잡히어 죽고, 김성은 남별궁에서 목숨을 빌다가 얻지 못하고 산 채로 껍질을 벗기어 죽여버리고, 김술은 포석정에 가지 아니하였던 까닭에 살아났으나 인산 날에 백성들에게 맞아 죽고, 김성의 식구는, 사나이는 견훤에게 죽고 부녀들은 견훤에게 붙들려 가고, 어린것들도 계집애는 살렸으나 사나이는 다 죽여 버렸다.

새 왕이 들어서기는 하였으나 사람들은 견훤 난리에 죽지 아니하면 잡히어가고, 남았던 사람들도 국운이 오래지 아니할 것을 보고는 혹은 세력 있는 견훤에게로 달아나고, 혹은 왕건에게로 달아나고, 간혹 나라에 충성을 가진 이는 차마 다른 임금을 섬기기를 원치 아니하여 혹은 선랑(仙郎)이 되어 폐포파립(敝袍破笠)으로 강호에 방랑하고, 혹은 머리를 깎고 중이 되어 산에 숨어버리고, 그렇지 아니하면 전원에 돌아가 밭을 갈고 풍월에 숨어버리고, 각색 장색조차 혹은 견훤에게 사로잡혀 가고, 혹은 항복하는 장군들을 따라 고려로 달아나니, 서울에 남은 것은 할 수 없는 백성뿐이 되었고, 또 국고의 재물과 장안에 있던 모든 재물을 견훤이 몽땅 실어 가고, 촌락에 있던 곡식조차 수레에 싣고 배에 실어 백제 가까운 고을에서는 백제에게 빼앗기고 고려 가까운 고을에서는 고려에 빼앗기니, 백성의 양식도 끊어지었거든 나라에 무슨 재물이 있으랴.

게다가 새 왕이 고려와 통한다는 말을 듣고 견훤이 군사를 발하여 변읍(邊邑)을 치고 불을 놓고 장정과 젊은 부녀를 사로잡아 가고 재물을 노략하고, 이 꼴을 본 장군들은 다투어 견훤에게 항복하니 강주(康州) 장군 유문(有文)이 견훤에게 항복한 것이 왕이 즉위한 이듬해 오월 일일이요, 팔월에는 견훤이 양산(陽山)을 빼앗아 그곳에 성을 쌓고, 구월에 견훤이 대야성을 빼앗고 군사를 보내어 대목고을[大木郡] 곡식을 모조리 베어 가고, 시월에는 무곡성(武谷城)을 치어 빼앗고, 이듬해 칠월에는 견훤이

의성부(義城府)를 치니, 왕이 하릴없이 고려에 청병하였으나 고려 장수 홍술이 싸우다가 이기지 못하고 죽어버리고, 순주(順州) 장군 원봉(元逢)은 견훤에게 항복하여버렸다.

이 모양으로 견훤의 군사는 도처에서 이기고 왕건의 군사는 도처에서 이기지 못하였다. 그러할 때마다 한 고을씩 또 한 고을씩 신라 고을은 견훤에게로 돌아가 붙었다. 천하는 모두 견훤의 천하가 되는가 싶었다.

신라 조정에서는 마침내 고려를 버리고 백제로 돌아가 붙을 생각을 하게 된다. 그러나 그것도 맘대로 되지 아니하여 이렁그렁하는 동안에 마침내 큰일이 생겼다. 그것은 고창병메〔古昌瓶山〕 싸움에 견훤이 왕건에게 대패한 일이다. 사 년 동안 일찍 패하여본 일이 없던 견훤의 군사가 여지없이 패한 것은 신라 조정에 큰 충동을 주었다. 이 싸움에 견훤이 살아남은 군사를 끌고 완산주로 달아나매 후백제에 속하였던 영안(永安), 하곡(河曲), 직명(直明), 송생(松生) 등 삼십여 고을이 고려에 항복하였다. 이 큰일이 정월 한 달 동안에 일어난 것이다.

이월에 왕건은 신라에 사신을 보내어 견훤을 이긴 전말을 보(報)하였다. 이렇게 견훤과 싸운 것이 모두 신라를 위하여 전왕의 원수를 갚으려 한 것임을 말하고, 끝에 신라 조정에서 은근히 견훤과 통한 자가 있다는 소문이 있음을 힐책하는 뜻을 표하였다.

왕은 왕건의 국서를 받고 군신을 불렀다. 왕건이 이제 견훤을 패하고 형세가 융륭하니 이를 어찌하랴 하는 것이 의론하는 제목이었다.

문제 중에 가장 큰 것은 왕건이 왕과 한번 서로 만나기를 청한 것이다. 김성과 김률이 견훤의 손에 죽으니 왕건은 신라 조정에 믿을 만한 사람이 없게 되었다. 그러할뿐더러 상대등 유렴은 강직한 사람이라 도저히 이

(利)로나 꾀로 휘어 넣기 어려울 줄을 알므로, 이번 기회에 직접 왕을 만나 왕의 맘을 휘어보려고 생각하였다. 그러면 고려에 대하여 어떠한 태도를 취할꼬 하는 이것이 큰 문제였었다.

군신들은 이 일에 대하여서도 아무 말도 아니 하고 서로 눈치만 보았다. 그들은 대부분 지금까지 왕건이 믿지 못할 것을 말하여 견훤에게 붙기를 주장하던 자들이다. 그러나 견훤이 여지없이 패하게 된 이때에 다시 견훤을 말하기도 어렵고, 그렇다고 혀끝에 침이 마르기도 전에 왕건과 친하기를 주장할 수도 없었다. 그뿐더러 만일 다시 왕건의 세력이 서울에 들어오는 날이면 지금까지 견훤의 편이 되기를 주장하던 사람들은 무리 장사(葬事)가 날 염려가 있었다.

상대등 유렴도 한숨만 쉴 뿐이요 아무 말이 없었다. 자기가 상대등이 된 지가 사오 년이 되건마는, 만조한 백관은 다 썩은 무리이어서 동풍이 불면 동으로 서풍이 불면 서로 이익 있을 듯한 곳으로만 쓰러지고, 그뿐 아니라 서로 편당을 지어 시기하고 먹고 속이고, 백성들은 벌써 맘이 풀어지어 나라에서 무슨 말을 하더라도 믿지 아니할뿐더러,

"이제는 세상이 끝났어."

하게 되어버리니, 뜻 있는 자는 산이나 숲에 숨어버리고 뜻 없는 자는 혼자 살 도리만 생각하여 피난처를 찾아 유벽한 산촌으로 찾아 들어갔다. 그래서 군사를 모집하여도 와서 응하는 이가 없고, 온다 하면 한 달 두 달만에 달아나버리고, 세납을 재촉하여도 낼 생각을 아니 하였다.

게다가 새 왕은 등극한 후부터는 잠룡 때에 가지던 뜻조차 잃어버리고 젊은 계집을 구하여 들이며 노래하는 자와 춤추는 자와 음률하는 자를 불러들여 밤낮으로 연락을 일삼고, 또 남승, 여승을 궐내에 불러 일신일가

(一身一家)의 복을 빌었다.

이 모양이매 유렴은 해보려던 모든 일이 다 뜻대로 되지 아니할뿐더러,

"이러하다가는 망국 군주의 이름을 천추만세에 끼치시리이다."

하고 자주 간하는 유렴을 왕이 향기롭지 아니하게 여기게 되었다.

이리하여 유렴은 여러 번 해골을 빌어 남교로 돌아갈 것을 생각하였으나, 태자요 사위 되는 김충이,

"상대등마저 가면 나라를 어이하리."

하고 눈물을 흘리며 붙드는 까닭에 그날그날을 보내던 것이다.

이제 왕이 왕건을 만날 뜻을 가지니, 왕건이 왕을 만나려 함은 다른 뜻을 둔 것이 분명한 줄을 아나, 이제 말하더라도 서지 못할 줄을 알뿐더러 또 말할 기운도 없는 듯하여 다만 한숨을 쉬고 있을 뿐이다.

왕은 다만 유렴을 싫어할뿐더러 태자 김충도 귀찮게 여겼다. 그것은 김충이 바른말 하는 것이 귀에 거슬리는 까닭이다. 마침내 왕은,

"짐은 고려 왕을 만나리라."

하고 윤음을 내려버렸다.

그리하여 고려에 회답하는 국서를 가진 사자가 그날로 서울을 떠났다. 그리고 고려 왕을 맞기 위하여 임해궁과 안압지를 일신하게 수리하고, 율객(律客)과 가희(歌姬)와 무희(舞姬)와 미기(美妓)를 모으고, 각 수령 방백에게 명하여 그 땅에 나는 물산 중에 가장 아름답고 진기하고 값가는 것을 성화같이 올리라 하고, 또 백성에게 부역을 명하여 곰의나루에서 서울에 이르는 길을 수레 세 채가 늘어서서 올 수 있도록 치도(治道)하기를 명하고, 또 만일 고려 왕이 오는 데 대하여 요언(妖言)을 돌리거나 무엄한 일을 하는 자는 엄벌할 것을 말하였다. 이리하여 큰 역사가 시작되

었다.

농시방장(農時方張)에 인민을 부역하여 일변 오백 리 큰길을 닦고, 일변 대궐과 견훤 난에 말 못 된 포석정을 수리하며 안압지를 더 깊이 파고, 그 위에 그림 그린 배를 띄우고 오늘이나 내일이나 하고 고려 왕 왕건이 오기를 기다리니, 민원은 창천하고 국고는 경갈하여 대소 관원의 녹이 두석 달이나 밀리고 금영 군사의 녹조차 삼사 삭을 밀리니, 군사들은 달아나고 관원들은 집에 있어 밥벌이할 일을 구하는 형편이었다.

구월에는 국동(國東) 연해주(沿海州)의 모든 고을과 부락이 고려에 항복하고, 재암성 장군 선필도 볼일을 다 본 듯이 왕건에게 항복하여 상보(尙父)라는 존칭을 얻고 고려 서울 송도에 큰 저택과 만석 녹과 아름다운 많은 비복을 주어 영화를 누리게 하니, 신라의 대소 관원은 일찍 고려에 돌아갈 반연(絆緣) 없는 것을 한탄하게 되었다.

태자 김충이 비록 상대등 유렴과 함께 나라를 바로잡기를 꾀하나 큰 집이 무너질 때에 외기둥이 버틸 수가 없었고 백사(百事)가 다 뜻대로 되지 아니하니, 태자도 세상에 뜻이 없어 다시 술을 마시고 음률과 미희를 꼬이게 되었다.

이것을 본 왕후 백화 부인과 태자비 계영 부인은 누누이 태자의 생각이 그릇됨을 말하였으나 태자는 다만 길게 한숨을 쉴 뿐이었다.

온다 온다 하고 아니 오던 왕건이 경순왕 오년 이월에 서울로 온다는 선문(先文)이 왔다. 왕건은 거느린 군사를 곰의나루에 머무르게 하고 오십여 기의 시위병만 데리고 서울에 들어올새, 왕은 백관을 거느리고 서악재까지 나가 맞았다. 태자와 유렴도 왕을 따라 서악재까지 나갔다.

이날이 아직 이른 봄날이라 산그늘에는 녹다 남은 눈조차 있건마는 백성들은 고려 왕의 행차를 보리라 하여 금척릉 십리 길에 좌우로 수없이 늘어서 있었고, 장안 백성들도 남녀노소 할 것 없이 길가에 나섰다. 길가에는 해 뜨기부터 엿장수와 떡장수와 술장수의 한뎃가게가 벌였고, 아이들은 새 옷을 입고 기뻐 뛰었다. 문무백관들은 찬란한 관복에 소리 좋은 패옥을 차고 긴 칼을 차고 홀을 들고 수레에 내려 길가에 늘어서 왕건을 기다리고, 왕은 맨 뒤에 장막 속에 앉았었다.

해가 낮이 기울어 바람이 솔솔 불기 시작할 때에 서쪽에서 뽀얗게 먼지가 일고 기치와 창검이 번적거리며 고려 왕의 행차가 가뭇가뭇 오는 것이 보였다. 그중에 둥두렷이 높은 연(輦)이 바람에 둥둥 떠오는 듯이 흔들리지도 않고 온다. 그것이 왕이 보낸 연이다.

왕건의 연이 점점 가까이 오매, 이편에서는 일시에 풍악이 일어났다. 바람결에 저편에서도 풍악 소리가 들려온다. 천지는 온통 풍악에 찬 듯하였다. 왕건의 연은 점점 가까워지고 말 탄 군사의 얼굴이 보일 만할 때에 이편에서는 더욱 풍악을 울리고 목소리 좋은 악인으로 하여금 〈만세악(萬歲樂)〉을 부르게 하였다.

신라 천 년에 이런 일은 처음이었다. 태종무열왕이 백제와 고구려를 통일한 후로 이 천지에 신라 왕밖에 연을 타고 서울로 들어올 이는 없었던 것이다. 하물며 그 연을 타고 들어오는 이가 경문대왕 시절에 미미한 일개 한산주 도독이던 왕륭의 아들이요 역적 궁예의 신하일 줄을 뉘라서 알았으랴. 이런 일을 생각하는 늙은 사람들과 유렴과 태자는 눈물이 흐름을 금치 못하였다.

그러나 왕건의 연이 앞으로 지나갈 때에 길가에 늘어섰던 신라의 왕족과 귀족과 대관들은 다투어 허리를 굽히어 이마를 땅에 대고,

"신라 이찬 아모 아뢰오."

"신라 급찬 아모 아뢰오."

하고 왕건의 눈이 한 번 자기 위에 떨어지기를 애걸하는 듯하였다. 그런 것을 왕건은 연 위에서 슬쩍 내려다보았다. 신라 대관들은 왕건이 지나간 뒤에도 구부렸던 허리를 펴지 아니하였다. 왕건의 신하들의 눈에는 찬웃음이 있었다.

마침내 왕건의 연은 왕의 행재(行在) 앞에 이르러 머물렀다. 왕건은 연에서 내리고 왕은 옥좌에서 일어나 서너 걸음 왕건의 앞으로 나왔다.

왕건은 진평대왕이 쓰시던 왕관과 띠시던 보대를 띠었다. 어느 것이 진실로 신라 왕인고. 왕건이 왕을 보고 허리를 굽히려 할 때에 왕이 먼저 허리를 굽혀버렸다. 왕건은 뒤이어 허리를 굽히며,

"대왕은 과인보다 연치가 위시니 먼저 절하심이 마땅하지 아니하신가 하나이다."

하였다.

왕은 적이 무안한 듯이,

"대왕이 짐을 위하시와 견훤을 물리치시고 이제 또 몸소 짐의 나라를 찾아주시니 대왕은 짐의 은인이라, 어찌 먼저 절함이 마땅치 아니하리 까."

하였다.

태자는 왕의 거동을 보고 심히 맘에 불쾌하여 왕건에게 절하지 아니하니 왕건이 태자를 한번 바라보고 말이 없었다. 왕은 태자가 왕건에게 절하지 아니함을 보고 낯을 찌푸렸으나 말이 없고, 왕건의 손을 잡아 행재로 인도하여 꼭 같이 차린 자리에 인도하였다. 그리한 뒤에 먼저 왕건의

거느린 신하가 왕께 절하고, 그것이 끝난 뒤에 왕의 백관들이 왕건에게 절하되 왕께 하는 예로 무릎을 꿇었다.

상대등 유렴이 무릎을 꿇려 할 때에 왕건은 자리에서 일어나 유렴의 팔을 붙들고,

"유렴이 아니시뇨?"

하고 물은 뒤에,

"과인이 선생의 성화를 들은 지 오래고, 또 선생의 높은 덕을 사모한 지 오랜지라. 과인이 선생에게 집지(執贄)하려는 뜻이 있거니 절이 당하리오."

하고 손수 붙들어 자리에 앉히었다.

그 후에 왕건은 시신을 불러,

"낙랑공주(樂浪公主)를 부르라."

하였다.

이윽고 시녀의 부액을 받아 꽃같이 아름다운 왕건의 맏딸 낙랑공주가 들어와 왕의 앞에 섰다.

"공주는 대왕의 앞에 절하라."

하는 왕건의 명을 듣고 낙랑공주가 공순히 무릎을 꿇어 왕의 앞에 절하였다.

왕은 고려 왕의 낙랑공주가 아름답다는 말을 들었고, 또 이번에 같이 온다는 말도 들었으나, 이처럼 아름다울 줄을 생각도 못 하였었다. 공주는 이제 십팔 세다.

왕은 우선 술을 내어 고려 왕께 권하고, 또 양국 백관에게 준 후에 연을 가지런히 하여 서울로 들어와 새로 수리한 임해전에 왕건의 숙소를 정하였다. 그날 하루를 편히 쉬게 하려고 모든 음률을 그치고 임해전 근방

에 있는 민가에서는 사람이나 짐승이나 큰소리 내기를 금하고, 각 절에 명하여 야반에 종 치기를 금하였다. 왕건은 왕이 위해 보내는 미희를 물리치고 신하들께 명하여 일절 계집을 가까이하기를 금하고, 또 호위군을 명하여 민가에 출입하기를 엄금하였다.

이튿날 토함산에 해 떠오를 때에 장안 팔백팔십 사(寺)에서는 일제히 종을 울려 고려 왕의 천추만세를 축원하는 재를 올렸다. 옛날 당나라 황제를 위하여 재 올리던 것과 꼭 같은 예법으로 하였으나, 중들은 신이 나지 아니하여 다만 쇠만 울리고 입은 벌리지 아니하였다.

황룡사 담 뒤 느티나무는 경문대왕 때보다 더 늙었다. 서편 쪽으로 벌었던 가지는 지난 겨울 모진 바람에 부러지고, 그때 모여 앉았던 노인들의 무릎에서 놀던 아이들이 이제는 귀밑에 백발이 보이게 되었다.

"왕건이 왜 왔어?"

하고 백성들은 가지 부러진 느티나무 밑에서 근심스러운 얼굴로 서로 물었다. 그들의 품에도 또 어린아이들이 안겼었다.

"황룡사 탑이 기울어지고 느티나무가 말라죽으면 나라가 망한대."

하고 사람들은 황룡사에서 꽝꽝 울어 나오는 쇠북 소리를 들으며 기울어진 구층탑과 거의 다 말라버린 느티나무를 바라보았다.

"이 느티나무가 탈해임금[脫解王] 말 매시던 나무래."

하는 노인들의 말에 젊은 사람들은 혀를 찼다.

"금년에 또 잎이 피어볼까. 작년에도 한 가지밖에는 아니 피었는데."

하며 사람들은 근심스럽게 항상 나뭇가지를 바라보았다. 반이나 남아 썩어진 몸뚱이, 모지랑비 같은 가지 끝, 거기도 다시 잎이 필까 싶지 아니하였다.

"우리야 다 산 늙은이지마는 어린것들이 불쌍하지."

하고 어떤 늙은이는 손에 매어달린 손자를 굽어보며 눈물을 떨어뜨렸다.

"오늘은 임해전에 큰 잔치가 있다는데 안 가보랴나?"

하고 젊은이 하나가 말하면,

"큰 잔치 무섭더라. 포석정 큰 잔치나 아니 되랴나."

하고 한 젊은이가 대답하고, 그러면 곁에 있던 노인이,

"쉬! 그런 소리 말아."

하고 눈을 부릅떴다.

아침동자 하는 부녀들이 황룡사 앞 큰 우물에서 물을 길어 들고 올 때에 이 추운 날 아랫도리 벗은 아이들이 종종걸음으로 뒤를 따르고, 그 뒤로는 도랑이 먹은 여윈 강아지가 꼬리를 등에 바짝 붙이고 따라온다.

그렇게도 깨끗하던 집들이 모두 다 낡았다. 새로 단장한 처녀의 얼굴과 같던 뽀얀 분벽(粉壁)들이 군데군데 떨어지고, 황룡사 벽까지도 쓰러지고 무너지어 그 위로 쥐들이 뛰어다녔다.

거지 떼들이 잿밥을 얻어먹으려고 황룡사 문 앞으로 모여든다. 군데군데 살이 보이는 누더기에는 묵은 지푸라기가 여기저기 달렸다. 손에는 깨어진 바가지와 뒤웅박을 들고 두 손을 배에 대고 허리를 꼬부렸다. 그때 묻은 얼굴에서는 뽀얗게 입김이 오른다. 그래도 어린것들은 좋아라고 뛰고, 늙은이들은 염불을 하는지 입을 우물우물하며 행여 무엇이 떨어졌는가 하고 길가를 돌아본다. 해마다 추수 때가 되면 견훤의 군사가 들어와 곡식을 모조리 베어 가므로 농민들은 먹을 것을 잃고 떼거지로 돌아다니는 것이다. 이 거지들은 무너진 담 밑과 빈 집에서 겨울을 난 사람들이다.

황룡사 문밖에는 이백 명은 모인 것 같다. 서로 앞을 다투어 발을 벋디

482

디고 팔을 내어밀었다. 중들이 큰 함지박에 김이 나는 밥을 들고 서서 주먹밥을 만들어 사람들 속에 던지면, 꺼멓게 때 묻은 수십의 손이 하얀 밥덩어리 하나를 따라 공중에 들린다. 만일 밥덩어리가 땅에 떨어지면 우하고 수십 명의 허리가 한꺼번에 구부러져,

"아야야야."

하고 부르짖는다.

한 덩어리를 집은 사람은 우선 두 볼이 불룩하도록 입에 틀어막고 손가락마다 밥풀이 묻은 손을 또 내어민다. 젊은 중들은 빈 함지박을 뒤집어 사람들에게 보이고 웃고 뛰어 들어간다. 밥을 못 얻어먹은 거지들은,

"밥 주우, 밥 주우!"

하고 열두 층 돌층층대로 밀려 올라갔다.

불그레한 해가 동대문 위에 높이 솟고, 장안에는 뿌얀 엷은 안개가 덮였다. 피난 가는 백성들이 그리운 듯이 연해 뒤를 돌아보며 동대문으로 나간다.

그러나 길에는 임해전 잔치에 가는 고관대작들의 비단 장막 늘인 수레들이 소리를 내며 달렸다. 임해전 안에서는 벌써 북소리가 둥둥 울려 나왔다.

임해전 천 사람이 들어앉는다는 큰 방에는 정면에 왕과 고려 왕이 주객의 예를 따라 동서로 갈라 앉고, 정전 뒤에 있는 전내에는 왕후와 태자비와 고려의 낙랑공주를 중심으로 높은 부인들과 젊고 아름다운 딸들이 모였다.

낙랑공주는 태자비 계영 아기와 겨룰 만큼 아름다웠다. 게다가 계영아기보다 나이 어리고 아직 다 피지 못한 꽃봉오리 같아서 도리어 더 아름

다위 보였다. 공주가 아직 신라 궁정의 예법에 익숙지 못하고 또 말에 고구려 사투리가 있는 것이 도리어 귀여워 왕후는 사랑하는 딸과 같이 손을 잡고 등을 만지고 귀여워하고, 다른 부인들과 아기들도 이 먼 곳에서 온 귀한 손님의 손을 한 번이라도 만지어보고 말 한마디라도 붙이어 그 억센 고구려 사투리를 들어보려 하였다.

낙랑공주도 왕후와 여러 사람들에게 사랑받는 것이 기뻤다. 더구나 공주는 왕후의 어머니와 같은 인자함과 태자비의 형과 같은 정다움이 큰 감동을 주었다. 그러할수록 공주의 맘은 괴로웠다. 그것은 송도를 떠날 때에 아버지 왕건이,

"너, 신라 태자에게 시집가려느냐?"

한 것을 생각한 때문이다.

낙랑공주는 어젯밤을 내전에서, 바로 왕후의 이웃 방에서 잤다. 왕후는 아들 하나밖에 없고 딸이 없는 이이므로 공주를 딸같이 귀애하여 손수 자기 전에 자리를 만지어보고, 아침에 일어날 때에도 궁녀를 보내어 먼저 문안하라 하고 아침 수라는 한자리에 앉아 자시었다.

그런 뒤에 태자비는 자기 옷을 내어 손수 공주에게 입히고 머리 장식과 패물과 신과 일습을 다 손수 입히고, 머리도 신라 궁중제로 쪽 지게 하고 다시금 거울을 들여다보고 기뻐하였다.

아침 조회에 백관이 들어오기 전에 왕과 왕후는 태자와 태자비와 함께 고려 왕과 낙랑공주를 만나고 형제의 예로 서로 인사하였다. 왕이 왕건보다 나이 위이므로 왕이 형이 되고 왕건이 아우가 되었다.

그 자리에서 왕은 왕건의 손을 잡고,

"내 덕이 없어 나라에 화란이 끊이지 아니하여 견훤이 방자히 침노하

여 창생을 도탄에 넣되 내 어쩌하지 못하니 아픔이 어찌 그지 있으리오."
하고 눈물을 흘렸다. 이것을 보고 곁에 있던 이들도 모두 눈물을 흘리고
왕건도 소매로 눈을 씻으며,

"폐하는 슬퍼 마옵소서. 내 있거니 견훤이 다시 어찌하오리잇가."
하였다.

왕은 왕건의 이 말에 더욱 감격하여 한 번 더 왕건의 손을 잡으며,

"만사를 오직 대왕께 맡기노라."
하였다.

그러나 태자는 분함을 이기지 못하여 무슨 말을 하려고 왕을 바라보다
가 머리를 흔들고 일어나 나가버렸다. 왕은 태자의 행동이 혹 왕건을 노
엽게 하지나 아니할까 하여,

"태자는 때때로 행동이 상궤를 벗어날 때가 있어 그것이 근심이라."
하고 자탄하는 듯이 중얼거렸다. 그러나 왕건은 태자의 뜻이 무엇인지를
알았다. 왕은 듣던 바와 같이 호인이요, 태자는 듣던 바와 같이 휘기 어
려운 사람이었다.

왕건이 낙랑공주를 데리고 오기는 태자의 뜻을 낙랑공주의 색으로 휘
어보려 함이었다.

"소제(小弟)가 아직 아들이 없고 오직 한 딸을 두니 잠시도 곁을 떠나
지 못하여."
하고 웃으면서 낙랑공주를 데리고 온 변명을 하였으나, 기실은 낙랑공주
는 신라라는 나라를 낚을 미끼로 데리고 온 것이었다.

그러나 아침 조회에 태자의 눈이 낙랑공주에게로 한 번도 돌지 아니할
뿐더러 태자의 쌀쌀한 태도를 볼 때에 왕건은 잠깐 실망하였다. 그러나

그 실망은 오래가지 아니하였다. 그것은 태자가 북풍같이 쌀쌀한 대신에 왕이 낙랑공주에게 뜻이 깊음을 깨달은 까닭이다. 진실로 곁에서 보기가 낯이 간지럽도록 왕은 낙랑공주를 귀애하였다. 아저씨라는 것을 핑계로 공주의 손을 잡고 등을 만지었다. 왕건은 심상히 보고 있었으나 맘에는 의외의 효과가 난 것을 기뻐하였다.

왕건은 '불뉵일병(不衂一兵)'이라는 것을 목표로 삼았다. 지금까지 궁예나 견훤이 싸움을 일삼아 민심을 잃은 것을 생각하고, 될 수만 있으면 싸우지 아니하고 삼국 통일의 대공을 이룰 것을 꿈꾸었다. 궁예와 견훤 뿐 아니라 신라도 병력으로 백제와 고구려를 통일하려 하였기 때문에 비록 일시 통일의 공은 이루었다 하더라도, 그 후 이백 년을 두고 하루도 편안할 날이 없었고, 마침내 견훤은 백제의 유민을 거느려 신라를 괴롭게 하였고 자기는 고구려의 유민을 거느려 금일의 패를 이룬 것을 안다. 그러므로 만일 자기가 병력으로 신라와 후백제를 통일한다 하면 반드시 백년이 지나지 못하여 혹은 신라를 빙자하고 혹은 백제를 빙자하고 일어날 자가 있음을 안다. 나라를 잃은 원한은 이백 년, 삼백 년으로 가시지 아니함을 왕건은 알았다.

그러하기 때문에 왕건은 신라와 같이 천여 년이나 오랜 나라는 말할 것도 없거니와 아직 건국한 지 수십 년밖에 못 된 후백제까지라도 될 수만 있으면 '불뉵일병'하고 '수공평장(垂拱平章)'하는 방법으로 통일하려 한 것이다.

그러함에는 가장 속(速)한 길이 첫째로는 우선 인척의 관계를 맺는 것이요, 둘째로는 힘 있는 사람을 자기 편으로 끌어당기는 것이다. 선필을 상보로 대우하는 것은 둘째 모책이요, 낙랑공주를 신라로 데리고 온 것은 첫 계책이다.

신라 왕이 이미 늙었으니 왕을 사위를 삼으려고는 왕건도 생각지 못하였고 태자를 사위를 삼아 후일을 기다리려 하였던 것이, 아들 잡으려고 놓은 덫에 아비가 걸린 셈이 된 것이다. 왕건이 속으로 기뻐하는 것이 이 까닭이었다. 이리하고 임해전 잔치에 임한 것이다.

왕은 항상 웃는 낯으로, 기쁨을 억제하지 못하는 낯으로 왕건과 이야기하고 군사들과도 이야기하였다.

"신라와 고려는 형제국이라."

하고 큰 소리로 외치었다. 왕의 뜻을 받아 신하들은 왕건을 대할 때에 왕을 대하는 것과 같이 하였다. 그렇지 아니하더라도 이때에 왕건의 눈에 들어두는 것이 필요할 때가 있으리라 하여 여공불급(如恐不及)하게 왕건의 비위를 맞추려 하였다. 왕건도 왕의 체면을 잃지 아니할 만한 정도에서 극히 공손하게, 손님으로 주인 집 식구에 대하는 태도로 부드러운 말과 웃음으로 대하였다.

"이런 기쁜 날이 또 있으랴."

하고 왕은 가끔 말을 내어 흥을 돋우었다.

"진실로 기쁜 날이로소이다."

하고 신하들은 왕의 말씀에 화답하였다.

남창, 여창의 노래가 나오고 남무, 여무의 춤이 나왔다. 반년을 두고 고르고 고르고 익히고 익힌 노래요 춤이요 장단이라, 그야말로 부절(符節)을 맞추는 것과 같이 똑똑 맞아떨어지고, 부르는 소리, 춤추는 소매, 줄 타는 손가락, 이 모두 다 가락이 있고 법제가 있어, 가슴에 다른 뜻을 품은 왕건조차 이 신선의 풍악에 가끔 정신을 잃는 듯이 망연한 빛을 보였다. 그러다가는 이래서는 안 되겠다 하고 꿈에서 깨는 듯이 한번 몸을 움직이고는 빙그레 웃었다.

풍악이 점점 가경에 들어가니 사람들은 모두 취한 듯 정신을 잃은 듯하였다. 그러나 왕의 눈에는 낙랑공주의 모양이 아른거렸다. 그의 넓으레한 입은 맛나는 음식을 대한 입 모양으로 벌어져 닫힐 줄을 몰랐다. 오십이 넘고 육십이 가까워 머리에 센 터럭이 희끗거리는, 하늘 아래 제일 높은 왕으로서도 낙랑공주의 색에 정신을 잃어버린 것이다. 왕건은 이것을 알아 기뻐하였고, 유렴은 이것을 알아 슬퍼하였다. 태자는 실신한 사람 모양으로 혼자 중얼거리며 왔다 갔다 하였다.

태자가 실신한 모양으로 중얼거리고 돌아다녀도 아무도 그를 돌아보는 이가 없었다. 다만 태자가 술 취한 듯이 비틀거리고 올 때에 사람들은 그를 위하여 길을 비킬 뿐이었다. 잔치가 질탕하여갈수록 태자는 점점 미친 사람과 같이 되었다. 그는 닥치는 대로 아무나 붙들고,

"이보아라, 오늘이 뉘 죽은 날인고?"

하였다.

"동궁마마, 이 무슨 말씀이시니잇고. 오늘 이 나라의 큰 잔치거늘 죽은 날이 무슨 죽은 날이잇고."

하고 신하들이 대답하면 태자는 울려 나오는 풍악 소리에 이윽히 귀를 기울이다가,

"이보아라, 어떤 사람이 죽었기로 저다지 통곡들을 하는고. 흉한 소리를 하는고."

하였다.

"동궁마마, 어이한 일이시니잇고. 풍악 소리를 통곡 소리로 들으시니

딱하여라."

"내 딱함이 아니라 네가 딱함이로다. 통곡 소리를 풍악 소리로 듣는 네가 딱하지 아니하면 뉘 딱한고. 제 딱한 줄 모르는 딱한 무리들만 장마 개천의 올챙이 떼와 같이 옥시글거리니 딱함도 딱한지고."

하고 태자는 신하들을 비웃었다.

신하들은 태자의 태도와 말에 놀라 서로 돌아보며,

"그 뉘 죽은고 하시니 죽기는 뉘 죽으리. 딱하시어라."

하고 서로 수군거린다.

태자는 신하들이 수군거리는 것을 들은 체 만 체 눈을 감고 무엇을 생각하는 모양이더니, 잊어버렸던 것을 생각내인 듯이 고개를 번적 들고 손으로 무릎을 치며,

"옳거니, 옳거니. 죽기는 죽었거니, 큰 것이 죽었거니. 모두 다 울어라. 죽을 때까지 울어라."

하고 소리를 지르고는 신도 신지 아니하고 나가버린다.

태자의 부르짖는 소리에 놀라 왕이,

"이 무슨 소린고?"

하고 물었다.

"동궁마마께옵서 어이한 일이신지."

하고 좌우는 어떻게 아뢸 바를 모른다.

왕은 얼굴을 찡기며,

"술이 과하였는 듯하니 동궁으로 돌아가시라 하여라."

하였다.

그러나 왕도 태자의 이상한 부르짖음을 들을 때에는 무슨 흉한 일이 생

기는가 싶어 맘이 괴로웠다. 왕도 태자의 심사를 모르는 바가 아니요, 또 자기가 신라의 왕으로서 왕건에게 대하여 하는 행동이 마땅하지 아니한 줄을 모르는 바도 아니다. 그러나 왕은 이렇게밖에 더 할 도리가 없는 줄을 안다. 그래서 태자를 철없는 젊은 사람이라고 돌려보내려고 애쓰나, 그래도 어느 구석에 태자가 두려운 듯하고 불쌍한 듯한 생각도 났다.

왕건도 왕의 맘을 알아 아무쪼록 왕의 눈을 피하고 가만히 풍악에 귀를 기울이는 태도를 보였다.

왕은 뒷간에 가는 듯이 가만히 일어나 방에서 나와 조용한 방에서 태자를 불렀다. 태자는 여전히 실신한 사람 모양으로 왕의 앞에 읍하고 섰다. 왕은 좌우를 물리고 태자더러,

"어찌하여 동궁은 불평한 빛이 있는가?"

하고 물었다.

태자는 물끄러미 왕을 보며,

"도리어 용안에 길치 못한 그림자 보이오니, 아마 나라에 상서롭지 못한 일이 있지 아니한가 하노이다."

하였다.

왕은 깜짝 놀라다가 그 빛을 가리고,

"나의 괴로움은 동궁으로 말미암음이라."

하였다.

태자는 웃으며,

"자고로 성군은 자비로우시거니와 또 성군은 만민을 위하여 슬퍼하시되, 한낱 아들이나 한낱 이웃 나라 공주를 위하여 슬퍼하지 아니하신다 하였나이다."

하고 풍악 소리에 귀를 기울이며,

"어허, 시끄러운 통곡 소리여……. 하기는 나라가 죽으려 하거니 새, 즘생인들 통곡하지 아니하랴. 울어라, 울어라."

하고 태자도 우후후 하고 소리를 내어 운다.

왕은 소매로 낯을 가리며,

"물러나라, 물러나라."

하고 손을 내어두른다.

태자의 말은 언언구구가 왕의 가슴을 찔렀다. 차마 태자의 말에 견디지 못하여 물러나라고 손을 내어두른 것이다.

"물러나라 하시면 신은 물러나리다마는, 폐하의 맘이 물러나지 아니하시니 괴로움은 면치 못하시리이다. 천 년 사직을 등에 지시니 폐하의 약하신 등이 휘어 굽으시는가 하나이다. 아니 지시었더면 피차에 좋았을 것을 국운과 가운이 모두 불길하여 폐하께서 높으신 자리에 오르시니, 왼손으로 오랑캐를 불러들이고 오른손으로 역적의 발에 매어달리는 변변치 못한 재조를 부리시게 되었나이다. 신이 듣사오니, 북한주 도독 왕륭의 아들이 이미 천하에 군림하고 이전 신라 왕은 새 왕의 공주의 치맛자락에 싸여 헤어나지를 못한다 하나이다. 왕은 왕건의 손을 핥고 신하들은 왕건의 발을 핥을 새 어리석은 김충이 홀로 아니 하려 하오니, 신하들은 김충을 미치었다 하고, 폐하는 신더러 물러나라 하나이다. 폐하의 아들로 태어난 신도 전생의 죄 크거니와, 신을 아들로 두신 폐하도 금생의 죄 적지 아니하신가 하나이다. 나라가 망하거니 가슴을 치고 통곡함이 마땅하려든, 소리는 무슨 소리며 춤은 무슨 춤이니잇고."

하고 태자는 꺼리는 바 없이 울며 웃으며, 팔을 두르며 발을 구르며 말하였다.

"물러나라, 물러나라!"

하고 왕은 견디지 못하여 벌떡 일어나 태자를 버리고 방에서 나가버린다.

태자는 왕의 나가는 것을 바라보며,

"가엾은 늙은이!"

하고 고개를 숙여버린다.

그러나 이 모양으로 잔치는 계속되었다. 밤낮으로 한 달을 계속하였다. 왕은 태자가 잔치에 참예하기를 금하고 동궁에 가두어버렸다. 유렴은 병이 났다 칭하고 집에 들어 나지 아니하였다. 그 밖에도 다소간 뼈가 굳은 이는 혹은 병탈로, 혹은 친환(親患)을 빙자하고 집에 숨기도 하고 시골로 내려가기도 하였다.

왕은 날이 갈수록 더욱 체면을 유지하지 못하였다. 왕건은 어느 때나 위의를 잃지 아니할 때에 왕의 모양은 너무도 창피하였다. 처음에는 신하들의 맘에 부끄러움도 있었으나 마침내는 신하들의 맘은 왕건에게로 돌아가버리고 말았다.

왕건은 신라 조정의 대관들과 친히 알게 됨을 따라 혹은 금덩어리를, 혹은 은덩어리를, 혹은 값가는 보물을 선물로 주고, 단둘이 대할 때에는 마치 친구를 대한 것과 같이 겸손하고 친밀하게 하였다.

대관들은 다투어 왕건을 찾았다. 왕건은 악발토포(握髮吐哺)로 그 사람들을 맞았다. 찾는 자가 뒤를 이었다. 처음에는 아무쪼록 남의 눈을 피하였으나 이십여 일 넘은 뒤에는 맘 놓고 왕건을 찾았고, 도리어 그것을 자랑으로 알게 되었다. 대관들은 견훤의 손에 죽고 남은 사람들이라, 모두 경험도 없고 식견도 없고 꾀조차 없는 무리들이었다. 그 사람들이 영웅 왕건과 서로 대할 때에 손에 주물리고 속을 빼일 것은 말할 것도 없는 일이다.

그러나 왕건은 많이 듣고 적게 말하는 사람이기 때문에, 어리석은 대관들은 왕건을 자기의 손에 집어넣을 수 있는 것같이 생각하였다. 왕건은 속으로 웃었다. 만사가 너무도 힘 안 들게 뜻과 같이 되는 것을 도리어 이상하게 생각하였다.

왕은 갈수록 더욱 낙랑공주에게 정신을 빼앗겼다. 더구나 왕건이 나라 떠난 지 오랜 것을 말하고 칠팔 일이 지난 뒤부터 돌아갈 것을 말하기 때문에 왕의 맘은 더욱 초조하였다. 그러다가 하루하루 붙드는 것을 이십여 일을 붙들었으나, 왕건은 더 오래 머물지 못할 것을 말하고 돌아갈 행장을 수습하게 되매 왕의 맘은 더욱 초민(焦悶)하였다. 그래서 기회만 있으면 낙랑공주를 만나기를 꾀하였다. 차마 어찌하지는 못하고 오직 하루 이틀 오래 머물게 할 생각만 하였다.

그러나 왕건이 서울에 온 지가 벌써 한 달이 가깝고 또 왕건이 하려던 일도 다 하였다. 하려던 일이란 별것이 아니요, 첫째 신라의 힘을 알고, 둘째 신라 조정의 대관들의 맘을 사고, 셋째 신라 왕이나 태자의 맘을 사로잡는 것이었다. 이 일은 한 달 동안에 다 되어버렸다.

처음 왕건이 서울에 온다는 말을 들을 때에는 왕이나 조정 제신은 반드시 왕건이 무슨 어려운 문제를 끌어내려니 하여 그것을 두려워하였다. 그러나 왕건은 일갓집에 온 손님처럼, 또 구경 온 한 유객처럼 그저 유쾌하게 놀고 정답게 이야기할 뿐이요, 국사에 대하여서는 아무러한 말도 하지 아니하였다. 그는 마치 천하사(天下事)에 대하여서는 아무 야심이 없는 것 같았다.

이것을 보고 더러는 왕건이 음흉한 것이라고 하였으나, 왕을 머리로 하여 여러 대관들은 왕건의 덕과 성의를 믿어버리고 말았다. 낙랑공주는 아주 왕과 왕후에게 맡겨버리고 일절 찾지도 아니하였다. 공주는 항상 왕후와 같이 있었고, 그 때문에 왕은 전에 없이 왕후궁에 자주 출입하였다.

왕은 태자가 낙랑공주에게 가까이하기를 엄금하였다. 왕자는 여전히 실신한 사람으로 대궐 안에서 이리저리로 거닐고, 가끔 노래도 부르고 울기도 하였다. 어떤 날에는 밤이 깊도록 어원(御苑) 속으로 거니는 모양을 보았다.

하루는 초어스름에 태자가 월정교 위로 거닐다가 역시 궁녀의 옹위를 받아 월정교로 오던 낙랑공주를 만났다. 태자는 돌로 연꽃을 아로새긴 난간에 기대어 외면하였다.

궁녀들은 그것이 태자인 줄을 알고 합장하고 허리를 굽히며,

"동궁마마!"

하고 불렀다. 낙랑공주도 합장하고,

"동궁마마, 누이를 몰라보시나잇가?"

하고 고개를 숙였다. 궐내에서는 왕과 왕건이 형제지의를 맺었으므로 이렇게 촌수를 찾은 것이다.

태자는 하릴없는 듯이 고개를 돌려 낙랑공주에게 답례하고,

"낙랑공주시니잇고? 부왕이 근일에 새로 총첩(寵妾)을 들이셨다 하기로 나는 그 사람으로 알고."

하였다.

낙랑공주는 태자의 말뜻을 알아듣는다. 태자는 자기를 대할 때마다 반드시 비웃는 눈으로 자기를 보고 또 외면하였다. 그러할 때마다 공주는

494

괴로웠다. 그것은 공주의 눈에 태자가 말할 수 없이 불쌍함을 깨닫고, 또 알 수 없는 힘이 자기의 맘을 태자에게로 끌어 붙이는 것을 깨달은 때문이다. 그것은 다만 오라비 없이 자라난 처녀의 외로움뿐만 아니었다.

낙랑공주는 태자가 있는 서울을 떠나 고려로 돌아갈 생각이 슬펐다. 왕이 자기를 귀해할수록 왕에게 대하여서는 점점 반감이 생기고, 태자가 자기를 배척할수록 태자에게 대하여서는 더욱 애착하는 생각이 났다. 그래서 비록 잠시라도 태자의 낯을 대하기를 원하였고, 태자의 낯을 대할 때마다 잠시라도 더 오래 같이하기를 원하였다.

공주는 태자의 곁으로 한 걸음 가까이 가며,

"동궁마마, 사흘을 지나면 고려로 돌아간다 하나이다."

하고 왕건에게서 들은 말을 태자에게 전하였다.

태자는 한 걸음 공주에게서 비켜서며,

"사흘 후에 가신다?"

하고 놀라는 빛을 보였다.

"아이, 사흘 후에. 사흘 후에는 북방 나라 고려로, 아직 버들눈도 안 트는 고려로……."

하고 공주는 슬픈 듯이 한숨을 쉬었다.

"오늘 밤에 떠나시더면 좋을 것을. 사흘 안에 또 무슨 흉한 일이 생길 줄 알고. 사흘은 멀어라, 사흘은 멀어라."

하고 몸을 돌려 두어 걸음 가다가 태자는 다시 돌아오며,

"공주여, 아비를 삼갈지어다. 어느 아비나 아비를 삼갈지어라."

하고 유심히 공주를 바라보며,

"공주, 후생에라도 망국하는 왕의 아들로 태어나지 말 것이, 천하에

욕심 둔 왕의 딸로도 태어나지 말을 것이, 나를 형이라 부르시니 부디 이 부탁 잊지 마올 것이."

하고 또 몸을 돌려 다리 저편으로 건너가려 한다.

태자가 다리를 거의 다 건너간 것을 보고 공주는 참다못하여 서너 걸음 태자의 뒤를 따라가며,

"동궁마마, 동궁마마!"

하고 불렀다. 공주는 가슴에 타오르는 정열을 누를 수 없는 듯이 숨이 찼다. 월정교 밑 깊은 물에는 별빛이 비추이고, 임해궁에서 벌써 밤잔치의 풍악 소리가 울어 왔다.

태자는 공주가 부르는 소리를 듣고도 못 들은 체하고 어원을 향하고 걸어갔다. 태자의 움직이는 그림자가 어두움 속에 어른거리는 것이 보인다.

공주는 잠깐 멈칫하였다가 다시 몇 걸음을 나가며,

"동궁마마! 동궁마마!"

하고 한 번 더 불렀다.

공주를 모시던 궁녀들은 다리에 서서 가만히 바라보았다.

"가엾으시어라!"

하고 한 궁녀가 말하면 다른 궁녀가,

"뉘 가엾으신고?"

한다.

"동궁마마 가엾으시어라."

"어이하여 가엾으신고?"

"그처럼 총명하시고 인자하시더니 근래에 정신이 없으신 듯하니."

또 한 궁녀가,

"공주도 가엾으시어라. 동궁마마와 짝이 되실진댄."

"그러하건마는."

이러한 말을 하고 있다. 입 밖에 내서는 말하지 아니하더라도 꽃 같은 공주가 왕의 손에 꺾이는 것이 아까운 듯이 생각하였다.

태자는 공주가 부르는 소리에 우뚝 섰다.

공주는 빠른 걸음으로 태자의 곁으로 가서,

"한 말씀만……."

하고 말이 막혔다.

"무슨 말씀이니잇고……. 내 길이 바쁘니."

하고 태자도 고개 숙인 공주를 굽어보았다.

"바쁘시다 하시니 이 밤에 어디로 가시나잇고?"

하고 공주는 고개를 들었다.

"귀신을 만나러 가는 길."

하고 태자는 남산을 가리키었다.

"누구를 만나시러?"

하고 공주는 놀랐다.

"귀신을! 죽은 사람들의 혼백을."

공주는 태자의 말에 무서운 듯이 입을 벌리고 말이 없었다.

태자는 웃으며,

"귀신이 산 사람들보다는 사귀기 좋으니. 귀신은 믿을 수도 있나니. 그중에도 목 잘려 죽은 귀신이 가장 의리 있고 절개도 높으니. 충신열사를 귀신 아니고 어디서 찾아보리. 열녀는 귀신 아니고 어디서 찾아보리. 귀신도 아니면 내 누구를 사귀고 누구더러 말을 하리. 남산에는 귀신이 많아 밤이면 모여 서울을 바라보고 통곡하나니, 나도 그 자리에 참예하러 가는 길이 바쁘거니와."

하고 정신없는 사람이 혼자 중얼거리는 모양으로 말하다가 문득 공주가 앞에 있는 것을 깨달은 듯이,

"아, 낙랑공주시오. 고려의 누이시오. 나를 불러 무슨 말씀이니잇고?"

하였다. 그 말소리는 심히 은근하였다.

공주는 소매를 들어 눈물을 씻었다.

"눈물을 흘리시나뇨?"

공주는 느끼며,

"자연 비감하여지어."

하고 태자를 우러러보았다.

태자도 비창하게 고개를 숙이며,

"고려에는 아직도 눈물이 남았던가. 우리 신라는 너무 오랜 나라라 사람들의 눈에 눈물이 마른 지 오래여라……. 가끔 눈물을 흘리는 이 있더라도 그 눈물은 맹물이요, 짠맛이 없어라……. 그러나 무슨 말씀이신고?"

하였다.

임해궁 풍악 소리가 은은히 울려오고, 어느 절에서 저녁 재를 올리는지 우렁찬 쇠북 소리 들려온다.

공주는 태자가 비록 이렇게 횡설수설하더라도 그 말에는 다 깊은 뜻이 있는 것을 깨달았다. 그래서 태자를 불쌍히 여기는 맘이 더욱 깊어지고, 또 자기도 태자와 같이 슬픔을 나누고 싶은 맘도 간절하여지었다. 공주

498

는 손을 들어 태자의 소매를 조금 잡으며,

"동궁마마! 이 몸이 불원천리하고 온 것이 무슨 일인 줄 아시나잇고?"

하고 물었다.

"아는 듯도 하고 모르는 듯도 하여이다."

"그러면 무슨 일로?"

하고 공주는 태자의 소매를 약간 끌었다.

"아마 황룡사 기울어진 탑을 보려고, 그렇지 아니하면 남산에서 우는 귀신의 소리를 들으려고, 또 그도 아니면 고양이 하품을 보려고. 요사이는 고양이도 잡아먹을 쥐 없으므로 하품을 먹고 사나니 하품이 피 없으매 고양이 입은 언제 보아도 희더이다."

한다.

공주는 한숨을 쉬며,

"그것도 아니나이다."

태자는 한 손을 들어 다리를 치며,

"옳거니, 알았도다, 알았도다. 공주 오신 것은 궁 우물에 늙은 구렁이를 낚으러 오신 것이거니. 옛날 당나라 사람이 부소(扶蘇) 서울에 백마를 미끼하여 용을 낚았다거든. 그러나 용은 낚았어도 백마는 잃었다거든. 신라 늙은 용을 낚는 미끼로는 공주는 너무도 아름다운 미끼가 아닐까. 내 바로 알지 아니하였는가?"

하고 고개를 들어 바라보며 웃는다.

태자의 말은 마디마디 공주의 맘을 찔렀다. 전신에 소름이 끼치고 등골에 찬물을 내리붓는 듯하였다.

"그것도 아니로소이다."

하고 공주는 더욱 고개를 숙였다.

"그것도 아니라?"

하고 의아한 듯이 태자는 공주를 보았다.

푹 수그린 공주의 태도는 바람만 잠깐 불어와도 금시에 땅에 쓰러질 듯이 연연하여 보였다.

"그것도 아니라 하면, 그 무엇일까? 어허, 미친 사람의 정신이 회오리바람처럼 돌아감이여. 하늘이 땅이 되고 땅이 하늘이 되는구나."

하고 문득 남산을 바라본다. 남산에서는 사람의 불인가 귀신의 불인가 파란 불이 반작반작하고, 어원에서는 잠자다가 무엇에 놀란 새가 지저귄다. 궐내에 야순 돌던 군사들이 등불을 들고 오다가 태자와 공주가 서 있는 것을 보고 도로 뒤로 물러간다. 공주는 잠깐 뒤로 물러섰다가 다시 태자의 곁으로 오며,

"이 몸이 불원천리하고 온 연유를 모르시거든 이 몸이 말씀하리다."

하고 말하려 하는 것을 태자가 한 걸음 뒤로 물러서며,

"내 길이 바쁘니 짧은 말이거든 하시되, 긴 말이거든 후생에 만나서 하사이다."

하고 갈 뜻을 보인다.

공주는 황황히 태자의 소매를 따라 잡으며,

"소매를 잡기로 이 몸을 허물하시거든 허물하소서. 짧은 말로, 오직 한마디 말로 아뢰리다."

한다.

태자는 하릴없이 공주에게 소매를 붙들려 우뚝 선다. 공주는 죽어도

안 놓치려는 듯이 두 손으로 태자의 소매를 잡으며,

"이 몸이 오옵기는…… 이 몸이 오옵기는."

하고 차마 말을 못하여 맥맥할 때에 어디서,

"동궁마마를 따라, 동궁마마를 따라."

하는 소리가 들린다. 그것은 다리 위에 섰던 궁녀들의 소리인지 공중에서 나는 소리인지 모르거니와 공주는,

"오, 그 누구뇨? 그 누구뇨? 이 몸이 하려고 생각하는 말을 한 이는 그 누구뇨? 그러하나이다. 이 몸이 오옵기는 동궁마마 따라, 동궁마마 따라. 길이 천 리 아니라 만 리라도, 양길의 딸 난영이 궁예왕을 따르듯이 동궁마마 따라."

하고 두 손을 태자의 어깨에 걸고 매어달린다.

이때에 궁녀 하나가 태자와 공주 있는 곁으로 뛰어왔다. 공주는 태자에게서 물러났다.

궁녀는 황망하게,

"동궁마마! 상감마마 행차시니이다."

공주는 놀랐으나 태자는 태연히,

"네 그릇 보았도다. 임해궁 잔치에 가신 상감마마께오서 아직 초어스름이거든 오실 리가 있으랴. 네 다시 보라."

궁녀는 당황하게 다리 저편에 오는 등불을 가리킨다. 거기는 과연 초롱 한 쌍이 앞을 인도하고, 불빛에 보이는 이는 용포에 금관을 쓰고 흰 수염을 늘인 왕일시 분명하다. 궁녀는,

"분명히 상감마마 아니시니잇가?"

하였다.

태자는 궁녀가 가리키는 곳을 바라보며,

"아니라. 남산에서 나를 기다리던 귀신들이 나를 찾아옴이로다. 그렇지 아니하면 지하에 계신 선왕의 혼령이 내게 하실 말이 있어서 발동함이로다."

그 등불이 다리에 가까운 것을 보고 태자는 웃으며,

"오, 아니로다, 아니로다. 상감마마의 혼령이시로구나."

"아이, 어인 말씀이신고. 살아 계신 상감마마시니 혼령이 다니시료?"
하고 궁녀가 태자를 본다.

태자는 여전히 웃으며,

"아니로다, 아니로다. 상감마마의 혼령이 아니시면 상감마마의 몸이로구나. 근래에 상감마마는 맘이 미치신 곳이 계시어 혼과 몸이 떨어져 다니신다 하더니, 그 말이 허사 아니로구나. 임해전에 몸을 두시고 혼이 여기 오시었거나, 임해전에 혼을 두시고 몸이 여기 오심이로다. 아모려나 괴이한 일이로다. 네 가서 혼이시거든 날지 말게 하고, 몸이시거든 스러지지 말게 하옵소서 하여라. 괴이한 일이로다."
하고 미친 듯이 고개를 끄덕거린다.

궁녀는 태자의 앞을 막아서서 불빛이 태자에게 비추이지 않도록 하면서,

"동궁마마, 잠깐 피하옵소서. 동궁마마 공주마마 같이 계심을 보시오면 이 일을 어찌하리. 아아, 이 일을 어찌하리. 동궁마마, 동궁마마."
하고 궁녀는 발을 동동 구른다.

이때에 왕은 다리에 다다라 낙랑공주 모시던 궁녀가 다리 위에 선 것을 보고,

"낙랑공주 어디 계시뇨?"

하고 사방을 둘러보았다.

궁녀들은 대답할 바를 몰라 두리번두리번하다가,

"낙랑공주마마는 잠깐 저편에."

하고는 말이 막혔다.

왕은 낯빛이 변하며,

"잠시도 공주를 떠나지 말라 하였거든."

하고 어성을 높이어,

"동궁은 어디 계시뇨?"

하였다.

궁녀는 일부러 먼 곳을 바라보며,

"동궁마마는 아까 저 남산으로, 상원(上苑)으로 돌아가시었사오나……."

하고는 또 말이 막혔다.

왕은 더 말하지 아니하고 다리로 건너간다.

이때에 태자는 궁녀가 원하는 대로 몸을 피하여 길가 늙은 행나무 뒤에 몸을 숨긴다. 태자는 나무에 머리를 기대고 멀리 하늘을 바라보고는 고개를 숙인다.

왕이 오시는 것을 보고 공주는 읍하여 왕을 맞으며,

"상감마마, 임해전 잔치는 벌써 파하였나잇고?"

하고 묻는다.

왕은 손을 들어 공주의 어깨에 얹고 웃는 낯으로,

"잔치는 지금 시작이거니와 잠시 공주를 대하고 싶어 왔노라. 공주는 어이하여 오늘 잔치에 참예하지 아니하였던고? 어이하여 아직 밤바람이 차거든 이곳에 오래 머무는고?"

하고 더욱 공주의 곁으로 가까이 가 공주의 등을 만지며 등불 든 시신과 궁녀들을 보고,

"잠깐 다리 저편으로 물러가라!"

하고 좌우를 물러버렸다.

왕의 명대로 모시던 사람들은 다 이편으로 물러왔다. 다 무슨 큰일이 있을 것을 겁내는 듯이 말은 못 하고 서로 바라보았다.

사람들이 다 물러간 것을 보고 왕은 공주의 허리를 안으며,

"공주는 모레 떠나가려 하느뇨?"

하고 은근히 물었다.

"부왕께서 가자 하시면."

하고 공주는 읍하고 대답하였다.

왕은 손을 들어 공주의 머리를 쓸며,

"갈 줄이 있으랴. 가지 말지어다. 신라에 있으라. 나와 같이 신라에 있으라. 신라에 있을진대 무엇은 공주의 것이 아니랴. 왕관까지도 공주의 것일 것을. 가지 마라. 공주 가면 나는 어찌하리오. 그래도 가려는가? 공주여, 그래도 가려는가? 가지 마라. 부왕이 가자 하시어도 아니 간다 하라. 지금 대답하라. 임해전 갈 길이 바쁘니 지금 대답하라."

하고 왕은 손으로 공주의 머리를 쓸었다.

공주는 왕의 말을 가만히 듣고 있더니 몸을 돌려 왕의 손에서 빠져나가며,

"있으라 하시니 황감하여이다."

하고 냉랭하게 대답하였다.

왕은 다시 손을 내밀어 공주의 어깨를 잡으며,

"그러면 아니 가는가? 그러면 나와 같이 신라에 있으려 하는가?"

하고 기뻐하였다.

공주는 다시 왕의 손에서 빠지어가며,

"가고 아니 가기는 동궁마마의 뜻에."

하였다.

왕은 깜짝 놀라 몸을 흠칫하였다. 그러고는 이윽히 공주를 바라보더니 다시 웃으며,

"공주는 몰랐도다. 동궁은 미친 사람이라. 미친 사람이 무슨 말을 하랴. 겉으로 보면 번듯하거니와 벌써 미친 지 오랜 사람이라. 비록 태자를 봉하였거니와, 공주 만일 아들을 낳으면 태자로 봉할 것이라……. 태자의 말에 속지 마라. 태자는 미친 사람이라. 공주는 언제 태자를 보았느뇨. 태자는 미친 사람이니 만나지 마라. 해를 받을까 두려워하라."

하였다.

공주는 노염을 발하는 듯이 왕께 외면하고 돌아서며,

"상감마마, 다시 생각하시옵소서. 아들을 헐어 말씀하시는 아버지를 믿기 어려워라. 동궁마마 미쳤다 하니 그 어느 미치신고."

하였다.

왕은 공주의 손을 잡아끌며,

"동궁 미친 줄을 천하가 다 아나니. 벌써 미친 지 오래거든."

할 때에 나무 그늘에서,

"천하는 다 미치거늘 나 홀로 깨었는가, 나 홀로 깨었거든 천하는 다 미치었는가. 성상이 나를 미쳤다 하니 미친 줄로 여길 것인가. 깨인 정신으로 차마 못 볼 세상이니, 차라리 미치어서 보기 싫은 세상을 잊어버릴

까."

하고 슬슬 왕의 곁으로 나오는 것은 태자다.

왕은 깜짝 놀라 두어 걸음 뒤로 물러서며,

"누구뇨? 누구뇨? 설마 동궁은 아니려든."

하며 어두운 빛에 태자를 바라본다.

왕은 한 번 더 놀라며,

"태자…… 태자?"

한다.

"아직 새 왕후께오서 아들을 아니 낳으시니 태자인가 하나이다. 그러하오나 태자 이미 미친 지 오래오니 태자 아닌가도 하나이다. 태자쯤 미친 것이야 큰일 될 것도 아니오나, 하늘이나 미치지 아니하는가, 그것이 염려로소이다."

하고 태자는 별이 총총한 그믐밤의 하늘을 바라보더니,

"하늘이 분명히 미친 듯하여이다. 북신(北辰)이 자리를 떠나 남으로 달아나고, 또 듣사온즉 오늘 해가 동에서 떠서 서쪽으로 가다가 길을 잃어버리고 저 북문 밖으로 들어가더라 하오니 하늘이 미친 것이 분명하오며, 하늘이 미치었길래로 땅 위에 왕이 나라를 잊고 아비가 아들을 잊는 것인가 하오며, 아모려나 세상은 오늘 밤 닭 울기 전으로 결단이 날 듯하여이다. 큰일이로소이다."

하고 고개를 끄덕거린다.

태자가 하늘을 바라보고 이상한 몸짓을 하며 횡설수설하는 것을 보고 왕은 적이 안심하는 모양으로 다시 위엄을 수습하여,

"동궁아, 뉘 앞에서 무슨 말을 하나뇨."

하고 꾸짖는 모양으로 소리를 높였다.

태자는 왕과 공주를 번갈아 보며,

"미친 사람이 누구의 앞을 분별하리까마는, 생각건대 고려 일등 공신 낙랑공의 앞인가 하나이다. 보오니 머리에 금관을 쓰시고 몸에 용포를 입으시오니, 아마 밤에 사람이 없는 틈을 타시와 옛날에 입으시던 것을 한번 입어보신 것이 아닌가 하나이다. 그러하옵길래 쓰시고 입으신 것이 모두 어울리지를 아니하여 남의 것을 얻어 입으신 듯하옵고, 또 백발이 성성하시되 철없는 젊은 사람의 모양을 하시는가 하노이다."

하고 태자의 말이 그칠 줄을 모르니 왕이 참지 못하여 칼자루에 손을 얹으며,

"충아, 이것이 임금에게 하는 말이며 아비에게 하는 말이뇨. 아모리 미치었다 하기로 충효의 길을 잊어버렸나뇨."

하고 어성을 높인다.

태자는 웃고 남산을 가리키며,

"충효라 하시오니 천하에 충이 죽은 지 이미 백 년이옵고, 효도 죽은 지 벌써 십 년이라, 다시 무슨 충효 있사오리까. 지금의 충은 견훤이 힘 있을 제 견훤의 앞에 허리를 굽히고, 왕건이 힘 있으면 왕건의 앞에 머리를 숙이고, 낙랑공주 자색이 아름다우면 공주의 허리에 팔을 두르는 것이라 하나이다. 폐하 홀로 충효를 겸전하시오니 신자(臣子)들이 가질 충효는 남음이 없다 하노이다."

하였다.

왕은 칼을 빼어 둘러메며,

"불효불충한 놈아, 그 입을 닥치라. 칼로 네 혓줄기를 끊으리라."

하고 태자를 노려보았다.

태자는 태연히 손을 내밀어 왕의 칼날을 만지려 하며,

"그 칼을 보여주소서. 완악(頑惡)하고 죄 많은 목숨은 잘 드는 칼이 아니고는 버히어지지 아니한다 하오니, 이 칼이 더 날카로울까 하나이다."
하고 자기의 허리에 찼던 칼을 떼어 왕에게 두 손으로 받들어 드리며 비장한 어조로,

"아깝지 아니한 이 목숨, 천 년 사직이 망하여버리고 거룩한 서울이 쑥밭이 되는 꼴을 보기 전에 폐하께서 낳으신 목숨이니 폐하께서 끊어주시옵소서."
하고 우후후 소리를 내어 울었다.

왕은 빼어 들었던 칼을 칼집에 도로 꽂으며,

"어지어 내 일이여! 어지어 내 일이여!"
하고 두 번 탄식하고 몸을 돌려 다리를 건너간다.

태자는 칼을 두 손에 든 채로 물끄러미 비슬비슬 다리를 건너가는 왕을 바라보다가 손에 들었던 칼을 땅에 떨어뜨리니 사르릉 하고 칼날이 칼집 속에서 운다. 공주는 얼른 땅에 떨어진 칼을 집어 손수 칼끈을 태자의 허리에 둘러 채운다.

왕의 등불이 점점 멀어지어 어느 모퉁이에 이르러 아니 보이게 된 때에 태자는 낙랑공주의 어깨에 손을 얹으며,

"공주여, 가라! 신라에 머물지 말고 고려로 가라! 하루바삐 가라!"
하였다.

공주는 소매를 들어 눈물을 씻으며,

"동궁마마! 가라 하시면 가리다. 그러나 이 몸은 공주도 귀치 아니하

고 왕후도 귀치 아니하오니 동궁마마 곁에 있게 하여주실 수는 없으리이까?"

하고 운다.

"공주의 뜻을 아노라, 아노라. 그러나 공주도 내 뜻을 알라!"

하고는 걸음을 빨리하여 어두운 상원 속으로 가버린다.

공주는 두어 걸음 따라가며,

"동궁마마, 동궁마마!"

하고 불렀으나 대답이 없고, 얼마 있다가 슬픈 목소리로,

"공주여, 내 뜻을 알라!"

하는 한마디가 어두움 속에 울려왔다.

공주는,

"동궁마마, 동궁마마. 마마의 뜻은 아나이다."

하고 길가 나무에 울며 쓰러진다.

마침내 왕건이 서울을 떠날 날이 왔다. 그날은 삼월에도 삼짇날, 제비들이 오는 날이었다.

왕건이 서울에 들어올 때에는 단출하게 오십 기(騎)만 데리고 왔었으나, 서울을 떠날 때에는 신라 삼보 중에 하나인 순금으로 만든 장륙존상을 선두로 하고, 대대로 내려오는 옥좌며, 견훤이 가지어가고 남은 각색 보물이며, 각색 장색이며 학자며, 이러한 것을 백여 차를 실려 일행이 십 리에 연하였고, 신라가 몇 날 남지 아니한 것을 지레 짐작하고 고려로 따라가려는 대관과 부자들의 값가는 보화와 가장집물도 백여 차나 되었다. 그 사람들은 우선 세간을 고려로 옮겨두었다가 때가 오면 몸만 살짝 빠져 달아나자는 것이었다. 왕건은 그러한 사람들을 후히 대접하여 고려에서

편안히 살 땅을 주기를 허락하였다. 그러나 그 사람들도 몸까지 따라가기는 꺼리어 서울에 남아 있었다.

왕은 낙랑공주를 서울에 두고 가기를 왕건에게 누누이 권하였으나, 왕건은 공주가 떨어져 있기를 원치 아니한다는 핑계로 거절하고 다시 정식으로 통혼이 있기를 바라는 뜻을 비치었다.

그리하고 왕건은 태자를 고려로 데려가기를 꾀하였으나 되지 아니할 줄을 알고 유렴을 국사(國師)라는 명의로 고려로 데리고 가기를 왕께 청하여 허락을 받았다. 왕건은 유렴의 인물을 존경하여 그의 계책을 받으려는 뜻도 있거니와 신라 조정에 유렴을 남겨두는 것은 호랑이를 들에 놓는 것과 같이 생각하였으므로, 유렴 하나를 손에 넣는 것이 신라의 강토와 왕관을 손에 넣는 것보다 큰일인 것을 안 것이다. 그러나 왕은 유렴을 쳐버리는 것이 옆구리를 겨누고 있는 칼을 쳐버리는 것같이 시원하게 여겼다. 유렴 한 사람만 없어지면 뉘라 왕의 귀를 거스르는 말을 하랴, 뉘라 왕의 하고자 하는 바를 거스르랴. 아니 간다는 태자를 억지로 고려로 보내기는 민심도 두렵거니와, 유렴을 보내기는 가장 쉬운 일이다. 그것은 유렴이 왕명이면, 세 번 간하여 듣지 아니하면 울고 좇는, 유렴의 충성을 아는 까닭이다. 유렴은 여러 번 왕께 말하였으나 왕이 듣지 아니하므로 마침내 왕명을 좇아 고려로 가기로 하고, 부인과 태자비 되는 외딸 계영 아기와 영 이별을 하고 왕과 왕후에게도 금생에 다시 만나지 못할 뜻으로 영원한 하직을 하였다. 마지막으로 태자를 보고,

"신은 왕명으로 고려로 가나이다."

할 때에 태자는 유렴의 눈에 눈물이 흐르는 것을 보고,

"좋은 나라로 가거든 왜 우나뇨?"

하였다.

　유렴이 더욱 울며,

　"금생에는 다시 상감마마와 동궁마마께 뵈옵지 못하리이다."

하는 것을 태자는 손을 내어두르며,

　"나를 다시 볼 날이 없으려니와 상감마마는 불원에 고려에서 서로 대할 날이 있으리라. 그러나 그것이 무슨 큰일이오? 신라를 다시 대할 날이 없을 것을 슬퍼하라."

하였다.

　유렴은 억색하여 다시 말은 못 하고 다만 눈물 어린 늙은 눈으로 태자의 초췌한 얼굴을 물끄러미 바라보다가, 태자가 분명히 미친 사람이 아닌 것을 알고 적이 안심하는 듯이,

　"동궁마마, 내내 천만 보중하옵소서."

하고 물러나왔다.

　유렴은 신라의 관복을 다 벗어 집 사람을 주며,

　"내 고려에서 죽었다 하거든 이것을 묻어 나의 무덤을 삼으라. 내 죽어 혼이 있거든 고려에 있는 몸을 버리고 신라에 둔 옷에나 와서 접하리라."

하였다.

　견훤이 왔다 갈 제
　시중 하나 두고 가데.
　왕건이 다녀갈 제
　시중마저 가져가노.

하고 백성들은 시중의 수레가 서울 거리로 마지막 지나갈 때에 수레를 붙들고 울었다.

유렴은 조촐한 선비의 복색으로 수레에 단정히 앉아 차마 눈을 들어 좌우를 돌아보지 못하는 듯이 고개를 숙이고 있었다.

"유렴 시중이 운다."

하고 백성들은 더욱 울었다. 웬일인지 유렴이 상대등이 된 뒤에도 백성들은 시중이라고 불렀다. 그 이름이 더욱 정다웠던 까닭인가.

왕은 구무재[穴城]까지나 왕건을 전송하였다. 고려까지 따라라도 가고 싶은 것을 그도 못 하고 구무재에 머물러 왕건과 공주의 수레가 멀어가는 것을 바라보고 자못 창연하였다. 왕건을 따라 고려로 가고 싶은 사람은 왕뿐이 아니었다. 대관들 중에도 몸은 신라에 남고 맘은 왕건의 수레바퀴를 따라 고려를 향하였다.

길가에는 백성들이 구경을 나왔다. 백성들까지도 왕의 거둥 구경을 나온 것보다 왕건의 거둥 구경을 나온 셈이었다.

왕건이 다녀간 뒤로 왕은 정사에 뜻이 없고 주소(晝宵)로 낙랑공주만 생각하였다. 노인이 색에 미친 꼴은 차마 못 보겠다고 사람들이 비웃으리만큼 심하였다. 그래서 왕은 한 달에도 몇 번씩 편지를 써서 고려로 보내고는 무슨 회답을 기다렸다. 고려에서는 세 번 편지에 한 번 회답이 나왔다.

왕만 그러한 것이 아니라 신하들도 나랏일에는 뜻이 없고 어찌하면 왕건의 뜻에 들까, 어찌하면 다만 한 푼이라도 돈을 더 벌어 고려에 미리 보내어 집과 땅을 구하여놓을까, 이러한 생각만 하고 있는 듯하였다.

'대하장경(大廈將傾)에 나 혼자 그러면 별 수 있나.'

512

하고 저마다 제 실속이나 하기를 도모하는 듯하였다.

강토는 다 없어지고 민심은 이반하고 조정에는 나라를 근심하는 이가 하나도 없으니, 국고는 마르고 대궐 안에는 도적과 귀신들만 편안한 날이 없이 난동하였다.

그중에서 옛날 김성, 김률의 세도를 한 손에 잡은 이는 시랑 김봉휴(金封休)였다. 왕건이 서울에 와 있는 동안에 여러 사람이 다투어 왕건의 맘에 들려 하였으나, 그중에 가장 왕건의 신임을 받은 이는 아직 삼십이 넘을락 말락 한 김봉휴였다. 김봉휴는 일찍 당나라에 유학하여 문명이 높고 재주가 과인하며 구변이 좋고 또 모략이 있는 사람이다. 왕건은 한번 보매 그 사람을 알아보았다. 알아본다 함은 첫째 그의 재주와 구변이 능히 신라 조정을 휘두르고 또 그의 뜻이 능히 명리(名利)로 유혹할 수 있음을 본 것이다.

김봉휴는 본디 가난한 사람이었으나 왕건이 다녀간 후로 벼슬은 갑자기 시랑에 오르고, 오는 곳 모르는 재물이 흥성하여 문객이 날마다 저자를 이루고, 왕도 돈을 쓰려 할 때에는 김봉휴에게 말하였다.

김봉휴는 누구의 무슨 청이나 아니 듣는 것이 없는 것으로 유명하였다. 그에게는 재주도 끝이 없고 재물도 한량이 없는 듯하였다. 왕도 무슨 원하는 일이 있을 때에 김봉휴에게 말하면 반드시 그 일이 이루었다.

그러나 김봉휴의 세도에는 뜻대로 안 되는 사람이 있었다. 그것은 김봉휴와 같이 당나라에 다녀오고 가위 죽마고우라 할 만한 시랑 김비(金胐)와 사빈경(司賓卿) 이유(李儒)다. 김비와 이유는 유렴의 계통이다. 그들은 대의를 내세우고 옥으로 부서질지언정 질그릇으로 온전하기를 원치 않는, 김봉휴 편으로 보면 고집불통하는 무리들이었다. 비록 수효가 많지는 아니하나 김비, 이유를 따르는 이도 있어, 그들은 모두 태자의 편이 되었다.

그러나 태자는 이에 와서는 벌써 나라를 바로잡을 뜻을 잃어버리고 거짓 미친 것이 참 미친 것과 같이 되어버렸다. 태자는 사람을 만나는 대로 미친 사람 모양으로 풍자와 희학(戲謔)으로 일삼고, 그렇지 아니하면 눈물을 흘렸다. 태자가 아직 태자 되기 전에 사귀던 무리들도 다 흩어져버렸다. 그러나 왕에게서 떨어진 백성의 맘은 그래도 태자에게 붙어 있어, 태자가 미복(微服)으로 거리로 나와 다닐 때에 백성들은 반가운 듯이 합장하고 허리를 굽히고,

"동궁마마, 동궁마마."

하였다. 그러고는 태자가 지나간 뒤에는,

"아이, 가엾으시어라."

하고 늙은이들은 태자를 위하여 눈물을 흘렸다. 백성들도 태자에게 큰 것을 바라는 것이 아니다. 다만 태자가 불쌍하였던 것이다.

삼 년의 세월은 이렁저렁 지나버렸다. 왕의 머리에는 백발이 더 늘고 나라의 강토는 더욱 줄어들었다. 왕이 늙고 나라가 줄도록 더욱 느는 것은 시랑 김봉휴의 세력뿐이었다. 대궐이 갈수록 퇴락하는 대신에 김 시랑의 집은 갈수록 커지고 화려하여졌다. 대소 관원은 김봉휴의 뜻대로 내고 들였다.

인제는 신라의 사직을 들어 고려 왕에게 바칠 기운은 익었다. 하려고 하면 오늘도 하고 내일도 할 듯하였다. 그러나 아무도 감히 먼저 이 말을 내는 자는 없고, 서로 뉘 입에서나 먼저 그 말이 나오기만 고대하였다.

이 말을 먼저 내지 못하는 이유는 또 하나 있다. 그것은 왕건이 서울을

다녀간 뒤에 견훤이 일길찬 상귀(相貴)를 보내어 바로 고려를 습격하여 예성강까지 올라가 염백정(鹽白貞) 세 고을을 노략하고 저산도(猪山島)에 먹이는 말 삼백 필을 빼앗아가고, 또 그해 시월에는 해군장(海軍將) 상애(尙哀)를 보내어 고려의 대우도(大牛島)를 칠새, 왕건이 대광(大匡) 만세(萬歲)를 보내어 막으려 하였으나 이기지 못하고 따옥이섬에 정배 보내었던 유금필(庾黔弼)을 다시 불러서 겨우 큰일을 면하였다. 이 모양으로 견훤은 일변 해군으로 고려를 침략하여 고려가 평안할 날이 없을뿐더러, 또 일변 신라에 사람을 보내어 만일 고려와 더욱 가까이하면 대군을 몰아 서울을 엄살할 뜻으로 위협하였다. 이 때문에 신라 조정에서도 주저하지 아니할 수 없었던 것이다.

그러나 대세를 움직일 대사건이 생겼다. 그것은 견훤이 아불이[阿弗鎭]를 침범한 것이다. 아불이는 서울에서 서로 백 리도 못 되는 요해처다. 신라는 크게 놀라 고려에 구원을 청하지 아니치 못하였다. 왕건은 곧 유금필을 정남대장군(征南大將軍)을 삼아 군사 삼천을 주어 아불이로 보내었다.

그러나 유금필의 군사는 아불이 싸움에 거의 다 죽고 겨우 삼백 인이 살아남았다. 금필은 살아남은 군사를 끌고 떼나루[槎灘]에 이르러 잠시 견훤의 군사를 피하였다. 밤에 금필은 살아남은 군사들을 앞에 세우고 이렇게 말하였다.

"삼천 대군을 거느리고 견훤을 치려 하다가 이제 싸움에 패하여 군사를 잃었으니, 내 무슨 면목으로 돌아가 상감마마께 뵈오리오. 나는 단신으로 백제 군중에 들어가 신검과 자웅을 결할 터이니, 너희들은 맘대로 각각 살 길을 도모하되, 나를 따를 자는 나루 이쪽에 머물고 살아 돌아가기를 원하는 자는 이 배를 타고 나루를 건너라."

하고 눈물을 흘렸다.

금필의 말에 군사들은 모두 울고 나루를 건너지 아니하는 자가 팔십 인이 남았다. 금필은 살아 돌아가려고 배에 오른 자들을 향하여,

"너희 만일 무사히 고려에 돌아가거든 우리 팔십 명을, 왕명을 받들어 떼나루에서 죽더라 하여라."

하고 팔십 명 장사를 거느리고 밤에 신검의 진을 엄습하였다.

신검의 진에서는 이날 싸움에 이긴 것을 기뻐하여 술을 마시고 늦도록 놀다가 깊이 잠이 들었던 길이라, 밤에 불의의 습격을 당하여 오천 대군은 산야로 흩어져버리고 백제 통군(統軍) 신검도 겨우 몸을 빼어 달아나버렸다. 그러나 이 싸움에 금필은 또다시 사십 인의 장사를 잃어버리고 나머지 사십 명 군사를 끌고 서울로 들어갔다.

서울에서는 금필이 패하였다는 소문을 듣고 상하가 물 끓듯 하던 차에, 불의에 금필이 피 묻은 군사 사십 인을 끌고 서울로 들어오는 것을 보고 서울 백성들은 죽은 귀신이 들어오는 것이 아닌가 의심하였다.

왕은 계하에 내려 금필을 맞아 그 손을 잡고 울며,

"대광(大匡)이 아니었으면 신라는 어육이 될 뻔하였도다. 상국(上國)의 은혜를 무엇으로 갚으랴."

하고 크게 잔치를 베풀어 금필을 위로하였다.

신검은 금필에게 패하여 잠시 몸을 피하였다가 금필에게 군사가 많지 아니함을 알고 흩어진 군사를 모아 금필이 돌아오는 길을 기다려 아불이 원수를 갚으려 하여 자도(子道)의 길목을 지키고 있었다.

금필은 서울에서 돌아올 때에 서울에 있던 고려 군사와 또 서울을 지키

던 신라 군사 이천을 데리고 오다가 자도에서 신검의 복병을 만나 싸움을 싸운 끝에 신검의 군사를 깨뜨리고 백제 장수 일곱을 사로잡고 머리 천여 급을 베어가지고 고려로 돌아갔다.

신검이 두 번이나 금필에게 패하매 분함을 이기지 못하여 백제에 돌아와 아비 견훤에게 오천 군사를 주면 고려의 원수 갚기를 청하였으나, 견훤은 신검이 두 번이나 패한 연유로 신검의 말을 물리치고 또 금필의 재주를 두려워하여 아직 고려와 화친을 하기를 꾀하였다.

신검은 이것이 다 아우 금강이 늙은 아버지를 꾀어 자기를 물리치려 하는 꾀로만 여겼다. 그렇지 아니하여도 평소에 아버지 견훤이 넷째 아들 금강을 특별히 사랑하는 것을 시기하던 차에 이 일이 있음으로부터 금강을 미워하는 맘이 더욱 심하였다.

마침 왕건이 대병을 몰아 운주(運州)를 엄습하려 하였다. 이때에 신검은 한 번 더 자기에게 군사를 주어 고려 군사를 물리치고 송도까지 일거에 들이칠 것을 말하였으나, 견훤은 신검을 믿지 아니하고 금강에게 오천 군사를 주어 운주를 지키라 하였다. 금강은 오천 군사를 거느리고 운주에 이르러 아버지 뜻대로 왕건에게 글을 보내어,

兩軍相鬪勢 不俱全恐無 知之卒多被殺傷 宜結和親各保封境.
(두 군사가 서로 싸우면 피차에 온전할 길이 없으니, 저프건대 불쌍한 군졸만 많이 죽을 것이라. 마땅히 서로 화친을 맺어 각각 제 땅을 안보하자.)

하는 뜻을 전하였다.

왕건도,

男盡從戎 婦猶在役不忍勞苦 瘡痍之民豈予意哉.

(남자는 다 싸움에 나가고 부녀도 군사가 되어 노고를 참지 못하니, 이 백성을 괴롭게 함이 어찌 나의 뜻이랴.)

하여 아무쪼록 싸우기를 피하려 하였다.

그러나 금필이 아뢰기를,

"이제 견훤이 화친을 원함은 진실로 화친의 뜻이 있는 것이 아니요, 신검이 두 번 패하여 수천의 군사를 잃으니 서서히 잃은 힘을 회복하려 함이오니, 어찌 견훤의 괴휼(怪譎)한 말을 믿으시려 하나잇가. 이제 견훤을 치지 아니하면 장차 더 큰 후환이 있을 것이오니, 금일의 형세 오직 싸움에 있는지라, 원컨대 대왕은 신 등이 적을 깨뜨림을 보소서."
하고 싸우기를 주장하였다.

왕은 금필의 충성과 재주를 믿고 마지못하여 싸우기를 명하였다. 고려도 건국 이래로 하루도 평안한 날이 없어 백성들의 원성이 자못 높았을 때라, 왕건은 혹 각처로 순행하여 백성을 위로하고, 혹은 부세(負稅)를 경감하여 민심을 사려 하였다. 만일 이번 금강과 싸워 패한다 하면 왕건의 운명도 어찌 될지 몰랐을 것이다. 더구나 금강은 재주 있고 용력 있기로 천하가 두려워하는 장수요, 또 그 군중에는 풍운조화를 맘대로 부린다는 술사 종훈(宗訓), 살 맞은 자리와 칼 맞은 자리를 순식간에 고친다는 의사 훈겸(訓謙)과 백전백승하여 한 번도 싸움에 지어본 적이 없다는 용장 상달(尙達), 최필(崔弼)이 있으니, 왕건이 생각하기에 아무리 금필의 재주와 무용으로 백제 군사를 대적하기가 어려울 듯하였던 것이다.

금강은 왕건에게 사자를 보내고 회보가 돌아오기를 기다리며 밤이 깊도록 제장(諸將)을 모아 술 먹고 노닐다가, 고려 군사가 백제 사자의 목을 베어 앞에 들고 물밀듯 들어온다는 기별에 갑자기 당황하게 응전하였으나 마침내 견디지 못하여 금강은 삼천 군을 잃고 달아나고, 상달, 최필 등은 칼을 던지고 항복하고, 풍운조화를 부린다는 종훈과 의사 훈겸은 어찌할 줄을 모르고 헤매다가 금필에게 사로잡혔다.

금강이 운주에서 패하였단 말을 듣고 견훤의 맏아들 신검은 견훤을 잡아 금산사(金山寺)에 가두고, 군사를 보내어 길에 매복하였다가 패하여 돌아오는 금강을 잡아 죽이고 스스로 왕이 되었다. 금강을 미워한 것은 신검뿐이 아니었다. 강주(康州) 도독으로 있는 양검과 무주(武州) 도독으로 있는 용검도 그 형 신검과 같이, 아우 금강이 아비의 총애를 혼자 받아 장차 왕위를 이으려 하는 것을 미워하였다. 그러다가 금강이 운주에서 패한 소문을 듣고, 신검의 뜻을 살핀 이찬 능환(能奐)은 양검, 용검에게 사람을 보내어 견훤을 폐할 뜻을 통하고, 파진찬 신덕(新德)과 영순(英順)과 같이 짜고 신검을 권하여 이 일을 일으킨 것이다.

이때에 견훤은 아직 어린 첩 고비(姑比)를 끼고 자리에 있어 자더니 문득 문밖에서 요란한 고함 소리가 들리므로 놀라 깨니, 군사들이 무엄히 왕의 침소에 들어와 일어나기를 재촉하고, 그 뒤로 능환, 신덕, 영순 세 사람이 들어와 읍하였다.

왕은 어이 없어,

"어인 일고?"

하고 물은즉 능환은,

"상감마마께오서 늙으시오니 맏아드님 신검마마께오서 왕이 되시옵기로 하례를 드리나이다."

하고 허리를 굽혔다.

견훤은 진노하여 칼을 들어 서안을 치며,

"뉘 신검을 왕이라 하더뇨? 신검을 부르라. 금강은 어디 있나뇨?"

하고 호령하였다.

능환은 다시 읍하고,

"금강 아기는 금필에게 잡히어 죽었나이다."

하였다.

금강이 죽었단 말과 신검이 왕이 되었단 말에 견훤은 가슴을 치고 통곡하였다. 그럴 때에 군사들이 달려들어 왕을 가마에 담아 금산사에 가두고 파달(巴達)에게 삼십 명 장사를 주어 이를 지키게 하였다. 파달은 주먹으로 바위를 바순다는 이름 있는 장사다.

견훤은 금산사에 유폐되어 말째 아들 능예(能乂)와 딸 애복(哀福)과 첩 고비를 데리고 수십 일을 지내었다.

견훤을 유폐하고 금강을 죽인 신검은 백제 왕이 되어 국내의 모든 죄인을 대사(大赦)하고,

"대왕(견훤)이 신무(神武) 뛰어나시고 영모(英謀) 고금에 으뜸되시온들로 쇠(衰)게를 만나사 스스로 경륜으로 맡으시고 삼한을 좇으사 백제를 회복하사 도탄을 확청(廓淸)하시니, 백성이 평안히 모이어 춤추며 즐기고 먼 데 무리 또한 따라오는지라. 중흥의 공업(功業)이 거의 이룰러니, 생각을 그릇하사 어린 아들을 지나 사랑하실새 간신이 권세를 잡아 크신 임금을 진혜(晉惠)의 어두움에 이끌고 자비하신 아비를 헌공(獻公)의 혹함에 빠지시게 하야 대보(大寶)로써 완동(頑童)에게 주려 하시어늘, 다행히 상제 강충(降衷)하사 군자(君子) 허물을 고치사 맏아들로 하

520

여금 이 나라를 맡아 다스리게 하시는지라. 돌아보건대 내 진장지재(震長之才) 아니라 어찌 임군지지(臨君之智) 있으리오마는, 긍긍율율(兢兢慄慄)하야 얼음과 못을 밟는 듯하여 불차(不次)의 은(恩)을 미루어 써 유신(維新)의 정(政)을 보이려 하노라."

하고 하교하였다.

그러나 장수들과 백성 중에는 신검이 아비 견훤을 폐하고 아우 금강을 죽이고 또 금강의 처첩과 자녀까지 다 죽이고 대위를 찬탈한 것을 불평히 여겨 은근히 금산사에 유폐된 견훤을 끌어내려는 이도 있었다.

이러한 때를 타서 신검이 즉위한 지 한 달 후 사월에 왕건은 금필로 도통대장군(都統大將軍)을 삼아 해군을 주어 예성강으로 내려가 수로로 나주(羅州) 사십여 고을을 치게 하였다. 금필의 군사는 힘 안 들이고 나주에 들었다.

견훤은 고려 군사가 나주에 들었단 말을 듣고 가만히 사람을 금필에게 보내어 자기가 고려로 갈 뜻을 말하였다. 금필은 나주까지 오기를 견훤에게 청하였으나 견훤은 금산사를 빠지어날 도리가 없었다.

하루는 견훤이 파달과 지키는 장사 삼십을 불러 잔치를 베풀고 술을 먹었다. 밤이 깊도록 술을 먹어 파달과 삼십 명 장사가 취하여 이리저리 쓰러진 틈을 타서 견훤은 아들 능예와 딸 애복과 첩 고비를 데리고 산을 넘어 금산사를 빠져 민가에 들어가 농부의 옷을 바꾸어 입고, 낮에는 산에 숨고 밤에는 길을 걸어 천신만고로 나주성에 다다랐다.

금필은 눈물을 흘리며 견훤을 맞아 위로하고 왕으로서 대접하고, 이 뜻을 왕건에게 장계하였다. 왕건은 곧 대광 만세(萬歲)로 정사(正使)를 삼고 원보(元甫), 향예(香乂), 오담(吳淡), 능선(能宣), 충질(忠質) 등으로 하여금 병선 삼십 척을 거느리고 해로로 견훤을 맞아 송도에 이르렀다.

견훤이 송도에 들어올 때에 왕건은 궐문 외에서 견훤을 맞았으나 견훤은 왕의 앞에 엎디어,

"과인으로 하여금 대왕께 신이라 일컫게 하옵소서. 대왕의 성덕이 아닐진대 신국 여생이 천하에 어디 지접할 곳이 있사오리까."

하고 눈물을 흘렸다.

왕건은 친히 견훤의 손을 잡아 일으키며,

"대왕은 과도히 슬퍼 마소서."

하고 인하여 궐내에 불러들여 그날 하루는 견훤을 왕으로 대접하고 견훤이 재삼 칭신(稱臣)하기를 청하매, 견훤을 상보(尙父)라 부르고 벼슬을 백관 위에 있게 하고, 남궁(南宮)을 주어 견훤의 집을 삼게 하고 양주(楊州)를 주어 식읍(食邑)을 삼고, 많은 금백(金帛)과 남종 사십과 여종 사십과 말 열네 필을 주고, 이전에 견훤의 신하로 있다가 먼저 항복한 신강(信康)으로 아관(衙官)을 삼아 일변 견훤의 살림을 맡아보게 하고 일변 견훤의 행동을 지키게 하였다.

고려가 나주 지경을 차지하고 또 견훤이 고려에 가 있다는 말은 신라 조정에 큰 동요를 주었다. 견훤이 고려에 간 뒤에 후백제에는 평안한 날이 없었다. 안으로 신검, 양검, 용검 삼형제 간에 싸움이 끊일 날이 없고, 밖으로는 고려 군사가 설렘을 따라 민심이 이산하였다.

왕건은 짐짓 서경(西京)에 순행하여 패수(浿水) 여러 고을을 돌고, 다시 황해주(黃海州)에 순행하면서 가만히 금필로 하여금 신라의 연해주(沿海州)에 군사를 나오게 하였다. 금필의 군사가 가는 곳에 저항하는 자가 없이 불과 일 삭 내에 신라 연해주 삼십여 고을이 고려에 항복하였다.

항복하는 대로 그 도독과 장군을 송도로 불러 벼슬을 주고 집을 주어 후 대하였다.

신라 조정에서는 잠을 이루지 못하였다. 김봉휴는 속히 고려에 항복하 여 후환을 면하기를 주장하고 이유는 이를 반대하였으나 결정하지 못하 고 있었다.

그러할 즈음에 시월에 이르러 금필의 군사가 아슬라에 들어왔다는 장 계가 왔다. 아슬라는 궁예가 웅거하였던 곳이다. 아슬라에서 서울은 지 척이다. 이틀 안에 서울은 금필의 손에 들 것이다. 왕은 군사를 모아 어 찌할 바를 의론하였다. 현재 벼슬하는 백관과 늙어 물러간 백관이 다 모 여 날이 맞도록 의론하였으나 결정을 못 하던 차에, 고려 군사가 아슬라 성을 떠나 서울을 향하고 올라온다는 기별이 왔다. 이것은 밤이었다. 조 정에서는 창황하여 어찌할 줄을 몰랐다. 모였던 대관 중에는 피난할 것 을 근심하여 슬슬 빠지어나가는 이조차 있었다. 밤은 깊어가고 백성들은 대궐 문밖에 모였다.

금필의 군사는 서울을 향하고 부쩍부쩍 들어왔다. 무엇 하러 들어온단 말은 없으나 밤이 되어도 행군하기를 그치지 아니하였다. 이러한 소문이 들어올 때마다 궐내에 모인 백관들은 당황하였다. 그래도 아무도 먼저 항복하자는 말을 바로 내지는 못하였다. 이때에 고려에서 사신이 들어왔 다는 기별이 들어왔다. 밤이 깊었건마는 사신은 곧 궐내로 들어오게 되 었다. 그 사신은 예전 재암성 장군이요 지금 고려의 상보이던 선필이었다.

고려 사신이 온단 말에 왕은 당황히 일어나 별실에 나아가 김봉휴와 다 만 세 사람이 만났다. 왕은 왕의 위엄도 잊어버리고 계하에 뛰어내려 선 필의 손을 잡으며,

"상국 상보, 어찌 깊은 밤에 임하시니잇고?"

하였다. 선필은 대국 사신다운 태도를 가지고 왕을 대하였다. 선필은 마치 신라 왕과 자기와 동등인 것같이 행동하였다. 왕은 맘에 선필이 옛날 신라의 신하이던 것을 잊어버린 듯한 행동이 미웠으나, 어찌할 수 없이 다만 선필의 뜻을 거스르지 아니하기를 힘썼다.

선필은 고려가 신라를 위하여 백제와 여러 번 싸운 뜻을 말하고, 만일 고려 왕의 호의가 아니었던들 서울은 벌써 견훤의 손에 무찔렸을 것을 말하고, 견훤이 비록 고려를 대항하였으나 고려 왕의 성덕으로 견훤을 후대하여 상보를 삼아 벼슬이 백관 위에 있음을 말하고, 나중에 신라 왕께 대하여서는 견훤에게 한 것보다 더 후대를 줄 것을 말하고, 비록 신라 나라를 고려에 바치더라도 왕의 칭호를 변치 아니할 것을 말하고, 끝에 만일 이때를 넘기면 천하 백성이 평안하기를 위하여 부득이 금필의 군사가 서울에 들어올 것이니 그리되면 화단을 면치 못할 것을 말하고, 자기는 고려 왕의 성의를 받자와 마지막으로 왕에게 취할 길을 가르친다는 뜻을 말하고,

"대군이 지척에 임하였으니 닭 울기 전에 결단하소서."

하고 선필은 입을 다물었다.

본래 왕건은 유렴을 먼저 항복받아 유렴의 입으로 왕에게 항복을 권하고, 신라의 백관에게 고려에 돌아오기를 권하기를 원하였다. 그래서 삼년을 두고 유렴을 달래어도 보고 위협도 하여보았으나 유렴은 듣지 아니하고 도리어,

"왕 장군은 금성태수를 생각하라."

하고 왕건을 꾸짖었다. 금성태수라 함은 물론 왕건의 아버지 왕륭을 가

리킨 것이다.

유렴은 결코 왕건을 대왕이라고 부르지 아니하고 '왕 장군'이라고 부르고, 자기를 신이라고 칭하지 아니하고 '나'라고 불렀다. 그리할 때마다 좌우에서 유렴을 협박하였으나 왕건은,

"두라. 충신의 이름을 남기게 하라."

하였다.

한번은 왕건이 선필을 보내어 대세가 이미 기울었으니 혼자 고집하더라도 아무 효력이 없을 것이요 도리어 일신에만 해로울 것인즉, 차라리 지금에 왕건에게 항복하여 영화를 누리고 또 새 나라의 건국 원훈이 되기를 권하려 하였다. 선필이 유렴을 둔 집에 이르러,

"상보 왕선필이 온다 하라."

하고 통하였더니 유렴은,

"상보 왕선필이란 자를 내 안 일이 없노라."

하고 집에 들이지 아니하였다. 선필은 하릴없이,

"재암성 장군 선필이 온다 하라."

하고 마침내 신라 벼슬을 말하였다. 왕선필이라는 왕(王) 성은 왕건에게 받은 성이다.

"재암성 장군 선필이라면 들라 하라."

하여 선필을 불러들였다.

선필은 들어가는 길로 상대등에게 대한 예로 먼저 유렴에게 절하였다. 그러나 선필이 왕건의 시킨 뜻을 말할 때에 여러 말 없이,

"이놈을 몰아 내치라."

하고 유렴이 호령을 하여 선필의 얼굴이 흙빛이 되어 물러나와버린 일이

있었다.

선필이 유렴에게 "이놈 몰아 내치라."는 호령을 듣고 물러나온 후, 왕은 유렴에게 대하여 절망하여버리고 말았다. 살을 점점이 베어내고 뼈를 분지르더라도 유렴의 맘을 휘지 못할 줄을 안 까닭이다.

이에 마지막으로 문제를 해결하기 위하여 금필로 하여금 일변 대군을 끌어 신라의 조금 남은 땅마저 점령하게 하고, 일변 선필을 보내어 신라 왕을 달래기로 한 것이다. 이리하여 불뉴일병(不衄一兵)하고 신라 왕이 자진하여 나라를 고려에 바치게 하려 함이 왕건의 뜻이다. 이리하여 선필이 온 것이다.

왕은 '왕이라 부르기를 허락한다.'는 말에는 안심이 되나, 그래도 나라를 들어서 남에게 내어주고 만승의 지위에서 갑자기 떨어지어 왕건의 밑에 들리라 하면 그래도 맘이 슬프기도 하고 신세가 스스로 가엾기도 하였다. 그러나 밖으로는 견훤과 왕건에게 쪼들리고 안으로는 아무 힘없는 나라를 맡아가지고 있는 것보다는, 차라리 세상을 잊고 아름다운 낙랑공주와 즐거운 꿈을 맺을 일이 기쁘기도 하였다.

"낙랑공주는 어떠하신고?"

하고 왕은 선필에게 물었다.

"공주는 불원에 성례(成禮)하신다 하나이다."

하고 선필도 웃음을 참지 못하였다.

왕도 다소 무안하여,

"서울에 왔을 때는 공주 나를 따르더니."

하고 성례란 말이 근심이 되어,

"뉘 부마 되니었고?"

526

하고 물었다.

선필은 뜻 있는 듯이 웃고 대답하지 아니하였다. 왕은 한편으로 안심도 되고 또 한편으로는 부끄럽기도 하여 얼른 말을 돌려,

"지금 백관이 모여 있으니 가서 의론하리라."

하고 선필을 머물게 하고 정전으로 나왔다.

백관은 무슨 일이 있는고 하고 왕의 얼굴을 한번 바라보고 다시 고개를 숙였다.

왕은 옥좌에 올라앉으며,

"들으라, 짐은 나라를 받들어 고려 왕께 바치려 하노라."

하고 말을 내리었다.

이 말에 백관은 벼락을 맞은 듯이 깜짝 놀랐다. 비록 평소에 고려에 붙기를 맘으로 원하는 자들까지도 왕의 이 말에는 놀라지 아니할 수 없었다. 그러나 백관 중에는 아무도 말하는 이가 없고 오직 잠잠하였다.

이때에 태자가 어디선지 모르게 뛰어나와 옥좌 앞에 섰다. 당돌히 왕을 바라보며,

"폐하! 지금 내리신 말씀을 거두소서. 천 년 사직은 폐하 한 사람의 것이 아니오니 망령된 말씀을 거두소서. 나라의 흥망이 반드시 천명이 있을 것이니 충신의사와 더불어 민심을 수합하여 죽기로써 지키다가 힘이 다하면 말지언정, 어찌 일천 년 사직을 들어 남에게 내어주리까. 못 하리이다, 못 하리이다."

하고 피눈물을 뿌렸다.

태자가 옥좌 앞에 나서는 무서운 양을 보고, 또 태자가 하는 말을 듣고 왕은 겁이 나서,

"태자는 참으라. 낸들 어찌 망국의 인군(人君) 되기를 바라리오마는 강역은 날로 줄어 나라 형세 이러하니 온전하기를 바라지 못할지라. 이미 강할 줄을 모르고 또 약할 줄을 몰라 무고한 백성으로 하여금 간뇌도지(肝腦塗地)하게 함이 나의 차마 못 할 바라."

하고 왕도 눈물을 흘렸다.

이때에 대궐 마당에서 고함하는 소리 들리매 백관들은 놀라 고개를 돌리고, 왕도 옥좌에서 일어나 떨었다.

태자만 홀로 태연히 백관을 돌아보며,

"천 년 신라에 오직 한 충신이 나단 말인가."

하였다.

이때에 금군도독이 들어와 왕의 앞에 나아와,

"어떤 놈이 몽둥이를 들고 궐내에 들어와 수십 명 지키는 군사를 때려 죽이고 고려 상보를 범하나이다."

하였다.

금군도독의 말이 끝나기 전에 정전 정문으로 두껍쇠가 선필의 상투를 끌고 들어와 옥좌 앞에 엎어놓고 몽둥이를 들어,

"이놈, 역적 선필아, 네 오늘 하늘이 무심치 아니하신 줄을 알라. 내 몽둥이로 네 골을 바숴 천하 역심 품은 놈들에게 징계할 바를 보이리라."

하고 몽둥이로 선필의 머리를 갈기니 요란한 소리가 나며 선필의 머리가 깨어지고 붉은 피가 전내에 흩어진다.

이 광경을 보고 왕은 실색하여 비틀거리며 옥좌 난간을 붙들고 쓰러지고, 백관은 서로 밀치고 구석으로 들이밀린다. 태자는 고개를 끄덕이며,

"몽둥이를 거두라!"

하고 두껍쇠에게 명하였다.

두껍쇠는 피 묻은 몽둥이를 둘러메고 한번 백관을 돌아보며,

"누구든지 고려에 항복하려는 놈은 다 이 몽둥이로 때려죽이리라."

하고 호통을 빼고는 왕과 태자께 절하고 유유하게 밖으로 나가버린다.

두껍쇠는 김충이 태자 된 후로는 태자의 말구종으로 동궁에 있었다. 그러면서도 가끔 대궐 밖에 나가 힘쓰고 날파람 있는 무리를 모아가지고 밤이면 사람 없는 곳에서 몽둥이와 칼 쓰기를 익히고, 또 가끔 나라를 팔아먹는 대관의 집을 습격하여 재물을 빼앗고 버들골 청루를 설레기도 하였다. 그러나 김충이 태자가 된 뒤에는 서로 만나 이야기할 기회도 적었다.

삼 년 전 왕건이 서울에 왔을 때에 두껍쇠는 패당과 함께 왕건을 따라온 선필을 때려죽이려 하여 그 뜻을 태자께 품하였으나, 태자는 그것이 도리어 나라에 후환을 끼치리라 하여 못 하리라고 금하였다. 그러나 점점 국세가 그릇되어감을 볼 때에 두껍쇠는 왕건까지 죽이지 못한 것을 후회하였다. 그러다가 오늘 밤에 다시 선필이 고려 왕의 사신으로 왔단 말을 듣고 태자의 앞에 가서,

"동궁마마, 이번에는 그놈을 때려죽이려 하나이다. 만일 이번에도 못 때려죽이면 이 몽둥이로 이 머리를 때려 바수려 하나이다."

하고 몽둥이로 두껍쇠 자기의 머리를 가리키었다.

태자는 말이 없이 들어가버렸다.

그 길로 두껍쇠는 몽둥이를 끌고 고려 사신 숙소로 가서 지키는 군사들을 때려 쫓고 선필 있는 곳에 달려들어,

"이놈, 역적 선필아, 두껍쇠 몽둥이 맛을 보라."

하고 선필에게 대들었다. 선필도 무장이라고 칼을 빼어 몽둥이를 막았으

나 두껍쇠의 몽둥이를 당할 길이 없어 두껍쇠에게 목덜미를 붙들렸다.

"내 분한 맘을 보아서는 너를 죽이기 시각이 바쁘다마는, 얼빠진 만조백관의 징계나 삼으려고 만조백관 모인 중에서 네 골을 바수고 배를 갈라 역적 놈의 뱃속에 오장이 있나 없나 보리라."

하고 선필을 끌고 정전으로 들어간 것이다.

왕은 겨우 정신을 진정하여 옥좌에 바로 앉았다. 그러나 두껍쇠에 쫓기어 구석으로 들어박힌 백관들은 수족이 떨려 어찌할 줄을 모르고 둥그렇게 뜬 눈들만 휘황한 촛불에 반짝거렸다.

왕은 김봉휴를 찾았다. 그러나 그는 간 곳이 없었다. 왕은 황황하게,

"시랑 봉휴는 어디 간고?"

하였다. 이미 고려 사신을 죽게 하였으니 이 일을 어찌하랴. 왕은 오직 김봉휴만을 믿고 찾는 것이다.

그제야 봉휴가 바로 옥좌 밑에서 기어 나왔다. 봉휴의 낯빛은 까맣게 질렸다. 왕은 봉휴를 바라보며,

"이 일을 어찌하료? 시랑아, 이 일을 어찌하료?"

하고 왕은 한숨을 지었다.

봉휴는 옥좌 앞에 꿇어 엎디어 한참이나 몸이 떨려 말을 이루지 못하다가,

"항복, 항복, 항복."

하고는 다시 말이 없었다.

김비와 이유는

"항복은 김 시랑이 하라. 우리는 싸워 죽으리라!"

하고 소리를 높였다.

왕은 또 두껍쇠나 아니 들어오는가 하여 사방을 둘러보며,

"항복인가, 싸움인가?"

하고 말하기를 주저하였다.

"항복 아니면 도륙이로소이다. 뉘 고려군의 도륙을 막을 것이니잇고?"

하고 봉휴의 말은 또렷또렷하다.

"차라리 도륙을 당할지언정 살아서 이 무릎을 굽히지 못하리라."

하고 김비, 이유는 다투었다.

마침내 왕은,

"봉휴여, 항서(降書)를 쓰라!"

하였다.

"항서를 쓰라!"하는 왕의 말씀에 백관 중에서는 통곡 소리가 일어났다. 그러나 통곡 소리 중에서 김봉휴의 항서 쓰는 붓이 움직였다.

태자는,

"천 년 종사가 오늘에 망하는가."

하고 하늘을 우러러 통곡하고 비씰비씰 문밖으로 뛰어나갔다.

전내에서 곡성이 나는 것을 보고, 또 태자가 통곡하고 나오는 것을 보고 대궐 안에 모두 곡성이 진동하였다. 태자는 나온 길로 어머니요 왕후 되는 백화 부인 계신 데로 들어갔다. 거기는 백화왕후와 태자비와 유렴 부인이 모여 앉아 나랏일이 어찌 되는 것을 근심하고 잠을 이루지 못하고 있었다. 유렴 집 종 시월도 태자를 모시는 궁녀가 되어 이곳에 모시고 있었다. 전내에는 수색이 차고 시중 드는 궁녀들도 기운 없이 걸음을 옮겼다.

이때에 태자가 두 뺨에 눈물을 흘리며 들어와 왕후의 앞에 절하며,

"소자는 가나이다. 이제 나라가 망하오니 백성과 산천을 대할 낯이 없어 소자는 가나이다."

하고 느껴 울었다.

　왕후는 무슨 일인지 안 듯이 태자에게 더 묻지도 아니하고 다만,

　"나라가 망하였느뇨?"

하고는 엎더지어 기절하였다.

　태자비와 시중 부인과 궁녀들은 왕후를 붙들어 일으키었다. 이윽고 왕
후는 눈을 떠 태자를 보며,

　"어디로 가려느뇨?"

하였다.

　"망국 여생이 정처가 있사오리까."

하고 태자는 고개를 들어 왕후를 바라보고 다시 고개를 돌려 태자비 계영
아기를 보았다. 계영 아기도 오랜 동안 근심에 얼굴에 핏기가 없고 두 눈
에서는 쉴 새 없이 눈물이 흘러내렸다.

　"나를 대신하여 늙으신 어머니를 뫼시라."

하고 다시금 계영 아기를 바라보았다.

　백화 부인은 무엇을 생각하는 듯이 이윽히 침음하더니,

　"나도 태자를 따르리라. 나를 두고 가지 마라."

하며 궁녀를 불러,

　"이곳에 우리 오래 있지 못하리니, 너희는 각각 민가에 내려 유자생녀
(有子生女)하고 인간 복락을 누리라."

하였다.

　궁녀들은 왕후의 앞에 엎드리며,

　"어디를 가시옵거나 따라 뫼시리이다."

하고 울었다.

532

태자는 궁녀들을 보며,

"너희는 어디를 따르려 하느뇨. 정처 없는 행색이 어디로 갈 줄이나 알관대⋯⋯. 나라도 없고 집도 없이 뿌리 없는 부평초 모양으로 떠돌아다닐 우리 신세를 어디로 따르려 하나뇨."

하였다. 궁녀들은 더욱 울며,

"정처 없이 가시면 정처 없이 따르리이다. 뿌리 없는 부평초같이 떠도시면 뿌리 없는 부평초같이 따르리이다. 이 몸이 어느 우로 중에 길리웠기로 뒤에 떨어질 줄이 있사오리잇가."

하고 찬란한 궁녀의 옷을 벗어버리고 미리부터 준비하였던 평민의 옷을 갈아입고 나섰다.

왕후는 태자를 보고,

"가자. 따르는 이로 하여금 맘대로 따르게 하라. 이미 나라가 아니거니 시각을 지체하랴, 가자!"

하고 태자를 재촉하였다.

그 길로 왕후와 태자비와 궁녀 사오 인과 태자와 두껍쇠는 대궐 옆문을 열고 빠져나왔다. 모두 서인(庶人)의 옷을 입고 짚신을 신었다. 두껍쇠가 몽둥이와 등불을 들고 앞장을 서고 태자는 백화 부인을 부액하였다. 때아닌 발자국 소리에 동네 개들은 무심히 짖었다.

김봉휴가 왕의 항서를 가지고 서울을 떠나려 할 때에, 금군은 반란을 일으키고 서울 백성들이 이에 응하여 김봉휴의 길을 막았다. 나라에서는 군사를 풀어 이것을 진압하려 하였으나 군사들이 영을 듣지 아니할뿐더러 도리어 반군과 합하여 형세가 자못 위급하였고, 수십만 군중이 반월성과 임해궁을 에워싸고 통곡하고 소리를 질렀다. 이 통에 왕은 미복으로 몸을 황룡사에 피하고, 김봉휴도 간신히 몸을 피하여 황룡사에 숨었다.

백성들은 왕과 김봉휴가 황룡사에 숨은 줄을 알고 그리로 밀려갔으나 이때에는 벌써 금필이 거느린 고려 군사가 서울에 들어와,

"감히 소동하는 자는 효수하리라."

하는 방을 방방곡곡에 붙이며, 군사를 놓아 대궐과 황룡사를 에워싼 반군과 백성을 흩었다. 이날에 길가에 주검이 낙엽같이 쌓이고, 골목골목에 피가 흘러 발을 들여놓을 틈이 없었다. 사방에서 불이 일어나고 시랑 김봉휴의 집은 백성의 손에 겁략(劫掠)을 당하였다. 그러나 고려 군사의 위풍에 사흘이 못 되어 서울은 잠잠하였다. 그러나 가게는 모두 닫히고 길에 사람의 그림자가 끊이고, 오직 밤낮으로 길로 달리는 고려 군사의 말발굽 소리만 요란하였다.

김봉휴는 고려 군사의 호위를 받아가지고 고려를 향하여 떠났다. 그리고 고려 군사는 이 일이 모두 태자의 농간이라 하여 엄중히 태자의 거처를 수색하였으나, 마침내 간 곳을 알지 못하였다.

이때에 태자 일행은 전부터 잘 아는 백률사에 잠깐 숨어 모두 머리를 깎고 중이 되어 등에 바랑을 메고 누더기를 입고 둘씩 셋씩 떨어져 동냥을 하며 북으로 향하였다. 백률사의 노승이 앞길을 잡았다.

태자는 밤에 산을 넘을 때에 마지막으로 화광이 충천한 서울을 바라보고 세 번 절하고 통곡하였다. 두껍쇠는 몽둥이를 두르며 한바탕 서울을 설레어 역적의 머리를 모조리 바수지 못함을 한하였으나, 태자는 머리를 흔들어 만류하였다.

왕건은 김봉휴가 가지고 온 신라 왕의 항서를 받고 곧 시중 왕철(王鐵)과 시랑 한헌옹(韓憲邕) 등을 서울로 보내어 왕을 불렀다. 왕은 한 달 동

안 고려군 중에 숨어 있다가 십일월 바람 찬 날에 왕을 따르는 백관을 데리고 서울을 떠났다. 벌써부터 고려에 항복하여 집과 땅을 준비하여 두었던 자, 새로 왕을 따라 고려로 가는 자가 삼백여 명이나 되었다. 천 년 동안 지켜오던 서울을 떠나 가산집물을 수레에 싣고 늙은이와 부녀들과 어린것들을 데리고 고려를 향하여 서울을 떠날 때에 서울 백성들은 울고 소리를 지르고 돌을 던졌다. 그러나 창검을 번뜻거리는 고려 군사들은 우짖는 서울 백성들을 때리고 찔렀다.

어떤 이는 고려로 가는 아비를 버리고 울고 떨어지고, 어떤 이는 고려에 가는 아들을 보고,

"내 자식이 아니라!"

하고 통곡하고, 어떤 이는 고려로 가는 남편을 버리고 가지각색의 비극이 일어났다. 그러나 그런 사람들은 다 고려 군사에게 붙들려 옥에 집어던짐이 되었다.

왕의 일행이 수레와 말과 아울러 삼십 리에 뻗으니, 길가에는 백성들이 나와 통곡하여 보내고 혹은 고개에 큰 나무를 가로놓아 길을 막고, 혹은 개천의 다리를 무너뜨리고, 혹은 길가 우물에 더러운 것을 넣어 왕의 일행에게 물을 아니 주려 하고, 혹은 수백 명 백성이 떼를 지어 길에 엎드려,

"못 가시리이다."

하고 길을 막아, 쫓아도 가지 아니하고 죽여도 가지 아니하여,

"상감마마는 잠시 다녀오신다."

는 뜻을 말하여 겨우 물리치기도 하였다.

하늘도 나라의 운수를 아는 양하여 왕이 서울을 떠난 뒤로 유난히 일기가 불순하여, 어떤 날은 북풍에 눈이 날리고, 어떤 날은 동풍에 궂은비가

뿌리고, 어떤 날은 난데없는 우레가 울고, 낮이면 떼까마귀가 행차를 따라 울고 밤이면 여우가 행궁에 와서 울었다.

왕이 고려 서울에 이를 때에 고려 왕은 의장을 갖추어 교외에 나와 맞되 이웃 나라 임금의 예로써 하고, 왕을 유화궁(柳花宮)으로 맞아들이고 왕을 따라온 백관도 각각 집과 비복을 주었다.

왕이 송도에 들어오매 고려 왕은 곧 날을 택하여 낙랑공주를 왕에게 허하였다. 공주는 슬퍼하여 울었으나 부왕의 명을 거역하지 못하여 왕에게로 시집갔다. 혼인하던 날에 왕은 공주의 손을 잡고 오래 막혔던 정회를 말하였으나 공주는 울며,

"나의 마음은 이미 태자께 바치었사오니 폐하께 바칠 마음이 없나이다."

하였다. 이 말에 왕은 놀라고 슬펐다. 그러나 왕은 공주를 곁에서 떠나지 못하게 하였다.

공주는 밤낮으로 울며 왕을 모시나, 왕과 자리를 같이하기를 원치 아니하여 밤이면 시비 부용으로 왕의 자리를 모시게 하였다. 술이 취한 왕은 부용을 공주로만 알았다. 원래 부용은 공주와 용모가 흡사하다 하여 특히 공주의 시비로 택함을 받았었다. 이리하여 낮이면 공주가 모시고 밤이면 부용이 왕을 모시었다.

왕은 송도에 온 후에 심히 평안하였다. 하루는 왕이 고려 왕께 상소를 하기를,

本國久經亂離 曆數已窮無復望保基業 願以臣禮見.

(우리나라가 오래 난리를 지나 운수 이미 다하여 다시 기업을 안보하기를 바라

지 못하올지니, 원컨대 신의 예로써 뵈옵게 하소서.)

하여 칭신하기를 청하였다. 고려 왕은 허락지 아니하였다. 그리하고 고
려 왕은 왕을 대하기를 여전히 왕의 예로써 하였다.

　이때에 일대 문장 김봉휴가,

　天無二日地無二王 一國二君何以堪 願聽其請.

　(하늘에 두 해 없고 땅에 두 임금이 없으니, 한 나라에 두 임금을 백성이 어찌
견디리오. 원컨대 그 청을 들으소서.)

하고 다시 상소를 지어 신라에서 따라온 여러 신하들이 연명으로 고려 왕
께 올렸다.

　김봉휴는 유렴에게 이 상소에 이름 두기를 청할 제 유렴은,

　"역적아, 물러나라!"

하여 봉휴를 물리치고,

　"이제 내 목숨이 끊일 때를 당하였도다."

하고 준비하였던 약을 마시고 동을 향하여 세 번 절하고 자진하였다. 왕
이 고려에 온 후에 유렴은 오직 한 번 왕을 대하여,

　"원컨대 폐하는 서울로 환행하소서."

한마디를 아뢰고는 다시 왕을 대하지 아니하였다.

　고려 왕은 유렴의 장례를 후히 하고 충절(忠節)이라는 시호를 주고 유
렴의 집터에 충절사(忠節祠)를 세우기를 명하고, 김봉휴로 하여금 문을
찬하게 하였다.

그러나 김봉휴 등의 상소를 받고 고려 왕은,

"민심이 그러할진대 막지 아니하리라."

하여 천덕전에서 군신을 모으고,

朕與新羅歃血同盟庶 幾兩國永好各保宗社 今羅王固請稱臣卿等
亦以爲可 朕心雖愧衆意難違.

(짐이 신라와 더불어 피를 마시어 서로 맹세하되, 두 나라가 길이 좋아 각각 종
사를 안보하기를 바라더니, 이제 신라 왕이 굳이 신이라 일컫기를 청하고 경들도
또 옳이 여기니, 짐의 맘이 비록 부끄러우나 뭇 뜻을 어기지 못할지라.)

하고 왕을 불러 정현지례(庭見之禮)를 행하였다. 이것을 보고 고려 군신
은 소리를 질러 칭하하여 그 소리가 만월대를 울렸다. 그러나 그 자리에
서 칭하하는 높은 소리를 친 이는 신라 백관 중에서 김봉휴밖에 없었고,
다른 사람들은 등에 땀이 흘렀다.

이날부터 왕은 다시 김부(金傅)가 되어 관광순화위국공신상주국낙랑
왕정승(觀光順化衛國功臣上柱國樂浪王政丞)이 되고, 식읍 팔천 호를 주
고, 위는 태자의 위에 있게 하고, 신라 나라를 경주(慶州)를 삼았다.

마의태자

왕(이제부터는 고려 왕 왕건을 가리킨다)은 사방으로 태자의 간 곳을 수탐
하였다. 어디서 반란이 일어나면 그것은 태자의 소위로 생각하였으나,

급기야 잡아보면 태자는 아니었다. 이러한 소문을 듣고 신라 땅에는 태자라고 자칭하는 자도 많이 나오고, 또 어디 태자가 있더라 하고 소문을 전하는 자도 많았다. 그래서 옛 나라를 사모하는 백성들은 태자 있다는 곳으로 따라다녔다. 이리하여 태자의 이름을 내어세우고는 수백, 수천의 군중을 모아 고려 관헌에게 반항하였다. 그러나 반항하는 족족 고려 군사에게 진압을 당하였다.

그러나 한 곳에서 진압을 당하면 또 다른 곳에서 일어나서 거의 아니 일어나는 곳이 없었고, 경주라고 부르는 서울에서도 십여 차나 반란이 일어나서 마침내 고려 군사는 이십만 호나 되는 큰 서울에 불을 질러버리고 말았다.

이 통에 반월성 대궐과 임해궁 대궐도 다 타버리고, 안압지에 있던 새와 고기와 임해궁 내에 있던 호랑이, 사자, 코끼리 같은 짐승들도 무서운 소리를 내고 타 죽고, 굉장한 황룡사와 아름다운 분황사조차 타버리고, 그 통에 기울어진 대로 있던 구층탑도 요란한 소리를 내고 타버리고 말았다. 장안의 고루거각이 거의 다 재가 되어버리고 그 속에 있던 석가산과 연당과, 연화를 아로새긴 주춧돌만 타지 않고 남았다.

불은 사흘을 붙고, 사흘째 되는 날에 갑자기 뇌성벽력이 일어나고 된 소나기가 쏟아지어 캄캄하게 꺼지고 말았다. 이리하여 천 년 신라의 옛 터는 옛 생각을 할 물건조차 없어져버렸다.

각처에서 쫓긴 의병은 산으로 들어 숨고, 산에 든 형적이 있으면 산에다 불을 놓았다. 이 모양으로 혹은 싸워 죽고 불타 죽고, 혹은 효수를 당하여 죽은 자가 혹은 십만이라 하고 혹은 이십만이라 하였다. 그러나 태자는 어디 간고. 아무도 아는 이가 없었다.

이러한 지 오 년이 지나매, 일어날 만한 신라의 지사들은 다 죽어버리고 김비와 이유도 곰의나루 싸움에 단둘이 남았다가 죽임이 되었다.

이 모양으로 죽을 자는 다 죽고 더러는 머리를 깎고 중이 되고, 더러는 배를 타고 혹은 진(晉)으로, 혹은 일본으로, 혹은 탐라(耽羅)로, 혹은 유구(琉球)로 망명하여버리고, 인제는 국내에 아무 소리도 없이 되었다. 그제야 왕건은 마음을 놓았다. 아마 태자도 어디서 싸워 이름 모르게 죽었으리라고 생각하였다.

그러나 이미 삼국을 통일하여놓고 보니 왕건도 이미 늙고 같이 일하던 사람들도 거의 다 죽어버렸다. 배현경(裵玄慶)도 죽고 유금필도 죽었다. 국사 충담(沖湛)도 죽었다. 궁예도 죽지 아니하였는가. 당나라도 망하지 아니하였는가. 더구나 천축(天竺) 승이 고려에 와서 인생의 무상함을 설할 때에 왕은 억제할 수 없는 슬픔을 깨달았다. 자기가 왕업을 이루느라고 첫째는 아버지의 유훈을 저버리고, 둘째는 은혜 있는 궁예를 저버리고, 셋째는 무고한 많은 백성을 죽게 한 것을 생각할 때에 일종 후회하는 생각과 두려운 생각이 일어났다. 더구나 낙랑공주가 눈물로 세월을 보내는 것을 볼 때에는 아비의 정으로 가슴이 쓰림을 깨달았다.

그래서 왕은 군신을 불러 불법(佛法)을 숭상할 것을 말하고, 국비로 각처에 새로 절을 세우며, 또 의병과 싸울 때에 불사른 절을 중수케 하고, 자기도 친히 불전에 엎디어 왕업을 이루기에 죽은 무고한 생명을 위하여 빌었다.

왕은 그것만으로 만족하지 못하여 친히 명산대찰을 찾아가 수없는 원혼을 안위하고 또 국가 만년의 운을 빌기로 결심하고, 양춘 삼월을 택하여 많은 비빈과 낙랑공주를 데리고 금강산을 향하고 떠났다.

금강산에서는 왕이 오신다고 중들이 떨어나 길을 닦고 다리를 고치고 왕이 머무르실 방을 수리하고, 또 오랫동안 지켜오던 신라 여러 왕의 유물을 감추어버리기에 바빴다. 그중에도 장안사(長安寺)와 표훈사(表訓寺)와 정양사(正陽寺)가 더욱 바빴다. 마하연(摩訶衍)까지도 왕이 오실는지 모른다 하여 법당과 마당을 깨끗이 치우고 만폭동(萬瀑洞) 길을 돌로 쌓아 수리하였다.

왕은 가는 곳마다 고을에 들어 민정을 살피고는 반드시 그 고을 큰 절에 머물러 친히 재를 올렸다. 왕은 특별히 길을 돌아 싯내벌 궁예왕 옛 서울에 들러보니, 불과 이십 년에 청초만 나고 썩는 양을 보고 크게 재를 베풀어 궁예왕과 난영과 두 왕자를 위하여 재를 올릴 제, 벌판의 어두운 봄밤에 재 올리는 화톳불길이 하늘로 올라갔다. 옛 서울에 떨어져 살던 늙은 백성들이 모여들어 서로 옛일을 말하였다.

왕은 싯내벌 하룻밤에 잠을 이루지 못하고 밤이 새도록 전전반측하였다. 왕은 삼방(三防)까지 가서 궁예왕의 무덤을 조상하려 하였으나, 아직도 삼방 골짜기에는 궁예의 유신(遺臣)이 산도적이 되어 웅거한다는 말을 듣고 여러 신하의 간함을 들어 삼방까지는 중지하고 바로 금강산으로 들어가기로 하였다.

길에서 몇 번이나 신라 유민이라는, 말 못 되게 초췌한 무리를 만났다. 그들은 왕의 행차 앞에 허리를 굽히지 아니하고 뻗대었다. 왕은 좋은 말로 그들을 위로하였다. 그러나 큰 변은 없이 왕은 장안사에 득달하였다.

금강산에 들어온 지 사흘 만에 왕은 표훈사로 가 정양사의 헐성루(歇惺樓)에서 만이천 봉의 전경을 바라보고, 다시 표훈사로 내려와 밤을 쉬었다. 밤에 왕이 표훈사에서 노승을 불러 여러 가지 기사이적(奇事異跡)

과 노승의 일생 경험 중에 가장 재미있는 이야기를 하라 하고, 또 금강산 안에 중이나 속인 중에 이상한 사람을 물었다.

노승은 여러 말을 하던 끝에,

"이 산중에 무슨 아뢸 만한 일이 있사오리까마는 저 건너 돈도암(頓道庵)에 승수자(僧修者) 네 사람이 있사오니, 입산하온 지 오륙 년이 되어도 어디서 온 줄을 알 수 없사오며, 일찍이 한 번도 산에서 내려온 일이 없사옵고, 그중에 젊은 승수자 하나가 무슨 일이 있으면 한 달에 한두 번 큰절에 내려올 뿐이옵고, 혹 사람이 돈도암에 가오면 항상 네 사람이 부처님 앞에 모여 앉아 합장하고 예불하는 양을 본다 하오니, 외양을 보매 귀한 댁 사람인 듯하오나 어디서 온지 또 성씨는 누구인지 알 길이 없사옵고, 또 산 너머 영원동(靈源洞)에 두 행자 있사오되 다 머리를 풀어헤치고 베옷을 입고 움을 파고 지내오되, 사람을 대하여도 말이 없고 산으로 돌아다니며 풀뿌리와 나무뿌리를 캐어 먹사오며, 아침 해 뜰 때와 저녁 해 질 때면 반드시 저 밝은대〔望軍臺〕 꼭대기에 섰는 양이 보이나이다. 물어도 대답을 아니 하오매 누구인 줄도 알 수 없사오나, 산내에서 가장 이상한 사람들이로소이다."

하였다.

노승의 말이 끝나매 왕은 적이 한숨을 쉬었다. 그러나 이 말에 가장 놀란 이는 낙랑공주였다.

낙랑공주는 지금까지도 백화 부인과 계영 부인이 반드시 어느 산에 숨어 승이 되었을 것을 믿고 있었다. 신라 왕이 항서를 쓰던 날에 왕후와 태자와 태자비가 밤으로 대궐을 빠지어나간 곳을 모른다는 말을 들을 때부터 공주는 그렇게 생각하였다. 그러면 돈도암에 있다는 이가 그이나 아닌가 하고 공주는 가슴에 찔렸다.

그러면 태자도 어찌 되었을까. 태자도 곰의나루에서 죽었다고도 하고 아슬라에서 죽었다고도 하였다. 그러나 죽었다는 소문이 난 뒤에 얼마 아니 하여 반드시 태자가 어디 살아 있다는 소문이 난 것을 공주가 안다. 그러므로 아직 아무도 태자의 거처를 아는 이가 없거니와, 공주는 결코 태자가 죽었을 것을 믿지 아니하였다. 그러면 영원동에 토굴을 파고 사는 이가 태자는 아닐까. 머리를 풀어헤치고 베옷을 입고 산으로 풀뿌리를 캐러 다니는 양이 공주의 눈에 비추일 때에 공주는 숨이 막히도록 가슴이 답답하였다.

그날 밤에 공주는 잠을 이루지 못하고 밤이 새기를 기다렸다. 공주는 반월성 대궐 월정교 위에서 밤에 태자와 만나던 것을 생각하고, 지금까지 이름만 정승 김부의 부인으로 청승스러운 설운 생활을 하여오는 것도 생각하였다. 공주의 시비는 벌써 아이를 둘이나 낳았다. 김부도 그 아이가 공주의 배에서 나오지 아니한 줄을 아나, 세상은 그것이 공주의 낳은 아들로만 여겼다.

새벽 종소리가 울어난다. 왕도 일어나 법당에 들어가 아침 예불을 하고, 공주도 이날에는 특별히 전신에 냉수로 목욕을 하고 눈같이 하얀 옷을 입고 불전에 엎드려 초췌한 두 뺨에 눈물을 흘리며 태자와 왕후를 위하여 빌었다.

날이 샌 뒤에 왕은 표훈사의 노승을 불러,

"돈도암의 이승(尼僧)을 부르라."

하였다. 노승은 불러서 올 사람이 아닌 줄을 알았으나 왕명을 거역하지 못하여 사람을 보내었다.

이때에 백화 부인은 팔목에 염주를 걸고 계영 부인과 시월과 함께 손수 산에서 꽃을 파다가 마당에 심고 있었다. 해마다 봄이 되면 산 꽃나무를 파다가 마당에 심고, 그것이 꽃으로 피어나는 것을 보기를 즐거워하였다. 이리하여 조그마한 돈도암은 봄에서 가을이 되도록 꽃 속에 묻히어 꿀벌과 나비 소리가 끊일 새가 없었다.

"오늘 첫 꽃이 피었어라."

하고 누가 아뢰면 백화 부인은,

"첫 꽃이 피었나뇨, 어느 나무에?"

하고 곧 나아가 보았다.

이날은 돈도암에서 한참 되는 서편 골짜기에서 계영 부인과 시월이 전신에 이슬을 묻히면서 어린 목련과 더덕 한 뿌리를 파다가 그것을 심고 있었다.

"이것이 목련인가?"

하고 왕후는 어린 목련을 손에 들고,

"이것이 자라 꽃 피는 것을 볼까."

하고 한숨을 지더니,

"누구나 볼 사람이 있지 아니하랴."

하고 땅을 파고 기다리는 시월에게 목련을 준다.

호미를 들고 더덕 심을 구덩이를 파던 계영도 허리를 펴 백화 부인을 본다. 백화 부인의 눈에서는 눈물이 떨어진다.

시월과 계영은 들었던 호미를 떨어뜨렸다. 호미가 목련 위에 떨어져 동그레한 어여쁜 잎사귀 하나를 끊었다.

"내 이리하려 아니 하였더니."

하고 백화 부인은 소매로 눈물을 씻고, 굵은 베로 지은 남복을 입고 흙 묻은 버선을 신은 계영을 바라보며,

"볼 때마다 눈물겨워라."

하고 계영의 등을 만진다.

백화 부인이 슬퍼하는 양을 보매 계영 부인도 맘이 슬펐다. 언제는 슬프지 아니한 것이 아니건마는, 두 어머니를 슬프게 할까 하여 항상 기쁜 모양을 꾸미고 있었으나 백화 부인의 눈물을 볼 때에는 참을 수가 없었다. 그러나 울고 싶어도 맘 놓고 울지 못할 신세이므로 고개를 돌리고 입술을 깨물었다. 시월도 그러하였다.

나라가 망한 것도 슬픈 일이거니와 사랑하는 남편을 이웃에 두고 만나지 못하는 것이나 세월이 뜻 없이 흘러가는 것이나 모두 다 슬픈 일이었다. 게다가 친어머니 되는 유렴 부인은 늙고 병들어 인제는 아랫목에 누워 일어나지도 못하였다. '나무아미타불'을 부르고 믿으려 하나, 가슴속에는 슬픔만 가득 차서 부처님의 은혜도 들어갈 틈이 없는 듯하였다.

세 사람이 정히 망연히 섰을 때에 수풀 속으로 인기척이 나며 두 사람이 올라오는 양이 보였다. 세 사람은 얼른 눈물을 씻고 나무 옮기는 일을 시작하였다.

백화 부인은 잎 떨어진 목련을 집어 들며,

"아차, 한 잎이 떨어지었고나."

하고 떨어진 잎사귀를 집어 떨어진 자리에 붙이어보나 붙지 아니하였다.

"아차."

하고 계영 부인과 시월도 그것을 보았다.

"한번 떨어진 잎은 다시 붙지를 못하는구나!"

하고 백화 부인은 창연하였다.

　이때에 찬란한 관복을 입은 고려 관인은 마당 끝에 서고, 표훈사 늙은 중이 웃는 얼굴로 합장하고 백화 부인 앞에 서며,

　"나무아미타불!"

하며 허리를 굽힌다. 백화 부인도,

　"나무아미타불!"

하고 합장하고 허리를 굽히며,

　"노스님, 어인 행차이시니잇고?"

하고 공손히 물었다.

　노승은 곁에 선 두 젊은 승에게도 같이 합장하고 허리를 굽히고, 두 젊은 승도 합장 답례하고는 심던 나무를 심고 바가지로 물을 떠다가 뿌려준다.

　노승은 다시 백화 부인 앞에 허리를 굽히며,

　"대왕마마께오서 스님의 덕 높으심을 들으시고 부르라 하시와 저기 사자를 보내시나이다."

하고 손을 들어 마당 끝에 선 관인을 가리키었다.

　백화 부인은 속으로 놀랐으나 놀라는 빛을 보이지 아니하고,

　"대왕마마라시니, 어느 대왕마마니잇고."

하였다.

　노승은 놀라는 듯이,

　"천무이일(天無二日)이요, 국무이왕(國無二王)이라 하였사오니, 이 천하에 대고려국 대왕마마 한 어른밖에 또 어느 대왕마마 있사오리잇가."

한다.

　백화 부인의 두 눈썹이 한 번 움직이며,

"소승이 세상을 잊은 지 오래오니, 일찍이 대신라 상감마마 계오신 줄을 들었거니와 대고려 대왕마마를 듣지 못하였나이다."

하였다.

노승은 한 번 더 놀라는 빛을 보이고 다시 웃으며,

"갸륵하시어라. 어찌하면 신라 망하고 고려 된 줄을 모르시나잇고. 예전 신라 상감마마께오서는 낙랑공주 부마 되시와 정승으로 영화를 누리시옵고, 공주마마께오서는 벌써 두 아드님을 낳으시와 어제 국재(國齋)를 올리옵실 때에도 두 분 아기 수복강녕하소서 빌었나이다. 큰절에 가시오면 낙랑공주마마도 보실 것이니 어서 가사이다."

하고 노승은 묻지도 아니하는 말을 지껄이며 손을 들어 관인을 부른다.

관인이 와서 역시 백화 부인에게 허리를 굽힌다. 비록 초솔(草率)하게 차렸을망정 부인의 위엄에 눌린 것이다. 부인도 합장하고 허리를 굽혔다.

왕의 사자는 다시 백화 부인에게 왕이 부른다는 뜻을 전하고, 노승은 이 황송한 어의(御意)를 거스르지 말고 곧 가기를 재촉하였다.

그러나 백화 부인은 엄절하게,

"소승이 세상을 잊고 산에 든 지 오래거든, 고려 대왕마마께서 소승을 아실 리 만무하고 또 소승도 고려 대왕마마를 알지 못하오니 부르심도 부질없는 일이요, 부르신다 하여 감도 부질없는 일이라 하더라고 아뢰소서."

하였다.

그리고는 볼일 다 보았다는 듯이 몸을 돌려 계영과 시월이 심어 놓은 목련 가지를 만져 발로 그 뿌리의 흙을 밟으며,

"이 나무를 잘못 심지 않았는가. 나무도 처음 났던 방향대로 심어야 한

다거든, 남쪽으로 향하였던 것이 북쪽으로 향하면 살지 못한다 하거든,
바로 심었는가."

하였다.

계영은 웃으며,

"예에는 그러하였사오나 이제는 천운이 변하여 사람들도 남으로 향
하였다가 북으로 고개를 돌려야 영화를 누리고 초목도 그러하다 하나이
다. 남으로 흐르는 아리나리 물도 북으로 흐른다 아니 하나잇가. 모든 것
이 거꾸로 되는 세상이오니 나무도 거꾸로 심었으면 더욱 번성할 줄 아오
나, 아쉬운 맘에 그리는 못 하옵고 방향만 돌려 심었나이다."

하였다.

시월도 웃었다. 그것을 보고 백화 부인도 웃었다. 그러나 그 웃음은 무
서웠다.

노승과 관인은 서로 돌아보며,

"이상한 사람 아니니잇고?"

"예사 사람은 아니로다."

하고 말없이 물러가버렸다.

그날 저녁때에 돈도암에서는 떡을 만드느라고 절구에 쌀을 빻았다. 오
늘은 백화 부인의 생신이다. 이날에는 태자가 두껍쇠를 데리고 일 년에
다만 한 번 돈도암을 찾아오는 날이다. 이날 하루를 기다리고 삼백예순
날을 천년같이 고대하는 것이다.

이날이므로 식전부터 돈도암에서는 방과 마당을 소제하고 우물을 치
고 기명(器皿)을 깨끗이 하고, 새 옷을 내어 입고, 꽁꽁 묶어두었던 맛나
는 버섯과 고비와 고사리를 내어 담그고, 신선한 산채를 뜯어오고, 봉하

여 두었던 꿀항아리를 내어놓고, 마당에 황토를 펴고, 또 태자와 두껍쇠를 위하여 굵은 베옷을 새로 다려놓고 기다리는 것이다.

삼월 하순의 반쪽달이 구멍봉〔穴望峰〕에 비칠 때쯤 하면, 태자는 두껍쇠를 데리고 어느 길로 어떻게 오는지 모르게 마당에 발자국 소리를 내고,

"어마마마!"

하고 부른다.

그러면 안에서는 일제히 일어나,

"아아, 동궁마마!"

하고 나와 맞는다.

그러고는 방에 들어가 절할 데 절하고 울고 이야기하다가 새벽에 숲속에 잡새 소리 나고 골짜기 물소리 높아갈 때가 되면 태자는 다시 절하고,

"한 해 지난 뒤에."

하고는 또 어디로 가는지 모르게 어두움 속에 스러지어버린다.

번번이 부인이나 계영이나,

'이번에는 태자를 붙잡고 놓지 아니하리라, 그까지는 못 하더라도 붙들고 실컷 울어라도 보리라.'

하나, 번번이 그리하지 못하고 밤은 줄달음을 치어 이별 때를 당해버리고 태자가 어두움 속에 스러진 뒤에야 산을 향하여 합장하고,

"동궁마마! 동궁마마!"

하고 부르는 것이 예사다.

그러나 오늘은 근심이 없지 아니하였다. 그것은 고려 왕 왕건이 표훈사에 와 있음을 알았고, 또 사람을 보내어 부르는 것을 보니 무슨 눈치를 채었는지도 모를 것이요, 또 왕건의 신하 중에는 예전 신라 사람이 많이

있을 것이니 그렇다 하면 발각될 염려가 있는 것이다. 그렇다고 태자에게 기별할 수도 없고, '설마' 하는 맘으로 떡을 찌며 밤이 깊기만 고대하였다.

아랫목에 앓고 누운 유렴 부인도 번히 눈을 뜨고,

"오늘이 동궁마마 오시는 날이뇨?"

하였다.

계영 부인은,

"오늘이, 오늘 밤이."

하고 대답하였다. 부엌에서는 떡 찌는 구수한 냄새가 들어오고, 물을 이 그릇에서 저 그릇으로 옮겨 붓는 소리도 들린다.

그러는 동안에도 백화 부인은 불전에 앉아서 향을 피우고 일 년에 한 번밖에 만나지 못하는 아들을 위하여, 또 불쌍한 며느리를 위하여, 또 이미 자기를 잊어버린 지 오랜 남편을 위하여 빌고는 절하고 빌고는 절한다. 딱딱 목탁 두드리는 소리가 울려 나오고, 부인에 매인 다홍빛 가사가 흔들리는 촛불에 음침한 빛을 발한다.

"구멍봉이 훤하였네!"

하는 시월의 소리가 들린다. 달이 뜨려는 것이다. 달이 뜨면 태자가 온다.

시월도 인제는 우담화(優曇華)라는 이름을 가지고, 백화 부인도 이름을 변하여 선광니(善光尼)라 하고, 계영 부인은 만다라(蔓陀羅)라는 불명을 가지었으나, 다른 사람이 있을 때만 그렇게 부르고 식구들만 있을 때에는 옛날 대궐 안에 있을 때와 같은 칭호로 불렀다.

"달이야, 달이야!"

하는 시월의 소리가 나매 계영 부인은 얼른 일어나 창을 열었다. 과연 하현 조각달이 잣나무 가지 사이로 비쭉 올라오는 것이 보인다. 그렇게도 해쓱하고 맑은 달이.

"달이 떴으니 동궁마마도 오시려니. 마당에 불 켜라."
하였다.

백화 부인도 기도를 마치고 일어나 떠오르는 달을 바라보고 합장하며,

"나무월광보살!"
하고 그 빛이 아들의 앞길을 비추기를 빌었다.

시월은 마당 한복판에 있는 둥근 돌등대[石燈臺]에 잘 결은 솔깡을 한 아름 놓고 불을 질러놓았다. 잘 마른 솔깡 향기를 발하여 호박빛 불길을 내었다.

부엌에서 음식 냄새 나는 것을 맡고 다람쥐가 서너 마리 모여 와 시월의 발을 따라다닌다. 그러고는 늘 하는 법대로 사람들은 모두 방으로 들어가 문을 닫아버린다. 이것은 태자의 청이다. 무슨 까닭인지 모르거니와, 태자는 마당에 사람이 있으면 들어오지 아니하고 사람들이 방 안에다 들어간 뒤에야 모양을 나타낸다.

"어서 들어오라!"
하여 시월까지 방으로 불러들인 뒤에, 마당에서는 솔깡 불만 혼자 타고 있었다.

방 안에서는 네 사람이 숨도 크게 쉬지 아니하고 귀를 기울여 태자의 발자국 소리만 기다렸다. 돌을 넘어 떨어지는 시내 소리는 잠깐 높았다, 또 잠깐 낮아지면 안 부는 듯 부는 바람이 풍경을 흔들어 딸랑, 딸랑 소리를 낸다. 이따금 밤새 소리가 들린다.

사자가 돌아가 왕께 백화 부인의 말을 전하니 좌우 제신은 그 무례함을 책하려 하였으나 왕은 고개를 흔들며,

　"천하는 앗을지라도 한 사람의 뜻은 앗지 못하나니 뜻을 지키는 자를 허물하지 마라."

하고 도리어 주지승을 불러,

　"매년 돈도암에 백미 오십 석을 부치되, 이름 모르는 시주로부터 보낸다 하라."

는 하교를 내렸다.

　이날 밤에 낙랑공주는 자연 심서(心緖)를 진정치 못하여 홀로 침음하다가 마침내 두 시녀와 길 인도하는 중 하나를 데리고 은밀히 절에서 나와 등을 들리고 돈도암으로 향하였다. 그때는 달이 올라올 때요, 돈도암에서는 마당에 불을 피울 때였다.

　공주는 지팡이로 길을 더듬어 우거진 잣나무 숲길로 깎아 세운 듯한 산비탈을 올라간다.

　"이 어두운 데."

　"이 험한 길에."

하고 시녀들은 공주가 험한 길을 걷는 것이 황송하여 공주를 붙들었다.

　그러나 공주는 이 길이 모든 죄악과 모든 괴로움을 벗어나는 해탈의 정로와 같이 생각되고, 한번 이 길을 올라가면 다시 내려오지 못할 것 같았다. 서울로 가면 구중궁궐이 있다. 그러나 그것이 다 무엇이냐. 색밖에 아무것도 모르는 늙은 김부를 생각만 하여도 진저리가 나고, 또 아들[神劍]의 원수를 갚노라고 왕건의 군사를 빌려 제 나라인 후백제를 멸하고, 제 혈육의 자식을 혹은 죽이고 혹은 섬으로 귀양 보내고, 마침내 저도 회

한을 이기지 못하여 등에 큰 종기가 나서 죽은 견훤을 생각하거나, 혹은 신라의 혹은 백제의 구신(舊臣)들이 제 나라도 다 잊어버리고 가장 고려에 충신인 체하여 불의의 부귀와 쾌락을 누리는 것이나, 그러한 무리 속에 높이 올라앉은 아버지 왕건이나 모두 우습고 시끄럽고 더러운 것만 같았다.

이렇게 아름다운 강산, 이렇게 깨끗한 밤, 이렇게 만고에 한결같은 물소리와 바람 소리, 하늘엔 만고에 변함없이 반작거리는 별, 무슨 생각은 있고도 말은 아니 하는 듯한 늙은 나무와 바위, 이러한 것은 홍진만장(紅塵萬丈)의 서울이나 구중궁궐 속에서는 꿈도 못 꾸던 신기로운 지경이다. 그러한 속으로 말할 수 없는 엷은 슬픔을 품고 조그마한 등불이 비추는 길을 찾아 두 걸음에 한 번, 세 걸음에 한 번 쉬엄쉬엄 가는 공주 자기의 몸까지도 이 세상을 떠난 지 오랜 사람 같았다.

"아아, 제도할 수 없는 중생!"

하고 공주는 김부를 생각하였다. 그가 술 취한 얼굴로 허연 수염을 너슬거리고 공주의 손목을 끌고 음탕한 웃음을 웃던 것을 생각하고, 또 자기 몸 대신 김부의 잠자리를 모시게 하던 시비가 아기를 낳은 뒤로는 도리어 공주에게 시기하는 빛을 보이고 버릇없어지는 양을 보이던 것을 생각하였다. 그러나 그 모양도 다 우습고 더러운 것 같았다.

하늘에는 달빛이 있었으나 수풀 속은 캄캄하였다. 캄캄한 수풀 속에 한 줄기 등불 빛이 비치어 검은 그림자가 길게 짧게 우물거린다.

얼마를 이 생각 저 생각 하며 올라갔을 때에 눈앞에는 환한 불이 보였다. 공주는,

"저 어인 불인고?"

하고 걸음을 멈추었다.

"돈도암 뜰에 피워놓은 불이로소이다."

하고 길 인도하던 중이 읍하고 대답한다. 그 불은 바로 머리 위에 있는 듯하였다. 그러나 그 불이 숨었다 나왔다, 컸다 작았다 하여 좀처럼 가까워지지 아니하였다.

마침내 공주는 돈도암 마당에 올라섰다. 솔깡 불빛이 공주의 얼굴과 몸 모양을 비춘다.

노승은 가만가만히 암자 앞을 걸어가,

"선광 스님! 선광 스님!"

하고 불렀다.

안에 있던 사람들은 놀랐다. 이 밤에 기다리던 태자는 아니 오고 그 누가 와서 찾는가. 시월은 문고리를 잡고 열지는 아니하고,

"그 누구시뇨?"

하고 대답하였다.

"큰절에서 왔나이다."

"이 깊은 밤에 무슨 일로 오신고? 나아가 여쭈어보아라."

하고 백화 부인이 시월에게 명한다.

시월이 문을 열고 나선다. 안에 있는 사람들은 무슨 큰일이나 아니 나는가 하고 귀를 기울인다.

시월은 노승을 이상히 바라보고 합장하며,

"어두운 길에 무슨 일로 오시니잇고?"

하였다.

노승은 웃는 낯으로 합장하며,

"나무아미타불, 관세음보살! 돈도암에 오래 서기 비치옵더니, 오늘
밤에 낙랑공주 이곳에 임하시니다."
하였다.

"낙랑공주?"
하고 시월은 옛날 서울에서 뵈옵던 것을 생각하고 반가운 듯이 소리를 질
렀으나 아까 왕의 사자가 왔던 것을 생각하고 얼른 흥분한 빛을 감추며,

"아니, 낙랑공주라시니 누구시니잇고?"
하였다.

노승은 손을 들어 가리키며,

"저기 왕림하와 계시옵거니와 금상마마의 따님이시옵고 이전 신라 상
감마마, 지금 낙랑왕 정승 김부마마의 부인이시니이다. 선광 스님의 덕
을 들으시옵고, 밤길을 마다 아니 하시옵고 이에 임하시니이다."
하고 또 합장하고 허리를 굽힌다.

노승이 허리를 굽히는 것을 보고 공주는 좌우에 시녀를 세우고 가만가
만히 걸어온다. 시월은 잠깐 공주를 바라보고 방에 들어가 노승이 말하
던 대로,

"낙랑공주 이에 임하시다 하나이다."
하였다.

백화 부인이 일어나 나오니 계영도 따라 나온다. 백화 부인은 시월과
계영의 부액을 받아 나오며,

"노신(老身)이 산에 들어온 지 오래매 천하사를 모르거니와, 공주 오
신다 하오니 아니 나와 맞으랴. 공주 어디 계신고?"
하며 신을 신고 마당에 내려선다.

불은 활활 타오른다. 부인은 공주를 향하고 공주는 부인을 향하여 서로 바라보며 점점 가까이 가더니, 공주는 부인의 모양이 신라 왕후와 같음을 보고 깜짝 놀라는 듯이 우뚝 서며 한 걸음 뒤로 흠칫 물러선다. 부인도 공주를 보고는 아무리 억제하려 하면서도 놀라는 빛을 아니 보일 수 없고, 계영도 그러하였다. 그러나 부인은 곧 태연하게 합장하고 허리를 굽히며,

"어느 나라 공주시완대 이 깊은 밤에 이렇게 임하시이니잇고. 나무아미타불."

하였다.

그제야 공주도 합장하고 무릎을 땅에 대며,

"어느 나라 공주라 하지 마옵소서. 나는 죄 많은 여인으로 노사(老師)의 덕을 흠모하여 이곳에 임하였거니와."

하고 고개를 들어 부인과 계영과 시월을 한번 둘러보고,

"노사는 제가 십 년 전 신라 서울에서 뫼시던 왕후 아니시니잇가?"

하였다.

부인은 웃으며,

"노신을 왕후라 하시나뇨? 왕후는 아마도 전생의 일인가, 노신은 산에 들어 세상을 잊은 지 오랜 수도승이로소이다."

하고 시월을 보며,

"우담화야, 공주마마를 붙들어 일어나시게 하고, 만다라야, 공주마마를 모시어 누추하나마 방에 들여 모시라."

하고 다시 공주를 향하여,

"공주마마, 무릎을 꿇으시니 황송하도소이다. 죄 많은 소승이 어찌 감

당하리오? 일어나 누추한 방에 드시옵소서."

하였다.

공주는 시월에게 붙들려 말없이, 기운 없이 방으로 끌려 들어갔다. 공주는 약간 의심이 없지 아니하였으나 설마 하였었다. 그러나 이러할 줄은 몰랐다. 아무리 세월이 가고 또 머리를 깎고 변복을 하였더라도 왕후와 태자비를 몰라볼 리가 있으랴. 공주는 정신이 황홀하여 어찌할 줄을 모르고 방에 들어오는 길로 부처님 앞에 합장하고 엎드려버렸다.

부처님 앞에 엎드린 공주는 일어날 줄을 몰랐다. 그의 등이 들먹거리는 것을 보아 우는 것을 알았다. 백화 부인이나 계영 부인이나 시월이나 우두커니 보고만 있었다.

비록 모든 것을 잊고 또 늙기도 한 백화 부인이라도 처음 낙랑공주를 대할 때에 맘이 편안할 수가 없었다. 남편이요 신라의 마지막 왕이던 이를 생각하여도 맘이 불쾌하고, 또 낙랑공주가 그 남편의 새 아내가 되어 두 아들까지 낳았다는 것을 생각할 때에는 질투하는 생각도 났었다. 그뿐 아니라 왕건은 신라의 원수가 아니냐. 낙랑공주는 원수의 딸이 아니냐. 왕건은 근 십 년을 두고 태자와 왕후의 거처를 수탐하지 아니하였느냐. 지금 왕건이 여기서 바로 지척인 표훈사에 와 있지 아니하는가. 만일 왕후와 태자가 여기 있는 줄을 알면 무슨 일을 할지도 모를 것 아니냐. 이러한 것을 생각하면 낙랑공주가 깊은 밤에 불의에 찾아온 것도 무슨 흉계가 숨어 있는지 모를 것이다. 더구나 그가 왕건을 따라 서울(지금은 경주라고 부른다)에 온 것도 왕과 태자를 호리려 한 것이 아니냐. 그렇다 하면 부처님 앞에 엎드려 우는 양을 하는 것도 무슨 흉계인지 알 수 없는 것이다. 이 모양으로 백화 부인도 생각하고 계영 부인도 생각하였다.

그래서 계영 부인은 시월을 밖으로 불러내어 귓속말로,

"동궁마마 오시더라도 밖에서 기다리시게 하라! 행여 방으로 들어오시어 왕건의 집에 알리게 말라."

하였다. 이렇게 맘을 작정하고는 백화 부인과 계영 부인은 처음에 설레던 맘도 다 가라앉고 냉정하게 공주가 하는 양만 바라보았다.

마침내 공주는 일어났다. 세 번 불전에 합장 배례하고 나서도 이윽히 부처님을 바라보았다. 그 부처님은 대궐에 봉안하였던 관음상이다. 신라 국보의 하나로 왕후 침전에 봉안하였던 것을 공주는 기억한다. 한 달 동안이나 거기서 왕후를 모시고 숙식하였으니 이 관음상을 기억하지 못할 리가 없다. 그 인자하고도 맑은 얼굴 하며, 산 사람의 용모는 몰라보리만큼 변하였을망정 관음상은 예나 이제나 다름없이 금빛을 놓고 있다. 공주가 얼굴을 대고 있던 다홍 방석은 눈물에 젖고 그 얼굴에도 눈물이 줄줄이 번적거렸다. 눈물에 젖은 얼굴은 더욱 해쓱하고 맑아서 그 가슴속에는 티끌만 한 흐린 마음도 있을 것 같지 아니하다.

공주는 불전에서 물러나 마치 오래 떠났던 딸이 그 어머니에게 매어달리는 모양으로 백화 부인 옷자락을 잡고 매어달렸다.

"왕후마마! 나를 속이지 못하시리이다. 저 관음보살님은 분명 경주 서울서 뵈옵던 용모시니, 마마께옵서 비록 삭발 위승(僞僧)하옵시고 용모는 변하셨다 하더라도 한 달 동안 자모(慈母)같이 뫼시옵던 낙랑을 속이지 못하시리이다."

하고 운다.

백화 부인도 부지불각에 눈물이 핑 돌았다. 과연 그렇게도 애통하는 낙랑공주의 마음에는 한 점 죄악의 구름도 머물까 싶지 아니하였던 것이

다. 그러나 백화 부인은,

"공주, 일어나소서. 이 몸은 세상을 잊고 산중에서 늙은 죄인이거니, 공주 반드시 이 몸을 잘못 보신 것인가 하나이다. 무슨 연유로 계오신지 모르거니와 진정하소서."

하였다.

이 말에 공주는 고개를 들어 백화 부인을 바라보고 다시 계영을 바라보았다. 계영의 그 꽃같이 아름답던 얼굴이 어떻게나 초췌하였으랴. 공주는 마치 죄 지은 사람이 살려주기를 비는 사람 모양으로 손을 들어 계영 부인의 손을 잡으려 하였다.

계영 부인의 눈에도 눈물은 있었다. 그러나 백화 부인이 공주의 손을 잡고 '아노라' 하기까지 자기가 먼저 손을 잡을 수는 없었다. 그래서 공주의 손을 뿌리치고 옛 정과 피차의 신세를 생각하여 돌아서서 울었다.

낙랑공주는 어찌할 줄을 몰랐다. 공주는 하릴없이 일어나 백화 부인을 보며,

"나를 모르신다 함도 마땅하도소이다."

하고 한 번 하직하는 절을 하고 시녀를 데리고 밖으로 나아갔다. 나아가면서도 다시금 백화, 계영 두 부인을 돌아보고 또 관음상을 돌아보았다.

백화 부인은 문까지 따라 나가며,

"이러한 누추한 곳에 귀하신 손님은 오래 머무르지 못하나이다."

하고 냉랭하게 인사하였다.

공주는 혼잣말로,

"나도 이 옷을 벗고 머리를 깎고 노사를 따를까."

하고 혼잣말 모양으로 중얼거렸다.

마당에 피운 솔깡 불은, 시월이 새로 놓은 관솔이 새로 타오른다. 공주는 그 빛에 늙은 잣나무 뒤에 두 사람의 그림자가 번적하는 것을 보았다. 태자는 두껍쇠와 같이 돈도암으로 오다가 시월의 손짓을 보고 나무 사이에 숨어 눈치를 보고 있었던 것이다. 그러다가 확 피어오른 불빛이 자기의 낯을 비춤을 깨달을 때에 태자는 얼른 몸을 나무 그늘로 숨겨버렸다.

바로 신을 신고 마당에 내려서려던 공주는 태자를 번적 보았다. 그 헙수룩한 머리와 섬거적인가 의심하는 옷! 그러나 공주는 그것이 태자인 줄을 알고 놀라는 빛으로 우뚝 섰다.

'내 허깨비를 본가?'

하고 공주는 다시 태자 있던 곳을 바라보았다.

"무엇을 보시니잇고?"

하고 시녀 하나가 공주의 보는 곳을 바라보며 물었다.

공주는 손을 들어 가리키며,

"분명 저 잣나무 그늘에 사람의 얼굴을 보았건마는 다시 보니 없소라. 분명 보았거든 없소라."

하고 공주는 그리로 향하고 간다.

"불빛에 헛것을 보심이 아닌가?"

하고 한 시녀가 뒤를 따른다. 백화 부인과 계영 부인은 가만히 서서 공주의 하는 양을 본다.

공주는 서너 걸음이나 태자 있던 곳을 향하고 가더니 그 자리에 무릎을 꿇으며,

"동궁마마! 동궁마마! 돌아가셨다 하더니 혼이 계셔 내 눈에 보이신가? 혼이라 하더라도 어찌 한 번만 보이신가?"

하고 합장하고 바라본다.

"이 무슨 말씀이시니잇고? 깊은 산, 깊은 밤에 어느 동궁마마 계시료. 가사이다."

하고 시녀가 공주를 붙들어 일으키려 한다.

공주는 몸을 흔들며,

"나를 두고 너희들은 가라. 나는 이곳에 머물러 돌아가지 아니하리라. 동궁마마 살아 계오시거든 사오신 얼굴 뵈올 때까지, 동궁마마 아니 살아 계오시거든 혼이라도 다시 뵈올 때까지 나는 돌아가지 아니하리라. 나도 머리를 깎고 굵은 베옷을 입으리라. 너희는 가라. 가서 아바마마께 그 연유를 아뢰어라."

하였다.

두 시녀는 공주의 말에 놀라 뒤로 물러섰다.

이때에 잣나무 그늘에서는 태자가 나타났다. 그 초췌한 얼굴로, 이 세상 사람 같지 아니한 얼굴로 가만가만히 나타났다.

공주는 두 팔을 들고 태자를 바라보았으나, 태자는 공주를 잠깐 바라보고 백화 부인 앞으로 나아가 말없이 무릎을 꿇어 절하고 그러한 뒤에 다시 낙랑공주 앞으로 와서,

"낙랑공주 아니시뇨?"

하고 물었다.

공주는 다만,

"동궁마마!"

하고 말이 막혔다.

태자는 이윽히 낙랑공주를 바라보더니,

"모두 한바탕 꿈이던가. 꿈이라면 그리도 원한 깊은 꿈이로다."
하고 고개를 숙인다.

공주는 태자를 우러러보고 다만 느껴 울었다. 그러나 태자의 눈에는
눈물도 없었다.

"열두 번이나 돌아가시었던 동궁마마를 오늘 뵈오니 생시인가, 꿈
인가, 혼령이신가?"
하는 공주의 말에 태자는,

"열두 번 죽으려도 죽지 못하고 살아 있는 내 몸이 부끄러워라. 가슴에
굳게 맺힌 원한이 내 목숨을 붙들어 죽지도 못하게 하고 살지도 못하게
하고, 반은 죽고 반은 살아, 반은 사람 모양으로 반은 귀신 모양으로 낮
이면 숨고 밤이면 나와 다니노라. 죽지 못해 사는 신세는 나를 두고 이르
는 말……. 그런데 낙랑공주는, 낙랑 부인이라던가, 어디로 가는 길에
길을 잘못 들어 이리로 오신고. 크게 길을 잘못 들었세라."
하니 공주는 태자를 우러러보며,

"날더러 길을 잘못 들었다 하시난고? 십 년 동안 헤매고 찾던 길을 오
늘이야 찾았다고 하소서. 분명 동궁마마는 살아 계시었던가. 진실로 이
것이 금강산 깊은 밤의 꿈은 아니었던가. 살아 계시다 하소서. 곰의나루
와 아슬라성에서 활을 맞아 돌아가신 것은 아니라 하소서. 이것이 꿈이
아니라 하소서. 꿈이 아니라 오랜 꿈이 깨었다 하소서."
하였다.

태자는 하늘을 우러러 한숨지으며,

"깰 수 있는 옅은 꿈일진대 그 아니 다행이랴. 만천겁에 깨지 못할 슬
픈 꿈이니 그것이 설워라. 사람으로 세상에 살자 하니 사람이 부끄럽고,

죽어서 황천에 가자 한들 무슨 낯으로 선왕을 대하리. 엉거주춤하고 죽도 살도 못 하여 산에 숨어 있으나, 초목이 부끄럽고 말 못 하는 바위와 흘러가는 물이 부끄럽고 날고 기는 새, 즘생이 부끄러워라."

하고 눈물을 흘린다.

"가엾으시어라. 인생을 모두 한바탕 꿈으로 아실진대 어이하여 수도 성불하실 뜻을 두지 아니하시는고?"

하는 공주의 말에 태자는,

"수도 성불! 수도 성불이라 하시나뇨. 하늘에 사무친 원한과 뼈마디 마디마다 감긴 원한이 나를 지옥으로 끌어들이거든 성불을 바라랴. 비록 석가모니불이 몸소 나를 끌어 극락으로 가자 하시더라도 나는 아니 가리라. 이 슬픔과 이 원한을 품고는 차라리 땅속 깊이깊이 파고 들어가 숨는 무엇이 되리라. 안 가리라, 안 가리라."

하고 머리를 흔든다.

"어이하여 그런 말씀을 하는고? 나라 망한 것이 동궁 탓이 아니거든 어이 그리 원한이 깊으신고. 그리 생각을 마라. 잊으라! 잊으라! 우리 다 잊지 아니하려느뇨."

하고 백화 부인이 태자의 곁으로 걸어와 그 어깨에 손을 얹는다.

"잊을까. 잊어질까."

하고 태자는 고개를 숙인다.

"잊으소서. 안 잊은들 어이하리."

하고 계영도 태자의 곁으로 온다.

"동궁마마! 이 모든 원한이 이 몸의 아바마마 탓이라 하면 이 몸으로 그 죄를 지지는 못하리잇가? 이 몸이 지옥도(地獄道)에 떨어지거나 축생도(畜生道)에 떨어지거나, 동궁마마의 슬픔과 원한을 풀지 못하리잇가? 그러할 도리는 없사오리잇가?"

하고 공주는 합장한 손을 땅에 대고 이마를 그 손에 대어 정례를 한다. 사람들은 한참 동안 말이 없었다. 그러나 그들의 눈에는 모두 눈물이 있었다.

솔깡 불은 그물그물한다.

시월은 사람들 뒤에서 두껍쇠의 어깨에 매어달려 울고 있고, 두껍쇠는 태자를 바라보고 눈물을 흘린다. 낙랑공주를 따라왔던 시녀들과 노승은 영문을 모르고 대여섯 걸음 뒤에 떨고 섰다.

달은 높이 올라오고 시냇물 소리는 점점 높아가는데 돈도암 마당에서는 사람들의 느끼는 소리가 들린다. 벌써 새벽이 되었는가. 아래 큰절에서 쇠북 소리 우렁차게 들린다.

태자는,

"일어나라."

하고 공주를 붙들어 일으키었다.

이튿날 아침에 공주는 벌써 구름 같은 머리를 깎고 먹물 들인 베옷을 입은 승이 되었다. 공주에게 대한 모든 오해는 풀리어 백화 부인은 공주를 붙들고 울었다.

"이 몸을 딸과 같이 일생을 곁에 뫼시게 하소서."

하는 공주의 청을 백화 부인은 여러 번 물리쳤으나 마침내 허락하였다.

표훈사에서는 안과 밖이 발칵 뒤집혔다.

"공주 어디 가신고?"

하고 횃불을 들고 사방으로 두루 찾았으나 간 곳을 알지 못하였다.

"공주 어디 계신지 아모리 찾아도 가신 곳을 알지 못하나이다."

하고 총섭(總攝) 노승이 왕께 아뢸 때에 왕의 얼굴에는 어두운 그늘이 있었다.

왕은 낙랑공주를 위하여 근래에 심히 슬퍼하게 되었다. 오직 왕업을 위하여 사랑하는 딸의 일생을 희생하여버린 것이 왕이 더욱 늙을수록, 낙랑공주의 슬픔이 더욱 클수록 뉘우치어지었다. 신라에 다녀온 뒤로 공주가 얼마나 태자를 그리워하였고, 또 김부에게 시집을 보낼 때에 얼마나 공주가 슬퍼한 것을 왕은 다 안다. 그러나 왕은 신라 왕과 인척 관계를 맺고 자기도 신라 왕의 질녀를 왕후로 맺는 것이 왕업을 이루는 데 필요하다고 생각하였기 때문에, 첫째로 공주를 신라 왕에게 시집보내고, 둘째로 내조의 공이 많은 유씨 왕후의 슬퍼함도 돌아보지 아니하고 김씨를 맞아 아들을 낳았다. 본래 기승하던 유씨 부인도 그 때문에 성병(成病)하여 원망으로 세상을 떠났다. 그렇지마는 신라 백성의 맘을 사려면 고려 왕실에 신라 왕실의 피를 흘려 넣는 것을 필요로 생각하였다.

이리하여 왕업은 이루었거니와, 유씨 부인의 원혼과 낙랑공주의 슬픔은 무엇으로 위로할 길이 없었다. 더구나 왕이 늙어가고 눈이 어두워지고 귀도 멀어가고 몸이 전과 같이 기운차지 못하게 되매 인생의 무상한 것을 점점 깨닫고, 천축 승의 설법을 들으매 그 마음은 더욱 괴로워졌다. 왕은 가끔,

'흥, 왕업은 다 무엇인고. 모두 흘러가는 물과 같고 떠가는 구름과 같지 아니한가. 있을 때에 있는 듯하여도 다시 보면 없지 아니한가.'

이러한 생각을 하게 되었었다.

천하를 다 내 맘대로 할 지존의 지위에 있다는 것도 다 헛꿈이 아니냐. 어두워가는 눈, 멀어가는 귀, 쇠하여가는 몸을 어찌하지 못하고, 딸 낙랑

공주의 한번 깨어진 기쁨을 다시 어찌할 수 없지 아니하냐. 몇만 사람의 다시 못 올 청춘과 다시 얻지 못할 생명과 다시 회복할 수 없는 기쁨을 희생하고 이 왕업인고? 한번 죽어지면 패한 궁예나 흥한 왕건이나 모두 한 줌 흙이 아닌가. 게다가 만일 이생에서 지은 업이 내생에 과보로 돌아온다 하면, 수십만의 생명을 죽이고 수백만의 맘을 아프게 한 자기는 어찌될 것인고, 이러한 생각을 하였던 것이다. 이렇게 생각할 때에 왕의 눈에 비추이는 것은 옛날의 왕위도 다 내어던지고 삼계중생(三界衆生)을 제도하기로 대원을 세운 석가모니불의 자비뿐이다. 그래서 절을 세우고, 그래서 금강산에를 왔다.

그러나 공주에게는 기쁨이 없었고, 왕에게도 맘의 평안함이 없었다. 도리어 낮에는 눈에 피 오른 신라 태자의 독한 비수가 눈에 어른거리는 듯하고, 밤이면 삼십 년 병전(兵戰)에 죽은 사졸과 신라의 충혼들이 어두움을 타고 모여드는 듯하였다. 베옷 입은 중들이 코를 골고 자는 양을 볼 때에 황포 입은 왕은 알 수 없는 무서움에 밤을 샌 것이다.

"공주는 어디 간고?"

하고 늙은 왕의 눈에는 눈물이 맺히었다. 그때에 어떤 중이 들어와,

"밤이 깊은 뒤에 돈도암 길로 등불 하나 올라가는 것을 보았사오나."

하고 아뢰었다.

왕은 고개를 끄떡였다.

왕이 돈도암으로 사람을 보내려 할 때에 공주를 모시고 갔던 중이 돌아와서 어젯밤 공주를 모시고 돈도암에 갔던 일과, 돈도암에서 생긴 여러 가지 일을 허둥지둥 동이 닿지 않게 아뢰었다. 왕은 그 중을 가까이 불러,

"그 베옷 입고 머리 협수룩한 사람은 누구더뇨?"

하고 물었다.

"그 사람은 석이(石耳)이 따는 사람들이 가끔 만난다는 영원동 벙어리 처사인 듯하오나, 말이 청산유수 같음을 보매 벙어리는 아닌 듯하오니 누구인지 알 수 없사오며, 공주마마께오서는 그 사람을 동궁마마라고 부르시오나 어찌한 일인지 알 수 없사오며, 또 돈도암에 있는 승들도 혹은 왕후마마라 하옵고 혹은 아니라 하옵고 갈피를 잡을 수 없사오며, 아무리 생각하여도 꿈속만 같고 미친 것도 같사옵고, 아마 소승이 미친가 하나이다."

하고 땅에 엎드린다.

"공주는 어디 계신고?"

하고 왕은 다시 물었다.

"공주마마께옵서는……."

하고 중은 흩어진 정신을 모으는 듯이 한참 주저하다가,

"공주마마께오서는 돈도암에 계오신 듯하나, 또 안 계신 듯도 하나이다."

하고 중얼거린다.

"그 무슨 말인고?"

하고 왕은 놀라는 듯이 어성을 높인다.

"소승이 꼭 길목을 지키고 있었사오니 어디로 아니 가신 것은 분명하오나 방 안을 들여다뵈옵든지 나와 다니시는 양을 뵈옵든지 머리 있는 이는 한 분도 아니 계시오니, 소승이 잠깐 꼬빡 조는 동안에 어디로 가신 것은 아닌가, 모두 꿈 같사와 갈피를 잡지 못하나이다."

하였다.

왕은 마침내 참지 못하여,

"몸소 돈도암에 가리라."

하고 말을 내렸다.

좌우는 간지(諫止)하였으나 듣지 아니하고 왕은 시종들을 데리고 중으로 길을 인도케 하고 절에서 쓰는 조그마한 연을 타고 돈도암으로 향하였다. 신하들은 왕의 몸을 근심하여 은밀히 군사를 풀어 왕의 눈에 띄지 아니하도록 먼저 돈도암으로 보내어 나무숲에 숨어서 왕을 호위하게 하였다.

왕의 연이 돈도암 가까이 임하였을 때는 태자와 두껍쇠가 길을 떠나려고 마당에 나와 서고, 앓는 유렴 부인을 제하고는 새로 머리를 깎은 공주까지도 뜰에 나와 이별을 아낄 때였다.

태자는 공주에게 이상한 사람들이 영원동에 움을 묻고 산다는 말을 들었다는 말을 듣고, 인제는 영원동을 버리고 비로봉을 넘어 다른 골짜기에 숨을 생각을 하였다.

"어디로 가든지 해마다 이날 하루는 와 뵈오리이다."

하고 백화 부인께 하직하고 물러나려 할 때에, 사람들이 다 눈물을 흘리고 섰을 때에 수풀 속에서 문득 사람의 소리 들리며 왕의 연이 나타났다. 사람들은 놀랐다.

태자는 본능적으로 몸을 피하려 하였으나 그럴 것이 없음을 생각하고 허리에 숨긴 단도 자루에 손을 대었다. 그 칼은 아무 때나 한 번 쓸 듯하여 시퍼렇게 갈아 몸에 지니고 다니던 것이다.

'오늘은 쓸까? 왕건을 찌를까?'

하는 생각이 번개같이 태자의 머리로 지나간다.

태자의 눈치를 엿보던 두껍쇠도 손에 들었던 마가목 지팡이를 꼭 쥐었다. 태자의 입에서 한 소리만 떨어지면 태자의 칼이 가기도 전에 두껍쇠의 몽둥이가 늙은 왕을 후려갈길 것이다.

연에 앉은 왕은 뜰에 모여선 사람들을 바라보면서 연에서 내려섰다. 낙랑공주는 그 앞으로 달려가서 꿇어앉으며,

"아바마마!"

하고 불렀다.

왕은 머리를 깎고 먹물 들인 옷을 입고 합장하고 앞에 꿇어앉은 낙랑공주를 이윽히 바라보더니 눈에 눈물이 고이며,

"이 어인 일고? 뉘 이리하라 하더니고? 네 분명 낙랑공주뇨?"

하고 추연한 빛을 보였다.

공주는 고개를 돌리고 손을 들어 뒤에 서 있는 사람들을 가리키며,

"딸이 머리를 깎고 먹물 들인 옷을 입는 것이 무슨 그리 놀라운 일이리잇고. 일천 년 옛 나라의 왕후마마와 동궁마마도 저 모양이시거든."

하고 백화 부인과 태자를 향하여 한 번 합장한다.

"왕후마마, 동궁마마?"

하고 왕은 눈을 들어 백화 부인과 태자를 바라본다. 사람들은 모두 외면한다.

태자는 또 한 번 칼자루를 만지었다. 그러나 왕의 늙은 눈에 눈물이 번적거리는 것을 볼 때에 칼자루를 잡은 태자의 손은 스르르 힘이 풀려버렸다.

왕도 돈도암과 영원동 '벙어리 처사' 말을 들을 때에 혹시나 하는 의심이 없지 아니하였지마는 '설마' 하는 생각을 가지고 있었다. 그러나 이제야 그것이 사실인 것을 알았다. 왕은 한 번 더 왕후와 동궁을 바라보았

다. 비록 십여 년이 지나고 모양과 복색을 변하였다 하더라도 옛 모습을 찾아볼 수가 있는 듯도 하였다.

"그러면 태자, 살았던가?"

하고 왕은 혼잣말 모양으로 중얼거렸다.

"동궁마마께오서는 죽으려 하여도 죽지 못하고 살려 하여도 살지 못하여, 반은 사람으로 반은 귀신으로 하늘에 사무친 원한을 품고 사람을 꺼리고 초목금수도 꺼리고 흐르는 물까지 꺼리면서 돌아다니신다 하나이다."

하고 공주가 아뢰었다.

왕은 공주의 말을 듣고 고개를 숙이고 이윽히 침음하더니 태자의 곁으로 걸어갔다. 왕이 가까이 오는 것을 보고, 태자는 또 한 번 칼자루를 쥐었다. 왕이 앞에 다다라도 태자는 돌로 깎은 사람과 같이 가만히 서 있었다.

왕은 눈물 고인 눈으로 태자를 바라보며,

"태자는 나에게 원한이 있나뇨?"

하고 부드럽게 물었다.

"원한이 있노라. 내 머리카락 올올이 왕건을 원망하는 원한으로 떠는 것을 못 보나뇨?"

하고 태자는 왕건을 노려보았다.

"원한이 있거든 원한을 풀라!"

하고 왕건은 한 걸음 더 가까이 태자의 앞으로 갔다.

태자는 오른손에 서리 같은 칼을 빼어들었다.

"이 칼을 품은 지 십 년에 오늘이야 나의 원수, 나라의 원수를 만났도다. 그러나 왕건을 이 칼로 찌르는 것만으로 이 원한을 풀 것 같지 아니하니 어찌하랴."

하고 칼을 왕건의 가슴에 겨누었다.

　이 광경을 보고 수풀 속에 숨어 있던 군사들이 고함을 치고 대들었다. 두껍쇠는 참나무 몽둥이를 들고 나섰다.

　그러나 왕은 손을 들어 태자를 향하고 모여드는 군사를 제지하며,

　"태자는 맘대로 원한을 풀라. 아모도 태자를 막을 자 없으리라."

하고 태연히 태자를 바라보았다.

　백화 부인은 태자의 팔을 잡으며,

　"살생을 마라, 살생을 마라."

하고, 낙랑공주는 태자의 앞에 엎드려 합장하고 태자를 우러러보며,

　"동궁마마, 그 칼로 나를 죽이소서."

하고 울었다.

　태자는 말없이 손에 들었던 칼을 땅에 던지고 두껍쇠를 보며,

　"가자, 모든 일이 끝났도다. 원한도 다 끝났도다."

하고 수풀 속으로 들어간다.

　"동궁마마! 동궁마마!"

하고 공주가 허둥지둥 태자의 뒤를 따르는 것을 시녀들이 붙든다. 공주는 소리를 내어 운다. 백화 부인도 울고 계영 부인도 운다.

　왕은 태자의 간 뒤를 이윽히 바라보더니,

　"이 모든 슬픔이 다 나로 하여 생김인가."

하고 고개를 숙인다.

　이윽고 한 골짝 건너편 바윗등에 태자의 손 든 모양이 보이며,

　"잘 있으라! 나는 가노라!"

하는 소리가 울려온다.

　사람들은 일제히,

　"동궁마마!"

하고 불렀으나 다시는 대답이 없고 태자의 모양도 어디 간 줄 몰랐다.

　그 후에 가끔 산뫼 타는 사람들이 혹은 불정대(佛頂臺)에서 태자의 모양을 보았다 하고, 혹은 일출봉(日出峰)에서 보았다 하고, 혹은 삼성동(三聖洞)에서 보았다 하나 종적을 알지 못하였다. 삼성동에는 지금도 태자의 무덤이 있어 해마다 산뫼 타는 사람들이 정성으로 벌초를 하고, '벙어리 처사' 있던 곳을 윗대궐터, 아랫대궐터라 하여 지금도 지나가는 사람들의 눈물을 자아낸다.

조선사의 대중화와 신문 연재 소설의 시의성

서은혜

　이광수의『마의태자(麻衣太子)』는 1926년 5월 10일부터 1927년 1월 9일까지『동아일보』에 230회 분량으로 연재된 장편소설이다. 이광수는 1940년 한 글에서 1910년 무렵부터 최남선과 함께 단군, 동명왕 시기, 고려 말과 조선 초, 조선 중기, 조선 말기를 대상으로 하는 '조선 역사소설 5부작'을 완성하자고 논의했다는 회고를 하고 있으며, 식민지 교육제도 내에서 턱없이 부족한 상태였던 '조선사의 대중화'라는 문제에 지속적인 관심을 보이고 있었다. "모든 것이 여의케 되지 않아서 신라 말, 고려 초, 이조 중엽 순서 없이" 쓰게 되었다는 회고에 따르면,『마의태자』는『이차돈의 사』,『원효대사』로 이어지는 신라 말기를 대상으로 한 역사소설 창작의 시작점인 셈이다. 이러한 역사의 대중화라는 서술 목적과 시의성과 흥미를 유발해야 하는 신문 연재 소설로서의 서술 상황이 절묘하게 배합되어 있는 텍스트가 바로『마의태자』이다.

역사의 대중화 기획, 강담(講談) 형식과 『마의태자』

1920년대는 안확, 최남선, 신채호 등의 조선사 연구가 활발하게 이루어진 시기였다. 일제에 의해 1922년 12월 조선사편찬위원회가 발족, '조선사의 편찬과 자료 수집'이 논의되며, 이의 확대와 강화를 위해 1925년 조선사편수회가 발족되기도 한다. 이러한 조선사에 대한 관심은 조선의 자주성과 독립성을 부정하고 일본 지배의 타당성을 주장하려는 식민 지배 이데올로기에 연동된 것이었다. 그리고 식민사학의 영역과 독립된 자리에서 최남선의 「조선역사통속강화」(1922), 「단군사론」(1926), 신채호의 「조선사연구초」(1924~1925)가 서술되었다. 이들은 조선사의 시원을 단군으로 보며, 조선이 고유의 역사를 망각하도록 한 주요 원인이 된 사대주의적 태도를 비판하는 등, 타율적 사관에 대항하기 위한 역사 서술이라는 큰 방향성을 공유하고 있었다(정혜영, 「역사의 대중화, 문학의 대중화—이광수 〈마의태자〉를 중심으로」, 『현대소설연구』 50집, 2012, 485~490면).

교육제도 면에서 조선사의 비중이 턱없이 적었던 식민지 현실에 대한 문제의식은 이광수도 다양한 글에서 피력하고 있던 바였다. 그리고 『마의태자』의 연재는 조선사 대중화의 기획과 연결된 것이기도 했다. 이광수는 『마의태자』를, 당시 참조할 수 있었던 신라사의 기록인 『삼국사기』와 『삼국유사』를 토대로 창작하였다. 신라 경문왕 14년(874)에서 고려 태조 25년(942)경까지 약 68년에 걸친 역사적 이야기 무대를 사실과 허구적 상상력을 섞어 새로운 이야기로 만든 것이다(서정주, 「〈마의태자〉 연구」, 『한민족어문학』 9집, 한민족어문학회, 1982, 13면). 궁예의 탄생 및 성

장 배경과 관련된 이야기, 왕건, 견훤, 궁예의 침략과 전투와 관련된 부분들은 대부분 역사서의 기록을 참조하였으나, 백의 국선이나 허담 화상의 이야기, 난영이나 난희, 계영 등 여성 인물들이 등장하는 사랑 이야기와 결말부 마의태자와 왕건의 만남 등은 허구적 상상력이 개입된 부분이다(서정주, 「〈마의태자〉 연구」, 9~13면).

그런데 이광수는 이 소설에서 실제 있었던 사건들을 충실히 재현하는 식의 서술 방식을 택하지 않았다. 그보다는 『마의태자』뿐 아니라 『단종애사』, 『이순신』에도 공통되는 중심 주제인 '충의(忠義)'의 가치를 강조하는 방식을 통해 「민족개조론」에서 조선사의 폐단으로 주장했던 이기심, 당쟁, 사대주의적 태도에 대한 비판을 우회적으로 이어나간다. 기훤을 배반하지 않으려는 궁예의 선택이나, 원회의 배반을 응징하는 궁예의 복수 장면 등은 '충의'의 가치를 강조하는 서술의 연장선상에 있다고 볼 수 있다.

한편, '대중화'라는 목적을 염두에 두면서 삼국사에 대한 흥미를 불러일으킬 방법으로 선택된 것은, 김동인이 『춘원연구』에서 '강담(講談)'으로 명명한 것, 즉 동시대 일본에서 유행하던 시대소설적 특징이었다. 『마의태자』 연재 예고에서 '활극'으로 명명된 무용담이 소설 곳곳에 삽입되어 있다는 점, 난영이 원회로부터 궁예를 지키기 위해 찾아와 노래를 부르는 장면에서와 같은 창극식 장면이 곳곳에 보인다는 점은 이러한 형식적 특징을 잘 보여준다(정혜영, 「역사의 대중화, 문학의 대중화―이광수 〈마의태자〉를 중심으로」, 494~497면).

한편 『마의태자』가 신문 연재 소설 중 번역 소설을 제외한 창작 소설로서는 처음으로 '역사소설'이라는 장르명을 사용한 사례라는 것도 특기

할 만한 사실이다. 1926년 4월『동아일보』학예면을 맡은 주요한이 월터 스콧의 소설을 근대적 역사소설로 소개한 바 있는데, 같은 해 5월『마의태자』의 연재 예고에 '역사소설'이라는 장르명을 사용한 것이다. 이는 독자의 흥미나 오락성을 염두에 둘 수밖에 없는 저널리즘의 속성과 식민지 시기 역사소설의 장르적 특징 간의 교차점을 보여주는 사례라 볼 수 있다(김병길, 「한국근대 신문연재 역사소설의 기원과 계보」, 연세대학교 박사학위논문, 2006, 17∼20면).

순종 인산일과 6·10 만세운동

한편, 신문 연재 소설로서의 시의성 역시『마의태자』를 설명할 때 간과할 수 없는 부분이다. 조선왕조 마지막 임금인 순종이 1926년 4월 25일, 53세를 일기로 승하하였다. 전국 각지에서 망곡단(望哭團), 봉도단(奉悼團)으로 조직된 사람들이 올라와 흰옷을 입고 자신들의 울분을 토로하고 왕의 죽음을 애도하였다(김인덕, 「6·10만세운동의 매개가 된 순종의 죽음」,『역사비평』16집, 1992, 181면). 당시『동아일보』를 보면, 순종의 승하와 관련된 상인의 철시(轍市)와 전국 각지에서 일어난 망곡식의 반응을 많은 분량 보도하였고, 이들이 모여 장례 행로 주위에 모여서 삼엄한 경비와 감시 속에서 애도하는 광경을 실사 영화로 촬영, 서울·대구·함흥·인천·평양 등지에서 상영하기도 하였다.

일제는 3·1운동의 기억을 되살려 그와 같은 민심의 동요를 막고자 순종의 국상 절차를 엄격히 통제하고 주요 단체와 인사들에 대한 감시 경계를 강화하였다. 이러한 분위기에서 순종의 죽음과 관련된 애도는 "왕년의 순종의 성덕을 기리고 그 효성에 탄복하여 그의 죽음의 비애를 통곡, 복상하는 것"이라 의미화되었다(김인덕, 「6·10만세운동의 매개가 된 순종의 죽음」, 181~182면).

순종 승하 다음 날, 『마의태자』의 연재 소설 예고가 게고된다. 예고는 이 소설이 "신라 구백 년 사직이 멸망하는 비극을 줏대로 하고, 궁예, 건훤, 왕건 등의 절세영웅의 삼각전(三角戰)을 여실히 그려냈"다고 표현한다. 그리고 『동아일보』는 5월 5일부터 순종 인산(因山)의 절차를 상세히 보도하면서, 동시에 전국 각지의 망곡단과 상인들의 철시 현황에 주목한다. 이와 동시에 5월 10일 『마의태자』 첫 회가 연재되기 시작한다.

소설 전반부에 정강대왕의 인산과 신훙, 위홍, 거인의 장례 장면이, 그리고 후반부에 경애왕의 인산 장면이 묘사되는데, 그 어조의 미묘한 차이는 이러한 사회적 분위기와 연관해서 살펴볼 수 있다. 소설 전반부에서 훗날 궁예가 되는 용덕왕자는 본래 정강대왕의 숨겨진 아들로, 아버지의 인산일에 대궐 앞에 당도하게 된다. 왕의 혈육이자 개인적 원수를 갚을 목적이 있는 용덕왕자는 날아가는 새를 자유자재로 활로 떨어뜨릴 수 있는, 영웅소설의 전형적인 주인공이다. 정강대왕의 인산일은 '용덕왕자의 원수 갚기가 성공할 것인가'라는 문제에 몰입하도록 하는 배경 정도로만 묘사된다. 인산일에 모인 백성들은 왕의 죽음을 슬퍼하기보다는 왕의 오해로 비참한 죽음을 맞은 뒷대궐마마를 애도하고, 또 숨겨진 용덕왕자의 존재에 대해 서로 이야기를 나눌 뿐이다.

그러나 이야기가 진행되면서 서사의 주된 갈등구조인 '충신과 간신'의 대립과 그들의 죽음에 대해 묘사하는 어조가 확연한 차이가 있음을 발견

할 수 있다. 영화태후, 정화태후와 결탁해 조정의 모든 실권을 장악한 위홍이 정성된 마음으로 간언하는 충신 신홍을 대궐 앞에서 급습하여 죽이자, 백성들은 그의 죽음을 슬퍼하면서 동시에 너나없이 강한 분노를 표출한다.

하나씩 둘씩 모이는 백성들은 문득 인산인해를 이루었다. 모인 백성들은 차차 울기를 시작하여 점점 울음소리가 커져서 마침내 종로 네거리는 울음바다가 되었다. 백성들은 오늘 이곳에서 위홍의 머리가 달린 것을 보기를 기다렸던 것이다. 백성들은 자기네를 살려낼 마지막 사람이 죽은 것을 볼 때 천지가 아득하여진 듯하였다. 처음에는 금군영 군사들이 우는 백성을 해치려고 하였으나 백성들의 울음이 더욱 커지는 것을 보고는 군사들 중에 더러는 손에 들었던 창을 땅에 집어던지고 백성들과 어우러지어 울고, 더러는 슬며시 뒷골목으로 빠지어 달아났다.

"위홍의 머리를 내어라!"

하는 소리가 백성들 중에서 일어나자, 울던 백성들은 고함을 지르고 이리 몰리고 저리 몰렸다.

이때에 어떤 사람이 '대역신홍'이라는 패를 떼어 분질러 내버리고, '충신신홍'이라는 새 패를 세웠다. 이것을 본 백성들은 '충신신홍'이라고 소리를 지르고, 다시 소리를 높여 울며 신홍의 머리를 단 곳을 향하고 합장하였다. 신홍의 부릅뜬 눈에서는 피눈물이 흘러내렸다.

"역적 위홍아!"

하고 또 백성들은 소리를 질렀다. 백성들의 얼굴은 상기와 더위로 핏빛이 되고, 눈에는 피와 눈물이 넘치는 듯하였다.

이때에 또 어떤 사람이 높은 장대 끝에 위홍의 화상을 그리고, 그 곁에 '대역무도간신위홍(大逆無道奸臣魏弘)'이라고 대서특서하여 신홍의 머리를 단 기둥 곁에 세웠다. 이것을 본 백성들은 "와!" 하고 소리를 치고 달려들어 위홍의 화상을 끌어내려 찢고 밟고 입으로 물어뜯었다.(106~107면)

인용문에서 모함을 받아 죽은 신홍의 머리가 종로 네거리에 걸리자, 그의 죽음을 애도하러 온 백성들은 "자기네를 살려낼 마지막 사람이 죽은 것을 볼 때 천지가 아득하여진 듯"한 절망을 느낀다. 이 절망은 바로 강한 분노로 전환되는데, 머리가 베어져 매달린 시체 신홍의 눈에서 피눈물이 흘러내리는 장면, 그리고 마찬가지로 얼굴과 눈이 핏빛이 된 백성들의 모습은 그 원한과 분노를 상징적으로 보여주는 것이기도 하다. 또 위홍의 화상을 "찢고 밟고 입으로 물어뜯"는 물리적 파괴는 한 사람의 죽음을 애도하는 감정 속에 들어 있는 울분과 분노를 강조하는 표현이다. 이처럼 애도가 슬픔에서 분노로 전환되는 과정을 그려내는 것은 당대 독자들이 볼 때 6·10만세운동으로 통칭되는, 인산일을 기화로 한, 학생들을 주축으로 한 만세 장면을 연상하도록 했을 것이다(송백헌, 「한국근대역사소설 연구」, 단국대학교 박사학위논문, 1982, 65면; 김주리, 「우울한 주체의 울분과 광기—이광수의 「마의태자」와 「단종애사」에 대한 고찰」, 『상허학보』 52, 2018, 204면).

회개·인과응보의 논리와 『마의태자』의 허구적 상상력

당대 있었던 사건들을 연상시키는 시의성이 '사실성'의 축에 가깝다면, 『마의태자』에서 많은 부분을 차지하고 있는 '허구적 상상력'의 영역역시 주목되어야 할 부분이다. 특히 『마의태자』에서 영화태후, 정화태후의 이야기나 궁예, 왕건의 내면 등 허구적 상상력이 투영된 부분에서'회개'나 '인과응보'와 같은 종교적 언술이 자주 발견된다는 것은 흥미롭다.

『마의태자』에서 드러나는 기독교에서의 '회개'와 불교에서의 '인과응보'라는 내용은 지도자 개인의 운명과, 그 개인이 상징하는 나라의 운명을 드라마틱하게 보여주는 구성 원리로서의 역할을 한다. 각자의 탐욕과방탕으로 인해 망국의 운명을 자초하는 지도자는 마지막에 가서야 '회개'하며 죽음을 맞이하거나, 혹은 자신이 행한 악덕의 방식을 그대로 되받으며 소설 무대에서 퇴장한다.

궁예가 진성여왕을 멸하기 위해 신라로 행할 때 내세우는 것은 자신이"요망한 계집"으로 하여금 "음란을 그치고 회개"하도록 하는 역할을 맡는다는 것이다. 그리고 궁예의 예언이 실현이라도 되듯, 그가 신라를 습격한다는 소식을 듣고 진성여왕은 두려움을 느끼며 자신의 방탕함을 뉘우친다. 또 궁예, 즉 용덕왕자의 출현은 그 자체만으로도 그의 어머니를죽음으로 몰아넣었던 영화태후와 정화태후가 스스로 죄를 고백하도록만든다.

두 분 태후는 입술이 벌벌 떨릴 뿐이요, 혀가 돌아가지 아니하였다.
삼십 년 잊어버렸던 죄악이 이처럼 다시 드러나서 나라에 큰 화단이 될 줄을 어찌 알았으랴.

'아아, 끊어질 줄 모르는 인과의 줄이여!'

(중략)

"아니오, 아니오. 뒷대궐마마는 아모 죄도 없소. 이찬 윤홍도 아모
죄도 없소. 모든 것이 다 내 죄요. 다 내가 뒷대궐마마를 시기해서 지어
낸 소리요. 어쩌면 상감마마의 총애를 받는 저것을 없이할까, 어찌하
면 항상 내 말을 아니 듣는 윤홍네 삼형제를 없애버릴까 하여, 내가 그
런 소리를 지어낸 것이오. 요망하고 음탕한 계집의 말 한마디로 세 충신
과 한 열녀를 죽게 하고 이처럼 나라에 큰 화단을 불렀으니 모두 내 죄
요! 죄 없이 흐른 열녀의 피와 충신의 피가 삼십 년을 지나도록 스러지
지 아니하고 있다가 지금 원수 갚기를 원할 것이오…… . 내가 아무리
관세음보살을 부르고 아미타불을 부르기로, 이 무수한 원혼들이 나를
지옥으로 끌어 넣고야 말 것이오."(244~245면)

자신이 저지른 죄의 동기와, 그것이 자아낸 결과에 대한 인식을 보여
주는 위와 같은 언술은, 왕조의 몰락이 실현되는 급박한 상황 속에서만
나올 수 있는 통렬한 회한과 후회이다. 온갖 악행을 저지르던 인물이 보
여주는 위와 같은 참회는, 소박하게는 권선징악적 스토리 전개에 대한
기대감을 가지고 있던 고소설 독자들의 흥미를 유발하는 요소였을 것이
다. 그러면서도 단순히 악인이 몰락하는 '결과'만을 그리는 것이 아니
라, 그들이 극한 상황에서 자신의 죄를 스스로 체감하고 느끼는 두려움
과 후회에 초점을 맞춤으로써 악한 마음, 악한 동기가 만들어내는 참혹
한 결과에 대한 인식을 강조하고 있다는 점이 특징적이다. 이 점에서 '회

개'라 표현되는 종교적 언술은, '망국'이라는 상황을 소설적으로 구성함에 있어 기존의 권선징악적 스토리 전개에 새롭게 덧붙여진 요소이자 강조되는 메시지가 된다.

한편, 인물들이 삶에서 타인에게 행한 행위가 그대로 자신에게 돌아온다는, 소박한 윤리감각으로서의 '인과응보'가 서사 전개의 기본적인 전제가 되고 있다는 점, 그리고 그 인과응보를 체감하는 인물이 일국의 지도자격이라는 점, 그의 개인적 운명이 곧 그가 세운 나라의 흥망을 좌우하게 된다는 점이 합쳐지면서 '망국'의 상황은 개인의 '죄'라는 문제와 밀접하게 연관된다. 앞서 예로 든 영화태후나 정화태후만 해도 뒷대궐마마를 죽이고 용덕왕자를 내쫓은 결과로 삼십 년이 지나, 뒷대궐마마가 입에 칼을 물고 앞으로 쓰러져 참혹하게 피를 흘리며 죽어갔던 것과 똑같은 자세로 방에서 죽음을 맞는다. 그들의 죽음은 자신들이 저지른 죄와 그 죄가 가져온 엄청난 결과에 대한 두려움과 혼란으로 인한 것이지만, '칼을 입에 물고 자결한다'라는 행위로만 보면 고스란히 자신들이 행한 행위가 그대로 자기의 삶에서 실현된다는 '눈에는 눈, 이에는 이' 식의 인과응보에 대한 전제가 바탕이 되어 있다.

또한 궁예가 몰락하게 되는 계기의 첫 시작점에는 젊어지고자 하는, 자신의 전성기를 유지하고자 하는 욕심이 놓여 있다. 그 욕심이 외부의 모함과 친구와 사랑하는 여인을 의심할 줄 모르는 궁예 자신의 '충직성'과 맞물려 파국적 결말을 맞이하는 장면으로부터, 사람이 품은 헛된 욕심, 즉 "죄의 씨"가 "죄의 열매"를 맺게 되는 과정을 그리고자 하는 작가의 의도를 읽을 수 있다.

'궁예는 이름만 왕이지 정말 왕은 왕건.'

이라는 신라 서울에 돌아다니는 소문이 결코 터무니없는 헛소문은 아니다.

기쁨의 꽃은 아니 피고 떨어지는 일이 있지마는, 슬픔의 꽃은 어느 틈에라도 한 번은 피고야 만다. 모든 죄는 반드시 피를 보고야 말고, 죄의 열매는 반드시 죄의 씨를 뿌린 자의 손으로 거두게 한다.(311~312면)

인용문에서 서술자가 말하는 궁예의 "죄의 씨"란 어느 선객(仙客)의 말을 믿고 천 명의 여자를 맞아들여 자신의 젊음을 유지하고자 한 과욕을 일컫는 것이다. 이 과욕이 난영왕후의 외로움을 부르고, 결국 왕건과 난영이 가까워지도록 만든다. 이후 왕건에게 쫓긴 궁예 앞에 백의 국선이 나타나 왕이 되고자 하는 욕심을 버리고 부처가 되라는 가르침을 반복하는 것은, 이러한 궁예의 파국의 원인으로서의 과욕을 다시 한번 상기시켜 주는 부분이기도 하다.

자신의 죄의 결과를 체감하고 뉘우치는 장면은 왕건에게서 다시 한번 반복된다. 딸인 낙랑공주의 슬픔과 유씨 부인의 원한은 왕건에게 낙인처럼 남아 불교의 업(業)과 과보(果報)에 대한 생각으로 그를 이끈다. 궁예에게 허담 화상이 '왕위의 허망함'을 누차 말했듯, 왕건은 그 스스로의 말년의 깨달음을 통해 많은 사람을 죽이고 마음 아프게 한 결과의 참혹함을 인지하게 되는 것이다.

어두워가는 눈, 멀어가는 귀, 쇠하여가는 몸을 어찌하지 못하고, 딸 낙랑공주의 한번 깨어진 기쁨을 다시 어찌할 수 없지 아니하냐. 몇만 사람의 다시 못 올 청춘과 다시 얻지 못할 생명과 다시 회복할 수 없는 기뜸을 희생하고 이 왕업인고? 한번 죽어지면 패한 궁예나 흥한 왕건이나 모두 한 줌 흙이 아닌가. 게다가 만일 이생에서 지은 업이 내생에 과보로 돌아온다 하면, 수십만의 생명을 죽이고 수백만의 맘을 아프게 한 자기는 어찌 될 것인고, 이러한 생각을 하였던 것이다.(565~566면)

이처럼 위정자 개인의 행위로 인해 스스로 몰락할 위기에 처하거나 망국의 운명을 목전에 두었음을 인지한 인물들이 보이는 회개와 인과의 원리에 대한 뼈아픈 인식은, 『마의태자』에 등장하는 다양한 인물들의 행동양식을 관통하는 근본 전제이다. 진성여왕, 영화태후와 정화태후, 신홍과 위홍, 궁예와 왕건의 운명을 그리는 작가의 필치는 이처럼 인과의 이치대로 자신의 과보를 받거나 그 과보의 엄정함을 깨닫고 뉘우치는 주체를 전제하고 있다. 그리고 이것이 권선징악적 구도에 익숙한 고소설 독자들까지도 '악한 행위를 한 인물이 어떤 식으로 몰락하는가'라는 점에 흥미를 느끼며 소설을 접할 수 있도록 하는 요소가 된다.

이는 이광수가 1920년대 중반 「의기론─예수여 당신을 따르는」, 「그리스도의 혁명사상」, 「섬기는 생활」 등에서 '개조된 주체'의 종교적 토대로서의 '회개'를 논하고 있는 것, 또 「참회」와 같은 글에서 불교적 업보론에 대한 관심을 드러내며 인과응보의 이치에 따라 과거의 죄를 회개하는 작가 자신의 모습을 그리는 부분과도 연결된다는 것이 주목된다. 망국의 상황을 맞게 되는 이들이 보이는 이와 같은 근본적 전환의 태도가, 이광수가 생각한 망국의 식민지 상황과 그 속을 살아가는 인물들이 '보여야 하는' 태도와 맞물려 있다고 볼 수 있는 것이다〔이 장은 서은혜, 「인과론적 사유의 전개와 망국사(亡國史) 이야기─『마의태자』의 서사구성원리를 중심으로」, 『춘원연구학보』 12, 춘원연구학회, 2018, 107~114면을 옮긴 것임. '멸망사 이야기'에 대한 해석으로는 공임순, 「식민지 시대 흥망사 이야기와 여성 육체의 시각화—이광수의 『마의태자』와 유치진의 「개골산」, 한상직의 「장야사」를 중심으로」, 『시학과 언어학』 9집, 시학과언어학회, 2005, 99~137면 참조].